Martin Walser

Die Verteidigung der Kindheit

Martin Walser

Die Verteidigung der Kindheit

Roman

Büchergilde Gutenberg
Frankfurt am Main

Lizenzausgabe für die Büchergilde Gutenberg,
Frankfurt am Main und Wien,
mit freundlicher Genehmigung
des Suhrkamp Verlags, Frankfurt am Main

Schutzumschlaggestaltung: Anja Harms
und Ines v. Ketelhodt, Oberursel
Druck und Bindung: Ebner Ulm
Gedruckt auf chlorfrei gebleichtem Werkdruckpapier
Printed in Germany 1992
ISBN 3 7632 3944 8

Für
Fridel Schubert-Herberholz
und
Rudolf Wirtz

I.

1.

Halte mir den Jungen nicht von der Arbeit ab, sagte Gustav Dorn auf dem Neustädter Bahnhof zu seiner Frau. Es ist nicht vorstellbar, daß dann beide gewartet haben, bis Alfreds Zug kam, sie waren schon zu sehr zerstritten. Sicher war es eine Genugtuung für Alfred, daß sein Vater, ihn zu verabschieden, auf den Bahnhof gekommen war. Der Vater war schon vor drei Jahren aus der Wohnung Am Bauernbusch ausgezogen, hatte sich über der Elbe in seiner Praxis am Schillerplatz wohnlich eingerichtet. Seitdem betrieb er die Scheidung, in die die Mutter immer noch nicht einwilligte. Alfred durfte weder den Vater noch die Mutter merken lassen, daß ihn Vaters Abschiedsbesuch freute. Vielleicht tat es ihm sogar ein wenig leid, daß er den Vater behandeln mußte, wie die Mutter den behandelte. Auch die geringste Abweichung bemerkte sie sofort und war dann gleich so unglücklich, daß es nicht auszuhalten war. Auch für sie muß es eine Genugtuung gewesen sein, daß ihr Mann, der jetzt mit einer zwanzig Jahre jüngeren Kollegin zusammen lebte, zur Verabschiedung des Sohns erschien. Aber diese Genugtuung war nur so lange eine, als der Mann zu spüren kriegte, daß er von Frau und Sohn nichts als Verachtung zu erwarten hatte. Würde sich der Sohn gerührt zeigen, dem Vater zum Abschied gar um den Hals fallen, dann konnte der Vater das als Erfolg buchen, und ein Erfolg des Vaters war ein Mißerfolg der Mutter, und davor mußte Alfred seine Mutter schützen. Also hob er wahrscheinlich nur seine Augenbrauen und ließ den Händedruck des Vaters ohne Gegendruck. Die Mutter hätte es gemerkt, wenn er den väterlichen Händedruck erwidert hätte. Alfred wollte seine Mutter kein bißchen betrügen. Er wollte eins mit ihr sein. Vor allem dem Vater gegenüber. Alfred hat vielleicht auch an den Mutter-Satz gedacht: Ich komme doch hinter alles. Ein Satz, genau so unvergeßlich wie: Halte mir den Jungen nicht von der Arbeit ab. Alfred war in diesem Augenblick seiner Mutter wirklich treu, nicht nur aus Angst vor

Entdeckung. Was ihn vom Vater trennte, war deutlicher als das, was sie verband. Er war genau so schlank und so groß wie sein Vater; von vorne gesehen hatte er sogar dessen schmales Gesicht, aber ihre Profile waren einander fremd. Die Mutter sagte mehr als einmal, wenn sie die Hand nachformend oder genießerisch über Alfreds sich weit ausrundenden Hinterkopf gleiten ließ: ER leidet darunter, daß ER keinen Hinterkopf hat. Dieses ER war immer schon ihr Wort für den Vater gewesen. Um die wirkliche Entfernung zu seinem Vater zu empfinden, mußte Alfred nur an dessen Neujahrsbrief denken. Den nahm er mit von Dresden nach West-Berlin. Er mußte ihn immer wieder lesen, um immer wieder zu erleben, daß sich in ihm Widerspruch bildete gegen das, was da stand: schuld daran, daß Alfred beim Referendar-Examen in Leipzig durchgefallen war, schuld daran, daß er bei der Wiederholung des Examens noch einmal durchgefallen war, sei ganz und gar Alfred selbst, weil er Vaters Warnungen nicht beachtet habe. Deine Verweichlichung wird dich immer um den Erfolg bringen. Die väterliche Prophezeiung muß Alfred unverschämt vorgekommen sein. Alfreds Wort dafür war *keß*. Wenn einer sich mehr herausnahm, als ihm zustand, nannte Alfred Dorn das *keß*. Warum Alfred in Leipzig zweimal durchgefallen war, wußte der Herr Vater. Zivilrecht: *gut*. Strafrecht: *gut*. Gesellschaftswissenschaften: *ungenügend*. Das Thema der Hausarbeit: *Die Wirtschaftspläne der DDR*. Die Kritik der Prüfungskommission: *Alfred Dorn hat die führende Rolle des Staates bei der Erstellung der Wirtschaftspläne nicht berücksichtigt, daher: mangelhaft*. Der Vater kannte die Fakten, auch wenn sie ihn nicht so oft heimsuchten wie den Sohn. Gustav Dorn war 1945 in die SPD eingetreten und hatte 1946, als die SPD in der SED aufgehen mußte, nicht zu denen gehört, die durch Austritt protestiert hatten. In der Familie hatte er das damit erklärt, daß er schon immer sozialistisch gesonnen gewesen sei. Sozial gesonnen, meinst du, hatte Alfred gesagt. Wenn der Vater Alfred Verweichlichung vorwarf, dachte Alfred immer daran, daß der junge Friedrich, der

später der Große hieß, von seinem rauhen Vater *effeminierter Kerl* geschimpft worden war. Alfred wurde mit diesem Neujahrsbrief nicht fertig. Anstatt die Umstände wahrzunehmen, verfällt der Vater in die blödeste aller Elternmaschen, in die des Unglückspropheten. Alfred war schwach gegen Prophezeiungen. Prophezeiungen lähmten ihn. Ihm etwas prophezeien hieß, es herbeireden. Das hätte ein Vater wissen können. Er mußte ein Trainingsprogramm entwickeln gegen Vaters Prophezeiung.
Der Vater wußte wahrscheinlich nicht, daß Alfred und seine Mutter ihm nachschauten, bis er verschwunden war. Gustav Dorn hatte jenen Wintermantel an, der in der Familie Paletot hieß und ehrwürdig war durch einen breiten Pelzkragen. Da es früh am Morgen war, dürfte Gustav Dorn mit seinem uralten Steyr über die Augustus-Brücke gefahren sein, die im Haus Dorn nie Dimitroff-Brücke genannt wurde; der Vater hat versucht, Dimitroff durchzusetzen, aber er hat das nicht einmal bei sich selber geschafft. Der Vater fuhr in die Praxis. Es könnte für Mutter und Sohn eine Besänftigung gewesen sein, daß der Vater jetzt nicht zur zwanzig Jahre jüngeren Judith Zemlinski fuhr, die vielleicht sogar noch im Bett lag. Dann mußten sich Mutter und Sohn von einander verabschieden. Geschah das, wie es ihnen entsprach, dann hat Martha Dorn geweint. Von ihrer Mutter, die eine geborene Herberg war, überlieferte sie einen die Neigung zum Weinen verbürgenden Satz, den Alfred sich später mehr als einmal notierte: Wir Herbergschen haben alle bissel leicht am Wasser gebaut. Alfred hat sie sicher gestreichelt, hat dabei aber den unbestreitbar heftigen gemeinsamen Schmerz ins Lustige, ja ins Groteske gezogen. Das war seine Art.

2.

Er wird schon Angst gehabt haben, als er in Berlin im Bahnhof Friedrichstraße den Schildern folgte und zwischen

scheußlich senfgelben Wänden zu dem Bahnsteig hinaufging, um droben auf die Bahn zu warten, mit der er den *Demokratischen Sektor* verlassen wollte. Dieses Gefühl, daß die Rechtmäßigkeit, mit der man sich ausgestattet hat, eben doch nicht ausreicht. Papiere der Sächsischen Landeskirche hatte er der Landeskirche drüben zu überbringen. Der Oberkirchenrat, der ihn schickte, wußte, daß der Bote nicht in die DDR zurückkehren würde.
Bevor der Zug abfuhr, wurde Alfred von der Transport-Polizei aus dem Zug geholt. Er zeigte seine Papiere, auch den Brief des Oberkirchenrats, der ihn als Kurier der Landeskirche legitimierte. Dann mußte er aber doch noch seine Tasche öffnen. Zuoberst lag seine Reiselektüre, das Buch von Hubert Ermisch über den Zwinger. Der Polizist lächelte und sagte rein sächsisch: Scheenes Buch. Alfred durfte mit dem nächsten Zug fahren. Der Zwinger, Dresdens Baujuwel, hatte ihn gerettet. Und der Oberkirchenrat. Jetzt hatten sich die langweiligsten Monate seines Lebens, die im Kirchensteueramt verbrachten, doch noch gelohnt. Als er die Referendarprüfung in Leipzig auch beim zweiten Versuch nicht bestanden hatte, war es seiner Tante Lotte gelungen, ihn im Kirchensteueramt unterzubringen.
Als der Zug endlich fuhr, wollte Alfred aufatmen, da sah er aber, daß er einer Bekannten gegenübersaß. Traude Höller. Seine Tanzstundenpartnerin im Sommer 48. Sie studiert schon eine Weile hier, Medizin. Er merkte, daß er ihr nicht richtig zuhören konnte. Für die war Alltag, was für ihn das bisher größte Abenteuer war. Er durfte ihr nicht sagen, auf welcher Fahrt er sich befand. Diese Traude war schon damals eine Enttäuschung gewesen. Wahrscheinlich war ihm die zugeteilt worden. Mit ihr hätte er tanzen lernen sollen. Als er der immer noch gleich schmalen Traude jetzt gegenübersaß, tauchte der Satz seines Vaters auf: Alfred, Mädels sind keine Ware. Offenbar hatte Alfred gesagt, er wolle diese Traude gegen etwas Passenderes eintauschen.
Während Traude Höller noch von den Schwierigkeiten des

Medizinstudiums erzählte, wurde ihm klar, daß er sich über sie jetzt nicht mehr ärgern durfte –, dankbar sein mußte er, weil durch ihr Erscheinen jener Vater-Satz aufgetaucht war: Alfred, Mädels sind keine Ware. Dieser Satz hielt sich in ihm, ohne daß Traude noch einmal nötig gewesen wäre, sechsundzwanzig Jahre lang, dann wurde er, während eines Urlaubs in Bellagio, auf eine Serviette notiert; die wurde mit nach Wiesbaden genommen und in den Aktendeckel gelegt, in dem alle Sätze, die in diesem Jahr auftauchten, aufbewahrt wurden. Er hat nie etwas geschrieben, immer nur notiert. Hatte die Mutter gesagt: Ich komme ja doch hinter alles, oder: Du siehst, ich komme hinter alles? Er hat beide Versionen notiert. Ihn quälte es, daß nicht mehr sicher zu entscheiden war, wie die Mutter den Satz tatsächlich gesagt hatte. Er wollte, was gewesen war, retten. Ein Wort zuviel oder zu wenig, und so ein Satz war ihm nichts mehr wert. Zum Glück gab es Sätze von Vater, Mutter und anderen, an denen nicht zu zweifeln war. Was er selbst gesagt hat, hat er nicht aufgeschrieben, als er in den Siebzigerjahren anfing, Sätze aus der Vergangenheit auf dem nächstbesten Papier, und seien's Servietten, zu notieren. Ihm ist offenbar nur im Gedächtnis geblieben, was andere zu ihm gesagt haben.

Im September 1979 schrieb er in Bellagio, im Garten des Hotels Belvedere sitzend, sechs Postkarten an sechs Adressen, fünf davon in der DDR. Als er die Karten schon in Umschläge gesteckt hatte und sie einwerfen wollte, wurde ihm bewußt, daß er diese Karten und das, was darauf stand, nie mehr zu Gesicht bekommen werde. Er ging zurück ins Hotel, kaufte die Karten ein zweites Mal, schrieb auf jede, was er auf ihrem Pendant geschrieben hatte, erst dann konnte er diese Karten einwerfen. Auf den Karten stand sechsmal wortwörtlich das gleiche: Bellagio liege auf einer Halbinsel, es vereinige sich da der Lago di Como mit dem Lago di Lecco, der Ort atme die Pracht des 19. Jahrhunderts, so habe man sich früher in Dresden einen italienischen Badeort vorgestellt, vor ihm sei Liszt hier gewesen; mit der Gräfin Agoult, die ihr

zweites Kind, Cosima, am Comer See geboren habe. Auf der Karte an Tante Lotte, die da schon von Dresden nach Bad Homburg gezogen war, setzte er noch dazu: 2 Päckchen *Coffetylin* à 20, bitte, daß mir Migräne nicht den Tag verderbe. Die Karte an Tante Lotte unterschrieb er: Herzliche Grüße von Deinem reizenden Neffen Alfred. Da war er fünfzig.Er mußte sich wehren gegen das Vernichtetwerden. Ende Februar 53 sammelte er die früheren Sätze, wenn sie auftauchten, noch nicht. Damals genügten ihm noch Fotografien. Das hatte nach dem 13. Februar 1945 begonnen, als mit Dresden auch die Dornsche Wohnung in der Borsbergstraße 28 d verbrannt war und in ihr die Foto-Alben der Familie und drei Filme: *Erster Schultag, Silberne Hochzeit, Konfirmation*. Auf mindestens zweien dieser Filme hatte er die Hauptrolle gespielt. Und ein paar Straßen weiter, in der Kaulbachstraße, waren die Großeltern mütterlicherseits verbrannt. Was hat man denn dann noch, wenn man allmählich merkt, daß es einem auf früher ankommt? Alfred Dorn wäre nie auf den Gedanken gekommen, daß Kunst da einspringen könne. Ihm kam es auf nichts als auf das Faktum an. Was er mit dem Faktum dann anfing, ist dem sogenannten gesunden Menschenverstand nicht begreiflich zu machen. Was hat der, den man geizig nennt, unter dessen ärmlicher Matratze man nach seinem Tod eine halbe Million findet, mit seinem Geld angefangen? Er konnte nicht genug davon kriegen. Alfred Dorn konnte nicht genug Vergangenheit kriegen.
Als er im Bahnhof Zoo ausstieg, verabschiedete er sich von Traude Höller herzlicher, als er sie begrüßt hatte. Vielleicht bleibe er auch hier, sagte er. Dann ging er hinaus in die kalte Berliner Luft, über den Ku-Damm, die Joachimstaler entlang, er hatte ihren Verlauf vom Stadtplanstudium im Kopf. Später würde sie Bundesallee heißen.
Als er so ging und ging und sich daran zu gewöhnen suchte, daß alles in diesen Schaufenstern nach einem Geld aussah, das er nicht hatte, fiel ihm auf, daß sein Eindruck vom Straßenverlauf und die zu Hause gelernte Straßenführung nicht über-

einstimmten. Er hatte, seit er den Bahnhof Zoo verlassen hatte, den Eindruck, er gehe nach Norden. Auf dem Stadtplan führten aber die Joachimstaler Straße und die Bundesallee eher nach Süden. Das wäre ihm nicht wichtig gewesen, wenn nicht die Annahme von OST und WEST damit verbunden gewesen wäre. Er hatte, da er nach Norden zu gehen glaubte, links von sich Westen und rechts Osten angenommen. Das sollte er jetzt umdrehen. Da der Tag ganz trüb war, half ihm kein Sonnenstand. Er spürte, daß es ihm schwindlig werden würde, wenn er diese Korrektur in seinem Kopf durchzusetzen versuchte. Solange er in Berlin war, lag er, was den Verlauf des Kurfürstendamms angeht, verkehrt. Der erste Eindruck war bei ihm immer unkorrigierbar. Er kam vom Anfang nicht los. Und mit diesem Problem stellte sich jedesmal der Satz ein, den der Vater bei einer Wanderung gesagt hatte: Frauen fehlt jedes Orientierungsvermögen. Seinem Vater würde er von seiner Unfähigkeit, seinen Eindruck mit dem Stadtplan zu versöhnen, nichts sagen. Aber vielleicht würde er seinen Vater nie mehr sehen. Und wenn er der Mutter seine Orientierungsschwäche gestehen würde, würden sie beide darüber lachen.

3.

Alfred war schon einmal bei Hartlebens gewesen. Nein, zweimal sogar. Das erste Mal: vor dem Krieg. Sein Vater und Arthur Hartleben waren ins Stadion gefahren zum Fußballspiel Deutschland-England; die Mutter, Aenne Hartleben, Herr Dr. Halbedl, die Halbedl-Tochter Wiltrud und Alfred hatten einen Ausflug nach Potsdam gemacht.
Es war Alfred, der nicht in Berlin gewesen sein wollte, ohne Potsdam gesehen zu haben. Dr. Halbedl stimmte zu. Ihm war Potsdam auch wichtiger als das Fußballspiel. Plötzlich waren sie gestoppt worden, hatten den Muschelsaal und den Thronsaal nicht betreten dürfen, weil der Reichsaußenminister ge-

rade Gäste durchs Neue Palais führe.Da kamen die schon aus dem Marmorsaal. Frau von Ribbentrop knallte mit hochhakkigen Schuhen aufs historische Parkett, zu dessen Schonung die Gruppe, zu der Dorns, Halbedls und Aenne Hartleben gehörten, in wüste Filzlatschen hatte schlüpfen müssen. Alfred war empört. Wenn er etwas nicht einsah, konnte er sich auf keine Weise damit abfinden. Vielleicht hat er seine Empörung auch Wiltrud und ihrem Vater demonstrieren wollen. Dr. Halbedl war Jude, Wiltrud, nach damaliger Einteilung, Halbjüdin. Hatte Alfred nicht auch ein bißchen Angst gehabt? Was, wenn einer aus der Begleitung des Reichsaußenministers merkte, daß in der Gruppe ein Jude war! Halbedl sah nicht jüdisch aus. Aber Wiltrud, deren Mutter nach damaliger Einteilung Arierin war, hatte schwarze Haare und eine Augenform und -farbe, daß sie auffallen konnte.

Als Alfred in der Bornstraße bei Hartlebens eintraf, war Aenne gerade beim Bügeln. Arthur war zum Bahnhof gefahren, um Besuch aus Westdeutschland abzuholen. Seine zwei Schwestern aus Leverkusen. Unangemeldet wie immer. Aber man kann sie ja nicht vor die Tür setzen. Aenne tat ganz verzweifelt. Sie habe Martha geschrieben, Alfred könne hier bleiben, bis er etwas habe, klar, könne er auch, es werde nur ein bißchen eng jetzt. Alfred bog sich förmlich durch, machte sich noch dünner, als er war. Er werde nur ein paar Nachtstunden hier verbringen, auf einer Couch im Gang zum Beispiel, die übrige Zeit müsse er rennen, von Büro zu Büro, es komme darauf an, daß er sich noch für das Sommersemester immatrikuliere, dazu gehöre die vorübergehende Aufenthaltsbewilligung, der Stipendien-Antrag, der Antrag auf Gebührenbefreiung, die Zimmersuche. Natürlich grüßte er auch. Aber nur von der Mutter. Aenne wußte ja, daß der Vater seit drei Jahren nicht mehr mit Frau und Sohn zusammenlebte. Für Hartlebens gehörte Alfred zur Mutter. Den Vater hatten Hartlebens schon vor dessen Ehe gekannt. Arthur und Aenne hatten Dresden in den Zwanzigerjahren verlassen.

In den zehn Tagen, die Alfred bei Hartlebens wohnte, dachte er oft daran, Aenne oder Arthur zu fragen, ob Hartlebens eigentlich am 26. 5. 42 zur Silberhochzeit seiner Eltern in Dresden gewesen seien. Sobald er merkte, daß etwas Vergangenes ins Undeutliche oder gar Vergessene rutschen wollte, wurde er unruhig. Aber Hartlebens gaben ihm keine Gelegenheit. Wann immer er die Wohnung des Steuerberaters Hartleben betrat – die Räume schwirrten von Terminen, Zielen, Daten, Namen, Anrufen, Verabredungen. Und das in der Wohnung. Wie würde es erst in Hartlebens Büro zugehen! Eine Sekretärin arbeitete, weil im Büro zu wenig Platz war, schon in der Wohnung. Alfred hatte das Gefühl, auf einen anderen Kontinent oder in ein anderes Jahrhundert geraten zu sein. Dresden schlief. Von der Bornstraße 16 aus gesehen schlief Dresden, schlief Leipzig, schlief die ganze Sowjetzone. Das Gerede von Plansoll und Übersoll war ein diesen Zonenschlaf erzeugendes Gemurmel.

Das zweite Mal war Alfred im Jahr 1947 hier gewesen. Damals hatten er und die Mutter seinen Vetter Albert besucht, der als amerikanischer Captain in Dahlem stationiert war. Das war spannend, den einzigen Sohn der älteren Schwester der Mutter als Amerikaner zu treffen.Im Jahr 1926, hieß es, sei der Vetter zuletzt in Dresden gewesen und habe mit seinen elf Jahren schnell einmal Verkehrspolizist auf dem Albertplatz spielen dürfen. Alfred hatte, weil die Mutter ihn wieder einmal sofort als Wunderkind angepriesen hatte, auf dem Flügel des Offizierscasinos ein Konzert improvisieren müssen. Liszt und Chopin also. Vetter Albert und seine Offiziere hatten Jazz erwartet. Alberts Kommentar: Donnerwetter.

Danach hatte Albert Tante und Vetter ins amerikanische Kino mitgenommen. Der Film hieß Marked Woman. Nachtlokaldamen bringen einen sie tyrannisierenden Gangster zur Strecke. Soviel kriegte Alfred mit. Von dem jungen Schauspieler, der den Staatsanwalt spielte, war er überwältigt. Es beglückte ihn, als der Vetter nachher beim Essen sagte, er finde es lustig, daß Alfred aussehe wie ein Zwillingsbruder von Humphrey Bogart. Alfred hatte auch das Gefühl gehabt, der auf der Leinwand, den er nicht kannte, sei ein Verwandter von ihm. Die Stirnrundung, die dicht aussehenden und doch schon zurückweichenden Haare, das schmale Gesicht; am meisten aber ein sich immer nur knapp öffnender Mund und sorgenvoll große Augen.

Damals haben die Mutter und Alfred auch bei Aenne und Arthur gewohnt. Aber damals kamen sie von einem amerikanischen Captain, der seinen Verwandten an Wunderbarem mitgegeben hatte, soviel sie hatten tragen können. Davon war auch für Hartlebens etwas abgefallen. Der Kettenraucher Arthur hatte die gleißende Stange *Lucky Strike* wie einen Säugling gewiegt und war damit im Zimmer herumgetanzt. Diesmal war Alfred der in Leipzig zweimal durchgefallene Sohn, der im Dornschen Ehekrieg an der Seite der Mutter focht. Das hatten Hartlebens mitgekriegt. Das spürte er. Oder – weil sein Vater ihm oft vorgeworfen hatte, er bilde sich ein, was gar nicht sei – das glaubte er zu spüren.

Das Gerenne von einem Büro zum anderen absolvierte er mit einem fingierten Vorrat an Nervenkraft. Noch vor Ostern hatte er ein Zimmer bei Frau Standke, draußen in Uni-Nähe, Berliner Straße 112. Ein Zimmer im Parterre eines Gebäudemonsters, das mindestens zwanzig Haustüren zu der lauten Straße hin hatte. Dieses Zimmer kriegte er nur durch seine kirchlichen Beziehungen. Frau Standke war sehr religiös, ihre Tochter Carla war mit einem Hamburger Missionar verlobt, der ihr gesagt hatte, die Araber röchen eigenartig. Carla, so hatte Alfreds Schwester geheißen, die 1928, einundzwanzig Monate vor seiner Geburt, gestorben war. Die Gewöhnlichkeit, die Standkes und ihre Wohnung ausstrahlten, wurde durch diesen Vornamen gemildert. Alfred war ein Feind aller Gewöhnlichkeit. Da er in einer musikalisch tendierenden und nicht in einer literarisch interessierten Familie aufgewachsen war und da der Dentist Gustav Dorn, obwohl er geradezu legendär fleißig war, die Familie nie wie für immer aus den ererbten kleinen Verhältnissen herausführen konnte, hatte Alfred zu spät erfahren,daß das Gewöhnliche einen suchens- oder gar produzierenswerten Reiz habe. Sein Klassenkamerad Detlev Krumpholz, der in ihrer Freundschaft die Literatur vertrat wie Alfred die Musik, hatte das ganze Abiturjahr lang von einer Künstlernovelle geschwärmt, in der es Thomas Mann offenbar fertiggebracht hatte, der Gewöhnlichkeit Wonnen abzugewinnen. Der also auch ins Gewöhnliche verknallte Detlev war stolz darauf, daß er sich bei jeder Gelegenheit über die *alte Akademikerfamilie*, der er entstammte, lustig machte. Alfred konnte sich über seine Herkunft nicht lustig machen, er hatte zu wenig davon.

Alfred tat alles, um Standkes nicht merken zu lassen, daß er das Zimmer schlimm fand. Er mußte bei Hartlebens raus. Und dieses Zimmer in der Berliner Straße war ein Glücksfall: darin gab es außer dem Bett eine Couch. Wenn seine Mutter zu Besuch käme, mußte sie nicht bei Hartlebens um Quartier betteln.

Die ersten Briefe von seiner Mutter und Fräulein Dr. Goelz gingen noch zu Hartlebens; immer adressiert an Herrn Arthur Hartleben, weil man keinen mitlesenden Postzensor darauf aufmerksam machen wollte, daß ein gewisser Alfred Dorn, als er seine Kurierpost an die brüderliche Kirche in West-Berlin besorgt gehabt hatte, nicht in den Osten zurückgekehrt war. Die Mutter setzte forsch einen falschen Namen als Absender auf ihre Couverts; aber da ihr das Erfinden so wenig lag wie ihrem Sohn, benutzte sie den Namen der Schwester ihres Mannes: L.Ranke, und ließ die in der Kaulbachstraße wohnen, wo Mutters Mutter und ihr Stiefvater verbrannt waren. Diese Straße war nicht mehr freigeschaufelt worden. Es gab sie nicht mehr. Offenbar rechnete die Mutter nicht damit, daß der mitlesende Kontrolleur das schon erfahren hatte.

Sobald Alfred bei Standkes wohnte, lenkte er seine beiden Briefpartnerinnen in die Berliner Straße. Drei, vier Wochen lang drängten täglich Karten und Briefe aus Dresden-Bühlau herein. Alfred beantwortete die Eilbriefe der Mutter nur mit Eilbriefen, die er billig nach Einszuvierkurs drüben im Bahnhof Friedrichstraße aufgab. Eilbriefversand galt auch als eher zensorabweisend. Der Zehlendorfer Briefträger fragte, weil die Briefe immer an Inge Standke gerichtet waren, ob Frau Standke jetzt wieder heiraten wolle.

Daß Alfred seine Briefe an die Mutter und Fräulein Dr. Goelz, die sich selber seine Vize-Oma nannte, immer mit Bildern von Tieren, in denen er sich gerade am besten ausgedrückt sah, unterzeichnete, hatte nichts mit Postzensur zu tun. Das hatte er, aus sehnsüchtigem Übermut, schon in Leipzig getan. Unter die Briefe an die Mutter zeichnete er sich am liebsten als Giraffe, zierlich, zerbrechlich, aber auch hochmütig. War er traurig, zeichnete er sich als Häschen hin, dann auch schon mal richtig weinend. Der Vize-Oma zeichnete er sich als Elefant oder als Mäuschen drunter. Die geradezu ausschweifend auf ihre Jungfräulichkeit pochende Vize-Oma nannte sein Mäuschen Mäuserich und bat ihn, daß er sich, bitte, nicht in nackten, sondern in bekleideten Tieren präsentieren möge, da sie doch prüde sei. Alfred hat schon als Kind gern etwas zum Wiedererkennen gezeichnet. Er übertrieb dabei immer alles Charakteristische. Vielleicht war er ein geborener Karikaturist. Da er als Kind gern die Tiere aus den vom Großvater geklebten Chlorodontalben abgezeichnet hatte, ließ die Mutter ihn von dem Grafiker Oskar Roitzsch, dem Mann von Alfreds Patin, unterrichten. Oskar Roitzsch war ein Fußfanatiker. Die Fieß, die Fieß, rief er immer, als schmerze es ihn, wie Alfred Füße zeichne. Alfreds Beitrag zum nötigen Klassenjux in der Kreuzschule waren Karikaturen von Lehrern gewesen, die er während der Stunden durch die Bänke schickte, um dann das Grinsen zu kassieren, das mit den Blättchen durch den Raum wanderte.

Er stellte sich in Briefen also gern als edles oder komisches Tier dar, aber nur die Mutter wurde auch in der Anrede in diesen Ausdrucksbereich erhoben, zur Schmähung oder zur

Anhimmelung. Und wenn er sie sein geliebtes Lama nannte, belehrte er sie, damit sie wisse, wie hoch er sie hebe, daß so Nietzsche seine von ihm sehr geliebte Schwester angesprochen beziehungsweise angeschrieben habe. Das wußte er von Detlev Krumpholz. Er war immer auf der Suche nach Wörtern und Bildern, in denen er die Mutter und sich in komisch-pathetischem Überschwang feiern konnte. Manchmal bestand ein Brief fast nur aus Anredeversuchen. Er fängt an: Süßer Schelm! Dann fragt er sich, ob das eine passende Anrede sei, und probiert weiter Liebes Kamel, Stachelschwein, Rhinozeros, und findet Schelm im Augenblick doch passender. Obwohl er wußte, daß die Mutter das nicht billigen konnte, schrieb er dem Vater im Mai einen Brief, der kurz vor einem Päckchen am Schillerplatz in Dresden-Blasewitz eintreffen sollte. Unterzeichnet war der Brief mit einer freundlich herabschauenden Giraffe. Das Päckchen komponierte er so sorgfältig, daß es dem Vater eine Empfindung bestellen konnte. Er kaufte eine Pappröhre wie für Grafiken, füllte hinein 1 Pfund original-italienische Spaghetti – Spaghetti waren seine und seines Vaters Lieblingsmaterie beim Essen –, dazu ein Döschen mit geriebenem Parmesan, eine Tube Tomatenmark und eine Kaloderma-Rasierseife. Für diese dem Vater so genau entsprechende Komposition bedankte der sich herzlich und ohne jeden Mahnungs- oder Prophezeiungsmumpitz. Und er unterschrieb diesen Brief, weil auch er nicht erkannt werden wollte als einer, dessen Sohn in den Westen abgehauen war, mit dem Tarnungswort Bison. Zeichnen konnte er nicht, und wie ein Bison sah der große, alfredhaft schlanke Mann überhaupt nicht aus, aber Alfred begriff sofort, wie richtig dieses Tier doch gewählt war. Der Vater sah sich unverstanden, gejagt, aussterbend.

Eines Abends klopfte Frau Standke und sagte, sie mache sich Sorgen. So viele Ost-Eilbriefe an Frau Inge Standke, und sie wisse nicht, was da drin stehe, wolle es auch nicht wissen, aber im Sommer wolle sie zu ihrer Schwester nach Hannover, mit der Eisenbahn, sie sehe Schwierigkeiten voraus an der

Grenze. Alfred sagte, ab sofort gehe alle Post nur noch an ihn, er ist immatrikuliert, hat den vorläufigen Zuzug, was soll's. Und schrieb einen besonders großbuchstabigen Brief an die Mutter, in dem er dem mitlesenden Stasimenschen eine Version seiner Ausreise auftischte, die die drüben lebende Mutter unbelangbar machen sollte. Liebe Mutter, hieß es da ganz kühl, und was für nähesuchende Anredebilder drängten sich ihm sonst aufs Briefpapier! Sie wisse ja, daß er in den demokratischen Sektor von Berlin fuhr, um beim Justizministerium der DDR zu erfahren, ob er, nach zwei mißglückten Prüfungen in Leipzig, noch Aussicht auf einen Abschluß seines Jura-Studiums habe. In Berlin hat er einen Schulkameraden mit West-Beziehungen getroffen, der bot eine Stellung an, drüben. Lange hat er überlegt, wollte doch die Heimat nicht aufgeben, hat viel an die Mutter gedacht, er weiß doch, daß sie so etwas stets ablehnte, trotzdem hat er dann akzeptiert, weil er hier eine Stellung kriegen soll, die er, nach seinen Prüfungsergebnissen in der DDR, dort nicht erhoffen kann. Bitte, nicht böse sein.

Die Mutter hat dem Vater, mit dem sie nur noch streitend Berührung hatte, diesen Brief zugänglich gemacht, und der hat einen genau solchen Kunststoffbrief zurückgeschrieben, mit dem er sich als SED-Mitglied und Leiter der Fachgruppe Dentisten von jeder Mitwisserschaft und Mitwirkung reinwusch.

Leider hielt die Eil-Deklarierung die pflichtbewußten Ostbeamten nicht davon ab, immer wieder einmal ein Paket aufzumachen. Auf Paketsendungen, die mehr als 1 Pfund wogen, mußte der Inhalt draufstehen. Also durfte kontrolliert werden, ob das, was draufstand, auch drin war. Dazu zerschnitten und zerrissen sie die schönen Baum- und Marmorkuchen seiner Mutter, weil sie dachten, da müßten doch staatsgefährdende Schriftstücke oder Gegenstände hineingebacken worden sein, und vermerkten auf ihrem Zerstörungswerk: Paketinhalt amtlich geprüft. Das nahm ihm jedes Mal den Appetit. In ihm regte sich der Jurist. Er würde einen Protest verfassen,

da ja die Kontrolle, sei sie in jenem Staat legal, nicht dazu führen dürfe, den kontrollierten Gegenstand unbrauchbar zu machen. Aber er sagte sich dann, daß sein Kuchen auch durch Protestieren nicht wieder genießbar werde, und ließ es. Wenn er gar alles Mist fand, ging er in die Rheinstraße, dort hatte er eine große, schöne Fleischerei entdeckt, die Imbiß bot. Wellfleisch, Pökelfleisch, Zunge. Wenn er sonnabends nach Schöneberg zum Baden ging – Baden war bei Standkes nicht drin –, nahm er den Weg an der Fleischerei vorbei. Er würde die Mutter, sobald sie käme, hierherführen, und sie würden – das wußte er auch ganz sicher – mehr bestellen, als sie essen konnten. Und ins Kino gehen würde er mit ihr. Arthur Hartleben hatte mehrere Kinobesitzer unter seinen Kunden, dadurch kam Alfred zu kostenlosen Kinokarten. Sein erster Film im Westen: Überfall am Schlangenfluß.
Zuerst kam aber der Vater. Nach dem Bisonbrief hatte, aus Sicherheitsgründen, Tante Lotte den Briefwechsel übernommen. In Mutters Schreibweise hieß sie schnöde *Lotte verw.*! Ihr Mann Fritz Ranke war im November 1914, als Lotte dreiundzwanzig war, in Flandern gefallen. Seitdem widmete sich Lotte Ranke ihrer Witwenschaft. Im Januar 1941 ging ihr 1914 geborener Sohn Frieder mit dem Torpedoboot *Wolf* ein paar Kilometer westlich der Landschaft unter, in der sein Vater siebenundzwanzig Jahre vorher umgekommen war. Tante Lotte behielt in Briefen noch die Tarnsprache bei, als Alfred sie längst abgeschafft hatte. Sie kündigte ihm an, daß ein Bekannter von ihr am 22. um 14 Uhr bei den gemeinsamen Bekannten H. auf ihn warte. Bitte, pünktlich sein, und den Tag ganz freihalten. Alfred machte gleich einen Besuch in der Bornstraße, Aenne bügelte. Alfred wollte wissen, ob der Vater mit Judith Z. komme oder ohne. Aenne wußte es nicht, nahm aber an, ohne. Alfred erklärte, er werde am Sonnabend kurz vor zwei anrufen, sei der Vater allein, komme er, sonst nicht. Aenne sagte, daß sie das verstehe, schlug aber vor, er möge doch seinem Vater unter allen Umständen sein Zimmer bei Standkes zeigen, daß der Vater sehe, wie sehr Alfred sich

einschränke. Und überhaupt solle Alfred sich freuen auf seinen Vater, daß der sehe, wie Alfred sei, sobald er der Affenliebe seiner Mutter entkommen sei. Alfred versuchte, freundlich zu nicken.
An diesem Sonnabend war Immatrikulationsfeier angesetzt. Es war eine Platznummer zu holen, es war nur der zugewiesene Platz einzunehmen, und der Saal durfte nicht vor Schluß der Feier verlassen werden. Die Feier ging kurz nach zwölf an. Die Gastrede hielt der US-Oberkommandierende für Deutschland, Conant. Es gefiel Alfred, daß auf der Urkunde Alfred Dorn gedruckt zu lesen war. Um zwei sauste er zu Hartlebens, holte aber vorher noch in der Drakestraße die Bilder ab, die er von sich hatte machen lassen. Er wollte dem Vater eins davon mitgeben. Er hat in jeder Stadt, in der er war, richtige Fotoporträts von sich machen lassen.
Aenne Hartleben flüsterte ihm im Korridor zu, ER sei ohne SIE gekommen. Im Wohnzimmer, Arthur Hartleben und der Vater beim Wein. Vaters erster Satz: Mein Junge, du siehst elend aus. Aenne kam gleich mit einem Kartoffelsüppchen. Der Vater überreichte ihm eine Armbanduhr mit Garantieschein, im Wedding gekauft. Dazu noch 70 Mark West. Alfred solle sich besser ernähren. Dann wollte er mit Alfred einkaufen gehen. Was Alfred am dringendsten brauche? Einen kombinierten Anzug. Also rasch. Um halb vier erwarte ihn Fräulein Zemlinski auf dem Ku-Damm. Alfred zögerte. Warum Vater ihn nicht allein besuchen könne? Der Vater: Das Geld für die Uhr und die Einkäufe sei von Fräulein Zemlinskis im Wedding lebendem Onkel. Alfred solle sich klarmachen, wieviel Geld das sei. Alfred machte sich das klar, sagte aber, er könne nicht mitkommen. Der Vater sagte, er müsse in ein paar Minuten weg, er könne Fräulein Zemlinski nicht warten lassen. Jetzt erschrak Alfred. Arthur Hartleben sagte, es sei doch günstig, wenn beim Einkaufen eine Frau dabei sei. Aenne sagte: Und nachher geht ihr ohnehin in die Filmbühne, da wird ja auch nicht über den Fall gesprochen. Der Vater schaltete sich in großem Ton ein. Das war bei ihm selten. Sie

sollten nicht auf den Sohn einreden, bei ihm, Gustav Dorn, habe immer am meisten die freie innere Entscheidung gegolten.

Um 14 Uhr 52 hatte Alfred bei Hartlebens geklingelt, um 15 Uhr 15 war ER weg. Die Immatrikulationsurkunde, die Alfred extra mitgebracht hatte, wollte er nicht sehen. Ihn interessiere nur, ob Alfred gesund sei und mit dem Geld hinkomme. An der Kinokasse werde er in einem an Hartlebens adressierten Couvert noch Geld hinterlassen. Alfred sagte, man sehe sich ja bald wieder einmal. Der Vater sagte, das sei möglich,aber nur mit Fräulein Zemlinski, denn nur durch sie könne er dem Sohn Geld zukommen lassen. Alfred sagte, Besuche seien doch auch ohne Geld möglich. Der Vater: Es komme darauf an, daß Alfred Geld habe. Und dann konnte er es wieder nicht lassen, Alfred im Beisein von anderen zum Geschlechtsverkehr anzuhalten. In Dresden habe Alfred gesagt: Ja, ja, jaaa. Und, wie steht es jetzt?! Alfred verweigerte jede Reaktion.

Als der Vater draußen war, meinte Arthur Hartleben, um materieller Vorteile willen könne man sich ruhig ein bißchen fügen. Aenne gab zu, daß sie sich so ein Wiedersehen von Vater und Sohn nicht vorgestellt habe. Alfred konnte offenbar die Hartlebensche Wohnung nicht gleich wieder verlassen. Er mußte mit jemandem über seinen Vater sprechen. Erst um sechs fuhr er zur Uhlandstraße, aber an der Kasse der Filmbühne lag kein Couvert. Er setzte sich in der Joachimstaler eine Stunde lang ins Wochenschau-Kino, ging wieder zur Kinokasse, das Couvert war da. Als er den Ku-Damm entlangging – nach seinem Gefühl Richtung West, in Wirklichkeit aber Richtung Ost –, sah er den Vater und Fräulein Zemlinski vor den Fenstern eines Autohauses stehen. Er rannte über die Straße, zurück zur U-Bahnstation, und fuhr nach Zehlendorf.

Nicht einmal sein schönes Porträtfoto hatte er dem Vater mitgeben können. Auf dem Bild sah er nämlich nicht elend aus! Aber den Vater interessierte nur noch Fräulein Zemlinski. In

dem Couvert ein Schein: 20 West. Kein Gruß. In seinem Zimmer schrieb er einen drei Stunden langen Brief an die Mutter. Liebes Muttchen, schrieb er. Wo der Name stehen soll, zeichnete er ein zusammengeducktes Häschen, dem eine ziemlich dicke Träne aus dem Auge fällt.
Es wäre ja leicht gewesen, wenn er den Vater nur als Scheusal hätte empfinden können. Aber der war, als er schon im Korridor war, noch einmal umgekehrt und hatte ein altes Couvert herausgezogen. Alfred sammle doch so begeistert Fotos aus seiner Jugend, bitte, hier sind zwei, Dr. Sattmann läßt grüßen. Die schaute Alfred jetzt an. Auf einem Bild hat er ein paar Seiten Papier in der Rechten, auf dem anderen hängt diese Hand leer über die Stuhllehne. Sportsakko, dunkle Hose, Krawatte. Das muß 1948 sein, Abiturzeit. Und diese Bilder bringt ihm der Vater jetzt mit. Dafür war Alfred dankbar. Aber in dem Drei-Stunden-Brief an seine Mutter hat er diese Empfindung verschwiegen. Das konnte ihr nicht zugemutet werden. Ihr konnte er nur schildern, wie entsetzlich das Zusammentreffen mit Vater gewesen war. War es ja auch. Und je entsetzlicher es war, desto tröstlicher war es für Muttchen. Beide sparten hektisch und teilten es einander in Eilbriefen mit, wie und wo und wieviel sie sparten, damit Mutter und Sohn, wenn sie zusammen waren, die Fenge nicht zweimal umdrehen mußten, bevor sie sie ausgaben. Daß die Mutter in seinem Bett und er auf der Couch schlafen würde, war mit Frau Standke ausgemacht. Als im Titania-Palast für drei Abende hintereinander Furtwängler mit Schneiderhan angekündigt wurde, wollte Alfred den Besuch in dieser Woche haben. Er und seine Mutter bei Furtwängler! Und am Nachmittag würden sie für Mutter noch ein West-Kleid kaufen. Und Schuhe. Und eine Handtasche. Und einen Knirps. Die Geschäfte hatte er ausgesucht, die Preise verglichen, er konnte die Mutter rasch von Kauf zu Kauf führen. Aber bis er zur Vorverkaufskasse des Furtwängler-Konzerts kam, waren die Karten weg. Und aus Dresden kamen auch verhindernde Nachrichten. Die Mutter hatte nach

Alfreds Ausreise ihr Schlafzimmer an zwei Studenten aus Mittweida vermietet. Der Vater zog die 60 Mark, die die Studenten zahlten, von den monatlichen 150 Mark ab, die er der Mutter zahlte. Mutter hatte wieder das Ohrensausen wie vor zwei Jahren, als sie mit ihrem Anwalt Pietzsch Vaters Scheidungsbegehren gerichtlich abgewehrt hatte. Aus Hof schrieb Dr. Halbedl, er müsse die Zahlungen leider einstellen; Herr Dorn habe aus Dresden mitgeteilt, er könne nicht mehr für die Beträge aufkommen, bevor der im Herbst zu erwartende Prozeß nicht abgeschlossen sei. Der Versuch des Vaters, die Mutter durch Geldentzug zur Scheidung zu zwingen! Gustav Dorn hatte mit Dr. Halbedl, als der seine in Oberloschwitz lebende Schwiegermutter besuchte, einen Geld-Transfer vereinbart. Dr. Halbedl würde pro Monat dreißig Mark an Alfred überweisen, wofür Alfreds Vater der Halbedlschen Schwiegermutter, Frau Ostermuth, monatlich einhundertzwanzig Ost hintragen würde. Nach Beendigung des Studiums erfolge eine genaue, alle Wechselkursänderungen berücksichtigende Abrechnung. Jedesmal, wenn die 30 Mark aus Hof eintrafen, dachte Alfred an den Löwen, der in der Angriffsnacht im Februar 45 aus dem brennenden Zirkus Sarrasani entkommen war, Dr. Halbedl war mit seiner Frau aus dem brennenden *Judenhaus* geflohen, die Frau war in den Feuersturm gerissen worden, Dr. Halbedl lag in den Elbwiesen, ringsum die Leichen der an Verbrennung und Verwundung Gestorbenen. Im Herbst 45 hat er geschildert, wie der Löwe näher kam, an den Toten schnupperte, Dr. Halbedl erreichte, spürte, daß da noch jemand lebte und sich sofort neben Dr. Halbedl niederlegte, sich sogar dicht an ihn schmiegte.

Mit Wiltrud Halbedl war Alfred seit dem Herbst 1945 in brieflicher Verbindung. Wiltrud hatte in jedem Brief mitgeteilt, wieviel sie jetzt schon wog. Im Herbst 1950 war sie bei 76½ Kilogramm angekommen. Frau Dorn hatte die Zahlen im Freundinnenkreis weitergesagt, als wären's Lotteriegewinne eines lieben Verwandten. Kein Mensch in Dresden hätte in diesen Jahren so zunehmen können. 1950 hatte Wiltrud einen Zahnarzt geheiratet. Wiltrud Halbedl hieß jetzt Wiltrud Eberhard, wohnte in München, hatte zwei Kinder und ein Myom.

Dann traf der Brief von Tante Lotte ein, der den Text zu den Maßnahmen lieferte. An Unvernunft, Uneinsichtigkeit und Haß der Mutter scheiterten alle Versuche des Vaters, *die ganze Angelegenheit* gütlich zu regeln. Jetzt müsse der Vater wieder einen teuren Prozeß führen, deshalb müsse er die 60 Mark, die die Untermiete bringe, abziehen. Dächte Mutter nicht nur an sich, müßte sie, um ihres Sohnes willen, Vernunft annehmen. Schließlich brauche Alfred seinen Vater bis tief in die Referendarzeit. Man könne doch einen Menschen, der seit so vielen Jahren wegstrebe, nicht nur des Geldes wegen festhalten wie einen Sklaven. Der Vater sei nun hart geworden und weiche nicht mehr von seinem Weg ab.

Da schrieb Alfred aber zurück. Habe der Vater nicht soviel Verantwortungsgefühl, das Studium des Sohns unabhängig von seinem Eheproblem bedenken zu können? Alfred werde sich, wo immer es gehe, einschränken, niemals werde er aber unter solchen Umständen seiner Mutter zu einer Scheidung raten. Von der eigenmächtigen Kürzung der Unterhaltszahlungen an Mutter um 60 Mark (Ost) rate er dringend ab, da der Vater damit gegen eine gerichtliche Festsetzung verstoße, wonach Erträge aus Untervermietung der Mutter zugute kommen! Dann holte er groß aus: Es steht meiner Tante nicht an, meiner Mutter in an mich gerichteten Briefen Berechnung, Unvernunft und Haß vorzuwerfen. Es ist mir peinlich, meine Tante in die Schranken weisen zu müssen.

Der Mutter riet er, sofort zu klagen. Komme es zum Bruch! Die Familie Dorn ist passé!

Die Mutter verkaufte gleich einmal ihren alten Telefunkenapparat für 150 Ost und zog wieder ihren Anwalt Pietzsch zu.

Da seine Klausuren und Hausarbeiten im ersten Westsemester oft schlecht benotet wurden und da gewisse Klausuren und Übungen nicht mißlingen durften, weil er sonst keine Fleißscheine, also kein Stipendium bekommen würde, hatte er manchmal einfach alles satt oder, wie er sich sächsisch ausdrückte: dicke und wollte eigentlich den Mist lassen und heeme fahren. Die Mutter aber: Von wegen! Sie komme hinüber zu ihm. Und reimte: Wenn wir ooch nischt ham, so sind wir doch zusamm. Fast täglich schickte sie Pakete mit Kuchen und Wurst. Die HO-Wurst aus Dresden war dann in Berlin trotz Eilsendung nicht mehr genießbar. Also nur noch Kuchenpakete. Wenn die Mutter Wäsche mitschicken mußte – alle schmutzige Wäsche schickte Alfred, weil das Waschen im Westen zu teuer war, eiligst nach Dresden –, mußte sie manchen Kuchen auf dem Dresdener Postamt wieder auspacken und soviel davon wegschneiden, daß das Paket nicht schwerer war als vier Pfund. Mehr war bei Eilpaketen nicht erlaubt. Und er brauchte ja auch seinen Bademantel, ein Hemd, Taschentücher, Briefpapier, mit gefütterten Couverts, bitte, und noch Schwarz: Familienrecht, Nikisch: Boden- und Prozeßrecht und Lehmann: BGB Allgem. Teil. Der Kurier der Sächsischen Landeskirche hatte ja keine Wäsche und keine juristische Fachliteratur mitnehmen können, da er doch angeblich am selben Tag zurückreisen würde. Natürlich drängte es ihn auch, so bald als möglich ein Paar von diesen sagenhaften Perlonsocken der westlichen Welt sein eigen zu nennen. Und das Zimmer bei Frau Standke kostete im Monat achtundzwanzig Mark. In dieser peinlichen Lage half die Mutter mit einer Idee. Sie fragte ihre Freundin Berthel Mewald, mit der sie vor dem ersten Weltkrieg im Ehrlichschen Gestift gewesen war, ob die nicht die beste Meißner Vase, die sich in der Familie Dorn erhalten hatte, ihrem Schwager John Mewald in Amerika zum Kauf anbieten könne. Zweihundertundfünfzig Dollar oder eintausend Westmark, zu zahlen an Herrn Türke in Berlin-West, Schlüterstraße 6, wo es sich Alfred holen könnte. Das funktionierte! Die Vase wechselte in Dresden die Adresse: vom Bauernbusch in den Langenauer

Weg. Berthel und Norbert Mewald nahmen das schöne Stück für den Amerikaner in Verwahrung. Er konnte es, wenn er wieder zur Leipziger Messe kam, bei ihnen holen. Das wurde Alfreds verläßlichste Geldquelle: zwei Jahre lang viermal pro Jahr 125 Mark. Alfred kassierte das Geld immer zehn- und zwanzigmarkweise. Das Essen in der Mensa kostete nichts, wenn er die Karte rechtzeitig abholte. Dicke Gemüsesuppen, dann und wann die Lieblingsmaterie: Nudeln; öfter zerkocht, aber mit suppiger Gulaschsauce, plus Milchreis mit Kompott. Wurde es ihm zu dumm, ging er eine Etage höher und aß im clubartigen Restaurant à la carte, sah durch die Fenster hinaus ins Grüne und dachte an Dresden-Bühlau, wo alles Grün zu Hause war.

Der erste Student aus der Leipziger Zeit, den Alfred auf dem Gelände der Freien Universität traf, war Harald Hunger. Alfred war überrascht, der andere offenbar nicht. Heute sei es viel bemerkenswerter, daß einer in der Ostzone bleibe als daß er in West-Berlin auftauche. Er werde zwei, drei Semester hier studieren, dann Examen, und raus aus West-Berlin. Das sei leicht. Eine Einladung, zum Schein, dann zum Combined Travel Board in Schöneberg, Elßholzstraße, dann den Interzonenpaß, den West-Berliner Personalausweis, die Flugkarte, die umsonst, wenn du als politischer Flüchtling anerkannt bist, für dich kein Problem...

Alfred hörte nur halb zu, er wußte, daß das nicht sein Weg war. Er konnte West-Berlin nicht verlassen. Wegen Dresden beziehungsweise wegen seiner Mutter. Weil der Weg nach Dresden offen bleiben mußte, durfte er auch kein politischer Flüchtling sein. Daß Harald Hunger, der mitgekriegt hatte, wie sich Alfred in Leipzig benommen hatte, die Anerkennung als politischer Flüchtling so sicher in Aussicht gestellt hatte, tat ihm gut. Alfred wünschte, sein Vater könnte einmal von einem Leipziger Kommilitonen erfahren, wie man dort unter Jura-Studenten über Alfred sprach. Aber wahrscheinlich würde sein Vater die politischen Schwierigkeiten, in die Alfred in Leipzig geraten war, auf Verweichlichung und dergleichen zurückführen. Alfred hätte sich so benehmen müssen, daß er nicht in diese Schwierigkeiten geraten wäre oder, geriet er hinein, sie meistern sollen. *Meistern* war ein Lieblingswort seines Vaters.

4.

Am Freitag sollte die Mutter nun endlich kommen. Man würde nicht viel kaufen, aber endlich wieder reden können miteinander. Bevor Alfred am Dienstagmorgen aus dem Haus ging, kam noch ein unzerwühltes Kucheneilpaket aus Dresden. Frau Standke brachte es mit Nachrichten: im Ostsektor werde demonstriert. Bis zehn saß er in Vorlesungen (Heinitz, Strafrecht II, und Hirsch, Handelsrecht II). Statt von zehn bis zwölf von Lübtow, Römische Rechtsgeschichte, zu hören, ging er ins Seminar, um an seiner Hausarbeit für Brandt zu schreiben. Er wollte sie schreiben wie eine Klausur und erst nachträglich die Literatur dazu heraussuchen und verwerten. Er hatte schon geglaubt, er habe mit der rechtlichen Würdigung des Sachverhalts das meiste geschafft und müsse nur noch die Ansprüche bearbeiten. Aber durch Herumhören im Seminar erfuhr er, daß das Wichtigste bei diesem Fall die Ansprüche seien. Da er bei Brandt die erste Hausarbeit nicht mitgeschrieben und die erste Klausur verhauen und gerade einen Tag zuvor eine zweite Klausur zwar mitgeschrieben, aber nicht abgegeben hatte, mußte diese Hausarbeit unbedingt gelingen, weil er sonst den Großen BGB-Schein nicht schaffte; damit wäre sein erstes Westsemester als verfehlt zu buchen. Am 25. Juni mußte er die Hausarbeit abliefern. Am neunzehnten sollte die Mutter kommen. Er hatte sich vorgestellt, daß ihm das Arbeiten, wenn die Mutter in der Nähe wäre, leichter fallen würde. Das war immer so gewesen. Obwohl die Mutter nach vier Jahren Volksschule nur dieses Ehrlichsche Gestift besucht hatte, hatte sie für alle Schulprobleme Alfreds immer die richtigen Lösungen orga-

nisiert. Auch Fräulein Dr. Goelz, die Vize-Oma, war Muttis Entdeckung. Alfred zuliebe hatte sich die Vize-Oma, die vor ihrer Pensionierung Geographie und Mathematik gegeben hatte, fast so weit ins Jurastudium hineingearbeitet wie er selbst. Von Leipzig war er jeden Freitag heimgekommen und hatte alles mit Fräulein Dr. Goelz durchgesprochen. Seit er in West-Berlin war, mußte hin- und hergeschrieben werden. Alfred hatte einen unstillbaren Bedarf an Zuspruch. Von Muttchen und vom Fräulein Doktor, die er seine virgo doctissima nannte, verlangte er Tag und Nacht Zuhörens- und Ratebereitschaft. Er hatte der Doktorin die BGB-Hausarbeit geschickt, aber noch nichts von ihr gehört. Wahrscheinlich kaute sie daran genau so herum wie er. Der Text:
Ritter hat seinem Freund Fuß einen Pelz geliehen. Der gab ihn an der Theatergarderobe ab. Infolge eines Versehens der Garderobefrau wurde der Pelz einem gewissen Mosbach ausgehändigt, der Pelz des Mosbach einem Unbekannten, und Fuß mußte, da er den dürftigen Überzieher des Unbekannten zurückwies, frierend nach Hause gehen. Fuß verlangt von Mosbach Herausgabe des Ritterschen Pelzes. Mosbach weigert sich; er will den Pelz nur der Theaterverwaltung und nur gegen Wiederherausgabe seines eigenen Pelzes ausliefern. Dem Ritter möchte Fuß am liebsten von dem ganzen Vorfall nichts sagen. Wie ist die Rechtslage?
Als er hörte, worüber die Kommilitonen heute sprachen, wagte er nicht, das Thema *Ansprüche* in seiner Pelz-Sache vorzubringen. Die redeten darüber, daß die Ost-Berliner Demonstrationen auf die Zone übergegriffen hätten. Seine Mutter würde also am Freitag nicht kommen. Am Bahnhof Friedrichstraße hatte er sie abholen wollen, dann wären sie drüben auf Ostmark essen gegangen.
Die Arbeiter in der Stalin-Allee verlangten die Herabsetzung der Normen, hörte er, und die Erhöhung des Lebensstandards. Sie seien vor das ehemalige Reichsluftfahrtministerium in der Leipziger Straße gezogen und hätten Ulbricht und Grotewohl verlangt. Selbmann habe zu ihnen gesprochen. Er

sei selbst Arbeiter gewesen, habe er gesagt. Ihm sei geantwortet worden, das habe er vergessen.

Am Siebzehnten ging Alfred auf dem Corrensplatz, den er täglich passierte, zum ersten Mal zum Zeitungskiosk. Aber heute waren schon alle Zeitungen weg. Im Radio hörte er abends, daß auf dem Brandenburger Tor die rote Fahne eingeholt und dafür die schwarzrotgoldene aufgezogen worden war. Unter den Linden brannte eine rote Fahne. Ein Propaganda-Kiosk wurde angezündet, sowjetische Panzer fuhren auf, es fielen Schüsse, auch tödliche. Abends brannte das Columbiahaus, der Sitz der Volkspolizei. Alfred unterbrach seine Hausarbeit nicht für länger. August Polenz und Jochen Sequenz, auch ehemalige Leipziger, forderten ihn auf, mitzukommen. Alfred lehnte ab. Er wolle, sagte er, nicht Zuschauer sein, wenn sich unglückliche Menschen aus einem Gefängnis befreiten. Adenauer flog ein. Eisenhower schickte Geld. Trauerfeier für die Opfer. Die Charlottenburger Chaussee wurde umbenannt in Straße des 17. Juni. Die erste Nachricht aus Dresden brachte ein Brief der Vize-Oma. Ansammlungen auf dem Albertplatz, ganz fremde Menschen sprechen miteinander von der Wiederherstellung der Rechtssicherheit. Sie, alt und bewegungsbehindert, sei sich noch nie so nutzlos vorgekommen. Dann zitierte sie den 126. Psalm: *Wenn der Herr die Gefangenen Zions erlösen wird, so werden wir sein wie die Träumenden.* Einen Monat später teilte das Fräulein Doktor mit, daß Hilde Benjamin jetzt Justizministerin der DDR geworden sei. Das bezeichnete sie als einen Schlag ins Kontor. Fräulein Dr. Goelz war Jahrgang 1881.

Nun kam die Mutter nicht, nun wurde die Hausarbeit nicht fertig bis zum 25. Juni. Aber Professor Brandt gestand auf das freundlichste Verlängerung zu. Die promovierte Vize-Oma behauptete: Das Verschieben ist in Ihrer ganzen Konstitution verankert. Die Mutter, Ehrlichsches Gestift 1904 bis 10: Du machst alles immer auf den letzten Drücker. Du hast schon getrödelt, als du zur Welt kamst. Sein Geburtstag hätte nämlich Sonntag, der 8. September 1929 sein sollen – Frau Dorn

selbst war ein Sonntagskind –, es wurde Montag, Montagabend, nach zehn.
Es waren feuchtheiße Juni-Tage. Am achtzehnten Wolkenbrüche, dann wieder stechende Sonne. Die Wetterlage, die er am wenigsten ertrug. Und dann einem verlorenen Pelz die *Rechtslage* konstruieren! Die Thielallee – sein Weg zur Uni – unter Wasser. Frau Standke riet ihm, als er in den Strafrechtsklausurenkurs eilte, die Hosen hochzukrempeln. Diese Frau war wirklich nicht imstande, über ihn etwas dazuzulernen. Einem Alfred Dorn vorzuschlagen, die Hosen hochzukrempeln! Wie er das ablehnte, empfand sie offenbar als Beleidigung. Sie werde aber seine Sachen nachher nicht wieder in Ordnung bringen! Und weg war sie. Mist! Ihn peinigte die Vorstellung, länger, vielleicht sogar endgültig von Dresden beziehungsweise von seiner Mutter abgeschnitten zu sein. Am 2. Juli, abends erst, wurde er mit der Hausarbeit fertig. Am dritten nachmittags händigte er sie dem Kastellan aus, der wollte sie Professor Brandt ins Zimmer legen. Treppen hinunterzurasen lag Alfred Dorn nicht, aber er fühlte sich doch sehr leicht, nachdem er diese Arbeit weg hatte. Jetzt zu Herrn Türke, Schlüterstraße, Geld holen. Jedesmal wenn er zu Herrn Türke ging, freute er sich an der Konstruktion, die seine Mutter zustandegebracht hatte. In Dresden wird eine schöne Meißner Vase vom Bauernbusch in den Langenauer Weg gebracht – das ist eine halbe Stunde zu Fuß – ,und er kann in West-Berlin Geld holen. Herr Türke sagte, wenn Alfred wieder zehn bis zwanzig Mark holte, mit Fünfzigern spare er sich Fahrten. Heute würde er sogar zwei Fünfziger holen. Aber während der Fahrt verflog alle Leichtigkeit. Die Hausarbeit ging ihm nach. Er glaubte, einen groben Fehler gemacht zu haben, und eine Begründung war ihm ganz mißraten. Sobald er das Geld hatte, fuhr er zurück zur Fakultät. Er würde dem Kastellan sagen, daß er die Arbeit dem Professor Sonnabendfrüh persönlich geben werde. Der Kastellan wollte gerade sein Fahrrad besteigen. Er hatte die Tür ins Schloß fallen lassen und konnte selbst nicht mehr hinein, da ab

16 Uhr 30 das Gebäude wegen des Sportfestes geschlossen sein sollte. Er beruhigte Alfred. Die Arbeit liege auf den anderen unkorrigierten Hausarbeiten. Es geschehe ihr garantiert nichts. In seinem Zimmer schlug Alfred die Literatur nach und stellte fest, daß das, was er verbessern wollte, gar nicht falsch war. Auch die schwache Begründung war gar nicht so schwach. Ein Glück, daß der Kastellan nicht mehr hatte öffnen können!

Am Sonntag hieß es, es gebe Berliner Übergänge, benutzbar mit Passierschein. Am Dienstag fuhr er bis zur Prinzenstraße und ging zu Fuß zur Sektorengrenze. Die West-Polizisten sagten unter ihren blinkenden Helmen hervor, die Grenzen seien nicht so schnell wieder offen. Eine Berlinerin sagte: Passen Se uff, dat wird anders. Sie behielt recht. Die Arbeiter drüben verlangten die Öffnung der Sektorengrenzen. Alfred schrieb seiner Mutter, Freitag, der 17. Juli, sei ihr Reisetag. Ankunft Bahnhof Friedrichstraße. Zweimal zeichnete er das Brandenburger Tor in den Brief, in dem er den Reisetag mitteilte, einmal zerbrochen, dann wieder errichtet, passierbar. Und einen Spielzeugzug zeichnete er auch noch an den Briefschluß. Die Lokomotive lachte und stieß statt Rauch den Satz aus: Hat die Martha heute einen Drasch!!

Am 27. Juni hatte sein Vater Geburtstag. Alfred brachte es trotz aller Entzweiung nicht über sich, diesen Tag nicht zu bemerken. Als er seine geliebte Straße entlangging, die als Potsdamer Chaussee beginnt, dann bei ihm Berliner Straße heißt, als er an den Steglitzer, Friedenauer und Schöneberger Schaufenstern entlangbummelte, konnte er gar nichts anderes tun, als das Päckchen zu komponieren, über das sein Vater sich freuen mußte. Grafik-Papprolle: Spaghetti, Tomatenmark, Parmesan, Kaloderma; und weil Geburtstag war, kamen noch zehn Villiger Stumpen dazu. Auf der Post erfuhr er, daß er das so schicken dürfe. Eine Geschenksendung, obwohl sie einige Mark kostete, fiel ihm leichter als ein Brief.

Jetzt konnte die Mutter also endlich kommen. Und sie kam nicht. Da sie von ihrem Vater eine schöne Stimme geerbt

hatte, war sie Mitglied der Dresdener Liedertafel, am 26. Juli sollte in Pillnitz, im Schloß, gesungen werden, jeden Abend Probe; noch eine letzte Verschiebung also, auf Freitag, den 5. August. Er schrieb ihr: Nicht vergessen, den Höllensteinstift gegen die Wucherungen am Finger! Das Wort Warzen war ihm zuwider.
Er gönnte sich einen Film mit Lawrence Olivier, den er der Vize-Oma als englischen Gustaf Gründgens beschrieb. Dem Fräulein Doktor mußte er von jedem Film, in den er ging, das Programm schicken. Eines Tages bat die Zweiundsiebzigjährige um eine Mecki-Karte. Dann verliebte sie sich in den Reklame-Igel. Sie reagierte richtig ostzonal: Der allerliebste und spaßige Kerl entspricht unserem Geschmack weit mehr als die outrierte amerikanische Mickymaus. Der wunderbare Mecki erinnere sie sehr an seine Briefillustrationen. Alfred fühlte sich geschmeichelt. Als er in seiner Schloß-Rhein-Hauptstraße seine erste Ananas kaufte – für drei Mark West –, schilderte er in dem Brief abends nicht nur das erste Ananas-Eßerlebnis seines Lebens, sondern zeichnete sich als vergnügtes Zebra drunter.
Seine Mittellosigkeit in der täglich greller ausstaffierten Warenwelt erzeugte in ihm das Gefühl, er sei hier nur zu Besuch. Daß er sich von West-Berlin noch weiter in den Westen bewegen würde, war unvorstellbar. Nach den Ereignissen des letzten Monats war es ebenso unvorstellbar geworden, daß er je in dieser DDR arbeiten und leben würde. Adenauer hatte bei seinem Besuch verkündet, der 17. Juni heiße von jetzt an Tag der deutschen Einheit. Na scha, dachte Alfred. Außer Muttchen hatte er noch nie jemanden Na scha sagen hören. Es war Muttchens Nebbich.
Nun kam sie also wirklich.
Ziemlich genau sieben Jahre nach ihrem ersten Besuch in West-Berlin beerdigte er sie auch hier. Sogar in Zehlendorf, wo sie jetzt, dank Frau Standkes Zustimmung, von Freitag bis Montag zusammen wohnen durften. Mutters Vorschlag, daß sie bei Hartlebens unterkommen könnte, lehnte er ab. Affen-

liebe, hatte Aenne Hartleben gesagt und dabei so aufgelacht. Da durfte Mutter unter keinen Umständen mehr hin.
Natürlich versäumte er es nicht, die Mutter im angrenzenden Lichterfelde-West ins Fotohaus Paul Pawlowski zu führen, wo er sie und sich im Doppelporträt darstellen ließ. Siebenundfünfzig war Martha Dorn da und versuchte, wie es von ihr verlangt worden sein mag, ihr von Kummer verwirktes Gesicht freundlich-herzlich in etwas an ein Lächeln Grenzendes zu verwandeln. Es wurde ein Clownsgesicht daraus. Sein Mund und ihr Mund, das war ein Mund. Weit nach links und rechts ins Gesicht reichend. In ihrem runden Gesicht war dieser breite Mund besser aufgehoben als in seinem schmalen. Von den vielen Lichtbildnern, die er in Dresden, West-Berlin, Wiesbaden, Frankfurt und Mainz aufgesucht hat, hat ihn keiner auch nur ein bißchen zum Lächeln gebracht. Der breite, nicht gerade lippenstarke Mund schließt das Gesicht nicht nur nach unten hin ab, er schließt es förmlich zu. Alfred Dorn hat sich, sobald er es sich leisten konnte, oft und oft in schönen Farbbilder-Leporellos unterbringen lassen. Sein Lieblingsformat: 12×17. Man sieht richtig, wie die Lichtbildnerinnen und Lichtbildner ihm den Mund aufschließen wollen; jeder kennt ja die Zurufe; aber auch die Tüchtigsten bringen es nur dazu, daß Alfreds Lippen, die sonst, einander beeinträchtigend, aufeinander liegen, dann ein wenig und ausdruckslos auseinanderklaffen. Ein Lächeln wird nicht daraus, sondern ein Mund, der sich hat öffnen lassen und jetzt überhaupt nicht mehr weiß, wie er sich empfinden soll. Auch auf Fotos von Ausflügen, Tanz- und Trinkveranstaltungen – kein Lächeln. Das fällt besonders auf, weil auf solchen Bildern hemmungslos Lachende dominieren. Oft tragen seine Porträts den faksimilierten Namen des Lichtbildners an der Stelle, an der früher der Maler signierte. Alfred Dorn war, wenn er sich aufnehmen ließ, immer zum Abgebildetwerden bekleidet. Später trug er dazu feine, dunkle, blau schimmernde Anzüge, ein fast weißes, gerade noch ins Blau tendierendes Hemd, eine blaue Seidenkrawatte, gemustert zum

Beispiel mit silberblauen lothringischen Kreuzchen. Und natürlich trägt er immer ein Ziertüchlein in dem bei uns anderen lächerlich leeren Täschchen. Alfred sah seiner Mutter gleich, hatte den Wuchs seines Vaters und, nach seinem eigenen Urteil, das Profil einer Daumierkarikatur. Wegen der großen und gebogenen Nase. Die kam so weder beim Vater noch bei der Mutter vor. Leider gelang es ihm nie – und er bemühte sich wirklich jahrelang darum-, eine Profilaufnahme von den Köpfen seiner Großeltern aufzutreiben.

Frau Dorns Ankunft soll durch Mitteilungen über diese Ehe hinausgezögert werden. Wenn man zu schnell Zeuge wird, wie diese Mutter und dieser Sohn mit einander umgingen, stellen sich gleich die diensttuenden Vokabulare ein, Alfred und seine Mutter kriegen ihre Wörtchen um den Hals gehängt, und alles ist klar. Es muß versucht werden, die sich wissenschaftlich aufführenden Vokabulare so lang wie möglich draußen zu halten. Lieber sei nicht alles klar. Oder auch gar nichts. Könnte man nicht auch etwas verstehen, was gar nicht klar ist? Liebes Mätzchen: so sprach Alfred im Brief seine Mutter an und schickte ihr 1 Million Küßchen und grüßte als ihr Mätzchen. Es sieht nicht so aus, als sei die Zärtlichkeit zwischen Mutter und Sohn ein Getue gewesen. Sie sind zu einander, das zeigen ihre Briefe, ziemlich offen. Zwischen Miststück und Prinz fehlt keine Figur in ihren Briefen an ihn. Und er läßt nichts aus zwischen Schaf und Königin. Sie machte das Spiel mit, das Alfred mit jedem möglichen Ernst inszenierte. Die Freude an seiner Mutter war größer als das Problem, auf das ihn wohlmeinend sein Vater oder auch die Vize-Oma hinwies.

Nach der ersten freudigen Wiedersehenserschütterung hat die Mutter gleich eine Rechnung beglichen. Sächsisch gesagt: Es gab großen Fitz! Alfreds Spaghetti-Parmesan-Kaloderma-Villiger-Sendung an den Vater. Wo man sowieso die Fenge dreimal umdrehen muß, spielt er den großen Westonkel, ja! Und die Zemlinski frißt die Makkaroni! Ja, hat er denn vergessen, wie Herr Dorn seit eh und je auf Geschenke reagiert?

Sie sagt es ihm: Wenn ihr mir was schenkt, dann ja doch von meinem Gelde! Schenkt man so einem noch was?!
Die Mutter hat es natürlich von der durch alle Quartiere zirkulierenden Tante Lotte erfahren, die entzückt war von soviel Sohnesliebe. Jetzt will die Mutter wissen, wie ER reagiert habe auf die Liebesgaben. Daß der Vater auf das Geburtstagspäckchen gar nicht reagiert hatte, fand sie typisch. Alfred fand, so einfach dürfe man es sich nicht machen. Vati reagiere mal so, mal so, man wisse nie im voraus, wie. Er, Alfred, werde Vati nicht den Gefallen tun, ihm wegen der ausgebliebenen Bestätigung des Geburtstagspäckchens, die ja schon wegen der prekären Postsituation unbedingt nötig gewesen wäre, einen scharfen Brief zu schreiben, denn dann würde Vati triumphieren: da haben wir's, es war nicht gut gemeint. Das sei vielleicht sogar der Grund seines Schweigens, daß Alfred sich zu einem scharfen Brief hinreißen lasse. Da täusche sich aber Vati in Alfreds Nervenkraft. Er halte das Dresdener Schweigen aus. Sogar ohne daß er sich in quälenden Mutmaßungen über den wirklichen Grund des Schillerplatz-Schweigens ergehe. Das empfehle er auch der Mutter und der Doktorin. Und so schloß er: Wir können nie wissen, wie Vati ausschlägt. Jedes Handeln ihm gegenüber ist ein Risiko. Die Mutter sagte, Alfred solle doch, bitte, endlich aufhören, seinen Vater Vati zu nennen, sonst fahre sie lieber gleich wieder zurück.
Er nahm sie mit ins Universitätsgelände, zeigte ihr die Mensa, die Fakultät, Hörsaal 7, in dem er immatrikuliert worden war – im Gegensatz zum Vater interessierte sie sich für die Urkunde –, er nahm sie mit zu Bücher-Eckert, wo er noch Schulden hatte, und hoffte, durch Mutters Erscheinen seine Kreditwürdigkeit zu erhöhen. Und er nahm sie mit zu Frau Ursula Kardos in der Courbièrestraße.
Einerseits hatte er der Tante Lotte streng hingesagt, er werde seiner Mutter nicht zur Scheidung raten, andererseits hatte er den Vater erlebt und wußte seitdem, daß der niemals zurückkehren werde. Die Mutter – das merkte er jetzt – rechnete

noch immer mit einer Rückkehr. Also ging der ehemalige Kreuzschulprimus mit dem Einserabitur, der zur Zeit Jura Studierende mit der Mutter zur Wahrsagerin. Der Mutter wurde gesagt: Ihr Mann wird noch einmal weinen. Ihm wurde gesagt: Sie werden einmal in der Wirtschaft Ihren Weg machen. Dann gingen sie ins Kino. Alfred hatte den Film ausgesucht, im Kino am Steinplatz: Der Glöckner von Notre-Dame. Ihm gefiel das nachgemachte Historische, die vielen Gotikdetails. Die Mutter grauste sich vor dem Glöckner. Er belehrte sie über das griechische Ananke, das da an der Wand stand. Über Gina Lollobrigida sprachen sie nicht.

Natürlich ging Alfred mit der Mutter in die Rheinstraße zur Lieblingsfleischerei, zum Imbiß. Die Mutter hatte bis jetzt geglaubt, Makkaroni – worunter sie alle Teigwaren verstand – seien sein liebstes Essen, und staunte, als er jetzt Wellfleisch, Pökelfleisch und Zunge anbot. Sie bestellten mehr, als sie essen konnten. Die Mutter sagte, sie habe vor Alfreds Geburt immer so Appetit auf Eisbein gehabt. Das war ein Satz wie ein Foto aus der Kindheit.

Also was ist jetzt mit diesem sagenhaften Sommerschlußverkauf, hat sie dann sagen können.

Weil der Regierende Bürgermeister gleich nach dem Aufstand nach New York geflogen war und dort mit dem International Rescue Committee Geld gesammelt hatte, gab es jetzt eine *Reuter-Stiftung,* und Alfred hatte zum Studentenwerk rennen, einen Antrag ausfüllen und dann als *genehmigten Hilfsbetrag* DM 70,– abholen können, *Hilfszweck: Starthilfe*.

Die Mutter wehrte sich natürlich, aber eine weiße Leinenjacke und einen Knirps mußte sie sich kaufen lassen. Das andere verschob man.

Er führte die Mutter vor die grellsten Dekorationen des Sommerschlußverkaufs. Da, bitte lies: *Der Wertheimer Besen kehrt!* Und kommentierte: Soll er mal Vati eins über den Nüschel hauen, weil wir uns nichts kaufen können! Oder es sei ihre Schuld, sagte die Mutter, weil das Geld sofort wieder fließe, wenn sie die Scheidung mitmache. Um die Mutter aus dem Sommerschlußverkaufsstaunen herauszureißen, sagte er, auf die Schaufenster weisend: Wenn ich das alles haben werde, wird mir das alles nichts mehr bedeuten. Da konnte sie einen ihrer ihm gegenüber oft gebrauchten Sätze sagen: Alfred, greif dir mal hier hin. Gib ihm Wasser. Als er, ein bißchen gereizt, bat, sie möge sich genauer erklären, sagte sie: Jemand, der momentan so wenig Geld habe wie er und der trotzdem zweimal im Monat zum Friseur gehe, um sich den Kopf waschen und mit Seborin massieren zu lassen und dann noch regelmäßig zu Dr. Scholl am Ku-Damm zur Fußpflege, so einer rede ihr nicht ein, daß ihm das alles hier einmal nichts bedeuten werde.

Sie waren immer noch auf seiner Schloßrheinhauptstraße, kamen am Titania-Palast vorbei, wohin er sie gern zu Furtwängler und Schneiderhan geführt hätte. Auf einem benachbarten Ruinengrundstück war eine Tombola zugunsten der Berliner Philharmonie aufgebaut. Buden mit den Gewinnen. Kleidungsstücke. Möbel. Sogar ein Volkswagen. Alfred, ohnehin in einer Volksfeststimmung wie früher auf der Vogelwiese, kaufte ein Los für 50 Pfennige, machte es auf: *Gewinn*. Er und Mutter schauten einander an. Das hieß: Klar, wir zwei zusammen können nur gewinnen. Also zur Gewinnausgabe. Ein kleines Holzhaus. Die Mutter wollte nicht mit hinein. Mit Alfred andere Gewinner, die ihr Los abgaben und gleich Schokoladetafeln oder Seifenstücke kriegten. Ihn bat das Fräulein nach oben. Sollte er tatsächlich den Volkswagen gewonnen haben? Ein Herr sagte: Sie sind der Hauptgewinner. Der Gewinn werde ihm gleich auf dem Balkon überreicht. Man bitte ihn, ein paar Worte ins Mikrophon zu sagen. Er bat, davon abzusehen. Ob er das nicht doch tun könne für die Philharmonie. Die Angst vor dem Mikrophon sei im Nu weg. Alfred sagte, es sei nicht Mikrophonangst, ihn störe diese Art Auftritt, hätte er das geahnt, hätte er nie ein Los gekauft. Aber der Herr war schon auf dem Balkon und rief ins Mikrophon: Eine Sondermeldung! Das Fräulein schob Alfred hinaus. Ihr Name? Dorn. Herr Dorn, was hatten Sie vor, als Sie hier in

Steglitz an der Tombola vorbeikamen? Besorgungen machen. Sehr gut! Was wollten Sie gewinnen, als Sie das Los kauften? Er habe wirklich nur an den Zweck gedacht: die Philharmonie. Herr Dorn, haben Sie schon einmal etwas gewonnen bei einer solchen Gelegenheit? Ja, in Dresden, Kleinigkeiten, auf der Vogelwiese. Leben Ihre Eltern noch? Ja. Wohnen Sie hier bei ihnen? Nein, er studiere hier, wohne in Untermiete. Darauf wurde ihm ein Blumentopf überreicht, eine Fuchsie. Die Leute lachten. Nächste Frage: Herr Dorn, ein junger Mann, der aussieht wie Sie, picobello in Schale, der hat hier in Berlin eine charmante junge Dame! Alfred versuchte zu lächeln. Das sei recht indiskret. Er verweigere die Auskunft. Die Leute lachten noch mehr. Herr Dorn, diese verweigerte Auskunft ist auch eine Auskunft! Hier sind zwei Gutscheine für die Konditorei Huthmacher! Ihnen und der Dame viel Vergnügen! Unten stauten sich die Leute. Das Spiel, das Alfred nur noch als quälend empfand, ging weiter. Wenn seine Eltern in der Ostzone wohnten, werde er sie doch sicher unterstützen. Ja. Wann ging das letzte Paket nach Dresden? Vergangene Woche. Hat Ihre Frau Mutter demnächst Geburtstag? Am 4. November. Na bitte, da haben wir was für Sie. Ein Damenmorgenmantel wurde überreicht. Die Leute johlten vor Begeisterung. Da mußte der rundliche Herr noch eine Frage stellen: Wer kriegt den Morgenrock, die Frau Mutter oder die verweigerte Auskunft? Noch mehr Gejohle. Alfred bedankte sich und ging hinunter. Die Leute riefen: Bessa als janischt! Er konnte aber jetzt unmöglich auf die Mutter zugehen, das hätte weiteres Gejohle produziert. Also ging er, sobald er Blickkontakt mit der Mutter hatte, an ihr vorbei und bedeutete ihr, sie solle ihm folgen. Die Mutter fand nachher, er habe sein erstes Interfiu großartig bestanden. Sie habe zuerst natürlich geglaubt, er habe den Volkswagen gewonnen. Ihr wurde schon richtig schwarz vor den Augen. Also der Westen, aufregend ist das schon hier. Ist sie den ersten Tag da, dann gewinnt er um ein Haar einen Volkswagen. Alfred hat dann gesagt: Den kaufe ich dir. Später. Ihr gefiel der Morgenmantel. Der sei doch einigermaßen dem ähnlich, der beim großen Angriff in der Borsbergstraße verbrannt sei. Alfred müsse sich auf den besinnen, tintenblau, hellblau gefüttert und gesteppt. Jetzt konnte sich Alfred auf Mutters Morgenmantel besinnen.

Frau Standke, die die Fuchsie kriegte, hat der blaue Morgenmantel, der mit himbeerroter Atlasseide gefüttert war, nicht gefallen. Frau Standke sagte, der sei höchstens 25 Mark wert, aber für 25 Mark würde sie sich wat anderes kaufen.

Sobald die Mutter fort war, war es ganz unvorstellbar, daß er die Ferien allein in West-Berlin verbringen konnte. Er brauchte also einen West-Ausweis, mit dem er die Einreise nach Dresden beantragen konnte; und er mußte sich für sein zweites West-Semester eingeschrieben haben.

Mit Herrn Hoppe, dem dafür zuständigen Assistenten, mußte er sein hiesiges Studieren besprechen. Drei Scheine hat er geschafft im ersten Semester. Die *Pelz*-Arbeit hat nur *ausreichend* gebracht. Bei Dekan Heinitz hat es immerhin ein *vollbefriedigend* gegeben. Heinitz war ihm ohnehin der liebste; der konnte sich einen Juristen nicht ohne Vertrautheit mit Geschichte und Philosophie denken. Von Hoppe hatte er zu hören, der Senat zahle Stipendien nur für sechs, höchstens sieben Semester. Alfred hat aber in Leipzig schon sieben Semester gehabt. Zwei habe Hoppe ihm jetzt gestrichen, um das Wintersemester 53/54 als Alfreds siebtes und stipendiumsfähig buchen zu können. Im Sommer 54 gehe das nicht noch einmal. Daß zwei West-Semester ihm nicht reichten, um hier die Prüfung zu bestehen, wußte er inzwischen, aber jetzt mußte er zuerst einmal nach Hause. Er hat doch fünf Monate nicht Klavier gespielt, zum Beispiel. Er mußte sich Gespräche mit der Mutter vorstellen. Die Gespräche mit der Mutter mußten genau so verlaufen, wie er es wollte. Mutti in Vorbereitung auf die Ankunft des heißgeliebten Sohnes. Das war ein Thema in diesen letzten Wochen, das war seine Wegzehrung bei den Rennereien zu den Ämtern. Für den West-Berliner Personalausweis zuerst eine eidesstattliche Erklärung, die im Amtsgericht Zehlendorf beglaubigen lassen, dann auf das Polizeirevier Clayallee, Fragebogen ausfüllen, dann zum Polizeipräsidium, dann zum Bahnhof Zoo, den Schülerfahrtantrag holen, den im Immatrikulationsbüro stempeln lassen, dann den der Mutter schicken, die muß ihn in Dresden zu ihrem Polizeirevier in die Naumannstraße bringen, dorthin hat er inzwischen, eingeschrieben, seinen zuvor in der Clayallee geholten Personalausweis geschickt, die Mutter kriegt ihn (hoffentlich) von dort und schickt ihn her. Umgehend! Und er wollte noch die Ostzonenpaketaktion nutzen. Sachsen: A-M im Schöneberger Rathaus. Er kam hin, da stand halb Sachsen, eine lange Schlange, die meisten hatten Klappstühle, einige wurden schon ärztlich versorgt. Ein Gerücht: an der Sektorengrenze werde ihnen, was sie hier erstünden, wieder abgenommen. Mindestens würden aber die Personalausweise gestempelt, zur Brandmarkung derer, die sich im Westen etwas schenken lassen. Aber wenn die Mutter ihm Vollmachten schickte von sich und Berthel Mewald, und die wären von der Kirchenbehörde gestempelt und enthielten die Personalausweisnummern, dann könnte er hier zwei Pakete holen und dann noch verschicken. Frau Standke erklärte sich bereit, beim Verpacken zu helfen, obwohl das Verhältnis Alfreds zu Standkes täglich schlechter wurde. Angefangen hatte es, glaubte er, damit, daß er einmal etwas großtuerisch gesagt hatte, wenn sein Appetit dem kostenlosen Mensafraß nicht mehr gewachsen sei, gehe er einfach in den ersten Stock und esse dort für einsfünfzig Leber mit Kartoffelmus. Das hielt Frau Standke für Verschwendung. Einen Tag später zeigte sie ihm die Stromrechnung. Durch sein Radiohören erhöht. Er muß 1 Mark nachzahlen. Tat er. Offenbar brauchte die Tochter Geld, weil sie per Anhalter (das Wort mußte er sich zuerst erklären lassen) nach Hamburg zu ihrem Verlobten reisen wollte, dem Missionar mit den streng riechenden Arabern. Plötzlich mäkelte sie an allem, am meisten aber an seiner Verschwendungssucht. Ihre Kritik war deutlich religiös motiviert. Er war über kirchliche Beziehun-

gen ins Haus gekommen, aber er war, religiös gesehen, wahrscheinlich eine Enttäuschung. Er solle sich was anderes suchen. Er ertrug das alles nur, wenn er sich in ein schützendes Gespräch mit der Mutter versetzte und sie eben alles so machte, wie er es haben wollte. Und wenn sie alles so machte, wie er es verlangte, dann durfte sie dafür auch morgens so lange im Bad herummachen, wie sie wollte, da rief er ihr sogar zu: Das habe ich mir doch schon immer gewünscht, daß du so lange im Bad rumtrödelst. Und wenn sie dann endlich aus dem Bad käme, müßte sie sagen: Alfred, du siehst heute so gut aus, was hast du nur an dir? Dann würde sie entdecken, daß er unrasiert sei, dann wäre sie wirklich überrascht und verspräche, ihn nicht mehr in jedem Brief mit der Mahnung zu nerven, doch ja nicht unrasiert aus dem Haus zu gehen. Im Gegenteil. Sie müßte sagen: Das nimmt sich aber sehr nett aus. Überhaupt, er war entschlossen, etwas West-Atmosphäre nach Dresden zu bringen.
Als er den Passierschein in Händen hatte, gültig vom 1. bis zum 30. September 1953, war er dem DDR-Staat richtig dankbar. Eine Ablehnung hätte er nicht ertragen. Am neunten hatte er Geburtstag, und den hatte er noch nie außerhalb Dresdens feiern müssen. Und er war dazu auch, das spürte er, noch nicht bereit.

5.

Einen Tag vor Prozeßbeginn verließ er Dresden. Mit dem Bummelzug. Er konnte offenbar nicht mehr warten, bis ein Schnellzug ging. Ihm muß plötzlich klargeworden sein, daß er am nächsten Tag nicht zuschauen konnte, wie seine Eltern beziehungsweise ihre Anwälte in aller Öffentlichkeit das Familienschicksal fledderten. Genaugenommen war es die Erinnerung an die Bus-Fahrt zum ersten Scheidungsprozeß vor drei Jahren, als er als Zeuge aussagen sollte. Der Vater und er waren zufällig im selben Bus stadteinwärts zum Gericht gefahren. Beide hatten während der ganzen Fahrt so getan, als sähen sie einander nicht.

Die Mutter ließ ihn gern abreisen, sie fühlte sich bei ihrem Anwalt Pietzsch gut aufgehoben, weil der es offenbar als seine Anwaltsaufgabe ansah, Herrn Dorn zu verachten und Frau Dorn zu dieser Verachtung einzuladen. Nach einem dreiviertelstündigen Aufenthalt in Elsterwerda – weil Schnell- und Güterzüge vorbeigelassen werden mußten – stieg Alfred Dorn kurz vor Berlin in Rangsdorf aus und fuhr mit der S-Bahn zum Bahnhof Grunewald. Wenigstens ein neues Zimmer! Fontanestraße. Nicht zwanzig Haustüren in einer toten Fassade, sondern ein Gartentor, eine riesige Villa, jetzt allerdings durch vielfache Vermietung und Untervermietung ein bißchen geschändet. Aber unter hohen Bäumen. Die waren vielleicht noch höher als die in Bühlau. Frau Bretzke / Fräulein Fiedler. Gleich zwei Vermieterinnen. Vielleicht besser als eine. Und eine Couch stand auch drin. Aber Kleiderbügel fehlten. Die holte er sich bei Hartlebens. Das war doch schon ein Grund, zu Aenne zu fahren. Er kriegte eine Tasse Kaffee und Kinokarten. Und Kleiderbügel. Leihweise. An den Litfaßsäulen erfuhr er, daß das Haus Bechstein gerade jetzt 100 Jahre alt werde und das mit Beethoven, gespielt von Backhaus, feiern wolle. Sein Flügel in der Wohnung am Bauernbusch war ein Bechstein. 2,30 m lang, Baujahr 1894, gekauft vom Zahnarztgold, das sie im Sommer 45 aus dem Tresor in der Waisenhausstraße herausgekratzt hatten. Der Flügel hatte zuletzt Molly von Kotzebue gehört. Auf ihm hatten ehedem Anton Rubinstein und Max Pauer gespielt. Und bei seinem Klavierlehrer Heinz Sauer hing an der Wand ein Backhaus-Bild mit Widmung für Heinz Sauer. Also ein Backhaus-Bechstein-Beethoven-Konzert durfte nicht ohne ihn stattfinden.

Als Alfred im Konzert saß, hatte er endlich wieder das Gefühl, mit sich selber übereinzustimmen. Sobald er Musik hörte, traute er sich wieder etwas zu. Musik ist das Gegenteil von im eigenen Saft schmoren. Welche Einbildung von Vermögen Musik bewirkt, drückt sich am deutlichsten aus in der

Armut, die sich in einem ausbreitet, wenn die Musik vorbei ist. Auf dem Heimweg pflügte ihn der Zweifel, ob an der Wand bei Heinz Sauer wirklich Wilhelm Backhaus gerahmt gewesen sei. Vielleicht war es doch Wilhelm Kempff. Heinz Sauer konnte er nicht mehr fragen, der war 1944 eingezogen worden und gleich darauf gefallen; aber die Mutter; die hatte ihn zu jeder Klavierstunde begleitet und hatte zugehört. Das Leimer-Gieseking-Buch hatte er Heinz Sauer nicht mehr zurückgeben können, so plötzlich war der verschwunden. Dann war es bei dem Februarangriff verbrannt. Als er am Morgen des 14. Februar mit der Mutter einen Weg suchte, der nicht von Flammen, Rauch und Trümmern versperrt war, kamen sie in der Struwestraße an den Trümmern des Hauses vorbei, in dem er 1938 Mozarts kleine Sonate für Schüler auf Wachsplatte hatte spielen dürfen. Die Platte war in der Borsbergstraße verbrannt. Wenn die Mutter und Alfred den Keller des brennenden Hauses nicht vor der Entwarnung verlassen hätten und, mit nassen Wolldecken umwickelt, in den östlichsten Teil des Großen Gartens gerannt wären, wären sie im Keller erstickt. Als sie im Sommer nach ihrem Luftschutzkoffer gruben, hatte er immer in die Ecke geschaut, in der die Flüchtlingsfrau mit ihren vier Kindern gesessen hatte. Die Frau war mit ihren Kindern im Keller geblieben, sie und drei Kinder waren erstickt, nur das kleinste, vier Wochen alt, hatte man noch lebend aus der Umarmung der toten Mutter lösen können.

Schon am ersten Tag traf er wieder Harald Hunger. Hunger strahlte vor Vergnügen. Er kam gerade von der Fakultät. Von seinen sechs Leipziger Semestern sind ihm drei gestrichen worden, so daß ihm hier das Stipendium sicher ist. Alfred wagte nicht zu fragen, wie Hunger das geschafft habe. Er begegnete hier wieder diesem westlichen Prinzip, daß jeder selbst für sich soviel herausschlagen muß wie nur irgend möglich.

Er ging ungern zum zuständigen Herrn Hoppe, weil der hauptsächlich 1. Assistent bei von Lübtow war, und bei von

Lübtow hatte Alfred bis jetzt noch keine Klausur oder Hausarbeit abgegeben. Er wollte sich beim Stipendienreferenten Hoppe nicht blamieren. Aber auf die Dauer war an von Lübtow nicht vorbei zu kommen. Beide, Harald Hunger und Alfred Dorn, trugen sich jetzt für die erste Hausarbeit bei von Lübtow ein. Abzugeben am 1. Dezember. Eigentlich fühlte sich Alfred wohl in von Lübtows Übungen und Vorlesungen. Der garnierte die deutsche Rechtssprache gern mit den römischen Wörtern. Das lag dem Gymnasiumsprimus. Er schloß sich denen, die von Lübtow wegen seiner Strenge einen Knallmaxe nannten, nicht an. Aber Angst hatte er auch. Als er einmal nach einer Übung etwas fragen wollte und seine Frage damit einleitete, daß er aus Leipzig komme, sagte von Lübtow: Sie kommen aus Leipzig, das ist ja entsetzlich. Brandt hatte unter einer Klausur Alfreds die Benotung *ungenügend* wieder ausradiert und hatte sie ersetzt durch *nicht ausreichend*. Das war ein haarfeiner Unterschied zu Alfreds Gunsten. Dergleichen war von Knallmaxe von Lübtow überhaupt nicht zu erwarten.
Mitten in die Hausarbeitsmühe platzte das Telegramm aus Dresden: Ankomme Ostbahnhof Freitag 9.12. Martha. Das war das erste Mal, daß sie so unterschrieb. Freitag, Dies academicus, das war günstig. Frau Bretzke hatte er schon vorbereitet. Er hatte ihr von jedem Studentenpaket immer die Hälfte gegeben. Butter, Margarine, Reis. Er versuchte, alles zu vermeiden, was bei Standkes Ärgernis erregt hatte.
Die Mutter kam, um mit ihrem Mätzchen am 4. November ihren Geburtstag zu feiern, aber sie kam auch, weil sie gesiegt hatte. Der von Anwalt Pietzsch ausgearbeitete Vergleich ist bis aufs Tüpfelchen angenommen. Der Gegner hatte keine Chance. Herr Dorn hat die Praxiseinrichtung als Eigentum an seine Frau abzutreten, sie vermietet ihm die Praxiseinrichtung für 300 Ost monatlich. Alfred versuchte, die Siegerin herabzustimmen. Er sah doch, daß ihr Blutdruck wieder weit übers Erlaubte stieg. Sie wollte sich nicht temperieren lassen, sie wollte ihrem Mätzchen erzählen, wie's war. ER war, be-

vor's losging, im Gang vor dem Gerichtssaal noch zu ihr hingekommen. Guten Tag, Martha, sag mal, läßt sich das nicht im Guten machen. Daß mir die Praxis genommen wird, das geht doch nicht. Sie hatte sich von seinem streichelnden Tonfall nicht rühren lassen. Tut mir leid. Du hast ja das Vorkaufsrecht. Und hatte ihm gleich noch hingerieben, der Sohn habe wegen dieser Gerichtsveranstaltung gestern Dresden vorzeitig verlassen. Dem schlage so etwas nämlich aufs Gemüt. Dann rein. Als Schöffin Frau Thierbach aus dem Nebenhaus. Sie dachte, sie falle um! ER: Ja, er wolle geschieden werden. Die Gründe? Ach, der ewige Zank, die Wäsche, die schlechte Versorgung. Und den Sohn seit dessen drittem Lebensjahr gegen den Vater beeinflußt. Der Richter: Deshalb läßt man sich nicht scheiden. Jetzt aber Pietzsch: Eine andere Frau! Als ER zögerte, der Richter: Kommen Sie mal nach vorne. ER, wie ein Schuljunge, der seine Aufgaben nicht gemacht hat, nach vorne. Sein Anwalt mußte ihn richtig spornen: Nun sagen Sie doch schon aus! Und so was war ihr Mann, sechsunddreißig Jahre lang. Der Richter will den Namen der anderen Frau. ER verweigert die Auskunft. Alfred sah sich als Auskunftsverweigerer auf dem Balkon des Tombola-Häuschens stehen. Wenn schon nicht den Namen, dann wollte der Richter wenigstens wissen, was das für Beziehungen seien. Da mußte ER gestehen: Auch intime. Da wunderte sich der Richter, daß Martha Dorn trotzdem NICHT geschieden werden wolle. Aber Pietzsch sofort: Hier der Vergleich, weil die Gegenseite geschieden werden wolle. Punkt für Punkt wird vorgelesen. ER war jetzt vollends verdaddert. ER ist eben doch nicht gescheit. Das Gericht zieht sich samt Frau Thierbach zurück. Zwei Minuten später ist die Ehe geschieden. Und sie war nicht traurig. ER raus wie der Blitz. Also war das vorher im Gang nur Bluff. Eine sechsunddreißigjährige Ehe. Sang- und klanglos aus. Über diesen Termin gehört die Überschrift: Deshalb läßt man sich nicht scheiden! Und ER vorher drohend: Kein Gericht werde an seinen Gründen vorübergehen, sie werde schuldig geschieden, dann

sei er zu keinen Unterhaltszahlungen verpflichtet. Und jetzt gehört die Praxis ihr! Zum Feiern hat ER keinen Anlaß. Mit diesem Tag sei die Sorgenlast von ihr genommen. Und sie hoffe, mit diesem Tag fange an die Zeit der Freuden. Auch ihr Kränzel, die Unentwegten, denen sie natürlich nach der nächsten Liedertafel-Probe alles erzählen mußte, seien stolz auf sie gewesen. Hanna Ledermann, Traude Sattmann, Else Gutmann und Grethel Nagel fanden es richtig, daß sie ihn freigegeben hat. Vor allem weil sie so gut abgeschnitten habe. Ja, ja. Hauptsache, den seien sie los. Der gehört nicht zu uns. Gefühlt habe Alfred das doch schon viel früher. Jetzt also zum Endspurt. Jetzt liegt es nur noch an Alfred, ob das Glück endgültig einziehe bei ihnen. Sie hoffe, daß das hineingehe in das Hirnkastel ihres Herzblättchens.
Obwohl Alfred diese Ausbrüche seiner Mutter mit fast ärztlicher Sorge beobachtete, hörte er ihr doch gern zu. Einmal mußte sie sich ja auch freireden. Als er sah, wie es sie hinriß, zückte er die Kinokarten.
Auf dem Heimweg lachten sie beide, als er erzählte, was Aenne Hartleben gesagt hatte: Du kriegst eine Karte, aber nur, wenn du zwei brauchst. Hat Alfred da nicht unheimlich schnell geschaltet, als er sagte, natürlich wären ihm zwei lieber als eine, er habe sich bloß nicht getraut. Ach, Alfred, endlich, endlich wird's! hatte Aenne gerufen und Alfred heftig auf die Wange geküßt. Das fanden Mutter und Sohn auch rührend. Sie meint es doch gut mit Alfred. Aber es erheiterte sie immer wieder, daß die neue Freundin, mit der Alfred endlich, endlich mal ins Kino ging, Mutti war. Manchmal verfällt man in ein Gelächter, aus dem man nicht mehr herausfindet. Alles, was man sagt, wird ein Grund zum nächsten Lachausbruch. Als Alfred merkte, daß Passanten aufmerksam geworden waren, flüsterte er der Mutter einen Satz ins Ohr, den die Doktorin ihm, wenn er sich aufregte, öfter hinsagte, einen Satz von ihrer Mutter, der angeblich seit 1881 noch keinmal versagt hat: Bis stille, mein Kind,'s ist ja vorbei. Aber jetzt, seit 1881 zum ersten Mal, half der Satz nicht, schlimmer

noch, er wurde Grund zum nächsten Lachausbruch. Sie fanden erst aus dem Gelächter heraus, als die Mutter mitteilte, Hanna Ledermann habe ihr nach der letzten Liedertafel zugeflüstert, im September habe sie Martha und ihren Alfred auf dem Neumarkt gesehen und habe zuerst gedacht, das sei ein Liebespaar.
Diese Mitteilung führte nicht zu einem neuen Lachausbruch. Als sie bei Bretzke/Fiedler eintraten, mußte Alfred irgendetwas sagen, weil er bei seinen Vermieterinnen nicht den Eindruck erwecken wollte, er schleiche sich mit seiner Mutter sozusagen heimlich ins Zimmer.

6.

Noch vor Weihnachten kriegte er die Hausarbeit zurück. Vierundzwanzig Seiten hatte er, mit einer Woche Verspätung, abgegeben. Nach seiner Meinung eine beachtliche Arbeit. Er hatte schon Angst gehabt, die Sekretärin nehme die Arbeit nicht mehr an. Dann gehörte er zu denen, vierzehn an der Zahl, mit *nicht ausr.*; fünf hatten *noch ausr.*, drei *ausr.*, einer *befr.*, einer beziehungsweise eine *gut*. Eine Katastrophe also. Studenten, die einander bisher nicht gegrüßt hatten, sprachen jetzt miteinander. Hatte es Sinn, bei von Lübtow noch in eine Übung einzusteigen? Der Auch-Leipziger Emil Scherzer tröstend: Herr Dorn könne den BGB-Schein im Sommersemester bei einem anderen machen. Kopfschütteln ringsum, als sie hörten, Alfred habe den BGB-Schein schon im letzten Semester bei Becker gemacht. Ja, warum dann diese Schinderei, bitte. Alfred Dorn, fast hochmütig: Er habe eben einen von Lübtow-Schein haben wollen. Zwei Hausarbeiten und eine Klausur verlangte von Lübtow für einen Schein. Fred Pinkwart kannte einen Referendar namens Würdig, bei dem man Hausarbeiten machen lassen konnte. Dazu fehlte Alfred Dorn auch das Geld.
Dieses wiederkehrende Gefühl, er werde nie ein Jurist wer-

den. Fräulein Dr. Goelz wollte ihm immer einreden, daß es nicht nur den gerissenen Anwalt geben dürfe, der er natürlich nie werde, weil er ein so feiner, humanistisch gebildeter, künstlerisch empfindender und musikalisch hochbegabter Mensch sei; aber es müsse auch den anderen Juristen geben, eben ihn. Er fürchtete, ihm fehle der Blick; er sehe, glaubte er, das juristisch Wesentliche nicht, wenn er einen Fall zu bearbeiten hatte.

Wenn er seine Ängste der Mutter andeutete,wollte die davon nichts hören.In das Juristische wirst du schon noch reinkommen, schaffen's andere doch auch, und die waren nicht jahrelang Primus! Das war das Fatale. Von ihm konnte man's verlangen. Und wenn es nicht ging, war er schuld. Es MUßTE gehen. Er würde es schon schaffen. Los jetzt!

Unter einer Klausur über Konkursrecht hatte er gerade noch lesen müssen: Dem Verfasser unterlaufen schwerwiegende Fehler bei der Anwendung des Gesetzes. Sobald er allein in seinem Zimmer war, marschierten solche Sätze auf. Er traute sich nicht, andere Studenten zu fragen, ob sie auch solche Sätze hinzunehmen hatten. Dieses quälende Gefühl, das Falsche gewählt zu haben, nicht zu genügen, nie. Es ist gar nicht zu schaffen. Umkehr nicht mehr möglich. Zu spät.

Sobald es schwierig wurde, wenn er nicht einschlafen konnte, Kopfweh hatte, wurde dieses Gefühl übermächtig. Er fing an, Tabletten zu nehmen. Es gab in West-Berlin wunderbare Mittel. *Spalt-Tabletten* hießen sie.

Obwohl er im zweiten West-Semester mit mehr Menschen sprechen konnte als im ersten, fühlte er sich viel einsamer als im Sommer. Fräulein Dr. Goelz und die Mutter hatten im September auf ihn eingeredet, daß er unbedingt Anschluß suchen müsse. Umgang mit Gleichalterigen sei jetzt das Wichtigste überhaupt. Mit Traude Höller zum Beispiel, der ehemaligen Tanzstundenpartnerin. An Weihnachten verhörte ihn die Mutter richtig. Hat er Traude Höller gesehen? Ja. Angesprochen? Nein. Warum nicht? Er war gerade nicht frisch rasiert. Immer das gleiche. Wie lange sagt sie ihm das

jetzt schon: Rasier dich täglich, und dein Leben wird sich ändern. Du kannst so gut aussehen, wenn du frisch rasiert bist. Unrasiert sieht jeder schlimm aus, und du, deiner Hohlwangigkeit wegen, ganz besonders.
Er hatte keine Zeit für solche Bekanntschaften. Er brauchte zum Lösen der Fälle mehr Zeit als die anderen. Aber er wußte auch, daß er Anschluß brauchte.Er konnte in diesem Fach nicht weiterkommen, wenn er so isoliert blieb. Außer den paar Leipzigern kannte er immer noch niemanden. Jeden Abend nahm er sich vor, das zu ändern. Und jedesmal war er froh, daß er das erst morgen vollbringen mußte, dieses Anschlußsuchen. Ihn beschäftigten die Vorstellungen, die sich die anderen von ihm machten. Er war ja älter als die meisten. Daß er aus dem Osten kam, wußte jeder, der überhaupt Notiz nahm von ihm. Daß er nachzuholen hatte, sah wahrscheinlich auch jeder. Also, dachte er, suchte schon deshalb keiner Kontakt zu ihm. Wahrscheinlich hatte sich von Lübtows Satz *Was, Sie kommen aus Leipzig, das ist ja entsetzlich* herumgesprochen. Vielleicht sagten die jetzt: Und da setzt sich der zu von Lübtow!
In Leipzig hatte er als unzugänglich gegolten, das wußte er. Als bürgerlich arrogant. Besonders bei denen, die, wie er fand, nur aus politischen Rücksichten an der Universität zugelassen worden waren. Er nannte sie Plakettenträger, weil sie ihre Organisiertheit immer am Revers demonstrierten. Immerhin hatte es aber in Leipzig einen Kontakt unter wenigen gegeben, der an die Schule erinnern konnte. Alfred hatte während der Vorlesungen die Professoren karikiert und die Bildchen herumgeschickt und die Zustimmung der Kommilitonen beobachtet. Der schwergewichtige Jacobi und der finster verdrossene Geyler waren ihm immer am besten gelungen. Es hatte sogar Studentinnen und Studenten gegeben, die sich seine Professorenzeichnungen nach der Vorlesung von ihm signieren ließen. Ach, in Leipzig war es doch viel herzlicher zugegangen als in dem überfüllten, aber menschenleeren Berlin. Man merkte nach Monaten noch nicht, ob man

bemerkt worden war. Verklärte er jetzt Leipzig? Erinnere dich: Was wird bloß werden, wenn die Prüfung vorbei ist? Das war die Angst in Leipzig. Daß er die Prüfung bestehen würde, wußte er ganz sicher. Einer mit Einserabitur wird ja doch noch eine Referendarprüfung schaffen! Aber dann summierten sich die Widrigkeiten. Die Zeichen seiner Unanpaßbarkeit. Er besuchte abends die FDJ-Schulung, weil *Teilnahmekarten* ausgegeben worden waren, auf denen das Erscheinen bestätigt wurde. Er wollte ja tun, was verlangt war, wenn er auch nicht sah, wie er in diesem Staat je Jurist sein sollte. Trotzdem mußte studiert werden. Das Studium begann immer am Montagmorgen mit dem Kampf um einen Sitzplatz. Zuerst mußte der Koffer auf den Koffer eines anderen Reisenden gewuchtet werden. Der Kofferbesitzer protestierte. Alfred diagnostizierte den sofort als dicklichen Flegel, zuckte aber nur mit den Schultern und erklärte die Bankecke neben dem dicklichen Flegel zum Sitzplatz. Der schaute ihn erstaunt an, gab kein bißchen nach. Jetzt kam es also darauf an. Wenn er jetzt auswiche, würde er ein Leben lang weggedrängt werden. Also drückte er dagegen. Und zwar ohne den Blick des Herüberschauenden zu erwidern. Bis Radebeul-Ost stand Druck gegen Druck. Dann murrte der andere und verstärkte seinen Druck. Wenn Alfred nicht auf dem Gangboden landen wollte, mußte er seinen Druck auch verstärken. Dann las der Zeitung. Einen Ellbogen vor Alfreds Gesicht. Alfred zog seinen Kügelgen, die Jugenderinnerungen eines alten Mannes heraus und tat, als lese er auch. Er brauchte jetzt keine Lektüre – der Kampf war spannend genug –, aber das Buch gab ihm Kraft gegen diesen qualmenden Zeitungsleser. Der blies den Rauch deutlich zu Alfred herüber. Alfred antwortete mit Gegendruck, um klarzumachen, daß er durch Rauch nicht zu vertreiben sei.

Wenn er nach solchen Kämpfen in Leipzig ausstieg, war er einigermaßen erschöpft, aber auch befriedigt. Er hatte standgehalten. Er war Alfred Dorn geblieben. Er hatte nicht mit sich umspringen lassen. Er hatte das Gefühl, das sei er sich schuldig.

Zuerst in die Karl Liebknecht Str. 154, zur besten aller Vermieterinnen, die er je haben sollte, zu Ria Rarer. Es war auch die einzige, die er zusammen mit der Mutter gefunden hatte. Klavierbenutzung. Sauber und still. Zwei Stunden durfte er täglich spielen. Und manchmal hörte Frau Rarer zu. Ihr Mann war mit einer Jüngeren getürmt. In den Westen natürlich. Wenn Alfred dann auspacken wollte, fehlte oft genug der Kofferschlüssel. Die Mutter bestand darauf, seinen Koffer zu packen, weil er das Wichtigste vergäße; aber dann vergaß sie regelmäßig, ihm den Schlüssel zu geben. Frau Rarer lieferte ihm alle ihre Kofferschlüssel aus. Sie schaute zu, wie er probierte, hantierte. Er wußte heute noch, wie wichtig es war, jetzt nicht zu versagen. Dein Vater würde diesen Koffer aufkriegen! Diese Vorstellung und die zuschauende Frau Rarer gaben ihm, wenn nicht Kraft, so doch Ausdauer. Mit den Schlüsseln schaffte er es nicht. Hat sie nicht effektiveres Gerät? Sie hat. Einen Schraubenzieher. Der Vater würde es schaffen! Alfred schaffte es auch. Das Schloß war dann allerdings kaputt. Aber er hatte sich nicht unterkriegen lassen. Mit dieser Angst war er ja ausgerüstet worden. Er sei zu weich. Mit ihm werde man umspringen. Er werde unter die Räder kommen. Zum Mittagessen ging er meistens in die Gaststätte der *Gesellschaft zum Studium der Kultur der Sowjet-Union*. Da brauchte man nicht für alles Marken. Aber weil der Andrang zu groß war, durften dort nur noch Mitglieder essen. Als er noch überlegte, ob er nicht doch in diese Gesellschaft eintreten sollte, wurde sie übers Wochenende umbenannt. Jetzt hieß sie *Gesellschaft für deutsch-sowjetische Freundschaft*. Damit war das Problem gelöst, ein Eintritt ganz unmöglich. Aber dann war die Gaststätte plötzlich wieder für alle offen. Es lief ihm kalt über den Rücken, wenn er daran dachte, daß er vielleicht, um des besseren Mittagessens willen, nachgegeben hätte.

Auch wenn man selber nie ins FDJ-Zimmer gegangen wäre, wurde man von Kommilitonen darauf aufmerksam gemacht, daß dort wieder eine Resolution zum Unterschreiben auslag.

Also bitte, wenn es denn sein muß! Und dort lag dann einmal die Mitteilung: Am kommenden Sonntag, früh um 7 Uhr, Handelshochschule, Saal 1, Prüfung. Schon am Samstagvormittag setzt seine Aufregung ein. Im Bahnhofs-HO ißt er Bratkartoffeln mit Rührei. Und geht noch auf einen Sprung ins Tageskino, weil da ein Puppenfilm des berühmten Obraszow-Ensembles läuft. Eine Parodie auf die USA. Abstoßend. Der Charme des Puppenspiels beim Teufel. Die armen Russen, dachte Alfred, von Amerika keine Ahnung, und dann diese Indoktrinierung! Und verfilmt von der DEFA. Typisch. Abends Stromsperre. Er arbeitete bei Kerzenlicht weiter. In Frau Rarers Wohnzimmer. Sobald er eine Pause machte, fing sie an zu erzählen. Sie hat jetzt einen Geliebten, Nationalpreisträger, der leiht sich bei ihr, wenn er mit ihr ins Bett geht, Krawatte und Hemd ihres getürmten Mannes aus. Sie will von Alfred wissen, wie er das sieht! Im Spiegel stellte er am Morgen fest, daß er im Mund sieben Aphthen hatte. Das daraufgetupfte Jodoform half nichts. Die Male fingen an zu bluten. Aber seine Kenntnisse über die Sowjetisierung Rußlands waren ordentlich, er konnte doch ganz ruhig zur Handelshochschule fahren. Und bei Bloch hatte er *Philosophische Hauptfragen* gehört. Auf eine nicht ganz unaktuelle Art. Er kam hin, es war noch nicht geöffnet worden, er sah Harald Hunger, Emil Scherzer, Polenz, Sequenz, Anita Dünselmann, Fritz Pappritz und Studenten anderer Fakultäten. Das Gerücht des Tages: Gestern habe man 49 Prozent durchfallen lassen. Dann mit Scherzer, Hunger und Polenz in den Hörsaal, Anmeldezettel ausgefüllt. Von acht bis zehn das Schriftliche. Auf zwei Wandtafeln sechs Themen; auf einer Tafel in deutscher, auf der anderen in russischer Sprache. Er wählte: *Welche Bedeutung hatten die III. Weltjugendfestspiele für die Friedensbewegung?* Und: *Welche Bedeutung hat die Freundschaft zur SU?* Das erste, das FDJ-Thema, bearbeitete Alfred in Erinnerung an die Rede Erich Honeckers auf der VIII. Zentralratstagung. Er fügte den Phrasen nichts hinzu. Dann ins Franz Mehring-Haus am Augustus-Platz zu seiner Kommission. Die waren sehr freundlich. Jetzt die Fragen: Kommst du von der Oberschule? Was ist dein Vater, deine Mutter? Warst du Teilnehmer bei den Weltjugend-Festspielen? Liest du regelmäßig die *Junge Welt*? Da wies er sie darauf hin, daß er sie seit März 51 in seiner Studiengruppe bestellt, aber noch nie erhalten habe. In welchem Monat befinden wir uns? Natürlich nicht im Oktober, sondern im *Kampfmonat für Einheit und Frieden.* Warum ist die Arbeiterklasse fortschrittlich? Welche Verdienste hat die SU um uns? Bei dieser Frage holte er weiter aus, als nötig gewesen wäre, begann mit der Wiederaufnahme der Wirtschaftsbeziehungen durch Rathenau, 1918. Was war das Ergebnis der VIII. Komsomolratstagung? Welche Rolle spielen die Westmächte? Was hat, zum Beispiel, Churchill in Jalta gewollt? Alfred kannte die erwartete Antwort: Deutschland in fünf selbständige Teile spalten. Alfred schaffte es nicht, diese Antwort über seine sowieso schon schmerzenden Lippen zu bringen. Welche Rolle spielt die schöngeistige Literatur im Leben des FDJlers? Was hat dir *Die junge Garde* gegeben? Zum Beispiel, was das Verhältnis der Geschlechter zu einander betrifft. Alfred: In der SU gebe es keine Unterschiede. Da fingen die durchwegs jugendlichen Kommissionsmitglieder an zu lachen. Alfred verbesserte: In erzieherischer Hinsicht, nicht in biologischer. Als er raus war, war er sicher, daß es geklappt hatte. Um ein Uhr die Ergebnisse. 26 Punkte brauchte man. Anita Dünselmann hatte 39, war beste. Scherzer 26. Alfreds Name wurde nicht aufgerufen. Er erkundigte sich und erfuhr: 19½ Punkte. Das war die erste Prüfung seines Lebens, die er nicht bestand. In vierzehn Tagen Wiederholung. Er hatte, glaubte er, gewußt, was man wissen konnte. Man ahnt nicht einmal, wovon es abhängt. Es waren auch ein paar politisch hochangesehene Studenten durchgefallen. Andererseits stellte er durch Herumfragen fest, daß keinem außer ihm die Anfangsfragen nach Beruf des Vaters, Schulherkunft und so weiter gestellt worden waren. Und Harald Hunger war am Samstag durchgefallen und hatte jetzt am Sonntag bestanden. Das gab es auch. Diese

Prüfung zu wiederholen, würde bedeuten, daß er noch einmal vierzehn Tage lang diese Zeitungen lesen mußte. Er hatte doch wirklich alles gelesen gehabt. Auch die neueste Grotewohl-Erklärung. Also noch einmal ein Wochenende in Leipzig und nicht in Dresden? Unmöglich. Die Themen werden so formuliert, daß jede Zensierung möglich ist. Dann läßt man den Eindruck beim Mündlichen den Ausschlag geben. Er wird bei diesen Leuten immer eine Art Widerwillen produzieren. Wie sie bei ihm auch. Außer ihm war aus dem engeren Kreis auch Polenz durchgefallen. Dem hatten sie sogar vorgeworfen, er höre offenbar zuviel RIAS.
Jetzt mußte er sich scharf kontrollieren, sonst gelang es Leipzig, im Vergleich zu West-Berlin als Idylle zu erscheinen. Aber Leipzig war schuld, daß er hier so mühsam nachackern mußte. Oder war es doch seine Schuld? Er studierte Jura, weil er glaubte, er sei zu wenig musikalisch, um Dirigent, und nicht nervenstark genug, um Pianist werden zu können. Jura sei, hieß es, ein Fach, in dem viele Begabungen sich entfalten konnten. Andererseits spukte in ihm immer noch das Wort des Urjuristen Cicero herum: Advocatus nascitur non fit. Und daß er kein geborener Jurist war, wußte er inzwischen.
Er mußte sein Zimmer verlassen, also ins Kino. Es gab in der Nachbarschaft: Wenn der weiße Flieder wieder blüht mit Magda Schneider und Willy Fritsch. Das lenkte ihn wahrhaft ab von sich. Und ein Programm voller Prachtbilder für die Doktorin kaufte er auch noch. Weil er noch ganz im Kinogefühl watete, steckte er den Wohnungsschlüssel in die Haustür und kriegte damit die Tür nicht auf und den Schlüssel auch nicht mehr heraus. Er konnte nicht in den zweiten Stock hinaufrufen. Das lag ihm nicht. Bei dieser Villa sowieso nicht. Also in die nächste Gaststätte, telephonieren, daß Frau Bretzke oder Fräulein Fiedler den Schlüssel mit dem richtigen Schlüssel, bitte, herausstoßen sollte. Und am nächsten Morgen stand er, um sich auch noch rasieren zu können, um sechs auf und stieß in seiner Benommenheit den Wasserkrug um, der

Inhalt ergoß sich im Zimmer. Das Auftrocknen machte soviel Mühe, daß an Rasieren nicht mehr zu denken war. In seiner Mundart gesagt: er hatte es dicke. Und es fehlte das Geld. Es fehlte wie noch nie. Im Augenblick der akuten Geldnot wußte er nicht mehr, wohin das Geld gekommen war; aber er wußte, wenn er ruhig genug wäre und nachrechnen könnte, ließe sich jede Ausgabe rekonstruieren. Er war zweimal auf eigene Kosten im Kino gewesen; einmal im Konzert (Max Regers Intermezzi, weil er die bei Grundeis in Leipzig studiert hatte); und er hatte, wenn er sich erschöpft fühlte, die Mensa gemieden, hatte ein paar Mal in der nächstbesten Kneipe Würstchen mit Salat gegessen und sogar ein Kulmbacher getrunken, für jedesmal 0,80 Mark West. Die 90 Mark des Stipendiums waren längst weg. 177,50 Ost allein für Gebühren, weil er auf Hoppes Rat mehr belegt hatte als im Sommer. Das Vasen-Geld bei Türke in Schöneberg hatte er schon überzogen. Es blieb nichts übrig, als bei Frau Bretzke und bei Harald Hunger, der als politischer Flüchtling besser gestellt war, etwas zu leihen. Von Hunger 30, von Frau Bretzke 3 Mark. Also mußte er sich jetzt streng auf das kostenlose Mensaessen beschränken, bis das Geld aus Hof eintraf, das seit der Scheidung wieder regelmäßig überwiesen wurde. Von Harald Hunger, der immer alles viel schneller erfuhr, hörte er, für Ost-Studenten gebe es 25 Mark Weihnachtsgeld. In Zehlendorf. Sofort fuhr er hin. Und erfuhr: Das Mietquittungsbuch ist erforderlich. Also heim und wieder hin. Jetzt erfuhr er: Für ihn sei zuständig Steglitz, Grunewaldstraße 2. Und Zeit für die Beantragung des Weihnachtspassierscheins war es auch. Also vom S-Bahnhof Lichterfelde zum Rathaus Treptow. In Schöneberg umsteigen in die Ringbahn. Da stieg er in den falschen Zug, geriet auch noch in eine Kontrolle, war über die Zahlgrenze hinaus, sollte 50 Mark Strafe zahlen, handelte die Strafe durch erbärmliche Aufführung herunter auf 50 Pfennig, mußte im Hof des Treptower Rathauses zweieinhalb Stunden im Freien anstehen, um 3 Westmark in 3 Ostmark zu tauschen und seine Passierscheinunterlagen loszuwerden. Wenn er den Passier-

schein gleich hätte mitnehmen wollen, hätte er noch ein paar Stunden länger warten müssen. Aber er mußte zurück in die HGB-Übung bei Hirsch.
Schließlich klopfte Alfred doch noch einmal bei Herrn Türke in Schöneberg an und fragte, ob er als Vorschuß auf das Vasen-Geld für 1954 schon jetzt 30 Mark haben könne. Er konnte. Er wollte nämlich der Mutter etwas mitbringen. Er hatte in Friedenau ein Geschäft entdeckt, in dem er Stoffe für zwei Nachthemden für die Mutter kaufen mußte. Es ging nicht anders. Und er übte in den Gesprächen, die er in Gedanken mit der Mutter führte, schon die Sätze, mit denen er den Stoff am Heiligen Abend übergeben würde. Ein Stoff, so fein, daß es eigentlich bei deinem neuen Familienstand gefährlich ist, ihn dir zu geben. Na ja, jetzt ist er schon da.
Am Mittwoch, dem 23. Dezember, morgens sechs Uhr, fuhr er los. Die Mutter hatte strikten Befehl erhalten, dafür zu sorgen, daß der Sohn am Mittwoch noch warmes Wasser für ein Bad vorfinde.
Weil beide in den ersten Stunden eines Wiedersehens noch ein bißchen ungelenk miteinander umgingen, nutzten beide die Anfangsstunden zur Kritik. Alfred sagte, Mutters Briefe hätten ihm im Oktober, November und Dezember nicht die Freude bereitet, die sie ihm hätten bereiten sollen. Der Mutter und dem Fräulein Doktor sagte er, er könne in West-Berlin nur auf gute Zensuren Jagd machen, wenn er täglich Post aus Dresden bekomme. Und zwar kräftigende Post, bitte. Beide Frauen protestierten gegen seine Kritik, versprachen aber, es ihm in Zukunft recht zu machen.
Die Mutter führte ihn in Dresden jeden Tag zu anderen Bekannten. Zu Berthel und Norbert Mewald, zu ihren Unentwegten: Hanna Ledermann, Traude Sattmann, Else Gutmann und Grethel Nagel. So erfuhr auch der Vater, daß Alfred in der Stadt war. Er bot ihm schriftlich Oberhemden an und wollte wissen, ob die Kragenweite immer noch 37 bis 38 sei. Wäsche, schrieb er, kann ein Mann nicht genug haben, und es gibt ja hier auch nichts Besseres. Das war der ganze Vater. Die

erste Hälfte des Satzes entstammte dem offenbar unerschöpflichen Vorrat väterlicher Erfahrungen; die zweite Satzhälfte war insofern typisch, als der Vater so einen Satz nie in einem Brief geschrieben hätte, der die Grenze passieren mußte. Die Mutter war da viel sorgloser oder mutiger.
Schon am ersten Tag drüben teilte ihm Harald Hunger mit, er sei die ganzen Weihnachtsferien lang von Amt zu Amt gerannt, um die Anerkennung seiner Leipziger Referendarprüfung hier im Westen durchzusetzen. Gestern habe er aus dem Justizprüfungsamt gehört, daß man tue, was möglich sei. Es bestehe Hoffnung. Das war für Alfred Dorn eine niederschmetternde Nachricht. Er hatte beim Justizprüfungsamt beantragt, daß die Prüfung, die er in Leipzig zweimal nicht bestanden hatte, nicht als Prüfung anerkannt werde, weil die Prüfungskommission dort nicht vorschriftsgemäß besetzt gewesen sei. Nicht alle Kommissionsmitglieder seien Volljuristen gewesen. Ein Beamter des Justizprüfungsamtes hatte ihm geraten, diesen Antrag so zu stellen. Und jetzt hatte Hunger genau das Gegenteil beantragt und durchgesetzt. In der Mensa trafen sie noch weitere Leipziger: Polenz, Sequenz, Scherzer und Anita Dünselmann. Alle gratulierten Harald Hunger. Alfred konnte kaum noch sprechen. Alfred war sich politisch gemaßregelt vorgekommen durch die Formulierung, die ihm sein Nichtbestehen in Leipzig mitteilte. Harald Hunger bemerkte, daß Alfred ihm nicht richtig gratulieren konnte. Er bedaure es ja auch, daß Alfred sich hier noch einmal abplagen müsse, er habe ja auch schwer gehangen in Leipzig, aber dann habe er's eben doch noch geschafft. Diese Ausdrucksweise ertrug Alfred nicht. An seinen Leistungen habe es nicht gelegen, daß er durchgefallen sei, sagte er. Daraufhin Anita Dünselmann: An den Leistungen nicht, aber an seiner Haltung. Die sei total falsch gewesen. Auf jeden Fall sei sie jetzt problematisch, sagte Polenz. Alle anderen waren als politische Flüchtlinge anerkannt. Das war kein Status für ihn. Er mußte immer wieder nach Dresden fahren können. Und verglichen mit Polenz, der in Leipzig aktiv gegen die SED

gearbeitet hatte, war er auch kein politischer Flüchtling. Aber jetzt reizte es ihn, etwas gegen die Verhätschelung der Ostflüchtlinge zu sagen. Harald Hunger hatte auf dem Weg zur Mensa angedeutet, daß er gleich promovieren werde, eine Stelle im Osteuropa-Institut sei in Aussicht, das Ziel: die Hochschullaufbahn. Polenz, Sequenz, die Dünselmann, Scherzer und Hunger waren alle zur SPD gepilgert, als sie in West-Berlin angekommen waren, und betrieben ihre Karrieren jetzt unter Mitwirkung dieser Partei, die ja auch den von Alfred hochgeschätzten Bürgermeister Reuter stellte. Trotzdem kam es jetzt zu einem Ausbruch gegen Parteizugehörigkeit. Er war Jahrgang 1929, war eine Kindheit und Jugend lang Jungvolk und Hitlerjugend ausgesetzt gewesen, nach 45 gleich den Ansprüchen und Übergriffen der FDJ, er hatte die NSDAP und dann die SED regieren sehen. Für Parteien war er nicht zu haben. Seine Leipziger Kommilitonen erklärten ihm, warum seine Abseitshaltung im Osten gerade noch verständlich, im Westen aber eine Fehlhaltung sei. Die Nachrichtenübermittlung aus der Zone sei lebensnotwendig für den Westen, dem sie sich ja jetzt doch wohl zugehörig fühlten, auch Alfred Dorn, oder nicht?! Er zögerte. Darauf Anita Dünselmann: Wer nur aus persönlichen, wenn auch gewissensbedingten Gründen Nein sage, also für den Westen nichts tue, könne vom Westen auch keine Hilfe erwarten. Alfred nickte und ging. Als er in seinem Zimmer war, redete es in ihm gegen das Gehörte an. Politisches, sozialdemokratisches Pack, dem jeder Sinn für die Freiheitssphäre des einzelnen fehlt... Das war seine Stimmung. Er hatte es wieder dicke. Nur durch Mitgliedschaft bei einer Partei sich schon so gerechtfertigt vorzukommen, daß man daraus auch noch Forderungen an andere abzuleiten wagt! Man muß imstand sein, eine Partei für die bessere zu halten. Ist man drin, ist man auch selbst besser als die, die nicht drin sind. Macht hat Zulauf.

Als er wieder zu Herrn Hoppe dippelte, überlegte er, ob er Harald Hungers Fall erwähnen sollte. Wenn Hungers Leipziger Prüfung anerkannt wird, wird Alfreds Nichtbestehen anerkannt. Es war ein und dieselbe Prüfungskommission. Es waren dieselben Prüfungsklausuren. Wenn Hoppe sich einschaltet und Hunger muß dann auch noch einmal durch die West-Prüfung und schafft sie dann nicht, dann hat Alfred, juristisch gesprochen, eine Bedingung zu dessen Mißerfolg gesetzt. Als er dann bei Hoppe war, hat er Harald Hunger nicht erwähnt.

Das ewige Dippeln kostete Schuhe, und Schuhe kosteten eher vierzig als dreißig Mark. Also war er froh, daß Herr Türke ihm, als er 20 Mark Vasen-Geld abholen wollte, ein Paar Schuhe anbot, neu, für DM 28. Alfred probierte gleich, obwohl er wußte, daß seine Socken Löcher hatten. Ihm kamen die Schuhe eng vor. Herr Türke: Die geben nach. Hauptsache, die Länge stimme. Jetzt waren von 1 000 Mark Vasen-Geld 329 verbraucht. Als er heimkam, sah Frau Bretzke sofort, daß er neue Schuhe hatte, ihr aber sei er noch drei Mark schuldig. Er gab's ihr sofort, dazu noch einen Gutschein für 1 Pfund Butter und 1 Pfund Milchpulver von der Reuterspende, sozusagen als Zins. Und Kohlen sei er ihr auch noch schuldig, da er immer nur die bezahle, die verheizt worden seien, sie könne das aber nicht ewig vorausbezahlen für ihn. Dann machte er den Fehler, als er vom Münchhausen-Film zurückkam, von Hans Albers zu schwärmen. Er mußte einfach jemandem sagen, wie gut ihm dieser Film gefallen habe. Frau Bretzke/Fräulein Fiedler sahen einander an und reagierten überhaupt nicht. Der hat die Februarbriketts nicht bezahlt, aber Geld fürs Kino hat er. Tatsächlich war er durch Kinos gefährdet. Einmal in der Woche fuhr er nach Ost-Berlin hinüber, um im HO-Restaurant in der Friedrichstraße billig zu essen und vielleicht auch eine Eilpost an die Mutter aufzugeben; der Rückweg durch West-Berlin war förmlich von Kinos gesäumt. Und ihn interessierte der Eisrevue-Film mit Sonja Henie genau so wie Die Schönen der Nacht aus Frankreich. Aber er mußte sich, das lernte er in diesem Winter, wenn er in die Fontanestraße zurückkam, beherrschen.

Er mußte so tun, als komme er aus dem Seminar. Mindestens solange er noch nicht alle Briketts bezahlt hatte. Und er mußte lernen – das fiel ihm erstaunlich schwer –, Briketts, sobald die für ihn im Keller waren, als seine Schuld anzuerkennen. Um Frau Bretzke/Fräulein Fiedler zu entspannen, schilderte er ihnen die Dresdener Kohlennot. Dort herrschen 25 minus. Mutters linker Ballen ist schon erfroren, er schmerzt auf jeden Fall so, daß sie kaum noch in den Schuh kommt. Alles Wasser ist abgestellt, damit nichts einfriert. In Dresden-Bühlau sind so gut wie alle Clos und Bäder geplatzt. Das übermittelte er seinen zwei Berliner Gestrengen. Verschweigen mußte er ihnen, daß auch die Mutter ihm das Kinogehen übelnahm. Aber die Dresdener Gestrengen kritisierten ja alles, was nicht von gelungenen Klausuren und Hausarbeiten handelte. Er hing wieder schwer. Eine Hausarbeit für Hirsch wurde und wurde nicht fertig.Es ging auf die Ferien zu, auf das Wiedersehen, falls die Politik nicht doch noch dreinpfuschte. Alfred hatte ein schlechtes Gewissen. Er interessierte sich mehr für Gérard Philipe als für Premier Bidault. Aber er wollte nach Dresden. Politik war dran. Also in die Bornstraße. Arthur Hartleben steckte, als Aenne schnell mal draußen war, Alfred 10 Mark zu. Aber nischt zu meiner Frau! Die politische Lage, sagte er, sei finsterst. Berliner Konferenz nenne sich das, ein Eisfabrikanten-Treffen sei's. Der feine Eden kommt erst gar nicht. Wenn Molotow sieht, daß er die EVG nicht verhindern kann, läßt er die Konferenz platzen, Folge: Blockade Berlins. Luftbrücke wie gehabt.

Alfred betrieb zwar den Aufbruch nach Dresden, machte alle Stationen der Passierscheinbewilligung durch, schrieb der Mutter, sie möge, bitte, dafür sorgen, daß das neue, rechtsgeraffte Kleid, an dem die Czernijewsky gerade arbeite, bis zu seiner Ankunft fertig werde; aber er sagte sich auch andauernd die Sinnlosigkeit dieser Mühen vor, weil er es nicht ertragen hätte, mit einer Heimfahrt zu rechnen und dann zu erfahren, die Tore nach Osten hin seien zu. Je näher der Abfahrtstag kam, desto kühner unterzeichnete er seine Briefe.

Nicht mehr als Häschen, Mäuschen, Zebra oder Giraffe, sondern als Löwe skizzierte er sich jetzt. Aber unter den Löwen schrieb er dann noch, ob er sein Zimmer in der Fontanestraße, solange er weg sei, offenlassen oder abschließen solle. Und erbat dringend per Eilboten sofortige Antwort. Er wußte solche Sachen einfach nicht. Und es gab fast nur solche Sachen. Zum Glück gab es Dresden und in Dresden gab es Dresden-Bühlau und dort die Thorner Straße, in der die Mutter jetzt in einer kleineren Wohnung wohnte. Dafür mußte sie nicht mehr vermieten. Sie würden ganz ungestört sein. Er sagte sich Zuwendungen vor, die er von ihr verlangen würde. Haarewaschen auf jeden Fall. Haarefönen auch. Und was konnte er von der Doktorin verlangen? Die hatte ihn ja auch kritisiert in einem Brief. Richtig rachsüchtig wurde er in seiner Munterkeit und überlegte genau, mit welchen Ritualen des Widerrufs seine beiden Dresdener Kritikerinnen sich bei ihm würden entschuldigen müssen. Kakao und Haarfarbe für die Mutter und westlichen Bilderkram für die Doktorin gab's erst, wenn sie ihm gehuldigt haben würden. Probe-Strafreden hielt er an die Mutter. Bei ihr könne es im Oberstübchen nicht mehr stimmen! Statt dem Herzenssohn tägliche epistulae mit Nerven- und Seelennahrung zu spenden, ergehe sie sich mit quarkähnlich Breitgetretenem in kopfloser Angstmacherei! Bei ihr ham se wohl mit Luftgewehrkugeln ans Lokusfenster geschossen, oder ist ihr nachts zuvor die Wärmeflasche im Bett ausgelaufen! So fuhr er auf Dresden zu und fühlte sich wohler, je näher er Dresden kam, und am wohlsten, als die Elf hielt, droben in Dresden-Bühlau. Er hatte noch nichts dem Heimkommen Vergleichbares erlebt. Ihn bedrückte, wenn er heimkam, höchstens die Vorstellung, daß im Passierschein der Abreisetag schon feststand.

7.

Die Dresden-Aufenthalte würden jetzt kürzer werden. Mit dieser Nachricht machte Alfred diesmal Furore. Seine beiden Damen sollten, bitte, erbleichen. Die Zeit der Repetitoren war gekommen. Diese Einbleuungsvirtuosen kannten keine Semesterferien. Aber ohne solche Eintrichterung konnte sich Alfred Dorn nicht zur Prüfung melden. Er hatte sich umgehört. Einer hieß Dreyer, einer Gellner. Ausgiebig mit der Mutter und der Doktorin Goelz darüber reden, zu welchem von beiden er gehen sollte, das lag ihm. Und zur Erhöhung des Redegenusses trug bei, daß er die beiden Frauen erst zusammenbrachte, wenn er jede, so wie er es brauchte, gestimmt hatte.

Es haben ihn ja wirklich zwei Frauen in die Fremde ziehen lassen, als er nach West-Berlin zog. Muttchen und Vize-Oma. Offenbar wissend, daß dem feinnervigen Ausreisenden die mütterlichen Ratschläge manchmal zuviel wurden, gab die Vize-Oma sich schlicht als Goethemutter und ließ ihren *Hätschelhans* ohne dringliche Ratslasten gehen und kommen. Sie war schlauer, als die alles erleidende Mutter sein konnte.

Mutter und Vize-Oma hatten sich inzwischen darüber verständigt, daß von ihm jetzt ein Prüfungstermin genannt werden müsse. Da er ja immer alles hinausschiebe, müßten sie ihn drängen, dazu seien sie da. Die Mutter wies jetzt ohnehin bei jeder Schwierigkeit auf ihren hohen Blutdruck hin. Ihr linkes Auge schmerzte, die Beine auch. Er hatte eine Klinikpackung *Raupina* mitbringen müssen; damit ersetzte sie das Ost-Mittel *Hypernol.* Sie traute sich aber nicht, ihrem Arzt zu gestehen, daß sie auf Rat einer Liedertäflerin dem West-Mittel den Vorzug gab. Also ging sie zu jeder neuen Untersuchung mit schlechtem Gewissen. Alfred riet ihr, einen anderen Arzt aufzusuchen und dem von Anfang an das West-Mittel zu gestehen. Ihr Blutdruck war auf 185 heruntergegangen, ihr Doktor war damit zufrieden und schickte sie weiter zum Augenarzt.

Fräulein Dr. Adele Henriette Goelz saß in ihrem Heimzimmerchen in der Hegereiter Straße, und wenn man Glück hatte, war Frau Leim, die hinter dem Vorhang leibte und lebte, nicht da. Die Heimleitung hatte die fadendünne und sehr bewegliche Frau Leim und die schwere, von Arthrose zum Sitzen verurteilte Doktorin in sozusagen kluger Planung in ein durch einen Vorhang geteiltes Zimmer gelegt. Die Rechnung stimmte nur zum Teil. Zwar war die Doktorin, Jahrgang 1881, ganz von selbst zur Herrin und Lina Leim, Jahrgang 1876, ganz von selbst zur Dienerin geworden, und das Fräulein Doktor hätte ohne die Dienste der früheren Hausfrau und vielfachen Mutter gar nicht mehr auskommen und sicher auch nicht täglich mehrere Stunden die aus Berlin geschickten Vorlesungsnachschriften Frau Dorn in die Maschine diktieren können; aber in jeder anderen Hinsicht empfand das Fräulein Doktor die durch den Vorhang zu wenig gemilderte Gegenwart von Liesel Leim als eine Zumutung: ungebildet, bedürfnislos, geschwätzig, distanzlos. Alfred gegenüber war von Liesel Leim, wenn die nicht da war, nie anders als von der Spinatwachtel die Rede.
Die Doktorin war selig, daß Alfred ihr nicht nur Filmprogramme mitbrachte, sondern, wie schon beim letzten Besuch, wieder ein paar Nummern der Film-Revue. Als er ging, bat sie ihn augenzwinkernd, alle wunderbaren Filmbildergaben in Zukunft nur noch über die Thorner Straße an sie gelangen zu lassen, da das christliche Altersheim in größeren Umschlägen solche sündhaften Bilder förmlich wittere und dann konfisziere. Da sie bei allem, was sie tat, sofort von wissenschaftlichem Ehrgeiz ergriffen wurde, wollte sie jetzt mit Alfred gleich die Filmfrauen des Westens analysieren. Olivia de Havilland, zum Beispiel. Daß sie schön sei, müsse man ihr lassen, aber ein Aas. Jetzt der Zusammenhang zwischen Schönheit und Aastum, und was müssen das für Männer sein, die auf so eine hereinfallen? Reine Toren! Sie war auch schon fähig, die englische mit der französischen Version des Bel ami zu vergleichen. Dazu dienten ihr Richard Burton

und Gérard Philipe. Sie zog Gérard Philipe vor, obwohl sie zugab, daß sie in Burton verknallt sei und deswegen Matthias Wieman gegenüber ein schlechtes Gewissen habe. Matthias Wieman sei aber in ihr schlechterdings nicht zu gefährden. Sie beneidet Alfred ja nicht um alles, was ihm da drüben im Wilden oder Goldenen Westen geboten wird, aber daß er von Kinos offenbar umzingelt ist und wahrscheinlich, wenn ihm der Sinn danach stünde, jede Woche einen Wieman-Film oder eben einen mit Gérard Philipe oder Burton sehen könnte, darum beneidet sie ihn, das gibt sie, wie sie da mit ihren verkarsteten Hüften im Sessel sitzt, gern zu. Andererseits ist sie durch die Umstände gezwungen, alles per Phantasie zu erleben, die Welt als Wille und Vorstellung eben; daß dieses am besten geschriebene deutsche Philosophenbuch in Dresden, und zwar drüben in der Ostra-Allee, geschrieben worden sei, wisse er hoffentlich. Das hat auch sein Gutes, in der Einbildung zu leben, so hat sie eben auch noch Zeit und Kraft für das Juristische, auch wenn Alfred in seiner gewinnend frechen, immer bis an die Grenze des Unmöglichen vorpreschenden Art sie eine juristische Bleiente oder die juristische Backpflaume schlechthin nenne.
Welches Problem er ihr auch vortrug, sein Vortrag suggerierte Unlösbarkeit. Dreyer oder Gellner? Dreyer ist der Praktiker, Gellner der Systematiker. Und Alfred fehlt es natürlich am Blick für das Praktische. Aber Gellner ist eben noch berühmter als Dreyer. Dreyer war früher Assistent bei Gellner. Viele berühmte Juristen sind aus Gellners Kursen hervorgegangen. Dreyer ist der jüngere, modernere. Alfred hat sich umgehört, beide seien gleich gut. Also, wohin, bitte, soll er sein Geld tragen? Und wieviel Uni soll er sich im Sommer und Herbst, wenn er beim Repetitor ochst, noch aufladen? Soll er von Lübtow aufgeben oder weiter berennen? Alfred hatte keinen Menschen in der ganzen Welt, mit dem er seine Studienschwierigkeiten so hemmungslos und geradezu orgiastisch besprechen konnte wie mit Fräulein Dr. Goelz. So schwer ihm Entscheidungen fielen, soviel Freude hatte sie daran, für

ihn zu entscheiden. Sie rekapitulierte seine Dilemmas und köpfte sie. Dieses Verhältnis hatten sie eingeübt, als er noch Kreuzschüler war.
Sie entschied also, daß er zu Dreyer gehen sollte. Dreyers praxisorientiertes Aktionensystem sei das, was Alfred im Westen brauche. Die Entwicklung des Falles von der actio, also vom Anspruch her. Und dann zur Prüfung. Im Herbst. Alfred weigerte sich, über einen Termin auch nur nachzudenken, bevor er die Segnungen der Repetition an sich verspürt habe. Die Mutter erinnerte daran, daß von der Vase inzwischen über vierhundert Mark weggezehrt worden sind. Alfred solle nicht so dippelig sein. Das war ihr Wort für umständlich plus pedantisch. Die sächselten ja ganz schön in Dresden-Bühlau droben, das hörte er jetzt deutlicher als früher. Ach, wenn das Fräulein Doktor audendisch sagte, das war wahrhaft authentisch. Und wenn sie Indensivideed sagte, klang das so schön, daß er es nicht über sich brachte, ihr eine Silbe wegzukorrigieren.
Einmal traf sich Alfred mit dem Vater im Café Toscana. Der Vater, durch Tante Lotte über Alfreds Anwesenheit informiert, hatte um dieses Treffen gebeten. Alfred ging die steile, steinerne, wie verwunschen eingewachsene Plattleite hinunter, zu Fuß über die Blaues Wunder genannte Brücke. Seit Jahren redete man davon, sie werde bald aus ihrem Rost erlöst. Wenn Alfred über diese Brücke ging, hatte er, weil man durch ein Dickicht von Stahlbögen und -stangen ging, immer das Gefühl, die Hauptlast, die diese Brücke zu tragen habe, sei sie selbst. Das machte ihm das Blaue Wunder sympathisch.
Der Vater zeigte, daß er keine Zeit hatte. Sie saßen an einem der Tische im Vorraum. Der Vater saß so, als müsse er seine Praxis im Auge behalten. Er klagte sofort über unpünktliche Patienten, die einem den ganzen Tagesplan kaputtmachen können. Und seine Sprechstundenhilfe ist auch getürmt, alles haut ab in den Westen, man kriegt keine Leute mehr. Und klagte gleich weiter: Alfred habe immer noch keinen Prüfungstermin genannt. Alfred solle gefälligst Vertrauen haben

zu sich. Der Vater wußte sofort, daß die Pauker nur Alfreds Geld wollten, eine ehrliche Hilfe sei von denen nicht zu erwarten. Im Gegenteil, die werden Alfred einreden, er könne noch gar nichts, nur daß sie ihre Kurse vollkriegten und ein Schweinegeld verdienten. Und Alfred stopfe sich mit Wissen voll und merke schon nicht mehr, daß jede neue Wissenszufuhr ein vorhandenes Wissen verdränge. Und dann komme möglicherweise gerade das in der Prüfung dran, was er durch neue Paukerei verdrängt habe. Das Aufnahmevermögen sei endlich. Alfred zeige in seiner Übervorsicht und Examensscheu schon Symptome einer Prüfungspsychose. Leider sei Alfred durch Erziehung verweichlicht.

Alfred aß Eierschecke, seinen Lieblingskuchen, den es außerhalb Sachsens nur ersatzweise gibt und innerhalb Sachsens nirgends so gut wie im Toscana in Dresden-Blasewitz. Als Alfred wieder zu Fuß die steile Plattleite hinaufging, hoffte er, der Vater sei auch unglücklich über den Verlauf dieses Gesprächs. Die alten Sprüche. Werde ein Mann! Die Mutter ist schuld! Eine Mitteilung allerdings war interessant. Von Anfang an sei die Mutter gegen Sport gewesen. Sie habe Alfred, als er zum ersten Fußballspiel seines Lebens aufbrach, die Fußballschuhe absichtlich verkehrt angezogen, den linken Schuh an den rechten Fuß und den rechten an den linken, nur um ihm von Anfang an jeden Spaß an diesem Spiel zu verleiden.

Einen Prüfungstermin ließ er sich weder vom Vater noch von den zwei Damen abpressen. Nichts fiel ihm so leicht wie die Aufzählung seiner Lücken im Strafrecht, im Zivilprozeß, im Arbeitsrecht. Und erschreckende und abschreckende Prüfungserfahrungen, die an der Uni zirkulieren, hatte er auch parat. Ohne daß noch ein Student oder eine Studentin dazu nötig ist, von selbst, als solche also zirkulieren in den Gängen und Treppenhäusern der Fakultät die traurigen, die tragischen Prüfungsgeschichten. Blomeyer prüfte in der letzten Woche Durchführungsverordnungen zum Erbgesetz, von denen kein Mensch je etwas gehört hatte, kein Mensch ...

Auch zu seinem dritten West-Semester, dem Sommersemester 1954, brach er plötzlich auf, früher als er wollte. Die Mutter vereidigte ihn noch: Keine Woche ohne Brief! Und sie will hören, daß es ihm gut gehe, nur dann kann es auch ihr gut gehen. Wie es ihr geht, hängt ganz und gar von ihm ab. Kapiert er das endlich? Er stelle sich, bitte, vor, wie entsetzlich das ist, wenn die Briefbotin die ganze Woche bei ihr vorbeigeht und ihr nichts bringt. Dann reißt bei ihr der Faden. Er möge sich, bitte, vorstellen, wie sie, wenn der Zug mit ihm abgefahren sei, zurückbleibe. An was soll sie denn dann denken? An ihn. Kriegt er einen Sitzplatz oder muß er stehen bis Berlin? Da kann sie sich doch nicht ins Bett legen und einschlafen. Ihr kribbeln dann einfach die Füße. Die kribbeln so lange, bis der erste Brief kommt von ihm. Ist ihm das klar?
Die Doktorin verabschiedete ihn mit Bildungsgut. Die schönen Tage von Aranjuez seien wieder vorbei. Leider müsse sie auch den zweiten Vers hinzufügen: Eure königliche Hoheit verlassen es nicht heiterer! Bitte, bitte, er ist Student, das ist die schönste Zeit, noch sei nicht des Dienstes ewig gleichgestellte Uhr sein Herr! Lassen wir die Klassiker, mein lieber Junge, bon voyage! Die Mutter sagte nichts von Aranjuez. Sie sagte: Die Tage sind weg wie nischt. Ihr vorletzter Satz: Sei nur vor allem in allen Dingen auf dem Deckel. Ihr letzter Satz: Wenn du nicht glücklich bist, kann ich es doch gar nicht sein.

8.

Die Fahrt war tatsächlich bon, Alfred fand einen unbesetzten Platzkartenplatz, setzte bei den Mitreisenden durch, daß er das Abteilradio abstellen durfte und las eine Zeit lang im Wertpapier-Recht. Es kam dann ein Dresdener durch, der auch ein ehemaliger Leipziger war, Fred Pinkwart aus Dresden-Friedrichstadt. Pinkwart mußte Alfred sympathisch sein. Älter und noch nicht weiter. Auch durchgefallen. Aber in West-Berlin. Pinkwart wollte auch zu Dreyer. Er ist schon verheiratet. Seine Frau arbeitet als Serviererin in einem Restaurant am S-Bahnhof Lichterfelde-West. Am attraktivsten könnte für Alfred Pinkwarts Haarmangel gewesen sein. Pinkwart mußte alles, was er noch hatte, sorgfältig quer über den Kopf legen, aber auch dann bestimmte Mangel das Bild. Alfred fürchtete, daß es bei ihm bald ähnlich aussehen werde. Noch wehrte er sich, probierte immer neue Behandlungen aus. Vor Jahren hatte sich die Mutter mit ihrer Freundin Berthel Mewald über Norbert Mewalds Haarverluste unterhalten, und Berthel hatte gesagt, Norbert fange jetzt Morgenurin im Gläschen auf, tauche Watte hinein und betupfe damit die Blößen. Noch scheute Alfred vor dieser Behandlungsart zurück. Bei seinem Dresdener Kommilitonen fiel die Haarkrise besonders auf, weil er einen riesigen runden Kopf hatte, und dann saß dieser Kopf ohne jeden Hals auf einem runden Schulterrückenmassiv. Und das Allererstaunlichste: Fred Pinkwart hatte wenig Haare, aber viel Schuppen. Alfred hatte eine grelle Angst vor Schuppen. Wenn er das Haus verließ, war seine Kragenpartie makellos sauber, das wußte er. Aber eine halbe Stunde später? Pinkwart sprach sehr laut und extrem sächsisch. Alfred glaubte, wenn eins von beiden fehlte, würde das andere anders wirken. Sächsisch ohne Schuppen wäre erträglicher.

In der Fontanestraße 21 kam er zwar ins Haus, aber oben nicht in die Wohnung. Verriegelt. Er mußte klingeln. Keine Reaktion. Also klopfte beziehungsweise pochte er. Endlich Frau Bretzkes verschlafene Stimme: Ick hab nischt an, müssen Se warten. Sie ging in sein Zimmer, ein Hin- und Hergekrauche, dann endlich kam sie. Sie habe doch extra gesagt, daß er seine Ankunft schriftlich ankündigen solle. Er sofort spitz: Sie habe um Benachrichtigung gebeten, damit jemand da sei, wenn er komme. Um diese Zeit, habe er gedacht, sei sicher jemand da, deshalb keine Benachrichtigung. Unsinn, sagte sie. Sie sei kein Hotel. Sein Bettzeug lag neben dem Bett. Offenbar gerade erst abgezogen. Sie holte frisches. Er konnte sich nicht beherrschen. Sein Zimmer werde also in seiner Abwesenheit vermietet! Sie: Ja, jeden Tag an einen anderen! So ging es hin und her, bis sie mit Beziehen fertig war. Dann sagte sie: Man bringt Ihnen alles in Ordnung, und Sie benehmen sich so. Als sie draußen war, sah er, daß die Couch fehlte. Das wichtigste. Wo sollte er schlafen, wenn die Mutter kam. Frau Bretzke klopfte noch einmal und sagte, er solle heute nacht nicht mehr in die Küche gehen. Morgen erkläre sie ihm alles.

Alfred bereute es, so übereilt von Dresden weggefahren zu sein. Was sollte er hier! Er konnte nach dem Wortwechsel mit Frau Bretzke nicht schlafen. Also setzte er sich hin und schrieb an Muttchen. Er habe das geahnt, daß Frau Bretzke sein Zimmer in seiner Abwesenheit weitervermiete. Die Waffe ertappter Menschen ist die Ungezogenheit, schrieb er. Dem inneren Schamgefühl entspricht die äußere Dreistigkeit. Die Frau verzeiht mir das nie, zumal sie ahnt, daß ich sie ertappen wollte. Konnte er hier wohnen bleiben? Unvorstellbar. Daß er ein anderes Zimmer fände, war ganz genau so unvorstellbar. Das war eigentlich seine Normallage: zwischen zwei Unmöglichkeiten zu leben. Und seine Mutter war die einzige, der er das sagen konnte. Sie wollte es zwar auch nicht wissen, sie wollte auch nur Erfolgsmeldungen hören, aber darauf konnte er keine Rücksicht nehmen. Ihr servierte er die Misere, und dafür, daß er das durfte, liebte er sie. Auch dafür! Den Nachtbrief beendete er so: Ich liebe dich schrecklich, küsse dich vielmals, umarme dich oft und bleibe als das Beste, was du hast, dein innigst geliebtes Söhnchen namens Alfred, die gloriose Zweitgeburt.

Statt eines Wappentiers der augenblicklichen Stimmung imitierte er als Alfred Rex die in einander verschlungenen Initialen Augusts des Starken, der mit AR, also Augustus Rex, sein Meißner Porzellan auszeichnen ließ. Und weil er nun schon im kindlich königlichen Schwung war, schrieb er auch noch das hin: Imperator Rex Kaiser und König für Mutti.

Am nächsten Abend lernte er den neuen Untermieter kennen.

Der war sicher fünfzig, hatte allerdings festes, dichtes blondes Haar. Offenbar schlief der, wenn Alfred weg war, in Alfreds Zimmer, sonst aber auf der Couch, die jetzt mitten in der Küche stand. Zwischen Couch und Herd zwanzig Zentimeter. Herr Lachnit arbeitete im Schlachthaus.
Am Morgen des ersten Repetitionskurses war Alfred pünktlich bei Dreyer und konstatierte: Rammelvoll. Wie hatte der Vater gesagt: Ein Schweinegeld. Gerade daß er noch einen Platz in der letzten Reihe bekam. Und nur auf einem Stuhl, der nicht an einem Tisch stand. Weiter vorne hatten Studenten für einander alle Tischplätze belegt. Wenn Dreyer ihn aufrufen würde, müßte er über alle hinweg antworten. Entsetzlich. Und das Schlimmste: Dreyer bat dringend darum, daß jeder für die Dauer des Kurses jeden Morgen den Platz einnehme, auf dem er heute sitze. Es sei Energieverschwendung, jeden Tag mit Platzeroberungskämpfen zu beginnen. Am zweiten Tag war Alfred einer der ersten, er setzte sich einfach in die erste Reihe, wurde aber von einem, der neben ihm Platz nahm, einem Herrn Brasch, gewarnt: Dieser Platz sei besetzt für Herrn Halbritter, der gestern zwar noch gefehlt habe, der aber wahrscheinlich heute, ganz sicher aber morgen aus den Ferien zurückkommen werde. Dann seinen Platz besetzt zu finden, das sähe Herr Halbritter gar nicht gern!
Immer wenn sich Alfred in den nächsten Tagen auf einen Platz setzte, sagte jemand: Das sähe Herr Halbritter gar nicht gern. Dann wurde gelacht. Wenn dieser Herr Brasch einmal etwas formuliert hatte, redeten die anderen es nach. Da Herr Brasch nie frisch rasiert war, aber auch nie mehr als einen Zweitagebart hatte, erinnerte er Alfred an die Figuren, die er gerade in dem Bettleroper-Film mit Lawrence Olivier gesehen hatte. Das gab Herrn Brasch etwas fast poetisch Bedrohliches. Dazu gehörte auch, daß der von seinen Freunden mit der beeindruckenden Vornamenkombination Arno Maria gerufen wurde.
Man kannte Alfred also als den, der keinen Platz fand. Er nahm sich vor, in einer Pause mit Dreyer zu sprechen. Er

mußte einen Platz in den ersten fünf Reihen haben. Einen Platz an einem Tisch. Dreyer legte ein solches Tempo vor, da kam er hinten und auf den Knien schreibend einfach nicht mit. Der Kurs kostete fünfunddreißig im Monat, genau soviel wie die Miete des neuen Zimmers. Für soviel Geld mußte etwas herauskommen. Mutter hatte recht. Also ging er jetzt jeden Morgen kurz nach sieben aus dem Haus – die Bande ließ ihm keine andere Wahl –, war kurz vor acht als erster bei Dreyer, klingelte und legte seine Tasche auf einen Platz in der dritten Reihe. Dann kam aber kurz vor neun noch Herr Weidenbach, von dem jeder wußte, daß er aus Freiburg war, und sagte in seiner schön singenden Sprache, er wolle sich zwar nicht auf Herrn Halbritter beziehen, aber das sei nun wirklich sein, nämlich Weidenbachs Platz. Alfred setzte sich, weil er nicht weiterwußte, auf einen freien Platz in der ersten Reihe. Aber da kam schon Herr Dahlke, den man an seinem frischen Schmiß erkannte, und sagte, dieser Platz sei ihm vor den Ferien von Herrn Halbritter überlassen worden. Dieser Herr Halbritter, der immer noch nicht aus den Ferien zurück war, verfügte offenbar über gar alle Plätze. Von hinten gleich wieder anfeuernde Rufe von einem Herrn Sadowski: Nebbich, Dahlke, nischt wie ran! Sadowski galt als kriegsversehrt. Er nahm die schwarze Baskenmütze immer erst ab, wenn er auf seinem Stuhl saß. Sadowskis Stuhl war ein Gangplatz, den ihm niemand streitig machte. Andere folgten Sadowskis Anfeuerungsruf. Nischt gefallen lassen! Dahlke! Keine Müdigkeit vorschützen! Um nicht noch mehr Lärm auf sich zu ziehen, räumte Alfred den Platz, ging nach hinten, holte einen Stuhl, und rückte den an die zweite Reihe heran. So kam er neben Herrn Kadelbach, der sich vor Unsicherheit, immer wenn er etwas sagen wollte, zuerst mit zwei Fingern an die Nase greifen mußte. Als Alfred sich neben ihn setzte, sagte er prompt: Na, da ist er ja wieder, unser Daueremigrant.

Alfred hatte den Eindruck, während die anderen schon von Dreyers raschen, gegenstandsreichen Ausführungen profitierten, saß er immer noch und suchte nach einem Platz, der

Mitarbeit möglich machen würde. Ohne Pinkwarts Aufzeichnungen wäre er jetzt verloren gewesen. Er mußte dazu immer in dessen Wohnung fahren, auch die Frau kennenlernen. Pinkwarts Mitschriften waren mindestens so lückenhaft wie Alfreds eigene, trotzdem fand er bei dem einiges, was er nicht mitgekriegt hatte. Pinkwart schien seine eigenen Lükken nicht zu bemerken. Alfred wies ihn darauf hin. Was er nicht auf dem Papier habe, habe er im Kopf, sagte Pinkwart. Alfred bezweifelte das.
Dreyer fragte andauernd kreuz und quer durch die Reihen. Alfred versuchte, jede Frage, auch wenn er nicht aufgerufen war, in Gedanken zu beantworten. Er hatte das Gefühl, nicht mitzukommen. Manchmal begriff er zu spät, daß eine Frage viel einfacher war, als er befürchtet hatte. Was kann der Gerichtsvollzieher pfänden? Herr Dorn! Alfred: Mobilien. Dreyer: Was also? Alfred: Wohnungseinrichtung. Dreyer: Was noch? Jetzt glaubte Alfred, Dreyer wolle sich lustig machen über ihn. Dreyer: Na, na, Herr Dorn!! Alfred: Klavier. Da lachten alle. Alfred begriff nicht, warum. Als er nachher Pinkwart fragte, sagte der, es sei einfach komisch gewesen. Die meisten waren sicher zwei bis drei Jahre jünger als Alfred. Deshalb nannte Alfred sie dem wahrscheinlich schon sechs- oder achtundzwanzigjährigen Pinkwart gegenüber nur noch *Lausejungs*. Gerade hatte ihn noch Herr Müller-Tettelbach ganz locker nach seinem Alter gefragt. Als Alfred gesagt hatte, gleich fünfundzwanzig, hatte der gesagt, dann habe er eine Wette verloren. Er hatte mit Herrn Sadowski gewettet, Alfred sei zwanzig, höchstens einundzwanzig. Dieser Ansicht seien mehrere gewesen. Sadowski habe gesagt: Nebbich, der ist fünfundzwanzig, und manieriert. Das tröstete Alfred. Wenn ihn die meisten für jünger hielten, wurde er also nicht seines Alters wegen belächelt. Am meisten amüsierte die, wenn Dreyer, weil Alfred zu leise antwortete, die Frage noch mit dem Zusatz versah: Dorn, los, mit mächtiger, bulliger Stimme! Da brüllten alle erst mal los. Alfred sagte so leise wie immer: Das wird mir bestimmt nicht gelingen. Neues

Gelächter. Pinkwart nachher: diese Bemerkung sei überflüssig gewesen. Abends, in seinem Zimmer, immer das Fazit: er konnte sich nicht durchsetzen. Er stellte sich vor den Spiegel und sagte: So sieht einer aus, der unter die Räder kommt.
Seine Auffälligkeit im Dreyer-Kurs nahm täglich zu. Wieviel Untertitel hat das BGB, Allgemeiner Teil? Herr Dorn? Der, einem Vorsager folgend: Fünf. Es waren aber sieben. Hatte der kriegsversehrte Sadowski absichtlich falsch vorgesagt? Und gleich folgte ein Fall. Alfred kam mit Aufschreiben kaum mit, da sollte er den Sachverhalt schon wiederholen. A leiht B ein Autorad, da B's Reserverad einen Schaden aufweist. Alfred beim Wiederholen, in aller Hast: Da B's Rad einen Reserveschaden aufweist. Allgemeine Heiterkeit. Dreyer befand, Herr Dorn sei sprachschöpferisch begabt, man werde *Reserveschaden* in Zukunft für Pannen verwenden. Verstärkte Heiterkeit.
Daß er hier nicht mitkam, mußte er den zwei Zuschauerinnen in Dresden-Bühlau melden. So etwas kann man nicht für sich behalten. Diese Briefe schrieb er immer im HO-Restaurant in der Friedrichstraße, wo er 1 Selters, 1 Apfelsaft, 1 x Nudeln mit Rührei und Schinken plus 1 Portion Nudeln extra für insgesamt 8,05 Mark Ost zu sich nahm. Das Geld dafür tauschte er 1 : 4 am Bahnhof Zoo. Als er der Kellnerin die Nudelnachbestellung zurief und diese Bestellung, als die Kellnerin am Nebentisch bediente, wiederholte, weil er nicht sicher war, ob er vorher gehört worden war, sagte die, sie könne nicht alles auf einmal erledigen. Er: Er habe die Nachbestellung nur zur Sicherheit wiederholt. Sie: Das sei unmöglich, Servieren erfordere die ganze Konzentration, dabei noch Bestellungen aufzunehmen sei unmöglich. Als er später fragte, ob sie jetzt imstande sei, die Zahlung entgegenzunehmen, sagte sie nichts mehr, aber zu ihrer Kollegin sagte sie sehr laut: Dieser Student! Wo der her ist, sieht man! Sie hatte ihn als Westler erkannt. Das war ihm peinlich. Frißt sich im Osten dick und dämlich und erlaubt sich auch noch Arroganz. Aber nach einem Dreyer-Tag wäre er am liebsten noch viel arroganter gewesen.

Schon in der ersten Semesterwoche verschwand sein Füller-etui, der Füller selbst war aber da, also mußte das Etui in seinem Zimmer verschwunden sein. Er hatte es, auf Knien durchs Zimmer rutschend, gesucht. Er hatte einen Verdacht. Den mußte er bekämpfen. Er konnte nicht schon wieder auf Zimmersuche gehen. Aber selbst eine solche Kleinkatastrophe wie ein Etuiverlust zielte bei ihm gleich ins Zentrum seiner Existenz. Er mußte den Füller jetzt in das, was er sein Ziertuchtäschchen nannte, stecken, der Füller war natürlich nicht dicht, also hatte Alfred zwei Tage später einen kleinen, aber ganz unübersehbaren Tintenklecks an seinem hellen Jakkett, dem besten, das er besaß. Mit diesem Jackett mußte er zu Dreyer. Und er wußte selber nur zu gut, wie er über einen Kommilitonen denken würde, der mit einer verkleckster Jacke in den Dreyer-Kurs käme. Jetzt war er so einer. Und er konnte es nicht ändern. Seine zweite gute Jacke war aus viel zu dickem Stoff, da würde er sich im rammelvollen Dreyer-Etablissement wirklich zu Tode schwitzen. Die aus Vaters Stofflieferung gemachten Leinenhemden waren, auch wenn er sie ohne Unterhemd trug, viel zu warm. Daß er noch kenntlicher wurde: Der um einen Stuhl kämpfende Daueremigrant, der immer leise sprechende, einen Tintenklecks tragende, komische Antworten gebende und dann auch noch ewig schwitzende Herr Dorn.

In den Dreyer-Pausen aß er, im Gang auf- und abgehend, die Kuchen, die die Mutter zweimal wöchentlich schickte und die inzwischen öfter unaufgeschlitzt blieben; er hatte immer eine Art Angst, daß einer der Kommilitonen plötzlich sage: Schau, er ißt Muttis Kuchen! Fred Pinkwart, der auch eher isoliert als vergesellschaftet wirkte, ging in jeder Pause runter und über die Straße, Würstchen essen. Das wollte Alfred nicht. Nicht nur des Geldes wegen. Er und Pinkwart, die zwei alten Sachsen! Auch wenn Alfred jünger aussah, es war ihm peinlich, als Pinkwarts Freund zu erscheinen. Daß der seine Hose nachts nicht über den Bügel hängte, sah man. Und Pinkwart war durchgefallen. In West-Berlin. Wenn sich Al-

fred mit dem zeigte, war er auch einer, der durchgefallen war. Alfred ging also allein und Kuchen essend den Gang auf und ab. Unheimlich, wie groß so eine Berliner Wohnung war. In diesen vielen Zimmern hatte ehedem eine einzige Familie gewohnt. Allerdings mit mehreren Bediensteten.
Nach der Pause, als alle Platz genommen hatten und Dreyer schon den Mund zur ersten Frage öffnete, fiel von seinem Randplatz Herr Sadowski auf den Boden. Alfred hörte es, drehte sich um und sah, wie Sadowski ausgestreckter als ausgestreckt dalag, völlig starr und mit starr offenen Augen, und im Gesicht weißer als jede Wand. Herr Dahlke mit dem Schmiß drängte alle zurück, kniete neben Sadowski nieder, nahm dessen Baskenmütze vom Tisch und schob Sadowski einen Rand der Baskenmütze ein wenig zwischen die Zähne. Dann geschah nichts mehr. Eine solche Stille hatte es in diesem Raum sicher noch nie gegeben. Irgendwann zuckten die Augenbrauen des Liegenden, dann belebte sich sein Blick, er war wieder da, nahm sich selber die Baskenmütze aus dem Mund und sagte, noch ohne sich zu regen, aber mit Blickrichtung zu Dahlke: Dank dir, Kamerad. Dahlke half ihm auf, er ging mit Dahlke hinaus; bevor er draußen war, entschuldigte er sich noch und grüßte. Herr Dreyer nickte und sagte: C'est la guerre. Seufzte und stellte die erste Frage.
Nachher lud ein Student namens Weiler Alfred zu einem Eis ein. Er war der, der am besten gekleidet war. Rotweiß gestreifte Hemden zu hellen Leinenanzügen. Alfred lehnte ohne jede Überlegung ab. Die Ablehnung fiel so aus, daß der andere sie übelnehmen konnte. Alfred hatte in der Einladung Mitleid gespürt. Mitleid war ihm zuwider.
In seinem Zimmer häuften sich die Zettel. Er kam nicht nach mit den Reinschriften. Seine Aufzeichnungen wurden immer unlesbarer. Je wichtiger Pinkwart für ihn wurde, desto deutlicher sah er, daß Pinkwart die denkbar schlechteste Quelle für die Ergänzungen war.
Abends: Rosen aus dem Süden. Leider gelang es solchen Filmen nicht jedes Mal, Alfred von sich abzulenken. Schon auf

dem Weg ins Kino hörte er die Mutter gewissermaßen verzweifelt hinter ihm herrufen: Nicht immer gleich ins Kino rennen! Oder: Nicht ins Kino, bevor du dein Pensum erledigt hast! Oder: Kinoguckengehn ist keine Lösung! Ein Film mußte schon sehr spannend sein, wenn Alfred beim Zuschauen nicht immer wieder daran denken sollte, daß die Mutter diesen Kinobesuch überhaupt nicht billigen würde. Geld UND Zeit verschwendete er, obwohl es ihm an beidem so drastisch mangelte.
Am Tag nach den Rosen aus dem Süden meldete sich Herr Lachnit. Alfred möge, bitte, nachts leiser heimkommen, da er, Herr Lachnit, morgens um fünf aufstehen müsse und deshalb nicht noch nach Mitternacht gestört werden dürfe. Das sah Alfred ein, aber er kritisierte die Art, in der Herr Lachnit sich beklagt hatte. Herr Lachnit sagte: Machen Sie kein Theater. Und ging. Das war Alfred nicht gewöhnt, daß ihm jemand so etwas ins Gesicht sagen konnte und ihn dann stehen ließ. Er kam sich verachtet vor. Man hat sich nicht danach gedrängt, geboren zu werden, kommt in die Welt und hat eine Scheußlichkeit nach der anderen in Kauf zu nehmen wie jemand, der selber schuld daran ist, daß er irgendwo ist, wo er mißhandelt wird. Als Alfred sich, weil es nirgends mehr auszuhalten war, hinlegen wollte, entdeckte er auf dem Kopfkissen dunkle Male. Und das war der beste Bezug, den Frau Bretzke je angebracht hatte. Mit eingewebten Blumen. Woher diese dunklen Stellen? Die konnten nur vom Höllenstein kommen, mit dem er gegen die störenden Hautwucherungen vorging, die er nicht *Warzen* nennen wollte. Das durfte Frau Bretzke nicht entdecken. Mit ihr über seine störenden Hautwucherungen sprechen –, niemals! Also mit Seife und Nagelbürste arbeiten. Und wenn es nicht gelang, in eine Drogerie, dort ein Geständnis ablegen und um das Reinigungsmittel bitten. Aber es gelang ja. Seife und Bürste und sein Eifer genügten. Manchmal hat er doch einen Erfolg!
Dem Vater dieses Jahr kein Geburtstagsgeschenk! Das hatte die Mutter befohlen. Sonst komme der nur auf die Idee, er

versorge Alfred, wenn der noch Geschenke machen könne, mit zuviel Geld. Alfred fügte sich. Aber einen Brief schreiben mußte er dem Vater. Er warf den Brief im Ostsektor ein, mußte also auf keinen mitlesenden Staat Rücksicht nehmen. Warum meldete sich der Vater nicht mehr? Falls der Vater die Zensur scheue, könne er die Briefe der Mutter mitgeben, die im Laufe des Sommers einmal nach Berlin komme. Ist Alfreds Anerkennung des neuen Lebenskreises wirklich die Bedingung für Kontakt? Ist der Vater entschlossen, dafür die Beziehung zum Sohn zu opfern? Dann wäre am Bruch zumindest nicht der Sohn schuld. Findet der Sohn. Alfred wollte einmal einen Brief schreiben, in dem nicht von Geld die Rede war. Der Vater schrieb einlenkend zurück. Nannte Alfred seinen Sorgenjungen und lud ihn ein, an einem Ausflug des väterlichen Kegelclubs nach Moritzburg teilzunehmen.

Bei Dreyer hatte Alfred immerhin den Eindruck, daß Dreyer den Unterschied sehe zwischen Alfreds schriftlichen und seinen mündlichen Leistungen. Manchmal glaubte Alfred sogar, Dreyer versuche, ihn im Kursgewoge nicht mehr als Gelächterobjekt auszubeuten. Aber dann ging dem Herrn Veranstalter doch wieder das Temperament durch, oder er brauchte einfach, um Leben in die Bude zu bringen, einen Lachanlaß, und da bot sich eben der jetzt immer irgendwo vorn sitzende und übereifrig mitschreibende Herr Dorn an. Vielleicht ging Dreyer sein Mitschreiben auf die Nerven. Vielleicht fürchtete Dreyer, daß Alfred wie ein Reichstagsstenograph mitschreibe, um diese Mitschriften gegen ihn beziehungsweise seine Examiniermethoden zu verwenden. Einmal fragte er Alfred direkt, was er denn mache mit all dem Aufgeschriebenen, zum Einrahmen sei's ja wohl nicht. Pinkwart behauptete, Dreyer habe einmal gesagt, nur die Dummen schrieben gar alles auf. Aber Alfred konnte auf Anhieb nie feststellen, ob das, was da gerade gesagt wurde, wesentlich oder unwesentlich war. Das wollte er erst abends oder am Wochenende bei der Herstellung der Nachschrift entscheiden. Aber da machten sich eben die Lücken bemerkbar. Und von Woche zu Woche nahm seine Unlust zu, dieses Tagfürtaggeschmier in eine Reinschrift zu verwandeln. Und je weniger er auf dem laufenden war, desto größer die Gefahr, daß er sich, wenn Dreyer ihn aufrief, wieder blamierte. Aber Dreyer blamierte Alfred ja, ohne daß er ihn etwas fragte; er unterbrach plötzlich seinen Redestrom und sagte zu Alfred hin: Dörnchen, ham Se's schon aufgeschrieben? So wurde er also hier notiert: Dörnchen! Das Dörnchen mit der leisen Stimme! Wenn der enorme Pommer Sigmund Sadowski losquasselt und viel mehr quasselt, als er weiß, sagt Dreyer zu Alfred hin: Sehen Se, Dörnchen, der kann reden. Wenn Sie aber, zur Vorbereitung auf unseren Kurs, einen Fall Ihrer Wirtin vortragen, da schläft Ihnen die ja unter den Händen ein. Und sofort folgt der unanzweifelbare Baß von Arno Maria Brasch: Unter dem schlafen nicht nur Wirtinnen ein. Und aus dem Gefeixe wurde wieder Gelächter. Das war wohl auch Dreyer zuviel. Er klassifizierte Braschs Einwurf als testimonium paupertatis. Aber als er Weidenbach nach einem Beispiel für Grundstücksnutzung fragte und der quick herausschmetterte: Bordell, sagte Dreyer zwar: Weidenbach, werden Sie nicht schweinisch, sagte das aber in einem Ton, der das Gelächter erst richtig auslöste, und Dreyer selber lachte laut mit. Alfred hatte das Gefühl, jetzt sei er blamiert, weil er der einzige war, der nicht mitlachen konnte. Er begriff überhaupt nicht, warum die jetzt alle so lachen konnten. Schon in einer der ersten Stunden war ein Alimentefall besprochen worden, dabei war der Satz gefallen: Warst du so lange Rittmeister, kannst du jetzt auch Zahlmeister sein. Alfred hatte diesen Satz erst im Gespräch mit Pinkwart begriffen. Er war nicht gewieft. Wenn in einem Amtshaftungsfall ein schwachsinniges Mädchen in einer Anstalt von einem Wärter geschwängert wird, schwitzt Alfred nicht nur wegen der zu schweren Leinenhemden, sondern weil er fürchtet, jetzt werde er aufgefordert, den Fall zu entwickeln und zu lösen. Wenn Dreyer ihn dann überging, hielt Alfred das für bewußte Schonung und empfand eine ihn förmlich auslöschende Dankbarkeit. Aber

die zeigte er nicht. Das wäre auch gefährlich gewesen. Wenn aber vom preußischen Wassergesetz die Rede war und Dreyer hören wollte, welches Wasser das schönste sei, und Alfred, um sich auch einmal im Männerton zu versuchen, sagte: Das Feuerwasser!, dann kommentierte Dreyer: Diese Antwort ist Ihnen nicht leicht gefallen, Dörnchen, was! Schmunzeln und Gefeixe. Alfred hätte mitfeixen sollen, konnte aber nicht. Also fühlte er sich einmal mehr bloßgestellt. Befund: Infantil. Kein Mann. Als Dreyer beim Familienrecht von Verlöbnis einschließlich Deflorationsanspruch handelte, hörte Alfred Arno Maria Brasch von hinten: Wie eifrig Dorn mitschreibt. Also hörte er auf mitzuschreiben. Da sagte Dreyer schon von vorn: Dorn kann ich ja nicht fragen, der hat da bestimmt keine Ahnung. Riesengelächter. Herr Halbritter, der jetzt immer in der ersten Reihe genau in der Mitte saß, drehte sich langsam um und sagte mit seiner harten, aber klingenden Stimme: Nicht unter die Gürtellinie, wenn ich bitten darf. Halbritter war unangefochten Primus. Und Autorität. Die zelebrierte er. Er bewegte sich so süddeutsch langsam, wie er sprach. Er wußte offenbar, daß ihn keiner unterbrechen würde. Alfred bewunderte Halbritter, fand ihn aber nicht anziehend. Halbritter wirkte auf ihn säuerlich.
Nach dieser Sitzung rannte Alfred weg, als habe er Dringendes vor. Er wollte nicht hören, wie Pinkwart diese Szene kommentierte. Er hatte es dicke wie noch nie. Mit ihm ging genau so rasch die Treppe hinunter Herr Weiler, der sonst fast immer mit dem lauten Badener Weidenbach kam und ging. Er entschuldigte sich bei Alfred dafür, daß er über ihn auch gerade gelacht habe. So viele, die einem sympathisch sein können, gebe es ja gar nicht in diesem Kurs. Er hätte immer schon gern Alfreds Kampf um einen Platz unterstützt, habe aber nicht gewußt, ob Alfred das recht gewesen wäre. Von einem Juden unterstützt zu werden, sei nicht jedem recht. Besonders in einem Kurs, der zum größeren Teil aus alten Nazis bestehe, die man schon daran erkenne, daß sie jetzt bei jeder unpassenden Gelegenheit nebbich sagten. Daß Alfred zu

denen nicht gehöre, sei von Tag zu Tag klarer geworden. Ich hasse Deutschland, dieses Land, das keine Ruhe gibt, sagte Weiler. Er werde später ins Ausland gehen. Ob sie nicht heute zusammen etwas unternehmen sollten? Weil das der war, der Alfred zu einem Eis eingeladen hatte, und weil Alfred damals nachträglich bedauerte, abgelehnt zu haben, sagte er jetzt zu. Aber heute nicht, heute gehe er ins Konzert. Sie verabredeten sich für Dienstag. Hatte der Mitleid? Hätte er nicht doch ablehnen sollen? George Weiler sah man in jeder Pause mit einer Studentin plaudern. Und wie! Und nicht immer mit derselben! Er handhabte solche Pausen-Konversationen wie ein Musiker sein Instrument. Er war sicher ein Virtuose auf diesem Gebiet. Weilers Name war ihm einmal auf einer Liste aufgefallen, des Vornamens wegen. Der Vorname des Baumeisters der Dresdener Frauenkirche. Die Frauenkirche war seine Kirche schlechthin.Seine Mutter war in der Frauenkirche getauft worden. Die ältere Schwester der Mutter auch. Jetzt waren von *seiner* Kirche nur noch zwei Mauerwerksstümpfe und ein Haufen Steine übrig. Vierundzwanzig Stunden nach dem Angriff war sie zusammengebrochen. Als habe sie den Anblick der vernichteten Stadt nicht ertragen. Ökumenische Solidarität. So Alfreds Version des Zusammenbruchs der einzigartigen Kuppelkirche.
Alfred wechselte 2,24 West in 10 Ost, fuhr in die Friedrichstraße zum Essen, dann spazierte er durch historisches Berlin. Er wollte George Weiler am Dienstag etwas bieten können. Unter den Linden, Dom, Museumsinsel. Ja, das konnte man anbieten. Da George Weiler seinem Sprachklang nach eher aus Baden als aus Berlin war, konnte er dem, falls der Interesse zeigte, etwas über Preußen erzählen. Preußen war, was die Juden betrifft, unschuldiger als Deutschland. Sanssouci empfahl sich nicht zur Zeit. In den Kellern hatte ein HO-Lager Feuer gefangen, der Nordflügel soll zerstört sein. Auf Alfred wirkte eine solche Nachricht wie ein Schock. Er hatte das Gefühl, als könne er überhaupt keinen Verlust mehr verkraften. Er konnte, wenn ihn die Verlustnachricht traf,

kein bißchen ausweichen. Es gab keinen Trost. Keine Schmerzverteilung. Keinen Sinn. Seit dem Angriff vor neun Jahren. Nachträglich, als er die alten Straßen suchte, hatte sich dieser Schock eingestellt. Es bildete sich eine Verlassenheitsempfindung . Durch keinen Verlust wird Verlust so deutlich wie durch Vergangenheitsverlust. Vielleicht entsteht so Einsamkeit. In der Kreuzschule hatten die Schüler darüber diskutiert, ob Dresden je angegriffen werden würde. Hamburg, Berlin, Kassel, Köln, München waren längst dran gewesen. Die einen behaupteten, die Alliierten wollten nach dem Krieg in Dresden residieren, weil das Elbflorenz die schönste deutsche Stadt sei. Andere: Dresden werde nach dem Krieg die Hauptstadt der Tschechoslowakei. Wieder andere: Eine Nichte Churchills lebe noch in Dresden, um ihretwillen werde Dresden verschont. Egon Flade hatte an die Tafel geschrieben: Die sächsischen Zwerge kommen zuletzt in die Särge. Alfred hatte Heinz Sauer, seinen Klavierlehrer, gefragt. Dessen Antwort: Warum sollten die Engländer ausgerechnet Dresden verschonen?
Abends in den Titania-Palast. Furtwängler. Eine Fünfmarkkarte. Zuerst eine Symphonie von Furtwängler selbst. Diese Musik erinnerte an ein Dresden, das es nie gegeben hat. Dann Beethoven. Die erste Symphonie, die gleich mit einem Akkord begann, dem Alfred sich verwandt fühlte. Mehr sollte man einen Schmerz nicht ausdrücken. Und ihn dann gleich in eine solche Bewegung bringen. Carl Maria von Weber habe diese Symphonie die feurig strömende genannt, hatte Herr Priebe gesagt, als er der Klasse die Beethoven-Symphonien vorführte. Während Alfred zuhörte, bedauerte er schon, daß er nachher nicht mehr der sein würde, der er war, solange er zuhörte. Solange er zuhörte, wurde er so groß und mächtig und innig, wie die Musik gerade war. Und wie ihm der Schluß entsprach. Nicht das bombastische Nichtaufhörenkönnen der Nachfolger. Man wird darauf aufmerksam gemacht, daß es sich um einen kurzen Aufenthalt in einem Bereich lösbarer Probleme gehandelt hat. Das rasche Ende einer schönen Ab-

wesenheit. Jetzt mach selber weiter. Ob er, wenn er Musik studiert hätte, auch so isoliert geblieben wäre? In der Kreuzschule war er, obwohl er dort Primus war, nie isoliert gewesen. Weil er Primus war? Wenn er bei Dreyer fachlich unanfechtbar wäre, käme dieser und jener, um sich seine Nachschriften zu leihen. Vor allem: es gäbe keine Blamage mehr. Einmal hatte Egon Flade zu ihm gesagt: Muß doch sehr anstrengend sein, andauernd das Wunderkind zu spielen. Die Primusrolle hatte er geteilt mit Detlev Krumpholz und Hans Gurlitt. Als Trio waren sie unangefochten. Unser gleichseitiges Dreieck, hatte der Mathematiklehrer sie einmal genannt. Das war die Perspektive des Notengebers. In Wirklichkeit waren sie alles andere als gleich. Hans' und Detlevs Väter waren Juristen, aber ein hoher Parteimann der eine, auch die Frau eine Führerin, des anderen Frau Jüdin. Das hatte Alfred von seinen Eltern erfahren. Wußte das in der Klasse außer ihm keiner? Da Hans *es* nie erwähnte, wagte er nicht, davon anzufangen. Man mußte nicht überlegen sein. Dazugehören mußte man. Das war alles. Und er, obwohl er kein Sportler war, hatte dazugehört. Er war gewesen wie alle anderen. Er war noch immer so. Die anderen waren jetzt anders. Erwachsen. Allerdings, beim Jungvolk hatte er auch nicht dazugehört. Helmut Lommatsch hatte dafür gesorgt, daß Alfred in der Dresdener Heide den Bach an einer Stelle überspringen mußte, an der er ganz sicher zu kurz springen, also im Wasser landen würde. Anfang Dezember. Und einmal, an einer schmaleren Stelle, so lange hinüber und herüber, bis er nicht mehr konnte und im Bach landete. In Leipzig war er auch nur unter wenigen möglich gewesen. Die Lausejungs bei Dreyer würden ihn, wenn sie das Sagen hätten, genau so durchfallen lassen, wie die FDJ-Garnitur in Leipzig ihn durchfallen ließ. Damals war es Politik, die ihn ausschloß, jetzt ist es ... Was ist es jetzt? Wenn er nach dem Dreyer-Kurs an der Ecke Schlüterstraße/Ku-Damm Mittag aß und dann noch etwas notierte, fragte er den Ober beim Zahlen höflich, ob es störe, wenn er hier noch ein bißchen schreibe, und der Ober sagte, obwohl viele Tische frei waren, ja es störe, also raffte er sein Zeug zusammen, gab kein Trinkgeld und rannte grußlos hinaus. Richtung Tiergarten. Auch dieser Ober würde ihn durchfallen lassen. Das Verhalten der Menschen ihm gegenüber ließ sich immer noch am leichtesten in Schulwörtern ausdrücken.

George Weiler wollte überhaupt nichts Historisches erwandern. Ins Café neben der Staatsoper wollte er. Ein Stück weit fuhr auch der laute Weidenbach noch mit. Wie es Alfred mit dem Alkohol halte? Alfred gestand, daß er Alkohol meide, weil er davon überhaupt nicht lustig, sondern sehr müde werde. Das fand Berthold Weidenbach schon einmal sehr lustig. Weiler fragte, ob Alfred von Alkohol auch müde werde, wenn er ihn mit einer Frau trinke? Alfred sagte, da werde er wohl kaum Schnaps trinken. Zum Glück fragte Weidenbach plötzlich, wie spät es sei. Seine Uhr lerne grade Hebräisch. Alfred begriff nichts, sagte aber brav die Zeit. Weidenbach verabschiedete sich, Weiler sagte, Weidenbach sei leider auch ein Antisemit. Eine schlimme Erfahrung für einen Juden, einsehen zu müssen, daß auch seine Freunde Antisemiten seien. Ohne daß sie das selbst wüßten! Daß einer statt zu sagen: Meine Uhr ist im Pfandhaus, sagt: Sie lernt Hebräisch, sei eine antisemitische Redensart. Alfred kam jeden Tag in Situationen, in denen er nicht wußte, wie er reagieren sollte.

Alfred mußte George Weiler bitten, noch rasch mit zur Post in die Friedrichstraße zu kommen und dort auf einer Bank zu sitzen, bis Alfred ein paar Zeilen nach Dresden geschrieben hatte. Geliebtes Muttchen, schrieb Alfred. Am Pult stehend schrieb er, so wie die Mutter oft im Neustädter Bahnhof am Pult stehend, im Winter mit klammen Fingern, an ihn schrieb. Er teilte ihr mit, während er George Weiler sitzen und warten sah, daß er mit einem Herrn George Weiler noch irgendwohin gehe. Mir liegt das gar nicht. Wenn das mal gut geht. Bin jetzt nach Friedrichstraße gefahren. Ich bin nicht auf so was eingestellt. Er wartet auf mich. Innigste Küßchen.

Und zeichnete das reine Kinderhäschen als Unterschrift hin und mußte darunter noch eine Seufzerschleife ziehen und reinschreiben: 13/18 fuhr der Zug zu Dir. Ohne mich. Welch ein Mist!
Nachher merkte er, daß Herr Weiler sich diesen dringenden Eilbrief nur als eine Liebesdepesche erklären konnte. Alfred versuchte sphinxhaft zu lächeln. Aber er hatte das Gefühl, es sehe nicht sphinxhaft aus, sondern dappsch. Das Café fand er sofort entsetzlich. Aber George Weiler sah nur Menschen beziehungsweise Frauen. Alfred fragte ihn vorsichtig nach seiner Vergangenheit. Weiler verweigerte die Auskunft. Begründung: Von Straßburg sei er mit den Eltern nach Theresienstadt gereist, die Eltern seien ohne ihn weitergereist nach Auschwitz, warum er die Reise dorthin nicht mitgemacht habe, sei seine Sache. Er sei an nichts mehr als an Gegenwart interessiert. Wie Alfred die Wasserstoffblondine gefalle, ja, die mit dem Ku-Damm-Kostüm, die Frau sei unmöglich. Manche Beine, Herr Dorn, verderben leider alles, was sie tragen. Die mit dem arg Seriösen da drüben, die wär's, heute, hier, im Augenblick. Alfred konnte immer nur ganz kurz hinschauen, wo Weiler hindeutete. Er hatte Angst, die Leute könnten bemerken, daß man über sie sprach. Aber eben das wollte George Weiler. Würden die Frauen sich ihrer Macht eine einzige Sekunde lang bewußt werden, könnten sie mit uns machen, was sie wollen, sagte er nahezu leidend. Jeder Mann krieche jeden Abend auf eine Frau zu, bereit, ihr zuliebe alles zu tun. Also, mit wem war Alfred neulich im Konzert? Und in welchem Konzert? Allein. Furtwängler. Nein, rief Weiler, nein, nein, nein. Zu dem gehen Sie! Herr Dorn! Zu Hitlers Kappellmeister! Herr Dorn! Auch Sie! Alfred konnte nichts sagen. Schon gar nicht, wie wohl er sich gefühlt hatte während dieses Konzerts. Eine Zeit lang hatte er viel mehr für möglich gehalten, als möglich war. Er war stärker gewesen. Das mußte er doch Furtwängler danken. Und Beethoven sowieso. Aber er konnte nichts sagen. Er war einfach erschrocken. So ernst hatte ihn Weiler noch nie angese-

hen. Die schön gewölbte, weiße Stirn zerknitterte förmlich. Zum Glück kam ein Herr, Harald von Milschitz, schon Referendar, mit Weiler befreundet, und er kam ganz offensichtlich nur wegen des Hauptthemas, das auch sein Hauptthema war. Beide zusammen konnten das Hauptthema erst richtig entfalten. Nicht nur an Hand der Frauen im Lokal, sondern auch durch Berichte über die letzten Erfahrungen, die beide mit den und den Frauen gemacht hatten. Jeder kannte offenbar die Frauen des anderen. Sie unterhielten sich über die Frauen, wie zwei sich über Bücher unterhalten, wenn beide die Bücher, über die gesprochen wird, gelesen haben. Er fand die X also gar nicht so langweilig? Der andere konnte mit ihr einfach nichts anfangen. Ihn störte schon ihre Sprache. Die fand der andere eben ganz toll.
Alfred konnte gegen keinen der beiden etwas haben, aber es quälte ihn, daß diese beiden nur zum Schein mit ihm am Tisch saßen. Kein bißchen seinetwegen. Während sie mit einander über die Hauptsache sprachen, sahen sie alles, was im Lokal vor sich ging. Und alles, was im Lokal mit Frauen zu tun hatte, wirkte sich sofort und andauernd auf ihre Sätze aus. Die waren auf der Jagd. Daß man mit einander etwas unternehmen wolle, hieß also, daß man gemeinsam auf die Jagd gehe, die aber, falls sie erfolgreich verlaufe, nicht gemeinsam beende. Er wünschte sich in sein Zimmer. Tatsächlich kam ihm die Migräne zu Hilfe. Er erinnerte sich an Heribert Priebe, der ihn eingeladen hatte, nach einem Konzert noch mitzukommen in seine Wohnung. Als Alfred die Männerfotos gesehen hatte, mit denen das Zimmer des Musiklehrers Priebe förmlich tapeziert war, hatte Alfred einen Migräneanfall erlitten. Herr Priebe hatte ihn sofort und mit viel Bedauern gehen lassen. Offenbar sah man ihm auch jetzt an, wie er sich fühlte. George Weiler wollte ihn heimbegleiten. Das ließ Alfred nicht zu. Am meisten überraschte ihn draußen, daß es noch frische Luft gab. Er erholte sich schnell. Drüben reichte es sogar noch zu einem Film: Gefährtinnen der Nacht. Er wollte jetzt kein Streitgespräch mit sich selbst.

Wie sollte er denn seinen Konzerteindruck verteidigen gegen George Weilers Vorwurf? Er mußte Weilers Vorwurf und den Konzerteindruck bestehen lassen. Unvermittelt. Ein weiterer Widerspruch. Niemand dirigiert für Hitler. Das konnte er nicht aussprechen. Als Herr Weiler gesagt hatte, er sei Jude, sah Alfred Herrn Gelles wieder in der Borsbergstraße vor der Tür stehen, den Tornister auf dem Rücken: Er komme, sich zu verabschieden, er sei auf dem Weg in die Deportation. Ein Zivilist mit Tornister, das hatte komisch ausgesehen. Nachdem Herr Gelles gegangen war, hatte die Mutter gesagt: Wenn wir das büßen müssen! Der Vater hatte nichts gesagt. Alfred hatte damals nicht gemerkt, daß das, was er gerade erlebte, unvergeßlich sein würde.

Als Alfred nach dem Film auf seiner Straße, die hier schon Unter den Eichen heißt, heimwärts ging, fühlte er sich durch diesen Film gegen die Angebote und Bemerkungen der Damen, die hier ihr Revier hatten, noch gefeiter als sonst. Die Damen: Det is'n Doofa. Der Film hatte in ihm nichts als Ekel produziert. Alfred war, was die Hauptsache angeht, an Deutlichkeit überhaupt nicht interessiert. Ein Programm für die Doktorin hatte er gekauft. Die wird natürlich wieder sagen, das sei soziologisch hochinteressant, wie dieser Film Verbrechen und Sexualität einander steigernd komponiere usw. Wäre er doch in Salome gegangen. Rita Hayworth und Stewart Granger. Soviel wußte er inzwischen schon von dieser Westwelt, daß er bei Hayworth und Granger die Hauptsache in einer ihm gemäßeren Form, nämlich gefiltert und gefälscht und drapiert und dressiert, also sozusagen verlogener zu sehen bekommen hätte als in dem französischen Film. Ist denn nicht Musik die größtmögliche Lüge? Und die notwendigste. Die Wahrheit wäre, stumm sein.

Als er in seinem Zimmer angekommen war, hätte er sich am liebsten hingesetzt, um der Mutter zu schreiben, sie solle doch, bitte, aufhören, sich dieser Werde-ein-Mann-Propaganda anzuschließen. Wieso mußte denn jeder ein Mann werden? Wo stand das? Am nächsten Morgen spürte Alfred

Dorn, daß er von sich keinerlei Notiz nehmen durfte. Alles vermeiden, was an den Tag zuvor erinnern konnte. Kein Selbstgespräch, bitte! Wer sagte ihm, daß er sich gestern nicht ungeheuer blamiert hatte?
Die Liedertafel hatte in Pillnitz die Jahreszeiten nach dem Frühling abbrechen müssen. Mutters *nouveautys* (das war, wahrscheinlich unter der bis nach Dresden reichenden Übermacht der englischen Sprache, aus einem 1904 bis 10 im Ehrlichschen Gestift gelernten Französischwort geworden) hatten jetzt immer mit Regen zu tun. Die Neunte, sah sie voraus, wird auch ins Wasser fallen. Das war der Unterschied zwischen der durch und durch gebildeten Doktorin und seiner Mutter: die Doktorin schrieb ihm, in diesem Sommer könne man von nichts berichten als von *Regentropfen, die an mein Fenster klopfen*; der in allen Fächern unsicheren Mutter verregnet es Haydn, und die Neunte wird ins Wasser fallen. Und er strebte in Richtung Doktorin!
S'reechnd egal diesn Sommer, flüsterte Alfred Dorn Fred Pinkwart ins sächsische Ohr. Aber bis es an diesem Morgen so weit war, hatte Alfred schon einiges mitgemacht. Seine Bahn verfehlt. In der nächsten, Herr Halbritter, der auch zu Dreyer fuhr. Der tat so, als sehe er Alfred nicht. Dann stieg noch einer zu, Herr Kadelbach. Der hatte Alfred zum Daueremigranten ernannt. Jetzt sah Kadelbach nur die säuerliche Autorität Halbritter. Beide begrüßten einander freundlich, plauderten, stiegen aus, Alfred hinter ihnen, die boten einander an der Haustür den Vortritt an, erst an der Wohnungstür wagte Alfred Guten Tag zu sagen, sie drehten sich mit Nasowas-Gesichtern ihm zu. Nach dieser Erfahrung mußte er Pinkwarts Ohr suchen und einen möglichst sächsischen Satz hineinsprechen. Aber Pinkwart schaute böse auf. Der Dresden-Friedrichstädter war nämlich gar nicht dafür, daß Sächsisch gesprochen wurde. Sein eigenes unbesiegbares Sächsisch geschah ganz unfreiwillig. Sprach jemand ihn sächsisch an, fühlte er sich parodiert. Alfred entschuldigte sich und ging zu seinem Platz. Da saß schon Herr Hucklebroich, der

seit Wochen nicht mehr dagewesen war. Im Existentialisten-look. Bürstenschnitt, Holzpantinen, Sackhosen, buntes Hemd. Alfred wäre am liebsten umgekehrt. Heim, ins Zimmer oder gleich nach Dresden. Mußte er denn auch noch mit einem Existentialisten kämpfen?! Mit der Leibgarde des Zeitgeists! Er ging hin, sagte: Bitte. Er sprach, wenn er sich konzentrierte, jetzt immer leise. Es gelang ihm, wenn er leise blieb, tiefer zu sprechen. Sobald er laut wurde, hörte er, daß seine Stimme alle Tiefe einbüßte. Existentialist Hucklebroich, in schön rheinischer Färbung: Jetzt sitze er hier, Platzrecht erkenne er nicht an. Rundum grinste man. Alfred sagte leise: Warum studiert so jemand Jura! Arno Maria Brasch, der immer alles hörte, nur um es zu kommentieren: Das könnte eine beleidigende Äußerung gewesen sein. Alfred ging sofort nach hinten auf einen Stuhl an der Wand. Da saß er, krümmte sich, schrieb nicht mit. Dreyer, der Feinfühlige, nahm ihn an diesem Tag nicht dran.

Als im Abendkurs Dr. Luther Weiler aufrief und sich niemand meldete, lächelte Alfred Dorn sphinxhaft beziehungsweise dappsch. Dann rief Dr. Luther Alfred auf und sagte dazu: Sie fehlen wohl nie, Herr Dorn. Das war zwar, wie alles bei Dr. Luther, ohne Hohn und Schärfe gesagt und gemeint, aber das konnte sich Alfred erst nachträglich klarmachen. Zuerst einmal hörte er diesen Satz als reinen Hohn. Nur Dummköpfe schreiben alles mit! Nur Versager fehlen nie! Das war offenbar die Gefahr: Wenn man nicht dazugehört, ist man nicht sicher, wie etwas gemeint ist. Die Sprache setzt, um verständlich zu sein, Zugehörigkeit voraus. Gehört man nicht dazu, weiß man nie, ob nicht das Gegenteil gemeint ist.

An einem Samstag- oder, wie Alfred gesagt hätte, Sonnabendnachmittag war er wieder bei Pinkwarts eingeladen. Bisher hatte er solche Einladungen immer umgebogen zu Verabredungen in einer Milchbar. Von allen westlichen Angeboten gefiel ihm die Milchbar am besten. Sauber, köstlich und preiswert! Was da Frappé hieß! Märchenhaft. Für ihn das wichtigste: betäubend süß. Wenn er daran dachte, wie viele Jahre es

noch dauern würde, bis in Dresden der oder das? erste Bananen-Frappé über die weiß gleißende Theke gereicht werden würde, spürte er einen historischen Schmerz. Eigentlich wäre Alfred Dorn verpflichtet, einen offenen Brief zu schreiben an die fade Limonade in Leipzig. Aber dann würden sie ihm den nächsten Passierschein verweigern. Immer noch sind für ihn die Zehn Gebote konzentriert in einem einzigen: Du darfst nicht auffallen. Das gilt gleich in Ost und West.
Also, Pinkwart will ihn jetzt endlich in der Wohnung sehen. Obwohl selber Dresdener, hat er die Milchbar schon satt. Er empfängt ihn in Turnhosen. Alfred konnte offenbar Schrekken und Abscheu so wenig verbergen, daß Pinkwart ihm beruhigend an die Wange tätschelte. Das fand Alfred noch ekelhafter. Aber dann arbeiteten sie erst einmal an der Komplettierung der Dreyer-Reinschriften. Pinkwart brauchte von Alfred wieder einmal mehr als der von Pinkwart. Daß Pinkwart schon im Januar in die Prüfung wollte, fand Alfred grotesk. Er warnte, aber Pinkwart sagte, wenn man nach dem Unterschied zwischen kameralistischer und moderner Buchführung gefragt werde, habe man eben Pech gehabt. Wer sich erst zur Prüfung melde, wenn er auf alles vorbereitet sei, der melde sich nie. Alfred wollte sich erst im Oktober, nach Beendigung des Dreyer-Repetitoriums, entscheiden. Wahrscheinlich gehe er dann noch zu Gellner. Pinkwart sagte, Studentinnen ziehen Gellner vor, Gellner arbeitet zotenlos, und da Dorn ja vor allem auf Frauen wirke, verstehe er, Pinkwart, daß Dorn bei Gellner weitermache. Alfred mußte fragen, wie es zu diesem Urteil komme. Vielleicht hielt Pinkwart jeden, der nicht so schmuddelig daherkam wie er selbst, für einen Frauentyp. Pinkwart schränkte ein. Nicht auf alle wirke Dorn. Auf die Dünselmann, zum Beispiel, nicht. Anita Dünselmanns Urteil: Wenn Dörnchen mit der piepsigen Stimme anfange zu reden, biege sich ihre Reihe vor Lachen. Aber Pinkwart weiß, daß die meisten Studentinnen von Dorn beeindruckt sind. Er wirke durch sein Äußeres. Keiner sei immer so gepflegt wie Dorn. Alfred: Er halte nicht sich, son-

dern Weiler für einen Frauentyp. Weiler, sagte Pinkwart, ist ein Don Juan, das ist eine andere Kategorie. Neulich habe Weiler in der Dreyerschen Kanzlei vor Zeugen mit einer Frau telephoniert. Mein Engel, ich komme, ich bin schon bei dir! So, vor allen Zuhörern. Weiler fahre dann wenigstens nicht mit einem geliehenen Auto vor. Die anderen Angeber führen ihre Urseln mit Leihwagen spazieren. Ja, hier im Westen könne man Autos einfach leihen. Dorn brauche nur den Führerschein zu machen, dann könne er die schwersten Weiber herumkarren. Daß Dorn offenbar nicht mit Frauen ins Bett gehe, sei in den Augen gewisser Leute ein Manko. Wenn Dorn öfter mit einer Frau aufträte, hörte das Gefeixe schnell auf. Es gebe ja auch Einfluß durch Frauen, das dürfe Dorn nicht vergessen. Als Jurist. Später. Von den Dreyer-Kurs-Männern habe Dorn garantiert die meisten Chancen. Alfred hatte den Eindruck, Pinkwart beneide ihn. Sigmund Sadowski behaupte, sagte Pinkwart, Dorn sei leider manieriert. Wenn Dorn nicht so manieriert wäre, wäre er in Ordnung, sage der gehirngeschädigte Pommer Sadowski, der ein ehemaliger SS-Fahnenjunker sei.
Dann kam, von nebenan, Heinz Würdig. Auch so unvorzeigbar angezogen, daß Alfred nicht wußte, wo er hinschauen sollte. Halb Trainings-, halb Schlafanzug. Ein Referendar. Ehedem Pinkwarts Kommilitone. Pinkwart hatte ihn hergebeten. Er sollte eine Art Prüfung veranstalten. Alfred schnitt besser ab als Pinkwart. Würdig: Er glaube nicht, daß Alfred Gellner noch brauche. Als Würdig gegangen war, sagte Alfred, er glaube, er habe den Beruf verfehlt. Und Pinkwart, dieser durchgefallene, unmanierliche, peinliche Schwachkopf bestätigte das. Ja, Dorn sei zu sensibel. Juristen müßten rotzfrech sein. Dorn solle sich ein Beispiel an ihm nehmen.
Ende Juli waren von der Vase sechshundertzwanzig verbraucht. Alfred lieh sich bei Emil Scherzer aus Dippoldiswalde dreißig Mark. Außer George Weiler hatte noch keiner so freundlich und ganz von sich aus mit ihm gesprochen wie Emil Scherzer. Der hatte ihm unaufgefordert angeboten, ihm

seine Reinschriften des Dreyer-Kurses bis Weihnachten zu überlassen. Seine Reinschriften seien, da er stenographiere, lückenlos. Scherzer: Im kapitalistischen Ausland müßten die vom Kommunismus vertriebenen Demokraten doch zusammenhalten. Auch die Möglichkeit, ihm Geld zu leihen, hatte Scherzer selber erwähnt. Als Alfred sich die dreißig lieh, kam Scherzer am nächsten Tag in die Fontanestraße und sagte, er habe sich nachträglich geniert, weil er Alfred nicht angeboten habe, sich mehr zu leihen. Alfred hatte abgelehnt. Mit herzlichem Dank. Wir müssen einmal etwas unternehmen, sagte Alfred und dachte, daß er mit diesem Satz George Weiler nachäffte. Zum Glück fragte Emil Scherzer nicht: Was? Vorerst genügte es, daß sie über Dresden plauderten. Scherzer hatte eine Großmutter dort. Nur ihr zuliebe fährt er noch in die Zone. Seine Mutter ist schon im Westen. Sie ist krank. Aber die Mutter der Mutter würde lieber sterben, als Loschwitz zu verlassen. Obwohl der Anblick der kaputten Stadt sie täglich quält. Sie sitze an ihrem Fenster und versuche, dem Panorama das Zerstörte durch Einbildung zurückzugeben. Eine sinnlose Quälerei. Aber diese Frau sage, wenn sie und ihresgleichen Dresden verließen, machten sie die Zerstörung perfekt. Deshalb sei sie aus Loschwitz nicht wegzubringen. Aus Loschwitz? Wo da? Steinweg. Da wohnte doch auch Heribert Priebe, der im Abitursjahr Alfreds Musiklehrer war; der dafür gesorgt hatte, daß Alfred in der Abschlußfeier als Pianist auftrat. Priebe hatte, als er aus russischer Gefangenschaft zurückgekommen war, eine Art Gastspiel als Musiklehrer gegeben. War bald wieder gegangen. Homosexualität kann eine Rolle gespielt haben. Und jetzt stellte sich heraus, Heribert Priebe wohnte im Haus von Frau Kleineidam, Scherzers Großmutter also. Alfred erlebte einen Ansturm von Vorurteil. Erst nachträglich machte er sich klar, daß der hilfsbereite, vollkommen liebenswürdige Emil Scherzer nichts dafür könne, daß der für Alfred in mehr als einem Licht erscheinende Priebe bei Scherzers Großmutter wohnte. Sein Vorurteil ließ das Gehörte zusammenschnurren in ein

Gefühl, das ihm gebot, Emil Scherzer gegenüber vorsichtig zu sein. Homosexuelle hielten ihn, ohne ihn zu fragen, für ihresgleichen. War Emil Scherzer homosexuell? Hatte ihm der deshalb seine Reinschriften angeboten, dreißig Mark geliehen und wollte ihm noch mehr leihen? Als Scherzer fort war, fürchtete Alfred, er sei am Schluß zu kühl gewesen. Hatte er ihn beleidigt? Scherzers Blick, als er sich verabschiedete. Die braunen Augen füllten sich mit Dunkelheit. Die wenigen Haare, die er noch hat, legt er nicht wie Pinkwart quer über die Blöße, sondern hält sie andauernd im Zustand der Kürzestgeschnittenheit. So säumt ein dichtkurzer Haarrasen eine interessante Lichtung. Scherzer war deutlich besser gekleidet als Alfred. Alfred schämte sich für seine Schuhe. Sofort in die Stadt. Diese miesen, ihm vom Vasengeld-Mann aufgenötigten Schuhe waren ihm längst zuwider. Er konnte sich keine Schuhe leisten. Aber verhungern würde er auch nicht, wenn er sich welche kaufte. Er konnte in der Mensa mäßig umsonst und im HO in der Friedrichstraße für 2,34 West = 10 Ost angenehm essen, Makkaroni mit Gulasch. Und da es egal regnete, war es fast unmöglich, mit einem einzigen Paar Schuhe auszukommen. Er hatte schöne Schuhe gesehen, hatte sie Woche für Woche angeschaut, jetzt mußte er die haben. Nicht weil er, wie Pinkwart es ausdrücken würde, ein Frauentyp sein wollte! Er wollte sich aber sehen lassen können. Wie damals, als er ein Kind war. So sorgfältig wie er war noch nie ein Kind gekleidet worden, das wußte er. In wie viele Geschäfte war die Mutter mit ihm gerannt, bis eine Baskenmütze gefunden worden war, die zu seinem Kamelhaarmäntelchen paßte! Ein wenig dunkler hatte die Baskenmütze sein müssen, aber kontrastieren durfte sie nicht. Und jetzt ging es auch noch auf seinen Geburtstag zu, den ersten, den er, weil Dreyer bis Mitte Oktober durchmachte, nicht in Dresden feiern würde. Aber wenn er an seinem Geburtstag schon einsam sein würde, dann nicht in diesen ihm von Herrn Türke aufgezwungenen Schuhen! Sein großspuriger Satz ging ihm nach vor jedem Schaufenster. Wenn ich das alles haben werde,

wird mir das alles nichts mehr bedeuten. Ja. Aber laßt mich das zuerst einmal alles haben. Nein, überhaupt nicht alles. Nur Schuhe, Schuhe und noch einmal Schuhe! Ihm waren Schuhe so wichtig wie George Weiler seine Hauptsache. Ach gar nicht. Nur diese entsetzlichen 28-Mark-Dappschlatschen des lieben Herrn Türke, nur die mußte er dann und wann entbehren dürfen.
Also in die Tauentzienstraße zu Leiser, dort als Schauspieler seiner Wünsche den vorbereiteten Text aufzusagen: Weiche Porokreppsohle, aber nicht zu sportlich. Was ihm gezeigt wurde, war nicht, was er suchte. Also raus aus Berlins größtem Schuhgeschäft. Paar Schritte zurück, zu Stiller. Text. Das Mädchen jonglierte Kartons her. Aber er sah in allen Schuhen mehr oder weniger kaschierte Türke-Schuhe. Wie sollte er hier bloß wieder rauskommen? Die Vorstellung, ein Paar von diesen Beinahe-Türke-Schuhen kaufen zu müssen, trieb ihm fast Tränen in die Augen. Geliehenes Geld –, und dann Schuhe, die man nicht will! Sollte er, während die weitere Kartonstapel holte, einfach abhauen? Sie kam schon. Aber mit der Geschäftsführerin. Und beide zusammen brachten ein Paar mit feinstem Leder und Kautschuksohle. Kein Druck. So weich, wie er sich Porokrepp vorgestellt hatte. Und Waschbrettprofilsohle! Für dieses nasse, rutschige West-Berlin! Jetzt nur noch: Gibt's die auch etwas dunkler? Nein. Auch recht. Er würde diese Farbe *falb* nennen. Zur braunen Hose genau richtig. Die Verkäuferin war stolz, diesen Kunden zufriedengestellt zu haben. Die Geschäftsführerin verabschiedete ihn wie ihresgleichen. Mehr kann man nicht erreichen. Und er wußte: Die werden Muttchen gefallen. Und in Dresden machen die Furore. Und, dachte er, da der Vater zusätzliche Geldgaben davon abhängig macht, daß Alfred die neue Frau anerkennt, wird er dem eben einen Brief in einem vieldeutig funkelnden Einlenkungston schreiben. Darf man denn kein bißchen korrupt sein? Diese 38.75 wird er sich wieder holen. Beim Vater. Nachträglich konnte er das ja der Mutter gestehen. Aber wieso gestehen? Sie hatte über seinem

Leben die Schrift aufgerichtet: Ich komme ja doch hinter alles. Also konnte er sich sogar das Geständnis schenken. Hauptsache, er hatte diese Schuhe. Aber wie sollte er diese Schuhe bei den Damen Bretzke/Fiedler vertreten? Die warteten doch nur auf so etwas, um die Miete erhöhen zu können. Er würde einen Freundlichkeitsfeldzug starten. Zur Zeit gab's nur: Morjen, Tee rein, bums, Tür zu, Schluß. Zuerst eine Umstimmung. Dann die Schuhe. Solange es so regnete, würde er die ohnehin nicht anziehen. Zum Glück hatte er die von Türke. Die waren überhaupt gut genug für die Rasselbande bei Dreyer. Die neuen waren für Muttchen und für Dresden. Eine Erfahrung: Wenn man wirklich schöne Schuhe zu Hause hat, macht es nichts aus, weniger schöne zu tragen. Für diese Art Herrschaften waren selbst die Türke-Schuhe noch zu gut. Nein. Das stimmte nicht mehr. Das Sommersemester hatte Veränderungen gebracht. Leute wie Weiler, Straßburg, und Scherzer, Dippoldiswalde, ein Jude und ein Demokrat, waren nett zu ihm gewesen. Gegen Ende schaffte Alfred sogar noch eine Heiterkeitsreaktion, die nicht mehr auf seine Kosten ging. Er hatte bei der Paragraphenabfragerei *Ungerechtfertigte Bereicherung* richtig mit 812 bis 22 geantwortet, darauf Dreyer: Und *Unerlaubte Handlung*? Darauf Alfred fast genau so flott: Bin ich noch dran? Alle lachten. Es war ganz klar, daß sie nicht über Alfred lachten, sondern ihm Beifall spendeten, weil er so locker zurückgefragt hatte. Zum ersten Mal hatte er richtig mitlachen können. Und sofort begegnete man ihm anders. Auch Dreyer. Oder täuschte er sich? Da man das nie weiß, muß man sich für die Einbildung entscheiden, die einem die angenehmste ist. Aber was sagt das über seine Lage aus, daß er eine gelungene Gegenfrage als Erfolg verbuchen muß. Schon der nächste Tag konnte die nächste Blamage bringen. Nicht *konnte, mußte*!

9.

Bei Gellner kamen Bloßstellungen, wie er sie im Dreyer-Kurs erfahren hatte, nicht vor. Es gab unter den kaum zwanzig Teilnehmern schon einmal keinen Kampf um Plätze, also fiel er nicht als Daueremigrant auf. Aber Gellner war laut. Dieser noch schneller als Dreyer sprechende Mann konnte einen Vormittag lang brüllen. Und da er auf kaum zwanzig Zuhörer einbrüllte, hatte Alfred das Gefühl, daß jeder von diesen zwanzig mehr abbekomme, als wenn es fünfzig oder wenigstens dreißig Zuhörer gewesen wären. Alfred fühlte sich am späteren Vormittag richtig zermürbt. Zusammennehmen mußte er sich, sonst wären ihm vor körperlicher Erschütterung die Tränen gekommen. Gellner selbst trug einen Hörapparat, den er aber immer wieder, sichtlich gequält, ablegte. Eine brüllende Stimme, die in Alfred die Vorstellung weckte, daß auf Gellners Stimmbändern andauernd Schleimtröpfchen herumtanzten wie Fett in einer heißen Pfanne. Leider hatte sich Alfred gleich und unangefochten in die erste Reihe gesetzt und wagte dann nicht mehr, sich weiter nach hinten zu setzen, weil er fürchtete, Gellner wisse sofort, wovor Alfred Dorn fliehe. Trotz der erschütternden Wirkung zog Alfred das Trommelfeuer der Gellnerstimme den Lachsalven des Dreyer-Kurses vor. Natürlich kam auch hier die Hauptsache zur Sprache. A und B wollen eine X notzüchtigen. B soll die X halten, wenn A sie notzüchtigt. A soll sie halten, wenn B notzüchtigt. Der erste, der drankam, wußte nichts. Gellner rief: Herr Dorn! Alfred sagte, es sei bei A zu prüfen, ob vollendetes Delikt vorliege. Gellner: Nun ja, prüfen Sie! Da hörte man auch hier Arno Maria Braschs reinen Baß von hinten murmeln: Jetzt hat Gellner einen Spezialisten erwischt! Gellner verstand nicht, fragte zurück, Herr Hucklebroich antwortete, sie da hinten meinten, Herr Dorn könne den Fall nicht lösen, da er so etwas noch nicht gemacht habe. Aber Gellner fuhr dem peinlich munteren Hucklebroich mit einem gelächterverhindernden Brrr in die Parade. Alfred war geret-

tet. Er fühlte sich trotzdem zerschlagen. Er konnte die restliche Zeit nur noch vor sich hinschauen und auf seinem Papier kritzeln. Was er kritzelte, versuchte er vor möglichem Einblick des Tischnachbarn zu verbergen. Trotzdem sagte dieser deutlich ältere Student, als sie einpackten: Herr Dorn, Sie jehören auf eine Malakademie, da wären Sie besser dran. Das war Mitleid! Er war erledigt. Es lag nicht an Gellner. Kein Dreyer und kein Gellner konnte ihn schützen. Menschen waren ihm nur noch widerlich. Als er zu Hause die Notizen ins reine schreiben wollte, sah er, daß er an diesem Vormittag nichts zu Papier gebracht hatte als das schwere, mit vier gewaltigen Rundtürmen sich wehrende Schloß Moritzburg; Alfreds Ausdrucksart gemäß, mit einem Hauch Melodram beziehungsweise Walt Disney. Er sehnte sich nach Moritzburg, hinter die Mauern der Renaissance, in die Zimmer des Barock, mit Rokokotapeten, ledernen, bemalt von de Silvestre. In den Monströsensaal also sehnte er sich. Seine Fluchtvision Moritzburg betrachtend fiel ihm Johann Joachim Kändler ein, der Michelangelo der Meißner Porzellankünstler, realistisch bis ins Groteske.
Alfred Dorn war zwölf oder dreizehn gewesen, war mit den Eltern im Erzgebirge, mitten im Winter, in Oberbärenburg, eine Frau, Fichtner hieß sie, hat in der Stube der Pension abends eine Geschichte erzählt, die für ihn wichtiger geworden ist als jede andere Geschichte. Frau Fichtner hatte erzählt, der eitle, verschwendungssüchtige, Land und Leute ausbeutende, rücksichtslos lebensgierige Graf Brühl, Premierminister Augusts des Starken und seines Sohns August III., habe einmal, weil er mit einer Garderobe besonders zufrieden war, seinem Schneider einen Wunsch freigestellt. Der hatte sich gewünscht, abends ein einziges Mal an der Festtafel sitzen zu dürfen, mitten unter den Herrschaften, denen er ein Leben lang die feinen Kleider schneiderte. Einmal wollte er eine Robe für sich selber schneidern. Da er aus Erfahrung annehmen durfte, daß es bei solchen Gala-Veranstaltungen vor allem auf die Kleider ankam, hoffte er, in der Robe, die er

für sich selber schneidern würde, könne er an dieser Festtafel bestehen. Mit einem solchen Wunsch hatte der Graf nicht gerechnet, trotzdem wollte er ihn dem Schneider erfüllen. Die Einladung wurde überbracht. In seiner von ihm selber mit unendlicher Sorgfalt gemachten Prachtrobe begab sich der Schneider ins Brühlsche Palais, von dem es jetzt nur noch die Terrasse gibt. Wie die anderen Gäste auch wurde er an seinen Platz geführt. Da sah er, von zwei Kerzen beleuchtet, vor seinem Gedeck eine grellfarbige Porzellan-Gruppe, die der Hausherr extra beim größten Porzellan-Bildner, den die Manufaktur Meißen je gehabt hat, bei Johann Joachim Kändler nämlich, in Auftrag gegeben hatte. Kändler hatte der Gruppe den Titel gegeben: *Schneider auf einem Ziegenbock reitend.* In drastischer Schärfe und in grellen Farben sah sich der Schneider auf einem Ziegenbock reiten. Auch heute wirkt diese Gruppe noch unflätig satirisch. Kändler weigerte sich, etwas bloß zu erfinden. Wahrscheinlich hat also nicht nur der Schneider selber sich auf dem Ziegenbock entdeckt, sondern die ihres Pferde- und Kaleschenniveaus von Geburt an sichere Adelsclique hat in der Plastik den erkannt, der sich, wie einer der ihren gekleidet, an die Tafel gewagt hatte. Vielleicht hat sich Kändler sogar über die in Arbeit befindliche Prachtrobe informieren lassen und hat sie seinem Ziegenbockreiter wiedererkennbar angezogen. Eine Menschheitsepoche früher hätten die Götter so einen in die Tiefe gestürzt. Inzwischen wohnten sie selber dort und hielten ihr Quartier nur noch mit Ironie und Französisch rein. Wie lange der Schneider an der Tafel ausgehalten hat, muß jeder selber entscheiden.
In diesen beiden Figuren wollte Alfred Dorn sich ausdrükken, im Grafen und in seinem Schneider, im Beleidiger und im Beleidigten. Er hatte zu beidem Lust, Anlaß, Grund. Er würde das an Weihnachten seinen beiden Mitarbeiterinnen und Zuhörerinnen in Dresden vortragen.
Pinkwart war kein Umgang für ihn. Genau so sagte er sich das jedesmal, wenn er vor dessen Tür stand. Frau Pinkwart war nur ein wenig erträglicher als Pinkwart. Sie stammte aus Nie-

derbayern. Essen konnte Alfred bei Pinkwarts nichts. Er sah ein, daß man in der Wohnung besser Skripte austauschen konnte als in der Milchbar, und Geld gespart hätte er auch gern, aber er mußte, auch wenn er sich vorgenommen hatte, dieses Mal einer Essenseinladung wirklich zu folgen, wenn es wieder so weit war, auch dieses Mal ablehnen. Er konnte einfach nicht überall essen. Die Gründe waren ihm selbst nicht klar. Marmelade zum Beispiel, die nicht von seiner Mutter gemacht war, hat er nie und nirgends auch nur probiert. Frau Pinkwart war überhaupt nicht so ungepflegt wie ihr Mann. Aber sie war mit diesem Mann verheiratet. Und der drängte darauf, mit Alfred jetzt endlich einmal auszugehen, nachts, in die Kneipen und Kaschemmen. Mit seiner Frau hatte er die Tour schon einmal gemacht. Sie war von einer als Mann gekleideten Frau zum Tanz aufgefordert worden und hatte abgelehnt. Also war sie ungeeignet. Also sollte Alfred mitgehen. Referendar Würdig gehe regelmäßig durch diese Quartiere. Der zukünftige Anwalt lerne dort mehr als bei Professoren und Repetitoren. Wer das Verbrechen nicht kenne, sei lebensfremd. Schon als Referendar bekomme Alfred mit solchen Leuten zu tun –, und dann?! Alfred glaubte, Pinkwart werde ihm, sobald sie im Nachtlokalnebel säßen, das Du anbieten. Davor graute ihm. Wenn Frau Pinkwart Alfreds Abneigung gegen die Nachtlokalwelt verteidigte, rief ihr Mann, Dorn kenne diese Welt doch gar nicht. Instinkt, Mensch, rief seine Frau. Und zu jung sei Alfred auch. Da stellte sich heraus, daß Pinkwart seiner Frau schon mehr als einmal gesagt habe, daß Alfred fünfundzwanzig, also nur zwei Jahre jünger als Pinkwart sei, aber Adelheid Pinkwart vergaß das, wenn sie Alfred sah, immer wieder. Alfred dürfe es ihr nicht übelnehmen, sagte sie schrill bayrisch, aber für sie sei er, wenn's hochkomme, zwanzig, beziehungsweise überhaupt ein Primaner. Und das sei was, diese Gabe! Ewige Jugend! Also wenn das nichts ist! Und so einen lieben Buben will ihr Mann in den Sumpf führen, ausgerechnet ihr Mann, der schon als ein ziemlich dreckiges Mannsbild auf die Welt gekommen sein muß, auf jeden Fall, so jung und rein wie Alfred sei der Ihrige noch nie gewesen. Nu! sagte Fred Pinkwart. Pinkwart merkte nicht, daß seine Frau Alfred mit Blicken förmlich feierte. Alfred nahm von solchen Gesprächen nur die Überzeugung mit, daß er schlechthin untauglich sei, je ein erfolgreicher Jurist zu werden. Und erfolgreich sein wollte er. Mußte er. Er war ein erfolgreiches Kind gewesen. Ein Wunderkind sogar. Ja, das Wort war gefallen. Nicht nur von Egon Flade. Und nicht nur, wenn es ums Klavierspiel ging. Er hatte seinen Eltern zur Silbernen Hochzeit am 26. Mai 1942 eine Musik komponiert und hatte die auch, als Höhepunkt des Festprogramms, in der Borsbergstraße einer ganzen Festgemeinde vorgespielt: Christophorus-Fantasie. Zuerst die Aufforderung zum Tanz. Carl Maria von Weber gehört als Hausgeist zu jeder Dresdener Musiktätigkeit. Dann zwei Chopin-Walzer und Valse-Impromptu von Liszt und dann eben, einigermaßen in Lisztschen Farben bleibend, seine eigene, Staunen und Bewunderung erregende Christophorus-Fantasie. Und natürlich stand auf dem Flügel im Silberrahmen das Bild, das er, der noch nicht ganz Dreizehnjährige, unter Verwendung von Motiven aus Philipp Otto Runges Morgen geschaffen hatte; ins Bild eingeschrieben mit Rötelbuchstaben sein Gedicht für die Eltern an diesem Tag. Ein erfolgloses Leben kam für ihn nicht in Frage. Darüber war er sich, ohne daß das je erwähnt werden mußte, mit Vater UND Mutter gleichermaßen einig. Da hatte man nun, um eine Basis für spätere Entfaltung zu schaffen, das Jurastudium auf sich genommen – wer war nicht alles zuerst Jurist gewesen! –, und jetzt sah es so aus, als ermögliche dieses Studium nicht nur nichts, sondern bedrohe alles. Wenn nischt klappt, hupp ich in die Elbe. Diesen Satz hat er seiner Mutter geschrieben und hat dazugezeichnet das Metallstrebengeflecht des Blauen Wunders, der Brücke, die Loschwitz mit Blasewitz verbindet; und sich hat er als eine Formation von Menschengestalt anstrebenden Tintenklecksen todwärts zur Elbe hinabtrudeln lassen; ein ebenso tintenschwarzes Hütchen flog dem Figürchen voraus.

G. A. Hucklebroich mußte man sein, um in diesem Fach Erfolg zu haben. Jetzt trat der als Existentialist auf, später würde er als etwas anderes auftreten, aber immer Avantgarde. Seine Klausuren zeichnete er – das Stempelkissen hatte er immer dabei – mit einem Stempel: G. A. Hucklebroich. Ob er Gustav Adolf heiße, hatte Dreyer gefragt. Seitdem hieß der bei allen nur noch Gustav Adolf. Ein Existentialist und Namensstempler, eine Mischung aus Verwegenheit und Pedanterie –, Alfred beneidete ihn. Alfred rannte auf den Ku-Damm und ins nächste Lokal und aß zweimal Apfelkuchen mit Sahne und trank ein Kulmbacher. Er wollte dicker werden, fleischiger, ansehnlicher.

Anfang Dezember durfte er wählen. Daß er wählen durfte, machte ihn fast stolz. Den Gang zur Urne empfand er als eine Art Erfolg. Er wählte CDU. Er konnte keine regierende Partei wählen. Das mußte mit NSDAP und SED-FDJ zu tun haben. Eigentlich hätte er mit Politik lieber gar nichts mehr zu tun gehabt. Russen und Amerikaner saßen, mit Unverständnis gepanzert, schon wieder wochenlang an einem Tisch und erzeugten das Weltklima des Kalten Krieges, in dem nur Angst gedieh. Am 4. November war er zu Mutters Geburtstag nicht nach Dresden gefahren, weil das Gerücht kursierte, jede Passierscheingewährung werde jetzt in einer Zentralkartei registriert, und mehr als ein Passierschein pro Jahr werde nicht ausgestellt. Weihnachten war noch wichtiger als Mutters Geburtstag. Die Mutter an Weihnachten nach West-Berlin kommen zu lassen, war, wegen des in die Küche entführten Sofas, unmöglich. Er hatte das Zimmer mit Sofa gemietet! So ein Jurist war er! Er ließ zu, daß ihm ein Möbelstück, für das er Miete zahlte, einfach weggenommen wurde! Für Hotel kein Geld, Aenne Hartleben von Schwägerinnen überlaufen, er mußte ein neues Zimmer finden, mit Sofa. Herr Lachnit hatte inzwischen neben der Wohnungstür, unter dem Schild Bretzke/Fiedler, ein Schild mit seinem Namen. Alfred behandelte den selber Ungeschickten und Verlegenen immer so eisig wie möglich. Herr Lachnit lebte mit

den beiden Frauen in einem für Alfred unvorstellbar guten Einvernehmen. Alfred kriegte nur noch zu hören: Hab Ihnen Tee in die Küche jestellt. Guten Morjen auch. Bums. Türe zu. Es war klar, sie wollten ihn draußen haben, um mit Herrn Lachnit endlich auf diese für Alfred unvorstellbare Weise allein zu sein. Sie hatten ja so recht, er paßte nicht hierher. Und ohne Mutters Besuche konnte er in West-Berlin nicht leben. Sie mußte mit ihm zu Gellner gehen, in die Sprechstunde; sie mußte dabeisein, wenn ein abschließendes Programm für die Monate bis zur Prüfung besprochen wurde. Vielleicht würde Gellner, wenn die Mutter mit Alfred bei ihm gewesen wäre, nicht mehr so laut schreien, daß Alfred fast die Tränen kamen. Wie die Mutter das erreichen sollte, war ihm sicher nicht klar, aber in solchen Vorstellungen wiegte er sich eben. Man braucht Hoffnungen, gerade wenn man keinen Grund dazu hat. Alfred hatte schon die Erfahrung gemacht, daß Leute, die seine Mutter kennengelernt hatten, ihm danach freundlicher begegneten.
An einem Dezembersonnabend, als er vormittags eine, wie er glaubte, gute Klausur geschrieben hatte, ging er zum Friseur. Er hatte auf Papier Versuche gemacht, wie er durch einen anderen Haarschnitt seiner allzu länglichen Kopf- und Gesichtsform ein runderes Aussehen geben könnte. Er hatte sich davon überzeugt, daß er den Scheitel abschaffen und alle Haare nach hinten kämmen mußte. Er hatte genau gleich große Zeichnungen von seinem Kopf angefertigt; die mit zurückgekämmten Haaren zeigten einen runderen Kopf. Als er vom Friseur zur Textlückenfüllung zu Pinkwart fuhr, sagte der, Alfred sehe heute besonders schlecht aus. Wüßte Pinkwart nicht, wie Alfred lebe, würde er weiß Gott was denken. Von der Frisur sagte er nichts. Alfred brach die Textvergleicherei schon bald wieder ab. Er ging ins nächstbeste Kino. Große Starparade 54. Eine Katastrophe. Aber er traute sich, da er mitten in der Reihe saß, nicht, vorzeitig aufzustehen. Danach hatte er das Gefühl, er müsse jetzt sofort wieder in ein Kino rennen, sonst werde er wahrscheinlich nie mehr in

seinem Leben ein Kino besuchen. Da ein weiterer Reinfall an diesem Tag nicht zu ertragen gewesen wäre, ging er ins Cinema Paris. Dort lief ein Film mit beträchtlicher Ablenkungskraft: Liebling der Frauen, mit seinem Liebling Gérard Philipe. Aber nach der witzigen Trauer dieses sehr gesprächigen Films fühlte sich Alfred der gefräßigen Stille seines Zimmers nicht mehr gewachsen.
Zu den täglichen sieben bis neun Stunden Jura in drei verschiedenen Stadtteilen kam jetzt noch die Eroberung eines Passierscheins. Am Dienstag ging er vor der Klausur weg, um auf dem Polizeipräsidium in der Friesenstraße den Paß verlängern zu lassen. Ausweise, hieß es in der Friesenstraße, werden am Tempelhofer Damm verlängert. Also drei Haltestellen zurück. Dort: Ausweisverlängerungen neuerdings beim zuständigen Polizeirevier. Es war ein großräumiges *Mensch ärgere dich nicht*. Also heim für heute. Erst am Sonnabend war er imstande, sich weitere Stationen zuzumuten. Der Ausweis wird nicht verlängert. Er beantragt und kriegt einen neuen. Die Ablieferung der Fingerabdrücke fand er beschämend. Jetzt also hinüber zum vertrauten Ort: Rathaus Treptow, Krugallee. Aber die Passierscheinstelle ist verlegt. Also zum Markgrafendamm. Drei Haltestellen, zehn Minuten zu Fuß, über die Spree. Dort heißt es: die Geldumtauschstelle ist nicht mehr im Haus der Passierscheinstelle. Also sofort zu einem der drei Stadtkontore. Der nächste in der Warschauer Straße. Drei Haltestellen mit einer Linie, die nur alle zwanzig Minuten kommt. Also zu Fuß. Eine Minute vor zwölf dort. Um zwölf wird geschlossen. Er nahm für Westmark gleich zwei Umtauschbelege, dann hatte er den für Anfang Februar auch schon. Noch rechtzeitig zurück am Markgrafendamm. Zum ersten Mal fragt der Fragebogen: *Waren Sie nach 1945 noch in der DDR wohnhaft?* Ja. Also wird er gefragt, wo er seinen Ausweis abgegeben habe. Dresden-Bühlau. Andauernd die Angst, daß man etwas antworte, was die Verweigerung des Passierscheins bewirkt. Anstatt daß der Staat ein schlechtes Gewissen hat, hat man selber

eins. Wenn die Angst aufhört, merkt man, daß man müde ist. Und eine Blase hatte er auch. Die neuen Schuhe waren überhaupt nicht so weich, wie sie im Laden gewirkt hatten. Als er ganz erschöpft und von einem naßkalten Wind mißhandelt, heimwärts ging, blieb er an einem Schaufenster mit alten Büchern stehen. Wenn er alte Bücher sah, fiel ihm das Chopin-Buch von Pourtalès ein: Der blaue Klang. Er hatte keinen lieber gespielt als Chopin. Als Vierzehnjähriger ist er ins Hotel Stadt Berlin am Neumarkt gegangen und andächtig hinaufgestiegen in den ersten Stock, weil dort das Zimmer war, in dem Chopin einmal gewohnt hatte. Das Antiquariat hatte das Buch nicht, ein freundlicher Herr nannte ihm eine Adresse in Lichterfelde, gar nicht weit, er ging auch gleich hin. Eine Villa. Im Souterrain ein Antiquariat. Und der Pourtalès war da! Aber die Dame konnte nichts ohne Mitwirkung ihres Mannes verkaufen. Abends um acht sei er da. Alfred auch. Der Mann wieder nicht. Aber er war inzwischen gefragt worden. Der Kauf war schnell getan. Alfred dividierte den Preis durch Kinokarten, die nächsten sechs Kinobesuche würden also ausfallen, anders hätte er diese Ausgabe nicht ertragen. Die Dame führte ihn, weil er sich als Dresdener zu erkennen gegeben hatte, ins Wohnzimmer. Sie wollte ihm einen geschliffenen Kristall mit dem Bildnis Karls VI. zeigen. Dieses Stück hatten sie nämlich in Dresden gekauft, bei Heyn, früher Cranach –, Ecke Pillnitzerstraße. Und ob er Heyn kannte. Er hatte dort als Junge nach Literatur über Ludwig II. gefragt, weil er über den Bayern mit dem Hermelin, nach dem er sich sehnte wie Senta nach dem fliegenden Holländer, alles wissen wollte. Inzwischen war auch der Mann in der Lichterfelder Villa eingetroffen, Alfred mußte sich noch einmal setzen. Ach ja, da er doch Jurist sei, habe sie noch eine Frage. Eine Erbschaftssache. Ein Grundstück in Ostfriesland. Die Frau hat es mit Geschwistern geerbt. Da, eine Erklärung der Geschwister, die soll die Dame vor einem Notar unterschreiben. Daß sie mit der *unter uns Geschwistern* getroffenen Regelung einverstanden sei. Der Mann sagte: Warum notariell? Polizeilich genügt doch. Da konnte Alfred endlich etwas zeigen: Nein, keinesfalls! Das Gesetz stelle bestimmte Formerfordernisse auf, halte man die nicht ein, sei alles nichtig. Siehst du, sagte die Dame. Sobald er an der frischen Luft war, fiel ihm ein, daß die Annahme einer Erbschaft nicht der notariellen Form bedarf. Die Erbschaft fällt ipso jure, also von selbst an. Die Ausschlagung bedarf der öffentlich beglaubigten Form. Er hatte falsche Auskunft gegeben. Und die hatten, für weitere Buchangebote, seine Adresse. Er war also blamiert. In Rom kannte man nur die förmliche Annahme. Deshalb hatte er das verwechselt. Noch einmal hinrennen? Schreiben? Als er in seinem Zimmer war, konnte er das Chopin-Buch nicht aufschlagen, er mußte sich weiter ärgern. Über sich. Über seine juristische Unbeholfenheit. Am liebsten hätte er sich hingesetzt und Muttchen geschrieben, daß ihr Mätzchen schon wieder einmal nicht auf dem Deckel gewesen ist. Anstatt Muttchen zu schreiben oder Pourtalès zu lesen, las er bis drei Uhr morgens im Erbrecht. Am nächsten Tag legte er die Erbschaftsfrage Anita Dünselmann vor, auch weil er wußte, die Dünselmann freute sich über nichts so wie über ein juristisches Problem, das man ohne sie nicht lösen konnte. Die Antwort kam auch so prompt und mühelos wie aus einem Automaten: Nach Paragraph 313 BGB bedarf ein Grundstücksvertrag der gerichtlichen oder notariellen Form. Zwar fällt die Erbschaft den Erben zur gesamten Hand zu, also Gesamthandsgemeinschaft, jeder Erbe kann aber Auseinandersetzung der Erbschaft verlangen, mit der Folge, daß das Gesamthandseigentum, das bis zur Auseinandersetzung besteht, in Miteigentum umgewandelt wird. Alfred kam sich angesichts dieser Promptheit wieder ganz dämlich vor. Er bedankte sich zerknirscht, sagte sich aber, daß die Dünselmann nicht nur ihn, sondern alle anderen genauso übertreffe. Abschriften von Dünselmann-Nachschriften galten als das Beste vom Besten.

10.

Eine Woche später saß er dann im Zug und las im Huter Kalender, den er für Dr. Samlewitz in Ottendorf-Okrilla mitbringen sollte. Im Gepäck würde dieser astrologische Kalender, fürchtete er, der Ost-Polizei mehr auffallen, als wenn er selber darin las. Für sein Sternzeichen war von Januar bis Oktober, Februar und März ausgenommen, mit förderlichem Saturneinfluß zu rechnen. Also im nächsten September die Prüfung. Er wußte ja, was seine zwei Dresdenerinnen ihn gleich fragen würden.Er stieg aus am Neustädter Bahnhof, nahm seine Elf, fuhr mit ihr die langsam durch das waldige Loschwitz steigende Bautzner Straße hinauf, grüßte die edlen, alten Häuser – auf dieser Elbseite war ja weniger zerstört worden –, grüßte zur Elbe hinab, zu den hinter Bäumen eher ahn- als sichtbaren drei Schlössern hin und ließ die Namen der Haltestellen wie etwas Süßes im Mund zergehen: Waldschlößchen, Mordgrund-Brücke, Weißer Hirsch, Weißer Adler, Bühlau.

Der Empfang war immer atemlos, schrill und verlegen zugleich; er konnte nicht gelingen. Beide waren selig, sie konnten es nur nicht ausdrücken. Sie flüchteten lieber ins Gegenteil, in Spott, Schmähung und Schimpf. Also diese Frisur! Seine. Aber ihre auch! Sie entschuldigte ihre Frisur damit, daß sie nicht mehr zum Friseur gehe. Die acht Mark spart sie mal schon. Für einen Sohn, der es immer noch nicht für nötig hält, sich zur Prüfung anzumelden. Von der Vase sind noch einhundertfünfzig übrig. Diese Quelle wird also demnächst versiegen. Ja, will er denn jetzt das Ziel anpeilen oder nicht? Es liegt jetzt doch nur noch an ihm, ob sie endlich aus diesem elenden Improvisieren herauskommen, ob noch ein kleines bißchen Glück herauszuwirtschaften ist aus den Jahren, die ihr noch bleiben. Der Blutdruck steigt und fällt und steigt nach unerklärlichen Gesetzen. Sie kann Dr. Wusch einfach nicht gestehen, daß sie das West-Medikament nimmt. Aber sie glaubt inzwischen, er wisse es, er darf es bloß nicht zugeben, daß er *Raupina* auch für besser hält als *Hypernol.* Andererseits erzeugt dieses Versteckspielen ein solches Unsicherheitsgefühl. Am Auge ist zum Glück nichts, das ist inzwischen sicher. Daß sie fünfzehn *Kühlhauseier* im Haus hat, darauf ist sie stolz! Hier muß man nehmen, was es gibt, also hat sie gleich fünfzehn Stück genommen. Er hakt mit ihr ihre Wunschliste ab, um zu beweisen, daß er nichts vergessen hat. Also das Wichtigste: Die Farbe. Mit der Farbe von hier sehe sie nachher aus wie ein Farbfilmindianer. Zahnpasta, Pulver für rote Grütze, Kaffee, Zitronen, soviel reingingen. Die Doktorin schreit auch nach Zitronen. 6 Päckchen Vanillezucker. Alete-Milch. Bindfaden. Pergament. Den meisten Platz beansprucht eben immer die schmutzige Wäsche. Die drüben waschen zu lassen würde ein Vermögen kosten. Was die gute Klara Baumgärtl, die jetzt schon so lange Fienzel heißt, hier für einen Waschtag verlangt, wirkt immer noch wie geschenkt. Die Leute hier verlieren offenbar die Fähigkeit, ihren Preis der wirklichen Entwicklung anzupassen. Klara kriegt Kaffee, ein halbes Pfund. Er schlägt vor, daß er und Mutter die Wäsche einweichen, bevor Klara kommt. Manche seiner Hemden, sagt er, sehen aus wie dreimal durch den Hintern gezogen.

Weihnachten selbst bedachte er, obwohl er angekündigt hatte, daß Geschenke Geldmangels wegen dieses Jahr zum letzten Mal unterblieben, mit einem Seidenschal, lachsrot, wild mit schwarzen Blumen gemustert. Französisch! Damit könne sie, sagte die Mutter, wie vor fünfzehn Jahren im Carneval, als Carmen gehen. Aber in Dresden vom Carneval reden hieß vom 13. Februar reden; die zwei vernichtenden Angriffe hatten die Engländer in der Nacht von Carnevalsdienstag auf Aschermittwoch ablaufen lassen. Und der Vater war mit seiner Martha im Zirkus gewesen. Alfred und die Mutter konnten nicht miteinander sprechen, ohne auf den Vater zu kommen.

Wenige Stunden Schlaf, und die Rede ging weiter. Obwohl die Mutter daran gewöhnt war, daß sie von Alfred nicht geschont wurde, war sie über die neuesten Berichte entsetzt. Er wiederholte ihr gegenüber die schlimmsten Augenblicke der vergangenen Monate ganz genau und sagte nicht dazu, ob er sie überlebt habe und wie. Die Mutter versuchte dagegenzureden. Er kritisierte sie mit Bemerkungen, wie sie von Lübtow unter Alfreds Klausuren setzte: *Der Verfasser geht zu stark auf Fragen ein, auf die es hier nicht ankommt.* Was er in West-Berlin erlebt habe, sei nicht mit Rasieren und Lecithin-Nehmen zu vermeiden. Er begegne auf dem Ku-Damm einem Paar, beide ihm von Oehler und Dreyer her bekannt, er schaut die beiden ganz fest an; zeigt so, daß er sie kennt; jetzt werden sie doch, denkt er, grüßen; aber die gehen vorbei, und sie, statt zu grüßen, sagt, als sie an Alfred vorbeigehen, zu ihrem Begleiter: Gott, ist so was möglich! Er kommt ins Seminar, gestattet sich, auch einmal etwas im lateinischen Lexikon nachzuschlagen, da bemerkt er, wie ein Student einen anderen auf ihn aufmerksam macht, und der andere sagt auflachend: Oh Gott, nein! Wenn gleich darauf einer auf ihn zukommt, ihn grüßt, ihm sogar die Hand gibt und fragt, wie es ihm gehe, kann Alfred nur so eisig als möglich Dankeschön sagen und den Frager stehenlassen. Er spürt einen Haß gegen diese jungen Leute, obwohl er jünger aussieht als die. Er habe sich entschlossen, einen Psychiater aufzusuchen. Die Mutter sagte: Nicht, so lange sie lebe. Rechtzeitig aufstehen, sich täglich rasieren und jeder Frechheit sofort entgegentreten, darauf bestand sie. Emigrant dürfe man sich einfach nicht nennen lassen. Und wenn es denen auf nichts als Erotik ankomme, bitte! Er soll laut und deutlich Pfui Deibel sagen. Da seien bestimmt welche drunter, die diesen Kotz auch nicht mochten. Denen müsse er Mut machen gegen die Schweine. Er passe denen eben nicht in den Streifen, bitte. Werde endlich hart, Landgraf. Schlag zurück. Latsch an den Kopp, mitten ins Gesichte! Aber Politik gehöre auch dazu. Also: Pinkwart meiden, planmäßig. Die Durchgefallenenperspektive bringt nichts. Und seine Künstlerträume, jetzt, vor der Prüfung, bringen zweimal nichts. Jetzt von Blacher und Puchelt reden und von einem Graf Brühl-Roman! Dir hat man wohl was in den Kaffee getan! Solche Ausweichphantasien wegen ein paar dummen Jungs, denen er nicht in den Streifen paßt! Lege, bitte, deinen feinfühligen Typ etwas ab! Warum wird sie immer von Sorgen gefoltert, die andere Mütter mit ihren Jungen überhaupt nicht kennen! Seine Stimme, zum Beispiel! Sie ist extra in die zum Glück kostenlosen, weil von der Liedertafel organisierten Vorträge des Herrn Küntzsch in der Bebelstraße gegangen. *Über Gesang und Atmung*. Ihr Mätzchen muß allein im Zimmer sprechen, tief, auch wenn's leise ausfällt, die Lautstärke kommt später von alleine. Natürlich, solang er egal ins Kino rennt, fehlt für die nun einmal nötigen Stimmübungen die Zeit. Aber wenn er seine Stimme übt und sich täglich rasiert, dann hört das Gefeixe auf. Nur nicht immer gleich Flinte ins Korn, Mensch! Lecithin nehmen! Als es ihnen am ersten Sonntag draußen in Pillnitz die Jahreszeiten verregnet hat, haben sie's eben am nächsten Sonntag wieder probiert, obwohl auch dieser Sonntag zuerst mit Regen einsetzte und es für das Publikum kein Vergnügen war, im immer noch nassen Gras des Schloßparks zu sitzen. Aber diesmal kamen sie durch, und als sie das Amen sangen, kam das Amen als Echo von der Schloßfront zurück. Es war mucksmäuschenstill. Sie waren selber erschüttert. Die Leute erst recht. Ein Beifall ohne Ende. Zwei Sonntage später die Neunte. Ja, Junge, zwei solche Werke in zwei Wochen. Wie viele Menschen haben sich da angestrengt über das hinaus, was sie hatten! Und er hat's egal mit dem Ausweichen, Aufgeben, Abhauen! Psychiater! Dieses Wort will sie aus seinem Mund nicht mehr hören. Das ist von allen Westwörtern, die er mitgebracht hat, das einzige wahrhaft schlimme.

Die Doktorin ließ sich die Reaktionen der Mutter berichten, Alfred tat's mit theatralischer Wonne, dann befand die Doktorin, daß die Mutter gerade jetzt ein bissel sehr versage. Seine Mutter sei sicher die beste aller möglichen Mütter. Aber biologisch Mutter sein bedeute auch biologisch begrenzt sein. Ein Naturgesetz, durch keine Reflexion zu brechen.

Alfred sei zuerst Künstler, dann erst Jurist. Wer seine Zeichnungen sehe, ihn Klavier spielen höre, der dürfe von ihm die gewöhnliche Jurakarriere gar nicht erwarten. Eine Anita Dünselmann schreibe nie schlechter als Zwei minus, klar. Ein Alfred Dorn schon. Je größer die Begabung, desto schmerzlicher, sie ins Geschirre zu zwingen. Und sie halte, trotz aller Berichte aus Berlin-West, daran fest, daß ein Jurist kein Schwein sein müsse. Andererseits sehe natürlich jeder sofort, daß Alfred noch nichts erlebt habe. Nie und nimmer werde er ein gerissener Jurist werden. Daß er zur Pose neige, stimme ja. Zur Stilisierung. Theatralik. Eben immer zum Feinsten. Also manieriert, findet sie, stimmt auch. Das ist er. Und er bleibt es. Hoffentlich. Wie hat er sich doch einmal ihr gegenüber charakterisiert? Das vergißt sie nicht mehr: er sehe aus wie ein verpfuschtes Ahnenbild. Ja, ihm liegt das Barock näher als die Sachlichkeit von heute. Ein sehr feines, nicht ein pompös auftrumpfendes Barock. Vielleicht ist er sogar ein Rokokomensch.Da hat doch der FDJler in Leipzig ausnahmsweise einmal recht gehabt,als er sagte,wenn wir heute das Zeitalter Friedrichs II. hätten, wäre Alfred Dorn ein moderner Mensch. Einem solchen Menschen darf man Manieriertheit nicht nehmen. Von alten Nazis manieriert geschimpft zu werden – darauf kann er stolz sein. Und daß der Nazi-Spuk nicht wiederkehrt, besorge die sonst manches versäumende DDR. Der Arbeiter nämlich. Zugegeben, auch hier in Dresden sei Manieriertsein gerade nicht Mode. Über Branca Musulin heißt es, wenn sie endlich einmal wieder hier spielt: Durch Welterfolg manieriert. Nur weil man nicht mitreisen darf! Alfred wäre als Pianist ein Branco Musulin geworden! Sie hat gerade, in der ersten der Zwölf Nächte, von Alfred geträumt und brennt darauf, ihm diesen Traum zu erzählen. Sie sah Alfred einen wunderhübschen, spitzbübischen Schneemann bauen, einen mit einem meckihaften Schalk im Gesichte. Alfred baute den Schneemann gemeinsam mit einem kleinen Jungen, und der kleine Junge war auch Alfred. Und Alfred der Große überließ allmählich Kleinalfred das Bauen, gab nur noch Anweisungen, weil Alfred der Große hauptsächlich rauchte. Keine Zigarette. Eine Pfeife. Aber was für eine! Keine altmodische Bruyère, sondern eine Pfeife aus Plexiglas! Also aus diesem Wunderstoff, über den man jetzt aus dem Westen soviel hört und den hier noch keiner gesehen hat. Außer Fräulein Dr. Goelz. Und sie nur im Traum. Und sie sah, daß Alfred das Rauchen gar keinen Spaß machte, daß er das Qualmen scheußlich fand, aber daß er's verlangte von sich, weil er die schicke, den letzten Schrei repräsentierende Plexiglaspfeife im Munde hatte und offenbar glaubte, der Schneemann könne Kleinalfred nur gelingen, solange Alfred der Große tüchtig paffe. Die Doktorin wollte jetzt deuten, Alfred sagte, es sei schade um den schönen Traum. Träume könnten durch Deutung nur verlieren. Über Träume reden sei mindestens so sinnlos wie das Reden über Musik. Wozu gebe es Musik, wozu Träume, wenn man sie dann noch, um etwas davon zu haben, in eine weitere und deutlich mindere Sprache übersetzen müsse! Was er so dahinsagte, glaubte er selber nicht, vor allem, was die Musik anging, aber er hatte Angst vor der Ausschlachtung dieses Traums durch die Doktorin. Wenn sie nicht deuten dürfe, sagte die, wolle sie alle Filme nacherzählt bekommen, deren Programme Alfred ihr geschickt hatte. Oder ob er für ihre Tugend fürchte? Alfred erzählte ihr alle Filme, am ausführlichsten den, in dem Matthias Wieman zum Herzzerbrechen Robert Schumann gespielt hatte. Wie er in den eisigen Rhein gegangen sei. Wie er dann den Beleidigern entgegengeschaut habe. Wie ein gefoltertes Pferd. Sie seufzte, umfaßte die Lehnen ihres riesigen Sessels, stemmte sich ein wenig hoch und sagte, in so einen Film zu gehen, und zwar mit Alfred zusammen – ein Ziel, aufs innigste zu wünschen. Dann ließ sie sich wieder in den Sessel sinken. Ihr dagegen sei es beschieden, vorlieb zu nehmen mit dem Anblick der Spinatwachtel – sie deutete auf den farblosen, als Zimmerwand dienenden Vorhang –, die jeden Morgen durch diesen Vorhang erscheine und bitte, schnell Fräulein Doktors Balkon betreten zu dür-

fen. Dann trete die Spinatwachtel in nichts als ihrem Nachthemd auf den Balkon und recke ihre achtundsiebzig Jahre dort. Dann verrichte die Doktorin leise ein Morgengebet eigener Art, einen ihrer Lieblingsdichter zitierend, Gellert nämlich, der sagt: Was hilft es, daß wir jeden Morgen bestöhnen unser Ungemach.
So, und jetzt zur Sache, zur Jurisprudenz!
Das Fräulein Doktor spreizte sich förmlich mit all dem Wissen, das sie sich, Alfred zuliebe, in der Zwischenzeit erworben hat. Also zu Welzel, der jetzt in Bonn lehrt: der gilt doch auch schon als zu verrannt in seine finale Handlungslehre, und der BGH, der ihm in einigem Konzessionen gemacht habe, sei nicht mehr so auf ihn eingeschworen.
Das waren Alfreds liebste Stunden. So von selbst wie ihm hier die Sätze gelangen, so hätte er einmal in West-Berlin reden können wollen. Die wichtigste Bedingung für seine Entfaltung: er verehrte das Fräulein Doktor, hatte aber kein bißchen Respekt vor ihrem juristischen Fundus. Es machte ihm Spaß, ihr Autodidakten-Ignoranz, juristische Sonntagsjägerei, überhaupt den unbehebbaren Amateurstatus nachzuweisen. Und sie schrie auf und lachte und wurde sauer und zitierte in höchster Nervennot den Rat ihres ersten Rektors in Jena, der den jungen Lehrern eingebleut hat: Die größte Sünde des Erziehers ist es, sich durch Schülerverhalten beleidigt zu fühlen...
Alfred wußte, daß die Mutter inzwischen längst aus der Stadt zurück war und drüben, keine hundert Meter weit weg, mit rasch zunehmender Erbitterung auf ihn wartete. Wenn er kam, ließ sie sich in den gelbledernen Sessel fallen, streckte Hände und Füße von sich und rief, es flimmere ihr vor den Augen, ihre Füße seien nur noch ein Schmerzbrei; sie habe das Gefühl, sie könne nie mehr auch nur einen Schritt weit gehen. Er setzte sich an den Flügel und spielte eines seiner alten Stücke von Chopin, Liszt oder Schumann. Dabei erholte sie sich am schnellsten. Dann machten sich beide über Holländerschnittchen und Eierschecke her, die sie aus dem

Toscana mit heraufgebracht hatte. Aber es war trotzdem ein trübes Weihnachten. Wenn Alfred wenigstens einen Prüfungstermin genannt hätte! Es ist jetzt alles reingebuttert, sagte die Mutter. Es muß jetzt das Ende angepeilt werden. Die Mutter war auch noch so raffiniert und borgte sich bei Else Gutmann, einer ihrer Unentwegten, fünfzig Mark, weil sie wußte, daß Herr Dr. Gutmann, auch Zahnarzt, Herrn Dorn regelmäßig traf. Herr Dorn sollte erfahren, daß sich seine Ehemalige jetzt Geld borgen mußte.
Der Striezelmarkt war in diesem Jahr nicht auf dem Altmarkt, sondern auf dem Theaterplatz aufgebaut, also hatten sie als Kulisse die Opernruine, Zwinger, Hofkirche und Schloßruinen. Wäre die Mutter nicht dabeigewesen, wäre er jetzt über die Brühlsche Terrasse hinübergegangen zu den Ruinen der Frauenkirche. In Dresden begreift man, warum es im Lateinischen Ruinen nur in der Mehrzahl gibt. Die zwei Frauenkirchenstümpfe und der Trümmerhaufen zwischen ihnen sind schon alles, was ein Caspar David Friedrich gebraucht hätte. Im Luftschutzkeller hatte der Hausmeister und Blockwart Pfannkuch, als die ersten Bomben fielen, gesagt: Die Rache der Juden. Als man sich beim zweiten Angriff wieder im Keller versammelt hatte, teilte Herr Pfannkuch mit, er habe jetzt gerade seinen Wellensittich getötet, weil er nicht mehr glaube, daß die Borsbergstraße den zweiten Angriff überlebe. Bevor sie beim zweiten Alarm die Wohnung verlassen hatten, hatten Alfred und die Mutter die Wohnung nach Halbedls Kater durchsucht. Umsonst. Als nachher das Haus brannte, bildete sich Alfred ein, er habe Kauz schreien gehört. Als die erste Bombe das Haus getroffen hatte und alle auf dem bebenden Kellerboden lagen, hatte er sich über die Mutter geworfen, die Mutter hatte gewimmert und hatte ganz leise gesagt: Es schlägt ihm der Bauer ins Genicke. Da hatte er diesen Satz zum ersten Mal gehört. Dieser Satz wurde immer in Augenblicken gesagt, in denen es unmöglich war zu fragen, was damit gemeint sei. Als sie nach der ersten Entwarnung in die Wohnung zurückgekommen waren, hatte er die Mutter ge-

fragt, warum sie den Hauswart im Keller mit Heilhitler gegrüßt habe, darauf die Mutter: Wen ich nicht mag, den grüß ich mit Heilhitler. Als sie beim zweiten Alarm die Wohnung verließen, hatte die Mutter gefragt, ob er noch einmal das Bild Ludwigs II. sehen wolle. Zu ihrem Kampf gegen den verrückten Ludwig hatte gehört, daß sie dessen Bild versteckt hatte. Jetzt hätte er das Bild sehen dürfen, das in ihm, als er zwölf gewesen war, den Wunsch geweckt hatte, auch einmal etwas mit einem Hermelinkragen zu tragen. Aber die Sirenen heulten ganz in der Nähe und kläglich. Da es nach dem ersten Angriff keinen Strom mehr gab, wurden sie von Hand betrieben. Er wollte das Bild jetzt nicht sehen. Während des zweiten Angriffs waren sie, in nasse Decken gehüllt, aus dem brennenden Haus geflohen, kauerten dann zwischen Blutenden und Verbrannten in einem Splitterschutzgraben im Großen Garten, er dachte daran, daß Ludwigs Hermelin jetzt Feuer fange. Ruinenspezialist, das wäre ein Beruf für ihn. Wie die hier mit den Ruinen umgingen! Der kommunistische Oberbürgermeister ließ Barockruinen sprengen, als wären es Mietskasernen. Er wollte eine *sozialistische Großstadt* bauen.

Gerade als die Mutter fragte: Was wird nu aus uns zweebeeden? wurden sie von Hanna Ledermann ertappt und mußten ins notdürftig betriebene Italienische Dörfchen folgen, derzeit der Liedertäflerinnen Schwatzlokal, und Blimschenkaffee trinken. Frau Ledermann, eine der fünf Unentwegten, behauptete, sie sei selig, den im Westen studierenden Wundersohn endlich auch einmal wieder zu Gesichte zu bekommen. Dann war Alfred nicht mehr so wichtig, weil Frau Ledermann berichten mußte, daß Traude und Udo Sattmann vom Weihnachtsausflug nach München nicht mehr zurückkehren würden. Ja, schon wieder ein guter Sopran weg. Aber zur Politik komme da Privates. Dr. Sattmann sei zuletzt mit blutunterlaufenem Auge und geschwollener Lippe an seinem Arbeitsplatz erschienen, und man wisse, daß das Traude gewesen sei. Eifersucht. Klar. Ihr Temperament. Seine Sekretärin. Die übrigens einen Tag nach Sattmanns auch verschwunden sei. Möglicherweise gehe also in München alles genau so weiter. Die nächste Neuigkeit interessierte auch Alfred: Dr. Flade ist gestorben. In der Praxis. Zwischen zwei Patienten sozusagen. Alfred hatte sich durch die Mutter bei Dr. Flade anmelden lassen für den 2. Januar. Seit Gustav Dorn im Mai 1950 ausgezogen war, war der Sohn mit Zahngeschichten nicht mehr zu ihm, sondern zu Dr. Flade gegangen. Da der Vater und Dr. Flade seit langem fast befreundet waren, konnten Dr. Flade und der Vater ja Alfreds Zahnprobleme gemeinsam beraten. So wenigstens stellte sich das Alfred vor. Er hatte noch keine Zahnprobleme, aber er sah sie voraus. Seit langem. Haare und Zähne, das waren seine Sorgenbereiche. Er hatte eben nicht die dichte Bürste straffer Haare wie sein Vater, sondern das fludrige Material seiner Mutter. Genau so bei den Zähnen. Genau so bei den Knochen. Bei der Haut. Er traute seiner Haut nicht. Siehe diese Wucherungen, die er nicht Warzen nennen wollte. Und jetzt starb ihm sein Zahnarzt weg. Unvorstellbar, daß er je wieder einen Zahnarzt finden würde, dem er sich anvertrauen konnte wie Dr. Flade. Wenn sich Flades fast quadratisches Gesicht zu Alfred herabbeugte, wirkten Dr. Flades immerzu lächelnde Augen auf Alfred wie eine Betäubungsspritze. Dr. Flades Gesicht war von zwei Narben gezeichnet, eine teilte die linke Braue, die andere pflügte die linke Wange bis an den Mund. Was der lädierte Mund an Lächeln nicht schaffte, glichen die Augen mehr als aus. Dr. Flades Blickgüte war Alfred jederzeit herrufbar. Dr. Flade tot. Die Verlustempfindung meldete sich. Diese vor nichts haltmachende Leere. Alfred drängte zum Gehen. Das nahm die gerade noch so laut freundliche Frau Ledermann übel.Sie deutete mit ihrer Zigarette auf Alfreds Limonadeglas und rief mehr, als sie sagte: Er trinkt nicht, er raucht nicht, er hat keine Freundin, ja, was macht er überhaupt. Die Mutter, deutlich in Not: Er is'n ganz Heemlicher.

Alfred fuhr wieder früher weg aus Dresden als geplant. Er begleitete die Mutter nicht mehr zu Berthel Mewald in den Langenauer Weg. Berthel und Norbert erwarten Rat von Alfred, weil sie mit Irmgard nicht mehr fertig werden. Irmgard habe gerade einen Aufsatz Der Weg ins Leben schreiben müssen. Der Lehrer habe die Eltern bestellt. Norbert drückt sich, Berthel also allein hin, und erfährt, Irmgard habe nur Sätze hingeschrieben, die sie irgendwo gelesen oder gehört hatte. Dem Lehrer hatte sie gesagt: Von mir erfahrt ihr nichts. Zu Hause sage sie, sie wolle in den Westen, sonst passiere noch was. Aber die Eltern können doch die Sechzehnjährige nicht allein in den Westen lassen. Alfred soll mit ihr sprechen. Das wird er. Beim nächsten Besuch. Noch einmal mit Muttchen zur Doktorin, den Erzaufpasserinnen das Finalekonzept hingeblättert. Was bei Dr. Gellner am 24. Oktober in der Niebuhrstraße begann, wird am 6. April beendet. Im April nach Dresden, locker alles wiederholen, Prüfungsbeginn: September 1955. Die Damen nicken einander glücklich zu. So ist es, sagt die Doktorin, wenn Söhne erwachsen sind.
Alfred wollte nicht zu Dr. Flades Beerdigung gehen müssen. Er würde Frau Flade und seinem Kreuzschulkameraden Egon, der jetzt in Greifswald studierte, einen Brief schreiben. Da es ihm gelang, einen Sitzplatz zu erobern, versuchte er, den Brief im Zug zu entwerfen. Aber was auch immer aufs Papier kam, es war unannehmbar. Er wollte nicht die üblichen Kondolationsfloskeln gebrauchen. Aber wenn er die umging, stand etwas noch Schlimmeres auf dem Papier. Dem Tod gegenüber originell sein zu wollen –, lächerlicher konnte nichts sein.
Erst vor der Wohnungstür merkte er, daß er den Schlüssel vergessen hatte. Er klingelte. Niemand da. Ins Kino also. Irgend etwas Französisches. Das gab es im Marmorhaus: Gräfin Dubarry. Historisch, unernst, ohne Blutvergießen. Leider wurde er vor dem Kino von einem aus dem Dreyer-Kurs angesprochen. Vor verschlossenen Türen sei er gestanden, heute sei schon der Vierte, und am Dritten hätte Dreyer

anfangen sollen. Ob Alfred was wisse? Nein, er wisse nichts, sagte Alfred und gab sich verabredet. Nach dem Kino fuhr er noch in die Friedrichstraße, bat telegraphisch um die Schlüssel und fuhr zurück nach Dahlem. Immer wenn er auf das Haus Nummer 21 zuging, dachte er an den Rhododendronbusch unter seinem Fenster. Er hatte einmal eine Fleischbrühe, die ihm Frau Bretzke spendiert hatte, angeekelt aus dem Fenster geschüttet und erst durch das Geräusch gehört, daß die Fleischbrühe auf die Rhododendronblätter prasselte. Zum Glück hatte der Busch die Fleischbrühe überlebt. Aber seitdem mußte Alfred, wenn er auf das Haus zuging, sich immer mit Blicken und leichtem Kopfneigen bei dem edlen Rhododendron entschuldigen.
Jetzt waren sie da, ließen ihn ein, sagten ihm aber, daß sie ihm keinen Ersatzschlüssel geben könnten. Sie könnten auch nicht seinetwegen den ganzen Tag im Haus bleiben. Er sagte, das verlange er doch nicht, er wolle nur wissen, wann sie da seien und wann nicht. Das könnten sie noch gar nicht sagen. Sie machten Neujahrsbesuche, natürlich auf Einladung, und was die Post morgen bringe, wüßten sie jetzt noch nicht.
Sobald er in seinem Zimmer war, merkte er, daß natürlich auch der Kofferschlüssel in Dresden geblieben war. Zum Glück hatten die an der Grenze nur in seine Tasche schauen wollen. Jetzt brach er, weil er seine Bücher brauchte, das Schloß so vorsichtig auf, daß es bei Koffer-Meyer in Dresden wieder repariert werden konnte. Die zwei Eier, die die Mutter gegen seinen Willen hineingeschmuggelt hatte, waren durch sein Herumhantieren zerdrückt worden und hatten seine Nachschriften besudelt. Kaum hatte er das Schloß halb kaputtgemacht, den Koffer geöffnet, die Eierschweinerei bereinigt, sich gewaschen, da entdeckte er in seiner Jackentasche den Kofferschlüssel. Den hatte er also vom Zimmerschlüssel getrennt. Da er immer fürchtete, Schlüssel zu vergessen oder zu verlieren, hielt er sie getrennt von einander.
Jetzt noch einmal ein Telegramm, damit die Mutter nicht auch noch nach dem Kofferschlüssel suchte. Morgen, bitte. Er

wäre jetzt am liebsten zusammengebrochen. Eine Folge minimaler Gemeinheiten, das ist die sogenannte Wirklichkeit. Jede für sich zumutbar. Aber die Folge! Für den Schwächeren wird alles zur Katastrophe. Heute hatte das begonnen mit diesem Dreyer-Studenten im Kino. Der hatte offenbar überhaupt nicht bemerkt, daß Alfred seit Oktober nicht mehr bei Dreyer erschien. Das war nicht das, was er wollte. Er wollte nicht auffallen, wenn er da war. Aber seine Abwesenheit sollte als Abwesenheit bemerkt werden. Es war beleidigend, daß dieser Kerl nach drei Monaten noch nicht bemerkt hatte, daß Alfred Dorn fehlte. Alfred Dorn fehlte nicht, das war das Beleidigende. Die Bretzke/Fiedler verstärkten jede Beleidigung auf ihre Weise. Das war deren Hauptfunktion, alles gegen ihn Gerichtete zu verstärken. Jeder Beleidigung verschafften sie, ohne es zu wissen, eine nachhaltige Resonanz. Er mußte ausziehen. Sofort.

11.

Wenn er aufwachte, wünschte er, er sei noch nicht aufgewacht, er träume noch, nachher werde er aufwachen in einer leichter zu ertragenden Wirklichkeit. Im Spiegel sah er jeden Morgen, daß sein Gesicht so schief und zerdrückt aussah, als sei er nachts mißhandelt worden. Mit viel kaltem Wasser versuchte er, es in eine weniger peinliche Form zu bringen. Zu diesem Aussehen paßte sein Kopfweh. In der ersten Gellner-Pause holte er die *Spalt-Tabletten*. Gellner nahm ihn jetzt häufiger dran. Je häufiger er aufgerufen werden würde, desto krasser mußten seine Lücken zum Vorschein kommen. Er mußte in die Sprechstunde und Gellner um ein gelinderes Verfahren bitten. Wenn Gellner auf eine Alfred-Antwort sagte: Herr Dorn, Sie bringen hier Banalitäten! war Alfred für den Rest des Tages arbeitsunfähig. Er saß dann im Zimmer und konnte nur noch versuchen, seinen Zustand möglichst genau zu formulieren. Nach stundenlangem Probieren stand

vor ihm auf dem Papier einer Gellner-Nachschrift: Ich habe einen langsamen, schwer konzentrationsfähigen, nur über kurze Zeit leistungsfähigen Geist.
In seinem Zimmer konnte er sich nicht aufhalten, ohne an die ungeschriebenen Flade-Briefe zu denken. Eine häßliche Zumutung, sich jetzt mit Kondolenzbriefen zu beschäftigen. Er schrieb zwei Briefe, in denen er auf alle Originalität verzichtete und sich den üblichen Formeln unterwarf. Er versuchte aber, diesen Formeln eine Art Dringlichkeit einzuhauchen. Hinter ihm stand immer Muttchen: Ich habe jetzt alles reingebuttert. Jetzt muß das Ende angepeilt werden. Er hätte sich nach den Kondolenzbriefen lieber damit beschäftigt, der Doktorin zu ihrem Geburtstag am 4. Februar ein Autogramm von Matthias Wieman zu besorgen. Das hätte ihm früher einfallen müssen. Also ging er Rätselzeitungen kaufen. Nach Filmprogrammen und -revuen waren Rätselzeitungen ihr liebstes. Sie gab nicht nach, bis sie sämtliche Rätsel einer solchen Zeitung gelöst hatte. Vielleicht weil sie Lehrerin war. Er verfiel wieder einer Kinoreklame. Obwohl er sich genierte, weil es eine Kindervorstellung war und der Film Der Sohn von Ali Baba hieß, ging er hinein. Wenigstens spielte Tony Curtis mit. Nachher vis à vis in eine der Buden, die überall auf Ruinengrundstücken aufschossen.Er bestellte eine Portion Schlagsahne und packte die zwei Stollenstücke aus, die er mitgebracht hatte. Mutters Stollen mit Schlagsahne –, eine seiner Lieblingsspeisen. Er schaffte nur ein Stück. Das andere verstaute er zu Hause in der Kuchentüte. Als er am nächsten Tag heimkam, fehlte dieses Stück. Er nahm einen Zettel und schrieb: Wenn Ihnen mein Kuchen schmeckt, sagen Sie es mir, bitte. Selbst wegnehmen schätze ich nicht. Natürlich reagierte Frau Bretzke nicht auf diese Botschaft. Das ärgerte ihn erst recht. Er kündigte. Es reichte. Schon lange. Frau Bretzkes vor Schreck stehenbleibendes Gesicht rührte ihn nicht. Er zog seinen Mund noch mehr in die Breite. Das sah hoffentlich gemein aus. Dann rannte er ängstlich herum. Er hätte natürlich erst etwas finden und dann kündigen sollen.

Während er die beim Studentenwerk besorgten Adressen abklapperte, kamen ihm Zweifel, ob Frau Bretzke ihm wirklich das Stollenstückchen gemaust hatte. Könnte er es nicht am Abend vorher, nach dem Kino, noch weggeputzt haben? Zu spät.
Er fand ein Zimmer, sogar eins mit Couch und, wie sein erstes, wieder in Lichterfelde-West, in einer Gegend sogar, in der die Straßen fast alle mit Musik zu tun hatten. Marschnerstraße also. Bei Thate. Herr und Frau Thate sagten, mit ihnen könne man auskommen, und er mache ja auch einen sehr ordentlichen Eindruck. Allerdings: 15 Mark teurer als in der Fontanestraße. Dafür war die Marschnerstraße eine Kopfsteinpflasterstraße wie die Straßen daheim in Striesen, Blasewitz und Loschwitz. Das war mehr als eine Straße, das war ein Wohnquartier. Alle Haustüren waren durch ziegelgedeckte Vordächer geschützt. Rundum ruinenfrei.
Er hatte gleich nach der Kündigung bei der Dahlemer Post Umleitungsantrag gestellt: Alles ab sofort zu Hartleben in der Bornstraße. Er wollte, seit er gekündigt hatte, keine Post mehr lesen, die durch Frau Bretzkes Hände gegangen war. Er rief dann bei Hartlebens an, aber da war nichts eingetroffen. Jetzt erlebte er seine Einsamkeit. Wenn die zwei Frauen aus Dresden ihm nicht schrieben, schrieb ihm niemand. Wie wäre er jetzt froh gewesen, einen Muttchenbrief zu haben, den er hätte zergliedern können in Gegreine, Klatsch und Klitsch. *Klitsch* war in der Sprache, die er und seine Mutter sprachen, in der Muttchen-Mätzchen-Sprache also, eine ins Blödsinnige gesteigerte Form von Klatsch. Wie hätte es sein Zittern und Zagen besänftigt, wenn er jetzt einen der schwer lesbaren Briefe der Vize-Oma hätte nachbuchstabieren können, wenn auch die Doktorin sechs Seiten lang nur schrieb, daß sie, da sie in ihrem Zimmer nichts erlebe, ihm auch nichts schreiben könne; daß aber ihm zu schreiben nicht nur ihre liebste Beschäftigung sei, sondern auch das einzige, was ihrem Leben noch Sinn gebe und es also wahrscheinlich auch verlängere; deshalb schreibe sie ihm, so oft und so lang es ihre Kräfte

erlaubten, wenn sie ihm auch nichts anderes zu schreiben habe, als daß sie ihm nichts zu schreiben habe. Nach ein paar brieflosen Tagen war er sicher, es müsse etwas passiert sein, das so schwerwiegend war, daß er sofort nach Dresden fahren mußte. Er telegraphierte. Am nächsten Tag war ein Antworttelegramm da. Nichts passiert. Das enttäuschte ihn fast. Und kurz nach dem Telegramm kam schon Aenne Hartleben mit zwei Briefen. Die enttäuschten ihn erst recht. Nichts als Klatsch und Klitsch. Er hätte gern zurückgeschrieben: Frau Dorn, Sie bringen hier Banalitäten. 17 Zentner Briketts seien, als sie vom Aufgeben des von ihm wieder einmal vergessenen Schlüssels heimgekommen sei, vor der Treppe gelegen. Der Lieferschein im Briefkasten. Das erbitterte ihn besonders, daß sie ihm das auch noch mitteilen mußte. Der Lieferschein im Briefkasten. Ja, wo denn sonst, bitte! Und froh sein mußte sie, daß die Kohlen nicht auf der Straße lagen, sondern auf dem Trottoir. Und Nachbar Pfütze hat sie ihr in den Keller getragen. Sie hat geschaufelt, Pfütze hat getragen. Na ja, daß sie getragen und Pfütze geschaufelt hätte, ist wohl nicht anzunehmen. Und das sei auch noch eine wundervolle Fügung, vorgestern die Kohlen, ab gestern 12 Grad minus. Und vorvorgestern nach der Liedertafel in den Artushof. Diesmal also nicht ins Italienische Dörfchen. Das sei nämlich schon wieder zu. So sei das eben bei ihnen, kaum ist etwas auf, ist es schon wieder zu. Hanna Ledermann habe sehr gut ausgesehen mit ihrem dauergewellten Kopf. Den Schal schicke sie morgen. Sie habe alles vergessen in dem Fitz, den sie dort hatten. Die einzige Mitteilung von Belang: Hulda Samlewitz hatte 10 Mark gebracht für den Huter Kalender, Theo will den bezahlen. Jedes Jahr. Wenn Alfred, bitte, daran denken würde, auch den für 1956 zu besorgen. Die DDR habe doch mit der Astrologie radikal Schluß gemacht. Die wissen eben alles besser. Hulda und Dr. Theo Samlewitz finden übrigens, Alfred solle sich am besten gleich zur Prüfung melden. Alfreds Horoskop bevorzuge deutlich die erste Jahreshälfte...
Als er die Briefe gelesen hatte, hatte er Zahnweh. Er spürte

den Backenzahn, der mit Gold gefüllt und mit einer Zementecke versehen war. Im Spiegel sah er: die Zementecke fehlte, die Goldfüllung lag ganz frei. Also den Krankenschein holen, dann in einer Ku-Damm-Apotheke nach dem besten Zahnarzt West-Berlins fragen. Nur rasch, bevor sich auch noch die Füllung lockerte. Seine Zunge mußte egal diese Stelle betasten. Er hatte das Gefühl, die Zungenspitze sei schon wund. Sie brannte. Sobald er nicht aufpaßte, war sie wieder dort. Er wagte aber doch nicht, nach dem besten Zahnarzt von West-Berlin zu fragen; er sagte, mit Leidensmiene, er brauche einen sehr guten Zahnarzt, einen, der eventuell auch operative Eingriffe machen könne. Dr. Bertram. Sogar in der Bleibtreustraße. Dicht bei Dreyer. Abends die Vorbereitungen für den Zahnarzt. Die sagte er sich vor in Muttchens Sprache: Hälschen waschen, Öhrchen putzen, frisches Hemde. Dr. Bertram sagte: Sehr gute Zähne. Das hörte er gern, aber es irritierte ihn auch. Er hatte Mutters Zähne und Haare, beides alles andere als gut. Aber vielleicht meinte der Doktor den Sanierungszustand. An dem Backenzahn müsse vorläufig nichts gemacht werden. Der Zahn sei völlig geschlossen. Nach einer Viertelstunde ist er wieder draußen. Die Panik fängt an. Er war so sicher gewesen, daß der Backenzahn in einem schlimmen Zustand sei. War sein Urteilsvermögen so miserabel? Wem konnte er trauen, wenn er sich selbst nicht trauen konnte? Und gleich weiter in die Sprechstunde zu Gellner. Ohne aufzuschauen, sagte der: Nehmen Sie Platz. Der konnte tatsächlich auch leiser sprechen. Alfred traute sich nicht zu sagen, daß er lieber nicht gar so oft drankäme. Also gleich die zweite Frage: Ob er sich im Sommer zur Prüfung melden solle, wenn er bis April bei Gellner durchhalte. Gellner sagte, wer zu arbeiten verstehe, könne auf Repetitoren pfeifen. Dann deutete er noch an, daß ein Student auf Dreyer eher pfeifen könne als auf ihn. Als Alfred draußen war, wußte er, wenn er den richtigen Prüfungstermin erfahren wollte, gab es nur eine Adresse: Kardos, die Wahrsagerin in der Courbièrestraße.

Am nächsten Tag rannte er nach fünf Stunden Gellner zu Pinkwart. Frau Pinkwart, hat er gehört, arbeite wieder, und jetzt lag, als er hinkam, Pinkwart samt Frau mittags um halb zwei noch im Bett. Der kastrierte Kater Troll, von dem Frau Pinkwart nicht lassen konnte, lag neben ihrem Kopf. Um es den beiden Bettlägerigen leichter zu machen, fragte Alfred, um was für eine Krankheit es sich handle. Pinkwart sagte tatsächlich, es sei nichts Schlimmes. Nur eine leichte Erkältung. Frau Pinkwart lag auf dem Rücken, schaute zur Decke, sagte nichts. Hieß diese Reglosigkeit: Ich bin ein Stück Beute eines nie endenden Krieges, mir ist alles gleichgültig? Alfred spürte, wie wenig er sich in dieser Szene auskannte. Jetzt erschien in einem Lumpen von Schlafanzug aus einem Seitentürchen Referendar Würdig. Der litt fraglos an der gleichen Erkältung wie das Ehepaar Pinkwart. Alfred erinnerte sich, Würdig war in Pinkwarts Kämmerchen gezogen, in dem Pinkwart bisher angeblich immer so gut gearbeitet hatte. Würdig machte sich, ohne vorher irgendeine Hygiene zu simulieren, in der Kochnische zu schaffen. Ob Alfred mit ihnen essen wolle, es gebe Spiegeleier mit Speck. Bevor Alfred antworten konnte, sagte Pinkwart, und mit Ketchup, das sei Würdigs Spezialität. Alfred wollte sagen, daß er zur Zeit Eier nicht sehen und schon gar nicht essen könne. Aber er spürte sofort, daß eine Weigerung, Eier zu essen, in diesem Augenblick und in diesem Zimmer und auch noch von ihm formuliert, wie ein Geständnis wirken würde. Pinkwart beantwortete ohnehin jeden Satz so, als habe man eine Aussage über das Geschlechtsleben gemacht. Egal ob man sagte, man fühle sich mies oder wohl, für Pinkwart hatte es immer mit der letzten oder mit der nächsten Nacht zu tun. In seiner Gegenwart Spiegeleier abzulehnen hieß, sich als Mann und – was für ihn dasselbe war – als Mensch zu disqualifizieren. Dabei wäre es nicht bloß ein Vorwand gewesen. Alfred konnte, seit er gesehen hatte, was die zwei zerdrückten Eier in seinem so sorgfältig gepackten Koffer angerichtet hatten, Eier wirklich nicht mehr sehen. Vielleicht später wieder.

Aber jetzt nicht. Wenn er an das glitschige Zeug dachte, das er da in die Finger gekriegt hatte, spürte er nichts als Brechreiz. Um hinauszukommen, ohne fürchterliche Kommentare heraufzureizen, erzählte er die Anekdote von Christoph Willibald Gluck, der als Kind armer Leute im heimatlichen Böhmen als Eierjunge habe gehen müssen und der oft mit dem Korb, in dem kaputtgegangene Eier schwappten, im Straßengraben gesessen sei, deshalb habe er später als berühmter Mann Eier weder sehen noch essen können. Pinkwart, der offenbar nichts begriff, sagte: Gluckgluck, was! Alfred sagte, außerdem habe er noch eine Verabredung. Wir halten keen, der nich will, sagte Pinkwart und imitierte die Geste, mit der Schauspieler, die Könige spielen, Leute entlassen.
Am nächsten Tag fehlte Pinkwart wieder. Zu Hause war er auch nicht. Die Bettcouch war wieder eine Couch, darauf lag die Frau. Sie wunderte sich darüber, daß sich Alfred bei ihrem Mann immer noch juristische Auskunft erhoffe. Der mache doch keinen Strich mehr, juristisch. Der lebe von dem, was sie verdiene. Wahrscheinlich für immer. Und warum läßt sie sich das gefallen? Er sei so herrisch. Wenn sie etwas sage, drohe er, sie zu verlassen. Dann wäre sie völlig allein hier. Und das jetzt, da sie schwanger sei! Muttchens Stimme: Diese Leute sind kein Umgang für uns.
Alfred und Pinkwart beschlossen, daß Alfred nur donnerstags zum Nachschriftenvergleich komme. Frau Pinkwart zuliebe. Es gehe ihr nicht gut. Schon am ersten Donnerstag ging Alfred gleich von Gellner aus mit. Das Wohnschlafzimmer sah auf neue Weise schlimm aus. Pinkwarts wohnten ja im Parterre, und er hatte offenbar das Fenster aus Versehen offengelassen; ein fremder Kater oder eine Katze war Pinkwarts Troll gefolgt, es muß dann toll zugegangen sein. Überall Fellhaare und umgestürzte Gläser und Flaschen. Pinkwart nahm einen Kleiderbügel und schlug auf Troll ein. Das Schreckliche war, daß Troll nicht wegrannte, sondern sich nur wegkrümmte. Irgendwann rief Alfred, als sei er es, der gequält

werde: Nein! Pinkwart hörte auf und sagte, als gehöre das dazu, seine Frau sei im Krankenhaus. Kein Skriptenvergleich heute. Seine Frau sei am Sterben. Sie sei operiert worden. Sie habe sich das Kind wegmachen lassen. Dabei eine Infektion. Vereitertes Bauchfell. Lebensgefahr. Er überlege, ob er in Gellners Sprechstunde gehen solle, um zu fragen, welche Ansprüche er gegen den Arzt habe, der die Abtreibung verpfuschte. Fahrlässige Tötung seiner Ernährerin! Andererseits könne er dann wegen Anstiftung zu einer strafbaren Handlung belangt werden. Wie Alfred das sehe. Der ließ sich die Krankenhausadresse geben. Er wollte Frau Pinkwart noch einmal sehen, ihr Blumen bringen. Ihm schwebte sofort ein Strauß von weißen und blauen Blumen vor. Das waren die Farben, die zu dieser Frau paßten, fand er. Viel Weiß, ein wenig Blau. Würde er zu Frau Pinkwarts Beerdigung gehen? Diese Frage drängte sich ihm jeden Tag aufs neue auf. Von Pinkwart hörte er immer nur, daß seine Frau in einem Schwebezustand sei, der Monate dauern könne. Alfred dachte an die Stelle im *Palandt*. Gestern nachgeschlagen. Die *schwebende Unwirksamkeit eines Rechtsgeschäfts*. Er werde, plapperte Pinkwart, jetzt also umsatteln, neu anfangen. Immobilien, das reizt ihn. Jura studieren ohne die Hilfe seiner Frau –, unmöglich.

Erst im Juni, Wochen nach der Beendigung des Gellner-Repetitoriums, sah er Pinkwart wieder, diesmal an der Uni. Er wolle die Anfängerübung bei Blomeyer belegen. Noch einmal ganz von vorn. Diesmal aber gründlich. Seine Frau habe sich erstaunlich rasch erholt und arbeite wieder. Alfred gratulierte. Seine Frau habe sich übrigens damals unheimlich über Dorns Blumen gefreut. Das sei ja auch ein Strauß gewesen, mit dem man eine Frau nicht zum Aufstehen, sondern zum Hinliegen bringe. Seit diesen Blumen, sagte Pinkwart, heiße Alfred bei ihm und seiner Frau nur noch der Gentleman. Seine Frau sage, Herr Dorn sei ein Spinner, aber ein Gentleman.

12.

Als die Mutter zu Pfingsten zu Besuch kam, erzählte er ihr ganz genau, wie es bei Vaters Besuchen zugegangen war. Wenn der Vater bei seinen Besuchen nach der Mutter gefragt hätte, hätte er dem wahrscheinlich diese Frage nicht ganz so genau, aber doch noch viel genauer beantwortet, als es der Mutter recht gewesen wäre. Seine Art, alles überall zu sagen, sei ein Zeichen von Unreife, hatten seine zwei Gestrengen gesagt. Aber der Vater, der immer mit der zwanzig Jahre jüngeren Judith kam, die jetzt auch Dorn hieß, wollte gar nichts wissen von der Mutter. Der Vater wollte in West-Berlin *leben*! Seine Besuche kündigte er so an: Rasier Dich, sieh nett aus und schau nach KINO! Man traf sich bei Aschinger am Zoo oder – wenn die junge Frau noch den Onkel im Wedding besuchte – sogar in der Marschnerstraße. Alfred sah es gern, wenn der Vater mit Herrn Thate sprach. Er glaubte, das stärke seine Position Herrn Thate gegenüber. Noch war das nicht nötig. Aber es konnte nötig werden. Als Herr Thate Zeuge wurde, wie der Vater weitere Leinenhemden, eine von Schneidermeister Hanka für Alfred gemachte Hose und einen neuen grauen Hut mit schwarzem Band auspackte, fragte der kleine, rechteckig wirkende AEG-Patentingenieur i. R. gierig, ob Herr Dorn ihm im Osten Anzugstoff besorgen könne. Kurs 1 : 4. Alfred spürte, wie von diesem Augenblick an in ihm der Vorbehalt keimte. Daß jemand eine noch gar nicht recht vorhandene Beziehung sofort zu seinen Gunsten ausnützen muß! Und wozu brauchte Herr Thate, der das Haus nur verließ, um auf den Fußballplatz zu gehen, noch Anzüge! Dann aber zu Aschinger. Die junge Frau wartete schon. Unser Student, sagte sie immer, wenn sie Alfred sah. Alfred glaubte, wenn Judith *unser Student* sagte, wolle sie daran erinnern, daß er immer noch nicht fertig sei. Also legte er los, schilderte das Pensum: Seit er bei Gellner raus ist, würcht er täglich 15 Seiten im *Enneccerus-Lehmann*. Schuldrecht I hat er intus, Schuldrecht II wird Mitte Juli fertig, dann Sachen-

recht. Dann steht das BGB. Er ackert ja täglich morgens im Seminar noch mindestens eine Stunde Strafrecht. Und zwar nach den Gellner-Skripten. Besonders Verbotsirrtum braucht noch Nachbesserung. Aber am 15. August meldet er sich zur Prüfung. Aber nur wenn er sich sicher fühlt. Aber im Herbst ganz ganz sicher. Der Vater sagte, es sei doch wirklich nicht wichtig, in welchem Monat, Hauptsache, er melde sich noch in diesem Jahr.
Als der Vater kurz auf die Toilette ging, sagte die junge Frau, der Vater werde überall, wo er hinkomme, gefragt, wie weit denn der Sohn jetzt sei. Der Vater und auch sie selber sagten dann immer, Alfred stehe schon in der Prüfung.
Die junge Frau wollte West-Mode. Die blieb vor jedem Schaufenster stehen, in dem es etwas zum Anziehen gab. Der Vater in einem Ton fröhlicher Resignation: Wenn man mit Frauen ausgeht, ist das nun mal so.
So wurde Alfred Zeuge der neuen Ehe. Der Vater hatte eine Kollegenfrau, die ihn am Schillerplatz besucht hatte, eine Jacke anprobieren lassen, die man drei Wochen vorher für Judith am Ku-Damm gekauft hatte. Judith kam gerade aus ihrer Praxis, und was sieht sie: die Kollegenfrau in ihrer Jacke. Und als die Frau draußen war, mußte der Vater zugeben, daß er es war, der gesagt hatte: Wollen Sie mal die neue Jacke meiner Frau probieren? Sobald die Frau die Jacke anhatte, wollte sie auch so eine. Und zwar genau die gleiche. Der Vater hatte das, als Judith heimkam, schon zugesagt gehabt. Jetzt, in West-Berlin, bestimmte Judith: Genau die gleiche bekommt sie nicht. Der Vater: Versprochen ist versprochen. Es wird genau die gleiche Jacke gekauft. Das könne sie nicht zulassen, sagte Judith. Unmöglich genug, daß er einer anderen Frau ihre Jacke zum Probieren anbiete! Daß die dann auch noch in der gleichen West-Jacke in Dresden auftrete, könne sie nicht hinnehmen. Ihre Begründung: Ich bin auch nur eine Frau. Und so geschah es. Die andere kriegte keine Jacke, sondern einen Bolero. Dann in die Kinos. Am Steinplatz Der Glöckner von Notre-Dame, im Cinema Paris

Rififi und im Roxy an der Rheinstraße Die barfüßige Gräfin. Den Glöckner fand die junge Frau abstoßend. Davon werde sie träumen. Alfred sagte nicht, daß seine Mutter genau so auf die Glöckner-Kreatur reagiert habe. Statt Mitleid Abscheu. Rififi fanden Vater und Frau fast unerträglich. Es war ihnen zu grausam, wie da ein Einbrecher nach dem anderen erlegt wird. Erst Die barfüßige Gräfin wirkte lösend, unterhaltend, glückversprechend. Aber selbst nach diesem Film litt Judith noch unter der Häßlichkeit und Brutalität der zwei anderen Filme. Alfred widersprach im Namen westlicher Filmkunst, obwohl es ihm mit Rififi ganz genau so ergangen war wie der jungen Frau. Der Ost-Mensch war diesen West-Filmen offenbar nicht gewachsen. Alfred hatte sich die Filme, in die er Judith und den Vater führte, meistens vorher angesehen. Daß er Filme wie den Glöckner und Rififi kombinierte, war der Versuch, sich an der jungen Frau zu rächen für die Art, wie sie ihn bei diesen Besuchen behandelte. Als er Rififi zum ersten Mal gesehen hatte, war es ihm schlecht geworden vor lauter blutend zusammenbrechenden Menschen. Er war danach, um sich zu kurieren, gleich in Die Faust im Nacken gerannt, weil er gehört hatte, es handle sich da um ein sozialkritisches Kunstwerk. Sein Eindruck: das Sozialkritische ein Vorwand, die Brutalitäten ungeniert produzieren zu können.

Die junge Frau hatte nach der Barfüßigen Gräfin gesagt, es wundere sie, daß jetzt niemand ausspreche, wie Alfred diesem Schauspieler gleichsehe. Wie der heiße? Humphrey Bogart. Komischer Name, fand sie, aber diese Ähnlichkeit! Das schmale Gesicht, die forschenden Augen, mild und doch nicht nur mild, der zugeklebt wirkende Mund. Der Mund ist überhaupt das Ähnlichste bei beiden. Oder hat jemand Alfred schon mal lachen sehen? Sie nicht. Nur dieses nicht zustandekommende Lächeln. Das ist ihr durch diesen Schauspieler überhaupt erst klargeworden, warum Alfred nie lacht. Mit so einem Mund, der sogar beim Sprechen eher zubleibt als aufgeht, kann man nicht auch noch lachen. Schon Lächeln sieht bei so einem Mund aus, als sei es zuviel verlangt.

Das war der erste Sieg der jungen Frau über Alfred Dorn. Endlich wieder einmal jemand, der diese Ähnlichkeit bemerkte.
Aber für den nächsten Besuch des Paars wählte er *Der grüne Bogenschütze* und *Semiramis*, ein Film, in dem Menschen von Krokodilen gefressen werden, und man muß zuschauen, wie das Wasser sich vom Menschenblut färbt. Alfred bezahlte jeden Kinotag mit anfallartigen Kopfschmerzen, die er Migräne nannte. Er litt, wenn er neben denen im Kino saß, nicht nur unter der westlichen Filmbrutalität, sondern auch unter der spürbaren Intimität des Paars. Schon aus diesem Grund führte er die beiden lieber in grausame als in zärtliche Filme. Daß sich sein Vater nicht genierte, in seiner Gegenwart mit dieser jungen Frau herumzutun! Herzel und Schäfel sollten sie sich sonstwo nennen, aber nicht wenn er dabei war. Einmal sagte der Vater, als sie sich zum Frühstück im Adlon trafen, Alfred sehe gut aus heute; aber weil er das weniger zu Alfred als zu ihr gesagt hatte, legte sie den Kopf prüfend zur Seite. Der Vater wollte wissen, was sie auszusetzen habe. Alfred gehe nicht gerade, sagte sie. Der Vater meinte, Alfred gehe sogar sehr gerade. Beide diskutierten jetzt, ob Alfred geradezu peinlich aufrecht oder zu wenig aufrecht gehe. Alfred müßte die Schultern deutlich zurücknehmen, meinte Judith, da er einen etwas eingefallenen Brustkorb habe. Alfred gestand, daß er auch den Eindruck habe, seine Schultern fielen gern nach vorn, allerdings nur, wenn er erschöpft oder seine Aktentasche schwer sei von zu vielen Büchern. Aber das sei leider so gut wie immer der Fall. Darauf Judith: Um eine Ausrede sind Sie nie verlegen. Das fand er keß. Aber das sagte er nicht. Als er in seinem Zimmer war, warf er sich das vor. Er hätte männlicher auftreten sollen. Die damit gemeinte Verhaltensweise zu praktizieren hieß, daß man sich nichts gefallen ließ, immer das letzte Wort hatte und das Ende jeder Begegnung nur als Sieg oder als Niederlage buchte. Eine Niederlage war es auch, wenn Alfred im Lokal von dem Geld, das der Vater ihm jedesmal zu Besuchsbeginn zum Umwechseln

aushändigte, die Zeche bezahlte, dieser Zeche noch 5 Pfennige hinzufügte, und der Ober dann diese 5 Pfennige zurückwies. Der Vater lächelte, die junge Frau lächelte. Alfred sagte, in der Zeche seien doch zehn Prozent für Bedienung enthalten. Der Vater sagte, so etwas würde er nie fertigbringen: 5 Pfennig Trinkgeld! Alfred wußte, daß das Paar, wenn er weg war, sagen würde: In geldlichen Dingen ist er wie seine Mutter. Das ärgerte ihn. Das war die Niederlage. Er hatte seinen Standpunkt nicht vertreten können. Die hatten vergessen, wie das ist, wenn man jeden Pfennig, bevor man ihn ausgibt, von einem Monatsbudget abziehen muß, auf das man selber keinen Einfluß hat. Man kann Geld nicht anders ausgeben, als man es bekommt! Wer Geld leicht ausgibt, nimmt es genau so ein. Und dann hält sich so einer auch noch für großzügig. So mußte Alfred seine Niederlage in Gedanken abarbeiten.

13.

Alfred empfing die Mutter am Ostbahnhof mit frischgeschnittenen und frischgewaschenen Haaren. Niemals würde er sich für das Paar vom Schillerplatz die Haare richten lassen. Das sagte er der Mutter in der ersten Minute. Aber er konnte es nur sagen, weil sie vor Freude feuchte Augen kriegte, als sie ihn ansah. Fünfachtzig Ost, Mutti! In der Friedrichstraße. Mit Kolestralpackung. Ohne Trinkgeld. Und erzählte ihr sofort die Trinkgeldniederlage in Anwesenheit des Paars vom Schillerplatz. Sofort mußte er ihr auch sagen, daß er sich am 15. August nicht zur Prüfung melden könne. Am Schillerplatz sei man einverstanden. Hauptsache, noch in diesem Jahr. Er müsse noch einmal zu Gellner. Jetzt, wo das BGB steht, wankt das Strafrecht. Im Augenblick müßte er, um sich melden zu können, eine juristische Koryphäe sein. Ist er nicht. Am Parathaben fehlt es bei ihm. Die fürchterlichste Erfahrung des Jahres 1955: Er kann nicht allein arbeiten. Sobald er seine Zimmertür zumacht, spürt er geradezu, wie sich

seine Arbeitsfähigkeit auflöst. Dann sitzt er und fürchtet, er werde, wenn er so sitzen bleibe, verrückt werden. Also ins Seminar. Aber dort fehlt genau der Martin-Wolff-Sachenrecht-Band, den er braucht. Also hetzt er sofort zur Senatsbibliothek am Tiergarten.
Die Mutter sagte, wenn sie seine Ausdrücke gebrauchen würde, müßte sie sagen: Es wird mir jetzt gleich drehend. Also daß das klar ist: Verrückt wirst du schon mal nicht. Das verbat er sich. Sie ließ ihn aber nicht noch einmal anfangen. Ihr reichte es. So in Berlin empfangen zu werden! Allein arbeiten, das habe er ja noch nie gekonnt. Also das sei nun wirklich überhaupt keine nouveauté. Wenn man am Schillerplatz einverstanden sei mit dem neuesten Trödel, bitte!
Ein Streit war immer darüber, wer es schwerer habe. Jeder wollte dem anderen beweisen, daß der es leicht habe. Diesen Streit gewannen immer beide. Immer hatte es jeder schwerer als der andere. Sie saßen ja dann schon im HO-Restaurant in der Friedrichstraße oder im Steglitzer Ratskeller, und die Mutter rief laut aus: Das solltest du wissen von mir, daß ich es mir niemals selber leicht mache. Alfred mußte schnell vollkommen zustimmen, wenn die Mutter in diesen hohen und ganz atemlosen Ton geriet. Manchmal fuhr sie dann mit der rechten Hand vor dem rechten Auge hin und her und prüfte, ob sie mit diesem vom Blutdruck bedrohten Auge noch sah.
Während er einfach froh war, wenn der Vater bei Thates auftrat, hielt er es für nötig, die Mutter sorgfältig zu präparieren für den ersten Besuch. Er sagte ihr, daß er die lächerlichen und anbiedernd wirkenden Grußformeln, die sie ihm zur Weitergabe an Thates in jedem ihrer Briefe aufgetragen habe, höchstens ein- oder zweimal und vollkommen heruntertemperiert ausgerichtet habe. Die Mutter war gleich wieder entsetzt. Da Frau Thate sicher einmal einen Blick in die Briefe werfe, die er bekomme, da er ja, wie man ihn kenne, die Post herumliegen lasse, wisse Frau Thate also, daß er Grüße an sie unterschlage. Also müsse sie ihn für einen gefühlsarmen, herzlosen, wenn nicht sogar für einen bösartigen Menschen

halten. Er sagte, das habe Frau Thate sich selber zuzuschreiben, wenn sie so indiskret sei, in Briefen anderer Leute herumzuspionieren. Ja, auch bei Thates lebe er, wie er allmählich sehe, in einer Art Feindesland. Was soll er denn denken, wenn er heimkommt, Herrn Thate in seinem Zimmer überrascht und der sagt, er habe eben mal nachsehen wollen, ob Alfred da sei. Frech sein können müßte man da, den mit einem Satz auf der Stelle, auf der er steht, festnageln, nämlich so: Sie glaubten wohl, ich hätte mich hinter den Gardinen versteckt, ja! Der Grund für die Spannungen: Thates glaubten, Dorns seien wohlhabend, machten Thates nur ein Theater vor, um Thates nicht ins Kino einladen oder ihnen sonstige Aufmerksamkeiten erweisen zu müssen. Wenn er den Fehler mache, Frau Thate gegenüber Geldmangel überhaupt zu erwähnen, sage sie unbeeindruckt: Sie haben schon Geld. Sie hat ein Teeglas gekauft, kein Jenaglas für eine Mark, sondern eins für vierzig Pfennige. Zwei Tage später gießt er Tee ein, es macht klicks, das Glas ist hin, der Tee auf Teller und Tisch. Sie sofort, er habe den Tee sicher nicht langsam genug eingegossen. Ingenieur i. R. Thate, der auch nicht dabei gewesen war, wußte es noch besser: Alfred habe den Teelöffel nicht im Glas gehabt. Alfred sagte, natürlich habe er den Teelöffel... Dann wäre es doch nicht passiert, sagte Herr Thate und hob lächelnd den Zeigefinger. Im übrigen, wie sei denn eigentlich der Rechtsfall? Wer sei der Mörder des Glases? Alfred darauf: Selbstverständlich werde er das Glas ersetzen, er protestiere lediglich gegen nicht zutreffende Behauptungen. Wenn er sage, der Löffel sei drin gewesen, sei der Löffel drin gewesen. Das bitte er zur Kenntnis zu nehmen. Jetzt beide Thates: Das sei doch alles nur Spaß gewesen. Wie könne man nur so wenig Spaß verstehen wie Alfred Dorn. Das Toilettenproblem sei kein Spaß, sagte einen Tag später Herr Thate. Weil Alfred, außer zu Hause, sämtliche Toiletten der Welt mit Papier abdeckt, bevor er sich setzt, und dieses Papier nachher hinunterspülen muß, kommt es öfter zu Verstopfungen. Jetzt sag ich's ihm aber, rief draußen Herr Thate.

Alfred mußte antreten. Jetzt zeige er ihm einmal, wie man das Klosett in Ordnung bringt. Er würgte mit der Klosettbürste in der Schüssel herum, dann schüttelte er die Bürste über der Schüssel aus, daß ringsum alles naß wurde, auch der Sitz, so daß Alfred schon wußte, er würde, wenn er sich darauf setzen mußte, dreifach mit Papier abdecken. Er gab Herrn Thate recht, das war kein Spaß mehr. Am liebsten hätte er sofort gekündigt.

Die Mutter verbot ihm sein Lamento. Sie schilderte, wie die jetzt gerade ankommenden letzten Heimkehrer aus russischer Kriegsgefangenschaft aussähen! Mit denen solle er sich einmal vergleichen, bitte. Gustchen, die gehaßte Stiefschwester, stehe jedesmal, wenn ein Transport eintreffe, am Neustädter Bahnhof. Als könne ihr Kurt immer noch kommen. Auch auf den Fotos, die Alfred in diesem Sommer von sich habe machen lassen, sehe er sehr gut aus. Man sehe ihm seine sechsundzwanzig Jahre wirklich und wahrhaftig an. Endlich! Das war das höchstmögliche Kompliment. Dann war ihr Mund wieder sein Mund und sie lächelten ein Lächeln. Er nannte sie jetzt auch einmal Herzel, mußte ihr dann allerdings doch gestehen, daß Herr Dorn so zuweilen seine junge Frau tituliere.

Natürlich steckte er auch sie ins Kino. Aber wenn es ging, in ganz andere Filme. Das verflixte siebte Jahr, Kleider machen Leute, Desirée, Madame de..., Der große Bluff, Emil und die Detektive. Um ihrer Bildung nachzuhelfen – er fand, im Ehrlichschen Gestift sei einiges versäumt worden –, steckte er sie auch in die Irrfahrten des Odysseus und sagte ihr auf dem Weg in die Marschnerstraße Homers Textanfang auf: Andra moi ennepe, mousa... Sie fragte, ob das griechsch sei. Ja, natürlich sei das griechsch, was denn sonst! Und nannte sie Schäfel, wie die junge Frau Herrn Dorn genannt hatte. Dann belehrte er sie über den Film. Für einen gebildeten Menschen ein Greuel! Das sollte sie nachempfinden. Sie sagte, sie sei eingeschlafen in diesem Film. Das genüge nicht, sagte er, ärgern hätte sie sich sollen, nicht einschlafen! Und führte sie ins

Dahlemer Museum. In die Menzel-Gedächtnisausstellung. Niemals wäre er mit dem Paar vom Schillerplatz hierhergegangen. Alfred war in dieser Ausstellung Friedrich-Bildern begegnet, die er aus dem Buch Begegnung in Sanssouci kannte. Das Buch war beim Angriff verbrannt. Die Mutter führte er nur vor ein Ölkreidebild, das auch ihm neu gewesen war: Macht Platz für den großen Raphael. Man sieht August III., wie er die Sixtinische Madonna, die er für 12 000 Dukaten in Piacenza hat kaufen lassen, zum ersten Mal zu sehen bekommt. Dieser Sohn Augusts des Starken war für Alfred der Wichtigste aus dem Haus Wettin, weil der Graf Brühl von 1734 bis 1763 sein Premierminister gewesen war. Und Brühl war seinem König so rasch nachgestorben, wie es nur eng Verbundene schaffen. August Drei war ein König, der lieber Kunst kaufte als Soldaten, also alle Kriege verlor. Das sächsische Muster.
Mit der Mutter wieder einmal vor die Sixtinische in Dresden: das könnte der Wunsch gewesen sein, der mit der Besichtigung des Menzel-Bildes in Dahlem ausgedrückt wurde. Falls die Sixtinische mit tausend anderen Bildern aus dem Puschkin-Museum in Moskau zurückfinden würde nach Dresden! Im Augenblick stand in der Zeitung, das werde der Fall sein. Er war immer an der Hand der Mutter auf dieses Bild zugegangen. Die Wucht des Saals, die Größe der Bilder, die Gewalt der Farben und Figuren hatten ihn immer die Hand seiner Mutter suchen lassen. Von rechts ragte gleich quer eine liegende Nackte herein, bei der er am liebsten sofort stehengeblieben wäre. Inzwischen wußte er, daß das Giorgiones Schlummernde Venus gewesen war, die ihre Hand so über ihre Geschlechtsgegend gelegt hat, daß Alfred hätte immerzu auf diese Hand schauen wollen. Ihre Finger krallen fast ein bißchen über diesen Hügel hinab, der von ihr den Namen hat. Da alles an dieser nackten Frau so schlafgelöst hingebreitet ist und nur die Finger der linken Hand über den Hügel hinabgreifen, fallen sie als innerviert auf, also kann man schon sagen, sie krallten. Alfred hatte nie Gelegenheit, wirklich zu

überprüfen, was diese Hand eigentlich tat. Diesen Saal betreten hieß auf die Raphael-Madonna zugehen. Die lag nicht, die krallte nicht, die schwebte. Das heißt, sie steht ja auf Wolken, aber auch nur mit einem Fuß, als wisse sie, daß man auf Wolken nicht wirklich stehen kann. Aber bis man dann vor der Sixtinischen stand, mußte man nicht nur an dieser durchaus querliegenden Venus vorbei, sondern auch noch an diversen Madonnen. An Correggios Madonna des heiligen Georg, zum Beispiel.Von der schaute Alfred, sobald er hingeschaut hatte, sofort wieder weg. Wegen der so genau gemalten Geschlechtsteilchen gleich mehrerer nackter Knaben. Noch viel rascher mußte er wegsehen von der Madonna mit der Rose. Ein Renaissancestarlet in durchsichtigster Seide, und im Seidenschoß wälzt sich der fleischfrohe, blondlockige Nacktbube, dessen Geschlecht von der Ferne aussah wie Krabbencocktail. Und dieses Bubengeschlecht ist genau da plaziert, wo unter ihm das Geschlecht der Mutter liegen muß. Und im Vorbeigehen sieht man, daß das Knabengeschlecht, was Malgenauigkeit angeht, nur noch von der Rose übertroffen wird, die der Knabe triumphierend im Händchen hält. Auch in der Farbe sind Geschlecht und Rose innigst verwandt.

Später begann er wohl zu ahnen, daß diese Maria- und Jesus-Figuration sich in seiner Person eingenistet, sich seiner bemächtigt hatte. Die Madonnenfrau war mit einer solchen physiognomischen Zurückhaltung ausgestattet, daß viele junge Frauen sich in ihr entdecken konnten. Seine Mutter war, als sie noch mit ihm zur Sixtinischen gegangen war, diese Madonna gewesen; aus dieser Madonna sah ihn immer und für immer seine Mutter an.

Alfred stellte sich öfter vor, daß er einmal einen Saal haben würde wie der, den die Sixtinische hatte. An der Stirnwand, also da, wo im Museum die Sixtinische hing, würde, genau so groß und schön, seine Mutter hängen. Und da, wo Parmigianinos Madonna mit der Rose hing, würde ein Bild hängen, das ihn und seine Mutter zeigte. Wenn er je unter Fotografen einen Parmigianino entdecken würde! Wie unwichtig ist die

Weltkugel, auf die der Parmigianino-Knabe sich links abstützt, und wie triumphiert die Rose in seiner Rechten, die er unter dem Arm der Mutter durch und zu ihr hinaufgestreckt hat. Und die Mutter schaut auf nichts als auf die Rose, die der Knabe ja nicht dem hinhält, der das Bild betrachtet; die Rose streckt er ihr hin und hinauf. Er schaut uns an, schaut also gar nicht hin zum Wichtigsten; offenbar weiß er, daß die Mutter nichts tun kann, als die Rose anzuschauen. Der Lockenknabe präsentiert uns mit seinem Blick eine durch seine Rose bezauberte, gebannte Mutter. Und die Rose ist droben, was drunten sein voll präsentiertes Geschlecht ist.

Manchmal klassifizierte Alfred einen Ausspruch seiner Mutter als reif fürs Alfred-Dorn-Museum. Dann lachten sie beide. Vom Alfred-Dorn-Museum konnten sie nur sprechen, wenn sie sich darüber lustig machten. Ihren Ernst minderte das überhaupt nicht.

Die Leere, die nach der Abreise der Mutter einriß, konnte er nur mit dem Kampf um einen Passierschein beantworten. In Genf saßen die Vertreter an einem Tisch und produzierten Taubheit. Jede Seite war ihrer Wahrheit so sicher, daß sie keinen Grund sah, die Sprache der anderen Seite für eine Sprache zu halten. Diese allseitige Selbstbetäubung nannte man Kalten Krieg. Jede Seite rechnete sich hoch an, daß sie es dabei bewenden ließ. Sie hatte ja eine Atombombe. Alfred merkte allmählich, daß er sich mitten in einem Religionskrieg befand. Dergleichen wird nirgends so ernst durchgekämpft wie in Deutschland. Ob dieser auch wieder dreißig Jahre dauern würde? Es ging wieder um genau das gleiche wie damals. Damals faßte man es in die Frage, in welcher Form man den Leib des Herrn zu sich nehme. Jetzt formulierte man es noch grotesker: Soll das Paradies nach dem Tod oder vor dem Tod beginnen! Gleicher kann etwas nicht mehr sein. Die Kuchenpakete kamen nur noch kontrolliert an, also zerwühlt, also unannehmbar. Seine Lebensader war bedroht. West-Senat und Ost-Magistrat bewiesen, daß Deutsch keine Sprache mehr war. Alfred las jetzt die Zeitungen jeden Tag. Rohrpostleitung zwischen Ost- und West-Berlin unterbrochen. Mutters Eilbriefe dauerten einen Tag länger. Bulganin und Chruschtschow landen in Ost-Berlin, um die DDR zu stärken. Alfred probierte, wenn er vor Einsamkeit und Hitze nicht mehr arbeiten konnte, ob er Karikaturen von Bulganin und Chruschtschow hinkriegte: die beiden als ein treuherzig-böses Ganovenpaar. Alfred stand um 3 Uhr 45 auf und war um 5 Uhr 30 in der neuen Passierscheinstelle in Friedrichshain (Berlin-Ost) der Siebzehnte! Anstehen mußte man im Hof. Er hört, alle, die keinen Todesfall anzubieten hätten, brauchten gar nicht erst anzustehen. Er hört, so sei es bis vorgestern gewesen, inzwischen gälten auch Hochzeiten und Taufen. Krankheiten gälten nichts. Höchstens bei Frau und Kind. Er hört, ein Mann, West-Berlin, wollte seine Braut in der Ost-Zone heiraten, das Aufgebot war bestellt, der Vater des Ehemanns bekommt den Passierschein, der Bräutigam nicht, Grund: Heiraten Sie doch in West-Berlin. Er hört, am Potsdamer Platz werde gebaut, das sehe sehr nach Absperrung aus. Alle zehn Minuten kommt eine Ziege heraus und sagt: Haben Sie schon unsere heutigen Zeitungen gelesen? Der Westen schickt uns lauter Agenten rüber. Wundern Sie sich nicht, wenn Sie abgelehnt werden. Offenbar war unter den Wartenden keiner ein Agent. Alle blieben stehen. Um zehn war Alfred dran. Er kriegte zu hören, seine Frau Mutter solle doch zu Besuch nach West-Berlin kommen, das sei leichter. Er, sofort: Der Gesundheitszustand meiner Mutter erlaubt das nicht mehr. Die Frau vom Amt: Ein amtsärztliches Attest, bitte.

Es war nicht Geistesgegenwart, die Alfred den Gesundheitszustand der Mutter so einsetzen ließ. Die Mutter war auf der letzten Rückfahrt richtiggehend gefilzt worden. Ein Protokoll war aufgenommen worden. Kaffee, Orangen, Bananen, Pergament und Bindfaden und die Packung *Raupina* waren ihr abgenommen worden. Sie war außer sich gewesen vor Angst. Sie habe das Gefühl gehabt, sie flattere nur noch. Und habe sich auch noch geniert, weil die anderen im Abteil Ausländer waren. Holländer waren das, die sie für Künstler gehalten hatte. In der Zeitung hat sie die wiedergesehen, das waren Sportler. Denen war das auch peinlich, das konnte man sehen. Ein zweites Mal würde sie das nicht überleben. Alfred entwarf den Plan für die Situation. Die Doktorin schreibt an ihre ehemalige Schülerin, die jetzt Ärztin ist, einen Brief. Die Ärztin schreibt die ärztliche Beurteilung. Damit geht die Mutter zum Amtsarzt Dr. Prietzel und beantragt das Attest. Er legte noch einen Brief an Johannes R. Becher bei, den die Mutter sofort abschreiben und wieder herschicken soll, daß Alfred ihn unterschreiben und von hier aus dem Kulturminister schicken kann, damit der erfahre, wie schwer es sein Staat einem Sohn macht, die Mutter zu besuchen. Der Brief an den Minister machte ihm sogar Spaß. Zum ersten Mal fühlte er sich als Jurist. Seine Mandantin: die Mutter. Wenn Juristsein immer hieße, ihr Anwalt sein, dann wäre er auch der geborene Jurist!

Das Attest kam am 19. Juli und bescheinigte, daß Frau Martha Dorn am 14. Juli gestürzt sei und nun dringend den Sohn-Besuch brauche. Alfred raste. Saublöde alle, die da mitgewirkt hatten. An erster Stelle Muttchen! Wie sollte er einen Passierschein für den 15. August mit einem Sturz-Attest von Mitte Juli bekommen! Hatten die in Dresden überhaupt keine Ahnung von der prinzipiellen Abwehrmentalität der DDR-Grenzbewachung! Also noch einmal zurück das Ganze. Der Sturz darf nicht vor dem 1. August stattgefunden haben. Sonst bleibt er eben hier und zergeht. Ja, das tut er. Vor Einsamkeit. Und die Mutter grüßt er als asina peregrina, zu deutsch saublödes Dusseltier. Tatsächlich kam ein zweites Attest, Alfred lachte. Na ja, er grinste so unmäßig, daß die Lippen einander fast verließen. Chopin op. 10 Nr. 9 pfeifend, packte er den Koffer. Ein anderer hätte etwas aus Carmen gepfiffen. Die Grenzkontrollen, hieß es, seien zur Zeit so rabiat, daß man sich ohnehin nicht mehr darauf einstellen könne.

Als der Zug in Wünsdorf hielt, ahnte Alfred, was bevorstand.

Die Kontrollpolizei stieg ja immer erst später zu. Und als der Zug in Wünsdorf abfuhr, ohne daß auf der eingleisigen Strecke ein Gegenzug gekommen wäre, wußte er sicher, warum man gehalten hatte. Dann wurde gefilzt. Alfred schämte sich für den entsetzlichen Eifer der Polizisten. Es waren Sachsen. Für Mutter und Fräulein Doktor blieb nichts übrig. Auch die Mecki-Postkarte aus seiner Brieftasche fand keine Gnade. Alete-Milch und Rätselzeitungen genau so wenig. Als sie die unseriöse Zeitungsseite über den im Westen leidenden Sachsenprinzen Timo entdeckten, nickten sie, als sei jetzt alles klar. Alfred schämte sich auch für die schmutzige Wäsche, die den allergrößten Teil des Koffers beanspruchte. Die nahmen jeden Socken einzeln in die Hand. Berlon, sagte der eine. Aber waschen müssen wir se, sagte der andere. Alfred tat, als verstehe er nichts. Die Mitreisenden lächelten. Bis sie dann selber dran waren.
Als die Kontrolleure mit ihrer Beute abgezogen waren, sagte keiner der Reisenden etwas über diese Kontrolle. Das war das bedrückendste. Wahrscheinlich kannte keiner das Gesetz. Keiner fragte nach dem Gesetz. Jeder wußte, hier geht alles nach Gesetz. Das deutsche Laster.
Wenn das Wiedersehen so schwergemacht wird, gewinnt es natürlich an dem, was die Doktorin, die trotz aller Bildung keine Philologin war, Intensivität nannte.
Die lustigen Kämpfe mit der Mutter, an denen ihm am meisten lag, fielen leider fast ganz aus. Sie hatte Angst um ihr rechtes Auge. Das flimmere nur noch. Wahrscheinlich wieder eine Blutung mit Narbenbildung. Alfred lachte sie aus. Hypochondrisch sei sie, immer schon hypochondrisch gewesen. An ihr habe er die Hypochondrie studieren und so sich selber davon freihalten können. Nicht ganz, sagte die Mutter. Dann lächelten beide wieder dieses minimale, ganz eben nach links und rechts in die Backen gedehnte Lächeln.
Er gab ihr Verhaltensmaßregeln, als könne er die neunundfünfzigjährige Frau noch erziehen. Seit sie in der Marschnerstraße war, haben Thates vor ihm keine Achtung mehr! Hat er

ihr nicht gesagt, sie dürfe mit diesen Leuten nicht so vertraulich tun! Er muß es dann ausbaden. Zu ihm werden sie dann keß. Bitte, kaum war Muttchen weg, kam die Thate: Sie haben noch Reis! Er: Den hat meine Mutter nicht für mich, sondern für Sie dagelassen. Die Thate: Dann hätte Ihre Mutter sich klar ausdrücken müssen. Ihre Mutter hat ja noch davon gekocht. Leider hat sie den falschen Topf genommen, darum war der Reis so hart. Er fand, der habe gut geschmeckt. Die Thate: Ihr Mann habe gesagt, er würde ihn so nicht gegessen haben. Es sei der falsche Topf gewesen. Er: Mutter kenne sich in Thates Küche nicht aus. Sie: Sie habe den großen Topf extra hingestellt, aber nicht für die Tomatensauce, sondern für den Reis. Den kleinen für die Tomatensauce. Eigentlich, habe sie gedacht, sei das klar, den kleinen für die Tomatensauce, den großen für den Reis. Aber vielleicht sei eben doch was dran an dem Augenleiden. Zuerst habe sie gedacht, Frau Dorn bilde sich das nur ein. Sie hat sich gar zu sehr, kein Tag ohne: Mei Ooche, mei Ooche! Aber seit die Mutter den großen Topf für die Tomatensauce und den kleinen für den Reis genommen habe, der doch einen viel zu dicken Boden habe, also müsse der Reis doch hart bleiben, seitdem halte sie es für möglich, daß mit dem Ooche doch etwas sei. Alfred sagte, er hätte der Thate am liebsten eine gelatscht, als sie Muttchen mit dem Ooche nachgemacht habe. Aber Muttchen gehöre natürlich auch eine gelatscht, weil sie sich mit diesem Pack eingelassen hat, das nach ihrer Abreise bei Alfred DM 0,75 für Bügeln und DM 5 für Gas und Licht kassiert hat. Aber statt Muttchen eine zu latschen, ging er auf sie zu und verschüttelte sie, bis sie um Gnade bat. Das war eigentlich das Schönste, daß er sie auf harmlose Art, aber doch ernst gemeint und heftig strafen konnte. Sie sagte dann, ach, er sei schon ein rechtes Karnickel. Oder sie sagte: O du unzufriedener Igel! Und er nannte sie sein altes Lama. Die Mutter sagte, in der Leipziger Zeit habe er sie noch geliebtes Lama genannt.

14.

Zweimal hatte er im Sommer einen Termin bei der Wahrsagerin in der Courbièrestraße gehabt, zweimal hatte er den Termin wieder abgesagt, weil er sich gestehen mußte, daß es ein Unrecht sei, etwas über die Prüfung erfahren zu wollen. Er mußte sich dieser Prüfung zuliebe in einem Zustand vollkommener Unschuld befinden. Er wollte sich selber als so unschuldig empfinden können wie noch nie zuvor in seinem Leben. Niemand sollte ihm etwas vorwerfen können. Wenn er sich das geringste Unrecht zuschulden kommen ließ, mißlang die Prüfung. Wenn man so schwach war wie er, konnte man sich nichts leisten. Man mußte so leben, als sei die Welt ein Kindergarten und es gebe einen göttlichen Aufpasser, der alles, was man tut, in Gut und Böse einteilt und notiert. Kann er dir etwas Böses ankreiden, läßt er, was dir das wichtigste ist, mißlingen. So ist er nun einmal. Nein, das ist sein gutes Recht! Alfred mußte an dieser Konstruktion, auch wenn er sie belächelte, festhalten. Sollen Stärkere andere Konstruktionen entwerfen, um die letzten Wochen vor der entscheidenden Prüfung zu überstehen. Schließlich fragt man eine solche Konstruktion nicht nach ihrer Berechtigung, sondern nach ihrem Nutzen. Und den spürte er ganz direkt. Wie er sich hineinlebte in seine Unschuldhaftigkeit! Wie er sich selber förmlich rosarot und strahlend erlebte. Manchmal verwechselte er sich mit dem Lockenknaben, der der Madonna die Rose hinhält. Aber nur wenn er lang genug und allein in seinem Zimmer war. Und wenn es ihm gelang, nicht daran zu denken, daß er bei Thates wohnte! Er durfte Thates nicht verachten! Nach der Prüfung, bitte. Trotzdem schlich er, als er beim Heimkommen Licht in seinem Zimmer sah, auf Zehenspitzen die Treppe hinauf, schloß dann rasch und laut auf. Bis er in sein Zimmer kam, hatte Frau Thate den Brief der Doktorin, den er nicht in die Kassette geschlossen hatte, wieder ins Couvert gesteckt; aber sie stand noch am Buffet, hatte die Brille noch auf der Nase, die Hand lag noch auf dem

Couvert. Na, da ist alles fertig, sagte sie, als habe sie hier gearbeitet. Alfred vermied jede weiterführende Bemerkung. Allen alles verzeihen. Anders kommst du nicht durch. Als er hörte, daß Anita Dünselmann ein noch glänzenderes Examen gemacht habe, als von ihr ohnehin zu erwarten war, schickte er ihr seine herzliche Gratulation auf einer Karte, die die Sixtinische zeigte. Das war das Höchste, was er zu vergeben hatte. Hoffentlich, dachte er, weiß sie's zu schätzen.

Herr Altmann, Präsident des Justizprüfungsamtes, behandelte ihn so, wie er überhaupt behandelt werden wollte. Wenn er sich bemühte, in sozusagen vollkommener Form aufzutreten und zu sprechen, dann wollte er in dem, dem er so gegenübertrat, ein Echo seines eigenen Auftrittsniveaus erleben. Er wollte den anderen anstecken mit seiner sorgfältig produzierten Höflichkeit. Bei Herrn Hoppe, zum Beispiel, erreichte er, wie er glaubte, nur durch sein tadelloses Auftreten die Streichung weiterer Leipziger Semester. Allerdings sagte Herr Hoppe bei diesem letzten Stipendiengespräch, Alfred Dorn werde die Prüfung ganz sicher schaffen, aber wenn er, Hoppe, sehe, wie Alfred jetzt als letzter aller Leipziger sich an die Prüfung herantaste, und wenn er bedenke, daß die zweite Staatsprüfung schwerer sei als die erste und daß dann erst der Beruf komme, dann frage er sich, beziehungsweise er frage Herrn Dorn, ob der nicht doch in die philosophische Fakultät gehöre, in der juristischen also auf dem falschen Dampfer sei. Alfred hätte ihm am liebsten sofort und stürmisch recht gegeben und ihm stundenlang konkret berichtet, wie peinlich es sei, auf dem falschen Dampfer zu sein. Aber er beherrschte sich. Wie lautete der Befehl Nr. 1 der Dresdener Damen: Nicht immer so frei heraus. Alfred lächelte also und dankte und ging. Und hatte wenigstens das Gefühl, einen Erwachsenen imitiert zu haben. Natürlich, schöner, viel schöner wäre es gewesen, mit dem sympathischen Herrn Hoppe ausführlich die Leiden eines Unerwachsenen unter Erwachsenen zu erörtern. Das war nämlich der falscheste aller Dampfer, der der Erwachsenen.

Das Justizprüfungsamt teilte die Aufhebung der Leipziger Prüfung mit! Alfred buchte das als Erfolg seiner Kontaktkultur. Jetzt konnte er, jetzt mußte er sich wohl zur Prüfung melden. Und beantragte sofort den Erlaß der Prüfungsgebühren. 75 Mark West! Dafür konnte man mehr als ein Seidenhemd kaufen. Oder fünf märchenhafte Krawatten. Er stand oft lange vor Schaufenstern und wählte Krawatten, die er dann nicht kaufte. 15 Mark für eine Krawatte! Das kam ihm immer noch irrsinnig vor. Wohlfühlen würde er sich erst, wenn er eines dieser feinen Dinger umhätte. Er wollte nicht auffallen. Er wollte nur fein sein. Für sich. Andere sollten nichts auszusetzen haben an ihm. Er wollte nur tadellos erscheinen, mehr nicht. Wenn er seine vier Klausuren hinter sich haben würde, wollte er heimkehren! Und wie er heimkehren wollte! Wie noch nie! Aber die in Genf aneinander vorbeiredenden Giganten waren gerade dabei, den eisernen Vorhang auch noch zu vereisen. Und die DDR bewies, daß sie Weltniveau hatte. Da keine Wäsche mehr eintraf, ging Alfred auf das Holzbuden-Zollamt im Ostsektor, wurde Zeuge, wie einer Bauersfrau aus der Zone eine Gans, die sie nach West-Berlin bringen und dort verkaufen wollte, entschädigungslos abgenommen wurde. Ihm händigte man einen trüben Zettel aus, auf dem er als *Werter Postkunde* angeredet wurde. Er erfuhr: *Für den Versand von Familiensendungen (schmutziger Wäsche) aus der DDR bzw. des demokratischen Sektors von Groß-Berlin nach Westdeutschland und dem Ausland, die ihren Anfang in der DDR bzw. demokratischen Sektor nehmen, ist laut Verfügungsblatt des MPF Nr. 113 vom 1. 4. 1955 eine Bescheinigung der Deutschen Volkspolizei erforderlich.*
Auf den Transportwegen DDR=DS nach Westberlin sowie in umgekehrter Richtung ist der Versand von Familiensendungen unzulässig.
Das hieß, West-Berlin war in beiden Richtungen blockiert. So sah es aus, wenn Deutsche die Wünsche der Welt erfüllten. Und er sollte fortfahren im Klausurenschreiben, Strafrecht II fertigmachen, täglich in der *Neuen Juristischen Wochenschrift*

Urteile studieren und sich weder vom zu Ende gehenden Geld noch von der zunehmenden Widerspenstigkeit beider Thates nervös machen lassen. Thates teilten ihm, was sie ihn wissen lassen wollten, inzwischen dadurch mit, daß sie es im Wohnzimmer nebenan laut besprachen. Aber er durfte doch gar nicht mehr an Thates denken. Thates gab es nicht mehr, bis die Prüfung vorbei war! Aber wie sollte er arbeiten, wenn Herr Thate drüben Sechstagerennen hörte! Hothothothot . . . uuuäh! Also rüber und vollendet höflich gefragt, ob es möglich sei, das Radio ein ganz klein wenig leiser zu stellen? Und dieser freche Mensch, für Kontaktkultur nicht zu haben, sagte, das sei wohl kaum möglich, aber er werde es versuchen. Und stellte es leiser. Aber Alfred konnte trotzdem nicht besser arbeiten. Am liebsten wäre er wieder rübergegangen und hätte Herrn Thate gebeten, das Radio wieder lauter zu stellen, dann wüßte er wenigstens, warum er nicht arbeiten konnte.

Wenn nur endlich der Bescheid gekommen wäre, daß er sich auf einen bestimmten Tag, auf vier bestimmte Tage hätte einstellen können. Wenn die noch lange zögerten, waren die vier Klausur-Tage vor Weihnachten gar nicht mehr unterzubringen. Ende November war sein Wartevermögen erschöpft, er rief im Justizprüfungsamt an. Nein, im Dezember werden keine Klausuren mehr geschrieben. Erst im Januar. Er bekomme rechtzeitig Bescheid. Spätestens drei Wochen vorher. Das war eine Verlängerung der Folter. Die wollten ihm einfach noch und noch Gelegenheit geben, einen Rückzieher zu machen. Immer wenn er an diese Möglichkeit dachte, fiel ihm ein, daß der Vater beim letzten Besuch gesagt hatte, er würde einen Rückzieher Alfreds durchaus verstehen, wenn Alfred dafür triftige Gründe hätte. Seit der Vater das gesagt hatte, wußte Alfred, daß ein Rückzieher nicht möglich war. Er war auf dem falschen Dampfer, das war alles. Jetzt also ohne Klausuren heim. Er konnte Weihnachten wohl nicht bei Thates verbringen. Die Mutter hatte das Attest präpariert. Die Ärzte waren hilfswillig. Ganz gesund war sie ja wirklich nicht. In ihren Briefen tauchten manchmal solche Sätze auf:

Mache dich nicht irrelassen!! Durch nichts!!! Früher hätte er zurückgeschrieben: Lies doch deinen Mist vorher noch einmal durch, bevor du die Post damit beschäftigst. Jetzt wagte er nicht mehr, von ihren Fehlern Notiz zu nehmen. Er mußte hinüber. Die Ladung zu den Klausuren war da: 9., 10., 16. u. 17. Januar 1956. Ab 25. Januar Hausarbeit. Abgabe 6 Wochen später. Mündliche Prüfung zwischen Mitte und Ende April. Endlich kam das Attest aus Dresden. Er arbeitete noch bis ein Uhr nachts, legte sich angezogen aufs Bett, stand um vier Uhr auf, fuhr mit der ersten S-Bahn zur Passierscheinstelle, war um 5 Uhr 30 dort, als erster. Um 6 Uhr 30 kam eine Dame. Gegen acht bildete sich eine Schlange. Er kriegte zu hören, daß er, wenn er im August in Dresden gewesen sei, trotz dieses Attests, das auch noch schlecht geschrieben sei, kaum Aussicht habe, schon wieder nach Dresden zu dürfen. Das sagte die Beamtin, die den Antrag nach seinen Angaben ausfüllte. Sie hat den Antrag nicht zu entscheiden, aber es macht ihr Spaß, so zu tun, als könne sie Nein sagen. Aus der von ihm beantragten Reisezeit (22. 12. 55–2. 1. 56) machte sie 24. 12.–27. 12. 55. Alles andere sei sowieso undenkbar. Das war am 19. 12., Montag. Am Mittwoch sollte er wieder kommen. Vielleicht sollte er am Mittwoch gar nicht mehr hingehen, und dafür im März, wenn auch die Hausarbeit hinter ihm läge, einen längeren Aufenthalt beantragen. Aber konnte er hoffen, daß diese Behörde ihm seinen Weihnachtsverzicht im März anrechnen würde? Das Beste wäre wohl, zum Polizeipräsidenten vorzudringen und den aufzuklären über Willkür und … Er ging am Mittwoch hin, nicht als erster, also erlebte er, wie viele abgelehnt wurden trotz Attest und obwohl ihr letzter Besuch drüben viel weiter zurück lag als der von Alfred. Aber zu ihm war die Beamtin diesmal geradezu reizend. Als ich Sie sah, wußte ich sofort, daß Sie es sind, Herr Dorn. Ist ja fein, daß es geklappt hat. Alfred konnte kaum danken, so überrascht war er. Mitten im Kalten Krieg drei Tage Heimaturlaub. Berlin-Dresden, die Strecke aller Strecken. Auch im Winter merkt man, wie Preußen aufhört

und Sachsen beginnt. In Preußen herrscht die Nadel, in Sachsen das Laub. Aber Heimat gibt es erst ab Radebeul. Wenn im Süden ein Hügelhorizont die Elbe verbürgt, die man noch nicht sieht. Er saß immer mit dem Rücken zur Fahrtrichtung, weil er lieber zurück- als vorausschaute. Aber zuletzt stand er doch auf: dem Bahnhof Dresden-Neustadt mußte er entgegensehen, Bahnsteig 7, daheim.
Als er vor der immer noch mächtig thronenden Doktorin auf dem Besucherstühlchen Platz nahm, sagte sie, wenn sie Frau Dorn imitieren wollte, würde sie sagen: Je suis baff. Die Doktorin wollte ihn auflockern, ablenken, erheitern. Mit Fragen nach Filmen, zum Beispiel. Er hatte kein einziges Filmprogramm durch die Kontrolle gebracht. Er wollte von keinem Film berichten. Er wollte drinbleiben, angespannt sein bis zum Zerspringen. 9., 10., 16. und 17. Januar. Vier Befreiungsschläge. Wenn sie mißlangen, versank er sofort im Unvorstellbaren. Also mußten sie gelingen. Also konnte er an nichts anderes denken. Der Mutter schlug er vor, ein Plakat an der Gartentür anzubringen, worauf stünde: *Bitte nicht stören, mein Sohn steht in der Prüfung*. Die Mutter war, genau wie er, auf nichts anderes konzentriert. Ihre Stimmung war eine vollkommen andere als die der Doktorin. Für die Mutter war die Prüfung genau so wichtig wie für ihn, für die Doktorin nicht. Er nahm es ihr nicht übel. Es machte ihn eher glücklich zu erleben, daß die Mutter ihm in einer unvergleichbaren Weise nah war.
Damit Thates ihn bis zur Prüfung schonten, gab sie ihm ein Geschenk mit. Einen alten Messingteller. Ohne Frau Thate wirklich zu kennen, wählt sie genau das richtige Geschenk! Frau Thate hatte eine kenntnislose Vorliebe für alles Ältere. Alfred hatte nur noch die Rechtslage zu klären. Jawohl, Geschenke im Wert bis zu 30 Mark Ost waren zur Zeit möglich, einmal pro Monat. Was er dabei habe, fragte dann der Kontrolleur im Zug. 'n Teller. 'n Teller? Wie groß is er 'n? Normal. Was is er 'n wert? Fünfundzwanzig. Ob der Alfred oder Alfreds Eltern gehöre? Zuerst den Eltern, jetzt Alfred. Soll das

’ne vorweggenommene Erbschaft sein? Ja. Also fünfundzwanzig, sagen Sie? Ja. Alfred mußte den Teller zeigen. Man sah direkt, wie dem Beamten die Pflichterfüllung durch und durch ging. Er atmete schwer, dann ließ er den Teller durch. Frau Thate strahlte; aber ein paar Tage später hörte Alfred den mit Heizen beschäftigten Herrn Thate sagen: Da brennt morgens schon mal ’n Ofen runter, bis DER anfängt, im Gesetz zu blättern. Sobald Herr Thate aus dem Haus war, ging Alfred hinüber zu ihr und sagte, daß er andauernd Zeuge solcher Sprüche werde. Frau Thate, hell und schnell: Aber wir auch! Ja, sagte er, er habe gehört, daß sie gehört hätten, wie er zur Mutter gesagt hatte, sie solle sich nicht das Gequatsche anderer Leute anhören. Ja, genau so haben Sie es gesagt, sagte Frau Thate und strahlte wieder richtig. Alfred erklärte ihr, daß das, wenn er es Thates ins Gesicht gesagt hätte, unhöflich gewesen wäre, aber seiner Mutter dürfe er so etwas sagen, auch wenn Dritte das hörten. Er sagte das so, als lege er einen BGB-Paragraphen aus. Frau Thate war beeindruckt. Er fuhr fort: Keine Nörgeleien mehr bis zur Prüfung! Ein Stillhalteabkommen! Sie sagte das zu.

Von den vier Klausuren fiel ihm nur eine schwer, die hatte mit Tierhalterhaftung zu tun. Danach wieder ein Kontakt unter den Studenten wie nach einer Katastrophe. Jeder will vom anderen wissen, wie der die Fälle gelöst hat. Wenn Alfred sah, daß sich seine Lösungen von denen der anderen unterschieden, wurde er nervös. Am besten wäre es, die Lösungen von Gellner überprüfen zu lassen. Er konnte doch nicht wochenlang in dieser Ungewißheit leben!

Jeden Mittwoch setzte er sich jetzt im Justizprüfungsamt in den Saal, in dem man von 10 bis 15 Uhr mündliche Prüfungen mitverfolgen konnte. Das Ergebnis mußten die Prüflinge stehend entgegennehmen. Auch die Zuhörer mußten aufstehen. Wie vor Gericht, dachte Alfred. Zuerst wurde die Note im Mündlichen, dann die der Klausuren, dann die der Hausarbeit genannt, dann das Gesamtergebnis. Das würde er nicht mitmachen. Er würde sofort nach dem Mündlichen von einer

Übelkeit befallen werden und abhauen. Bei zwei von vier Kandidaten hieß es am ersten Mittwoch: *durchgefallen*. Die enttäuschten, bleichen Gesichter, gräßlich. Am zweiten Mittwoch traf Alfred George Weiler. Weiler sagte, er sei im Oktober durchgefallen und sei gerade dabei, den zweiten Anlauf vorzubereiten. Ganz ohne Gellner gehe es wohl nicht, sagte Alfred und kam sich weise vor. Der laute Weidenbach dagegen hatte schon in der ersten Klausur einen Rückzieher gemacht. Herzschwierigkeiten! Jetzt probieren es beide wieder zusammen. Als Alfred in seinem Zimmer ankam, wußte er, daß er eine Gelegenheit versäumt hatte. George Weiler ohne Weidenbach und ohne Harald von Milschitz! Oder war dieses undeutliche, aber nicht zu überwindende Mißtrauen, das ihm jede Gelegenheit verdarb, berechtigt? Was trieb ihn weg, sobald jemand freundlich war? Das Gefühl, der andere meine es nicht ehrlich! Auf jeden Fall nicht so ernst, wie es Alfred meinte. Das war der Grund für alles Mißtrauen: er empfand für den anderen mehr als der für ihn empfinden konnte. Diese Empfindung beherrschte ihn. Dann kämpfte er gegen diese Empfindung. Er verstand die Sprache der Erwachsenen nicht. Das war es. Trotzdem: so sympathisch wie ihm George Weiler war, konnte er dem nicht sein. Eine solche Gefühlsdifferenz mußte zu Verletzungen führen. Juden gegenüber sei vorsichtig. Er konnte mit Weiler nie in ein freies Gespräch kommen, solange er ihm diesen väterlichen Satz nicht gestanden hatte. Aber wenn er Weiler nur diesen Satz sagte, denunzierte er seinen Vater. Er müßte die Gelegenheit haben, Weiler alles mitzuteilen, was er über das Verhältnis seines Vaters und seiner Mutter zu Juden wußte. Frau Halbedl, die als sogenannte Arierin weiterhin Bus und Straßenbahn benutzen durfte, kam bis zum Februar-Angriff mindestens einmal in der Woche zu Dorns, um etwas zu essen zu holen. Frau Halbedl litt schwer an Asthma. Stürbe sie, würde Herr Dr. Halbedl sofort deportiert werden. Als Dr. Halbedl und seine kranke Frau aus dem brennenden Haus in der Strehlener Straße geflohen waren, wurde Frau Halbedl auf der Straße vom Sog des Feuersturms erfaßt und in die Flammen hineingerissen, er wurde gegen eine gerade einstürzende Fassade geschleudert, rannte weiter bis in die Elbwiesen, wo er liegenblieb und sich nicht mehr rührte. Trotzdem merkte der Sarrasani-Löwe, daß er noch lebte, und legte sich dicht neben ihn. Am Morgen war der Löwe verschwunden. Mit anderen Überlebenden trieb Dr. Halbedl im Chaos nach Westen, den Amerikanern entgegen. Sollte Alfred Herrn Weiler erzählen, wie er für Kauz, Halbedls Kater, Fischköpfe transportierte? Fische waren für Juden verboten. Wären bei einer Razzia Gräten gefunden worden... Wie die allmähliche Perfektion dieses Verhängnisses erklären? Eines Tages brachte Frau Halbedl Kauz in ihrer Tasche in die Borsbergstraße. Sie berichtete: *Sternjuden* und solchen, die mit ihnen zusammenwohnten, sei das Halten von Haustieren verboten. Zum Glück hatte Herr Dorn, weil Krieg war, den letzten Lumpi ohne Nachfolger gelassen. Aber der Kater Kauz ließ sich, als die Alarm-Sirenen dröhnten, nicht fangen. Er floh unters Bett. Die Mutter und Alfred waren ohnehin schon zu spät dran. Sie hatten die Vorwarnung nicht ernst genommen. Als es für Juden keine Raucherkarten mehr gab, ging Alfred, die Taschen voller Zigarettenschachteln, durch den Großen Garten, hinüber in die Caspar-David-Friedrich-Straße, bis zu dem Haus, an dem jede Gartenzaunlatte den gelben Stern trug. Sollte er ihm erzählen, daß Halbedls Tochter Wiltrud beim Vater als Praxishelferin beschäftigt war, bis... Ja, bis wann denn? Irgendwann war es nicht mehr möglich gewesen, daß ein Mädchen mit einem jüdischen Vater in der Praxis half. Herr Dorn ist in die Partei eingetreten, um sich besser wehren zu können. Die Mutter, die dem Nationalsozialismus nicht verzieh, daß er ihre Christian Science sofort verboten hatte, hat verlangt, daß Wiltrud bleibe. Vaters Freundin Liesel Roitzsch, die Frauenschaftsführerin, hat ihn terrorisiert. Sie war Alfreds Taufpatin. Nach dem Krieg war sie wieder die alte Liesel. Sie sagte, sie habe alles nur gemacht, um Oskar zu schützen. Ihr Mann war immer gegen Hitler gewesen. Sie

habe Angst gehabt, daß Oskar sich nicht beherrschen könne. Tatsächlich paßte sein zynischer Stil – er war ja Grafiker – nicht zum Nazistil. Nach 45 konnte Oskar seine Liesel schützen. Mutters Kommentar: Solchem Volke glückt's. All das konnte man Weiler nicht anbieten.
Sobald er das Thema für die Hausarbeit hatte – Herr Kühn kauft von Herrn Klein ein mit Pfandrechten belastetes Patent –, merkte er, daß er sich damit nicht beschäftigen konnte, solange er nicht ganz sicher wußte, ob er seine Klausuren verhauen hatte oder nicht. Er setzte sich vier Nachmittage lang in die Senatsbibliothek und schrieb die vier Klausuren aus dem Gedächtnis noch einmal hin, rannte in Gellners Kanzlei und holte sich einen Sprechstundentermin: Sonntag 11 Uhr. Gellner empfing ihn freundlich, aber mit dem brummigen, auch bissigen Humor, der bei ihm in den Sprechstunden dazugehörte. Den hatte er wahrscheinlich entwickelt, um aufdringliche Studenten auf Distanz zu halten. Als Alfred ihm die vier rekonstruierten Klausuren vorlegte, schüttelte Gellner den Kopf über einen solchen Aufwand, sagte aber, er werde sie prüfungsmäßig korrigieren.
Am 27. Januar unterbrach Alfred die Arbeit, überwand alle Hemmungen gegenüber Thates und fragte, ob er den ganzen Nachmittag und den Abend am Radio verbringen dürfe, da er an Mozarts 200. Geburtstag nicht arbeiten könne. Wenn er Geld und Zeit gehabt hätte, wäre er nach Salzburg gereist, wo er mit seiner Mutter in den Jahren 39, 41 und 42 gewesen war. Sobald Mozart erklang, verließen Thates das Zimmer. Herr Thate konnte es nicht lassen, im Hinausgehen noch zu bemerken, Alfreds Kohlen seien alle. Alfred rechnete trotz Mozart sofort nach und kam, wenn er einen Verbrauch von 4 Briketts täglich zugrunde legte, darauf, daß von den 2 Zentnern (= 140 Briketts) von Anfang Januar noch 30 Briketts da sein müßten. Waren die nicht da, hatte Thate sie gemaust. Alfred durfte nicht so mit sich umspringen lassen. Das war eine Situation wie am Montagmorgen im überfüllten Zug nach Leipzig, als er sich die ganze Fahrt lang mit aller Kraft dagegen wehren

mußte, von der Bankecke weggedrückt zu werden. Das war die Platzkampf-Situation im Dreyer-Kurs. Wenn er sich das gefallen ließ, würden ihn Thates für dumm verkaufen. Es ging um mehr als um ein paar Briketts. Es ging darum, ob man Alfred Dorn für voll nahm oder nicht. Wahrscheinlich hatten die Thates, weil er so viele Pakete von seiner Mutter kriegte und öfter von seinem Vater besucht wurde, den Eindruck, es mit einem Zurückgebliebenen zu tun zu haben. Und dann studiert der Jura! Und kann sein Recht nicht einmal bei so etwas Simplem durchsetzen! Am Montag kam die nächste Lieferung. Für ihn: 1 Zentner. Er zählte nach: 79 Briketts. Wenn Herr Thate ins Zimmer kam und heizte, zählte er jetzt jedesmal mit, notierte sich das Ergebnis und prüfte, wenn er Herrn Thate hatte 8 Briketts einwerfen hören, ob im Keller mehr als 8 Briketts entnommen worden waren. Als er aus der Bibliothek zurückkam, fragte er, auf die immer grimmigere Kälte schimpfend, wie viele Briketts ihn das heute wieder gekostet habe. Zehn. Er zählte drunten nach. Es stimmte. Am nächsten Tag lag er, weil er lang gearbeitet hatte, noch im Bett, als Herr Thate morgens zum Heizen ins Zimmer kam. Herr Thate sagte, weil es noch kälter sei als gestern, habe er heute mal gleich 10 Briketts reingetan. Alfred hatte aber mitgezählt und war nur auf neun gekommen. Und im Keller waren es elf weniger. Als er von der Uni zurückkam, fehlten weitere vier. Er fragte Herrn Thate beiläufig, ob der inzwischen noch nachgelegt habe. Nein. Als Herr Thate am nächsten Tag heizte, fragte Alfred wieder, wieviel es heute gewesen seien. Herr Thate sagte: 7 bis 8 Stück. Alfred sagte, das stimme leider nicht. Darauf Thate, als zähle er nach: Eins, zwei, drei, vier, fünf, sechs ... nein, es waren sechs Stück. Alfred sagte, vom Haufen seien aber acht entnommen. Herr Thate werde begreifen, daß Alfred sich wundere ... Weiter kam er nicht. Herr Thate wurde tiefrot im Gesicht, trat direkt auf Alfred zu und sagte, er habe ..., was er für Auslagen gehabt habe, er habe ..., keinen Finger mehr werde er für einen Herrn Dorn rühren. Und war draußen und brüllte drüben im Wohnzimmer, der Herr Jurist behaupte, daß er, Thate, Kohlen mause. Dabei habe man alles für den getan. Nichts als Annehmlichkeiten habe man dem bereitet. Kein Finger mehr werde gerührt für den. Der Frau werde hiermit untersagt, dem auch nur noch die geringste Gefälligkeit zu erweisen. Es werde nicht mehr geheizt. Alfred erschrak, ging sofort hinüber, klopfte vorsichtig an, mehrere Male, und trat, als keine Antwort hörbar wurde, vorsichtig ein. Aber Herr Thate sagte: Hinaus! Aber Herr Thate ging noch, bevor Alfred gehen konnte, in sein kaltes Schlafzimmer. Er ertrug es offenbar nicht, mit Alfred im selben Raum zu sein. Alfred rief ihm nach, ob man noch einmal in Ruhe darüber sprechen könne. Herr Thate brüllte: Nein. Es klang, als bereite ihm sogar dieses eine Wort schon Qualen. Alfred sagte, er könne aber unter solchen Umständen nicht leben, gerade jetzt, mitten in der Prüfung. Dann solle Herr Dorn kündigen, das werde sofort akzeptiert. Alfred sagte, wenn Herr Thate nicht gesprächsbereit sei, müsse er mit Frau Thate sprechen. Herr Thate, etwas fester im Ton: Meine Frau steht hinter mir. Die Frau steht zum Mann wie der Mann zur Frau. Das klang wie aus einem Gesetzbuch, das Alfred nicht kannte. Er verließ die Wohnung, fuhr hinüber in die Friedrichstraße und schrieb der Mutter, daß er Herrn Thate einer Fortsetzungsstraftat überführt habe, daß der Täter aber uneinsichtig sei und meine, seine Diebereien seien eine Art Naturallohn für geleistete Dienste. Er, Alfred, könne sich aber darauf berufen, daß man das Heizen als eine Nebenpflicht abgemacht habe, deren Verletzung ihm das Recht zur fristlosen Kündigung gäbe. Oder er könnte, falls die Nebenpflicht von jetzt an vorsätzlich verletzt werde, eine Mietpreisherabsetzung verlangen. Aber das führe nicht zu erträglichen Zuständen, deshalb liefere er jetzt den Wortlaut eines Briefes, den sie, bitte, sofort zum Schillerplatz befördere, daß der Vater ihn mit der Maschine schreibe und als seinen Brief dem unbelehrbaren Thate hinschicke. Und zwar eingeschrieben und per Eilboten. Also:

Sehr geehrter Herr Thate!
Mein Sohn hat mir geschrieben, es sei zu Unzuträglichkeiten gekommen. Ich hatte bei meinen Besuchen das Gefühl, daß er bei Ihnen gut aufgehoben ist. Mein Sohn steht in der Staatsprüfung und braucht, wo immer möglich, Schonung seiner Nerven. Deshalb bitte ich Sie, das Mietverhältnis unter den bisherigen Bedingungen fortzusetzen. Jede Störung des geregelten Ablaufs seiner Lebensweise bedeutet eine Gefahr für die Prüfung. Wenn er nervös und dadurch im Umgang etwas schwierig sein sollte, so bitte ich, das nachzusehen. Seien Sie versichert, daß weder von mir noch von der Mutter meines Sohnes Notiz von dieser Auseinandersetzung genommen wird. Sollten Ihnen durch meinen Sohn Auslagen entstehen, so wird er selbstverständlich dafür aufkommen. Mit freundlichen Grüßen, auch an Ihre Gattin, Ihr...

Um auch noch etwas ihm Angetanes anführen zu können, setzte Alfred darunter: Die Misthemden von Pappi trage ich nicht. Am nächsten Morgen kam Frau Thate mit verweinten Augen ins Zimmer und sagte, Alfred möge ihrem Mann *ein* gutes Wort geben, sich bei ihm entschuldigen. Da brüllte Thate schon von draußen, daß sie sofort herauskommen solle. Alfred sagte, er werde einen Brief schreiben, den sie ihrem Mann geben könne. Setzte sich hin und bot schriftlich an, in Zukunft von jedem Zentner 10 Briketts als Entschädigung für das Heizen zu entrichten. Er war zufrieden mit diesem Brief. Dann wieder rüber in die Friedrichstraße, ein Telegramm an die Mutter: VORERST KEIN BRIEF VON VATER. Als er zurückkam, war sein Zimmer aufgeräumt wie noch nie. Und geheizt war auch. Aus Dresden kamen zwei Briefe. An ihn. Die Mutter rieb ihm hin, daß sie, der sonst jeder Kontakt mit dem Schillerplatz rabiat verboten werde, jetzt mit diesem Brief persönlich dort antanzen müsse. Sie werde es tun. Aber lieber schriebe sie selber an Thates! Bei dieser Kälte fängt er einen Heizstreit an, das sieht ihm gleich! Sofort soll er dicke Strümpfe kaufen. Und Unterhosenhalter. Bei Wertheim.

Jetzt sei es endgültig Schluß mit der Verweigerung langer Unterhosen. Keiner überlebe diese Kälte ohne lange Unterhosen. Sie schrieb einen Brief nur von der Kälte, gegen die Kälte, in der Kälte. Der Vater schrieb wie immer: Nun bade deine Fehler schon selber aus. Nicht der sei ein Dieb, der stehle, sondern immer der, der erwischt werde. Alfred sei 1945 nicht erwischt worden, als er Holz und Kohlen bei den Russen gestohlen habe, sowohl im Garten von Gerlachs wie am Bahnhof Weissig. Einen Dieb des Diebstahls bezichtigen könne man nur, wenn man ihn nicht mehr brauche. Wie oft habe man dem Sohn das alles schon gesagt. Du bist von uns gewarnt worden und hast nicht auf uns gehört. Der Erwachsenen-Ton. In dem Mahn-Ton des Vaters dominierte diesmal ein schriller Oberton, der demonstrierte, daß Alfred das, wozu man ihn andauernd dränge, ganz sicher nie erreichen werde. Alfred hatte den Eindruck, die Behandlung jedes neuen Faktums diene nur zum Schein der Förderung seiner Entwicklung, in Wirklichkeit sollte damit seine Unentwikkelbarkeit demonstriert werden. Das war so vielleicht sogar gegen den Willen des Vaters. Das war die Gewalt des Faktums. Der Vater schien darunter mehr zu leiden als Alfred, der ja Entwicklung nur dem Vater zuliebe für notwendig hielt. Alfred war eher der Meinung, es genüge, wenn man wisse, wie Erwachsene in der und der Situation handelten. Aber dazu mußte man nicht selber ein Erwachsener sein. Am gemeinsten fand Alfred die Erinnerung an 1945, an den 13. Februar. Dieser Angriff habe dem Vater etwas mehr genommen als ein paar Kohlen, und er habe niemanden gehabt, dem er hätte einen Brief schreiben können. Er war kaltblütig genug, daran zu erinnern, daß er bei jenem Angriff nicht bei der Familie war, sondern bei seiner Geliebten, die auch Martha hieß, mit der er am Abend des Dreizehnten im Zirkus Sarrasani gewesen war, beide selbst geschminkt wie Clowns, weil Carnevalsdienstag war, dann die Flucht aus dem brennenden Zirkus. Zwischen brennenden, schrill schreienden Pferden seien sie durch die Nacht gerannt. Auf dem Weg stadtauswärts gerieten sie am nächsten Tag in den Angriff der Tiefflieger, die Jagd machten auf alles, was sich noch bewegte. Die Geliebte wurde getroffen. An beiden Oberschenkeln. Verblutete in seinen Armen. Das hat er mitgemacht. Damit gab dieser Vater an, wenn Alfred darüber klagt, daß ihm 10 bis 20 Briketts gemaust worden sind.

Alfred hatte nur noch schmutzige Hemden. Nur noch Hosen mit fransenden Säumen. Nur noch Jacken, die keine Fasson mehr hielten. Aber dann kam das Stipendium. Die Nachzahlung für drei Monate. Er war reich. Wie sollte er da noch hassen. Da konnte er nur noch grinsen. Und rannte in die Stadt und kaufte einen englischen Stoff und ein Modejournal, damit der in Prager Eleganz geschulte Schneidermeister Hanka ihm einen Anzug für West-Berlin machen konnte.

An der Thate-Front: Ruhe.

Frau Thate heizte nicht nur, sie putzte ihm sogar seine Schuhe. Sie deutete an, daß sie es noch nicht für richtig gehalten habe, seinen Brief an ihren Mann weiterzugeben. Er zeigte, daß ihm jetzt alles gleichgültig sei. Die Prüfung! Von Gellner hörte er am nächsten Sonntag, schlecht seien seine Klausuren nicht, und dann, etwas leiser: Aber gut ooch nich. Handelsrecht und BGB etwas besser als *drei,* Strafrecht und Verwaltungsrecht höchstens *drei.* Alfred wäre dem immer durch Brummigkeit Distanz produzierenden Herrn Doktor so gern um den Hals gefallen, aber schon hörte er die Dresdener Damen rufen: Um Gottes willen!

Dieses Ergebnis befeuerte ihn richtig. Zu Fuß stapfte er gegen eiskalten Wind nach Lichterfelde hinaus. Am Montag ging er endlich wieder einmal, obwohl er sich seines Hemdes wegen schämte, zum Friseur. Mit Seborin-Massage. 5 Mark West. Und dann noch für einsfünfundzwanzig zum Baden. Und alles zu Fuß. Und erkältete sich nicht. Er fühlte sich stark. Bis er wieder vor der Hausarbeit saß und sich nicht entscheiden konnte, ob er § 161 oder 184ff. anwenden sollte. Besonders ärgerlich war, daß er mit Herrn Thate, der dreißig Jahre lang in der Patentabteilung der AEG gearbeitet hatte, jetzt nicht sprechen konnte. Es wäre einfach angenehm gewesen, mal rüberzugehen, Herrn Thate einzuweihen in das Juristische, um dann zu hören, was er als Praktiker zum Erwerb eines pfandbelasteten Patents zu sagen hatte. Und schon hatte wieder der Vater recht: Wen man noch braucht, nennt man nicht Dieb.

Es wurde Mitte Februar, bis er drüben in der Staatsbibliothek, die manchmal wegen Kohlenmangel geschlossen blieb, nach endlos scheinendem Blättern im *Soergel* in einem BGB-Kommentar eine alte Reichsgerichts-Entscheidung entdeckte, die die Lösung enthielt. Jetzt konnte er arbeiten. Jetzt mußte er nur noch die vier Monographien über Spezialaspekte in der FU-Bibliothek holen; die hatte er dort schon herausgesucht. Aber an der Ausleihe saß, mit unvermindert grellen Schmissen, Justus Dahlke, dem er bei Dreyer im Platzkampf unterlegen war. Da Alfred außer den vier Monographien noch drei andere Bücher mitnehmen wollte, sagte Dahlke: Ausgeschlossen! Wann wolle Dorn das alles lesen? Dorn wolle wohl die Nacht zum Tage machen. Alfred spürte förmlich das Gefeixe derer, die hinter ihm in der Schlange standen. Dahlke setzte einfach die Dreyer-Masche fort. Aber Alfred war nicht mehr ganz so leicht zu schlagen. Herr Dahlke möge das bitte Alfred Dorn überlassen. Die Frage sei, ob zulässig oder nicht. Dahlke: Nicht zulässig. Alfred sagte, das hätte Herr Dahlke auch gleich sagen können, und trug alle Bücher zurück. Als er wieder an Dahlke vorbeiging, entschuldigte sich der bei Alfred. Er sitze hier und habe ganz genaue Vorschriften. Herr Dorn möge ihm das also doch, bitte, nicht persönlich übelnehmen. Alfred nickte übereifrig, grüßte und ging. Wieso war der jetzt so nett? Und vorher so feindselig! Oder war der jetzt weder nett noch vorher feindselig? Hauptsache, du hast die Lösung des Falls, und die Stipendiumsnachzahlung hast du auch, das gibt dir vorübergehend eine Art Unangreifbarkeit.

Am 2. März war die Mutter um 7 Uhr in Dresden-Neustadt abgefahren, um 11 Uhr in Ost-Berlin angekommen. Bis zum

5. konnte sie bei Hartlebens wohnen. Zuerst hatte er gedacht, die Mutter müsse seine Arbeit tippen und er müsse von dem freundlichen Angebot des Prüfungsamtes Gebrauch machen und die Arbeit ungebunden im Umschlag abliefern. Aber das Stipendium erlaubte jetzt, Herrn Pionke, einen professionellen Schreiber solcher Arbeiten, zu beauftragen. Aber am Sonntag, dem 4. März, wartete der Abschreiber vergebens auf Alfred. Das Inhaltsverzeichnis wurde am Montagabend nach Diktat geschrieben; von 21 Uhr 30 bis 22 Uhr 30 wurde die Arbeit von dem auch schon wartenden Buchbinder gebunden und um 23 Uhr 15 abgeliefert. Und Alfred Dorn war dieses Mal nicht der einzige, der in der allerletzten Stunde kam.

Die zweebeeden feierten zaghaft den Abschluß der zweiten Stufe der Staatsprüfung. Noch stand ja das Mündliche bevor. Aber Kino durfte schon sein. Und ein bißchen Einkaufen auch. Er führte sie in die Geschäfte, in die die junge Frau den Vater und ihn geführt hatte. Lederhandschuhe kriegte Frau Dorn, einen Hut – der ihr für ihr Alter zu frech war, den Alfred aber durchsetzte – und eine Tasche, die wegen ihrer glänzenden Eckigkeit plus Goldbeschlag beiden vornehm, also höchst passend vorkam. Als sie wieder auf dem Ku-Damm-Trottoir waren, sagte er, die Mutter müsse ihm versprechen, sich nie mehr – und schon gar nicht vor fremden Leuten – als alte Frau zu bezeichnen. Aber sie sei doch eine, sagte sie und erzählte, was ihr von Else Gutmann, einer ihrer Unentwegten, erzählt worden war. Vaters Kollege Gutmann mußte eine Patientin behandeln, die zu Herrn Dorn nicht mehr gehen wollte, weil der ihr einen Zahn, den man sieht, nicht mehr richten, sondern einfach ziehen wollte, Grund: sie sei ja eine alte Frau. Und wie alt war diese Patientin? Dreiundfünfzig, nur daß du's weißt! Das seien eben, sagte Alfred, die barbarischen Lebensauffassungen des Herrn Gustav Dorn, mit denen Herr Dorn leben müsse, aber nicht Alfred und die Mutter. Sobald die Prüfungen vorbei seien – da zitiere er doch auch sie! – beginne das Leben erst, Mutters Leben und seins. Er sage nur: Volkswagen! Und: Venedig! Jetzt aber – darauf bestand Alfred – in die Nationalgalerie. Er hatte, obwohl Herr Thate ihm, seit die hausinterne Eiszeit herrschte, keine Zeitung mehr gönnte, erfahren, daß die aus Moskau nach Dresden zurückkehrenden Bilder zuerst mal in Ost-Berlin überwinterten und in der Nationalgalerie von November bis April zu besichtigen seien. Die berühmten wenigstens. Daß er so bald wieder mit der Mutter vor der Sixtinischen stehen würde, hätte er nicht gedacht. Alfred hat unwillkürlich nach der Hand der Mutter gegriffen und hat, sobald er sie hatte, den Kopf zur Mutter hin gedreht und hat, sobald sie herüberschaute, gegrinst. Die Mutter war in einer solchen Situation gezwungener als er. Wahrscheinlich war es ihre Gezwungenheit, die ihm eine Art Freiheit oder sogar Überlegenheit verschaffte.

Zur Vorbereitung für den 25. April ging man zu Dr. Ziege, einem Repetitor in der Rheinstraße, der noch schnell die juristisch-rhetorische Fähigkeit entwickeln sollte. Aber wer würde am 25. April in der Prüfungskommission sitzen? Die Gerüchte kochten, die erste Gewißheit war erschreckend: von Lübtow. Das hieß: Römisches Recht! Und ob dem peniblen von Lübtow die Literaturbearbeitung in der Hausarbeit genügte! Man wußte, daß von Lübtow alle Quellenangaben genauestens überprüfen ließ! Alfred peinigte es am meisten, daß die in Dresden die mündliche Prüfung schon für bestanden hielten. Der Vater wollte, als er zum nächsten Besuch kam, über den 25. April gar nicht mehr reden; die junge Frau sagte nicht mehr unser Student, sondern schon unser Referendar. Alfred schrie auf. Das wichtigste war dem Vater vorerst der 24. Mai. Ein Fußball-Länderspiel Deutschland-England in Berlin. Wenn das Spiel auf einen Wochentag falle, müsse sich der Referendar Dorn bei Gericht freigeben lassen. Und rechtzeitig Karten besorgen. Also daß ihn Alfred da, bitte, nicht enttäusche! Ach ja, sagte er dann noch deutlich grollend, er habe aus der Thorner Straße gehört – die geschiedene Frau nannte er immer mit dem Straßennamen, wie auch

Martha Dorn nur vom *Schillerplatz* sprach –, Alfred lehne es ab, die vom Vater geschenkten Hemden zu tragen. Alfred lachte und sagte: Nicht zur Prüfung! habe er gesagt. Und da er ja jetzt monatelang im Zustand des Geprüftwerdens stehe, trage er monatelang diesen ganz bestimmten zonalen Hemdentyp nicht. Ob er ihn als Referendar wieder tragen werde, müsse man jetzt nicht diskutieren. Der Vater war dagegen, daß Alfred sich sorge, mit welchem Hemd oder Anzug er ins Mündliche gehe. Er hatte auch dafür einen Satz: Armut ist keine Schande. Alfred sagte nichts von dem fabelhaften englischen Stoff, der in diesem Augenblick schon unter Meister Hankas Händen zu einem Anzug wurde, mit dem man in jede Prüfung gehen konnte.
Da im Kurs bei Dr. Ziege nur Teilnehmer waren, die direkt vor dem Mündlichen standen, wurde die Nervosität dort zur ansteckenden Krankheit. Mit ihm sollten Müller-Tettelbach, Sadowski und Hucklebroich geprüft werden. War das nun die Gelegenheit, denen endlich zu zeigen, daß sie es sich zu leicht gemacht hatten mit ihm, oder zeigte diese Kandidatenauswahl, daß er in der Prüfung die schwache Nummer sein werde, die er im Dreyer-Kurs gewesen war? Besser angezogen als im Kurs würde er schon mal nicht sein. Die Mutter kam einen Tag vor der Prüfung ohne Anzug. Meister Hanka habe sich geweigert, einen solch traumhaften Stoff ohne mindestens drei Anproben zu bearbeiten. Alfred beschimpfte seine Mutter auf offener Straße. Doofe Quarkkeule, nannte er sie. Da hat man ihr hübsche Handschuhe, einen kessen Hut und eine edle Tasche gekauft, damit hätte sie doch jeden zonalen Schneidermeister zum Kuschen bringen müssen! Aber nein, Martha Dorn von der Gattung einfältiges Suppenhuhn schafft das nicht. Da fragt man sich dann doch, ob sie eines solchen Sohns überhaupt würdig ist! Bitte, sehe sie sich doch einmal Maria Theresia an, auch eine Frau, aber was für eine, regiert ein ganzes Reich UND war allen ihren Kindern – und sie hatte mindestens sechs oder sieben – eine unendlich gute Mutter! Aber Martha Dorn kann nicht einmal einen sächsi-

schen Schneidermeister regieren! Mit einer solchen Mutter ist man eher geschlagen als gesegnet! Die Mutter sagte, wenn er morgen nicht Prüfung hätte, ließe sie sich das alles nicht gefallen. Als sie dem Fräulein Doktor erzählt hatte, was er sie beim letzten Besuch alles geheeßen habe, sei die entsetzt gewesen und habe gesagt, ihrem Vater sollte so niemand gekommen sein. Alfred lachte die Mutter aus. Was hätten sie denn noch von einander, wenn sie einander nicht fix und fertig machen dürften. Jeder brauche jemanden, dem er weh tun könne. Sie nannte ihn Quarkkopp. Und wo hat sie, bitte, den herrlich kessen Hut? Ach, der wurde ihr auf dem Weg von der Bühlauer Haltestelle in die Thorner Straße vom Frühlingssturm vom Kopf geweht, in einen Vorgarten und dort auf einen Baum. Ausgerechnet bei Frau Thierbach, der Nachbarin, die im Scheidungsprozeß als Schöffin fungiert hatte. Na und, sagte Alfred, die translozierende Einwirkung eines Frühlingssturms sei keine eigentumsauflösende Kraft. Wo ist der Hut jetzt? Sie gestand, daß sie nicht den Mut gehabt habe, bei Frau Thierbach zu läuten, um mit deren Hilfe den Hut aus dem Baum zu holen. Jeder sehe, daß dieser Hut aus dem Westen komme. Getragen hätte sie ihn in Dresden ohnehin nicht. Nur bei ihm in West-Berlin hätte sie dieses freche Ding tragen können. Inzwischen habe es weiter geregnet und gestürmt, der Hut sei nicht mehr im Thierbachschen Birnbaum. Gott sei Dank. Alfred sagte, von ihm bekomme sie keinen Hut mehr. Das schien sie nicht zu betrüben.

Nachdem sie gegessen hatten, brachte er sie zu Hartlebens und ging heim und blätterte bis nachts um drei in allen erdenklichen Sachgebieten herum. Zur Mutter hatte er gesagt, er könne erst morgen vormittag entscheiden, ob er prüfungsfähig sei. Er habe ein paar Kriterien entwickelt, nach denen werde er sich am Mittwochmorgen prüfen. Führe diese Kontrolle zu negativen Ergebnissen, bleibe nur der Rückzieher. Mein lieber, lieber Junge, hatte die Mutter gesagt, kurz bevor sie bei Hartlebens ankamen. Morgen keine Migräne, alles andere komme dann von selbst. Und, hatte sie gesagt, stell dir vor, wir haben ja nun nichts mehr. Den gelben Sessel habe sie an Frau Nagel verkauft. Für einhundert Mark. Seitdem fürchte sie täglich, Frau Nagel werde kommen und von dem Geschäft zurücktreten. Überall sonst, wo sie gefragt habe, seien ihr höchstens siebzig geboten worden. Wenn das die Nagel, die jeden kennt, erfahre, trete sie zurück. Ob das rechtlich möglich sei?

Gute Nacht, Muttchen, hatte er gesagt. Und sie: Mei Junge, mei Gleener.

Wie sollte er sich denn jetzt legen im Bett? Schon das Ausziehen war ihm widerlich. Er lag dann, dämmerte mehr als er schlief.

Als er morgens aufstand, aufstehen wollte, schon als er die Augen öffnete, den Kopf heben wollte, war es klar –, Migräne. Er hatte um sieben aufstehen wollen, weil er noch zwei Stunden lang Definitionen durchsehen wollte. Er hatte zusammen mit der Doktorin eine Sammlung von Definitionen aus allen Rechtsgebieten angelegt. Die hatte er noch einmal durchsehen wollen, und dann hatte er – das wären seine Kriterien gewesen – Stichproben machen wollen. Migräne hieß bei ihm, daß sein Blickfeld wie durchlöchert war. Er versuchte zu lesen, sah aber die Wörter ganz oder teilweise durch schwarze und weiße Stellen ausgelöscht. Als hätte ein böser Zensor die Zeilen zerstört. Da er nicht lesen konnte, versuchte er, Definitionen aus dem Gedächtnis zu wiederholen. Er wußte ja inzwischen doch eine ganze Menge. Er begann: *Was ist ein Verwaltungsakt?* Es gelang ihm nicht, eine Antwort zu formulieren, die er als prüfungsreif hätte gelten lassen können. *Wie sind die Sondernutzungsrechte vom Gemeingebrauch abzugrenzen?* Er erlebte es überdeutlich, wie sich ihm die Antworten, die er doch kannte, genau dann, wenn er nach ihnen greifen wollte, entzogen. *Was sind die Voraussetzungen der klassischen Enteignung?* Die Antwort zerfiel ihm, während sie entstand. Nicht einmal das, was er sich von Lübtows wegen die Tage zuvor aus dem Römischen Recht angeeignet hatte, konnte er sich vergegenwärtigen.

Also fragte er sich etwas ganz Simples: *Der Urkundenbegriff im Strafrecht?* Vier Voraussetzungen, das wußte er, aber er brachte sie nicht mehr zusammen. Er preßte seine Hände gegen die Schläfen. Es half nichts. Plötzlich fiel ihm Dreyer ein. Der hatte einmal gesagt, es habe schon Kandidaten gegeben, die seien durchgekommen, weil sie über die Bilder an den Wänden des Prüfungssaals Gescheites zu sagen gewußt hätten. Tatsächlich hing in dem Saal, in dem das Mündliche immer am Mittwoch stattfand, auch ein Bild Ludwigs II. Als Alfred das beim ersten Mittwochbesuch entdeckt hatte, war ihm jene Dreyer-Bemerkung eingefallen. Über Ludwig II. könnte er tatsächlich viel sagen. Er war vielleicht zehn oder elf, als er diesen Bayernkönig entdeckt hatte. In den Jahren, als er wegen seiner Drüsen-Tuberkulose in die Berge mußte, hatte er mit der Mutter die Schlösser besucht. Er hatte Ludwigbilder und -büsten gesammelt. Natürlich auch alle Bücher, die er kriegen konnte. Das war alles verbrannt. Aber wie er sich jetzt in seinem Zimmer sitzen und den unglücklichen Ludwig als letzte Rettung anpeilen sah, wußte er, daß der Rückzieher unvermeidlich war. Für die von Dreyer erwähnte Rettung brauchte man einen Prüfer, der dem Kandidaten diesen Rettungsweg eröffnet. Daß ein von Lübtow nicht nach Ludwig II. fragen würde, war ganz sicher.

Im Steglitzer Ratskeller erwartete ihn, wie abgemacht, die Mutter. Sobald sie ihn sah, senkte er nach Art der römischen Imperatoren den Daumen. Dann die Geste, die für Migräne stand, diese Wischbewegung vor dem Gesicht. Dann setzte er sich und sagte den der Mutter gegenüber für Migräne eingeführten Satz: Es ist mir drehend. Die Mutter sagte: Armes Männel. Essen konnten beide nichts. Er brachte sie dann zum Zug. Sie könne in Dresden sagen, daß er sich sofort wieder zur Prüfung melden werde. Zum nächstmöglichen Termin.

Thates teilte er sein Versagen mit als eine in diesem Haus willkommene Nachricht. Er formulierte es so, als meine er damit natürlich nur den länger bleibenden Untermieter. Dann konnte er endlich die Tür hinter sich zumachen. Er hatte in seinem Bewußtsein, in seinem Vorstellungsvermögen noch nie ein solches Toben von nichts erlebt. Ein ungeheures, ganz gegenstandsloses Schleudern. Die vollkommene Unruhe. Das reine Pathos. Er preßte seine Hände gegen die Schläfen, es nützte nichts. Zuerst saß er, dann legte er sich hin. Die Mutter war auf seiner Seite, daran war überhaupt nicht zu zweifeln. Ebenso sicher war, daß sie der einzige Mensch war, der jetzt auf seiner Seite war. Er konnte sich die Kommentare vorstellen, die jetzt in Dresden abgegeben wurden. Sehr verschiedene Kommentare, aber übereinstimmend in der Distanz, aus der sie gegeben wurden. Die Mutter mußte den Rückzieher, der in Dresden als Niederlage galt, vertreten. In Dresden war alles, was kein Sieg war, eine Niederlage. Die Mutter hatte zuletzt gesagt: Komm bald! Sie werde sich gleich um ein Attest bemühen, mit dem er einen Passierschein beantragen konnte. Er würde ihr morgen schreiben, daß er nicht kommen könne. Nicht in diesem Zustand. Nicht, um sich diese Kommentare auch noch anhören zu müssen. Er machte jetzt in seinem Zimmer, als er seine Unbeständigkeit in einer entsetzlichen Unruhe, in einem Nirgendsbleibenkönnen erlebte, eine Erfahrung: er konnte nur an seine Mutter denken, an niemanden sonst. Überall wo er sonst hindachte, fühlte er sich sofort wieder verjagt oder zumindest nicht angenommen. Nur bei ihr war eine Bleibe. Seine Bleibe. Sie war seine Bleibe. Das hatte er erlebt von dem Augenblick an, als er in den Ratskeller trat und sie schon an dem Tisch saß, an dem sie immer saßen, bis zu dem Augenblick, als der Zug aus dem Ostbahnhof ausfuhr und ihre winkende Hand aus dem Blickfeld zog.

15.

Nie mehr Gemeinsamkeit mit jemandem, mit dem am Tag seiner Niederlage keine Gemeinsamkeit geblieben war. Nie mehr Nähe zu Menschen, die eine solche Niederlage nicht mit dir teilen können. Das Ekelhafte der Niederlage entsteht nur durch die Zuschauer. Durch diese Pseudonähe. Durch diese Scheinteilnahme. Gibt es diese pseudonahen, zum Schein teilnehmenden Zuschauer nicht mehr, ist an der Niederlage nichts mehr ekelhaft; ja, dann gibt es überhaupt keine Niederlage mehr. Armes Männel, hatte die Mutter gesagt. Das hatte sie gesagt, weil sie sofort und zuerst an die Zuschauer gedacht hatte. Auf dem Bahnhof hatte sie wieder lieber, lieber Junge gesagt. Vielleicht würde er später noch Menschen kennenlernen, die ähnliche Erfahrungen gemacht hatten. Wer aber keinen 25. April 1956 hinter sich hatte, mit dem gab es, mit dem konnte es keine Gemeinsamkeit geben. Er wollte nicht urteilen über die, die einen solchen Tag nicht kannten; er wußte nur, daß es zu denen nichts als Schein-Beziehungen und Psdeudo-Nähe gab. Affentheater eben.

Der erste Kommentar aus Dresden war von Tante Lotte verfaßt. Wie sie die letzten Jahre bis zum Herzanfall die Sklavin der Bastern gewesen sei, so sei er der Sklave seiner Bücher gewesen. Beide, sie und er, hätten sich der Einseitigkeit schuldig gemacht. Der goldene Mittelweg sei von beiden verfehlt worden. Ein gesunder Geist nur in einem gesunden Körper. Was Alfreds Vater immer gepredigt habe. Leider habe Mutti immer alles unterbunden. Die schönsten Kindheitserinnerungen ihres Frieder seien Fußball, Räuber und Prinzessin, Spiele auf dem Carlowitzplatz gewesen. Davon habe Frieder noch bei seinem letzten Urlaub dankbar gesprochen. Da sei tief geatmet, seien Kräfte erprobt und Nerven gestählt worden. Ihr habe es immer so leid getan, daß Mutti und Alfred nie auf Vater gehört hätten. Hätten sie, wäre Alfred dieses Nervendebakel am letzten Mittwoch erspart geblieben. Sie wolle aber nicht bei ihm Mutti kritisieren, nur zeigen, wo der Hebel zur Änderung angesetzt werden müsse. Jetzt vier Wochen jedes Buch meiden! Nur faulenzen! Möglichst in der frischen Luft! Lieber Alfred, komm vom eigenen Ich mal ganz los! Es gehe auch nicht um Alfred, sondern um Vati. Er kann nicht mehr. Täglich sieben bis acht Stunden am Behand-

lungsstuhl, dann bis tief in die Nacht in dem kleinen, engen, unheizbaren Labor die Technik besorgen, so immerzu schuften, für wen denn?! Und Alfred, soo begabt, soo fleißig, wird er jetzt endlich auch einmal an Vati denken?! Alfred müsse sich doch nur vorstellen, wie er zum Postamt eile und Vati das Telegramm mit dem Wort BESTANDEN schicke, dann werde gar alles klappen. Sie wolle ihm keine guten Lehren geben, nur helfen, daß es endlich klappe. Und ein bissel sollst Du mir auch Frieder ersetzen. Wie tapfer hat er allein alles durchgefochten bis zum Tode. Sie würde sich freuen, wenn sie mit ihrem Schreiben ein bißchen zu seinem Erfolg beitragen könne. Milch soll er trinken, den Körper kräftigen. Sie erwarte von ihm in sechs Wochen ein Telegramm: Tante Lotte, Dein Rezept hat geholfen, prima!
Vom Vater hörte er nichts. Aber die junge Frau schrieb ihm, beim Vater überwiege im Moment noch die Wut die Anteilnahme.
Als er das Attest aufs Prüfungsamt brachte, sagte der Beamte: Wie schade, Herr Dorn, es war so eine nette Prüfung. Ein neuer Prüfungstermin könne erst anberaumt werden, wenn die im Attest genannten vier Erholungswochen um seien und Herr Dorn ein zweites Attest, das seine Wiederherstellung bescheinige, vorlegen könne. Also am 28. Mai das zweite Attest, dann noch die üblichen sechs Wochen von der Ladung zur Prüfung. Er traf Müller-Tettelbach, das heißt,der rannte ihm nach, hielt ihn mit beiden Händen fest und sagte, wie sehr er und die anderen Alfreds Mißgeschick bedauerten. Es sei eine so sympathische Prüfung gewesen. Noch nie sei von Lübtow so liebenswürdig gewesen, geradezu umgebracht habe der sich vor Entgegenkommen. Er habe in einem Nebensatz sogar bedauert, daß Herr Dorn habe zurücktreten müssen. Und er habe genau das geprüft, was Herr Dorn im Ziege-Kurs immer am besten gekonnt habe: BGB Allgemeiner Teil, Natürliche Personen, Juristische Personen; an Theorien Fiktionstheorie, Savigny, Theorie der realen Verbandspersönlichkeit, also wirklich Dorns Steckenpferde. Und

Altmann, der das Prüfungsamt vertreten hat, hat fast eine Stunde lang ziemlich hartnäckig die Steinschen Reformen geprüft. Genau die hatte Alfred in den letzten Tagen noch einmal durchgemacht. Samt den Hardenbergschen. Alfred war ganz sicher, daß Altmann nur seinetwegen über dieses doch gar nicht zu den Altmannschen Spezialitäten gehörende historische Thema geprüft hatte. Altmann war von Haus aus Kirchenrechtler. Alfred hatte sich, weil er hoffte, Altmann werde für das Justizprüfungsamt dabei sein, extra noch auf das überhaupt nicht einladende Kirchenrecht eingelassen. Jetzt hatte sich Altmann, der beim Vorstellungsgespräch von Alfred Dorn von dessen historischen Neigungen und Beschäftigungen erfahren hatte, Alfred zuliebe auf ein historisches Rechtsgebiet begeben. Der gute Altmann, der für Alfred die Aufhebung der Leipziger Prüfung vollzogen hat. Und dann tritt dieser Alfred Dorn noch in letzter Minute zurück. Günstiger hätte es wirklich nicht stehen können! Herr Müller-Tettelbach sagte, dieses Mündliche wäre für Herrn Dorn ein Klacks gewesen. Auch Strafrecht, von Brandt geprüft, überhaupt kein Problem. Alfred dachte sofort, daß er dann im Sommer sicher mit Heinitz oder gar Oehler, und damit mit Strafrechtsgeschichte rechnen müsse, ein umfangreiches und häßliches Pensum!

Trotzdem, es tat ihm gut, von mehreren zu hören, daß er, wenn er hineingegangen wäre in diesen Saal, ihn als Durchgekommener verlassen hätte. Ein Herr, der auch für das Amt prüft, sagte zu Alfred, als er ihn im Gang traf: Herr Dorn, bei Ihnen ist das Mündliche doch nur eine Formsache. Daraus war zu schließen, daß Klausuren UND Hausarbeit wirklich gelungen waren. Jetzt erst, nachdem er das alles wußte, war er bereit fürs Mündliche. Jetzt konnte er sich selber ohne jede Einschränkung gestehen, warum es ihm nicht möglich gewesen war, am 25. April in diesen Saal zu gehen. Wenn die Prüfer ihm gegenüber in einen bestimmten Ton verfallen wären, in einen Ton der Unnachsichtigkeit oder auch der Verachtung, dann, das wußte er ganz sicher, dann hätte er angefangen zu weinen.

Am liebsten hätte er jetzt den ganzen Tag Musik gehört. Aber ans Radio durfte er nur, wenn Herr Thate aus dem Haus war. Sobald Thate da war, ließ der das Radio auf seine Weise Musik machen. Dieses Ach-Egon-ach-Egon-Geheul war schlimmer als die Sportübertragungen. Dieser Egon-Schlager kam jeden Tag mehrmals. Oder Herr Thate suchte immer einen Sender, in dem dieser peinigende Jammer gerade lief. Alfred konnte sich Gewalt gegen Herrn Thate vorstellen.
Der Mutter schrieb er sofort, das nächste Mal werde der Prüfungstermin vor dem Vater geheimgehalten. Vor dem Vater und vor ganz Dresden. Schafsköppe seien sie, er und die Mutter! Nur Schafsköppe konnten nach all den Erfahrungen, die er und die Mutter schon gemacht hatten, diesen Apriltermin so sorglos ausplaudern.
Er mußte vor der Prüfung noch einmal unbedingt nach Dresden. Ganz kurz und ganz geheim. Meister Hanka mußte in drei Tagen zwei Anproben schaffen, und die Mutter mußte den fertigen Anzug vor der Prüfung herüberbringen. Da Mutters Blutdruck wieder gefährlich schwankte, kriegte sie das Attest und er den Drei-Tage-Passierschein.
Als er dann reiste, hatte er schon die Ladung fürs Mündliche: am 9. Juli Vorstellung, am elften die Prüfung. Im Ziege-Kurs schwirrten wieder die Namen; mal war von Lübtow dabei, dann wieder nicht. Schließlich stand es fest: Becker für BGB, Brandt für StGB, Bundesrichter Bettermann für Öffentliches Recht, den Vorsitz würde Senatspräsident Rothe haben. Mit diesen Namen reiste Alfred nach Dresden und bewies seinen zwei Zuhörerinnen, daß es schlechter nicht habe kommen können. Von der für ihn so günstigen April-Besetzung war nur noch Brandt dabei. Von Bettermann, den er und der ihn nicht kannte, sagten die neuesten Meldungen, er habe bei der letzten Prüfung ALLE Kandidaten mit *ungenügend* abgefertigt. Danach habe er in der Uni erklärt, er wolle nächstens noch schärfer prüfen. Über den Kommissionsvorsitzenden, Senatspräsident Rothe, weiß das Gerücht so gut wie nichts. Altmann und von Lübtow fehlten also; die beiden, die am

Ende Alfred deutlich Zeichen der Billigung gegeben hatten. Auch die Kandidaten standen fest: Brasch, Dahlke, Dorn, Kadelbach, Weidenbach. Fünf Kandidaten! Ein langer Tag stand bevor. Ein schrecklicher Tag. Die Doktorin wollte trösten: Prüfungen sind Glückssache, mündliche noch mehr als schriftliche. Das sei vernichtend, sagte Alfred. Zwölf Semester Jura, und dann: Gückssache! Was auch immer man ihm anbot, er schmeckte die Katastrophe heraus. Vor der Doktorin sitzend, seufzte er spätrömisch: Justitia minuente tument modo corpora iuris, tanta recens legum copia cuine bono?
Wenn die Frauen immer wieder den Herrn vom Justizprüfungsamt zitierten, wonach für Alfred das Mündliche nur noch Formsache sei, konterte er, er werde in keine Prüfung gehen, die für ihn mit *ausreichend* ende. Nach zwölf Semestern rabiater Arbeit gehe er nur in eine Prüfung, die ihm ein Prädikatsexamen einbringe, das heißt, eine Gesamtnote, die besser als *ausreichend* sei. Er werde bis zum Prüfungstag zu Ziege gehen und weiterarbeiten wie bisher, aber antreten werde er am 11. Juli nur, wenn er das Gefühl habe, in einer Form zu sein, die ein Prädikatsexamen garantiere. Die Mutter: Wenn du nicht bald von deinem Prädikat aufhörst, kriegst du eine geklebt. Der Vater habe durch Lotte verw. fragen lassen, wann die Mündliche sei. Er wolle an diesem Tag nach Berlin kommen. Nicht um Alfred zu beruhigen oder zu beunruhigen, nur um zu verhindern, daß die Mutter wieder dabei sei. Womit also ihr die Schuld für das April-Debakel zugeschoben werde. Das sei sie gewohnt, daß alle nur auf ihr rumhackten, aber jetzt reiche es ihr. Natürlich hatte sie Tante Lotte keinen Termin gesagt. Alfred verlangte, daß die Mutter am 8. Juli in Berlin eintreffe: wie immer, Dresden-Neustadt 7 Uhr 15, Berlin-Ostbahnhof 11 Uhr 52. Mit dem neuen Anzug, der nach den beiden Anproben das Schönste zu werden versprach, was Alfred je angehabt hatte. Wenn ihn die Mutter, offenbar schon unter Tante Lottes Einfluß, zu Waldspaziergängen verurteilen wollte, flüchtete er an seinen Flügel. Was für andere frische Luft war, war für ihn Musik. Über die

Stücke, die er bei Grundeis in Leipzig studiert hatte, war er zwar nicht hinausgekommen, aber das waren auch Stücke, mit denen er glaubte, sein Leben verbringen zu können: Von Bach die E-Dur-Suite, von Mozart das A-Dur-Klavierkonzert und das Rondo in a-Moll, Beethovens Pathétique, Chopins As-Dur-Etude und die Intermezzi von Reger. Wenn er diese Stücke spielte, erlebte er sich deutlicher als bei jeder anderen Tätigkeit. Die technischen Probleme machten Spaß. Die Entscheidungen, die beim Spielen zu treffen waren, fielen leichter als alle anderen Entscheidungen. Und daß am dritten Tag die arthritische Doktorin sich herüber- und heraufbemühte und mit der Mutter zusammen sein Publikum bildete, verstärkte die Wirkung, die das Spielen allein hatte. Daß der mit gelbem Leder bezogene Lehnstuhl fehlte, tat ihm weh; die beiden Frauen behaupteten, sie säßen gut, vermißten nichts. Daß man etwas, was man gern gehabt hat und dann nicht mehr hat, nicht vermißte, begriff er nicht. Die Mutter und die Doktorin mußten eine andere Art Gedächtnis haben als er. Die Mutter, zum Beispiel, hätte, wenn er sie nicht jedes Jahr daran erinnert hätte, jedes Jahr vergessen, daß ihre Mutter Antonia Herberg, verwitwete Leißring, die als Frau Schmiedel verbrannte, am 3. Mai Geburtstag hatte. Für ihn war der 3. Mai immer noch der Gang von der Borsberg- zur Kaulbachstraße. Jedesmal neu gekleidet. Die Hände, die die Blumen trugen, steckten in milchweißen Handschuhen. Unvorstellbar, daß er an einem 3. Mai nicht an diese Blumengänge denken könnte. Omas Lieblingsblumen, gelbe Rosen. Die hat nur Opa schenken dürfen. Alfred bringt Tulpen oder Narzissen. Er geht unter Frühlingsbäumen stadteinwärts. Dresden duftet. Vom Großen Garten her. Das ist wohl nicht zu vergessen. Auch jetzt geht er diesen Weg noch manchmal. Jetzt ist es ein Weg durch menschenleere Ruinenstraßen. Die Kaulbachstraße gibt es nicht mehr. Im April 1949 hatte er der Mutter von Leipzig rechtzeitig geschrieben, sie möge für den 3. Mai gelbe Rosen besorgen. Opa hat die gelben Rosen jedes Jahr schon lange vorher in der Grunaer Gärtnerei bestellt.

Am 3. Mai 1949 wäre die Oma achtzig geworden. Die Mutter sollte die gelben Rosen auf den Sekretär genannten Notenschrank stellen; davor Omas Bild, das Alfred gerahmt in einer Schublade aufbewahrte. Und die Mutter vertrödelt das, kriegt dann keine gelben Rosen mehr und stellt Vergißmeinnicht hin. Als sie das Alfred gestand, versuchte er, in seinem Gesicht nichts als Verachtung auszudrücken. Dann fiel ihm gleich wieder ein, daß er ja niemanden hatte als sie. Also durfte er sie nicht verachten. Er mußte lernen, daß sie über Vergangenheit anders dachte als er.Nachfragen ergaben, daß die Mutter von seinen Blumenprozessionen in die Kaulbachstraße so gut wie nichts mehr wußte. Nur daß sie ihm für diese Gratulationsgänge immer weiße Handschuhe angezogen habe, wisse sie noch. Dabei waren diese Handschuhe alles andere als weiß gewesen. Auch milchweiß klingt noch zu sehr nach weiß. Cremefarben vielleicht. Ein Weiß, in dem ein Gold untergegangen ist. Der Mutter ersetzten die hundert Mark der Grethel Nagel den Lehnstuhl mit gelbem Leder. Was waren hundert Mark gegen ein Stück Vergangenheit! Oder sagte sie nur, sie leide unter diesem Verlust nicht, weil sie das Geld für ihn brauchte? Alfred hatte in diesem gewaltigen Lehnstuhl gesessen und hatte zugesehen, wie der Vater und die Mutter mit einander tanzten. Im Musikzimmer. Nach Grammophon-Musik. Und er hatte, als er eine Zeit lang zugesehen hatte, furchtbar lachen müssen. Die beiden hatten nicht weitertanzen können. Er sah das noch, wie sie verlegen die Arme sinken ließen. Es kann sein, daß sie vorher gedacht hatten, er sei noch zu klein, um auf ihren Tanz überhaupt reagieren zu können. Ihm tat es nicht leid, daß sie aufhörten. Und dieser Lehnstuhl, in dem er gesessen und gelacht hatte, fehlte jetzt für immer. Ihm fehlte er.

16.

Ihn beunruhigte es, daß zwei Herren seiner Kommission ihn überhaupt nicht kannten. Bettermann und Rothe. Also Römisches Recht weg, Kirchenrecht weg, Öffentliches her. Er war doch gar nicht mehr wendig genug. Er konnte sich auf nichts mehr einstellen. Den *Radbruch* hatte er schon verkauft, und jetzt war durch Becker auch wieder Rechtsphilosophie zu befürchten. Dahlke sagte, Arno Maria Brasch sitze seit Wochen in jeder Becker-Vorlesung, verstehe zwar nichts, halte es aber für ausschlaggebend, dort gesehen zu werden. Alfred wäre vielleicht, wenn ihm das nicht so gesagt worden wäre, auch hingegangen; so ließ er es. Der einzige Lichtblick: die letzte Prüfung, vielleicht herrscht Ferienstimmung. Was man sich nicht alles vorsagen kann! Sollte er sich nicht einfach aufs Bett legen und bis zum Prüfungstag mit geschlossenen Augen liegenbleiben? Sobald er seine rechte Hand sah, sah er die Wucherungen. Die wurden täglich größer. Auch das Überbein am Handgelenk wuchs und wuchs. Die Mutter hatte ihm verboten, sich von seinem Körper ablenken zu lassen. Er solle seinen Körper jetzt vergessen. Er verstehe sie hoffentlich. Protestieren hätte er sollen. Laut aufweinen oder -schreien. Du verstehst mich hoffentlich! Ungeheuer! Sich auf nichts beziehen und sagen: Du verstehst mich hoffentlich! Und auch noch recht haben! Er verstand sie. Immer schon. Obwohl nie, nie, nie darüber gesprochen wurde, verstand er sie immer, die Erwachsenen, wenn sie nicht sagten, was sie meinten, sondern nur sagten, er verstehe sie hoffentlich. Einmal hatte er in Mutters Nachttischschublade eine sogenannte Aufklärungsschrift gefunden und hatte, weil er glaubte, die sei für ihn da hineingelegt worden, sofort zu lesen angefangen. Aber da kam schon Klara und nahm ihm die Schrift weg. Sie war so prompt erschienen, daß er den Eindruck hatte, sie habe nur darauf gewartet, bis er die Schrift heraushole. Klara war nie böse oder hart oder auch nur streng. Sie war immer nur da, wenn etwas Schlimmes verhütet werden mußte: ein

Sturz, eine Verletzung, eine Lungenentzündung, eine Selbstbefriedigung. Du verstehst mich hoffentlich! Damit wollte die Mutter jetzt sagen, wenn er in der Selbstbefriedigung Maß gehalten hätte, von Anfang an, dann hätte er bessere Nerven, also schliefe er besser, also brauchte er keine Tabletten, und was Migräne ist, wüßte er dann gar nicht. Von Anfang an hatte man ihm doch beigebracht, daß Selbstbefriedigung etwas Übles sei. Schädlich und häßlich und böse. Obwohl weder der Vater noch die Mutter je mit ihm darüber gesprochen hatten, wußte er genau, wie Vater und Mutter über Selbstbefriedigung dachten. Und er würde, das wußte er auch, bis an sein Lebensende genau so über Selbstbefriedigung denken, wie es die Eltern ihm, ohne je mit ihm darüber zu sprechen, beigebracht hatten. Zumindest über seine eigene Selbstbefriedigung würde er so denken. Anderen gegenüber kann man tolerant sein. Nur bei sich selber erlebt man ja den ganzen Verlauf plus installierte Beschämung. Daß man wieder einmal versagt hat. Daß es sich rächen wird. Wenigstens bis nach der Prüfung sollte er sich beherrschen. Das hatte die Mutter gemeint. Das meinte er auch. Und wenn er unterlag, wußte er, daß er die Prüfung nie bestehen würde. Die Nerven! Jemand, der sich so hemmungslos selber befriedigt, ist ein Nervenwrack. Der lebt von Tabletten. Der fängt im Prüfungssaal an zu weinen, wenn einer der Prüfer in einen etwas strengeren Ton verfällt. Wenn es ihm gelungen wäre, rein zu bleiben, hätte er die Prüfung geschafft. Und wenn er sie nicht schaffen wird, wird ganz Dresden und ganz Berlin wissen, warum: Selbstbefriedigung. Alfred Dorn ist ja intelligent genug, aber leider zerrüttet er sich regelmäßig selbst. Seit Jahren. Immer schon eigentlich. Seit er denken kann. Ach, er kann ja erst denken, seit er sich selber befriedigt. Er kann zurückdenken bis zur ersten Selbstbefriedigung. Er hat auch Eindrücke, die noch weiter zurückreichen, aber in diesen Eindrücken kommt er nur als Zeuge vor, da spielt er keine Rolle. Er sieht, daß die Mutter die Vorhänge schließt. In dem Zimmer mit den rotgoldenen Tapeten. Er sieht das, mehr ist nicht. Aber nachdem Vater und

Mutter sich von ihm verabschiedet haben – die Mutter im grünen Samtkleid mit dem seidengefütterten Kragen, auf dem Kopf die weiße Perücke –, befriedigt er sich selbst. Da sieht er sich. Das ist er. Im Schlafzimmer der Eltern, dem sogenannten roten Zimmer. Klara war auch außer Haus. Aber als die Eltern nachts zurückkommen und an sein Bett treten, ist er sofort hellwach, tut aber so, als sei er verschlafen, weil er Angst hat vor der Strafe, die jetzt folgen muß. Aber die tragen ihn, den sie für schlafend halten, lediglich hinüber in sein Bett. War das die Strafe? Daß die überhaupt nicht bemerkten, was er getan hatte, konnte er sich nicht klarmachen. Die schonten ihn. Die waren ein bißchen betrunken. Morgen also. Aber es folgten immer nur Andeutungen, die so undeutlich waren, daß man so tun konnte, als begreife man gar nicht, was einem gesagt wurde. Und so war das auch gedacht: Die konnten das Gefühl haben, nichts gesagt zu haben; er konnte so tun, als habe er nichts gehört; und doch wußten beide Teile genau, was gemeint war. Sehr bald wurde diese Gespenstersprache christlich geimpft. Dadurch waren die Eltern fein heraus. Sie selber sind ja auch bloß Menschen, aber das Christentum, die letzte, höchste Instanz also, hat es verurteilt, verboten, verdammt. Dadurch erhielt der Drohungsbrei seine schärfste Würze. Man hatte sich von jetzt an im regelmäßigen Verfehlensfall vor Gott selbst und all seinen strafenden Schwadronen zu verantworten. Vor allem: jetzt war überhaupt kein Schummeln mehr möglich. Die Beobachtungsstelle war jetzt als Auge Gottes in einen selbst eingebaut. Damit war man geliefert. Ein für alle Male. Grausamer konnte nichts sein. Gegen diese eingebaute christliche Verurteilungsinstanz vermag man nichts. Lebenslänglich. Das hatte er noch nie so kraß erlebt wie in den Wochen vor dem Mündlichen. Er wollte sich ja so benehmen, daß der allerhöchste Kindergärtner im Himmel ihm nichts vorzuwerfen hatte und ihn deshalb die Prüfung bestehen lassen mußte. Eigenartig, daß man dieses lächerlich tugendhafte Paradieren, das ganze Unschuldstheater durchschaut, ohne sich davon befreien zu können.

Die Mutter traf am Sonntag 11 Uhr 52 ein, brachte diesmal den Anzug mit und ein todsicheres, codeinhaltiges Anti-migräne-Mittel namens Neuramark, mit einem Gruß von Dr. Theo und Hulda Samlewitz in Ottendorf-Okrilla. Also jetzt lag es nur noch an ihm selbst. Zuerst beschimpfte er die Mutter wieder. Suppenhuhn, Quarkkeule. Daß sie ein Migräne-Mittel von Samlewitzens mitbrachte, bewies ihm, daß sie, gegen alle Abmachungen, wieder geplaudert hatte. Seine Nerven sind seine Nerven! Er hat sie doch angefleht, mit keinem Menschen über einen neuen Termin und mit keinem Menschen über das Thema Prüfung und Nerven zu sprechen. Er konnte erst aufhören, als sie weinte. Sobald sie weinte, wurde er ruhiger. Aber nicht ruhig. Noch am Samstag hatten die Kandidaten sich bei Ziege getroffen und von Brasch, der ja Beziehungen zu Becker hatte, erfahren, daß Becker gar nicht prüfe. Also fielen die Spezialitäten Rechtsphilosophie und Deutsches Privatrecht wieder weg. Alfred war gespannt, ob Brasch, der sich nur noch auf Becker verließ, wieder zurücktreten würde. Statt Becker prüft ein unbekannter Berliner Anwalt. Also von vier Prüfenden drei unbekannt! Also doch ein Glücksspiel! Nach zwölf Semestern ein Glücksspiel! Dann trat er lieber auch zurück! Erst nach dem Vorstellungsgespräch mit Senatspräsident Rothe wußte Alfred, daß er nicht mehr zurücktreten würde. Rothe versicherte ihm, daß zu Besorgnis für Alfred Dorn überhaupt kein Anlaß sei. Das sagte etwas aus über die Ergebnisse des Schriftlichen. Der Berliner Anwalt machte Alfred beim Vorstellungsgespräch sogar ein Kompliment zur Hausarbeit. Am Dienstag noch einmal zu Ziege, es wurden ausschließlich Brandt-Fälle gepaukt.Die Mutter lieferte er am Dienstagabend früher als je bei Hartlebens ab. Er spürte, daß ihre Angst und seine Angst einander vervielfachten. Und das ärgerlichste: sie tat, als habe sie gar keine Angst. Als wäre sie das Prüfungsamt persönlich, kam sie immer wieder auf den Refrain zurück: das Mündliche sei bei Alfred nur eine Formsache. Das hielt er nicht mehr aus. So zu tun, als sei das morgen alles nichts, das war doch unerträglich. Er sagte, er müsse arbeiten. Aber als er in seinem Zimmer war, konnte er nichts tun. Er legte sich angezogen aufs Bett. Und schlief sogar ein. Am nächsten Morgen wachte er ohne Kopfschmerzen auf, keine Spur von Migräne. Jetzt spürte er, daß er am 25. April durch eine Art Feuer gegangen war. Er kam sich gehärtet vor. Auch dort, vor dem Prüfungssaal und im Saal, war er von den fünfen der ruhigste. Brasch, Dahlke, Dorn, Kadelbach, Weidenbach. Er also Nr. 3. Er war alles andere als ruhig, er fühlte sich keinesfalls sicher, aber er sah, daß es ihm, im Gegensatz zu den anderen, gelang, ruhig zu erscheinen. Der Baß Brasch klang plötzlich wie ein heiserer Tenor. Dahlkes Schmiß ging in einem hektisch roten Gesicht fast unter. Kadelbach schaffte es nicht, sich an seiner Nase festzuhalten. Wie ein Pianist, der vor einem Konzert bemerkt, daß ihm die Hände vor Aufregung gefühllos zu werden drohen, exekutierte Herr Weidenbach mit beiden Händen immer wieder ein Fingerstrecken und -einziehen. Alfred wußte eines ganz sicher: keiner hatte einen solchen Kammgarn-Anzug an wie er, keiner eine solche Seidenkrawatte: blaue Seepferdchen auf weißem Grund. An Frau Thates Gesicht hatte er gesehen: dieser Anzug bestand jede Prüfung. Alfred nahm sich vor, Meister Hanka zu besuchen, um sich zu bedanken. Aber in diesem Anzug steckte der Lehnstuhl mit dem gelben Leder, das konnte er auch jetzt nicht vergessen.

Brandt fing an. Mit Erbrecht. Anspruch des Erben gegen den Erbschaftsbesitzer. Die Pointe kannte Alfred. Die Nr. 3 zog uneinholbar davon. Die Brandt-Stunde konnte Alfred für sich buchen. Im Saal hatte er bekannte Gesichter entdeckt: der inzwischen etwas abgeflachte Existentialist Hucklebroich, sogar George Weiler. Weiler kam sicher Weidenbach zuliebe. Alfred war trotzdem froh, daß Weiler da war; vor allem, als er spürte, daß er seinen Kollegen mehr als gewachsen war. Er hatte Sätze dieser Kollegen im Kopf. Als bei der Klausuren-Rückgabe Edith Fein aufgerufen wurde, hatte Brasch gesagt: Fehlt. Nimmt Herr Dorn mit. Und weil

Brasch immer der Schnellste im Formulieren war und aus einer Situation immer das Peinlichste zu bündeln verstand, wurden viele seiner Sätze Zitate. Alfred begriff nicht, warum das so war, aber es war so. Sobald von da an irgend etwas liegengeblieben war oder jemand gefehlt hatte, sagte immer einer: Fehlt. Nimmt Herr Dorn mit. Nie nahm Brasch selber einen eigenen Satz noch einmal in den Mund, das taten aus Gründen, die Alfred verborgen blieben, die anderen. Eigentlich wollte Alfred in dieser Brandt-Stunde nur über Brasch triumphieren und vor George Weiler glänzen. Das gelang ihm. Diese eine Stunde wog Jahre auf. Dann der Anwalt mit dem Strafrecht. Da Alfred mit einer Pause gerechnet hatte, der Vorsitzende aber sofort weitermachte, vielleicht auch, weil Alfred noch im Erfolgsgefühl der ersten Stunde schwamm, kriegte er den ersten Fall nicht richtig mit. Er entschied falsch. Dann kam aber eine BGH-Entscheidung dran, die er gerade noch – und schon zum dritten Mal – in der Senatsbibliothek durchgelesen hatte. Damit konnte er also umgehen wie der geborene Jurist. Mittagspause. Er traf sich mit der Mutter im Ratskeller und sagte, es sei noch nichts gewonnen, aber es stehe nicht schlecht. Aber die Mutter sagte – und er konnte es nicht verhindern –, er wirke so, als sei schon alles gewonnen, er wirke einfach so. Bitte, sagte er so hart als möglich, bitte, bitte, ja!! Dann die 3. Stunde: Bettermann, Öffentliches Recht. Nr. 2 und Nr. 4 mußten einen Fall lösen, Nr. 1, Nr. 3 und Nr. 5 sollten Begriffe explizieren. Auf Alfred fiel *Mischverwaltung*. Dieses Wort hatte er noch nie gehört. Der Prüfer merkte das sofort, ließ sich aber ohne alle Strenge auf das Gespräch ein, mit dem Alfred sich dem unbekannten Wort zu nähern versuchte. Alfred hatte das Gefühl, er rutsche, aber, auch das spürte er, der Prüfer ließ ihn nicht fallen. Dann die vierte Stunde: Der Vorsitzende. Tatsächlich begann er, wie Ziege vorausgesagt hatte, mit Aufbau und Zuständigkeit der Gerichte. Alfred hatte das deshalb kurz überflogen, aber nicht gebüffelt. Er strauchelte erheblich. Dann, zum Schluß, die USA-Verfassung. Alles, was das Historische

auch nur tangierte, fiel ihm leichter als alles rein Juristische. So wurde der Abschluß fast so gut wie der Beginn. Und das Ergebnis: Brasch und Weidenbach *ausreichend.* Kadelbach: *befriedigend.* Dorn: *vollbefriedigend.* Und zwar nicht nur das Mündliche, sondern das Gesamtergebnis. Ein Prädikatsexamen also. Justus Dahlke aber: *nicht bestanden.* Alfred rief: Nein. Er hatte das Gefühl, er zittere. Er hatte im Lauf des Prüfungstages sich und die anderen als Mannschaft erlebt. Sie spielten gegen die Prüfer. Sogar mit Brasch hatte er sich am Nachmittag versöhnt gefühlt. Wenn einer durchfiel, hatten sie alle verloren. Er traute sich nicht mehr, zu Justus Dahlke hinzuschauen. Wahrscheinlich schlugen jetzt Flammen aus dem Schmiß. Er mußte hinunter, hinaus. Unten im Parterre wartete Muttchen.
Alfred kam zwischen einem herzlich gratulierenden George Weiler und einem ihm freundliche Komplimente machenden Professor Bettermann die breite Treppe herunter. Bettermann sagte, schon in Mutters Hörweite, er habe bemerkt, daß Alfreds positives Wissen Grenzen habe, aber Alfred sei ein gescheiter Kerl und ein Jurist. Wie schnell sich Alfred in den Gedankengang des Prüfers gefunden habe, sei fabelhaft gewesen. Und zur Mutter sagte Professor Bettermann: Ich gratuliere Ihnen zu diesem gescheiten Sohn. Das war ein Augenblick! Da George Weiler wieder aussah, wie ein Komponist des 19. Jahrhunderts hätte aussehen sollen, hatte Alfred nichts dagegen, daß Weiler noch ein paar Schritte mitging. Vor allem solange er der Mutter so schön schilderte, wie virtuos Alfred in der Prüfung aufgetreten sei. Alfred ging mit der Mutter per Arm. Den Abend wollte er mit der Mutter allein verbringen. Wenn Weiler das nicht spürte, mußte Alfred nachhelfen. Plötzlich hörte er sich sagen, die Frau, an die er in Weilers Gegenwart in der Friedrichstraße eine Karte geschrieben habe, sei diese Frau, seine Mutter gewesen. Er war bei dieser Mitteilung in einen Ton geraten, der für das Mitgeteilte viel zu groß war. Weiler blieb stehen, also blieben Mutter und Sohn auch stehen. Weiler schaute Mutter und Sohn an. Jetzt

falle ihm ein jüdisches Sprichwort ein, gerade aufgeschnappt von seinem New Yorker Vetter: When a young man marries, he divorces his mother. Und manche mögen eben keine Scheidung. Als er sah, daß Mutter und Sohn ihn nicht verstanden, übersetzte er ihnen das Sprichwort. Dann verabschiedete er sich und ließ dabei spüren, daß er wisse, wie taktvoll das von ihm sei.
Als sie, Arm in Arm, allein waren, sagte die Mutter: Da muß ich glei weenen. Und tat's. Alfred zog sie noch fester an sich. Richtung Steglitzer Ratskeller. Aber unterwegs kaufte die Mutter noch Postkarten, die sie, noch vor dem Essen, an alle Dresdener schrieb, die wissen mußten, daß Alfred jetzt Referendar geworden war. Und alle diese Karten unterschrieb sie zwölfmal so: Eure glückliche Martha.
Als sie dann auf Alfreds Lieblingsstraße dahinschlenderten, summte die Mutter eine billige Melodie, die er nicht kannte. Er sagte, an diesem Tag habe er ein Anrecht auf bessere Musik. Bitte, sagte sie, die Melodie sei aus einem West-Film, der jetzt in Dresden laufe, Zirkus, mit Lilli Palmer, so ein schönes Liedel, und der Text sei auch gut: O mein Papa ist eine wunderbare Mann, o mein Papa ist eine große Kinstler. Sie sei, sagte sie, so glücklich, daß Pappi mit seinen bösen Prophezeiungen nicht recht behalten habe. Sie sei so glücklich wie vielleicht noch nie. Und sang gleich weiter auf eine ihm genau so wenig zusagende Melodie: Ich bin ja heut so glücklich, so glücklich, so glücklich, ich fühle augenblicklich mich glücklich wie noch nie. Abgesehen davon, daß es eine entsetzliche Melodie war, fiel ihm auf, daß die Mutter keine Stimme mehr hatte. Sie war nicht heiser, sie hatte keine Stimme mehr. Er traute sich nicht, ihr das zu sagen. Vielleicht war es die Aufregung.
Die Mutter wurde beauftragt, in Dresden sofort ein happiges Attest zu besorgen. Er wollte im August zwei Wochen lang zu Hause sein. Davor aber mußte er noch seine Bewerbung für das Kammergericht organisieren. Und Berthold Weidenbach wollte unbedingt noch feiern. Alle sollten zu ihm nach Friedenau kommen, in die Fregestraße. Er habe eine sturmfreie

Bude. Es war ein bewohnbar gemachter Dachboden. Alfreds erster Eindruck: riesig. Unter den Schrägen: Liegestätten jeder Art, eine Küchenregion, ein langer Eßtisch mit zwei Bänken, ein Arbeitsplatz. An einem der vier Holzpfosten, die das Dach trugen, hingen zwei Gitarren, an einem anderen zwei Fasnachtsmasken, am dritten steckten in einem Holzkranz um den Pfosten herum lauter Tabakspfeifen! Hier wohnte Weidenbach. So würde Alfred nie und nirgends wohnen. Weidenbach trug eine weiße Schürze. Er hatte selber gekocht für diesen Abend, etwas Elsässisches, das er Ofenschlupf nannte. Er wollte, solange diese Speise noch im Herd war, nichts darüber sagen. Vorerst tranken sie Wein aus Weidenbachs Gegend. Weidenbach richtete Grüße von George Weiler aus. Der wäre gekommen, wenn er noch in Berlin wäre. Aber er sei plötzlich ab nach Genf. Il a le cafard, sagte Weidenbach. Alfred wußte nicht, was das heißt. Aber da keiner nachfragte, dachte er, er sei der einzige, der das nicht wisse, also wagte er nicht zu fragen. Er hatte ja die Doktorin, die würde er fragen. Alfred bemerkte, daß er, wenn Weidenbach nachschenken wollte, der einzige war, der nie leer hatte. Natürlich war es Arno Maria Brasch, der den Tatbestand formulierte. Er hatte seinen Baß wieder und dröhnte wie einst im Dreyer-Kurs, daß unser Dörnchen aus der Zone sein Trinksoll andauernd nichterfülle. Wenn das Stachanow wüßte! Alle lachten. Alfred lächelte. Es läutete. Weidenbach brachte den langen Dahlke herein. Mit dem hatte keiner gerechnet, aber alle fanden es richtig, daß Dahlke sich von diesem komischen Prüfungsergebnis nicht habe abhalten lassen zu kommen. Brasch formulierte es: Das beweise eine Größe, die Dahlkes Länge entspreche. Dahlkes Auftritt war kein bißchen peinlich, weil Dahlke offenbar auch schon betrunken war. Er hatte ein Buch in den Händen, das wollte er Weidenbach geben, aber es entfiel ihm, Alfred hob es auf. Er komme nur, sagte Dahlke, weil er sich bei Weidenbach den *Enneccerus-Lehmann* ausgeliehen habe, und den müsse er ja doch, bevor sie alle irgendwohin verschwänden, zurückbringen. Er sprach, als spreche er unter Wasser. Korrekt, korrekt, sagte Weidenbach, aber jetzt soll Dahlke zuerst mal ein Glas in die Hand nehmen. Dieser Kaiserstühler könne einem über mehr als über ein blödes Prüfungsergebnis weghelfen, das wisse er aus eigener Erfahrung. Und erzählte gleich noch einmal die Begebenheit, von der jeder inzwischen schon gehört hatte. Wie er da im Oktober des vergangenen Jahres in der Strafrechtsklausur saß und den Fall nicht hinkriegte und wie er dann dem erstklassigen Herrn Halbritter, der schon am Einpacken war, einen Zettel mit einem krassen Hilferuf hinschickte und diesen Zettel sofort mit der Halbritter-Antwort zurückkriegte: *Studieren geht über Pokulieren. Georg Halbritter*. Weidenbach hatte den Zettel hinter Glas rahmen lassen und ihn an die vierte Säule gehängt; von dort holte er ihn her und reichte ihn herum. Alfred verglich seine eigene mehr oder weniger in einer Ebene hinkriechende Schrift mit den demonstrativ in die Höhen und Tiefen gejagten Ober- und Unterlängen des Georg Halbritter. Der benutzte für den Namen deutsche Buchstaben, weil die auch bei G und H Unterlängen ermöglichten! Weidenbachs Kommentar: Wer etwas auf sich hält, baut Unterlängen aus. Gelernt bei Goethe. Berthold Weidenbach fand es hinterfotzig von diesem aus München kommenden Musterschüler, der wahrscheinlich ein maßvoller Biertrinker sei, einem Freiburger in einem Augenblick höchster Not den Wein, also das Existenzelement, so säuerlich und hohnvoll vorzuhalten. Wie weit auch die Karriere dieses Spitzentyps hinaufschnellen werde, dieser Satz werde ihm zur rechten Stunde präsentiert werden, das schwöre er beim roten Ton des Kaiserstuhls und bei allen Graniten des Schwarzwalds. Zum Wohl! Sie tranken. Saßen unter der Schräge. Redeten weiter. Alfred sah, daß Dahlke das Glas fallen ließ, wie er vorher das Buch hatte fallen lassen, und zurücksank. Er machte Kadelbach, Brasch und Weidenbach darauf aufmerksam. Alle hin zu Dahlke. Weidenbach holte seine Lampe vom Arbeitstisch, leuchtete Dahlke ins Gesicht, und da sein Vater Arzt war und er wußte, wie man mit einem umgeht, der einfach so wegsinkt, konnte er nach ein paar Minuten sagen, Justus Dahlke sei tot. Es läutete. Der Taxifahrer. Ihm werde es jetzt zu dumm, entweder komme der Herr jetzt oder bezahle. Das erledigte Weidenbach. Aus dem Abend konnte nichts mehr werden.

Am nächsten Tag traf Alfred Weidenbach in der Uni und erfuhr die Todesursache: Tabletten. Alfred wurde es drehend. Er rannte herum und sammelte sogenannte Bewerbungsunterlagen. Fotos, Ahnenpaß, Fragebogen, Zeugnisse, eidesstattliche Erklärungen. Lebenslauf dreifach, zweimal in Maschine, einmal mit Hand. Allein dieser Lebenslauf kostete ihn Nächte. *Am 9. September 1929 wurde ich als Sohn des Dentisten Gustav Dorn und seiner Ehefrau Martha geb. Leißring in Dresden geboren. Von 1936 bis 1940 besuchte ich die 24. Volksschule, von 1940 bis 1948 das humanistische Kreuzgymnasium in Dresden, wo ich im selben Jahr das Abitur mit der Note »sehr gut« ablegte. Von 1948 bis 1952 studierte ich an der Universität Leipzig Rechtswissenschaften, konnte aber dort infolge meiner politischen Einstellung das Studium nicht erfolgreich abschließen. Von 1953 bis 1955 schloß ich an der Freien Universität Berlin ein Nachstudium an und legte am 11. Juli 1956 vor dem Justizprüfungsamt Berlin das erste juristische Staatsexamen mit der Note »vollbefriedigend« ab.* Zehnmal, zwanzigmal schrieb er sein *Leben* hin und verwarf es wieder, weil immer noch eine Wendung zu steif oder zu banal war. Als die Frist zum Abliefern zwang, mußte er einen Lebenslauf aus der Hand geben, der ihm nicht gefiel. Noch weniger gefielen ihm die Fotos. Er fand sein Gesicht nicht ebenmäßig. Auf keinem der Fotos war das Kinn genau unterhalb des höchsten Schädelpunktes. Und der Mund war immer ein wenig schief. Wahrscheinlich weil Alfred beim Geknipstwerden Ober- und Unterkiefer immer zu heftig und dadurch irgendwie verrutschend aufeinanderbiß. Seine Rübe war ihm sowieso viel zu schmal. Er ging immer noch zu dem Fotografen in der Bornstraße. Er brauchte einen, der seinem Problem gewachsen war.

Als er sah, wie die Sekretärin im Kammergericht seine so mühsam erstellten Unterlagen einfach mit einer Büroklammer zusammenheftete und beiseite legte, kamen ihm seine Papiere mißhandelt vor. Diese Dame hätte er am liebsten sofort vergiftet.
Aus Dresden trafen die Glückwünsche ein. Die Gratulierenden waren von der Mutter informiert worden, das sah man den Gratulationen an. Klara, früher Fräulein Baumgärtl, jetzt Frau Fienzel, die immer noch kam, wenn Frau Dorn fürchten mußte, mit Waschen und Bügeln nicht allein fertig zu werden, schrieb, sie habe sich so gefreut, daß er diesen Schund mit einem *Sehr gut* beendet habe. Ja, zu Schinderei sagte man im Hause Dorn Schund, das hatte Klara gelernt. Wenn er je das Wörterbuch der Mutter-Sprache schreiben würde, mußte Klara helfen. Dr. Theo und Hulda Samlewitz meldeten aus Ottendorf-Okrilla: Deine Mutti hat wieder blanke, frohe Augen. Alle diese Briefe von Berthel Mewald, der Patin Liesel Roitzsch, der Vize-Oma, der Mutter-Cousine Frieda Müller aus Meißen, Ria Rarer aus Leipzig und so weiter las er nicht nur einmal. Erst beim zweiten und dritten Mal, wenn er schon wußte, was drinstand, konnte er die Briefe nicht nur lesen, sondern genießen.
Verglichen mit West-Berlin war Dresden immer noch ein von verbrannten Fassaden gegliederter Trümmerhaufen. Auf den grünenden Schuttbergen wuchsen inzwischen schon Birken. Die Geschäfte zeigten mehr Bretter als Glas. Alfred Dorn fuhr in ein anderes Dresden ein. Je elender das wirkliche Dresden dalag, desto wacher mußte sein inneres Dresden werden. Der durchsichtigen Wüstenei der Innenstadt setzte er Eindrücke von früher entgegen. Die Mutter kommt über den Theaterplatz durch die Leute durch, Alfred sieht sie als erster. Die Mutter war nicht abgeschminkt gewesen. Sie hatte als *Nürnberger Bürgerin* die *Festwiese* bevölkert und besungen und hätte sich nach ihrem ersten Auftritt in der Semper-Oper am liebsten nie mehr abgeschminkt. Der Vater hatte sich für seine Frau geniert. Alfred war stolz,

weil die Leute rundum sahen, daß seine Mutter mitgewirkt hatte.
Der Vater war, als Alfred eintraf, schon in München. Ohne die junge Frau. Das gefiel der Mutter. Sie hoffte, die Nachfolgerin durchleide jetzt schlaflose Nächte. Die Doktorin begrüßte Alfred mit Zorn und Hohn über Vaters Vorschlag, Alfred müsse nach der Prüfung sofort in den Dienst. Der Herr Vater vergnüge sich in München mit Perlon-Unterwäsche, und der Sohn dürfe nach soviel Strapazen nicht einmal heimkehren! Alfred dankte ihr dieses Mal wie noch nie. Sie, die virgo clarissima et doctissima et praedicanda, habe ihn zum Juristen gemacht! Falls er denn einer sei. Sie beschwor ihn, endlich daran zu glauben, daß er einer sei. Und wie die Mutter gestrahlt habe, als sie der Vize-Oma die Nachricht persönlich überbrachte, so gestrahlt wie der des 750jährigen Jubiläums wegen jetzt allabendlich angestrahlte Rathausturm der Stadt Dresden.
Was ein cafard sei, wußte die Doktorin nicht. Aber sie werde nachforschen. Ja, er wachse jetzt doch über ihren Bildungshorizont hinaus.
Beiden Frauen schilderte er das Ende des Pommern Justus Dahlke, der, was das Ausleihen von Büchern angeht, nicht nur bei anderen, sondern auch bei sich selbst schrecklich penibel war. Und einen Schmiß habe der gehabt, mit dem sich das Gesicht wegen der Kürze der zur Verfügung stehenden Zeit nicht habe abfinden können. Die beiden Zuhörerinnen sollten, bitte, eine Art Glück empfinden, weil es ihrem Sorgenjungen deutlich besser ergangen sei.
Aber Alfred fühlte sich nicht gerettet. Er feierte zwar und ließ sich feiern, aber als, zum Beispiel, die Abrechnung von Dr. Halbedl aus Hof eintraf, aus der hervorging, daß Alfred in den drei West-Berliner Jahren aus Hof 2180 Mark bezogen und verbraucht hatte, erschrak er. Vom 28. 3. 1953 bis zum 27. 4. 1956 in sechzig Überweisungen 2180 Westmark! Dazu die 1000 Mark für die Vase. Dazu der Preis für den Lehnstuhl. Dazu Hunderte von Kuchenpaketen und Aberhunderte von

Wäschepaketen. Dieser enorme Aufwand! Und wenn er die Prüfung nicht geschafft hätte!! Das wäre doch genau so möglich gewesen. Immer wenn er allein war, marschierten diese Zahlen auf und mit ihnen die Vorstellung: Was wäre, wenn du's trotzdem nicht geschafft hättest. Es wäre das Todesurteil gewesen. Nichts als das. Siehe Justus Dahlke. Und diesen beträchtlichen Pommern hatte Alfred für stabiler gehalten als sich selbst. Unter dem freundlichen Schein der Dresdener Tage mit allen Besuchen und Gratulationen lauerte eine Panik, gegen die er sich ganz ohnmächtig fühlte. Hätte er auch Tabletten genommen? Ganz sicher nicht. Er wäre vom Blauen Wunder in die Elbe gehuppt. Dazu floß die doch andauernd unter den Brücken durch. Von allen Nachrichten aus dem Hause Wettin gefiel ihm die am besten, die meldete, daß König Johann und König Georg, der eine 1873, der andere 1904 im Schloß Pillnitz draußen gestorben, daß beide auf Barken elbabwärts nach Dresden gebracht worden waren, und die Barken hatten von nichts bewegt werden dürfen als von der Strömung der Elbe. Das wäre seine Lösung auch gewesen: sich der Elbe anzuvertrauen.

II.

1.

Im überfüllten Zug stehend, fuhr Alfred Dorn am 20. August nach Berlin zurück und fand einen vierzehn und einen sechs Tage alten Brief des Landgerichts Berlin-Charlottenburg vor.

Im zweiten Brief hieß es, er solle sich *binnen drei Tagen* zum *Dienstantritt* melden oder *Hinderungsgründe* mitteilen. Jeder, bei dem er sich dann vorstellte, vom Registraturbeamten bis zum Landgerichtsrat, begrüßte ihn als den, der den *Dienstantritt* versäumt hatte. Er erklärte jedem, daß er in Dresden bei seiner kranken Mutter gewesen sei. Jeder hatte dafür Verständnis. Der Landgerichtsrat wollte den zweiten Brief zurückziehen, aber das ging schon nicht mehr, der Durchschlag war schon bei Alfred Dorns Personalakten und würde ihn begleiten bis an sein Lebensende.

An drei Tagen hatte er Dienst im Amtsgericht Moabit, und am Mittwoch und Samstag, von acht bis zehn, *Arbeitsgemeinschaft der Referendare* im Amtsgericht in Spandau, Saal 322; da traf er die Kommilitonen wieder. Sobald der Unterrichtende die erste Frage stellte, wurde wieder gefeixt, es herrschte Penne; Alfred Dorn war zwar nicht mehr das Dörnchen vom Dreyer-Kurs, aber drei weitere Jahre lang würde er zweimal pro Woche jedesmal zwei Stunden lang darauf gefaßt sein müssen, dranzukommen, vor dreißig Zeugen und Zeuginnen jähe Fragen ebenso jäh beantworten zu müssen. Was hat der Kläger vorgetragen? Was der Beklagte? Was ist danach unstreitig? Was streitig? Entscheidungsgründe? Also von der Klägerstation zur Beklagtenstation, dann zur Beweisstation. Jeder Fall mußte einmal im Gutachtenstil, dann im Urteilsstil vorgetragen werden. Der Unterschied zwischen Gutachten und Urteil sollte ihnen in Fleisch und Blut übergehen. Als Alfred das erste Mal drankam und den Fall sorgfältig und in der eingebimsten Art entwickelte, vergaß er, vor lauter Konzentration auf die Methode, um welchen Kaufgegenstand es sich bei diesem Zivilrechtsfall gehandelt hatte, also fragte er nach und kriegte zur Antwort, es habe sich um eine Uhr gehandelt, aber falls Herrn Dorn ein Armleuchter lieber sei, bitte. Allgemeines Gelächter. Fast opernhaft oder parodistisch angeführt von Arno Maria Brasch, der allerdings keine zu geflügelten Worten werdenden Solokommentare mehr gab. Alfred war seit der Mündlichen nicht mehr so leicht abzutun. Halbritter, der auch hier genau in der Mitte der ersten Reihe saß, drehte sein rosarotes backenschweres Brillengesicht tadelnd herum. Er mißbilligte offenbar, daß gelacht wurde. Das war Alfred noch peinlicher, als wenn der autoritäre Mustermensch und Edelsäuerling mitgelacht hätte. Vor allem hätte Alfred selber mitlachen sollen. Hätte er das geschafft, hätte er dazugehört. Da er nicht mitlachen konnte, war er nur der, über den gelacht wurde. Alfred rannte nachher die Treppen des Spandauer Amtsgerichts hinunter, als werde er verfolgt. In die Hardenbergstraße, zu Steinway. Du mußt endlich mal Anschluß finden, Junge. Der Mutter-Refrain. Die Entfernung zu den anderen blieb. Er kriegte ja mit, zu welchen Bootsfahrten, Badeausflügen und Kneipengeselligkeiten die Referendare und Referendarinnen sich verabredeten; er hörte am Wochenanfang, wo sie übers Wochenende selbst in dem eingesperrten West-Berlin wieder gewesen waren. Alfreds Umgang waren die Vorgesetzten in den einzelnen Gerichtsstationen. Und Fred Pinkwart. Der kam einfach abends ins Zimmer, sagte: Se wärn endschuldchen, und lud Alfred zu einem Weezen am Hindenburgdamm ein. Seine Frau wollte ihn immer noch verlassen, aber solange sie das nur wolle und nicht tue, bleibe er in West-Berlin. Ob Alfred mit ihm in der Woche ein-, zweimal pauken könne. Als erste Gegenleistung werde er Alfred ein besseres Zimmer besorgen. Und nahm ihn sofort mit in die Neuchatellerstraße, hundert Meter vom S-Bahnhof Botanischer Garten. An der grün eingewachsenen S-Bahnlinie. Das von Pinkwart empfohlene Zimmer zu mieten hieß wahrscheinlich, Pinkwarts täglich begegnen. Alfred hatte der Mutter einmal versprochen, Pinkwarts zu meiden. Das war zu Dreyers Zeiten. Daß er von dem erfolglos Studierenden in das ewige Studentsein hineingerissen werden könnte, war nicht mehr zu befürchten. Er hatte geglaubt, Pinkwart meiden zu müssen, weil ihn dessen vollkommene Aussichtslosigkeit drückte.

Frau Gloria Glaubrecht also. Neuchateller Straße. Hoch-Parterre. Ein großes, frisch tapeziertes Zimmer. Ein zur Papierausbreitung einladender großer Schreibtisch vor einem ebenso großen Fenster. Überm Flur, ein grün gekacheltes Bad, WC. So grün war das Bad in der Borsbergstraße gekachelt gewesen. Angesichts dieser tannengrünen Kacheln wußte er plötzlich, woher er Frau Glaubrechts schönen Vornamen kannte. In der Closchüssel in der Borsbergstraße war, grün auf weiß, Gloria gestanden. In der Closchüssel in der Kaulbachstraße Scala. Er nahm's als gutes Zeichen. Das Zimmer sollte fünfzig kosten, fünfzehn die Zentralheizung; Strom und Gas zirka fünf. Unter keinen Umständen Küchenbenutzung. Sie geht um 7 Uhr 30 aus dem Haus. Davor macht und serviert sie das Frühstück. Besuch der Mutter? Ja, wenn das nicht überhandnimmt. Darf er ein Klavier bringen? Darüber ließe sich reden. Sie waren noch nicht durch, da kam schon ein weiterer Interessent, ein Amerikaner. Frau Glaubrecht sagte, was der noch nicht gehört hatte, noch einmal und entließ schließlich beide Parteien mit dem Bescheid, am Samstag werde sie sich entscheiden. Als Alfred und Pinkwart und der Amerikaner draußen waren, fragte der Amerikaner, was er Alfred bezahlen müsse, daß der als Bewerber ausscheide. Pinkwart antwortete statt Alfred. Er ließ sich die Adresse des Amerikaners geben. Er werde dem ein anderes Zimmer besorgen. Zimmervermittlung sei momentan seine Leidenschaft. Jetzt zurück zu Frau Glaubrecht! Es sei lächerlich, bis Samstag zu warten. Tatsächlich war Frau Glaubrecht gar nicht überrascht. Gut so, sagte sie. Der Ami wäre für sie nicht in Frage gekommen. Alfred hätte gern gewußt, warum; wagte aber nicht zu fragen. Frau Glaubrecht sagte alles, was sie sagte, mit äußerster Bestimmtheit. Ihr gleißendes Blond saß wie ein Helm aus Dauerwellen fest auf dem Kopf. Sie war eine so üppige Frau, daß Alfred sich noch dürftiger vorkam als sonst. Außer ihr gab es noch ihren Kater Mäusepeter und, eher fallweise als dauernd, Wolfi, ihren Verlobten. Alfred schätzte Frau Glaubrecht auf fünfzig.

Zu Frau Thate sagte er, er müsse ausziehen, weil er hier doch kein Klavier unterbringen könne, aber ohne Klavier könne er jetzt nicht mehr sein. Als Referendar finde er endlich wieder Zeit zum Üben. Vielleicht könne er sich durch Klavierspielen etwas verdienen.

Der Unterhaltszuschuß für Referendare betrug 254 Mark; aber bei ihm war das kein Zuschuß, sondern sein ein und alles. Verdiente man selber mehr als 150, hatte man's der Behörde zu melden. Frau Thate meinte anmaßend, Herr Dorn könne durch Nachhilfestunden mehr verdienen als durch Klavierspielen. Als sie sah, daß Alfred wirklich gehen wollte, sagte sie: aber nur mit Kündigungsfrist.

Jedesmal hatte er als Untermieter geschwelgt in der Vorstellung, wie er aus diesem Zimmer ausziehen, wie er die Kündigung hinschmettern und sich dann ein für alle Male wegdrehen werde. Bei Standkes, bei Bretzke/Fiedlers, bei Thates. Und jedesmal war's kein triumphales Ausziehen geworden, sondern ein auf Tröstung des armen Vermieters bedachtes Händeringen, ein Sichentschuldigen eben. Was hatten die einem angetan! Und das letzte, was sie einem noch einbleuten,war, man sei ein undankbarer Mensch, der alles, was sie so aufopferungsvoll für einen vollbracht hatten, durch schnöden Auszug entgalt. Also zog er eher verschämt aus als triumphierend. Frau Thate war noch viel dünner als Alfred. Sie sah einfach dürftig aus. Und die ließ er zurück beim cholerischen Gatten und zog zu einer vollen, prächtigen Blonden: Gloria Glaubrecht.

Der neue Schreibtisch zog ihn an. Und da für den, der aus Erfahrung ängstlich geworden ist, alles etwas bedeutet, war es für ihn ein gutes Zeichen, daß er gerade jetzt in einem Antiquariat auf ein Buch stieß, das er aus der Sächsischen Landesbibliothek entliehen hatte und bald wieder würde zurückgeben müssen: Graf von Brühl. Der Medici, Richelieu und Rothschild seiner Zeit von Aladár von Boroviczény, gedruckt in Wien, 1929. Und hier in Berlin kostete dieses einzige gründliche Buch über den bedeutenden sächsischen Politiker nur vier Mark. Darin sah er nichts als preußischen Hochmut und hauptstädtische Borniertheit. Er kaufte es sofort und lächelte vieldeutig, als er den lächerlichen Preis bezahlte. Dann saß er am Schreibtisch und entwarf seine Zukunft. Drei Projekte standen an: 1. Der Schneider des Grafen Brühl. 2. Der Erwerb des juristischen Doktorgrades. 3. Die Sammlung aller Dokumente, Fotos und Mitteilungen, in denen seine eigene Vergangenheit vorkam. Die Punkte eins und drei ergänzten einander. Punkt zwei störte. Aber er wußte, daß die Damen und Herren in den Dresdener Logen von ihm den *Doktor* erwarteten. Das Fräulein Adele Henriette Goelz ließ ihn bei jedem Gespräch spüren, daß alles, was sie seit den Vorbereitungen zum Abitur mit einander geheckt und gesponnen hatten, zum Irrtum würde, sollte ihr Herzenszögling nicht wie sie selbst diese akademische Trophäe erjagen. Dummerweise hatte sie in einer der West-Illustrierten, die er zu ihr hinübergeschmuggelt hatte, gelesen – und hatte es weitergeplaudert –, daß ein Schlagersänger namens Bully Buhlan Dr. jur. sei. So! Ein Schlagersänger! Und was musiziert Alfred Dorn! Darin waren sich alle so einig wie in nichts sonst: für einen Einserabiturienten ist der Dr. jur. ein Klacks. Er wollte ihn ja auch selbst. Auch wenn er wußte, er würde so wenig bei der Juristerei bleiben wie Händel, Goethe, Tschaikowsky und andere. Zuerst also sein ältestes Projekt: Der Schneider des Grafen Brühl. Jedesmal wenn er in Dresden gewesen war, war er mindestens einmal am Waldschlößchen aus der Elf ausgestiegen, war über die schattigen Kopfsteinpflasterstraßen und -sträßchen hinaufgewandert in die Marienallee, um in der Landesbibliothek die Titel der Bücher herauszusuchen, die er später für sein Brühl-Projekt lesen wollte. Wenn für alle historischen Romane so viele Bücher gelesen werden müßten, wie Alfred Dorn für seinen Brühl lesen wollte, könnte es nicht viele historische Romane geben. Die mit kleinster Bleistiftschrift bedeckten Lektürelisten, die Alfred Dorn hinterlassen hat, zeigen, daß er unter dem anekdotischen Titel ein vielumfassendes Kunstwerk plante. Der Doktorin gegenüber gab er zu, daß es alles übertreffen sollte, was es in dieser Art gab. Die Doktorin las jetzt Thomas Mann, Lion Feuchtwanger und Stefan Zweig, so wie sie sich, um Alfred jederzeit hilfreich gewachsen zu sein, von 1948 bis 56 ins Strafrecht oder Sachenrecht oder Arbeitsrecht hineingelesen hatte.

In den alten Adreßbüchern der Landesbibliothek hatte er auch nach einer Bautzenerin gesucht, die ihn und die Mutter 1936, als sie nach dem Keuchhusten in Reit im Winkl Ferien machten, tyrannisiert hatte. Immer hinter ihr her hatten sie an wilden Bächen hinauf zu noch wilderen Wasserfällen klettern müssen. Die riesige Frau, auf der Ebene unbeholfen bis ungeschlacht, wurde um so wendiger, je unwegsamer das Gelände war. Kleiner hieß die Riesin, Edelweiß die Pension. Frau Kleiner schickte ihm sofort drei Fotos. Ihre Drogerie hat der Krieg erwischt, aber von ihren Fotos keins! Auf einer dieser heiligen Fotografien sieht man in der Gruppe der Edelweiß-Gäste Alfred und die Mutter, beide tragen Tiroler Hütchen. Ein solches Foto hatte für ihn eine unerschöpfliche Ausstrahlung. Mutter und er mit Tiroler Hütchen. Wie hieß der große Junge neben Alfred, sicher zehn Jahre älter als Alfred und alle anderen überragend und der einzige, der barfuß war, wie, bitte, hieß der!? Noch wichtiger als die Tiroler Hütchen war Alfred die Haltung, die er auf diesem Foto einnahm. Alfred stand in der ersten Reihe, stand aber nicht auf seinen zwei Füßen, er hatte das rechte Knie angehoben, der rechte Fuß schwebte deutlich über dem Boden. Wie bei Hunden, die auf etwas aufmerksam geworden sind und gleich losrennen werden. Oder hatte er überhaupt schweben wollen. Sixtinisch! In der Gruppe gemütlich stehender Edelweiß-Gäste wirkt er alarmiert, hochgespannt, übermütig, zukunftheischend.

Ein ganzes Regal voller Fotoalben hatten er und die Mutter bis zur Angriffsnacht gepflegt. In den einen gab es Bilder, auf denen nur Alfred zu sehen war; in anderen Bilder von Mutter, Vater und Alfred; wieder in anderen Bilder mit Verwandten und Bekannten. Und eins nur mit Vorfahren. Das hatte wenige dicke, ganz steife, dunkelgrüne Seiten gehabt. Vaters Goldbarren, die er sich als Zahnarzt hatte beschaffen können, waren in den Tresor in der Waisenhausstraße gebracht worden. Die Alben nicht. Auch nicht jene drei Filme, auf denen wichtigste Augenblicke seines Heranwachsens mit einer Fülle von Einzelheiten festgehalten worden waren. *Der erste Schultag,* 1936; *Silberne Hochzeit,* 1942; *Konfirmation*, Palmarum 1944. Bei jedem Familienfest hatte man die Filme mit einem Projektor vorgeführt, dessen Bedienung dem Vater jedesmal die gleichen Schwierigkeiten bereitete. Alfred, im dunklen Zimmer an die Mutter gelehnt, genoß es, wenn der Vater fluchte. Im Luftschutzkoffer hatte die Mutter nur das sofort Lebensnotwendige unterbringen können. Mit einem Angriff hatte jetzt ohnehin niemand mehr gerechnet. Mitte Februar 1945! So lange war Dresden so gut wie verschont geblieben. Der Krieg war doch schon fast zu Ende. Dresden war überfüllt mit 500000 Frauen, Kindern, Soldaten, die aus dem Osten geflohen waren. Und da belegen sie die Stadt mit drei klugen, fabelhaft genau gezielten Großangriffen. Gezielt auf die für die Kriegführung unwichtige Innenstadt, auf das Alt-Dresden-Juwel also. Man hat sich, wenn zwischen 100- und 200000 Menschen getötet werden, nicht über zwei Dutzend Fotoalben und drei Filme zu beklagen. Aber er wollte die Bilder trotzdem zurückhaben. Jeder, der zu Dorns Kontakt hatte, wußte, daß Alfred Bilder von früher sammelte. Da er ja als Klavierwunderkind behandelt wurde und als Primus ungefährdet war, hatte sich wohl so etwas wie ein Nimbus gebildet. Sicher war die Mutter die einzige Priesterin dieses Kults. Aber der Vater hat ja auch, wo er hinkam, Bemerkungen fallen lassen über den rundum wunderbar begabten Sohn, der dann eben Jura, Philosophie und Musik in Leipzig studierte. Zweimal hatten die Eltern Bildhauer beauftragt, Alfred zu porträtieren. Zuerst zur Silbernen Hochzeit, 1942, und noch einmal, als er dieses Einserabitur geliefert hatte. Alfred Dorn konnte nicht umhin, sich für einen bedeutenden Menschen zu halten. Er zensierte die Mutter und ihre Briefe mit Laune: Dein drittletzter Brief war doch zu blöde. Der kommt mal nicht ins Alfred-Dorn-Museum, sonst sagen die Leute: Die Mutter muß ein dummes Aas gewesen sein.

Als der Vater im Sommer 1950 die Wohnung Am Bauernbusch für immer verließ, teilte Alfred dies Mutters Schwester Marlene mit, die seit 1914 in New York lebte; nach der Mitteilung des Faktums schrieb er: Ich bitte Dich, diese Vorgänge in keiner Weise beurteilen zu wollen. Eine unerfüllbare Forderung. Und doch stellte man sie gern auch in seinem Namen. Gegenwart –, das war für ihn der Zwang, die Vergangenheit zurückzulassen, sich dem Leben zuzuwenden. Leben –, das war eine Zusammenstellung von Aufgaben, die ihm nicht lagen. Zukunft war für ihn nur eine ins Unerträgliche gesteigerte Fortsetzung der Gegenwart: fortgeschrittener Zerfall, den er an Haaren und Zähnen, Haut und Knochen immer schon erlebte und mit immer größerer Aufmerksamkeit und Angst beobachtete. In jedem Augenblick konnte diese Angst vor dem Verfall ausbrechen, der Schrecken, den das Vergehen weckt. Der 13. Februar 1945. Das war immer der Tag, in dem er landete. Oft verfiel er dann in ein Weinen, bei dem er sich selber vorkam wie ein kleines Kind. Warum hat er im Sommer 1945 nicht länger gesucht und gegraben in den verkohlten Trümmern des Hauses? Vielleicht wären die Filme, die Alben noch zu retten gewesen. Es hätte doch nichts Wichtigeres gegeben als dieses Graben in den Trümmern des Hauses Borsbergstraße 28 d.Und das hatte er versäumt. Wegen Leipzig. Wegen West-Berlin. Wegen Jura. Das ist grotesk. Die Trümmer des Hauses, in dem die Großeltern umgekommen waren, wurden abgeräumt, die ganze Kaulbachstraße eingeebnet, auf dem neuen Stadtplan würde es sie nicht mehr geben. Und er hatte keine Aufnahme gemacht vom letzten Zustand der Ruinen, von den Schildern, die in den Trümmerbergen steckten,von den Schildern, auf denen stand, wo Kretzschmars jetzt seien, wo Poldracks, Böhlers und Steinhövels. Von Schmiedels nichts. Die waren gemeint mit dem Schild: KAULBACHSTRASSE 6: 5 TOTE. Das Grabmal seiner Großeltern. Jetzt erst erfuhr er, daß der Eisenbahner Schmiedel Großmutters zweiter Mann gewesen war. Der Vater seiner Mutter habe Leißring geheißen, Otmar. Wenn er nach dem fragte, wurden die Erwachsenen nervös. Sogar Tante Lotte, die ja über die zwei Jahre 1914 und 1941 nicht hinauskommen konnte, wandte sich jetzt an Alfred und bat ihn, für sie entweder in Kassel, beim Volksbund Deutsche Kriegsgräberfürsorge, oder in Berlin-Wittenau, bei der Dienststelle für die Benachrichtigung der Angehörigen der Gefallenen der ehemaligen Wehrmacht, nach ihrem Sohn Frieder zu forschen. Frieders Torpedoboot war am 8. Januar 1941 vor Dünkirchen untergegangen. Lotte Ranke wollte wissen, ob *die See ihn behalten* habe oder ob Frieder geborgen und bestattet worden war. Sie hatte gehört, daß dort bei Dünkirchen eine Liste existiere, in der alle Zeichnungen und Initialen, die in Ringen von Toten gefunden worden waren, einzusehen seien. Vielleicht sei ihr Sohn beim Waschen vom Tod überrascht worden, habe also die Erkennungsmarke gerade abgelegt gehabt. Aber den Ehering habe er sicher getragen. Also könnte doch Alfred einmal nach Herford reisen, dort Frieders Frau Hertha besuchen und fragen, was 1940 bei der Trauung in Stralsund in die Trauringe eingraviert worden sei; und mit dieser Information könne er, wenn er von einer der beiden Dienststellen die Lage des Friedhofs erfahren habe, dorthin reisen und mit Herthas Trauring vielleicht den von Frieder finden und damit dessen Grab. Sie wollte ein Grab. Sie würde es allerdings unter den herrschenden politischen Verhältnissen nicht besuchen können. Frieder war Alfred jahrelang als Vorbild präsentiert worden. Alfred hatte das dem blonden Vetter, der immer in grotesk schicken Uniformen des Jungvolks, der Hitler-Jugend und dann der Marine aufgetaucht war, nicht übelgenommen. Frieder war immer das gewesen, was Alfred nicht sein oder werden wollte. Fußballspieler, Jungvolkführer, Marineoffizier. Als Alfred von Leipzig als gescheiterter Jurastudent nach Hause kam und dann einen Herbst und Winter lang im Kirchensteueramt Zahlen zusammenzählen durfte, hatte der Vater einmal zu verstehen gegeben, der überall brauchbare und erfolgreiche Frieder habe sein Leben lassen müssen, während Alfred, der mit dem Leben offenbar nichts anzufangen wisse, überlebt habe. Das war eine der vielen Versionen des väterlichen Leidens an Alfreds Entwicklung beziehungsweise Nicht-Entwicklung. Alfred fand diese Nutzung des Frieder-Todes zu seiner, Alfreds, Beschämung besonders gemein, weil der Vater, wenn die Tante sagte Die See hat ihn behalten, jedesmal dagegenknurrte Die Fisch ham'n gefressen.

2.

Erwartet wurde von ihm etwas lächerlich Einfaches: die juristische Doktorarbeit. Er war bereit. Aber nicht in West-Berlin. Blomeyer und von Lübtow hatten oft genug wissen lassen, daß in West-Berlin nur juristische Koryphäen promoviert werden sollten. Am liebsten nur solche, die dann auch noch Professoren werden würden. Er hörte sich um nach Professoren, die aus dem Osten nach Westdeutschland gegangen waren. Er bemühte sich um ein Gespräch mit Dr. Müller, dem Kirchenmann, als dessen Bote er vor dreieinhalb Jahren ausgereist war. Der hatte manchmal Konferenz in der Jebensstraße, wo Alfred damals seine Kurierpost abgeliefert hatte. Alfred wartete von sechs bis neun Uhr abends auf der Bank im ersten Stock, dann kam Dr. Müller und war verlegen, weil er Alfred im Westen nicht zum Abendessen einladen konnte; also fuhren sie hinüber ins Hospiz, zum Essen und zum Reden. Alfred hatte das Gefühl, noch nie habe sich jemand so um ihn bemüht wie dieser Kirchenmann. Um auch etwas

beizusteuern, griff Alfred nach der Bierflasche, um sie zu öffnen. Aber es gelang ihm nicht. Es war nicht das erste Mal, daß ihm das nicht gelang, aber dieses Mal war es ihm besonders peinlich. Andererseits schien es Dr. Müller Spaß zu machen, Alfred vorzuführen, wie leicht eine Bierflasche zu öffnen sei. Am meisten Angst hatte Alfred auf dem Weg zum Hospiz bei der Vorstellung gehabt, er werde mit Dr. Müller vor dem Essen beten müssen. Aber Dr. Müller senkte nur ganz schnell den Kopf und wünschte guten Appetit. Er war auch Kreuzschüler gewesen. Es gab viele Themen, die beide interessierten. Das Heinrich-Schütz-Fest, die Spaltung Berlins. Dann also endlich Alfreds Promotion. Dr. Müller sagte, man bohre das Brett dort, wo es am dünnsten sei. Sie fanden heraus, das sei bei Nikisch in Kiel. Bei dem hatte Alfred in Leipzig Bodenrecht und Handels- und Gesellschaftsrecht gehört. Und für West-Berliner Referendare waren Dreimonats-Aufenthalte im Westen vorgesehen, also finanzierbar.
Herr Dr. Müller brachte Alfred zum S-Bahnhof und kaufte ihm dort auch noch eine Fahrkarte zurück in den Westen. Sobald Alfred allein war, warf er sich vor, er sei zu passiv, zu schüchtern gewesen. Dr. Müller mußte den Eindruck haben, auf einen völlig hilflosen, ratlosen, unentwickelbaren, weil unweckbar zaghaften und ewig infantilen Menschen eingeredet zu haben. Es war Dr. Müllers fürsorgliche, alles bedenkende Freundlichkeit gewesen, die Alfred so eingeschüchtert und passiv gemacht hatte. Je mehr ihm jemand entgegenkam, desto zögernder wurde Alfred. Ganz und gar konventionell wurde er da. Also einfach unverbindlich.
Dr. Müller hatte geraten, ja nicht länger als drei bis vier Monate nach Kiel zu gehen, in dieser Zeit die Doktorarbeit zu schreiben, dann aber wieder zurückzukommen nach West-Berlin. Auch in der Kirchenverwaltung in Dresden könne Alfred durchaus Arbeit finden. Nur nicht in West-Deutschland bleiben, dort sei Alfred ein Fremdling. Alfred hatte auch dazu genickt, obwohl er doch, wenn er in West-Berlin das Zimmer wechselte, immer seine Winterreise-Strophe

summte: Fremd bin ich eingezogen, fremd zieh ich wieder aus... Drei Tage nach dem Kirchenmann kam der Vater mit der jungen Frau. Diesmal redete der Vater hauptsächlich über seinen neuen Wartburg. Die Kinokarten hatte der Vater über Arthur Hartleben selbst besorgt. Vor Sonnenuntergang mit Hans Albers, und etwas Französisch-Italienisches mit Gina Lollobrigida. Danach aß Alfred wieder bei Aschinger vor den beiden, die nachher im HO in der Friedrichstraße aßen. Alfred durfte diesmal dabei sein. Der Kellner – offenbar ein Radikaler – entlarvte ihn als West-Berliner und weigerte sich, ihm ein Bier zu servieren. Der Vater sagte, sein Sohn sei sein Gast. Der Kellner: zu Hause, aber nicht in der HO-Gaststätte. Alfred verzichtete auf das Bier. Er war froh, daß er einen Grund hatte, verärgert sein zu dürfen. Er verabschiedete sich und ging. Er war mit dem Vater in ein von beiden Seiten erbittert geführtes Gespräch geraten. Über die Filme. Ihm hatte das französisch-italienische Unterhaltungszeug viel besser gefallen als der Problemfilm nach einem Gerhart Hauptmann-Stück. Der jüngste Sohn verliebt sich in die zweite Frau, die die Stelle der verstorbenen Mutter einnehmen soll. Die älteste Tochter ist aus Eifersucht gegen die zweite Frau. Die anderen Töchter intrigieren, weil sie ums Erbe bangen. Alfred sah die Kinder diffamiert. Der Vater, der diesen Film für den schönsten überhaupt hielt, sagte, so seien Kinder, ganz ganz genau so. Und daß Alfred einen so gewagten Film wie den mit der Lollobrigida vorzog, fand er unbegreiflich. Das passe nun wirklich nicht zu Alfred. Daß Alfred der Hauptmann-Film zu schaffen mache, verstehe er nur zu gut. Keiner wolle wissen, wie er wirklich sei. Einzigartig schön sei dieser Film gewesen, einzigartig schön!
Der Vater wollte nicht wissen, wie Alfred mit den 254 Mark auskomme. Als Alfred erwähnte, daß er etwas dazuverdienen müsse, sagte der Vater, er solle versuchen, Anekdoten aus den Gerichtssälen an Zeitungen zu verkaufen. Wie sollte das denn gehen? Einen Wecker hatte er Alfred mitgebracht, das war alles. Er hatte von seiner Schwester, die es von der Exgattin

hatte, erfahren, daß Alfred nicht nur bei Dienstantritt, sondern auch danach noch zweimal morgens zu spät gekommen sei. Alfred brachte nicht einmal heraus, daß er vor Ende September bei Frau Pinkwart fünfzig Mark geliehen hatte. Gegen Schuldschein. Schlimmer als das, was der Vater gesagt hatte, war der Brief, den er dann schrieb. Am liebsten und am ausführlichsten schrieb der Vater, wenn er am wenigsten Zeit dazu hatte oder wenn die Gelegenheit am ungünstigsten war. Nach einer langen Fachsitzung, die sich bis zur Erschöpfung hingezogen hatte, oder am Quartalsende, wenn er bis nachts um drei über den Abrechnungen gesessen hatte. Schon daß er dann noch einen Brief schrieb, war ein Vorwurf. Etwaige Fehler seien, hieß es da, a priori zu entschuldigen. Eben wegen der tiefnächtlichen Stunde. Dann ging's los. Es komme im Augenblick nicht darauf an, daß Alfred mit der väterlichen Kritik einverstanden sei. Die Kritik helfe ihm auch weiter, wenn er ihren Sinn noch nicht einsehe. Gerade beim letzten Besuch habe der Vater gesehen, daß Alfred immer noch der alte Alfred sei. Der Vater aber möchte gern einen neuen Alfred in ihm entdecken. Alfred ist trotz der drei Jahre Berlin noch nicht da, wo der Vater ihn gern haben will. Dann kam ein Satz: Gewiß, auf einen Hieb fällt kein Baum. Und dann gleich wieder: Du bist ein freier Mensch und ich werde mich hüten, Dich beeinflussen zu wollen, wie es die Mutter gern tut und getan hat. Aber dann führte der Brief doch zu dem Rat, den genau so die Mutter gab: Suche Anschluß! Damit er auch Damenbesuch empfangen könne, sende er ihm ein Service komplett für zwei Personen. Mit gestickten Servietten. Und Unterwäsche. Weichstes Material. Mit langen Unterhosen. Unmöglich, daß Alfred noch einen Winter in kurzen Unterhosen herumlaufe. Wie immer endete der Brief mit der logisch gar nicht so leicht nachvollziehbaren Schlußformel: Sei recht herzlich gegrüßt von Deinem Vater und meiner Frau.

Alfred wußte, daß er sparsam war bis zur Kleinlichkeit. Er glaubte, jede Lockerung seiner Sparenergie stürze ihn in eine

Katastrophe. Aber in Frau Glaubrecht fand er seine Meisterin. Wenn er ins Bad ging, ließ er in seinem Zimmer das Licht brennen, um sich in dem dunklen Flur orientieren zu können. Wenn er zurückkam, war das Licht gelöscht. Als sie ihn auch noch darauf hinwies, sagte er, dann stolpere er in dem dunklen Flur. Und sie: In ein paar Tagen finde er hier alles im Finstern. Da im Bad nichts abgelegt werden durfte, tastete er sich mit Seife, Handbürste und mit nassen Händen über den Flur in sein Zimmer. Aber das war ihr auch nicht recht. Sie ließ meistens einen Tag vergehen, bis sie aus einer weiteren Erfahrung eine weitere Vorschrift entwickelte. Er sei ja, sagte sie einen Tag später, ein ordentlicher Mensch, also könne er seine Waschsachen gern im Bad lassen. Sie wies ihm ein Eckchen am Badewannenrand an. Alfred fand, das sei kein sehr günstiger Platz, da nehme er sein Zeug schon lieber wieder mit ins Zimmer. Jetzt schrie sie in einem Ton, gemischt aus Wut und Qual, daß dann eben ewig die Klinke naß sei, wenn er das Badezimmer verlasse. Alfred sagte, er werde wirklich versuchen, das zu vermeiden. Da schüttelte sie jäh ihren blond befestigten Kopf und rannte weg. Einen Tag später: Heute seien am Beckenrand Seifenreste zurückgeblieben. Offenbar habe er herumgepantscht. Hinter der Toilette hänge ein Läppchen, mit dem könne er in Zukunft, wenn er herumgepantscht habe, das Becken auswischen. Außerdem hänge da auch ein Scheuerhader, mit dem er jede Nässe vom Boden unter dem Becken aufwischen könne. Daß sie Scheuerhader sagte, versöhnte ihn mit der Unsinnigkeit der Forderung. Ein einziger Mensch hatte ihm gegenüber dieses Wort bis jetzt gebraucht: Klara Fienzel, geborene Baumgärtl, die Schlesierin.

Wahrscheinlich lassen sich die Entfernungen zwischen Menschen mit irdischen Maßen gar nicht ausdrücken. Wie nah ist New York, und wie weit ist Frau Glaubrecht. Und wie nah war Frau Glaubrecht am ersten Tag. Und wie wächst die Entfernung seitdem. Und er kann nichts tun, dieses Entfernungswachstum zu stoppen. Von Pinkwart erfuhr er, sie sei

Notstandsarbeiterin im Berzirk Steglitz. Wahrscheinlich mußte sie dort stundenlang ohne jedes Temperament freundlich sein. Das führte bei ihrer Lebhaftigkeit zu Gallenkoliken. Und Alfred gegenüber konnte sie sich dann eben oft nicht mehr beherrschen. Trotzdem: Kein Krach mit Frau Glaubrecht! Sie mußte ja gestatten, daß die Mutter, wenn sie Anfang November zu ihrem Geburtstag herüberkam, auf dem Diwan übernachtete. Aber wie schon öfter tat die Weltgeschichte alles, das Wiedersehen zwischen Mutter und Sohn zu vereiteln. Der Aufstand der Ungarn im Oktober. Die immer noch stalinistische Reaktion der Russen auf den ungarischen Befreiungsversuch. Dr. Wusch und Dr. Irmer, also Innere und Nerven, warnten. Frau Dorn, mit ihrem labilen Blutdruck, kann doch jetzt, wo jeden Augenblick der Krieg ausbricht, nicht nach West-Berlin reisen! Aber Frau Dorn hatte sich bei der Czernijewsky schon einen Mantel nach einem von Alfred gelieferten West-Modenheft machen lassen. Frau Blümel hatte die sieben Hemden, deren Krägen sie nicht zu Alfreds Zufriedenheit gewendet hatte – gräßlich verstümmelt hatte sie, nach Alfreds Urteil, die Hemden –, schon ein zweites Mal bearbeitet. Alfred brauchte die Hemden jetzt ganz dringend. Er hatte ja immer noch nur ein einziges weißes Hemd. Und im Westen gehörte es offenbar zum Anstand, daß man bald überallhin im musterlos weißen Hemd kam. Dieses allgegenwärtige rein weiße Hemd war das krasseste Unterschiedssignal zwischen Ost und West. Wenn er drei Wochen lang um eine Karte für das Strawinsky-Konzert bangte und kämpfte, wollte er nicht im Titania-Palast, bei der Spitzenveranstaltung der Berliner Festwochen, durch das falsche Hemd auffallen. Also ging er lieber in gestreiften Hemden ins Amtsgericht und trug das für einsfünfzig gewaschene, gebügelte rein weiße und den für drei Mark gebügelten Anzug in den Titania-Palast. Er hatte immer noch keine Karte, also stellte er sich in die Schlange derer, die auf nicht abgeholte Karten hofften. Beim ersten Klingeln gab er auf. Jetzt war nichts mehr zu hoffen. Er war der erste, der die Schlange verließ, und der erste, der einem gerade hereinkommenden Herrn ansah, daß der seine Karte zurückgeben wollte. Und kriegte sie. 12 Mark plus 10 Prozent Zuschlag, weil der die Karte von einer Verkaufsstelle hatte. 13 Mark und 20 Pfennige –, das hätte er, wenn er ruhig überlegt hätte, keinesfalls für ein einziges Konzert ausgeben können. Fast soviel wie für eine erstklassige, lebenslänglich zu tragende Krawatte und fast soviel, wie er bald für die seit längerem beobachteten feinen, gefütterten Lederhandschuhe bezahlen würde. Vielleicht hat es eine Rolle gespielt bei diesem spontanen Kauf, daß er in der Nacht vorher geträumt hatte, er habe eine Karte bekommen für das Strawinsky-Konzert. Er glaubte an Träume. Dann saß er aber auch in der 5. Reihe, hatte Igor Strawinsky direkt vor sich, sah, wie wüst der aussah und wie attraktiv. Peitschender konnte man nicht dirigieren. Der dirigierte nur Eigenes. Diese Musik wirkt ganz direkt auf Nerven und Muskeln. Die rhythmisch stechenden Trompeten. Man möchte andauernd reagieren, muß aber doch sitzenbleiben. Man tanzt einen unterdrückten Tanz. Nachher ist man müder, als wenn man wirklich getanzt hätte. Aber wenn dann mit dem vereinsamten Schlußton der Ode das Konzert förmlich beerdigt wird, spürt man, daß diese Musik einem eine Kapazität beschert: man glaubt, man sei auch zu etwas wie Musik imstande. Alfred erlebte einen Andrang von Ausdruckswillen. Aber nachher wußte er wieder nicht, wohin damit. Er verstand so gut, daß Begeisterte die Tür belagerten, aus der der Meister kommen mußte. Er sah die Menschenmauer und ging weg. Dieser Geistplusnaturgewalt Strawinsky durfte er doch gar nicht in die Nähe kommen. Er tanzte, die Thementöne der Symphonie in c im Kopf, seine Straße hinaus. In seinem Zimmer entwarf er dann noch einen langen Brief an Zoltán Kodály. Das hatte er seit langem vor. Dem konnte er als Klavierspieler seine Verehrung genauer ausdrücken. Der wirkte erreichbarer, erträglicher als der fabelhaft wüste und marmorharte Strawinsky. Und irgend jemandem mußte er in dieser Nacht seine Verehrung gestehen.

Er schrieb zwar an Kodály, aber die Energie lieferte Strawinskys Wildheit. Daß er Strawinsky nicht wenigstens die Hand geben konnte, tat richtig weh. Alfred verehrte gern. Er fühlte sich lebendiger, wenn er verehrte. Es war der ihm liebste Überfluß. Nur schade, daß die Mutter nicht neben ihm gesessen hatte. Mit ihr in der 5. Reihe bei Strawinsky, das wär's. Würde das je sein? Sie sollte jetzt endlich kommen. Warum noch wochenlang warten bis zu ihrem Geburtstag! Er brauchte dringend neue Schuhe. Die von Türke und die mit der Waschbrettprofilsohle waren erledigt. Es regnete ja nur noch. Er war auch froh, daß die hin waren. Beide Paare hatten ihm nie gepaßt. Längere Gänge darin waren eine Qual. Er hatte schwierige Füße. Knickplattspreizfuß hatte es der Arzt genannt. Wegen der Warzen mußte auch eine Entscheidung getroffen werden. Seit ein Ku-Damm-Arzt seine Wucherungen ohne jeden Nebenton Warzen genannt hatte, versuchte er auch, sie so zu nennen. Der Arzt hatte sie eingesalbt und zugepflastert, es hatte nichts genützt. Und Überbeine an beiden Handgelenken. Und der Haarausfall. Und die Zähne. Er hatte niemanden, mit dem er seine Angst besprechen konnte. Und wenn er sie mit sich selber besprach, wurde sie größer. Besonders nachts.

Die Mutter ließ sich von keiner Kriegsgefahr schrecken und kam. Allerdings erst im November. Aber ihm gelang es nicht, Frau Glaubrecht so lange bei Laune zu halten. Zuerst vertröpfelte er Milch im Gang. Dann verlangte sie seine Schuhsohlen zu sehen. Die Matte in seinem Zimmer sei übermäßig abgenutzt. Schuhappell also. Den verweigerte er. Aus ihrem immer weinerlicher werdenden Kommentar erfuhr er, wie schwer sie seit fünfundvierzig gearbeitet hatte, um diese Wohnung wieder so schön auszustatten. Sie ertrage nur den allerpfleglichsten Umgang mit ihrem Werk. Seine Art Achtlosigkeit – schon zweimal hat er nachts nicht richtig abgeschlossen! – mache sie krank. Typisch für Herrn Dorns Rücksichtslosigkeit sei auch, daß die an ihn adressierte Post immer noch den Zusatz *bei Glaubrecht* vermissen läßt. Deshalb hatte der Briefbote, der das vom Vater geschickte Buch über den großen Porzellankünstler Johann Joachim Kändler zustellen wollte, zuerst einmal falsch klingeln müssen. Muß man denn die anderen Mietparteien absichtlich verärgern?! Alfred bat, ein Namensschild anbringen zu dürfen. Das mußte sie, im Namen des Besitzers, ablehnen. Untervermietungen schon außen sichtbar zu machen, sei ganz gegen den Stil dieses Hauses. Als er ankündigte, jetzt werde, wie ausgemacht, die Mutter ein paar Tage zu Besuch kommen, griff sich Frau Glaubrecht sofort an die Stelle, wo ihre Koliken ansetzen. Wie ausgemacht, sagte sie, ja, wie ausgemacht! Es stellte sich heraus, daß sie zu ihrer allerersten Zusage Ausführungsbestimmungen erlassen hatte. Und zwar Herrn Pinkwart gegenüber. Der hat die nicht weitergegeben. Eine Nacht, ja! Aber nicht, daß aus einer Nacht zwei werden und aus zwei Nächten eine ganze Woche. Und keinesfalls ertrage sie es, daß Frau Dorn sich dann herzlich bedanke und verschwinde. Sie will etwas sehen für ihr freundliches Entgegenkommen. Wie kommt sie dazu, anderen Menschen ohne Gegenleistung gefällig zu sein! Dazu hat sie sich nach fünfundvierzig alles viel zu schwer wieder aufbauen müssen. Alfred verzichtete also. Mutters Aufenthalt würde unter solchen Leidensumständen nur Katastrophen produzieren. Er selber ging auch wieder einmal pro Woche auswärts baden. Die Wiederherrichtung des Glaubrechtschen Bades zu Frau Glaubrechts Zufriedenheit, nach einer Vollbenutzung –, das war gar nicht zu leisten. Auch den zuerst so wunderbar einladenden Schreibtisch benutzte er nicht mehr. Wahrscheinlich hatte sein Mietvorgänger aus lauter Angst vor Frau Glaubrecht die Schreibtischplatte mit rötlicher Schuhwichse eingeschmiert. Die Platte glänzte zwar, aber färbte alles, was sie berührte, rot. Er arbeitete also in den Ämtern oder wieder, wie all die Jahre, drüben in der Staatsbibliothek Unter den Linden. Er hatte zwar bei Dienstantritt unterschrieben, daß er nie Akten in den Ostsektor mitnehmen werde, aber nun nahm er eben, wenn er zu Hause Akten durcharbeiten sollte, die doch mit hinüber.

Es blieben nur Aenne und Arthur Hartleben in der Bornstraße. Als er denen schilderte, warum die Mutter nicht auf dem dafür bereitstehenden Diwan übernachten konnte, nahmen die in fast allem für Frau Glaubrecht Partei. Nur das Namensschild könne er verlangen. Da müsse er nur richtig auftreten. Als Aenne in die Küche ging, holte Arthur zu weiterem Rat aus. Alfred müsse endlich mal zu einem Bockbierfest gehen, dort ein Mädel beiseite nehmen, sich natürlich vor Ansteckung schützen, also so wie bisher gehe es nicht weiter. Alfred müsse einen von Arthurs reichsten Kunden besuchen, der einmal alles einer Nichte vererbe. Arthur hat Alfred schon angemeldet bei diesem Kunden. Jetzt müsse Alfred aber auch wirklich mal hingehen. Alfred kriegte fast anfallartige Kopfschmerzen. Er bedankte sich für allen guten Rat. Arthur steckte ihm noch einen Zwanzigmarkschein zu. Und wie immer, wenn er Alfred Geld schenkte, mit dem gemütlich strengen Zeigefinger vor dem Mund: aber nischt zu Aenne. Die Mutter, hörte er sich sagen, werde er im Adlon unterbringen. Das war ihm eingefallen. Wenn der Vater dort übernachtete, warum dann nicht auch die Mutter! Die Mutter konnte kommen. Sie hatte ja außer ihm auch niemanden, mit dem sie wirklich sprechen konnte. Aber wenn sie dann da war und anfing, unterbrach er sie gleich wieder: Daß Lotte verw. aus dem Pfarrhaus ausgezogen ist und durch nichts als Seelenfrieden – weil sie der täglichen Schikane der Bastern entronnen ist – gleich 5 Pfund zugenommen hat, weiß er schon. Jetzt will die Mutter wissen, ob er sich bei Aenne nach dem Preis für Bleyle-Schlüpfer erkundigt habe. Er habe. Bleyle-Schlüpfer kosten 19,50 DM. Oh nein, dann will sie natürlich keine. Alfred hatte sich sowohl Aenne Hartleben wie der Mutter gegenüber zusammennehmen müssen, daß er Schlüpfer ohne Nebenbetonung aussprechen konnte. Da weder Aenne noch die Mutter seine Schwierigkeit bemerkte, beschloß er, das Wort in seinen Wortschatz aufzunehmen. Er würde, wenn er jetzt mit der Mutter an den Schaufenstern entlangging, auf den und jenen Schlüpfer aufmerksam machen. Er würde es versu-

chen. Er mußte es versuchen. Er fand das Wort unmöglich. Und er fürchtete, wenn er es aussprach, spreche er nicht das Wort aus, sondern seine Schwierigkeit mit diesem Wort. Mag anderen die ganze Sprache zur Verfügung stehen, er wußte längst, daß es für ihn Wörter, ja ganze Wortfelder gab, die er meiden mußte. Mögen andere entspannt sein. Er war's nicht. Vielleicht würde er einmal Nachhilfeunterricht nehmen.
Die Mutter brauchte vor allem sein Lob. Schneidermeister Hanka hat sie einen uralten Alfred-Anzug für 25 Mark verkauft und einen ebenso alten Sommermantel in der Leipziger Straße für zwanzig! Auch Extrakussels werden als Belohnung akzeptiert. Sie, die Unermüdliche, hat jetzt auch noch seinen Abituranzug herausgekramt und ihn Meister Hanka in Kommission gegeben. Vielleicht kriegt sie dafür fünfzig Mark! Alfred stöhnte auf. Abituranzug! Ohne ihn vorher zu fragen! In diesem Anzug hat er den Höhepunkt seines ganzen bisherigen Lebens erreicht. Manchmal sah es so aus, als werde er einen solchen Höhepunkt nie wieder erreichen. Er wußte nicht, sollte er brüllen oder heulen. Statt dessen sagte er grimmig und edel: Laufend dieses Ungemach! Daß die eigene Mutter kein bißchen Sinn für die gemeinsame Vergangenheit hat! Die eigene Mutter, eine Barbarin! Ach was, Barbarin, schlimmer. Sie sei … Nein, das sei sein Geburtstagsgeschenk für sie, daß er ihr nicht sage, was sie sei. Aber das müsse sie versprechen: Sofort, wenn sie in Dresden ist, zu Meister Hanka hin und den Anzug geholt. Sollte der schon weg sein, hin zu den Leuten und den Anzug zurückgekauft. Auch wenn sie mehr verlangen, als sie bezahlt haben. Er will wissen, daß dieser Anzug für ihn in Dresden im Schrank hängt. Die Mutter sagte, dann kriegten ihn eben die Motten, bitte. Vor Motten ekelte er sich. Sobald die Motten drin sind in seinem Abituranzug, kann sie ihn verkaufen. Aber keinen Tag vorher. Und sie hat den Anzug gegen die Motten zu verteidigen, verflucht nochmal. Sieht sie das ein endlich! Sie und er haben einen Feind, die Zukunft. Sie und er dürfen die Vergangenheit nicht vergehen lassen.

Die Mutter sagte: Da muß ich glei weenen. Und weinte. Im Kino, im Steglitzer Ratskeller und beim Einkaufen erholte sie sich wieder. Alfred kriegte bei Leiser die Halbschuhe, die er schon einige Zeit beobachtet hatte. Und Nylon-Socken. Zusammen 46,30 DM. Und gleich noch die auch schon seit Wochen ins Visier genommenen Lederhandschuhe. DM 17,50. Er hätte, sagte er, Schuhe und Handschuhe auch ohne die Mutter kaufen können, aber er wollte die Freude mit ihr teilen. Wenn er nur ein bißchen mehr Geld hätte, sagte er, würde er jetzt noch ein geringeres Paar Schuhe kaufen, damit er dieses wunderschöne Schuhpaar möglichst selten, am liebsten gar nie tragen müßte und es also so schön erhalten könnte, wie es jetzt sei. Es dürfte eben nichts zugrunde gehen. Besonders keine Schuhe! Schuhe waren für ihn das Lebendigschönste überhaupt. Und es waren immer die Schuhe, die am schnellsten unansehnlich und dann auch schon kaputt waren.
Die Mutter war in dem neuen, von der Czernijewsky nach dem von Alfred besorgten West-Modenheft geschneiderten Mantel angereist. Dazu hat sie ihren Blaufuchs als Besatz verarbeiten lassen. Alfred sagte, als sie ankam: Pompös. Sie sagte, da habe er wohl recht. Aber wunderbar pompös, sagte Alfred. Petersburgisch pompös geradezu. Dann also mit der staunenden Mutter zu dieser zweiteiligen Damengarderobe, die man Twinset nennt. In jedem den Ruinen abgetrotzten Schaufenster werden zur Zeit solche Twinsets ausgestellt. Nach erschöpfenden Wanderungen zu allen von Alfred vorprogrammierten Schaufenstern entschied die Mutter, daß das jetzt alles zu teuer sei. Also einen Bleyle-Schlüpfer für 19,80 DM. Alfred ging zwar mit in das Geschäft, hielt sich aber beim Kaufgespräch zurück. Er hatte auch ein Kino vorbereitet (Der König von Siam) und ein Konzert. Am Sonntag vormittag. Der Mutter zuliebe ein Oratorium. Philipp Emanuel Bach: Die Israeliten in der Wüste. Alfred genoß es, daß er an gewissen Stellen, von denen er wußte, daß die Mutter sie genau so empfand wie er, der Mutter die Hand drücken

konnte. Noch vor Konzertbeginn konnte er der Mutter zwei Zeilen im Programm-Heft zur sofortigen Beherzigung unterstreichen: ... jener Sohn, der, einem Zug der Zeit folgend, sich die höchste Bildung seiner Zeit aneignete und zunächst Jura studierte. Schon wieder einer!
Er würde an Weihnachten heimkommen und außer der Doktorin keinen Menschen sehen. Nur Klavier spielen. Hielt er sich nicht immer noch für einen Pianisten? Wahrscheinlich ist das das Geheimnis des Erwachsenwerdens: man gewöhnt sich daran, ein Versager zu sein. Er nicht. Nur nicht immer so schüchtern, bitte! Nicht so konventionell, Mensch! Das haßte er an sich, daß das Konventionelle ihn so beherrschte. Die Doktorin als Publikum. Nein, er würde sogar Fräulein Scheibenpflug heraufbitten, seine letzte Lehrerin vor Grundeis. Wenn sie noch lebte! Vielleicht führe er auch ein paar Tage nach Oberbärenburg, ins östliche Erzgebirge. In die Pension Dittrich, Haus Johanna. Der Vater könnte ihm vielleicht einen Platz verschaffen. Das war die Pension, in der er zum ersten Mal vom Schneider des Grafen Brühl gehört hatte. Als Frau Fichtner die Anekdote erzählt hatte, konnten sich die Erwachsenen nicht darüber klarwerden, ob der Graf ein durch die Machtausübung im absolutistischen Staat verdorbener Zyniker oder doch ein Menschenfreund und ein guter, lediglich an preußischer Raffgier scheiternder Politiker gewesen sei. Alfred hatte schon gleich nach dem Mündlichen an den Direktor der Meißner Porzellanmanufaktur geschrieben und angefragt, ob im Formenbuch der Manufaktur ein Brühl-Auftrag verzeichnet sei, einen Schneider auf einem Ziegenbock darzustellen. Auf einem Briefbogen, der sowohl die Kurschwerter, das Meißner Echtheitssymbol, wie auch die Initialen des VolksEigenen Betriebs zeigte, teilte ihm der Direktor mit, die erste Fassung der Gruppe sei 1732, die zweite 1740 geschaffen worden. Das Gegenstück, Schneidersfrau auf der Ziege, auch 1740. Unter den verschiedenen Aufträgen des Grafen Brühl sei keine Sonderanweisung, diese Gruppe zu modellieren, erhalten. Im ältesten Formenbuch heiße die

Gruppe: Des Grafen von Brühl Cammerdiener. Alfred war sicher, daß die Anekdote auf einen wirklichen Vorfall zurückging. In einer großen Komposition wollte er den Sturz dessen zeigen, der über sich hinaus will. Das war ein sächsisches Thema. Über sich hinaus wollte er auch. Eben dazu, daß er über sich hinauskomme, sollte ihm das Brühl-Projekt dienen. Da er, wie jeder, der über sich hinaus will, die traurigen und lächerlichen Abstürze seiner Vorgänger genau kannte, würde er nicht abstürzen. Natürlich hatte er Angst, daß er genau durch seine Art, den Absturz zu vermeiden, seine Art abzustürzen präpariere. Aber er hatte auch gelernt, Energie zu entfalten und sie einem Vorhaben zugute kommen zu lassen. Schon die Zeit! August der Starke hatte sich gerade für Millionen Taler die polnische Königskrone erschachert, war in Warschau gestorben, Graf Brühl erwarb die Krone mit ebenso viel Geld wie Geschick auch noch für Augusts Sohn; Sachsen sollte unter Brühl und August Drei zwischen Österreich und Frankreich und dem rabiat hochdrängenden Militärpreußen einen eleganten Ausgleich bewirken und dabei selber, mit einem freundlich geneigten Rußland im Rücken und einem den kontinentalen Ausgleich zielbewußt finanzierenden England an der weiten Seite, eine europäische Glanzpartie spielen und wenigstens soviel von Schlesien gewinnen, als nötig war, das teure Polenkönigtum über eigenes Land zu erreichen. Die Glanzpartie mißlang exemplarisch. Sachsen stürzte fürchterlich ab. Vom ersten zum zweiten zum dritten Schlesischen Krieg. Friedrich II. war der erste, der Dresden beschießen ließ. 1760. Im dritten Krieg. Canaletto, der fast unzählige Ansichten von Dresden und anderen Städten wie zum Darinherumgehen genau gemalt und gestochen hat, hat genau so genau die von den Preußen zertrümmerte Kreuzkirche gemalt. Er muß hingekommen sein, als man gerade anfing, die Reste abzubrechen. Ganz trocken, mitteilsam und ohne alle Trauer hat er uns den Trümmerhaufen überliefert.
Brühl selber stürzte noch tiefer als sein Sachsen. Und blamiert war er mindestens so wie sein Schneider auf dem Zie-

genbock. Diese absolutistisch grausame und rokokohaft verschnörkelte Figuration wollte Alfred Dorn noch klassisch überwölben. Während im Brühlschen Palais an der prächtigen Tafel der Schneider mit der Kändler-Plastik blamiert wurde und, blamiert für immer, vom Tisch der Großen verschwand, sollte draußen im Brühlschen Park der Musendirektor Apollon herumspazieren und die Fragen beantworten, die ihm der Knabe stellte, der dort am Brunnen mit einem Delphin spielte. Dieser Brunnen von Pierre Coudray ist, außer der Terrasse, alles, was übrigblieb vom sagenhaften Brühlschen Palais, dessen Bibliothek 60 000 Bände zählte – soviel hatte damals auch die Universitätsbibliothek Göttingen –, dessen Bildergalerie von einem durchreisenden Engländer der Spiegelgalerie in Versailles mindestens gleichgestellt wurde. Diesen Brunnen hat Alfred Dorn noch sehen können: ein auf Felsen gelagertes Muschelbecken; ein Knabe, der einen senkrecht unter seinem Arm durchstürzenden Delphin umfaßt. Der Knabe sollte den Drahtzieher Apoll fragen, warum der die Blamage des Schneiders nicht verhindert habe. Apoll sollte pädagogisierende Antworten geben, aber er sollte wohl vor allem dazu dienen, dem Schneider-Sturz und dem Sturz Sachsens einen sozusagen ewigen Sturz aus der Antike dazuzuerzählen, nämlich den des Heros Bellerophon; den Sturz jenes Sisyphos-Enkels also, der auf dem Pferd Pegasus den Himmel erstürmen wollte, sich dadurch bei den Göttern verhaßt machte und deshalb abstürzen mußte. Schon Pindar hat sich mit dieser Bewegungsfolge, Überhebung und Sturz, beschäftigt. Bellerophon sei nach seinem Sturz nur noch trübsinnig auf dem Aleischen Feld herumgeirrt.
Alfred Dorn hat sich, um vor seiner Angst bestehen zu können, einiges zugemutet. Auf Bellerophon konnte ein Kreuzschüler, den die Stadtgeschichte anzog, leicht kommen. Louis de Silvestre, der dreißig Jahre lang Hofmaler in Dresden war, hatte Bellerophons Sieg über die Chimäre im Palais Brühl zum Deckengemälde des Festsaals gemacht. Der zum Schwindligwerden schnell sich ins absolutistisch Höchste

aufschwingende Graf hat sich also von seinem Maler seinen Festsaal-Himmel mit der exemplarischen Sturzfigur zieren lassen. Bellerophon auf Pegasus im Kampf gegen das Mischwesen aus Löwe, Ziege, Schlange. Bellerophon, dem, laut Homer, *Schönheit die Götter und reizende Männerstärke schenkten.* Daß es Bellerophon mit Proitos' Frau Stheneboia ging wie Joseph mit Frau Potiphar, mag ihn Alfred auch empfohlen haben. Die von Bellerophon verlangten Heldentaten waren gedacht als Todesstrafe für das, was die von ihm zurückgewiesene Stheneboia ihm verleumderisch nachsagte. Es kann ihn noch mehr empfohlen haben der unerklärte Schicksalsumschwung, den Bellerophon bei Homer erlebt. Im Iliasteppich taucht Bellerophon zuerst als tadellose Musterfigur in der Ahnenreihe des Lykiers Glaukos auf, der dem viel berühmteren Argeier Diomed zuerst einmal sagen muß, wer er ist, bevor der gegen ihn kämpft. Es kommt heraus, daß die Vorväter der jetzt Konfrontierten, Bellerophon und Oineus, Freunde waren, Geschenke tauschten; also stecken die zwei Nachkommen die Lanzen schnell weg und tauschen ihre Rüstungen und schließen einen Separatfrieden auf dem Schlachtfeld. Allerdings kriegt der Bellerophonenkel für seine Goldrüstung nur eine aus Eisen. Homer schätzt den Kurs zehn zu eins. Obwohl es Homer auf die aktuelle Szene vor Troja ankommt, teilt er schnell noch Bellerophons Ende mit. Aber jäh, ganz übergangslos, fast als wären Verse verlorengegangen, heißt es: *Aber nachdem auch jener den Himmlischen allen verhaßt ward / Irrt' er umher einsam, sein Herz von Kummer verzehret / Durch die aleische Flur, der Sterblichen Pfade vermeidend.*

Ob nun Verse verlorengingen oder ob dem Dichter Homer der auf Pegasus unternommene Angriff auf den Himmel nicht erwähnenswert war – daß er den Vorgang kannte, wird von den Schrifthütern nicht bezweifelt –, Alfred wollte den hochfliegenden, stürzenden und dann einsam beziehungsweise irre gewordenen Bellerophon zu einer Stimme seines Erzähltons machen. Die erste Stimme mußte Frau Fichtner gehören. Er konnte und wollte nichts tun gegen das Gewesene. Und es ist nun einmal Frau Fichtner gewesen, die die Schneider-Anekdote an jenem Kriegs-Winterabend im Haus Johanna der Pension Dittrich in Oberbärenburg so erzählte, daß beim Dreizehnjährigen, der sich als Sachse für seine Friedrich-Verehrung schon zu genieren begann, die Figur des Grafen Brühl hängengeblieben ist. Wahrscheinlich war es die Schwierigkeit, diesen Grafen zu beurteilen, die ihn für Alfred Dorn so lange interessant machte.Vielleicht braucht das Unglück mehr Figuren als das Glück. Frau Fichtner hat Alfred Dorn mit Brühl und seinem Schneider eine Zusammenstellung geliefert, die sich an seinen Erfahrungen bedienen konnte. Ein im allergrößten Aufstieg begriffener Stürzender läßt einen Kleinen, rokokohaft Strampelnden, ins Groteske stolpern. Sachsen hätte, um dem Militärgenie Preußens gewachsen zu sein, seinen friedlichen Fleiß und seine höhere Saumseligkeit opfern müssen. Sachsen hätte, um gegen den ruchlosen Friedrich eine Chance zu haben, zum Mann werden müssen. Und Bellerophon sollte durch den immer vorgeschriebenen Sturz von jenem Talentpferd die sächsische Andekdote ins Weltweite steigern. Wenn ihm seine eigene Erfahrung diese Schneider-Brühl-Sachsen-Pegasus-Bellerophon-Figuration nicht immer wieder aktuell gemacht hätte, hätte Alfred Dorn sie bald vergessen gehabt. Das Gegenteil war der Fall. In dieser Figuration sollte sich endlich sein Dasein ausdrücken. Ein Lebenswerk sollte das werden. Seiner Erfahrung würdig. Wenn man einmal die einem entsprechenden Vorstellungsgefäße hat, füllen sie sich auch. Dabei wachsen sie und wandeln sich. Es ist, ohne daß man viel dazu tun kann, ein Hin und Her zwischen Vorstellung und Erfahrung. Man ist zuständig nur für das Protokoll dieser Begegnung. So die Idealskizze eines eher elenden und hauptsächlich weh tuenden Verlaufs. Und der Vorgang dient, soweit man überhaupt auf Einfluß hoffen darf, nur dazu, einem selber das zu ersparen, was der Vorgang beweist: daß aufsteigen stürzen heißt. Eben durch die Darstellung hofft man davonzukom-

men. Ihn wird kein Friedrich erledigen! Kein Brühl wird ihn von der Tafel jagen! Er wird nicht einsam übers Aleische Feld irren! Er interessiert sich für den Sturz, um ihn zu vermeiden. Er ist jetzt siebenundzwanzig. Und begabt. Oder mehr als das. Auf jeden Fall zuständig.
Mehr als Vorbereitungen konnte Alfred sich jetzt nicht gestatten. Aber schon die Vorbereitungen taten ihm gut. Er wollte der Genaueste sein. Titel um Titel holte er aus den Karteien. Mode, Militär, Medizin –, er wollte, bevor er begann, alles wissen. Manchmal belagerte ihn die Angst, diese ausschweifende Vorbereitungsgenauigkeit könne eine Methode der Selbstverhinderung sein. Aber bisher hatte er durch Gründlichkeit erreicht, was er erreichen wollte. Auch hatte er keine Wahl. Er lebte von der Aussicht auf dieses Projekt.

3.

An Weihnachten gewährte ihm die DDR wieder drei Tage Zutritt. Die Passierscheinstelle verfügte inzwischen über eine funktionierende Kartei, konnte also Verwunderung ausdrükken lassen darüber, daß Alfreds Mutter immer an Weihnachten, Ostern und Pfingsten so dramatisch erkrankte. Den Passierschein hatte er nur noch dem Entgegenkommen der Behörde zu verdanken. Also konnte er nicht wütend gegen die drei Tage protestieren, sondern mußte beschämt dafür danken, daß man ihn überhaupt zu sciner Mutter ließ.
Sein ehrwürdiger Rubinstein-Flügel war, verglichen mit dem in Höchstform gehaltenen Instrument in der Hardenbergstraße, eine von Verstimmungen geradezu schillernde Tonquelle, aber auf diesem Flügel hatte er sich in die Pianistenkarriere hineinphantasiert. Mit dem geretteten Zahnarztgold des Vaters hatten sie schon im Herbst 45 dieses Instrument kaufen können. Und als der Vater die Wohnung in Bühlau erobert hatte, gelang es, mit Hilfe von Tante Gustchens Aktien, ausländischen Werten aus der Vorkriegszeit, dem Halb-

amerikaner Burger die Möbel abzukaufen. Tante Gustchen zog mit ein ins schattige Haus Am Bauernbusch, keine hundert Meter vom Wald. Der nächste Weg vor zur Bautzner, ein Fußweg nur, hieß Nachtflügelweg. Wenn Alfred diesen am Wald entlang und durch den Wald durch führenden Weg ging, dachte er, daß dieser Weg nur ihm zuliebe Nachtflügelweg heiße. Er würde einmal eine Nachtflügelwegsuite komponieren. In d-Moll. Das Haus Am Bauernbusch war ein rührender Würfel aus den Dreißigerjahren. An der Hauswand lief ein Relief herum zur Verklärung der Berufe, die man selber meidet. Und täglich ging der große Sänger Kurt Böhme, der auch dort wohnte, auf dem Weg zu seiner Opernarbeit am Haus vorbei und blieb immer wieder stehen, wenn aus Nr. 22 Mozarts opus 397, die Phantasie in d-Moll, manchmal schon mehr tropfte als perlte. Böhme hat sich erkundigt nach dem Pianisten und mehr als einmal Komplimente bestellt. Alfred hatte immer, wenn er dort spielte, das Gefühl, jetzt gehe der Kammersänger vorbei und bleibe stehen.
Jetzt, in der Thorner Straße, waren die Doktorin, Fräulein Scheibenpflug, die letzte Lehrerin vor Grundeis, und die Mutter seine Zuhörerinnen. Die d-Moll-Phantasie gehörte wieder dazu. Professor Grundeis hatte tadelnd gesagt, Alfred spiele das Stück, als sei es von Chopin. Alfred hatte gedacht: Mozart hat eben von allem.
Als Fräulein Scheibenpflug eingetreten war, erschrak er. Nur noch fleckige Haut, von scharfen Knochen und Sehnen gehalten. Er bereute es sofort, sie aus der Zittauer Straße heraufgebeten zu haben. Das Fräulein Doktor trat heftig schnaufend ein. Das sei das letzte Mal, daß sie diese Treppe heraufgeächzt sei. Vor dem Hinuntergehen habe sie jetzt schon Angst. Frau Dorn bohnere einfach zu glatt. Das Fräulein Doktor trug zu ihrer sachsengrünen Bluse eine weiße Krawatte. Die Zuhörerinnen behaupteten, sein Spiel sei gereift. Aber er wußte ja seit langem, wie unangemessen alles ist, was man über Musik sagen kann. Trotzdem, das wußte er auch, muß man, wenn musiziert worden ist, immer etwas sagen. Kreuzschul-Mu-

siklehrer Priebe hat dazu Pfitzner zitiert: Über Musik sprechen sei wie ein gemaltes Mittagessen.
Einen Nachmittag lang saß er dann in der nun schon traditionellen Haltung vor der in ihrem blauen Sessel thronenden Doktorin. Es ging nicht mehr um Hypotheken-Recht und Klausuren, sondern um Thomas Mann, Lion Feuchtwanger, Stefan Zweig und Robert Ranke Graves. Das Erfolgswerk des letzteren hatte ihr Alfred vor einem Jahr gebracht, sie hatte es gerade zum dritten Mal gelesen und fand es prächtig, geschliffen, höchst kultiviert, pointiert bis zur Arroganz, warmherzig, fromm, nie sentimental. Lion Feuchtwangers Jüdischer Krieg hat sie durch seine historische Zurechnungsfähigkeit, durch seinen Verzicht auf Mätzchen mehr beeindruckt als Thomas Manns krauser Josephsroman, den sie als allzu breit getretene Bibel abtat. Sie als alte Lehrerin wittere in Thomas Manns Bildungsprunk den Autodidaktenstolz, den Herrensohn, der seine kleinbürgerlichen Lehrer von Anfang an verachtet hat und ihnen jetzt mit jedem bildungsgeblähten Satz nachruft: Ätsch, ich habe es ohne euch geschafft. Nicht durchaus, möchte sie da manchmal murmeln, nicht durchaus, mein Herr. Beide, Thomas Mann und Feuchtwanger, sind, für ihren Bedarf, viel zu erotisch. Aber sie ist inzwischen eine prüde ostzonale Provinzlerin. Hier bestimme eben doch das Sein das Bewußtsein. Am leichtesten hat sie's mit Stefan Zweig. Der tut ihr rundum gut wie eine Wolldecke im Winter. Jetzt also zu Alfreds Problem, dem zu dienen sie, die Mathematik- und Geographielehrerin, diesen Marathonlauf durch dickste Bücher auf sich genommen hat, gern auf sich genommen hat, das weiß er. Das Problem der romanhaften Darstellung von Menschen, die wirklich gelebt haben! Sie meint, wenn schon wirkliche Personen in den Romandienst genommen werden, dann haben die das letzte Wort, wenngleich sie, Gerhart Hauptmann würde sagen: trotzdem sie schon länger tot sind. Man ist nicht nur einer Zeit Genosse. Sonst wäre es in Dresden jetzt nicht auszuhalten. Die wirklich gewesene Person hat ein nie erlöschendes Menschenrecht

auf ihr Wesen und ihre Erscheinung. Also, eine Art Übereinstimmung des Autors mit der wirklich gewesenen Person sei die Bedingung. Sei die nicht gegeben, triumphiere die Manier des Autors über die historische Sache. Dann soll er sie aber doch gleich lassen, die historische Sache, und sich, wie gewohnt, selber in Szene setzen. Dann stimmen nämlich Sache und Manier wieder überein. Sie sei übrigens dankbar, sagte sie, daß sie sich gerade in diesem entsetzlichen Herbst durch Lektüre habe entfernen können vom Gegenwartsschauplatz Ost und West. Mußten denn die Engländer am Suezkanal rasch noch demonstrieren, daß die in Ungarn wütenden Russen nicht die einzigen Mordgesellen des Jahres Sechsundfünfzig sind! Sie sei jetzt so weit wie ihr Vater, der nach 1933 mehr als einmal gesagt habe: Konnte mir das nicht durch ein früheres Ende erspart bleiben! Alfred sagte, er habe noch nie so viele Zeitungen gekauft wie in diesem Herbst. Aber wenn er dann allein in seinem Zimmer gewesen sei, habe er sie nicht lesen können. Über die Überschriften sei er nicht hinausgekommen. Er habe geglaubt, die in den Überschriften angekündigten Vorgänge nicht ertragen zu können. Er beklagte sich jetzt bei der Doktorin über Mutti, die nicht begreife, daß man, wenn anderswo drauflosgemordet wird, nicht liebe lange Briefe an die Mutti schreiben könne. Ägypten und Ungarn, plötzlich sieht man, daß sich ja immer noch nichts geändert hat. Es kann immer noch gemordet werden. Staatlich konzessioniert. Wie unschuldig wirkt der private Mörder, wie gut wird er durch sein Motiv, verglichen mit dem uniformierten Mörder und seinen Legitimierern. Seit 1933 geht das jetzt schon so. Seit 1918. Also seit 1914. Sie finden immer einen Grund zum Krieg.

Die Doktorin gab noch ein kleines Extrareferat über die Mutter! Mutterliebe, sagte die Doktorin, ist eben doch auch immer ein wenig sehr egoistisch. Sie, die Doktorin, würde nie erwarten, daß Alfred ihr gegenüber ein schlechtes Gewissen hätte, wenn er ihr lange nicht mehr geschrieben habe. Auch ist sie überhaupt nicht Muttis Meinung, daß Alfred, koste es, was es wolle, jetzt Anschluß suchen müsse. Auch zu ihr komme Mutti mit dem Thema: Wenn der Junge nur endlich eine passende Freundin fände! Einsamkeit! Vereinsamung! Da könne sie mitreden. Sie betrachte ihre Einsamkeit als den kostbarsten Schatz ihres Alters und als ihr größtes Privileg. Gut, er sei jung. Aber daß er zu den Wochenendbelustigungen seiner Kolleginnen und Kollegen keinen Zugang finde, könne sie nicht so schrecklich finden wie Mutti. Sie selber habe den Umgang mit lustigen Menschen nie erfreulich gefunden. Nie. Mein Gott, statt an den Wannsee geht er eben zu Strawinsky, und danach schreibt er einen Brief an Zoltán Kodály! Der als unbestellbar zurückgekommen ist, sagte Alfred. Wie sie ihn kenne, sagte sie, werde er die richtige Adresse herausfinden. Es sei seine Künstlernatur, die ihn so einsam mache.

Alfred hatte das Gefühl, sie rede jetzt ein wenig über ihn hinweg. Er wußte aus Erfahrung, daß es nichts geben KÖNNE, was sein Alleinsein aufwiegen oder gar rechtfertigen könnte. Jetzt redete die Doktorin wie der von ihr kritisierte Thomas Mann in der Künstlernovelle, von der Detlev Krumpholz in der Abiturzeit so lange und laut geschwärmt hatte, daß Alfred die Novelle danach fast genau so auswendig konnte wie Detlev selber. Alfred empfand sein andauerndes Alleinsein nicht als erhabenes Kainsmal, sondern als eine Bedingung für nichts. Ob der ewig erstklassig gesellige Thomas Mann weiß, wie das ist, wenn immer niemand kommt? Einsamkeit ist weder durch Rudern abzuschaffen, wie Tante Lotte meint, noch durch Anschlußsuchen, wie Vater und Mutter meinen, noch erträglich zu machen durch Künstlerschafts-Einbildungen, wie die Doktorin glaubt. Er sah Bellerophon übers Aleische Feld irren. Trübsinnig. Wahnsinnig. Vor Einsamkeit. Er gab der Doktorin allerdings recht, als sie sagte, eine Heirat sei ein zu billiges Mittel gegen Einsamkeit. Aber wenn sie dann wieder sagte, er werde, weil er Künstler sei, nie in der Masse untergehen, wußte er gar nicht, wie er dieser Großbürgermär gegenüber ernst beziehungsweise höflich bleiben sollte. Unbedingt mußte sie ihn noch wissen lassen, wie gerade wieder ihre Verbundenheit bestätigt worden ist. Die Spinatwachtel, deren Emsigkeit ihr immerhin aus dem HO-Textil Plauen die weiße Krawatte bescherte, die ihm gestern so gefallen hat, diese Brave platzt vor einer Woche herein, präsentiert, frisch vom Briefkasten, eine Karte, läßt nur die Bildseite, die überschwenglich farbige, sehen und sagt: Da geht's aber zu. Natürlich hat die Doktorin gleich erkannt, das ist Watteau. Das Liebesfest sogar. Sofort bittet sie die Leim, ihr diese Karte, falls der Text auf der Karte das erlaube, zu lassen, sie wolle die Karte als eine Inspiration schicken an einen, der gerade dabei sei, in diese Zeit aufzubrechen. Jetzt aber die Leim: Ihr schicke wohl niemand eine solche Menge Schmuserei auf einem Bild. Und gab ihr die Karte. Da war sie von ihm. Er hat ihr die Karte geschickt, die sie, als sie sie sah, sofort ihm schicken wollte. Das ist das Einvernehmen, in dem sie lebt. Das braucht keine langen Briefe. Das schönste: Wenn sie jetzt mit Alfred in die Stadt könnte, daß sie beide vor den heimgekehrten Watteau treten könnten, sozusagen stumm. Aber was nicht ist, kann auch nicht mehr werden.

So bitter hatte sie noch kein Klischee gewendet.

Zum Glück hatte die Mutter den Abituranzug zurückerobert. Dafür lobte er sie. Aber mehr als tadeln, richtig runterputzen mußte er sie wieder einmal, weil sie Frau Ria Rarer so miserabel behandelt hatte, daß die sich bei Alfred in einem Klagebrief über Frau Dorn beschwert hatte. Seine Leipziger Hauswirtin, die auch die Mutter jederzeit aufgenommen hatte, auf deren Klavier er täglich gespielt hatte, die empfängt die Mutter in einer ungeheizten Wohnung, was denkt diese Mutter bloß! Frau Rarer ist die wichtigste Verbündete bei der Verteidigung der Leipziger Jahre gegen das Vergessen. Ria Rarer vor den Kopf stoßen heißt drei Jahre seines Lebens wegwischen. Ist denn die Mutter nicht atemlos mit ihm an Ria Rarers Tisch gesessen, wenn die dem Sohn das Schicksal aufgeblättert hat mit Was-dich-deckt-was-dich-schreckt-was-

dir-nicht-aufgeht-was-dir-die-Zukunft-bringt! Und diese Frau hat ihren Mantel anbehalten müssen und hat zusehen müssen beim Kuchenbacken! Vorgesetzt bekam sie Nudeln mit Tomatenpamps. Eine Tasse Bohnenkaffee ohne Gebäck. Abends, nach neun Uhr, zwei Butterbrote und zwei Tomaten, die Frau Rarer, mangels Besteck, aus der Hand essen mußte! Und trotz dieser Behandlung grüßt Ria Rarer am Ende als *Ihre alte Freundin*. Aber die Mutter war uneinsichtig. Mit dieser Frau seien sie doch fertig. Sie hätten alles bezahlt, basta. Er will zweimal in der Woche seinen Kuchen. Einmal die frische Wäsche. Klara kommt nicht mehr. Der Mutter zittern nach dem Waschen die Hände noch stundenlang. Und da soll sie eine Frau Rarer bedienen?! Dreimal Nee!
Die Mutter war nicht zu beschämen. Was vorbei ist, ist vorbei. Diese Frau hat ihr erzählt, wie glücklich sie darüber ist, daß Alfred ihr immer noch zu jedem Geburtstag einen richtigen Brief schreibt. Ja, das ist doch zum Die-Männchen-Kriegen, Mensch! Die Briefe an die Mutter werden immer kürzer, dafür schreibt er an diese aufgetakelte Schreckschraube! Das geht ihr über die Hutschnur. Die Mutter will wissen, wie er ihren Hut findet. Grethel Nagel hat also gesiegt. Alfred sagte: Was ist denn das für'n knittriges Biest! Die Mutter fragte dringlich: Im Ernst, gefällt er dir, oder gefällt er dir nicht? Alfred: Nu hatt'ste mal Geld, schrums, is es wieder weg. Er fand, ihr schöner Mantel sehe, wenn sie diesen Hut trage, wie eine Imitation aus.
Auf dem Neustädter Bahnhof kriegte die Mutter ein solches Abschiedsgesicht, daß sich Alfred vor den Leuten auf dem Bahnsteig genierte. Er wollte vom Abschied ablenken. Es gelang kein bißchen. Als der Zug einfuhr, sagte sie, wenn er sich wieder als irgendwas unter seine Briefe zeichne, dann bitte nicht als so einen Elendstropf. Sie will einen mit einem Lichtel! Einen, der nicht aussieht wie ein Kokokoschka! Die Empörung, für die sie immer diesen Namen brauchte, bescherte ihr wieder eine Silbe zuviel. Sei du heiter, rief sie und

weinte. Zum Glück fuhr da der Zug endlich ab. Alfred fing sofort an, in den Noten zu lesen, die er für seine zwei Steinway-Stunden pro Woche von zu Hause mitgenommen hatte: Cramer – Bülow I, Clementis Gradus ad Parnassum, Bachs Wohltemperiertes Klavier und Französische Suiten, Mozarts A-Dur-Klavierkonzert und den Band mit dem a-Moll-Rondo. Gute alte Wege, vertraut auf Schritt und Tritt. Und jeder Schritt voller Echos. Wenn er Komponist wäre, würde er Echos komponieren. Nachtflügelweg-Echos vielleicht.

4.

In seinem Zimmer erwarteten ihn ein scheußlicher Geruch und ein Brief aus Kiel. Professor Nikisch bedauert freundlich. Er ist gerade am Schlußmachen, also keine Doktoranden mehr. Alfred schrieb, um nicht noch mehr Zeit zu versäumen, an Hueck in München, Schnorr von Carolsfeld in Erlangen, Schwalm in Freiburg, Nipperdey in Köln. Wenn doch keiner ihn nähme!

Um zu erklären, daß sie nur für Briest, nicht aber für Bovary zuständig sei, hatte die Doktorin als Beleg für gallische Schärfe einen Satz von Montesquieu zitiert: Es sei im Unglück selbst unserer besten Freunde immer etwas, das uns nicht unangenehm ist. Alfred spürte, als er den Nikisch-Brief las, der seine Hoffnung auf baldige Promotion zerschlug, auch eine Befriedigung. Immer wenn sein Unglück Ereignisform annahm, spürte er diese Art Befriedigung. Vielleicht war es eine Art innerster Rechthaberei. Jede unglückliche Wendung bestätigte ihm, daß die Welt genau so war, wie er befürchtete, daß sie sei. Das wäre aber entsetzlich. Dieser Befürchtung hatte er zu widersprechen. Tag und Nacht. Das konnte anstrengend werden.

Gleich morgen in die Staatsbibliothek Unter den Linden und sächsische Geschichte studiert! Sächsische Geschichte lesen heißt darauf gefaßt sein, daß es nicht gut ausgeht. Er würde in

der Sturz-Trias Brühl-Schneider-Bellerophon den Umgang mit dem unglücklichen Verlauf probieren. Ohne gegen jemanden oder gegen etwas zu wüten. Wer wütet und wettert, glaubt noch, es könne besser sein. Wer noch wütet und wettert, ist ein Spaziergänger... Nein, Schluß. Keine Feststellungen, bitte. Gar keine. Auskommen ohne alles. Aufbauschung des Nichts. Dekorierung des Nichts, sonst nichts.
Wenn er jetzt vor der Doktorin säße, jetzt könnte er antworten. Er hatte ihrem Referat, dem psychologisierenden, nicht widersprochen. Wie alle Psychologischen formuliert sie ein Problem so, daß sie es lösen kann.
Er war froh, daß Frau Glaubrecht an diesem Abend feierte, also laut war und störte, auch noch hereinkam – ein grünes Papphütchen sehr schräg auf dem blonden Gewell –, ihm ein Glas Bier hinstellte und sagte, er habe ihnen, dem Verlobten und ihr, direkt gefehlt. Ob er gesehen habe: neue Gardinenstangen und neue Gardinen! Und seine Kleider eingemottet! Das war der Geruch! Ob er nicht noch rüberkommen wolle? Nein, er muß noch in die Stadt. Und ging ins Kino. Sobald er draußen war, wußte er, daß das eine Überreaktion war. Sich von einem schiefsitzenden grünen Papphütchen in die Nacht hinausjagen zu lassen, Mensch! Als er um ein Uhr nachts zurückkam, war Gloria noch auf. Wolfi aber war eine Leiche. Gloria forderte Alfred auf, sich den Sandsack anzusehen, mit ihr auf den Sandsack anzustoßen. Um nichts falsch zu machen, tat er es.
Wenn er nachmittags im Amtsgericht Lichterfelde fertig war, ging er immer noch an den Schaufenstern vorbei, in denen Sachen ausgestellt waren, die er irgendwann kaufen würde. Einen dieser Stiche, zum Beispiel. Von Canaletto oder Zingg. Adrian Zingg war ein Freund des bekannter gewordenen Anton Graff, beide Schweizer, beide lebten und arbeiteten in der zweiten Hälfte des 18. Jahrhunderts in Dresden, wanderten im Elbsandsteingebirge, von ihnen habe es den Namen Sächsische Schweiz. Der Zingg-Kupferstich zeigte Königstein, Ort und Festung. Hier hatte Graf Brühl seinen König gleich

zu Beginn des dritten Krieges zur Kapitulation überreden müssen. Ohne daß ein Schuß gefallen war, ergaben sich 12 000 Sachsen und wurden vom Sieger gewaltsam der preußischen Armee einverleibt. August und Brühl waren offenbar militärische Dilettanten. Brühl ordnete an: Bauhandwerker sind vom Militärdienst befreit! Während ihre Beauftragten in Holland und Italien reisten, um Rembrandts Selbstbildnis mit seiner jungen Frau Saskia und Raphaels Madonna zu kaufen, reisten Friedrichs Beauftragte herum und kauften Soldaten.
Dieses Königstein-Bild mußte Alfred haben. Brühls wegen. Das erklärte er der Frau im Geschäft. Jetzt die Überraschung: sie war zwar Berlinerin, aber während des Krieges war sie in Pförten untergebracht gewesen! In einem Nebengebäude des Brühlschen Schlosses! Die Familie Brühl sei vor Kriegsende abgereist, in den Westen. Sie aber habe das Ende dort erlebt. In den wüsten Tagen des Umschwungs seien die alten Möbel auf dem Schloßteich geschwommen. Inzwischen sei Pförten polnisch. Brühl wollte immer einen sächsischen Weg nach Polen. Jetzt ist Polen Sachsen entgegengekommen.
Einhundertzwanzig der Zingg, der Canaletto einhundertsechzig. Aber der Zingg ist viel schöner. Friedliche Reiter, die gerade den Wald in Richtung Königstein verlassen. Ein Blick, wie wenn man heute mit dem Auto von Pirna kommt. Es war Hochstapelei, daß er der Frau einen Kunden vorspielte, der sich nicht entscheiden konnte zwischen Zingg und Canaletto. Er konnte sich weder Zingg noch Canaletto leisten. Aber das wußte er in diesem Augenblick selber nicht. Zuerst rang er sich wirklich durch zu einer Entscheidung. Der Zingg war schöner, wärmer, feiner. Also gut, der Zingg. Die verkaufende Frau stimmte ihm sehr zu. Genau so würde sie auch entscheiden. Aber das Geld hat er nicht dabei. Er ist Referendar. Also machen wir's doch so: Wenn sie das Blatt vor dem nächsten Ersten verkaufen kann, hat er Pech gehabt. Jämmerliche Schauspielerei. Aber wie sonst hätte er aus diesem Geschäft herauskommen können?
In dem Referendarkurs fühlte er sich inzwischen so sicher,

daß er manchmal den Unterrichtenden karikierte und die Blättchen wie in Dresden und in Leipzig durch die Bänke schickte und das Grinsen der Betrachterinnen und Betrachter genoß. Er hatte zwar keinen Kontakt, aber er war anerkannt. Die Doktorin hatte ihn beim Weihnachtsbesuch an einen Spruch aus der Abiturszeitung erinnert: Alfred Dorn ist recht beliebt, besonders wenn er was zum besten gibt. Die Doktorin hatte ihm mit dem Spruch beweisen wollen, daß er trotz aller Künstlereinsamkeit, die nun einmal seine Produktionsbedingung sei, Tuchfühlung kriegen könne bis zu jedem Beliebtheitsgrad. Er hörte aus dem Spruch, daß er nur als Clown dazugehöre. Bietet er nichts – und das muß immer etwas zum Lachen sein –, dann gehört er gar nicht dazu. So kam ihm der Spruch jetzt vor.
In seiner nächsten Station, der 5. Zivilkammer des Landgerichts in Charlottenburg, mußte er nur am Dienstag und am Freitag erscheinen. Juppheidi! Und außer ihm nur noch ein Referendar: G. A. Hucklebroich. Hucklebroich war kein Existentialist mehr. Er trug jetzt fabelhafte Anzüge. Alfred war ganz sicher, daß Hucklebroich in ein Modegeschäft eingeheiratet hatte. Wenn sie miteinander aus dem Portal des Landgerichts traten, wußte Hucklebroich ganz genau, wo er hin wollte; er wußte offenbar auch, in welche Richtung Alfred gehen würde, daß sich also ihre Wege jetzt trennten. Hucklebroich stürmte rascher davon, als es zu seiner Kleidereleganz paßte. Alfred stand und sah ihm nach. Dann befahl er sich auch so etwas wie eine Richtung. Kinoguckengehen. Schaufensterguckengehen. Manchmal kam es Alfred vor, als fliehe er vor den Aufgaben, die er sich stellte. Von der Jura zur Musik, von der Musik zum historischen Roman, vom Roman zu seiner eigenen Vergangenheit. Das war immer das Ende. Wenn er nichts mehr konnte – Briefe schreiben, um Adressen von Leuten von früher zu bekommen, das konnte er immer. Wenn er mit Reit im Winkl nicht weiterkam, suchte er in Richtung Norderney. Da hatte er auch Ferien verbracht mit der Mutter. 1937. Sie hatten Wattwanderungen gemacht mit

einer Frau aus Hannover: Bratvogel, Cordula. Er hatte damals von der Mutter verlangt, Kontakt zu suchen zu dieser Frau. Sie besaß eine Kamera! Auf der Strandpromenade hatten sie sich zu dritt fotografieren lassen. Die Bilder, die im Herbst 1937 in Dresden eingetroffen waren, waren mit den Alben verbrannt. Alfred erschrieb sich Frau Bratvogels Nachkriegs-Adresse. Ihr Haus in der Schlägerstraße sei im September 43 verbrannt, schrieb sie zurück, mit allem Drum und Dran. Es könnten aber bei einer Schwester noch Bilder sein. Im übrigen erinnere sie sich noch gut an den sieben- oder achtjährigen Alfred auf der Strandpromenade, der immer ganz genau wußte, was er wollte. Von Wattwanderungen wußte sie nichts mehr. Wieso machen Menschen Wattwanderungen, wenn sie sie nachher vergessen! Man kann eine Wattwanderung durch Darandenken doch so pflegen, daß man sie nicht vergißt. Vergißt man sie, ist sie wie nicht gewesen!
Es kam auch vor, daß sich die Vergangenheit selber meldete. Im Gerichtssaal sogar. Wer tritt da in einem Fall als Kläger auf? Helmut Lommatsch, der in der Borsbergstraße gewohnt hat. Nr. 13. Ein Haus weiter als Dr. Katz. Jungvolkführer Lommatsch hatte Alfred jedesmal zu sich hergewinkt, wenn der auf der Straße die Kreuzschülermütze trug. Alfred wollte die Schülermütze nicht aufgeben, der Jungvolkführer wollte die Schülermütze aus dem Straßenbild verbannen. Helmut Lommatsch hat Alfred dann in der Dresdener Heide über den zu breiten Bach springen lassen, hinüber, herüber, bis Alfred zu kurz sprang und im eiskalten Wasser landete. Die echte Kreuzschülerlandung nannte Lommatsch das. Die anderen, darunter auch Kreuzschüler, lachten. Im Gerichtssaal lächelte Alfred so hochmütig als möglich. Er glaubte, der Kläger Lommatsch habe den Referendar Dorn unter den vier Referendaren, die der Verhandlung beiwohnten, bemerkt, habe sein Lächeln gesehen und verstanden. Unendlich hochmütig wollte Alfred wirken auf den Schikaneur. Aber er bemerkte, daß er von seiner Hochmutsdemonstration nichts hatte. Wenn er zu Lommatsch hinschaute, spürte er nichts als

die Angst, die er gehabt hatte, sobald der ihn herpfiff oder -winkte. Noch am selben Tag sah er drüben in der Friedrichstraße schon wieder ein Gesicht, das er von früher kannte. Er dachte gleich: Ist das jetzt Nazi oder SED? Etwas anderes kannte er ja nicht. Es war aber Bernd Thürmer, durch Sitzenbleiben in Alfreds Klasse gekommen, 1943 zu den Flakhelfern geholt. In Hamburg hat er erfahren, daß seine Eltern beim Februarangriff verbrannt waren, blieb also im Westen, wurde Kumpel im Ruhrgebiet. Natürlich fragte er Bernd, der gerade auf dem Weg nach Dresden war, ob er, was unwahrscheinlich genug war, noch Fotos aus der gemeinsamen Kreuzschulzeit habe. Er habe überhaupt nichts mehr, sagte Bernd. Manchmal wundere er sich, daß er noch einen Namen und ein Geburtsdatum habe, so abrasiert komme er sich vor. Er fahre aber zu einer Tante, der einzigen Verwandten überhaupt, falls die noch so etwas habe, melde er sich. Diese Tante habe immer allein gelebt und habe immer von ihm Fotos eingeklebt. Tatsächlich traf schon eine Woche später ein Klassenfoto ein, das die Sextaner vor der neugotischen Schulfassade zeigt. Und Bernd hatte das Original geschickt! Alfred ließ sofort zwei Kopien davon machen. Als er sie sah und mit dem Original verglich, brachte er es nicht über sich, der Tante das Original zurückzuschicken. Aber er brachte es auch nicht über sich, der Tante eine Kopie zu schicken. Also schob er es auf. Wenn er etwas zu entscheiden hatte, waren immer beide Möglichkeiten, zwischen denen er wählen mußte, gleich unmöglich. Auf dem Original erkannte er sich gerade noch. Auf den Kopien war sein Gesicht ein helles Scheibchen unter dreißig anderen hellen Scheibchen. Aber er hatte kein Recht auf das Original. Aber er konnte es jetzt einfach noch nicht zurückschicken. Lieber später. Vielleicht hatte er Glück und verlor ihre Adresse. Aber er verlor doch nichts.

Wirklich, in Berlin lief der halbe Osten herum. Rannte er doch auf der Joachimstaler Straße direkt in Frau Pappritz hinein und erfuhr, daß Fritz Pappritz das Studium gesteckt habe, aber jetzt als Reiseleiter Karriere mache. Frau Pappritz hatte sich überhaupt nicht verändert. Er auch nicht, sagte sie. Das freute ihn. Bleiben, dachte er ingrimmig gegen alle möglichen Entwicklungsfanatiker, nichts als bleiben. Bleiben genügt. Das höchste ist bleiben. Alfred versprach, Fritz demnächst zu besuchen. Als er dann von dem Besuch bei der jungen Familie Pappritz wieder nach Lichterfelde hinausfuhr, kam er sich vor wie ein weltfremder Kleriker. Auch lächerlich. Obwohl er aus seiner Einsamkeit zu Fritz und Evelyn Pappritz gefahren war und, als er heimfuhr, wußte, daß er wieder in sein Alleinsein fuhr, mußte er sich doch eingestehen, daß er sich in der munteren Gesellschaft der jungen Familie gar nicht so wohl gefühlt hatte, wie er, dem es dauernd an menschlicher Gesellschaft mangelte, sich eigentlich hätte fühlen müssen. Dazu kann beigetragen haben, daß von früher kaum gesprochen wurde. Evelyn war Berlinerin, sie redete noch weiter, wenn sie im Nebenzimmer die beiden Kleinen ins Bett brachte. Die Kinder gaben keinen Ton von sich, wehrten sich überhaupt nicht gegen das Insbettgebrachtwerden – die junge Mutter redete. Und Fritz Pappritz, der eine schön geschwungene Pfeife rauchte, hörte ihr offenbar gern zu. Er war stolz auf sie.Und dazu hatte er allen Grund. Evelyn schmiß den Laden. Und sie schrieb auch noch an einer Doktorarbeit über ein theologisches Thema. Antipaulinisch, sagte sie. Die Frauen müßten endlich in der Theologie das Wort ergreifen. Alfred mußte immer Fritz Pappritz anschauen. Der war so dick geworden. Alfred kriegte einfach die Verbindungslinie nicht von diesem Fritz zum früheren. Und da er ja hauptsächlich am früheren Fritz interessiert war und den im jetzigen nicht fand, hatte er vom jetzigen Fritz nicht viel. Eigentlich nichts. Es war wirklich quälend, diesen jungen Mann anzustarren und durch dessen Züge einfach nicht durchzukommen zum Klassenkameraden Fritz. Also saß hier nichts als ein Fremder, der ihn nicht interessierte.

Die Mutter hatte genau zur richtigen Zeit das Attest geschickt. Alfred begegnete schon im Gang des Amtes der jungen Frau, bei der er schon zweimal Anträge eingereicht hatte. Sie erkannte ihn auch, grüßte ihn freundlich. Nachher, am Schalter, sagte sie, der Antrag, den Alfred jetzt einreiche, habe trotz amtsärztlichen Attests wenig Aussicht. Sie rate, einen Antrag auf die Zeit nach Ostern zu stellen, sonst sage die Behörde, das Attest sei nur für einen Osterbesuch ausgestellt worden. Er zog den Antrag nicht zurück, weil er dadurch zugegeben hätte, die Behörde habe ihn durchschaut. Drei Tage später kam er wieder. Antrag abgelehnt. Die Freundliche: Er könne es gleich nach Ostern wieder versuchen. Er: Ob er dann wieder ein neues Attest brauche? Die Freundliche: An sich seien für die Einreise in die DDR überhaupt keine Unterlagen erforderlich. Die Unterlagen, die er einreiche, bewiesen nur die Dringlichkeit seiner Reise. Er wollte aber doch wissen, ob er ein neues Attest brauche oder nicht. Sie: Sie wisse nicht, ob er ein neues brauche oder nicht. Versuchen Sie's nur, sagte sie und lächelte sehr freundlich. Was er versuchen sollte, erfuhr er nicht. Wie launisch die Ost-Behörden sein konnten, bewiesen sie ihm gerade jetzt, als sie ein Paket mit schmutziger Wäsche zurückschickten und einen gedruckten Zettel beilegten, den er am liebsten hinter Glas gerahmt hätte. *Ausnahmsweise zurückgesandt* stand da dick gedruckt. Dann wurde erklärt, der Inhalt verstoße *gegen die Verordnung über den Geschenkpaket und -päckchenverkehr auf dem Postwege vom 5. 8. 1954 (Gesetzblatt Seite 127) bzw. gegen die 1. Durchführungsbestimmung vom 14. 1. 1955 (Gesetzblatt Seite 19).* Darunter war mit Bleistift eingesetzt, daß *schmutzige Wäsche zur Einfuhr nicht zugelassen* sei. Wenn er jetzt jedes Hemd für einsfünfzig im Westen waschen lassen mußte, war er ruiniert. Oder der Vater mußte den Wäschetransport übernehmen, einmal pro Monat. Aber der würde sich weigern, schmutzige Wäsche über die Grenze zu nehmen, wenn sein Staat das verbot. Allerdings, wenn er für seinen gegen den Wartburg eingetauschten Mercedes 170, Baujahr 38, einen neuen Hubring brauchte, gelang ihm ein Tarnsprachenbrief, dem der Stasi entnehmen mußte, Alfred habe ein solches Auto in Berlin und der Vater wolle ihm am

Samstag bei der Reparatur helfen. Aber für Alfreds Hemden würde er diese Phantasie nicht entwickeln. Pro Hemd also einsfünfzig? Unvorstellbar. Und wenn er es jetzt, da er verwarnt worden war, noch einmal probierte, beschlagnahmten die seine Hemden, dann war er erst recht geliefert. Und es wurde von Tag zu Tag heißer. Keiner seiner Anzüge war aus leichtem Stoff. Der Kragen seines Jacketts klebte am Nacken, war schon ganz krumpelig.

Frau Bratvogel schickte ein Foto: Norderney 1937. Das war ein Ostergeschenk! Er verzieh ihr, daß sie alle Wattwanderungen mit ihm vergessen hatte. Da stand er also unten an der Strandpromenadentreppe, die Mutter hielt ihre Tasche mit zwei Händen, machte ihr Gute-Miene-zu-jedem-Spiel-Gesicht und Frau Bratvogel stand eine Stufe höher. Alfred sah seinem Gesichtsausdruck von 1937 jetzt noch an, daß er es gewesen war, der damals zu dieser Aufnahme gedrängt hatte. Sein Gesichtsausdruck zeigte, daß er sich durchgesetzt hatte. Und jetzt, Ostern 1957, sah er, daß er recht gehabt hatte damals. Am liebsten würde er jeden Tag von früher mit Fotos pflastern. Dann könnte er sich dort ergehen und wäre weg von hier und jetzt. Da Frau Bratvogel aus Hannover auch noch ein gerade gemachtes Foto beilegte, das sie mit ihrem Mann vor einem neuen Auto zeigte, schrieb Alfred der Mutter, daß er und die Mutter sich bei seinem nächsten Dresden-Besuch bei Hildegard Jäckel, die schon Richard Strauss und Gerhart Hauptmann fotografiert hat, fotografieren lassen müßten, um Frau Bratvogel auch ein Bild von heute schicken zu können.

Er machte sich, weil er nicht nach Dresden durfte, ein Musik-Ostern zu Ost-Berliner Preisen. An drei Tagen für 30 Mark Ost: Die Krönung der Poppea, Fidelio, Capriccio und die drei letzten Beethoven-Sonaten. Jetzt wußte er wieder, er werde bestehen und etwas schaffen. Am liebsten hätte er immer das geschaffen, was auf ihn gerade den größten Eindruck gemacht hatte. Aber wenn er, vom Musik-Effekt durchdrungen, ausdruckssüchtig und tatenlustig zurückkam, traf er auf

Frau Glaubrecht, die vom österlichen Großreinemachen, zu dem sie auch noch eine Hilfe engagiert hatte, völlig erledigt war. Ich bin eine vom Unglück gejagte Frau, rief sie. Solange ich nicht drunter vorbeigehe, fällt kein Ziegel von einem Dach, rief sie. Immer nur ausgenützt wird man! Nicht mal die Schränke hat die Putzhilfe abgewischt, wo das Frau Glaubrecht mit ihrem Arm doch nicht kann. Ach, bitte, Herr Dorn, wischen Sie doch mal da den Rand ab. Und schon hat er den feuchten Lappen in der Hand und wischt mit. Dann wieder zu Monteverdi, Beethoven, Strauß.

Wenigstens Nachricht aus München. Da er die erste Prüfung mit *vollbefriedigend* gemacht hat, kann er in München problemlos zur Promotion zugelassen werden. Die einzige Bedingung, zwei Semester an der dortigen Universität zu studieren, paßt bestens in seine Pläne, weil Berliner Referendare ohnehin ein halbes Jahr im Westen verbringen sollen; also wird er die Verwaltungsstation im Westen, nämlich in München, absolvieren, nächstes Jahr, März bis Oktober; Zeit genug, die Doktorarbeit zu schreiben. Ein Thema aus dem Arbeitsrecht. Das gehört glücklicherweise zu den Gebieten, für die Hueck in München Fachmann ist. Er konnte sich eine Art Zukunft ausrechnen, aber diese Rechnung heiterte ihn nicht auf. Ob er, nach Vaters Geschmack, Syndikus beim Schering-Konzern werden würde oder, seinem eigenen Traum folgend, Musik oder Bücher produzierte, die Zukunft war für ihn eine ins Peinlichste gesteigerte Gegenwart.

Am schnellsten wurde seine Zunge nervös. Wenn irgendeine Unruhe wuchs, wirkte sie sich zuerst auf seine Zunge aus. Die fing an, an den Zähnen hin- und herzustreifen, und fand dann Schäden; und je genauer die Zungenspitze daran herumtastete, desto größer und bedrohender wurden die Schäden. Es war wieder der Backenzahn, der linke obere Sechser, der seiner Zungenspitze auffiel, von dem sie nicht mehr wegzubringen war. So ein Alarmierungsprozeß begann immer am Freitag, spätnachmittags, wenn kein Zahnarzt mehr zu erreichen war. Am Montag war Alfred um 9 Uhr in der Bleibtreustraße. Dr. Bertram hatte seine Praxis an einen jungen Kollegen, Dr. Abendrot, übergeben. Alfred wollte der erste sein, weil dann der Arzt noch am frischesten war. Nun saßen da schon zwei Wartende. War der Arzt nach zwei Behandlungen nicht mehr frisch, oder hatte er erst nach zwei Behandlungen eine eingearbeitete, sichere Hand? Dann konnte Alfred seine Zungenspitze nicht dauernd vom Behandlungspunkt entfernt halten. Das war sie einfach nicht gewöhnt, daß an den Zähnen etwas passieren sollte, woran sie nicht teilnehmen durfte. Dr. Abendrot entfernte die Goldfüllung dieses Backenzahns – sie stammte vom Vater, aus dem Jahr 1948 – und ersetzte sie durch eine Kunststoff-Füllung. Leider berührte Dr. Abendrot mit dem Bohrer, als er ihn herausnahm, die Schneidezähne. Alfred hatte das Gefühl, der Zahnschmelz müsse ernsthaft beschädigt sein. Als er dann die Rechnung bekam, sah er, daß Dr. Bertrams Nachfolger gar kein Doktor war. Also wahrscheinlich ein Dentist. Die Kinder promovierter Ärzte hatten sich in der Schule lustig gemacht über seinen Vater. Schöner Doktor ohne Doktor, riefen sie. Alfred hatte einmal gehört, wie Detlev Krumpholz zu Hans Gurlitt sagte: Sein Vater ist wohl um die Ecke in die Schule gegangen.

Tagelang war die Zunge jetzt im Alarmzustand. Er setzte die Dachshaarzahnbürste vorübergehend außer Gebrauch und kehrte zur Schweinsborstenzahnbürste zurück; von der bekam er zwar jedesmal Zahnfleischbluten, aber er konnte sich darauf verlassen, daß zwischen den Zähnen nichts Zersetzendes zurückgeblieben war. Ruhiger wurde er erst, als er in einem peinlichen Telephongespräch ermittelt hatte, daß Herr Abendrot zwar keinen Doktortitel hatte, aber doch ein akademisch voll ausgebildeter Zahnarzt war.

Dann rumpelte abends auf der Heimfahrt die S-Bahn einmal ganz heftig, und er war überhaupt nicht gefaßt gewesen darauf, er hatte gedöst, hatte den Kopf an die Seitenwand gelehnt gehabt, also schlugen seine Zähne von diesem Rumpeln hart aufeinander. Zu Hause überprüfte er das, was die Zunge gleich nach dem Aufeinanderschlagen der Zähne festgestellt

hatte, mit zwei Spiegeln: die Füllungen der beiden Schneidezähne, fünf Jahre alt, hatten sich gelockert. Das war immer eine seiner mobilsten Ängste gewesen, der Zustand der Schneidezähne. Jetzt war es soweit. Er lag lange wach. Die Zunge raste. Er mußte immer wieder ins Bad. Und bevor er seinen Taschenspiegel schräg in den Mund stellte, um dann mit Hilfe des Wandspiegels die Rückseite der Schneidezähne zu beobachten, spülte er sich jedesmal den Mund aus. Am nächsten Morgen verbot ihm Frau Glaubrecht ein für alle Male das Mundausspülen über dem Waschbecken. Nur über der Closchüssel werde der Mund gespült. Er war hocherregt von der angstvollen Nacht und lehnte das brüsk ab. Während sich bei ihm die Schneidezahnfüllungen auflösten, während er fror vor Angst, weil die Schneidezähne sicher ein nochmaliges Ausbohren nicht aushalten würden, er also seine Schneidezähne einbüßen würde, regte sich diese Frau über derartige Lächerlichkeiten auf.
Gleich nach Dienstschluß fuhr und rannte er ins BAYER-Haus am Ku-Damm und fragte nach den drei besten Zahnärzten West-Berlins; dann noch in zwei Apotheken. Sein Herr Abendrot wurde nur einmal genannt. Am häufigsten wurde ein Dr. Kolin genannt, der auch ein berühmter Segler sei. Er ging noch in eine dritte Apotheke und legte die Namen Kolin und Abendrot vor. Beide seien gut, aber Kolin sei älter, erfahrener. Auch in der Bleibtreustraße. Genau vis à vis von Dr. Dreyer. Der Name war in Alfreds Gefühlsgeschichte bekannt. Bei Kolin war Friedrich von Daun geschlagen worden. Vier sächsische Regimenter waren dabei. Da er, was er einmal verehrt hatte, nachher nicht einfach schmähen konnte, waren ihm Friedrichs Siege und seine Niederlagen gleich schmerzlich.
Er kam zum Glück bald dran. Alfred hatte ja, seit sich die Schneidezahnkatastrophe ereignet hatte, nichts mehr gegessen. Ein kleinerer, älterer, gemütvoller Herr, der Dr. Kolin. Alfred kam er französisch vor. Zu dem konnte man Vertrauen haben. Ja, sagte Dr. Kolin, eine der Füllungen sei ein wenig

locker. Er wollte gleich bohren. Alfred bat aber, vorher eine Röntgenaufnahme zu machen. Die wurde gemacht. Jetzt lehnte aber Dr. Kolin das Bohren ab. Dann wolle er zuerst doch die Aufnahme sehen. Also, bis übermorgen. Er versicherte, daß Alfred bedenkenlos essen und trinken könne. Alfred ging in seinen Ratskeller und aß Kalbshirn mit Kartoffeln. Dann fuhr er in den Osten, rief den Vater an. Der riet: nur provisorisch füllen, kein Porzellan, das reizt die Pulpa, er werde dann in Dresden eine Goldfüllung machen. Dr. Kolin lehnte, am übernächsten Tag, Gold ab, weil dafür zuviel gebohrt werden müßte. Er ist für reizloses Porzellan. Alfred wagte nicht zu gestehen, daß sein Vater ein Provisorium empfohlen habe. Gerade daß er noch wagte, einen weiteren Aufschub bis übermorgen zu erbitten. Er bereute es jetzt, daß er von Abendrot weggegangen war. Dessen Praxis war ganz neu eingerichtet, der sprach auch nicht soviel wie Dr. Kolin, arbeitete stumm und sorgfältig. Man sollte nie den Arzt wechseln. Er rief wieder den Vater an; der war nicht zu erreichen. Der Vater, dachte Alfred, geht nicht ans Telephon, um mich zu erziehen, ich soll hart werden, selbständig, ein Mann. Das nahm er dem Vater übel. Er telegraphierte der Mutter, erbat heftigst ihren sofortigen Rat. Sie telegraphierte zurück: Bei Kolin bleiben, nichts Provisorisches, keine Goldfüllung, Gruß Mutti. Es blieb ihm nichts übrig, er mußte auch Frau Glaubrecht und den Verlobten mit seinem Problem behelligen. Frau Glaubrecht sagte: Ihnen fehlt nur eine Frau, das ist alles. Am nächsten Morgen war er der erste und hielt sehr still, daß ja nicht mehr herausgebohrt werden würde, als unbedingt nötig war. Dann entdeckte der Arzt am anderen Schneidezahn, dessen Füllung noch intakt war, eine Verfärbung, eine sogenannte sekundäre Karies. Also wurde der auch behandelt. Danach war jeder Dunkelton verschwunden, aber in beiden Schneidezähnen schimmerte jetzt ein weißer Punkt durch. Porzellanweiß, das sich von Alfreds Zahnfarbe unterschied. Sobald er das im Glaubrechtschen Bad entdeckte, hätte er am liebsten aufgeheult. Spät abends traf er noch Pinkwarts. Frau Pinkwart sagte, wie gut ihr sein Hut gefalle. Er hatte diesen Hut, seit er ihn gekauft hatte, noch niemandem vorführen können. Er war Frau Pinkwart unendlich dankbar für ihr Kompliment. Jetzt erst freute er sich über seinen neuen Ninoflexhut. Neben seiner einen Kopf größeren Frau sah Herr Pinkwart aus wie ein zu groß gewordener Zwerg. Im Licht der Straßenlampen, das nur die Proportionen übrigließ, war der rundrückige, halslose, großkopfige Pinkwart ein riesiger Zwerg. Alfred schämte sich dafür, daß er je ernsthaft vorgehabt hatte, allen Kontakt mit Fred Pinkwart abzubrechen. Jemand, der solche Zähne hatte wie er, der seinen Kopf an den gefährdetsten Stellen täglich mit Harn betupfte, dem eine Warze sogar schon im linken Gehörgang wuchs, der sich nur aus Feigheit seine bösartig wuchernden Fußballen nicht operativ zurücksäbeln ließ, der gegen die Aphthen in seinem Mund mit keinem Mittel mehr ankam, so einer gehört ganz eng zu so einem riesigen, hoffnungslosen Zwerg.

Je heißer es wurde, desto heftiger erlebte er seine Hinfälligkeit. Man möchte fast meinen, er habe sie lusthaft erlebt. Aus der täglichen Summierung seiner Leiden und seiner Ängste wurde eine alles andere übertreffende Empfindung, ein so leidenschaftliches Gefühl, daß man als Zuschauer seines Daseins hofft, er habe diesen Zustand auch genießen können. Mit solchen Urteilen schreiben wir Leidenden vor, wie wir gern hätten, daß sie ihr Leiden erlebten. Wir hätten dann auch gleich einen Namen parat. Alfred Dorn aber blieb, wenn er eine Zeit lang bis zur Erschöpfung von seinen Ängsten gepflügt wurde, nichts übrig, als sich eine Verkürzung seines Lebens zu wünschen. Zehn Jahre lang Großes leisten, dann aber Schluß. Und nur weil er die Größe dessen, was er leisten würde, so deutlich empfand, waren diese zehn Jahre zumutbar. Die Mutter schrieb natürlich, daß das alles Quark sei und er ein großer Schippel und daß er sich endlich eine dickere Haut anschaffen solle, und kein Mensch außer ihm würde sich wegen eines solchen Sch ... drecks (so schrieb sie das) an seine Mutter wenden; es müsse einfach etwas nicht ganz richtig sein in seinem Köppel, immer nur Lamento, dieses Gejammer kriegt man aber wirklich bald mal dicke, was soll sie denn noch alles aushalten, es müsse doch einen Menschen geben, der zu ihm passe. Alfred kannte den Unverständniseifer seiner Mutter. Er fand, es gehe ihm schlecht. Aber es durfte ihm nicht schlechtgehen. Er hatte der Mutter gegenüber eine Heiterkeitspflicht zu erfüllen. Die unerfüllbarste aller Pflichten. Also ging er in der größten Hitze in dem für eineinhalb Mark präparierten weißen Hemd in die Ost-Oper und sah und hörte Tristan und Isolde und fühlte sich verstanden von einer Welt, die es nicht gab. Absolut nicht gab. Sicher nie gegeben hatte. Nach der aber ein Bedürfnis bestand. Das unerfüllt blieb. Das sagten die Akkorde. Unerfüllt bleiben würde in der existierenden Welt. Also war die unerträglich. Also mußte man den Aufenthalt hier abkürzen. Wenn man etwas getan haben würde, was diesem Aufenthalt hier entsprach. So entsprach wie Tristan und Isolde. Das heißt, so wenig entsprach. Durch Nichtentsprechen den Abstand zu dieser Welt ausdrückte. Dieser Welt konnte man nur durch Nichtentsprechen entsprechen. Sollte ihm doch einmal einer oder eine von all diesen Erwachsenen kommen, verheiratet und was nicht alles, und ihm sagen, der Tristan-und-Isolde-Ausdruck sei ihnen bekannnt, der sei von hier, aus dieser Welt der Erwachsenen, Verheirateten und so weiter. Sollte ihm nur einer oder eine kommen. Ausspucken würde er und sich zur nächsten Pissoirwand drehen und weinen.

Er war jetzt der 9. Großen Strafkammer in Moabit zugeteilt, die bei den Juristen Schmutzkammer hieß. Aufgabengebiet: Berufungsinstanz der amtsgerichtlichen Urteile und in 1. Instanz ausschließlich Unzuchtsdelikte. Vorsitz: Gräfin York von Wartenburg. Witwe eines Offiziers, der nach dem 20. Juli 1944 hingerichtet worden war. Die Gräfin, die seine Beurteilungen angesehen hatte, sagte gleich: Solche Juristen können promovieren. Auch hier nur zwei Sitzungstage, Montag und Donnerstag. Der erste Fall gleich ein Stiefvater, der seine

Stieftochter vom fünften bis zum neunten Lebensjahr mißbraucht haben soll. Die Neunjährige sagt als Zeugin locker aus über Mundverkehr, Schenkelverkehr. Die Gräfin fragt, ob sie an den lieben Gott glaube. Die Neunjährige: Nein. Freispruch für den Stiefvater. Dem Kind seien von der haßerfüllten Mutter alle diese Erlebnisse eingebleut worden. Danach saß Alfred in seinem halbdunklen Zimmer. Die Jalousie war kaputt, ließ sich nicht mehr hochziehen. Er mußte immer wieder ins Bad und seine Zähne untersuchen. Frau Glaubrecht, die nicht mehr arbeitete, saß zu Hause herum und zählte, wie oft er ins Bad ging, und regte sich auf. Reinemachen war jetzt ihr Hauptberuf. Wo er hingetreten war, kam sie sofort, reagierte mit einem Schmerzschrei und beseitigte seine Spuren. Wenn er las, fing seine Zunge an, an den Zähnen hin- und herzuwandern. Das führte jedesmal zu einer Alarmierung. Neue Ecken, Kanten, Risse. Also hinaus ins Bad, an den Spiegel. Also Frau Glaubrechts Schmerzschrei. Er war ganz sicher, daß die von Dr. Kolin gemachten Füllungen schon wieder ausgespült waren. Er hatte eben aus falscher Vorsicht und Ängstlichkeit die Zähne in letzter Zeit zu oft geputzt und immer mit der härteren Bürste. Er sah ein, daß das falsch war. Aber daß er es einsah, machte nichts wieder gut. Er mußte zum Zahnarzt. Aber zu einem anderen. Also noch einmal die Schneidezähne ausbohren, neue, noch größere, also noch auffälligere Porzellanfüllungen?! Er wagte nicht mehr, in Dresden anzurufen. Wenn Dr. Flade noch lebte, wäre das alles nicht passiert. Ins Bad ging er nur noch mit angehaltenem Atem, weil Frau Glaubrechts Toilettenartikel einen so widerlichen Geruch ausströmten, daß er Angst hatte, diese Luft überhaupt einzuatmen. Er konnte also gar nicht mehr so oft und gründlich überprüfen, wie seine Schneidezähne von hinten aussahen. Er war wirklich auf das angewiesen, was die Zungenspitze meldete. Und die meldete eben, daß es in seinem Mund immer spitzer und kantiger wurde. Er wußte gar nicht mehr, wohin mit der Zunge. Es sollte ihm jemand sagen, daß das eine Wahnvorstellung sei!

Nach so jemandem sehnte er sich doch! Aber eben der oder die fehlte! Er wünschte sich, sein Zimmer wäre noch viel dunkler gewesen, dann hätte er gewagt, was er, solange er es selber sehen konnte, nicht wagte, dann hätte er gewagt, sich in einer Ecke auf den Boden zu setzen und am Daumen zu lutschen. Zum Daumenlutschen gehörte ein Mut, den er nicht hatte. Er bohrte mit dem Zeigefinger im Nabel herum und hielt dann den Zeigefinger sofort dicht unter die Nase. Auch aus den Achselhöhlen, der Leistengegend und anderen ungelüfteten Körperstellen holte er Hautgeruch an die Nase. Da er die Nase nicht zu diesen Stellen hinbiegen konnte, aber diese Körpergerüche manchmal dringend brauchte, blieb ihm nichts anderes übrig, als mit dem Zeigefinger Gerüche zu tanken und sie sich dann in die Nase zu streichen.

Wenn er der Mutter seinen Zustand schilderte, schrieb sie zurück: Sei mal ein bissel ein Mann. Und wenn ihr sein Lamento so sehr über die Hutschnur ging, daß es ihr speifatal war, dann rannte sie zum Schillerplatz. Der Vater hielt ihm dann vor, was er, wenn er klage, bei der Mutter anrichte. Sie rege sich auf, der Blutdruck steige, das könne gefährlich werden. Alfred mußte dann der Mutter ihren Verrat berlinisch hinreiben: Haste die Uffjelöste jespielt, wa! Er grüßte sie als ihr krummer Manierist. Er drückte sich vor lauter Laune am liebsten unfaßbar aus und setzte dann böse drunter: Grübele wat's heeßt!

Er mußte mit der Mutter zu der Lichtbildnerin Hildegard Jäckel. Cordula Bratvogel und ihr Mann sollten Martha Dorn und Sohn zu sehen bekommen. Die Mutter in weißer Spitzenbluse und sitzend; schräg über ihre linke Schulter hereinhängend, der Sohn. Er hatte die dunklen Haare frisch gewaschen, hatte sie locker und scheitellos nach hinten gekämmt, daß es aussah, als wären es mehr. Beide schauten in die Kamera, als sei die das Wichtigste überhaupt. Der Mutter war es am Tag vor seiner Ankunft wieder einmal schwindlig geworden, sie war auf ihrer übermäßig gebohnerten Treppe ausgerutscht und gestürzt und hatte den Fuß verstaucht, so daß sie an Alfreds Arm zum Weißen Hirsch vorhumpeln mußte und noch die abschüssige Plattleite hinab bis zu Frau Jäckels Atelier. Sie hatte gejammert, hatte den Termin auf Weihnachten verschieben wollen, aber Alfred hatte nicht nachgegeben. Alle paar Meter waren sie stehengeblieben. Um größere Stehpausen zu erreichen, erzählte die Mutter, wer in den Häusern, die von hier oben den Blick auf die Elbe und Dresden haben, einst gewohnt hatte. Richard Tauber, Kokokoschka, Hasenclever und so weiter. Alfred sagte der Mutter wieder einmal, daß für den Maler eine Silbe weniger genüge. Schislaweng, sagte die Mutter wie immer, wenn etwas unwichtig gemacht werden sollte.

Auf den Bildern, die sie dann kriegten, um die zu bestellen, die vergrößert werden sollten, konnten sie wieder einmal sehen, daß ihre Münder gleich breit waren. Frau Jäckels mäßige Aufforderungen zum Heitersein beantwortete die Mutter mit einem leichten Anheben des linken Mundwinkels. Das produzierte eher Sarkasmus und Skepsis als Heiterkeit. Alfred Dorns Gesichtsausdruck hörte auf eine höhere Weisung: er beugte sich über die Schulter der sitzenden Mutter, schaute der Welt als Kamera entgegen und empfand sich offenbar in diesem Augenblick und in dieser Funktion als notwendig, also als sinnvoll. Auf der Fotografie erscheint das als Pathos.

Zum Abschied sagte die Doktorin, das schönste, wenn er komme, seien seine sich ihrer Tür nähernden Schritte und sein einzigartig schüchternes Klopfen. Sobald er dann im Raum sei, beginne ja schon wieder der Abschied. Und jetzt, da die Passierscheine immer schwieriger zu bekommen seien, sie aber wohl nicht mehr reisen könne, sehe sie voraus, daß Alfred bald gar keinen Passierschein mehr beantragen werde, also sei sie die Allerhereingefallenste dieser Epoche.

Vor dem S-Bahnhof lief er Pinkwart über den Weg. Ein Ausweichen und Wegdrehen war, des schweren Koffers wegen, nicht möglich. Pinkwart ließ sich nicht abhalten, ihm den von Noten, Büchern und Wäsche schweren Koffer die ganze

Neuchateller Straße vor bis zum Haus tragen zu helfen. Dabei erzählte er, daß er sich inzwischen zur Prüfung gemeldet habe; das Justizprüfungsamt wolle ihn, wenn er eine Bemerkung von dort nicht falsch deute, jetzt wirklich durchschleusen. Alfred hatte Mühe, Pinkwart vor dem Haus loszuwerden. Ihm war nicht mehr nach einem Weezen mit dem Riesenzwerg.

Als er seinen Koffer auspackte, fehlte ihm der Schlüssel für den Mittelteil des Schranks, in dem er Bücher und Noten unterbringen wollte. Er wußte, daß er vor der Reise den Schlüssel für die Schreibtischschublade und die Schlüssel für die Seitentüren des Schranks in den Mittelteil des Schranks gelegt hatte. Wenn der Schlüssel zum Mittelteil fehlte, konnte er nichts unterbringen, nichts benutzen. Seine Bücher, seine Papiere! Übermorgen sollte er anfangen auf der Staatsanwaltschafts-Station! Jetzt fiel ihm auf, daß auf seinem Tisch eine andere Decke lag als vor seiner Abreise. Die Decke, die jetzt da lag, zeigte deutlich zwei Flecken. Und so tief hatte er das Paar Schuhe auch nicht unter das Bett geschoben gehabt. Sein Zimmer war benutzt worden. In einem der offenen Fächer in dem Schreibtischaufsatz fehlte die Rabattmarkenkarte, auf die er noch am Abend vor der Abreise Marken geklebt hatte. Am nächsten Tag blieb ihm nichts anderes übrig, als Frau Glaubrecht unter Aufbietung aller Selbstbeherrschungskraft sehr höflich zu bitten, sie möge doch, bitte, bei sich nachsehen, ob die Schlüssel irgendwo lägen. Das ist scharf, was Sie da sagen, sagte Frau Glaubrecht. Sehr scharf sogar. Sie sind mißtrauisch, schließen alles dreimal ab, daß man nicht einmal mehr reinemachen kann, nicht einmal Mottenpulver kann man an Ihre Sachen tun, wozu man ja nicht verpflichtet wäre – und jetzt das, das ist zuviel!

Sobald er wieder in seinem Zimmer war, nahm sein Ekelgefühl drastisch zu. Die Tischdecke mit den zwei Flecken. Er konnte an diesem Tisch nichts mehr essen. Am Abend des ersten Tages mußte er Handschuhe anziehen, sonst hätte er in diesem Zimmer nichts mehr berühren können. Gegen Mitter-

nacht saß er mit angezogenen Beinen auf dem Bett und wartete auf eine Art Entspannung. Am nächsten Tag, dem ersten Tag der Staatsanwaltszeit, hatte er Geburtstag. Ein Geburtstag nicht in Dresden. Und auch noch ohne seine Mutter. Er mußte seine Zunge hindern, an der Hinterseite seiner Schneidezähne herumzulecken. Andauernd preßte sich die Zungenspitze mit aller Kraft gegen die zwei Füllungen, um zu prüfen, ob die schon wieder locker seien. Er hatte mittags im Bilka-Kaufhaus einen Nachtisch mit Nußraspel gegessen und glaubte, dabei auf einen Nußschalensplitter gebissen zu haben. Dabei war eine Zahnkante gebrochen. Er mußte seine Zunge dazu bringen, nach dieser Stelle zu suchen, anstatt andauernd an den Schneidezähnen tätig zu sein.
Am nächsten Morgen war er sehr früh wach, viel zu früh; saß im Bett und starrte den Schrank an. Plötzlich stand er auf, zog den Schlüssel der Seitentür heraus und probierte ihn an der Schreibtischschublade aus. Er paßte. Und in der Schublade lagen alle fehlenden Schlüssel. Sie waren eingewickelt in die Rabattmarkenkarte. Plötzlich wußte er wieder, daß er das für eine beonders günstige Schlüsselidee gehalten hatte: alle Schlüssel mit einem Schlüssel wegzuschließen, der dafür eigentlich gar nicht vorgesehen war. Und das hatte er dann einfach wieder vergessen. In der Panik, die entstand, als er den wichtigsten Schlüssel, als er ihn brauchte, nicht zur Hand hatte. Die Angst, daß er einen wichtigen Schlüssel verlieren werde, war in ihm andauernd ausbruchsbereit.
Jetzt sollte er Anklageschriften verfassen. Der Chef war selber erst Assessor und betonte in allem seine Nichtchefhaftigkeit. Alfred sollte seine Anklageschriften nicht erst mühsam kritzeln, sondern ins Diktaphon diktieren. Als er zum ersten Mal abhörte, was er diktiert hatte, erschrak er. Eine Stimme ohne jede Wärme. Nicht übermäßig hoch. Aber auch kein bißchen tief. Einfach völlig farblos. Keine Spur sächsisch. Einfach unangenehm. Er war dieser Stimme nicht gewachsen. Er rannte fort. Am Lützow-Platz folgte er einem Plakat und geriet in eine Chagall-Ausstellung. Zum ersten Mal, daß er

Chagall-Bilder sah. Er fühlte sich an der Hand genommen und erhoben. Aufgenommen in den ernstesten Kindergarten der Welt. Aber seine Verzweiflung war noch zu rege, er mußte weiter.

Als er heimkam, lag da die Absage Huecks. Emeritierung Oktober 1957! Wo er so gut nach München gepaßt hätte. In Berlin, hatte er inzwischen gehört, sei eine Promotion schon deshalb unmöglich, weil die Professoren mit einander so zerstritten seien, daß es unmöglich sei, zwei Professoren zu finden, die sich auf eine Doktorarbeit einigen könnten. Er ging seine Hauptstraße entlang, aß im Ratskeller, biß auf einen Knorpel, es schnurpste, danach stellte die Zunge eine rauhe Stelle, also eine Zahnschmelzbeschädigung fest, er mußte ins Kino. Der Film hieß Vom Winde verweht. Danach war seine Zunge ganz ruhig. Aus Köln kam Antwort. Nipperdeys Assistent schrieb, er passe ins Programm, er solle vorbeikommen, sich vorstellen. Am liebsten hätte er jetzt sofort Blacher vorgespielt. Er fühlte sich in Form wie noch nie. Und der Graf Brühl durfte keinesfalls liegenbleiben! 1958 also nach Köln. Im März. Dann als Doktor aus Köln zurückkommen, die 2. Staatsprüfung machen, dann ganz schnell den Brühl hinschreiben. In dem Brief, in dem er der Mutter die letzten Instruktionen gab, riet er ihr auch, wegen der jetzt täglich vorkommenden Leibesvisitationen, frische Schlüpfer anzuziehen. Er wollte das Wort auch schriftlich probieren. Es ging. Es war höchste Zeit, daß sie kam. Er wußte einfach nicht, ob es gefährlich sei, Couverts mit der Zunge abzulekken. Er hatte das Gefühl, das könnte giftig sein. Leckte die Mutter Couverts ab oder nicht? Er konnte sich nicht daran erinnern. Er mußte sie fragen. Er hatte niemanden sonst.

Die Mutter durfte tatsächlich auf dem Diwan übernachten. Frau Glaubrecht flüsterte Alfred auf dem Flur sogar zu, seine Mutter sei ein feiner Kerl. Alfred hatte sich zur Erzeugung einer freundlichen Stimmung wochenlang benommen, als gebe es ihn gar nicht. Leider stürzte die Mutter, als Alfred sie abholte, schon auf der Bahnhofstreppe. Da er das Gepäck trug, konnte er sie nicht halten, als sie plötzlich seitlich wegknickte und dann noch ein paar Stufen hinunterrutschte. Aber dann raffte sie sich auf, lächelte und sagte: Wieder verknackst. Am Programm wollte sie nichts geändert wissen. Sie kannte Alfreds Leidenschaft: etwas Schönes so genau planen, daß man dann nicht nur das Schöne erlebt, sondern auch, wie alles klappt. Probieren konnte sie nur den linken Schuh. Der rechte Knöchel war vom Sturz dick geschwollen. Mittaggegessen hatten sie an diesem Tag ganz sparsam in der Kantine der Staatsbibliothek. Beim Hinausgehen bückte sich die Mutter, Alfred erschrak, sah sie schon wieder stürzen, aber sie hob ein Geldstück auf, gab es ihm und sagte: Unser Glücksfeng, mei Gleener.

Sobald die Mutter in Dresden war, zeigte sich, daß der Sturz doch so schlimm war, wie er ausgesehen hatte. Der Fuß war angebrochen, mußte in Gips gelegt werden, die Mutter durfte drei Wochen nicht mehr aufstehen. Die Ärzte konnten es nicht fassen, daß sie mit diesem Fuß noch tagelang herumgegangen war. Jetzt mußte sie, weil sich sonst niemand um sie kümmerte, von ihrer Schwägerin Lotte versorgt werden. Die machte ihr Vorwürfe. Wäre die Schwägerin nicht tagelang mit Alfred in West-Berlin in Modegeschäften herumgerannt, läge sie jetzt nicht so da. Hätte die Schwägerin auf den Bruder gehört und auf sie, Lotte, auch, dann hinge jetzt Alfred nicht wie ein Gespenst in seinen Kleidern. Ohne Obst, Rudern, Schwimmen findet er nie Anschluß, ohne Anschluß keine Protektion, ohne Protektion keine Promotion. Weil Tante Lotte jedes Brikett, das sie aus dem Keller holen mußte, mit einem Vorwurf versah, mußte Frau Blümel, die bisher Alfreds Hemdkrägen gewendet hatte, die Pflege übernehmen.

Solange die Mutter lag, stellte Alfred einen Wunschkatalog auf und schickte ihn der Mutter, damit sie sich vorbereite auf das, was sie, wenn sie wieder gehen konnte, sofort für den Sohn zu tun hatte. Das wichtigste: Frau Traute Steinhövels Adresse ermitteln. Frau Steinhövel war in der Kaulbachstraße mit Alfreds Großeltern im Keller gesessen, hatte aber den

Keller nach dem ersten Angriff verlassen und dadurch überlebt. Frau Steinhövel war der letzte Mensch, der Alfreds Großmutter und den Großvater Schmiedel lebend gesehen hatte. Wenn sie noch lebte, vielleicht sogar in Dresden, mußte er sie an Weihnachten besuchen. Dann die Schnorr von Carolsfeldsche Bilderbibel. Die war in der Borsbergstraße verbrannt. Die Mutter mußte in Dresdener Antiquariaten fragen, ob ein Exemplar davon zu haben sei. Diese Illustrationen sind die wichtigsten Bilder seiner Kindheit, er braucht sie wieder.

Die Mutter war zwar aus dem Gips heraus, aber ihre Briefe wurden immer wirrer. Wenn er ihr schrieb, daß er in West-Berlin eine Spieldose aus dem Erzgebirge kaufen wolle, die werde hier mit einem Schweizer Werk angeboten, antwortete sie, daß die Schweizer Werke in Ordnung seien, sie werde sich darum kümmern, sie habe ihm ja immer gesagt, daß er nicht so oft zu spät kommen dürfe, jetzt ist es also soweit, aber wie gesagt, sie will alles fertigmachen, sie will sehen, daß sie alles fertigmachen kann und daß sie, bis zu ihrer Fahrt nach Berlin, alles fertig machen kann, das Kuchenpaket muß jetzt gleich fort, da Frau Blümel kommt und Frau Blümel es wegbringen muß, muß sie pünktlich sein und es gleich wegbringen, sie hat gestern für ihn gebacken, sie glaubt bestimmt, daß es in diesem Jahr besser geworden ist als im Vorjahre, sie glaubt bestimmt, der Vater könnte ihr bestimmt etwas dazugeben, wie Hulda Samlewitz aus Ottendorf auch meinte, er könnte ihr etwas dazugeben, aber er denkt nicht daran, und die Lotte hetzt da auch ganz schön herum, aber sonst ist alles in Ordnung, sie hofft, daß sonst alles in Ordnung ist, Frau Blümel war anderer Meinung, es sei alles in Ordnung, meinte sie, also, hoffen wir, daß alles in Ordnung ist, und so grüßt sie ihn innig und mit einem Küßchen und ist für heute sein Muttchen.

Er mußte nach Dresden. Aber Anfang Dezember hatte die DDR das Gesetz über die Republikflucht erlassen; dazu war eine Verwaltungsanweisung ergangen, in der es hieß, daß alle,

die von 1949 bis 1957 illegal die DDR verlassen hatten, nicht mehr in diese einreisen dürften. Später erfuhr er von Frau Blümel, daß die Mutter, als Frau Blümel ihr von diesem Gesetz berichtete, umgefallen sei. Es sei zwar nichts passiert, aber umgefallen sei sie. Alfred würde also nicht mehr heimkommen. Und sie war reiseunfähig. Aber Alfred konnte sich mit einer Lage nur abfinden, wenn er sie mit seinem Gefühl annehmen konnte. War das nicht der Fall, galt die Lage für ihn nicht. Er akzeptierte sie nicht. Kämpfte dagegen an. Wie gering die Aussicht auf Erfolg war, spielte für ihn keine Rolle. Er hatte keine andere Wahl.
Er fuhr hinüber in die Volkskammer, wurde vom persönlichen Referenten des Volkskammerpräsidenten sehr freundlich empfangen, schilderte dem die Lage und fühlte sich verstanden. Der junge Mann sagte, er wisse nicht, wie die dafür nicht zuständige Volkskammer da helfen könne, aber er werde alles tun, daß Herrn Dorn geholfen werde. Herr Dorn sollte, was er erzählt habe, schriftlich einreichen und die Atteste dazulegen.
Da die Mutter die Atteste nicht mehr selbst besorgen konnte, schrieb Alfred per Eilbrief an Dr. Wusch, den Internisten. Er bat, das Attest an den Vater zu senden, daß der damit zum Amtsarzt gehe. Dem Amtsarzt schrieb er, den Vater rief er an. Aber es dauerte eine Woche, bis es dem Vater gelang, Dr. Wusch ans Telephon zu kriegen. So gehe das nicht, sagte Dr. Wusch dann. Zuerst wäre eine nochmalige Untersuchung nötig. Er könne sich nicht von Frau Dorns Sohn in West-Berlin vorschreiben lassen, was er hier in Dresden zu attestieren habe. Und auch noch für die Volkskammer! Da könne er ohne Untersuchung kein Attest ausstellen! Also mußte die Mutter hintransportiert werden, dann war das Attest schnell da. Erst jetzt konnte Alfred sein Gesuch in Ost-Berlin einreichen. Davor mußte er noch in zwei Apotheken rennen, um sich wieder Dr. Wuschs unlesbar handgeschriebenes Gutachten entziffern zu lassen. Dann mußte Herr Pionke, der die Hausarbeit in Maschine geschrieben hatte, das Attest ab-

schreiben und Alfreds Gesuch dazu. Der junge Beamte drüben versprach, alles so schnell als möglich bearbeiten zu lassen. Das war am 20. Dezember. Alfred sollte per Post benachrichtigt werden. Die Post von Ost- nach West-Berlin dauerte inzwischen drei Tage. Der Vater hatte die Chancen richtig eingeschätzt und Alfred zum ersten Weihnachtsfest in der Fremde den Vaterzuspruch rechtzeitig gespendet. Besser jetzt in West-Berlin als im Krieg in Rußland. Überstehe die Feiertage männlich und werde nicht weich!
Frau Glaubrecht traf es offenbar noch härter als Alfred, daß er Weihnachten in West-Berlin verbringen mußte. Dat is ne Bescherung, sagte sie. Aber die Ost-Behörde konnte Alfred erst einen Tag vor Sylvester nach Dresden reisen lassen. Die Straßenbahnschaffnerin in der Elf sagte, als er einstieg: Wie gut, daß Sie kommen. Diese in ihrer Dienstkleidung verborgene Frau! Daß die ihn noch kannte! Diese Frau hatte ihn wahrscheinlich früher mit der Mutter zusammen in der Elf gesehen, hatte von Mutters Erkrankung gehört und wußte jetzt, warum er kam. Die Mutter war im Nachthemd. Sie schaute ihn mit ihren großen runden Augen an und sagte: Ach, du bist's. Aber es waren nur die Wörter von früher. Es war so gut wie kein Ausdruck in diesen Wörtern. Dazu machte das Auffinden und Aussprechen der Wörter offenbar zu viele Schwierigkeiten. Alles, was sie sagte oder tat, wußte sie gleich nachher nicht mehr. Wenn Alfred sie dann darauf aufmerksam machte, sah sie ihn ängstlich an. Nichts als ängstlich. Sie wollte offenbar gar nichts mehr tun oder sagen, um nicht noch mehr aufzufallen. Nicht einmal ihr gemeinsam Schönstes und Innigstes ging noch: das Kopfwaschen vor hohen Feiertagen. Das hatten sie bisher einfach beibehalten als eine Heimkehrzeremonie, auch wenn kein hoher Feiertag bevorstand. Er hatte dann immer den Kopf still übers Wasser gehalten, und sie hatte seinen Kopf bearbeitet und dabei ausführlich begründet, daß sie es eigentlich längst dicke habe, ihm immer noch den Kopf zu waschen, und daß es dieses Mal endgültig das letzte Mal sei.

Er konnte sie keine Sekunde allein lassen. Die Doktorin, die er also in der ersten Woche noch nicht besuchen konnte, schrieb, wenn nur Alfred endlose Terminverlängerungen seines Passierscheins erreichen würde, dann könnten sie von Haus zu Haus täglich Briefe wechseln wie weiland Goethe und Frau von Stein. Alfred konnte kein bißchen Laune für entsprechende Antworten mobilisieren. Zusammen mit Frau Blümel pflegte er seine Mutter. Erst allmählich merkte er, wie schlimm sie dran war. Anfangs probierte er noch ab und zu einen seiner Späße, auf die sie früher mit dem richtigen Gegenspaß geantwortet hatte. Jetzt schaute sie, als habe sie nichts gehört. Die Mutter wußte jetzt schon nicht mehr, wie sie Weihnachten verbracht hatte. Aber Tante Lotte tauchte auf und meldete, daß sie zwei Weihnachtseinladungen geopfert habe, um am schwersten aller Abende bei der Mutter zu sein. Mit einer Handbewegung erklärte sie noch, daß sie mit der Mutter, was sie selber gehabt habe, geteilt habe. Da, wo ihre Hand hindeutete, lag immer noch ein Stück Seife neben einem Fläschchen Kölnisch Wasser. Bockwurst und Kartoffelsalat sei ihr Weihnachtsmahl gewesen.

Auf Frau Blümel konnte man sich verlassen. Außer der Mutter pflegte Frau Blümel noch eine sechsundachtzigjährige Frau von Wackerbarth. Eine ehemalige Gutsbesitzerin, jetzt Trinkerin, Löcher in den Handschuhen und Schnippsgummi um die Strümpfe, zwei Söhne in Amerika, die sich kein bißchen um die Mutter kümmerten, aber eine tolle Witzerzählerin. Leider könne sie, Frau Blümel, überhaupt keine Witze erzählen, sonst würde sie Herrn Dorn diese Witze erzählen, daß er endlich auch wieder etwas zu lachen habe. Und lachte selber. Eine Frau von Wackerbarth! Wackerbarth, der große Gönner, vielleicht sogar der Entdecker Brühls! Am liebsten wäre Alfred gleich mit Frau Blümel zu der sechsundachtzigjährigen Trinkerin gegangen, die vor 1918 sächsische und andere Prinzessinnen erzogen habe und jetzt fast keine Rente bekomme, weil der SED-Staat Hofdienst nicht als Arbeit gelten lasse. Frau Blümel war klein, grauhaarig, zäh. Ihre grauen

Haare wirkten wie eine Drahtperücke. Alfred bewunderte Frau Blümel sofort, weil sie trotz des miserablen Zustandes ihrer Zähne ungeniert lachte. Mit der Mutter ging Frau Blümel um wie mit einem schwerhörigen Kind, mit dem man eine Zeit lang Geduld hat, aber nicht ewig. Sie sagte, was Arbeit angehe, mache ihr nicht so schnell jemand etwas vor. Sie pflegte auch noch ihren sechsundachtzigjährigen Vater und dessen siebenundachtzigjährige Schwester. Und ihre Pflegefälle wohnten weit in Dresden herum: in Bühlau, in Pesterwitz und in Reick, sie selber in Pieschen. Bei jedem Besuch kam sie Alfred jünger vor. Als sie dann als einzige ihn und die Mutter zum Neustädter Bahnhof begleitete, sah er, daß sie viel jünger war als die Mutter.

Es blieb nichts anderes übrig, als die Mutter mit nach Berlin zu nehmen. Zweimal hatte er Aufenthaltsverlängerung beim Polizeipräsidium Dresden und Urlaubsverlängerung beim Landgerichtspräsidenten in Berlin-Charlottenburg erreicht; im Johannstädter Krankenhaus waren alle möglichen Untersuchungen gemacht worden; der Blutdruck ging nicht mehr unter zweihundert. Die Diagnosen schwankten: Klinische Beobachtung wünschenswert. Als sich Alfred drunten am Schillerplatz vom Vater verabschiedete, sagte er, entweder kehre er jetzt aus West-Berlin beruflich unfertig und aussichtslos nach Dresden zurück, um die Mutter zu pflegen, oder er nehme sie mit nach West-Berlin in eine ungewisse Zukunft. Daß Alfred die Ausbildung in West-Berlin jetzt noch abbrechen könnte, brachte den Vater fast zur Verzweiflung. Mehr zur Demonstration seiner Kraftlosigkeit und Erledigtheit als zur Beeindruckung durch Lautstärke, rief er: Es is nu eben alles schief gegangen. Nu hat sie mir eben beide Kinder versaut. Aber am Sonntag kam der Vater doch noch zu einem Abschiedsbesuch herauf. Mit seiner Schwester. Er sagte: Lebe wohl und gute Besserung, Martha. Zu Alfred sagte er, wahrscheinlich weil Tante Lotte dabeistand und weil es gerade der 19. Januar war – an diesem Tag, das wußte jeder in der Verwandtschaft, war 1941 das Torpedoboot Wolf nicht

mehr zurückgekommen -: Wie das so im Leben geht, der gesunde Frieder mußte in jungen Jahren fallen, und du mußt nun leben. Das hatte er doch so oder so ähnlich schon einmal gesagt! War das ein Befehl oder ein Bedauern? Immerhin, er brachte Geld mit für die Reise.
Die Doktorin wollte sich von ihm auch noch allein verabschieden. Sie sahen dann die Fotos an, die Frau Jäckel im August gemacht hatte; er bestimmte, weil sie das wünschte, welches er ihr als Andenken widmen wollte. Eins, auf dem er allein zu sehen war. Als sie am nächsten Vormittag die Thorner Straße endgültig verließen, mußte er noch einmal zum Heim hinüber, die Doktorin kam sogar herunter, der tatsächliche Abschied fand auf der eisigen Straße statt. Jetzt geriet ihr großes Gesicht ins Zucken und Beben. Sie drehte sich an ihrem Stock um und ging schwer durchs Gartentor. Alfred kämpfte nicht lange, er weinte einfach. Daß Lina Leim von oben zuschaute, störte ihn nicht.
Um 11 Uhr 49 fuhr der Zug, Frau Blümel winkte, solange sie Alfred sah. Alfred winkte zurück, solange er Frau Blümel sah. Um 15 Uhr 19 kamen sie im Ost-Bahnhof an und fuhren mit der S-Bahn zu Pinkwarts. Eine andere Möglichkeit gab es nicht. Alfred wußte, daß der Assessor gewordene Herr Würdig gerade ausgezogen war, also hatte er Frau Pinkwart im Restaurant angerufen und gefragt, ob er die Mutter ein paar Nächte, ganz sicher keine ganze Woche, bei ihnen unterbringen könne. Frau Pinkwart hatte sofort und, wie es Alfred schien, herzlich zugesagt. So zog also Frau Dorn bei der Familie ein, von der sie ihren Sohn am eifrigsten hatte fernhalten wollen. Aber sie reagierte überhaupt nicht, als er ihr sagte, wo sie die ersten Tage und Nächte bleiben müsse. Und als dann der riesige Zwerg in seiner ganzen beklemmenden Eindrücklichkeit die Tür öffnete und die beiden Dresdener im vollsten Sächsisch willkommen hieß, reagierte sie auch nicht.
Pinkwart hatte einen Plattenspieler gekauft. Weil er wußte, daß Alfred schon lang einen solchen Apparat wollte, mußte er seine Erwerbung sofort vorführen. Mit einer ebenso neuen

Platte. Wenn es Frau Dorn auch recht sei. Sie merkte gar nicht, daß sie angesprochen worden war. Also hörten sie zusammen Chöre aus Fidelio, Nabucco und aus der Zauberflöte. Alfred drückte der neben ihm sitzenden Frau Pinkwart die Hand so fest, daß sie aufschrie. Er hätte schon wieder weinen wollen. Sich daran erinnernd, daß er heute schon einmal geweint hatte, gelang es ihm, nicht zu weinen.
Als Alfred dann gehen mußte, sah ihn die Mutter an, als wolle sie noch etwas ganz Dringendes fragen. Alfred blieb stehen, wartete. Aber es fiel ihr dann doch nichts ein, also konnte er gehen.

5.

Als wäre er der Kranke, dem die Diagnosen galten, reagierte er, je schlimmer sie ausfielen, um so abweisender. Der Doktor im Westend-Krankenhaus sagte: Knallharte Aorta. Professor Leonhardt in der Charité sagte: Pflegefall. Und das nach fast fünf Monate dauernder Behandlung.
Immerhin lachte die Mutter, als ein Mann beim Einsteigen in den Bus stolperte und fiel. Der Mann war bedauernswert, aber beim Fallen fiel ihm sein Hut voraus, und das sah komisch aus, und dafür hatte die Mutter wieder Sinn. Alfred fuhr jeden Morgen mit ihr im Elfer-Bus von Lankwitz, wo sie seit Anfang Juli zusammen ein Zimmer bewohnten, nach Lichterfelde, in die Drakestraße. Dort lieferte er sie im Heim bei Schwester Flora ab. Die Mutter hatte es bemerkt, daß sie wie in Dresden in einem Elfer fuhren. Das Heim war ein freundlicher Klinkerbau, keine Ruinen darum herum. Ein Magnolienbaum reichte vom Gartentor bis zur Haustür. Und der Bus fuhr genau von Haus zu Haus.
Vier Monate lang war Alfred jeden Nachmittag in den Ostsektor gefahren, hatte der Mutter jedesmal ein anderes Programm geboten, um sie aus der Bewußtseinsstarre zu wekken. Er registrierte auch kleinste Fortschritte, teilte sie ihr mit

und feierte sie mit ihr. In das DDR-Krankenhaus hatte er sie bringen müssen, weil sie im Westen nicht versichert und in West-Berlin nicht transportunfähig erkrankt war. In der West-Poliklinik war ihm für die Mutter das achte Bett in einem Raum angeboten worden. Da hatte er sie nicht lassen können. In der Charité war sie nur mit einer Patientin, einer nervenkranken allerdings, zusammen.
Das war eine neue Aufgabe für ihn: Was mußte er ablehnen, und was durfte er nicht ablehnen. Liquorentnahme und Encephalogramm lehnte er ab, nachdem er sich über die Prozedur und ihren Sinn hatte informieren lassen. Er ging den Ärzten auf die Nerven. Die Oberärztin sagte in der zweiten Woche: Ihre Liebe zu Ihrer Mutter ist unnatürlich. Auf dem Heimweg fiel ihm ein, daß er hätte sagen sollen: Ich bin nicht Ihr Patient, Frau Doktor! Aber er hatte gar nichts sagen können. Sein Ziel war es, so aufzutreten, daß es der Mutter zugute kam. Einmal hatte die Mutter ihn mit dem Satz empfangen: Die beneiden mich alle, daß du kommst. Die Zimmergenossin hatte ihm den Weg zu Mutters Bett versperrt, hatte sich seltsam bewegt und gedreht und dabei gesagt: Ich bin eine Abenderscheinung.
Die Mutter hat in den Charité-Monaten wieder gelernt, ganze Sätze zu sagen. Sie bildete jetzt die Sätze wie jemand, der eine Fremdsprache spricht und weiß, daß er, wenn er nicht sehr aufpaßt, Fehler macht. Es war allerdings ganz unvorhersehbar, bei welchen Gelegenheiten sie Hilfe brauchte. Sie hatte das Handtuch in der Hand und wußte nicht, daß sie es gerade von dem Haken neben dem Waschbecken genommen hatte und es wieder an diesen Haken hinhängen konnte. Die nervenkranke, sich in alles einmischende Zimmergenossin konnte es nicht fassen, daß ein erwachsener Mensch mit dem Handtuch vor diesem Haken stehen konnte, ohne den Zusammenhang zu entdecken. Und als die Mutter Radiostimmen, die durchs offene Fenster kamen, für Frühlingsvögel hielt, tippte die Mitpatientin mit dem Zeigefinger gegen ihre Schläfe und sagte: Plemplem. Alfred freute sich, als die Mut-

ter die Radiostimmen von draußen so kommentierte: Horch, die Piepmätzeln. Sie wußte also immerhin, daß es Frühling geworden war. Dafür lobte er sie. Wenn er sie lobte, war sie glücklich. Es gab Nachmittage, da sagte sie in drei Stunden zweimal Ei-nun-freilich, sonst nichts. Wenn sie stundenlang dalag und auf nichts von dem, was er sagte, reagierte, flüsterte er ihr verzweifelt ins Ohr: Mutti, stirb mir bloß nicht. Aber auch das bewegte sie nicht. Aber eine halbe Stunde später beantwortete sie dann die Radiolaute von draußen eben doch mit: Horch, die Piepmätzeln. Er ging mit ihr in die Niederlassung der Meißner Manufaktur in der Friedrichstraße, führte sie vor eine Figur, die sie gekannt hatte und fragte, wer das sei. Der Pfefferfresser, sagte sie sofort. Mutter, sagte er, jaa, der Pfefferfresser! Zur Feier der Wiederauferstehung des Pfefferfressers besorgte er sofort Karten für die Csárdásfürstin im Metropol. Als sie aber mit dem Bus an Michael Glinkas Sterbehaus vorbeifuhren und Alfred ihr das mitteilte, reagierte sie überhaupt nicht. Er sagte: Die Walzerfantasie, weißt du noch? Und weil er wußte, daß sie sich als Schülerin des Ehrlichschen Gestifts gern den Anschein gab, als könne sie Französisch, sagte er: Valse-Fantaisie. Sie sagte Schislaweng. Ihr Kauderwelschwort, wenn sie nicht mehr weiterwußte. Erst als er ihr die Melodie vorsummte, belebte sich ihr Gesicht, und aus ihrem Mund kam das Wort: Silberhochzeit. Das war ein Lichteinbruch. Aber als er sie daran erinnerte, was er am 26. Mai 1942, außer der Walzerfantasie von Glinka, noch gespielt hatte für die Gäste und was sie selber gesungen hatte, zum Beispiel *Caro mio ben* – das Lohengrin-Vorspiel, das der Vater am Harmonium zum Musikprogramm des Festes beigesteuert hatte, ließ er vorsichtshalber weg –, als er so den Tag der Silberhochzeit zur Lösung der Starre einsetzen wollte, machte sie nicht mehr mit.
Der Vater und seine Frau kamen, solange die Mutter in der Charité war, einmal ins Adlon. Der Vater sagte, es gebe jetzt nur noch eine einzige Lösung, für die Mutter müsse in Ost-Berlin ein Heimplatz gefunden werden. Kostet soviel, wie er

der Mutter monatlich zahlt. Alfred sofort und in einem Ton, wie er in Gerichtssälen üblich ist: Zuzug aus der DDR nach Ost-Berlin gibt es nur für Berufstätige. Der Vater: Wenn Alfred die Mutter in den Westen nähme, wäre das eine weitere illegale Ausreise, Republikflucht Nummer zwei in der Familie Dorn, dann müßte der Vater die monatlichen Zahlungen für die Mutter sofort einstellen. Alfred zuliebe sei er bisher große Risiken eingegangen, habe einen Republikflüchtling auf strafbare Weise mit Geld versorgt. Das könne er für die Mutter nicht auch noch tun. Die Bestimmungen seien strenger geworden, die Überwachung schärfer. Die DDR werde durch den Einszuvierkurs vom Westen praktisch geplündert. Die Leute rücken hier ab, weil ihnen etwas nicht paßt, verdienen drüben, dann kommen sie, kaufen alles viermal billiger, geben eine Stange an, machen hier alles mies und hauen mit der großen Fresse wieder ab. Was zahlt denn Alfred hier für ein Helles? Achtundvierzig Pfennig! Er könnte sich dicke ärgern, wenn er das sehe. Lange werde sich die DDR das nicht mehr gefallen lassen können. Entweder wird dichtgemacht, oder West-Berlin wird kassiert. Also ist es vollkommener Wahnsinn, die hundertprozentig Pflegebedürftige, wenn sie aus der Charité kommt, nach West-Berlin zu nehmen. Oder will er doch noch aufgeben? Krankenpfleger seiner Mutter werden? Aber wer bezahlt das, bitte? Das war Vaters Text. Alfred wäre am liebsten weggerannt. Aber der Vater mußte ihm noch das Geld geben, das die Wohnungsauflösung erbracht hatte. Und er mußte dem Vater noch eine auf Januar zurückdatierte Vollmacht für den Möbelverkauf unterschreiben. Das Geld erhielt Alfred erst auf dem Parkplatz, als der Vater sicher war, daß niemand es sah. Keinesfalls hätte er diese sechshundert Mark selber über die Sektorengrenze geschafft. Die Zahlung für den Flügel stand noch aus. Da waren noch einmal gut tausend zu erwarten. Kleider, Bücher, Noten, Bilder sind, wie Alfred das gewünscht hat, verteilt auf die Haushalte Mewald, Dr. Samlewitz und Roitzsch. Die meisten Möbel hat pauschal Frau Nagel gekauft. Was als

Hausrat unverkäuflich war, hat die tüchtige Frau Blümel auf dem Handwagen nach Pieschen transportiert. Alfred verstehe auch hoffentlich die Einstellung von Vaters Frau, die sie so formuliert hat: Von der Thorner Straße kommt mir nichts in meine Wohnung.

Alfred verteilte das Geld in seine Taschen, legte ein paar Scheine unter die orthopädischen Einlagen in beiden Schuhen – zum ersten Mal war sein Knickplattspreizfuß ein Vorteil – und verabschiedete sich.

Frau Mellenthin, eine Bibliothekarin in der Senatsbibliothek, hatte ihm die Adresse in Lankwitz gegeben und für ihn auch noch ihre Freundin angerufen, die ein evangelisches Alters- und Pflegeheim in der Drakestraße leitete. Alfred unterhielt sich gern mit Leuten, mit denen er öfter zu tun hatte, ohne sie dadurch näher kennenzulernen. Am liebsten unterhielt er sich mit Frauen, die älter waren als er; denen erzählte er dann viel mehr, als man Leuten erzählt, die man nicht kennt und vielleicht nicht einmal kennenlernen will. Eigentlich unterhielt er sich gar nicht mit denen, er redete auf die ein, schwätzte an die hin. Er mußte seine Last auch loswerden. Nachher genierte er sich. Der Bibliothekarin Mellenthin schickte er sieben langstielige gelbe Rosen. Was hätte er denn tun können ohne diese Empfehlung! Im Juni war er noch zu Hartlebens gepilgert, weil er fürchtete, er werde demnächst mit der Mutter in Berlin Ost oder West auf der Straße stehen. Eine Angestellte hatte ihn ins Herrenzimmer geführt. Er hatte gleich weitergehen wollen, zu Aenne hinüber. Nein, das gehe jetzt nicht. Er möge doch, bitte, Platz nehmen. Da saß er sicher eine halbe Stunde und wagte sich nicht mehr zu rühren. Dann hörte er Aennes Stimme. Laut, unwirsch. Arthur, rief sie, ich plätte jetzt, ich kann heute keine Besuche empfangen. Und schon erschien Arthur, lächelte verlegen wie immer, wenn er Aussagen seiner Frau interpretieren mußte. Sie plättet, und wegen der großen Hitze plättet sie in dünnen Höschen. Alfred war dankbar dafür, daß er nicht auch noch Schlüpfer gesagt hatte.

In der Neuchateller Straße hätte er die Mutter in ihrem jetzigen, hygienisch unzuverlässigen Zustand nicht zeigen dürfen. Am Ende hing neben dem Waschbecken ein Schild, auf dem stand in Tusch-Fraktur: *Bitte Waschbecken nach Gebrauch mit seitlich hängendem Lappen auswischen.*

Frau Klapproth, das spürte er sofort, reichte an Ria Rarer heran. Herzlich, verständnisbereit, tatkräftig. Da er durch die Mutter ein Spezialist im Haarfärben geworden war, sah er sofort, daß Frau Klapproths Haare auf hohem Niveau gefärbt waren. Eine Frisur wie 1900. Hoch und nach innen. Ein strenges Haargefäß. Die Nadeln, die dazu nötig waren, sah man nicht. Das gefiel ihm. Der Garten von Frau Klapproth war ein Gärtchen; aber hinter dem Haus konnte Alfred mit der Mutter – Frau Klapproth bot das sofort an – abends noch im Freien sitzen. Und so weit man sah, keine Ruinen. Klapproths sagten nicht sofort, mit ihnen könne man auskommen – ein Satz, der, wie Alfred inzwischen wußte, mehr Nötigung als Aussicht verhieß –, Klapproths sagten: Man werde sich schon zusammenraufen. Klapproths, das waren Meta Klapproth, Kurt Klapproth und die zwölfjährige Beatrice. Kurt Klapproth war bei der BEWAG gewesen, hatte sich aber dort nach 45 nicht mehr blicken lassen dürfen und gab sich jetzt als Frühvergreister. Frau Klapproth, die wußte, daß sowieso immer alles an ihr hängen blieb, ließ sich gerade zur Bausparkassenvertreterin ausbilden. Im ersten Stock wohnte neben Dorns noch Herr Klimpke, auch Kurt, Frau Klapproths Vater. Der hatte das Häuschen bauen lassen. Vor dreißig Jahren. Es fehlten die hohen, die feierlichen Bäume. Diese Häuschenbauer hatten keine Zeit für Bäume, die brauchten sofort viel Gebüsch, um für sich zu sein.

Als sie zum ersten Mal die Tür hinter sich zumachten, schauten sie einander an, die Mutter nickte und Alfred sagte: Das finde ich auch. Herr Klimpke hatte keinen Platz zu verschenken gehabt, deshalb führte die Tür nicht in der Wandmitte ins Zimmer, sondern in der Ecke. Und sofort rechts an der Wand ein Sessel; dicht an dem Sessel, und an der Wand entlang, eine zum Bett stilisierte Liege; die reichte bis zur Fensterwand. Vor dem Fenster ein Schreibtisch. Rechts vom Schreibtisch, neben dem Kopfende der Liege also, der Schreibtischstuhl. Links vom Schreibtisch der zweite Sessel. Womit die Fensterwand voll gestellt war. Die anschließende Wand präsentierte den Eichenschrank. Wie der bei Frau Glaubrecht bot er in der Mitte Regalbretter hinter Glas. Hier nicht für Bücher, sondern für Wäsche. Links und rechts Türen für die Kleider. An der vierten Wand ein Bord mit blumigem Vorhang bis zum Boden. Wenn man den Vorhang zurückzog, konnte man ein Bett herausklappen. Ein richtiges Bett. Das war für die Mutter. Dann blieb an dieser Wand noch Platz für drei Kleiderhaken an einem Brett, und man war wieder an der Tür in der Ecke. In der Zimmermitte ein niederer runder Tisch. Wenn man sich an den setzen wollte, konnte man einen der zwei schweren Sessel heranziehen, oder man konnte unter dem Schreibtisch einen gepolsterten Hocker herausziehen oder den zwischen Liege und Schreibtisch die Fensterwand ausfüllenden Schreibtischstuhl, der, aus Eiche und Leder, auch nicht gerade leicht war. Über dem Tisch eine Lampe, die mit drei flachen Schalen drei Glühbirnen fast verbarg. Mit dem Elfer-Bus fuhren sie jeden Morgen in die Drakestraße, er übergab die Mutter der Schwester Flora Ficinius und fuhr weiter nach Wilmersdorf, wo er beim Senator für Arbeit und Sozialwesen seine erste Verwaltungsstation absolvierte. In Zimmer 3044.

Von neun Monaten in Köln, zur Absolvierung der Verwaltungsstationen plus Promotion bei Nipperdey, konnte nicht mehr die Rede sein.

Von dem 254-Mark-Unterhaltszuschuß für Referendare konnten sie nicht leben. Seit dem 8. Juli hatte der Vater die monatlichen Zahlungen an die Mutter eingestellt. Die Republikflüchtige hatte keinen Anspruch auf Unterstützung. Alfred beantragte *Verheiratetenzuschlag nach § 3 Abs. 1 Nr. 3 der UZV (Gesetz- u. VO Bl. 1958/10/37ff.)*, weil dieser § 3 vorsieht, daß Ledigen der Verheiratetenzuschlag zu gewähren sei, wenn sie in ihrer Wohnung jemandem kraft gesetzlicher oder sittlicher Verpflichtung Unterhalt und Unterkunft von nicht nur vorübergehender Dauer gewähren. Der Antrag wurde abgelehnt! § 3 Abs. 1, Nr. 3 der Unterhaltsverordnung setzt voraus, daß er der Mutter im eigenen Hausstand Wohnung UND Unterhalt gewährt. Unterbringung in einer Pflegestelle kann dem nicht gleichgestellt werden. Er solle doch vergleichen Ambrosius, *Das Besoldungsrecht der Beamten, 5. Aufl. 1954, Anm. 10 zu Nr. 51 BV, S. 269.* Eine einmalige Unterstützung von 150 Mark bewilligte der Kammergerichtspräsident. Alfred wiederholte den *Antrag auf Gewährung von Unterhaltszuschuß nach den Sätzen für Verheiratete.* Wieder abgelehnt. Aber Alfred konnte auch der durch die zweite Ablehnung geschaffenen Lage mit seinem Gefühl nicht zustimmen. Er verfaßte einen neuen Antrag. Der hatte Erfolg. Am 18. Dezember 1958 gewährte ihm der Kammergerichtspräsident den Verheiratetenzuschlag von 90 Mark. Und zwar ab 8. Juli 1958. Seit diesem Tag wohnten sie in der Hildburghauser Straße, seitdem half er der Mutter beim Ankleiden und Entkleiden und beim Waschen, beim Frühstükken und beim Abendessen auch. Der Verheiratetenzuschlag war berechtigt. Trotzdem feierten sie die Gewährung auch als seinen Erfolg. Sie gingen gleich am nächsten Abend ins Renaissance-Theater, um sich von Curt Goetz und Valérie von Martens unterhalten zu lassen. Aber die Mutter fühlte sich nicht unterhalten. Da blieb nur noch das Kino. Er probierte es mit Geisha-Boy mit Jerry Lewis. Jerry Lewis wirkte sich auf Mutters Blase so aus, daß sie aus dem Kino hinausdrängen und -rennen mußten. Es war schon zu spät. Plötzlich blieb die Mutter stehen und sagte: Alfred, ein furchtbares Malheur. Sie mußten heim, die Mutter brauchte frische Wäsche. Baden konnten sie in der Hildburghauser Straße nicht. Wenn außer der Heim-Zeit ein Bad nötig wurde, fuhren sie ins öffentliche am oder, wie man in Dresden sagt: auf dem Hindenburgdamm. Die Mutter sagte, so ein Malheur dürfe ihr nie wieder passieren. Von jetzt an hieß dieses auch ohne Jerry Lewis'

Mitwirkung Passierende nur noch Malheur. Natürlich suchte er jetzt nach milderem Kino. Über Whisky, Wodka, Wienerin kam er zu Peter schießt den Vogel ab, zu Marili, Die ideale Frau, Die schöne Lügnerin, Bettgeflüster mit Doris Day und Rock Hudson und Indiskret mit Ingrid Bergman und Cary Grant.

Wenn der Vater kam, mußte Alfred immer zwei Filme parat haben. In sogenannte Liebesfilme ging der Vater nur noch murrend und der jungen Frau zuliebe. Er verlangte etwas Handfestes. Alfred lernte, daß das am zuverlässigsten in Kriegsfilmen zu finden sei. Also organisierte er für den Vater Die Brücke am Kwai, Stalingrad und Die große Illusion und als zweiten Film und der Frau zuliebe Alt-Heidelberg, Die schöne Lügnerin und Meine Braut ist übersinnlich. In den mit der übersinnlichen Braut ging er dann auch noch mit der Mutter, weil es sich nicht um erotische Übertriebenheiten, sondern um Zauberei handelte. Die Mutter kniff Alfred beim Hinausgehen in den Arm und sagte: Als wennste schwebst. Da wußte er, daß sie im richtigen Film gewesen waren. Auch er selber hatte sich gegen die Hexe Kim Novak weniger gewehrt, als es James Stewart im Film tat. So angenehm verlogene Filme liebte er.

Der Vater brachte jetzt fast jedesmal noch jemanden mit, dem er einen Gefallen tun wollte. Die Hauptsache in West-Berlin war für die Dresdener immer das Kino. Die aus Marxismus-Land kommenden Ost-Menschen waren auf die West-Filme so gierig wie Alfred in den ersten zwei Jahren. Die Verlogenheit der Ost-Lehre war eben kein bißchen angenehm. Die West-Verlogenheit, von der diese Filme lebten, war angenehm angenehm. Wie etwas zu warmes Wasser.

Im Delphi gerieten Alfred und der Vater, bevor der River-Kwai-Film anfing, in einen Streit. Alfred hatte auf dem Weg zum Kino noch einmal – und wie er glaubte, anwalthaft sachlich – erläutert, daß die Pflicht des Vaters, für den Unterhalt der Mutter zu sorgen, durch Mutters Umzug und dessen Beurteilung durch den Ost-Staat nicht erlösche. Der Vater da-

gegen: Alfred habe die Mutter gegen den Willen des Vaters nach West-Berlin geholt. Inzwischen sei die Mutter als Republikflüchtling aus der Krankenkasse ausgeschlossen. Sollte sie jetzt zurückmüssen, werde niemand für sie aufkommen. Bis sie im Kino Platz nahmen, war Alfred so weit, dem Vater vorzuwerfen, daß Mutters Krankheit eine Folge dessen sei, was ihr der Vater angetan habe. Da wurde der Vater laut. Er sah sich als Ausgebeuteten. Er sei immer nur geduldet gewesen als der, der das Geld herschaffte. Er weiß es doch, Mutter und Sohn haben sich schon vor Jahrzehnten von ihm getrennt. Die Mutter hat diese Trennung praktiziert. Auch im Schlafzimmer. Jetzt setzt der Herr Sohn das fort. Rechtsstandpunkt beziehen, was! Herausholen aus dem Alten, was herauszuholen ist! Und wurde so laut, als werde er gequält und könne den Schmerz jetzt nicht mehr zurückhalten: Mich siehst du hier so bald nicht wieder, du Aussauger!
Alfred mußte gehen. Zum Glück war das Licht schon ausgegangen, als er hinausdrängte. Auf dem Heimweg fiel ihm, weiß Gott warum, der Satz seines Klavierlehrers Heinz Sauer ein: Dein Vater ist ein prima Kerl. Heinz Sauer war ein paar Monate später gefallen. Davon profitierte dieser Satz, der im Augenblick so unerträglich war wie noch nie.
Die Mutter weinte, als er ihr die Delphi-Szene schilderte. Sie habe Fehler gemacht, sagte sie, das wisse sie. Nach Carlas Tod habe sie sich der Christian Science-Sekte angeschlossen. Herr Gaatsch – so hieß der, der sie davon überzeugte – hat damals durch seine Ratschläge ihr Leben bestimmt. Als sie wieder schwanger war, hat er ihr klargemacht, daß es sich in dem zu erwartenden Kind um einen neuen Menschen handle. Dieses Kind komme nicht auf die Welt, damit die Eltern den Schmerz um Carla besser ertrügen. Und ärztlich streng hat er hinzugefügt, der sofortige Abbruch der ehelichen Beziehungen nach dem Ausbleiben der Periode infolge Schwangerschaft erbringe besonders kluge Kinder. Danach hat sie sich gerichtet. Und es hat ja auch gestimmt. Der Vater hat oft gesagt, von ihm habe Alfred die Intelligenz nicht. Und von

ihr, das wisse Alfred ja, sowieso nicht. Damals habe die Trennung begonnen. Dem zukünftigen Alfred zuliebe. Dem zukünftigen Alfred zuliebe habe sie vom Vater verlangen müssen, daß der erste Lumpi aus dem Haus müsse. Norbert Mewald, Berthels Mann also, habe Lumpi Eins zum Einschläfern bringen müssen. Sonst hätte das keiner über sich gebracht. Seitdem haßt der Vater Berthel und Norbert. Er hing ja sehr an Lumpi. Jeden Abend ist er mit ihm an die Elbe, bei jedem Wetter. Aber Herr Gaatsch war der Meinung, wenn man alles vermeiden wolle, was man bei Carla falsch gemacht habe, dürfe man während der Schwangerschaft und bei der Geburt und in den ersten Jahren keinen Hund in der Wohnung haben. Auch das Dienstmädchen wurde fortgeschickt. Sie hatte Alfreds Babywäsche zusammen mit anderer Wäsche eingeweicht. So kam Klara Baumgärtl ins Haus, die man von Anfang an strengstens instruierte. Vielleicht war überhaupt Carlas Tod der Anfang der Trennung. Der Vater gab der Mutter die Schuld an Carlas Tod. Das Kind starb einfach dahin. Kein Arzt wußte, warum. Ein Jahr alt. Die Mutter war sich keiner Schuld bewußt. Sie mußte sich wehren gegen den Vater, der ihr die Schuld zuschob. Von einem Arzt hörte sie, daß Kinder von Syphiliskranken so dahinstürben. Also verlangte sie von ihrem Mann, daß der sich untersuchen lasse. Es kam nichts heraus. Diese Untersuchung hat ihr der Vater nie verziehen, das weiß sie. Aber er war doch im ersten Weltkrieg in Frankreich gewesen. Als Sanitäter zwar und, wie die Mutter mehr als einmal sagte, als des Königs schlechtester Soldat, aber er war dort gewesen, hatte sich im Lazarett Typhus geholt; es hätte doch sein können, daß er sich mehr geholt hat dort. Sie weiß nicht, warum diese Untersuchung für den Vater so schlimm war, aber daß er ihr die nicht mehr verzeihen konnte, das weiß sie.

In der Nacht nach diesem Gespräch fing bei der Mutter ein Erbrechen an, das nicht mehr aufhören wollte. Bis zu Blut und Galle. Und dazu, ebenso unbeherrschbar, Darmentleerungen. Er mußte Frau Klapproth wecken, um den Nachtarzt

anrufen zu können. Der kam gegen fünf Uhr, diagnostizierte eine zentrale Störung und gab eine Spritze. Ins Heim konnte er die Mutter so nicht bringen. Also mußte er sich selber auch krank melden. Es dauerte eine Woche, bis das Erbrechen ganz aufhörte. Er kaufte jetzt einen Nachtstuhl, um der Mutter den Weg über den Gang zu Herrn Klimpkes Clo zu ersparen. Frau Dr. Kosmala, die sie als Hausärztin hatten, nannte es eine Gefäßstörung.
Alfred nahm sich vor, der Mutter nur noch Freundliches mitzuteilen. Er hätte ihr die Delphi-Szene nicht schildern dürfen. Aber wenn er das nicht getan hätte, hätte er, was sie ihm über Carlas Tod und seine Geburt erzählt hatte, nicht erfahren. Vom Vater sicher nicht. Die Mutter war auch seine wichtigste Mitarbeiterin bei seinem Projekt. Wenn man nach zweitausend Jahren den Pergamon-Altar wieder aufbauen konnte, kann man auch seine Kindheit wieder aufbauen! Daran ist doch überhaupt nicht zu zweifeln! Wie und wo, das wird sich ergeben, wenn er alle erreichbaren Vergangenheitszeugnisse gesammelt haben würde. Es ist soviel verbrannt, verschüttet, verloren, jetzt kommt es auf jedes Foto an, auf jedes Backrezept, jeden Bettvorleger. Er ist bisher den gelegentlich auftauchenden Signalen aus der Vergangenheit eher liebhaberhaft gefolgt. Irgendwann mußte das seine Hauptarbeit, seine einzige Richtung werden. Nicht irgendwann. Jetzt. Sofort. Plötzlich war es ihm klar, was er jetzt sofort zu tun hatte: die so katastrophal überstürzte Wohnungsauflösung in Dresden mußte rückgängig gemacht werden. Der Flügel war inzwischen auch schon verkauft. Die Kleider, seine und Mutters, die Bücher, die Bilder, die Wäsche, die Bettvorleger, die Lampen, die Möbel, alles mußte wieder aufgefunden, zusammengetragen und dann nach West-Berlin transportiert werden. Er mußte eine Wohnung mieten, sie genau so einrichten wie die in Dresden; aber nicht nur so aussehen sollte alles, wie es dort ausgesehen hatte, es sollte vorhanden sein, was und wie es dort gewesen war. Mit Töpfen und Pfannen und Tellern. Und dazu mußte als erstes etwas

ganz Einmaliges versucht werden, etwas, was vielleicht, seit es die DDR gab, noch nie versucht worden war. Die DDR mußte eine illegale Ausreise legalisieren. Nur dann konnte er hoffen, alles, was sie dort gehabt hatten, in den Westen bringen zu dürfen. Herr Huth! Der persönliche Referent des Volkskammerpräsidenten! Nur weil dessen Fähigkeit, die schwierige Lage eines anderen zu erleben, ihm so deutlich in Erinnerung geblieben war, konnte er überhaupt an so etwas Aberwitziges denken, wie es die Legalisierung einer Republikflucht bei der Weltkälte, die gerade wieder in Genf produziert wurde, war. Er würde Herrn Huth um ein Gespräch bitten, alle dann nötigen Unterlagen sammeln, alle Anträge verfassen, einreichen, noch einmal verfassen, noch einmal einreichen. Er fühlte sich überhaupt nicht stark, er hatte nur keine andere Wahl. Aber noch dringender als die Legalisierung der Ausreise der Mutter, die die Voraussetzung war für die Genehmigung der Überführung des noch zu sammelnden Hausrats nach West-Berlin, war die Einbürgerung der Mutter in West-Berlin. Nicht einmal er selber hatte den Dauerzuzug. Also mußte er jetzt doch, was er wegen der Dresden-Besuche bisher immer abgelehnt hatte, den Status eines Flüchtlings beantragen. Also noch einmal das zweimalige Durchfallen in Leipzig darstellen als kirchenhaft marxistisches Vorgehen gegen einen Ungläubigen. Das war es doch gewesen. Nachträglich wird also die Notaufnahme beantragt. Zwei Leipziger, Harald Hunger und der liebenswürdige Emil Scherzer, beide inzwischen Gerichtsreferendare, der eine in Goslar, in Wolfenbüttel der andere, bezeugten, daß Alfred in Leipzig von SED- und FDJ-Funktionären als ein »für den demokratischen Staat untragbarer Außenseiter« angesehen wurde. Während sein *Bundesnotaufnahmeverfahren* lief, ging er hinüber, wieder zu Herrn Huth. Der mußte ihm aber sagen, daß der *Ausreisegenehmigungsantrag* für die Mutter nur beim Rat der Stadt Dresden gestellt werden konnte. Also verfaßte Alfred den Antrag noch einmal, verfaßte ihn mit noch mehr Selbstbeteiligung und schickte ihn in die plötzlich so weit weg liegende Stadt.

Frau Klapproth, die bisher herzlich hilfsbereit gewesen war, schaute finster kritisch, als der Nachtstuhl geliefert wurde. Hätte Herr Dorn sie nicht vorher fragen können? Das ist doch nicht hygienisch, so ein Ding im Zimmer. Wozu führt denn das? Zu Nachlässigkeit, also zu Verunreinigung! Keinesfalls darf der Nachtstuhl auf dem Teppich stehen. Das bringt man aus einem echten Perser nicht mehr heraus. An dem haben ihre Eltern jahrelang abbezahlt. Zwischen dem Kopfende von Mutters Bett und der Wand, an der der Schrank steht, da ist noch eine Lücke. Da muß der Nachtstuhl hin. Und sie muß sich vorbehalten, den Nachtstuhl zu verbieten, falls seine Benutzung Geruchsfolgen oder noch Schlimmeres mit sich bringt.
Als er abends einen Brief auf dem Tisch liegen sah und die Handschrift des Vaters erkannte, legte er zuerst einmal seinen Hut darauf und las den Brief erst am nächsten Tag im Amt. Ein überraschender Brief. Hilfe für Alfred und die Mutter sei nur vom Vater zu erwarten. Der ganzen übrigen Welt sei Alfreds und Mutters Schicksal vollkommen gleichgültig. Und der Vater werde helfen, solang er noch könne. Die einzige mögliche Hilfe für Alfred und die Mutter: die Mutter müsse wieder nach Dresden. Sonst gehe Alfred mit der Mutter zugrunde. Unterschrieben war dieser Brief, wie noch nie ein Vaterbrief unterschrieben gewesen war: *Sei innig geküßt von Deinem Vater*. Aber so sehr ihm der neue väterliche Ton zu Herzen ging, er konnte sich die Mutter nicht nehmen lassen. Auch um ihretwillen nicht. Der Vater konnte nicht wissen, wie die Mutter jeden Tag auf die Sekunde wartete, in der Alfred im Aufenthaltsraum des Heims auftauchte. Wenn er sie nicht sofort sah unter den herumsitzenden oder auch herumgehenden Frauen, hörte er schon ihren Ruf: Alfred, hier! Und dieses Heim war das bestmögliche. Schwester Flora, die Leiterin, hatte wirklich einen Sinn für die Mutter. Nach einem Monat sagte sie zu Alfred im Gang: Von Ihrer Mutter geht viel Charme aus. Aber wenn Alfred, weil im Amt etwas dazwischengekommen war, nicht, wie er sollte, um 17 Uhr 30

erscheinen konnte, dann brachte er die Mutter gerade noch bis vor die Tür, und sie fing, noch bevor sie im Bus waren, zu weinen an. Wenn er fragte, was passiert sei, sagte sie, sie habe geglaubt, er komme nicht mehr. Dann mußte er ihr jedesmal versprechen, daß er sie nie, nie, nie über Nacht dort lasse.
Manchmal bildete er sich ein, er wisse jetzt genau, wie die Mutter als kleines Kind gewesen sei. Aber als sie einmal, als er das Licht löschte, im Bett plötzlich zu weinen anfing und er hinging und ihr die Hand auf den Kopf legte und sagte: Mein Kind!, da schüttelte sie seine Hand ab und sagte laut aufheulend: Ich bin doch ni dei Kind.
Ein paar Tage nach Vaters Brief kam der von Tante Lotte. Sie verglich Alfred mit ihrem Frieder. Ihr Frieder hat, auch noch als Marineoffizier, von den wilden Knabenspielen am Carlowitzplatz gezehrt. Da entfalteten sich Mut, Abwehr, Geschicklichkeit. Alfred habe immer nur an der Hand seiner Mutter spazieren dürfen, um ja das Kamelhaarmäntelchen, das zweireihige, zu schonen. Daß ja das Baskenmützchen so schick als möglich auf dem Kopf saß. Und weiße Handschuhe habe die völlig verstiegene Mutter dem Buben angezogen. Völlig umsonst hat der Vater gepredigt, daß Buben keine weißen Fingerhandschuhe tragen können! Wenn die Mutter Alfred so liebt, warum hat sie ihm dann nicht den Vater erhalten? Das lag in ihrer Hand. Er war nur als Geldgeber gefragt. Da wunderte sich keiner, daß er, als er eine liebe Familie kennenlernte, die ihn achtete und mit großer Wärme aufnahm, daß er da zugriff. Jetzt geht es der Mutter also wieder besser. Ja, warum bleibt sie dann im Westen? Sie, Tante Lotte, hatte ihren Frieder wirklich lieb, aber sie ist ihm nicht in jede Hafenstadt nachgefahren.
Mehr als das, was in so einem Brief tatsächlich mitgeteilt wurde, beeindruckten ihn die Hinweise auf Vergangenheits-Szenen, die sie ihm, als Beleg für ihre Meinungen, ganz genau schildern könnte. Er würde sie nach diesen Szenen fragen.
Als er sich im Januar verabschiedete, war sie auch am Schillerplatz gewesen. Weil der Vater wollte, daß Alfred noch ein

bißchen bleibe, und weil er wußte, daß Alfred scharf auf Vergangenes war, sagte er, Lotte solle erzählen, wie die Löcher für ihre Ohrringe gestochen worden seien. Und ohne eine Spur von Stimmung sagte sie auf, daß sie schwarze Lackschuhe angehabt habe, weiße Kniestrümpfe, einen hellblauen Rock, eine weiße Bluse; dann über den Lindenplatz zum Friseur, der die Löcher stechen sollte. Der Bruder Gustav mit ihr. Als der Friseur das erste Loch stach, blutete das Ohrläppchen. Der Bruder brüllte, Lotte wußte überhaupt nicht, warum. Das zweite Loch konnte erst gestochen werden, als der Bruder hinausgebracht worden war. Der Bruder war zehn, sie elf. Das hat also stattgefunden vor sechsundfünfzig Jahren, im Jahr 1902. Vielleicht wollte der Vater Alfred mitteilen, daß er als Kind auch feinfühlig gewesen war, und trotzdem war er ein richtiger Mann geworden.
Den Geburtstag der Mutter wollte er auch als Heilmittel nutzen. Berthel Mewald mußte kommen. Alfred war eine Woche vor dem Geburtstag mit der Mutter die Haupt-, Rhein- und Schloßstraße auf und ab gewandert, um für die Mutter ein Kleid zu finden. Früher konnte sie vor jedem zweiten Schaufenster seufzen, weil sie etwas sah, was sie sich noch nicht leisten konnten. Jetzt mußte Alfred sie schließlich nötigen, im Modehaus Richter in Steglitz ein Kleid schön zu finden. Auch zum Friseur mußte er sie fast mit Gewalt führen. Es lag ihr nichts mehr an einer Frisur. Gegen Nachfärben wehrte sie sich so heftig, daß Alfred, weil die Leute schon aufmerksam geworden waren, sofort nachgab.
Weil er zu seinem Dienst mußte, sollte Berthel mit ihrer Merthel allein in die Stadt fahren, bummeln, essen, die Mutter dann bei Schwester Flora abliefern, abends ginge man miteinander aus. Alfred hatte im Schmalenberg schon den Tisch bestellt.
Alfred wollte die Mutter im Heim abholen, fand aber eine völlig Verstörte vor. Schwester Flora klärte ihn auf. Wieder ein Malheur. Die Mutter hatte Berthel Mewald gebeten, von ihrem Malheur keinem Menschen etwas zu sagen. Aber man

hatte sie ja mit frischer Wäsche versehen müssen. Obwohl außer Schwester Flora niemand im Heim etwas davon erfahren hatte, war die Mutter eingeschnappt.
Berthel hatte für Alfred ein Briefchen hinterlassen, in dem sie das Malheur schilderte. Berthel war ganz verzweifelt, weil ihre Merthel das, was doch unumgänglich gewesen sei, Verrat genannt hatte. Sie riet, sofort weiße Unterzieh-Schlüpfer zu kaufen, die gebe es extra gegen solche Malheurs. Alfred war froh, daß er sich mit dem Wort seit dem Bleyle-Schlüpfer vertraut gemacht hatte. Berthel schrieb, sie werde bei Irmgard in Klein-Machnow übernachten. Das seien erst Sorgen! Die immer deutlicher werdende Unausbildbarkeit ihrer Tochter Irmgard! Einfach weil die sich wehre. Hochintelligent, aber sie wehrt sich. Und schuld ist man selber! Sie will uns bestrafen, weil wir sie nicht in den Westen gelassen haben! Wir haben ihr Leben verhindert, sagt sie jetzt. Hätte Alfred durch seine Mutter nicht schon viel zu viel am Hals, bäte Berthel ihn, einmal mit Irmgard zu sprechen. Aber jetzt müsse er, bitte, zuerst einmal die Mutter wieder ins Gleis bringen.
Jedes Malheur dieser Art wirkte lange nach. Als sie am zweiten Weihnachtstag vom Café Storch in Richtung Lankwitz spazierten, sagte die Mutter plötzlich: Ei Gott, ich muß emal. Sie wurde von einem Durchfall heimgesucht. Und der sonnige Wintertag hatte nicht nur Dorns zu einem Spaziergang bewogen. Alfred riet, solange stehen zu bleiben, bis alle, die Zeuge dieses großen Malheurs geworden waren oder geworden sein könnten, weiter gegangen waren. Er lehnte die Mutter an einen Baum und holte ein Taxi. Den Taxifahrer mußte er zuerst auf einen solchen Fahrgast vorbereiten. Zum Glück sagte der: Wenn et weiter nischt is.
Seitdem gab es das kleine und das große Malheur. Alfred war froh, daß die Mutter für diese Unannehmlichkeit diese geruchsfreien Bezeichnungen eingeführt hatte. Das war für ihn die einzige Art, mit Fürchterlichem umzugehen. Deshalb waren ihm ja auch sogenannte schlechtere Filme lieber als sogenannte gute.

Nach jedem Malheur hatte er das Gefühl, er müsse wieder ganz von vorn anfangen. Nebenher mußte er seine Ausbildung betreiben, sollte die Promotion statt in Köln in West-Berlin anvisieren und konnte weder die Schneider-Brühl-Bellerophon-Trias noch sein Vergangenheits-Projekt einfach liegen lassen. Zuerst aber eine Wohnung. Das Ein-Zimmer-Dasein bei Klapproths zermürbte ihn und die Mutter. Kein Bad. Die Toilette plus Waschbecken überm Flur, gemeinsam mit Herrn Klimpke. Herr Klimpke war eher achtzig als siebzig und konnte sich nicht mehr allem anpassen, was durch die zwei Untermieter anfiel.
Ende Februar traf vom Polizeipräsidium Dresden die Ausreiseerlaubnis ein. Das war ein Triumph. Alfred gab nicht nach, bis die Mutter eine Art Befriedigung zeigte. Stolz könne sie sein, sagte er, auf ihr Herzblättchen. Stolzer als je zuvor. Die DDR legalisiert eine Republikflucht! Das hat er geschafft! Kurz zuvor war auch der *C-Ausweis* eingetroffen. Er war als Flüchtling anerkannt. Er hatte ein Anrecht auf Wohnung. Eine Hausratsentschädigung war nicht fällig, weil er, als er 1953 ging, nichts verloren hatte. Und die Mutter, die alles verloren hat, sollte ja gerade kein Flüchtling sein, sondern eine, die umgezogen war. Er war doch ein erfolgreicher Jurist! Zuerst der Verheiratetenzuschlag, dann sein Flüchtlingsstatus, dann die Ausreisegenehmigung.
Jetzt also die Krönung: Zurückgewinnung der Thorner Straße. Das mußte die Mutter festigen. Nichts tat ihr so gut wie Gleichmaß. Jede Veränderung zerstörte, was er mit ihr an Fassung errang. Er wollte sie in das Gleichmaß zurückbringen, das sie vor ihrem Zusammenbruch in Dresden gehabt hatte. Er würde eine Wohnung finden, in der die Gegenstände genau so plaziert werden konnten wie in der Thorner Straße. Daß er im Januar 58 der Verteilung und Verschleuderung der Wohnungseinrichtung zugestimmt hatte, zeigte ihm nur, in welche Panik er durch den Zustand der Mutter geraten war. Aber es ging ihr jetzt besser als damals, besser als in der Charité und nach der Charité. Jetzt noch die Sachen von

früher in einer schönen Wohnung, dann konnte man hoffen. Er schrieb Briefe wie ein Liebender. Briefe eines Sehnsüchtigen. Eines Süchtigen. Das Musikzimmer, das wegen der kleineren Wohnung in der Thorner Straße mit dem Herrenzimmer zusammengelegt war: Chippendale. Ein runder Tisch mit geschwungenen Beinen, die in zierliche Verdickungen ausliefen. In der Erinnerung kamen sie ihm wie sehr sanfte Hufe vor. Vier ebenso geschwungene Stühle mit Armlehnen. Die Polsterung zeigte helle Hirsche auf rostbraunem Grund. Und ein ebenso gemustertes tief-breit-weit-wulstiges Sofa. Der Bücherschrank mit breiten Glastüren. Der Sekretär mit den Ordnung feiernden Schubladen. Und der Flügel! Und die verrückte Uhr! Unterm steilen Glassturz lehnt eine vergoldete Nackte locker im vergoldeten technischen Optimismuszeug des 19. Jahrhunderts. Ein Arm der Nackten liegt leicht auf der Uhr. Er hörte immer noch ihren hellen Schlag. Und die Flügel-Lampe! So etwas tropfenweich Sanftes wie diese Lampe gibt es nicht mehr. Dann das Wohnzimmer, das jetzt zusammenstand mit dem Eßzimmer. Das schwarze Buffet mit dem kurvenreichen Aufsatz. Die schnörkeligen Reliefs auf den Türen. Das Buffet mußte unbedingt wieder her. Ein so zartes wie monströses Buffet gibt es kein zweites Mal. Und die Meißner Kostbarkeiten: Fischreiher, Affe mit Weintraube und Durchbrochener Korb.

Alfred schickte Frau Blümel einen Wunschzettel: Mutters Milchkrug und Kasserol und die Fischsturzform, in der sie immer die rote Grütze serviert hatte, und das grüne Kochbuch mit den handgeschriebenen Backrezepten. Da die Mutter jetzt nicht mehr backe, seien ihm die vielen kleinen, vergilbten, fettigen Zettelchen unendlich wichtig. Die reine Sehnsuchts-Logik. Und Mutters Samtabendkleid, das grüne! Falls Frau Blümel das schon an ihre Tochter weitergegeben habe, kaufe er es gern für 80 Westmark zurück. Allein das dazugehörende Unterkleid, das silbern scheinende, wäre ihm 80 Mark wert. Auch andere Unterwäsche, falls auffindbar! Und der silberne Drehbleistift, Marke *Frico*, völlig kaputt, aber ihm unendlich wichtig. Und die Weihnachtskerzen! Bitte, Neuanschaffungspreis erfragen, den bezahlt er. Bei Erzgebirgsfiguren, Kurrende und Pyramide dito. Weil er sich so hineingeschrieben hatte in die Vorstellung vom Verlorenen, mußte er Frau Blümel noch gestehen, daß er manchmal brenne vor Sehnsucht nach dem Dresdener Heim. Alfred deutete an, daß Tante Lotte meinte, das meiste müsse bei Frau Blümel sein.

Er schrieb an alle, die etwas gekauft oder geschenkt bekommen hatten. Er bot jede mögliche Entschädigung an. Doppelte, dreifache Rückkaufpreise. Er schilderte die Wichtigkeit all dieser Dinge für die kranke Mutter. Seine eigene Sehnsucht nach diesen Dingen erwähnte er nur Frau Blümel gegenüber. Allen schilderte er, warum es zur Verschleuderung des Hausrats gekommen war, in welchem Zustand er die Mutter mitgenommen hatte, was er inzwischen durch Liebe und Pflege erreicht hatte und was er erreichen könnte, wenn er ihr das Heim einrichten könnte, das sie gewohnt gewesen war. Die große Bedeutung einer Einbettung ins Gewesene schilderte er. Und daß er dafür arbeiten werde, und sei es ein Leben lang. Deshalb komme es ihm auf die Kosten nicht an. Und die Ausfuhrgenehmigung, die mancher für überhaupt nicht erreichbar halte, werde er erkämpfen. Und schilderte, wie er den Verheiratetenzuschlag und die Ausreisegenehmigung geschafft habe. Ein paar Monate der Konzentration aller Kraft auf ein solches das Vorstellungsvermögen der Bürokratie übersteigendes Problem, und die Lösung stellt sich ganz sensationslos ein.

Am meisten hatte Grethel Nagel gekauft, als man vom Wohnungsamt aus dem Bauernbusch in die Thorner Straße versetzt worden war. Nur weil der Vater ausgezogen war, war, laut Wohnungsamt, die Wohnung plötzlich ums doppelte zu groß gewesen. Alfred hatte nicht den Mut, Frau Nagel nach dem Lehnstuhl mit dem gelben Lederbezug zu fragen. Er fragte nur nach den Stücken des Panikverkaufs. Frau Nagel antwortete überhaupt nicht. Liesel Roitzsch schrieb belei-

digt, daß er die Gemälde jederzeit holen könne, das Buffet aber, das ihr Oskar in vielen Arbeitsstunden in ihr Wohnzimmer eingepaßt und dabei auch, durch Entfernung unsäglicher Verzierungen, modernisiert habe, denn es sei ja ein ziemlich verschrobenes Möbel gewesen, dieses Buffet also, dem Oskar zuerst die rabenschwarze Farbe entzogen und es dann freundlich beige gebeizt und lackiert habe, das jetzt wieder hergeben zu müssen sei, weil man ja das eigene alte weggegeben habe, nicht mehr möglich. Frau Blümel schrieb: Ich kann Ihnen die freundliche Mitteilung machen, daß sich das Kochbuch tatsächlich bei mir befindet. Aber das Samtkleid der Mutter hat sie nicht. Ein braunes Kleid ist bei ihr, das hat sie dort vom Haufen genommen. Aber einen Drehbleistift hat sie keinesfalls. Das Kochbuch hätte sie dort liegenlassen, wenn sie gewußt hätte, daß es ein *fegetarisches* ist. Ja, die Erzgebirgs-Rehlein hat sie, die Krippe auch, den Räuchermann auch und auch noch zwei Engelchen, eins mit Lichthalter. Und alles bringt sie zu Frau Mewald hinaus. Er soll sich doch nicht von Frau Ranke einreden lassen, sie, Frau Blümel, habe den ganzen Hausrat mit dem Handwagen weggekarrt. Ach, die Frau Lotte Ranke, was hat sie doch für eine Herabsetzungsfreude. Man kann doch das Schlimmste auch zuletzt annehmen. Wenn nichts anderes übrigbleibt. Man muß doch nicht gleich mit dem Schlimmsten anfangen.
Frau Nagel, Liedertäflerin und eine der fünf Unentwegten, anwortete erst, als die Auch-Liedertäflerin, Auch-Unentwegte Else Gutmann auf Alfreds heftige Bitte hin sich eingeschaltet hatte. Aber es war eine kurze, brummige Antwort. Lassen Sie mich doch in Ruhe, hieß das. Ich habe gekauft, bezahlt, basta. Alfred schrieb noch einmal an Else Gutmann. Die Antwort kam spät und aus Freiburg. Gutmanns waren ihrer Tochter nachgereist. Jetzt schrieb Frau Gutmann genauer als aus Dresden. Es gebe keine Aussicht, Frau Nagel umzustimmen. Alfred könne offenbar schon nicht mehr nachempfinden, wie es einem in der DDR zumute sei, der gerade etwas Schönes erwischt habe und es jetzt wieder her-

ausgeben solle. Sie sei ein paarmal bei Grethel Nagel im Geschäft gewesen. Die habe dort Dienst bis abends acht, sei überfordert, überreizt, zu Hause einen unerträglichen Sohn. Frau Nagels einzige Antwort: Wenn Alfred Dorn ihr gleichwertige Möbel zum Tausch anbietet, kann er seine früheren Möbel haben. Sie hat schließlich ihre alten Möbel hinausgeworfen, also kann sie jetzt doch nicht diese Möbel hergeben, was denkt denn Herr Dorn eigentlich. Und im Westen kann der doch kaufen, was er will. Alfred bat Berthel Mewald, sich einzuschalten. Aber jeder Berthel-Brief begann mit der ausführlichen Schilderung ihres neuesten Leidens. Und die Schilderungen waren so genau, daß an ihrer Wahrheit nicht zu zweifeln war. Die Diagnosen, die sie mitteilte, gingen von Sehnenscheidenentzündung bis Angina pectoris, Blutdruck: *nach wie vor 220*. Sie wolle aber alles für Alfred tun, obwohl sie wisse, daß Alfreds Vater die Aktion sofort sabotiere, wenn Hausrat und Möbel bei Mewalds gesammelt werden sollen. Ihren Norbert und sie betrachte der Vater als Feinde. Seit dieser Lumpi-Geschichte vor Alfreds Geburt. Herr Dorn würde bestimmt Oskar und Liesel Roitzsch vorziehen. Von Tante Lotte hatte Alfred wenigstens erwartet, daß sie das Namensschild sichere. Aber sie kam schon zu spät. Mutters Hüte seien weg. Also, bitte, was wolle er denn mit Mutters Hüten! All diese Hüte werde die Mutter, wenn es ihr so schlecht gehe, wie er schreibe, nicht mehr tragen wollen. Und weil sie für jede Lage einen Spruch hatte, schloß sie: *Sorget, aber sorget nicht zu sehr.* Die Doktorin wußte einen nachgiebigeren Spruch: *Der ist in tiefster Seele treu, der die Heimat liebt wie du.* Sie konnte zur Zeit gar nichts tun für ihn, weil sie von einer Gürtelrose geplagt war. Alfred müsse sich die Gürtelrose wie eine große Brandwunde vorstellen, die, dem entzündeten Nervenstrang folgend, über die linke Brust und die linke Rückenhälfte verläuft. Die Brandblasen seien gerade dabei zu verheilen, ohne zu eitern, zum Glück. Aber alles sei noch brennend rot und empfindlich, auch das seidene Nachthemd reibe unerträglich. Wie beneide sie die leichtbekleideten

Engelchen auf Alfreds Ku-Damm-Geschenkpapier, die so sorglos ihren farbig prallen Podex zur Schau böten. Die Doktorin fand immer einen Anlaß, ins Erotische auszuschweifen. Unter dem Vorwand, prüde zu sein, redete sie sich bei jeder Gelegenheit ins Geschlechtliche hinein. Die Selbstsucht des Alters sei über sie gekommen, sie wolle nie mehr einen vernünftigen Brief schreiben, sie gehe lieber unter in der unendlichen Sehnsucht, noch einmal, für zehn Minuten, sein schmales, trauriges Gesicht zu sehen, die immerzu staunenden dunklen Augen, den herben Mund, der manchmal so klein sei, aber manchmal doch viel größer. Früher hatte er den Doppelton solcher Sätze launisch kritisiert. Jetzt fehlte ihm dazu jede Lust. Es schauderte ihn eher. Im Februar würde die Doktorin neunundsiebzig werden. Hörte das denn nie auf?

Wenn der Mutter eines ihrer Malheurs passiert war, mußte er sie am Hohenzollerndamm in der Kabine des öffentlichen Bades waschen. Er tat's, grausam entschlossen. Sie litt darunter. Verfiel in das kindlich hohe Weinen. Also probierte er, auf dem Wannenrand sitzend, die Wörter aus: Muttchen, Mätzchen, Mäuschen, Schweinchen. Schweinchen wollte sie nicht sein, da wurde ihr Heulen noch höher. Ja, Fräulein Doktor, er hat das Gefühl, als sei Erotik für ihn vorbei!

Der Mutter las er nur die Briefstellen vor, die ihn und die Mutter feierten und ihn darstellten als den denkbar besten Sohn. Die tausend geduldigen Handreichungen und die Unverdrießlichkeit rund um die Uhr mußten sich fügen zu einer Rollenempfindung, zu einem Erscheinungsbild, dem zuliebe er, wenn es wieder schmutzig und schwierig wurde, Schmutz und Schwierigkeit ertrug. Er warf sich sogar vor, daß er die Mutter gar nicht der Mutter zuliebe, sondern sich selbst zuliebe so umsorge. Aber diesem Verdacht und Vorwurf konnte er sein Gefühl entgegenhalten. Sein Gefühl für die Mutter, für das er unter den kursierenden Wörtern keines für gut genug hielt. Aber daß sein Publikum in der DDR und West-Berlin seine Rolle in den höchsten Ausdrücken feierte, war ihm wichtig und der Mutter auch. *Einzigartig dastehende Sohnes-*

liebe (Else Gutmann). *Ein innigeres Verhältnis, als Sie es zu Ihrer Mutter haben, gibt es wohl nicht* (Traude Sattmann). Hertha Ranke, Tante Lottes Schwiegertochter in Herford, zu der er den Kontakt wiederhergestellt hatte, schrieb, als sie seine Schilderungen seines Einsatzes für seine Mutter gelesen hatte: *Ich gratuliere Dir zu Dir selbst.* Das freute ihn. Und die Mutter freute es auch. Ihr Sohn wurde in diesen Briefen ja nicht dieser oder jener Tugend oder Fähigkeit wegen so überschwenglich gelobt, sondern einzig als Sohn, und zwar als ihr Sohn. Ihm gab das eine Selbstempfindung fast wie Musik. Andererseits wußte er, daß die Publikumsreaktionen nur von seiner Rollendarstellung produziert worden waren. In dieser Darstellung kam die schwere Wirklichkeit nur in einer hygienisierten, trockengelegten, geruchlosen Version vor. Auch sein eigenes Verhalten kam darin schöner vor, als er es selber fand. Es fehlte das Elend, die Ohnmacht, das Versagen, die Verzweiflung. Das Gewöhnliche eben. Das entsetzliche Gewöhnliche.

Ein Brief von Detlev Krumpholz traf ein. Der Sproß aus alter Akademikerfamilie schrieb aus München, wo er Theologie, Philosophie und Jura studierte und nicht studierte und eine Weininger-Gesellschaft gegründet hatte und am ersten grundlegenden Buch über diesen vom Konflikt seiner Epoche förmlich zerrissenen Menschen arbeitete. Aus Dresden sei er 1949 verjagt worden. München sei nun, da es die Heimat seiner Verlobten sei, auch seine Heimat geworden. Hier habe er schon manches Glas Sekt getrunken und an die Wand geworfen. Weininger, nach dem er gegriffen habe wie nach einem Rettungsring, scheine jetzt zum Mühlstein werden zu wollen. Er bitte Alfred, in die Weininger-Gesellschaft einzutreten, Jahresbeitrag 20 Mark. Um der Sache der im Abstrakten liegen gebliebenen Aufklärung willen. Formular liegt bei. Alfred trat bei. Einen trocken tröstlichen Brief zerriß er wieder. Er genierte sich für den pädagogischen Stil. So konnte er Detlev, dem großen Gestikulierer, nicht kommen. Das Bild von dem zum Mühlstein werdenden Rettungsring zog Alfred an.

6.

Die Tage, die er, weil es der Mutter schlecht ging, in seinen Vorbereitungs-Stationen versäumte, mußte er nachholen. Manchmal, am Morgen, wenn er die Mutter anziehen wollte, glitt sie ihm einfach weg. Fiel zu Boden. Einmal hatte sie noch versucht, sich an ihm zu halten, hatte sich in seine Schlafanzugjacke verkrallt, die riß, die Mutter lag wieder am Boden. Er glaubte jedesmal, das sei jetzt das Ende. Am liebsten hätte er sich neben sie gelegt, so schwach fühlte er sich. So unausgerüstet für das alles.
Es wurde also Februar 1960, bis er alle Referendar-Stationen hinter sich hatte. Jetzt konnte die zweite Staatsprüfung steigen. Das Geld für die Prüfungsgebühr, 80 Mark West, brachte der Vater schon im Januar. Der Nebel war so dicht, daß er, sagte er, seinen Mercedesstern vorn auf dem Kühler nicht habe sehen können. Mit der Bahn fuhr er nie. Das liege ihm nicht, stillsitzen und nichts tun. Alfred hörte aus einer solchen Mitteilung sofort einen Vorwurf heraus. Er, Alfred, könne natürlich endlos bahnfahren, stillsitzen, nichts tun. Vaters Hauptthema jetzt: Alfred solle doch ja keine Kraft mehr vergeuden wegen Hausrat und Möbeln. Alfred sagte, er überlege, ob er gegen Frau Nagel prozessieren werde, um sie zur Herausgabe der Möbel zu zwingen. Der Vater war entsetzt. Als Westler habe Alfred nicht die geringste Aussicht, einen solchen Prozeß zu gewinnen. Abgesehen davon, Frau Nagel habe bezahlt, was sie gekauft habe. Alfred sagte, bei der Mutter hänge alles davon ab, ob es ihm gelinge, sie in eine erregungsfreie Umgebung zu bringen, in der alles ganz genau so sei, wie es einmal gewesen war.
Was ihm jetzt am meisten zu schaffen machte: Mutters Unruhe. Sie konnte, sobald sie bei Klapproths die Tür hinter sich zumachten, nicht mehr stillsitzen. Sie konnte weder Radio hören noch lesen. Sie ging immer um den runden Tisch herum. Dabei mußte sie sich hindurchzwängen hinter dem Schreibtischstuhl, auf dem Alfred saß und arbeiten wollte. Sie

schleifte den rechten Fuß nach beim Gehen. Er mußte sich vorbereiten auf die vier Klausuren, die zu schreiben waren vom 7. bis zum 11. März. Dann mußte bis zum 12. April die Hausarbeit abgegeben werden. Und am 7. Juli der Abschluß: das Mündliche. Dann noch die Doktorarbeit. Dann aber das, was er nicht Arbeit nennen wollte: Schneider-Brühl-Bellerophon. Und die Rekonstruktion der Vergangenheit, die er unter dem Stichwort Pergamon-Altar betrieb. Solange die Mutter im Heim war, konnte er auch, mindestens einmal pro Woche, in der Hardenbergstraße Klavier üben. Den Plan, Blacher oder Puchelt vorzuspielen, hatte er noch nicht aufgegeben.
Die Klausuren waren schwer, Alfred sah rundum Kandidaten aufstehen, die sich zum Rücktritt entschließen mußten. Er blieb sitzen. Er hatte keine Wahl. Er konnte nicht die Mutter im Heim abholen und ihr während der Heimfahrt oder wenn sie in ihrem Zimmer angekommen waren, sagen, er sei zurückgetreten. Also versuchte er, auf das Papier starrend, sich auf das zu konzentrieren, was er da als Überschrift hingeschrieben hatte: *A. Strafbarkeit der Maria Wendt geb. Köhler.*
1. Da Teilnahme am Selbstmord mangels einer strafbaren Haupttat straflos ist... Weiter, weiter. Rücktritt unmöglich. Stumpfsinnig sein. Weitermachen.
Es gab einiges, was, seit er die Mutter pflegte, nicht mehr möglich war. Es gab keine Zahnprobleme mehr. Es gab keine Probleme mehr mit Haarausfall, Knickplattspreizfuß, Hautwucherungen. Als er die Mutter wusch, entdeckte er, daß sie genau wie er im linken Ohr eine kleine Warze hatte. Das beruhigte ihn. Die Warze in seinem Ohr würde also offenbar in den nächsten dreiunddreißig Jahren nicht größer werden.
Am Abend des Klausuren-Tags wollte die Mutter ihm zeigen, daß sie sich noch freuen könne, verlangte Papier und Bleistift und schrieb, obwohl sie seit Monaten behauptete, mit dem Schreiben sei es für immer vorbei, in nahezu leserlicher Schrift: Mein liebes Mätzchen! Ich bin ja so glücklich über

Dich! Dein überglückliches Mätzchen. Dieses Wort – das hatte er gerade noch herausgegraben aus ihr – stammte aus einem ihrer Kinderbücher, Auerbachs Kalender, darin habe es eine Geschichte gegeben: Mätzchen Mohr. Alfred atmete richtig auf, wenn er so etwas ans Licht gebracht hatte.
Am schwersten fiel es ihm, der Mutter gegenüber streng zu sein. Er wußte oft nicht, was er von ihr noch verlangen durfte und was nicht. Als er der Mutter auf die dringende Bitte von Schwester Flora beizubringen versuchte, daß sie im Heim nicht andauernd zur Toilette rennen solle, weil das die anderen Frauen nervös mache und die gegen sie aufbringe, als er ihr mit Schwester Floras Worten einredete, daß das ewige Hinausrennen gar nicht nötig sei, es geschehe nur aus Übervorsicht und Nervosität, da schlug ihm die Mutter ins Gesicht. Mehr als eine Ohrfeige. Seine Nase fing sofort an zu bluten. Die Mutter weinte leise vor sich hin. Das war jetzt ihre Art zu weinen. Ein leises, hohes, inniges Winseln. Dieses Weinen war das Gegenteil eines Ausbruchs. Es wollte nicht heraus aus ihr, sondern in sie hinein. Er versuchte, jede Störung des gewöhnlichen Ablaufs mit einem gesteigerten Aufwand, mit noch mehr Zuwendung auszugleichen, vergessen zu machen. Die Mutter sollte nie denken, sie werde für irgend etwas, was passiert war, gestraft. Eine spürbare Beschwichtigung gelang immer, wenn er die inzwischen von Hildegard Jäckel vergrößerten Bilder aus dem August 1957 herausholte und sie ausgiebig mit der Mutter betrachtete und erörterte. Auch an ihren zwei Weihnachtsabenden in West-Berlin waren diese Bilder der Mittelpunkt. Vor allem das Bild, auf dem er sich über ihre linke Schulter hereinbückt. Sie strahlt eine ebenso traurige wie witzige Skepsis aus, also eine wirkliche, eine durch Erfahrung erworbene Ausgeglichenheit, kein bißchen positiv und kein bißchen negativ. Ihr breiter Mund biegt sich links und rechts nach oben, links ein bißchen mehr; die Augen sind mit allen Beleidigungen fertig geworden, aber verbergen können sie, was gewesen ist, nicht. Und er: gesammelt, unwissend, bereit. Alfred wußte, daß dieses Bild in einer ent-

sprechenden Vergrößerung die Mitte seines Pergamon-Altars einnehmen würde. Mit diesem Bild versetzte er sich und die Mutter in eine Zeit zurück, die es nie gegeben hat: Vergangenheit. Als diese Zeit dran war, war sie eben nicht Vergangenheit, sondern Gegenwart. Also eine Zeit, in der es immer schon nicht auszuhalten war. Seit er sich kennt, will er zurück.
Nun wurde Herr Klimpke hinunter- und hinausgetragen. Herr Klimpke war sonst immer als erster in der Küche drunten. Als er nicht erschien, rannte Frau Klapproth herauf, fand ihn bewegungslos, aber atmend und mit offenen, aber blicklosen Augen. Sie rief Alfred zu Hilfe, nicht ihren Mann. Alfred rannte hinüber. Frau Klapproth wimmerte. Alfred hatte das Gefühl, Herrn Klimpkes Blick kenne er. Er aß nie Fische, weil er dann diesen Blick vorgesetzt bekam. Er rannte hinunter, telephonierte. Herr Klimpke wurde geholt. Frau Klapproth verbrachte fast Tag und Nacht an seinem Krankenhausbett. Trotzdem war Herr Klimpke nach neun Tagen tot. Alfreds Mutter nickte, als sie's erfuhr. Herr Klimpke hatte manchmal zur Tür hereingefragt, wie es gehe. Er hatte immer eine leere, kalte Pfeife im Mund gehabt. Wenn er mit einem sprach, nahm er die Pfeife in die Hand, aber nicht zu lang, dann mußte er sie wieder in den Mund nehmen und ziehen und paffen, daß der imaginäre Tabak nicht ausgehe. Weil Herr Klimpke so überzeugend einen Tabak rauchte, den es nicht mehr gab, freute sich Alfred immer, wenn er Herrn Klimpke traf. Alfred fühlte sich Herrn Klimpke verpflichtet. Wenn die Mutter nach einer Clobenützung die Wasserspülung nicht betätigte, ging Herr Klimpke, bevor Alfred sich aufraffen konnte, ins Clo und zog an der Schnur. Herr Klimpke kam danach nicht an die Türe und sagte: So geht es aber nicht! und so weiter. Alfred bat Frau Klapproth, die Beerdigung so zu legen, daß er teilnehmen konnte. Hoffentlich zog in Herrn Klimpkes Zimmer jemand ein, der auf Mutters Unfähigkeit, die Wasserspülung zu betätigen, genau so positiv reagieren würde. Herr Klapproth zog herauf. Herr Klapproth hatte offenbar nur darauf gewartet, sich ein bißchen trennen zu

können. Herr Klapproth rauchte noch. Zigaretten. Und er brachte ein Radio mit herauf. Wenn Alfred und seine Mutter nicht seine Sportprogramme und seine Schlagerabende mithören wollten, mußten sie ihr Radio, das Alfred in Zwanzigmark-Raten abzahlte, anmachen und lauter stellen. Aber eigentlich sollte Alfred bis zum 7. Juli dieses Jahres sich auf nichts konzentrieren als auf Jura. Von der Note der zweiten Staatsprüfung hing ab, welche Laufbahn sich auftat. Aber Klapproths waren offenbar in fast ebenso schwierigen Verhältnissen wie Dorns. Frau Klapproth sagte, sie halte dieses ewige Wandern der Mutter um den Tisch herum nicht aus. Vor allem des nachschleifenden Fußes wegen. Ob einen das nicht meschugge machen müsse, dieses Tapp-chchch, Tapp-chchch, Tapp-chchch. Alfred gab zu, daß das auf die Nerven gehen könne. Er schilderte Frau Klapproth, wie hartnäckig sich die Mutter gegen eine Behinderung ihres Um-den-Tisch-Wanderns wehre. Was man ihr sagt, nimmt sie einfach nicht zur Kenntnis. Also gibt man ihr einen Klaps hintendrauf. Aber darüber lacht sie nur. Also sagt man zu ihr in ihrer eigenen Sprache: Laß deine eebche Fitschelei! Und zwingt sie mit sanftester Gewalt ins Bett. Aber sie will sofort wieder aufstehen. Also tatscht man sie mit der Hand ein bißchen an die Wange. Und sofort fängt sie so an zu heulen, daß man sie nur noch inständig bitten kann, ihr Um-den-Tisch-Marschieren und Fuß-Nachschleifen sofort wieder aufzunehmen. Und, ob's Frau Klapproth glaube oder nicht, das tue sie dann auch. Bis zu ihrer und seiner Erschöpfung. Es tat ihm gut, die Mutter bei Frau Klapproth ausführlich und drastisch und schonungslos darstellen zu können. Sie sagte, so könne er doch nicht auf das Mündliche zugehen. Das führe unweigerlich zu einer Katastrophe. Er nickte. Das wußte er längst.

Zweifellos hatte der Krach in ihrer Ehe Frau Klapproth reizbarer gemacht, als sie sonst gewesen wäre. Ihr Mann habe, sagte sie, den Tod ihres Vaters abgewartet und mit unfaßbarer Kälte ausgenützt. Ick staune Bauklötze, sagte sie. Alfred solle seiner Mutter das Um-den-Tisch-Wandern und Fuß-Nach-

schleifen jetzt sofort verbieten, und zwar im Namen von Meta Klapproth, die am Ende sei. Er tat's. Die Mutter sagte: Zwieble mich nur egal.
Er war fast froh, wenn die Spannung zwischen Klapproths wieder einmal zu einem lauten Krach führte. Er konnte sich richtig entspannen, wenn er Herrn Klapproth brüllen hörte: Dir Aas kenn ick! Jawohl! Kapee?! Dann rief Frau Klapproth etwas Weinerliches, was man nicht verstand. Dann brüllte aber Herr Klapproth wieder: Mensch!! Mensch, det könnteste mir erzählen, wenn ick keene Krempe am Hut hätte! Dann heulte Frau Klapproth so laut auf, wie er gebrüllt hatte. Dann dachte Alfred, daß die um den Tisch wandernde Mutter im Augenblick von Klapproths nicht als störend notiert werden konnte. Aber Frau Klapproth, die kein bißchen bösartig war, machte ihm klar, daß er, auch um seinetwillen, etwas unternehmen müsse. Er konnte im Zimmer praktisch nicht mehr arbeiten. Also ließ er sich von Frau Dr. Kosmala einen Nervenarzt empfehlen. Dr. Holbein. Der verschrieb *Adelphan* und *Phasein*. Die *Phasein*-Tablette, die mittags zu nehmen war, mußte Schwester Flora der Mutter geben. Die Mutter wurde ruhiger. Manchmal zu ruhig. Als Alfred sie einmal allein ließ, um noch eine Stunde Klavier zu spielen, war, als er zurückkam, von Klapproths niemand da, also ging er um das Haus herum, rief zur Mutter hinauf, sie solle ihm, bitte, den Schlüssel herunterwerfen; sie verschwand, kam wieder ans Fenster und warf ihm Boroviczénys Brühl-Biographie herunter. Sein wichtigstes Buch! Zum Glück fiel es auf den Rasen. Alfred lachte. Er war froh, daß ihm das gelang. Aber er mußte sie ja doch um den Schlüssel bitten. Aber sie sagte: Fanze mich nicht so an. Dann warf sie den Schlüssel und heulte den ganzen Abend in der innig hohen Art. Aber das war leichter zu ertragen als das Um-den-Tisch-Marschieren und Fuß-Nachziehen. Seit dem 22. Februar war sein Vorbereitungsdienst zu Ende, er war jetzt immer im Zimmer. Die März-Klausuren lagen auch hinter ihm, und seine Hausarbeit konnte er am Abend des 12. April abgeben. Auf den letzten

Drücker zwar, aber doch noch rechtzeitig. Geschrieben hatte wieder Herr Pionke. Die Mutter jammerte zwar, weil schließlich sie von 1911 bis 1917 im Sachsenwerk eine hochgeschätzte Sekretärin gewesen war, in fünf Jahren nur zweimal zu spät gekommen, wie ist sie damals geflitzt, und jetzt, nicht einmal zu so ein bißchen Tipparbeit imstande, nichts als ein dapp'ges Stück sei sie, aussehen wie Braunbier und Spucke, nichts mehr auf'm Kasten, andauernd klappe sie zusammen wie ein Taschenmesser, Alfred solle sie, bitte, auf den Müll werfen. So, sagte er, und wer fährt dann mit mir nach Venedig? Darauf die Mutter ganz ernsthaft: Wenn der alte Kaiser Franz Joseph mal die Augen schließt, fällt die Donaumonarchie sowieso auseinander. Sie war also in diesem Augenblick ohne jede Dramatik ins Jahr 1914 oder 15 versetzt worden. Alfred sah sie an wie ein Naturwunder.
Nachdem er die Hausarbeit im Justizprüfungsamt abgegeben hatte – die Mutter hatte im Taxi gewartet –, fuhren sie zum Café Storch. Die Mutter aß Ananas mit Sahne. Sie konnte es immer noch nicht ganz fassen, daß man so etwas einfach bestellen kann und dann kriegt. Ananas! Als auf dem Heimweg ein Volkswagen vorbeifuhr, sagte er: So einen werden wir auch haben. Mit so einem werden wir nach Venedig fahren. Und zwar über Salzburg. Denkste, sagte sie. Er verbot ihr diesen Ton, diesen Blick, diese Stimmung. Am 7. Juli das Mündliche, dann beginnt ihre Zeit, Mutters und seine. Geht es ihr nicht besser, seit sie Dr. Holbeins Tabletten nimmt? Doch, es geht ihr besser. Also. Ach, Alfred.
Am Muttertag fiel die Mutter, als Alfred unten in der Küche mit dem Frühstück beschäftigt war, oben um. Er kam gern zu Frau Klapproth in die Küche. Mit ihr konnte er noch besser sprechen als mit Ria Rarer in Leipzig. Und jetzt hatte sie diesen Streit mit ihrem Mann. Es war mehr als ein Streit. Der Mann wollte sich scheiden lassen. Der habe sich nur nicht getraut, solange ihr Vater noch lebte. Vor dem habe er Achtung gehabt, vor ihr nie. Alfred schaute immer wieder zu Beatrice hin, die gerade Konfirmation gehabt hatte. Ja, sagte

Frau Klapproth, wäre Beatrice nicht, wäre der Mann jetzt ausgezogen. Aber was rede sie an Herrn Dorn hin, der habe ja selber mehr zu tragen, als zumutbar sei. Wie zur Bestätigung hörte man von oben den Fall, aber auch ein Geräusch wie wenn Glas zerbricht. Sie rannten alle hinauf, die Mutter hatte sich, als sie fiel, an dem niederen runden Tisch halten wollen, hatte das Tischtuch samt Frühstücksgeschirr mit zu Boden gerissen und den Kopf an der Tischkante angeschlagen. Auch die Sarotti-Bonbonniere, die Alfred ihr zum Muttertag gekauft hatte, lag am Boden, der Inhalt zerstreut. Frau Klapproth sagte, das sage sie doch, so gehe es nicht mehr, das sei kein Leben mehr. Die Mutter sagte, als sie sie aufgerichtet und aufs Bett gelegt hatten: Und wenn du dich auf'n Kopf stellst und mit den Beinen wackelst, aber ich sehe alles doppelt. Dr. Holbein maß am nächsten Tag den Blutdruck: 190/100. Er verschrieb ein weiteres Mittel: *Psyquil*. Schwester Flora erschrak, als Alfred die Mutter brachte: eine Beule an der Stirn, ein Auge blau unterlaufen. Alfred fuhr in die Courbièrestraße, zur Kardos. Die sagte voraus, daß die Mutter siebzig Jahre alt werden würde. Sie sehe die Mutter in einem schattenreichen Haus, hoch umgeben von Bäumen, sehr ruhig, in einer Dreizimmerwohnung, eine alte Dame kümmert sich um die Mutter, die alte Dame trägt einen weißen Helm. Es hatte keinen Sinn, die Kardos nach Einzelheiten zu fragen, das wußte er schon. Aber ob sie ihm ärztlich weiterhelfen könne, fragte er noch. Sie nannte zwei Adressen: einen Heilpraktiker in Potsdam und einen Inder in Charlottenburg. Die Mutter war durch das *Psyquil* so ruhig geworden, daß Alfred erschrak. Er wagte nicht mehr, die vorgeschriebene Dosis zu geben. Er hatte sofort Frau Dr. Kosmala hergebeten. Blutdruck: 135/105. Herr Kant in Potsdam verschrieb Tees, die Alfred der Mutter einflößte. Dr. Holbein hatte verlangt, daß Alfred die Mutter weiter jeden Tag ins Heim bringe, ihr keine Bettlägerigkeit gestatte. Im Heim setzte Alfred sie in einen Sessel im Aufenthaltsraum. Manchmal saß sie, wenn er sie um halb sechs holte, noch genau so, wie er sie hingesetzt hatte.

Auch im Bus schlief sie ihm, wenn er sie nicht andauernd rüttelte und kniff, einfach ein.
Er hätte jetzt eigentlich besser arbeiten können, aber jetzt war er es, der unruhig war. Dieses Dahindämmern war unerträglich. Vielleicht halfen die Tees. Vielleicht half Swami Dev Murti. Der Inder fragte zuerst nach einem Bild der Mutter. Alfred legte ihm ihren Schwerbeschädigten-Ausweis hin, mit dem die Mutter kostenlos Bus fahren durfte. Der Meister zog sofort den Ausweis aus der Hülle und fing an, die Klammer, mit der das Bild auf den Ausweis geheftet war, mit Hilfe einer Schere zu entfernen. Dazu erklärte er, die Klammer gehe durch den Kopf der Abgebildeten, das sei, nach indischer Auffassung, für die Abgebildete nicht gut. Sein Rat: Die Mutter soll jeden Morgen die Beine 15 Minuten lang hochlegen, in einem Winkel von 45 Grad. Und mehrere Stunden lang eine Quarkpackung auf den Kopf legen. Und Pfefferminzöl auf Honig einnehmen. Und Mandelöl in die Nase reiben. Und Alfred sollte täglich öfter und immer so lang als möglich HARIOM sagen und dabei an Mutters Gesundung denken. Und ganz vegetarisch leben. Und braunen Zucker und Vollkorn-Getreide kaufen und die Mutter damit Vögel und Ameisen füttern lassen, weil die Menschen das an den Tieren begangene Unrecht zuerst wieder gutmachen müssen, bevor es ihnen selber besser gehen kann.
Alfred wagte nicht, Dr. Holbeins *Psyquil* und *Adelphan* wegzulassen. Die Anweisungen des Meisters waren bei ihrer Lebensweise nicht zu befolgen. Die *Neti*-Übungen, die der Blutzirkulation im Kopf geholfen hätten, zog der Meister, als Alfred die Mutter einmal mitbrachte, selber zurück. Die Entspannungsübungen probierten Alfred und die Mutter auf dem Klapprothschen Teppich. Den Tisch hatten sie zur Seite gerückt. Alfred las vor. Alle Glieder und Gelenke wie eine Schlangentänzerin bewegen und dabei lachen! Das Zucken eines Fisches, der aufs Land geworfen wurde, nachzumachen, gelang weder der Mutter noch Alfred. Für das *Yoga-Lachen* war es schon zu spät.

Schwester Flora sagte, die Mutter müsse in ein Krankenhaus. Sie habe schon mit Dr. Holbein telephoniert. Die Mutter war von einer achtzigjährigen Frau, die an beiden Augen staroperiert war und so gut wie nichts mehr sah, an den Schultern angefaßt und ein bißchen gerüttelt worden. Ein Rütteln, das eine Frage begleitet hatte. Darauf habe die Mutter die fast blinde Achtzigjährige so ins Gesicht geschlagen, daß die hingefallen sei.
Alfred nahm die nur noch wimmernde Mutter mit in den Bus. Frau Klapproth mußte er mitteilen, daß er die Mutter jetzt nicht mehr ins Heim bringen könne. Frau Klapproth verständigte die Gemeindeschwester Anneliese. Die kam und versprach, täglich einmal zu kommen. Das war zehn Tage vor der Prüfung. Er brauchte jemanden, der dauernd bei der Mutter war. Er rief Berthel Mewald an und telegraphierte Frau Blümel. Beide waren am nächsten Tag da. Als Berthel ihre Martha Dorn da liegen sah, rief sie: Mei Guutste! und fiel praktisch über ihre Freundin her und heulte, und Martha Dorn heulte auch, und beide hielten heulend einander so fest umarmt, als wehrten sie sich gegen jemanden, der sie auseinanderreißen wollte. Berthel übernachtete bei Irmgard in Klein-Machnow, Frau Blümel konnte bei einer Bekannten im Wedding bleiben. Frau Blümel kam jeden Morgen und blieb, bis Schwester Anneliese kam. Alfred konnte in die Bibliothek gehen, aber dann saß er da und konnte sich kein bißchen auf das Juristische einstellen. Also fuhr er wieder nach Lankwitz hinaus. Frau Blümel deutete auf die Liegende und sagte: Sie fällt immer nach der Seite. Und ob Alfred die Flecken gesehen habe, an den Beinen. Von Tante Lotte kam ein Brief, der ihn beschwor, nur an sich zu denken. Nur auf ihn komme es jetzt an. Schon das Datum, 7. 7., verheiße Glück. Ihr Andachtsbuch biete für den 7. Juli den Spruch an: *Gott mein Schutz, daß ich nicht fallen werde*. Dann mahnte sie zur Reinlichkeit am Prüfungstag. Der Vater sei bei seinem letzten Besuch erschrocken. Schuppen auf Alfreds Kragen! Bitte, die Jacke ausbürsten, bevor er zur Prüfung auf-

bricht! Ob die Mutter denn wirklich gar nichts mehr machen könne?!

Am 7. Juli, einem Donnerstag, hielten er und drei andere Kandidaten von zehn bis zwölf ihre *Aktenvorträge* über Fälle, die sie am Montag bekommen hatten. Nachmittags vier Stunden mündliche Prüfung. Um halb sechs das Ergebnis: *ausreichend*. Alles andere als ein Prädikatsexamen. Die Mutter sagte: Ei na. Mehr sagte sie nicht. Aber sie nickte. Nicht nur einmal. Sie nickte, sooft er hinschaute. Er konnte nicht sagen, sie möge, bitte, aufhören zu nicken. Er schrieb, weil er niemandem etwas sagen konnte, einen langen Brief an Emil Scherzer, jetzt in Goslar. Scherzer hatte *vollbefriedigend* erreicht und hatte seine Doktorarbeit schon abgegeben. Vier Tage später war schon ein Eilbrief von Scherzer da. Nur geschrieben, um Alfred Dorn zu trösten. Der wohltuendste Satz war ein Kleist-Zitat: *Es gibt überhaupt keine schlechtere Gelegenheit, sich von einer vorteilhaften Seite zu zeigen, als gerade ein öffentliches Examen*.

Diesen Satz las er der Mutter nicht mehr vor. Er hatte Angst, sie werde wieder in dieses nicht enden könnende Nicken verfallen. Zwei Tage später mußte er sie ins Steglitzer Krankenhaus bringen. Als er vom Krankenhaus heimkam, lag ein Telegramm der Doktorin auf seinem Tisch. Sie gratulierte zum Examen: Sie haben bewiesen, daß Sie ein ganzer Mann sind. Er hörte geradezu, wie die Mutter, hätte sie das noch zur Kenntnis genommen, darauf geantwortet hätte: Denkste. Und er hätte ihr recht gegeben.

7.

Zu Mutters Geburtstag im November schickte er allen Schwestern, die die Mutter im Krankenhaus Steglitz noch gepflegt hatten, Blumen und Pralinen. Und jeder Schwester schrieb er dazu, wie dankbar er gerade ihr sei für das, was sie noch für die Mutter getan habe. Die Mutter war am 3. August

gestorben. Morgens, fünf Minuten nach sieben. Er war wie jeden Morgen um halb acht ins Krankenhaus gekommen. Schwester Maria teilte ihm mit, daß sie der Mutter die Augen geschlossen habe. Am Abend zuvor war er bis neun Uhr bei ihr gewesen und hatte versucht, mit ihr zu beten. Eine andere Verständigungsmöglichkeit gab es nicht mehr. Und er konnte gar nicht beten. Aber er betete einfach drauflos. Die Lippen der Mutter bewegten sich manchmal. Ihre Augen blieben geschlossen. Sie atmete laut. Nicht wie eine Schlafende. Er hatte noch nie so etwas gehört. Rauh, rasselnd, ratternd. Bevor er ging, hatte er noch den Schleim von ihren Zähnen und den Schweiß von der Stirn gewischt, dann hatte er sie noch geküßt. Dann war er gegangen. Daß Frau Klapproth gerade jetzt zwei Wochen Urlaub im Schwarzwald machte, empfand er wie eine Ungerechtigkeit.
Im Zimmer ein Tante Lotte-Brief. Sie sei viereinhalb Monate im Krankenhaus gewesen, es habe ihr gut gefallen. Vielleicht wäre alles anders gekommen, wenn die Mutter ihr Leben mit einer Tätigkeit ausgefüllt hätte. Sein Examen sei eine große Befriedigung für den Vater, der all die Opfer gebracht habe. Alfred hatte sich sofort hingesetzt und sechsmal genau den gleichen Brief geschrieben, an die Nächsten in Sachsen. Jeder Brief schloß so: Sie ist bewußtlos. Betet für Mutter!
Alfred war auf dem Weg zum Krankenhaus immer in eine katholische Kirche gegangen und hatte dort eine Kerze angezündet. Zwei Tage vor dem Tod hatte ein Arzt im Krankenhaus zu ihm gesagt, daß mit dem Exitus gerechnet werden müsse. Alfred hörte dieses Wort zum ersten Mal in dieser Verwendung. Davor hatte der Arzt gesagt: Ich habe Ihre Mutter aufgegeben. Nichts hat angeschlagen. Sie können jetzt jederzeit zu ihr.
Nachts um zwei Uhr hatte Alfred noch einmal angerufen. Unverändert. Um fünf schrieb er der Mutter einen Brief. Einen Dankbrief. Für alles. Fünf Seiten. Kniend schrieb er ihn. An dem niederen runden Tisch, an dem sie immer gefrühstückt hatten.

Als er von Schwester Maria ins Zimmer 39 geführt wurde, sagte er: Mutter.
Als er sie am Abend zuvor um neun verlassen hatte, war sie mit dem linken Arm und dem linken Bein angeschnallt gewesen, daß sie nicht aus dem Bett falle. Jetzt war sie davon frei. Schwester Maria öffnete das Fenster.
Daß er in dem Augenblick, als sie starb, nicht bei ihr gewesen war! Er hatte das Gefühl, sie sei ihm weggenommen worden. Das war nur möglich gewesen, weil er nicht aufgepaßt hatte. Er war ja fast immer bei ihr gewesen. Aber eben nur fast immer. Fünfundzwanzig Minuten war er zu spät gekommen. Dabei war er schon um fünf Uhr wach gewesen an diesem Morgen. Er hatte sich, weil er noch nicht ins Krankenhaus konnte, hingekniet und hatte diesen Brief an die Mutter geschrieben. Den Brief hatte er dabei, als er das Zimmer 39 betrat. Als Schwester Maria andeutete, daß sie jetzt gehen müsse, fing er an zu weinen. Solange er weinte, blieb Schwester Maria stehen. Als er aufhören konnte, drehte sie sich zur Tür. Er ging einfach mit ihr hinaus. Aber er konnte ja jetzt nicht ewig neben Schwester Maria herlaufen. Das war die Schwester, die vorgestern, als er die Mutter zusammen mit Schwester Anneliese besuchte, zu Schwester Anneliese gesagt hatte: Schwester, bitte, machen Sie Herrn Dorn klar, daß hier ein Zustand vorliegt, der zum Ende führen muß. Man muß vorbereitet sein. Er hatte gedacht: Das kann doch niemand wissen.
Er fuhr zu Schwester Anneliese und sagte ihr, was passiert sei. Sie nahm ihr Fahrrad, mit dem sie immer in die Hildburghauser Straße gekommen war, und ging mit ihm. Er konnte immer nur einen Satz sagen: Habe ich etwas falsch gemacht? Er hörte, daß er flüsterte. Er konnte nicht mehr laut sprechen. Es war unvorstellbar, daß er den Mund je wieder aufmachen könnte. Er sagte immer wieder: Habe ich etwas falsch gemacht? Er wurde sich des Fasttheatralischen dieser Wiederholungen bewußt, konnte aber doch nichts tun dagegen. Schwester Anneliese mußte für ihn eine Cellophantüte

kaufen und sieben rote Rosen, mußte mit ins Zimmer 39 gehen, der Mutter die Rosen in die Hände legen, mußte ihm Haare abschneiden, die Haare in die Cellophantüte stecken. Er sah ein, daß er die jetzt noch nicht bei der Mutter lassen konnte. Er steckte sie ein. Dann las er der Mutter in Gegenwart von Schwester Anneliese den Brief vor, den er morgens um fünf an die Mutter geschrieben hatte. Auch diesen Brief steckte er wieder ein. Dann las Schwester Anneliese Psalmen. Alfred dachte an das Wort des Inders. HARIOM. Der Inder hatte gesagt, man habe dieses Wort gelernt beim gähnenden Tiger, es bedeute *o großer Gott*. Die Sonne schien ins Zimmer 39. Er sah sich als Zehnjährigen im Vorbereitungschor des Kreuzchors, der Kantor Zimmer erzählte vom blinden Johann Sebastian Bach, der seinem Schwiegersohn Altnickol vor dem Sterben den Satz diktierte: *Vor Deinen Thron tret ich hiermit.*

Er sah die Mutter vor so einen Thron treten, sie stand kindlich, hilflos, schüchtern da, wie sie zuletzt gewesen war, aber sie hatte seinen Brief in der Hand, den konnte sie vorweisen, dazu war der geschrieben worden. Er sah das vor sich, als habe er es gezeichnet. In seinem Walt Disney-Stil. Solche Szenen brauchte er jetzt offenbar, um diese Leiche zu ertragen. Er bedankte sich bei Schwester Anneliese sehr förmlich. Fast als sei es von ihr verlangbar gewesen, mit ihm hierherzukommen. Dann ging er zu Schwester Flora. Sie bot ihm an, vom Büro des Heims aus seine Dresdener Verwandten und Bekannten zu benachrichtigen. Er gab die Telegramme auf.

Er war schon einmal bei Berlins berühmtestem Pfarrer, dem Propst Grüber gewesen. Zuerst hatte er versucht, mit Bischof Dibelius zu sprechen. Das war ihm nicht gelungen. Aber Frau Grüber hatte ihn zum Kaffee geladen. Der Propst hatte nicht viel Zeit gehabt, aber sie hatten doch Kaffee getrunken mit einander und über die Grausamkeit der Teilung gesprochen. Jetzt ging er hin und gab einen Brief ab, darin bat er den Propst, der Mutter die Leichenrede zu halten. Es war ein fünf Seiten langer Brief.

Mit Schwester Anneliese zur Bestattungsfirma Hahn. Auf Zureden der Gemeindeschwester wurde Alfred ein Kredit gewährt. Er bestellte einen Sarg mit Zinkeinlage. Dann besuchte er mit Schwester Anneliese drei Friedhöfe: den Lankwitzer Friedhof, den Dahlemer und den Zehlendorfer Waldfriedhof. Auf dem Lankwitzer scheuchten sie gleich ein Kaninchen auf. Der kam also nicht in Frage. An Weihnachten hatte die Mutter gesagt: Wo du mich mal hinbringen wirst! Alfred kaufte eine Dreiergrabstelle auf dem Zehlendorfer Waldfriedhof. Die Zinkeinlage in den Sarg mußte von Herrn Urbanski von der Friedhofsverwaltung abgelehnt werden. Also noch einmal zur Firma Hahn. Der ausgesuchte Eichensarg war schon mit Zinkplatten ausgeschlagen worden. Herr Hahn erklärte sich bereit, einen Friedhof zu suchen, der einen zinkbewehrten Sarg annehmen werde. Ein Eichensarg halte zehn bis zwölf Jahre, länger nicht. Aber jetzt hatte Alfred schon die Dreierstelle im Waldfriedhof ausgesucht. Ein Grab wirklich im Wald. Links und rechts noch Strauchwerk. Dann unbehauene Grabsteine, die das Ganze als Natur erscheinen ließen. Er hatte sich sofort für diese Stelle entschlossen. Als er mit der Mutter und Tante Lotte auf dem Tolkewitzer Friedhof das Grab der Großeltern Moritz und Minna Laura Dorn besucht hatte, verstand er nicht, daß die Mutter und Tante Lotte so lange stumm am Grab standen. Die Mutter hatte gesagt, er werde sie, das sehe sie schon, wohl nie besuchen kommen, wenn sie einmal unter der Erde sei. Sofort hatte er übereifrig versprochen, ihr Grab werde das schönste in Dresden sein. Die Mutter hatte gelacht und hatte gesagt: Begießt du mich dann auch?

Der schwierigste Gang war der zu Frau Stiller. Rose-Maria Stiller. Bildhauerin. Auch in Lankwitz wohnend. Schwester Anneliese zeigte das Foto einer Plastik dieser Künstlerin: *Spielender Hund.* Der junge Hund war ganz an einen Ball verloren, das hatte Alfred gefallen. Schwester Anneliese ging mit ihm hin. Frau Stiller sollte noch an diesem Abend einen Gipsabdruck von den Händen seiner Mutter machen. Auf eine Totenmaske mußte er verzichten. Die Mutter sah sich nicht mehr gleich. Aber ihre Hände waren noch ihre Hände.

Am fünften war die Einsargung. Zuvor hatte er den langen Dankbrief an die Mutter noch einmal abgeschrieben und dabei überarbeitet. Diesen Brief konnte sie überall vorlegen. Als er das Geschriebene noch einmal durchlas, hatte er das Gefühl, er habe seine eigene Handschrift nachgemacht wie ein Fälscher. In der Schule hatte er die Unterschriften der Eltern seiner Klassenkameraden so gut nachgemacht, daß die Eltern, dank seiner Fälscherfähigkeiten, vor der Peinlichkeit, unangenehme Schulmitteilungen zur Kenntnis nehmen und auch noch unterschreiben zu müssen, bewahrt werden konnten. Hans Gurlitt hatte seinem Vater einmal eine solche Imitation gezeigt. Herr Dr. Gurlitt hatte sie für seine eigene gehalten.

Die Bestatter warteten schon. Bevor der Sarg geschlossen wurde, erbat er sich von Herrn Hahn eine Schere und wollte der Mutter Haare abschneiden. Er schaffte es nicht. Er bat Schwester Anneliese. Ungefärbte, sagte er ihr ins Ohr. Die legte er zwischen die Seiten des Neuen Testaments, das er dabei hatte. Den Dankbrief und seine eigenen Haare und ein paar Fotos legte er in der Cellophanhülle in den Sarg. Er wollte der Mutter die Kamelhaardecke mitgeben, die er ihr zum letzten Geburtstag gekauft hatte. Das wurde ihm ausgeredet. Die Firma hatte, wie er es gewünscht hatte, den Sarg innen mit wattierter weißer Seide ausgeschlagen; die Mutter lag unter einer weißen Seidendecke; sie trug ein weißes Seidenkleid mit geraffter Oberfläche und einem glatten Kragen, der in Spitzen auslief. In ihren Händen Alfreds letzte Rosen. Sieben rote langstielige Rosen. Also eine Kamelhaardecke war da fehl am Platz. Du sollst einmal liegen wie die Königin Luise, hatte er vor vielen Jahren zur Mutter gesagt; als das Sterben unvorstellbar weit weg gewesen war, konnte man so reden. Alfred hatte es wohl öfter wiederholt, als es der Mutter recht war. Sobald er anfing: Du sollst einmal liegen, fuhr sie

gleich fort: Ich weiß, wie die Königin Luise. Gedacht war dabei an die Plastik von Rauch.
Der von Alfred bestellte Steglitzer Fotograf machte die letzten Aufnahmen. Dann wurde der Sarg geschlossen. Alfred kniete auf dem Boden und las Sätze aus der Bergpredigt vor. Er fuhr mit in dem Auto, das den Sarg zu den Aufbewahrungskammern des Waldfriedhofs brachte. *Zutritt nur für Leidtragende.*
Am Sonntag war er um elf ins Grübersche Haus bestellt. Der Propst würde am Dienstag die Rede halten. Alfred bat ihn, mit Rücksicht auf den Vater, alles Biographische zu meiden. Das hätte er, sagte der Propst, sowieso getan. Als er hörte, daß Alfred eine Dreiergrabstelle kaufe, sagte er, Alfred dürfe dabei aber nicht daran denken, selber hier begraben zu werden. Dafür sei Alfred zu jung. Ihn habe Alfred nicht zu bezahlen, aber eine Spende von Alfreds Vater an das Grüber-Haus in Ost-Berlin, in dem ehemals wegen ihrer Rasse Verfolgte Aufnahme finden, werde dankbar akzeptiert. Auch habe der Vater die Trauergäste drüben im Christlichen Hospiz zum Mittagessen einzuladen. Wer zwei Frauen habe, habe auch Geld.
Am Montagmittag kamen die ersten Dresdener. Der Vater, Tante Lotte, Berthel Mewald, Frau Ledermann, Liesel Roitzsch. Alfred holte sie am S-Bahnhof Steglitz ab. Die fast grotesk dünne Berthel Mewald stürzte zuerst auf Alfred zu, er fing sie auf. Weinend umarmten sie einander. Alfred sah das Staunen der Passanten und spürte den Unwillen von Tante Lotte. Später sagte sie es ihm auch, wie unziemend das gewesen sei, die dem Vater verhaßte Frau Mewald als erste und dann auch noch so zu begrüßen.
Als der Vater beim Mittagessen hörte, daß Alfred eine Dreiergrabstelle gekauft habe, gab er einen heiseren Lachlaut von sich. Alfred war überrascht, daß der Vater ihm sein Beileid aussprach. Er hatte erwartet, der Vater begreife sich auch als einen, dem jemand gestorben ist. Trage es als Mann, sagte der Vater. Alle Menschen haben eine Mutter verlieren müssen.

Dann sagte er: Zehn Jahre machen wir noch. Dann sagte er, er werde sich den Trauerflor von Aenne Hartleben annähen lassen. Von der Doktorin lag, als er in sein Zimmer zurückkam, ein Telegramm auf dem Tisch: MEIN ARMER ARMER LIEBER JUNGE ALLE MEINE LIEBE IST BEI IHNEN.

Eine Stunde vor der Beerdigung ging Alfred noch zu einem Friseur in Zehlendorf. Vor der Feierhalle wartete man, bis der Propst kam. Links von Alfred der Vater, rechts von ihm Propst Grüber: so in die Feierhalle. Das Harmonium setzte ein.

Als er unter den Blumen den Sarg entdeckte, rief er leise: Mutter. Ihm drängte sich ein Dresdener Augenblick auf: Er und die Mutter im Fridericus-Rex-Film im Kosmos-Kino in der Alaunstraße. Bei dieser Erinnerung schüttelte es ihn. Er schluchzte. Mutterbilder tauchten auf. Als Kind habe sie, hatte die Mutter gesagt, als sie vom Café Storch Lankwitz zu spazierten, am liebsten Huppekästel gespielt. Als Schülerin des Ehrlichschen Gestifts hat sie einmal einen fremden Mann in der Prager Straße auf französisch nach der Uhrzeit gefragt. Von ihrer Mutter ist sie Mimöschen genannt worden. Ihre Lieblingsblumen waren rote Rosen und Wicken. Auf dem Sarg dominierten die Rosen. Die rötlich-gelben waren von der Doktorin, das wußte er. Als das Harmonium aussetzte, fing das Cello an. Er mußte sich gegen ein weiteres Geschütteltwerden wehren. Das Harmonium kam wieder dazu. Sie hatten auch ein Harmonium gehabt. Damit der Vater etwas hatte, was er zum Klingen bringen konnte. Alfred entschuldigte sich bei der Mutter dafür, daß sie mit Harmonium verabschiedet wurde. Er hat die Mutter nie mit Orgelbegleitung singen hören. Er hatte es versucht. In Leipzig, in dem Tonstudio gegenüber der Thomaskirche. Man konnte seinen Gesang mit Begleitung der Bach-Orgel aufnehmen lassen. 70 Mark. Er wollte noch in Freiberg fragen, wieviel es mit der Silbermann-Orgel kosten würde.Die Stimme seiner Mutter mit einer der großen Orgeln. Und jetzt...

Einmal war er mit der Mutter im Freischütz gewesen. Bei der Erscheinung der toten Mutter in der Wolfsschlucht hatte er die Hand der Mutter gesucht und nicht mehr losgelassen.
Er spürte, daß er jetzt gleich weinen würde. Wir Herbergschen haben alle bissel leicht am Wasser gebaut, hatte die Mutter der Mutter gesagt. Statt Ach Gott hat sie immer Hach Gott gesagt. Als sie im letzten Herbst im Radio den Trauerfeierlichkeiten für Pius XII. zuhörten, hatte sie gesagt: Da friert's mich gleich. Eigentlich hat sie nicht Hach Gott, sondern Hhaaach Gott gesagt. Bei der Donna Diana-Ouvertüre des Emil Nikolaus von Reznicek kriegte sie immer – und sagte das jedesmal – eine Gänsehaut. Es schlägt ihm der Bauer ins Genicke. Auch so ein Satz aus der Mutter-Sprache. Warum jetzt dieser Satz? Wie hat sie den gemeint? So oft gesagt, und jetzt weiß er nicht, was sie damit hat sagen wollen. Und doch paßt im Augenblick keiner ihrer Sätze so gut wie der. Es schlägt ihm der Bauer ins Genicke. Vor einem Monat hätte er sie noch alles fragen können. Zu spät. Er sah seinen Pergamon-Altar lautlos in sich zusammensacken. Staub. Schluß.
Als der Propst sprach, hörte das Japsen und Würgen auf. Alfred konnte wieder ruhig atmen. Er hatte gesehen, daß Frau Pappritz und ihr Sohn auch gekommen waren. Der Propst sprach über den Satz: *Ich will euch trösten, wie einen seine Mutter tröstet.* Alfred hörte den Satz, wie er im Brahms-Requiem gesungen wird. Frau Blümel hatte er auch gesehen. Das freute ihn, daß Frau Blümel gekommen war. Das war ungeheuer, daß Frau Blümel gekommen war. Und Frau Bretzke und Fräulein Fiedler, seine Wirtinnen aus der Fontanestraße, waren auch da. Frau Thate aus der Marschnerstraße war da, ohne Herrn Thate, klar. Frau Standke aus der Berliner Straße war da. Frau Glaubrecht fehlte. Da wußte er, daß ihr etwas zugestoßen sein mußte. Wenn sie gekonnt hätte, wäre Frau Glaubrecht gekommen. Und beide Pinkwarts waren da. Es tat ihm gut, daß Propst Grüber auf der Beerdigung seiner Mutter sprach. Der Propst hatte als Antifaschist auch in der DDR einen guten Namen. Das konnte sich in Dresden ver-

breiten, daß Propst Grüber Martha Dorn in Berlin die letzte Ansprache hielt. Der Propst sagte: Martha Dorns Leben ist reich gewesen an Freude und Leid, darum ist es ein erfülltes Leben gewesen. Als Propst Grüber seinen Platz neben Alfred verlassen hatte, um zum Rednerpodest zu gehen, hatte sich sofort Tante Lotte neben Alfred gesetzt. Wo sie vorher gesessen oder gestanden hatte, wußte er nicht. Das war typisch Tante Lotte. In jeder Situation tüchtig. In diesem Augenblick hatte er das Gefühl, Tante Lotte sei ein Spatz.
Man verließ die Halle in der gleichen Ordnung, in der man sie betreten hatte, nur daß jetzt der Sarg den Zug anführte. Auf dem Weg zum offenen Grab hörte Alfred die Vögel singen. Piepmätzeln. Hinter der ihrem Kastel geht mal niemand her, hatte die Mutter gesagt, als sie berichtete, ihre Halbschwester Gustchen sei, ohne zu grüßen, auf dem Körnerplatz an ihr vorbeigegangen. In Dresden wären hinter Mutters Sarg mehr Leute hergegangen als hier in der Berliner Fremde. Die, die gekommen waren, kannte er. Er würde jedem und jeder einen Dankbrief schreiben. Schwester Flora hatte ihre Vertreterin geschickt, weil sie nicht abkömmlich war. Sogar Herr Klapproth war da, wahrscheinlich um seine Frau, mit der er im Streit lebte, zu vertreten. Das war doch auch rührend. Plötzlich sagte sich in Alfred ein Satz auf. Es muß die Schritt-für-Schritt-Langsamkeit, mit der man aufs offene Grab zuging, gewesen sein, die den Satz herrief. *So folgte ich dem Leichenzuge, der sich in glühender Mittagshitze zwischen niedrigen Weinbergsmauern langsam durch heißen Sand zog.* Wilhelm von Kügelgen. Sein Vorbild. Im Bewahren. So hatte Kügelgen eine Dresdener Beerdigung bewahrt.
Bevor der Sarg hinuntergelassen wurde, trat Alfred noch rasch vor, küßte den Sarg und sagte: Auf Wiedersehen, Muttchen. Als er zurücktrat, spürte er links und rechts die Hände des Propstes und des Vaters, die ihn hielten. Als der Sarg in der Grube verschwand, drehte sich der Vater weg, bedeckte sein Gesicht mit einer Hand und gab einen Laut von sich, den Alfred als ein Aufweinen hörte. Ein Schluchzen, das einen so

plötzlich überfällt, daß man sich nicht mehr dagegen wehren kann. Alfred spürte, daß ihn dieser väterliche Laut mehr erschütterte als alles, was bisher auf ihn eingedrungen war. Alfred starrte die Kranzschleifen an. Erst in den Wochen danach konnte er, was er angestarrt hatte, erkennen. Sieben Kränze konnte seine Erinnerung zählen. Einer von den vier übriggebliebenen Unentwegten, die durch die riesige Frau Ledermann vertreten waren. Einer von Mutters Schwester Marlene und der Halbschwester Gustchen. Der Kranz von Schwester Anneliese war ihm am kostbarsten. Anneliese Flutschka stiftet seiner Mutter einen Kranz! Natürlich, der von Berthel und Norbert Mewald war auch etwas wert. Auch der von Aenne und Arthur Hartleben, die sich auch einreihten zur Kondolierung. Der Vater dankte allen für ihr Kommen. Alfred wäre dazu nicht imstande gewesen. Bevor man wegging, bückte sich Alfred, griff in die aufgeworfene Erde und warf eine Handvoll davon ins Grab. Weil er noch in dieses Grab hinabstarrte und dadurch den allgemeinen Aufbruch verzögerte, ergriff Tante Lotte seinen Arm und sagte: Nun komm, es war sehr schön, wie du es deiner Mutter gemacht hast.

Das Totenmahl im Hospiz drüben mußte ohne den Propst stattfinden. Der Vater suchte, als man die Suppe aß, ein Gedicht zusammen. *O lieb, so lang du lieben kannst, so lang du lieben magst, bald stehst an Gräbern du*. Weiter schaffte er es nicht, wußte auch nicht, woher er es hatte. Zehnmal sagte er die Verse auf, die er noch mobilisieren konnte, aber der Rest ergab sich ihm nicht. Darunter litten alle ein bißchen. Tante Lotte schaltete um und zählte die Geschäfte auf, in denen die Mutter in Dresden am liebsten eingekauft hatte. Stoffe immer bei Möbius in der Wilsdruffer Straße, Kleider bei Hirsch, Miederwaren bei der Fugmann auf dem Altmarkt. Ach ja, die Fugmann, seufzte Berthel. Alfred sah, daß er und Berthel gleich dünn waren. Ihm hatte an diesem Tag jede und jeder gesagt, daß er noch dünner und blasser geworden sei. So dünn und blaß wie heute war er offenbar noch nie gewesen. Am liebsten hätte er jede Bemerkung über sein Aussehen mit Mutters Satz quittiert: Wie Braunbier und Spucke. Wenn er so wie Berthel aussah, sah er wirklich elend aus. Bei ihr sprang ja auch eine eher große Nase aus einem nichts als wegfliehenden Gesicht. Berthel beteiligte sich nicht am Gespräch. Die Tafel war beherrscht von Herrn Dorn und Tante Lotte. Das waren nicht Berthels Freunde. Sie vertrat an diesem Tisch die Gestorbene. Ihre Tochter Irmgard, die in Klein-Machnow als technische Zeichnerin lernte, war auch dabei; sie war aber auf eine andere Art still als ihre Mutter. Sie hatte ein breites Gesicht mit schwerem Mund und noch schwererem Kinn. Sie schwieg protestierend. Sie schaute jeden, der das Wort ergriff, böse an. Am bösesten ihre Mutter, als die sich hinreißen ließ zu sagen: Ach ja, die Fugmann. Stoffreste bei Helene Ludwig, Schandauer Straße, fügte Hanna Ledermann hinzu. Und die Mutter-Cousine, Frieda Müller aus Meißen, die nichts gefragt wurde, fühlte sich verpflichtet, doch auch einen Satz zum Andenken beizutragen: Martha und sie und die Bertha aus Rochlitz seien mit einem großen Reisekorb nach Nebra gefahren zum Ährenlesen, aber die Röse-Großmutter habe egal was auszusetzen gehabt an ihnen, besonders an Martha und an ihr, Frieda; die Meißner Fummeln, habe sie sie genannt. Alfred bedauerte, daß er nicht neben dieser Tante Frieda genannten Cousine saß. Und einmal seien Martha und sie als Kinder mit der Eisenbahn nach Wiehe gefahren. Jede ein Schild um den Hals: Ich fahre nach Wiehe. Da lachten alle.

Der Vater bestand darauf, daß Alfred nach seinem Mineralwasser auch noch ein Bier trinke. Alfred mußte nachgeben. Gegen Tante Lotte, die ihn zwingen wollte, auch vom Fleisch zu essen, hatte er sich behauptet. Reis und Gemüse genügten ihm, hatte er gesagt. Fleisch –, schon als Tante Lotte das Wort aussprach, war es ihm schlecht geworden. Er dachte an seinen Kügelgen. Obwohl nur eine Frau Kriegel gestorben war, hatte der lange Zeit kein Fleisch mehr essen können. Ihn hatte die Vorstellung, das sei Leichenfleisch, gehindert.

Wo war Frau Blümel? Alfred fiel es zu spät ein. Die anderen schienen eher froh zu sein, daß Frau Blümel zu ihrer Bekannten im Wedding gefahren sei. Tante Lotte saß so am Tisch, daß sie Alfred wieder wie ein Spatz vorkam; andererseits begriff er, warum sie es vor fünfzig, sechzig Jahren, als sie eine Privatlehrerin für Englisch gehabt hatte, geschafft hatte, Lady genannt zu werden. Das war sie: ein Spatz und eine Lady.
Als sie sich verabschiedeten, sagte der Vater, er wolle sich um Alfred jetzt so kümmern wie die Mutter.
Alfred und Schwester Anneliese waren die einzigen, die in den Westen fuhren. Schwester Anneliese war fast rötlich blond, trug ihre krausen Haare streng am Kopf. Das Schwesternhäubchen deckte das meiste. Sie hatte ein wuchtiges Gesicht. Fast wie Irmgard Mewald. Aber ganz andere Augen, einen ganz anderen Mund. Sie hatte, wenn Alfred mit ihr sprach, immer die hellste Neugier im Gesicht. Die blonden Wimpern, der massive blonde Flaum auf der Oberlippe, die breite Lücke zwischen den Schneidezähnen, die erwartungsvoll hochgebogenen blonden Brauen und die wie in größter Neugier zwischen die Zähne geklemmte Unterlippe: sie sah Alfred immer an, als könne sie nicht genug kriegen von seinen Reden. Wenn er etwas über sie wissen wollte, gab sie nur ein paar Daten preis. Geboren in Posen, wollte Mathematik studieren, ist Gemeindeschwester geworden. Wie es eben so geht. Sie war überhaupt nicht mitteilsam, sie war oder schien neugierig. Sie verabredeten sich für den nächsten Sonntag. Sie würden miteinander Mutters Grab besuchen.

8.

Als die Rechnungen kamen, sah er, daß er, sobald er den Tod der Mutter hatte zur Kenntnis nehmen müssen, in einer anderen Welt gelebt hatte. Mitte September, die erste Mahnung der Bestattungsfirma. Tausend Mark Anzahlung, da die Versicherung sich nicht rühre!

Einbettung und Desinfektion *16,–*
Cello mit Harmonium *30,–*
Ein- u. Ausbauen eines nicht gelieferten Zinksarges 30,–
Fotograf *75,–*
Trinkgelder *38,–*

und so weiter. Alfred mußte zurückfinden. Später sammelte er alle Papiere, die mit dem Grab zu tun hatten, in einem Aktenumschlag, auf den er groß schrieb MUTTER-KULT. Das war für ihn ganz sicher kein Wort, mit dem er sich von seiner Mutterverehrung distanzieren wollte. Das war ernsthaft das einzige Wort, das ihm für den Dienst, der jetzt fällig geworden war, brauchbar schien. 7,8 qm beste Lage im Zehlendorfer Waldfriedhof besaß er jetzt. Auf diesen drei Grabstellen ein Denkmal zu errichten, das war seine Aufgabe. Er hat nicht verhindern können, daß er in ein fast krampfartiges Kopfschütteln verfiel, als er den Tante Lotte-Brief las. Es gefiel ihm zwar, daß sie schrieb: *So etwas Schönes gibt's in ganz Dresden nicht*, aber wie sie ihn dann in ihren Frieder-Stil hineinlocken wollte: *Kaufe dir auch eine kleine Vase für kurzstielige Blumen.* Und die immer vor Mutters Bild. So macht sie's mit ihrem Mann Friedrich und ihrem Sohn Frieder seit 1914 und 1941. Dazu Psalm 73, 23-28.

Als ihm der Katalog vorgelegt worden war, aus dem er einen Grabstein wählen sollte, hatte er, als er die vielen Fotos üblicher Grabsteine sah, den Katalog sofort wieder zuschlagen müssen. Er konnte keinen dieser grotesk gewöhnlichen Grabsteine wählen. Das waren Grabsteine à la *kurzstielige Blumen.* Er lehnte vorerst jede Beratung ab. Er konnte nicht zurück in eine Welt, in der man die eigene Mutter in einem so scheußlich gewöhnlichen Grab verschwinden ließ. *Reihengrab* hieß der Typ, der solche Steine trug. Ihm schwebte ein Grabdenkmal vor. Und diese Vorstellung würde er sich von keiner Tante Lotte und von keiner Wirklichkeit abhandeln lassen. Er war überhaupt betäubt. Vom Schmerz, ja. Jetzt begriff er, was diese Redensart meinte. Wochenlang mußte er sein Spiegelbild meiden. Er ertrug den nicht, dem das passiert

war. Er wollte nicht bei dem sein. Er wollte außer sich bleiben.
An einem überraschend warmen Oktobertag ging er in Lankwitz an einem Haus vorbei und hörte durch dessen offene Fenster Musik. Das war seit der Beerdigung die erste Musik. Dvořák, die Symphonie, die Aus der Neuen Welt heißt. Würde es von jetzt an wieder Musik geben? Er sträubte sich. Er genierte sich fast dafür, daß er stehengeblieben war. Er hatte dieser Musik nur zugehört, weil sie ihn an ein Dresdener Konzert erinnerte, in dem er mit der Mutter gewesen war. Sonst wäre er doch nicht stehengeblieben. Das sich zu sagen, fand er nötig. Auch Bier oder Wein kamen nicht mehr in Frage. Genau so unvorstellbar war es, daß er sich je wieder fotografieren lassen würde.
Der schrecklichste Tag war der, an dem die Fotografien eintrafen, die die tote Mutter zeigten. Die waren so scheußlich, so entsetzlich, so unannehmbar, daß er am liebsten sofort zu dem Fotografen hingefahren wäre, um mit dem Streit anzufangen. Daß ein Mensch es über sich brachte, so etwas so aufzunehmen! Dieses Gesicht auf dem Foto war unansehbar. Das war das Böseste, Scheußlichste, was er je gesehen hatte. Er mußte diese Bilder sofort in einer Schublade unter Papieren verschwinden lassen, in der Hoffnung, er könne diesen Anblick irgendwann wieder vergessen. Jedesmal, wenn er an diese Bilder dachte, wäre er am liebsten zu dem Fotografen hingefahren und hätte ihn geschlagen. Aber der Fotograf hatte nur den Auftrag ausgeführt, den Alfred ihm gegeben hatte. Aber der Fotograf hatte, als er durch den Apparat schaute, gesehen, was da für ein Bild zu erwarten sein würde. Er hätte sich weigern müssen, so ein totes Gesicht zu fotografieren. Davon darf es überhaupt kein Bild geben. Davon nicht! Aber vernichten konnte Alfred die Bilder auch nicht. Sie lagen in einer Schublade. In einem Umschlag. Aus diesem Umschlag würde er sie nie mehr herausziehen. Er war noch so geistgegenwärtig gewesen und hatte die Fotos, die die Hände der Mutter zeigten, in einen anderen Umschlag ge-

steckt. Die würde er anschauen. Jetzt wußte er auch, warum er von der Mutter keinen Abdruck für eine Totenmaske hatte abnehmen lassen. Als er in Leipzig erfahren hatte, daß Professor Fischer gestorben sei, hatte er sofort heimtelegrafiert, die Mutter möge einen Abdruck vom Gesicht des Professors machen lassen, damit später eine Totenmaske gegossen werden könne. Professor Fischer war nach 1945 Alfreds Griechischlehrer gewesen. Alfred hatte den fast Achtzigjährigen, wenn er von Leipzig nach Dresden gekommen war, immer wieder besucht, hatte ihm, weil der Professor die jetzt zum Überleben nötig gewordenen Tauschhandelsfähigkeiten nicht mehr entwickeln konnte und zum Schlangestehen für Rapsbrotaufstrich nicht mehr stark genug war, jedesmal Nahrungsmittel gebracht. Er hatte das allmähliche Sterben erlebt und war doch entsetzt, als die Todesnachricht kam. Darum das Telegramm. Aber der Professor war schon unterm Boden. Nach Professor Fischers Tod hatte er Klara Baumgärtl besucht. Er mußte weiteren Verlusten zuvorkommen. Mit Klara hatte man seit dem 13. Februar 45 keinen Kontakt mehr gehabt. Alfred lud sie zu seinem zwanzigsten Geburtstag ein. Sie kam, brachte in einem runden Körbchen, schön gelegt, zwanzig Äpfel, zwanzig Tomaten und zwanzig Pflaumen.
Frau Klapproth forderte ihn täglich auf, in die Gegenwart zurückzukehren, weiterzuleben. Er hatte vor, zurückzukehren. Aber nur zum Schein oder nur so weit, als es die Gestaltung des Andenkens der Mutter nötig machte. Vorerst konnte er, wenn er mit jemandem über die Mutter sprach, nur fragen: Was habe ich falsch gemacht? Die, die es nicht miterlebt hatten, weihte er umständlich ein; er erzählte alles so, daß sie ihm nur bestätigen konnten, er habe nichts falsch gemacht, richtiger als er habe man es überhaupt nicht machen können. Ihm tat jede dieser Bestätigungen gut. Daß er sie selber produziert hatte, machte er sich in diesen Tagen nicht klar. Er hatte alles so dargestellt, daß man ihm sagen mußte, er habe nichts falsch gemacht, weil er fürchtete, alles falsch gemacht zu haben. Weil er sich auf das Mündliche vorbereiten mußte und die

Mutter immer um den Tisch marschierte und dabei einen Fuß nachzog, hatte Dr. Holbein *Psyquil* verschrieben, die Mutter war ruhig geworden, reglos, geistesabwesend, und schließlich war sie gestorben. Keine neue Blutung, kein Schlaganfall mehr. Er hatte sie mit Hilfe eines Arztes eingeschläfert. Alle, mit denen er von März bis Juli darüber gesprochen hatte, waren der Meinung, jetzt komme es auf ihn an, nicht auf die Mutter. Die Mutter war noch nicht sechsundsechzig. Aber da er die Vorwürfe, die er sich machen mußte, nicht ertrug, tat er alles, sie zu widerlegen. Aber sie kehrten als unwiderlegbar zurück. Aber von allen Seiten trafen die Briefe ein, die ihn wieder als den besten aller möglichen Söhne feierten. Im *Sächsischen Tagblatt* und in der *Union* die von ihm verfaßte Anzeige:

Meine einziggeliebte Mutter, Frau

Martha Dorn

ist in den Morgenstunden des 3. August
1960 abberufen worden.
Ihr verdanke ich die Kraft zum Glauben,
zur Hoffnung und zur Liebe.
Sie war der besten Mütter eine!

Alfred Dorn, Berlin-Lankwitz.

Alfred hatte Berthel Mewald gebeten, die Anzeige in allen drei Dresdener Zeitungen zu veröffentlichen. Die *Sächsische Zeitung*, die die reinste Parteizeitung war, hatte an Glaube, Hoffnung und Liebe Anstoß genommen, also hatte Berthel die Anzeige zurückgezogen. Die anderen zwei Zeitungen hatten *Frau* eingefügt, weil das üblich sei. Frau Blümel meldete, die Anzeige habe Aufsehen erregt.
130 Mark kosteten die Formarbeiten, die ihm Mutters Hände bescherten. Als er sie hatte, merkte er, daß er diese Hände nicht jeden, der dieses Zimmer betrat, sehen lassen wollte.

Frau Klapproths Gesichtsausdruck, als er ihr die Hände gezeigt hatte, würde er nicht mehr vergessen. Ein solches Gesicht kriegt man, wenn man unvorbereitet etwas Peinliches sieht. In einer Schublade konnte er diese Hände nicht verschwinden lassen. Frau Stiller riet, ein Holzgehäuse für die Mutterhände bauen zu lassen. 36×24×10 cm, wenn die Hände in zwei Fächern über einander lägen. Das bestellte er beim Kunsttischler Pagels. Mutters Hände konnte er anschauen. Ihre Kleider und Schuhe hatte er weggepackt. Frau Klapproth hatte im Dachboden einen verschließbaren Wäschekorb zur Verfügung gestellt.
Er konnte jetzt überall nur anzahlen. Das Referendarsgeld war nur bis zum Prüfungstag bezahlt worden. Noch im Juli – die Mutter atmete schon rasselnd und konnte die Augen nicht mehr öffnen – hatte er sich dem Chef der Personalabteilung beim Senator für Justiz vorgestellt. Der eher kleine, hagere, blonde Schnurrbärtchenträger und Pfeifenraucher wirkte auf Alfred wie ein Kolonial-Engländer. Er selbst kam sich, als er in das Zimmer geführt wurde, wie ein Kolonial-Asiate vor. Kammergerichtsrat von Drenckmann hatte Alfreds Personalakte in den Händen und sagte: Nein. Alfred hatte sofort angefangen zu weinen. Der Kammergerichtsrat nahm die Entgleisung zuerst mit einer zähen Geduld zur Kenntnis, dann bot er sein weißes Ziertüchlein an. Alfred war es noch gelungen, sich zu entschuldigen. Auch seine Lage hatte er noch erwähnt; die Krankheit der Mutter; wie schwer ihm dadurch die Vorbereitung zur Prüfung gefallen sei. Aber dem Kammergerichtsrat war es nicht möglich, einen Juristen, der mit *ausreichend* abgeschlossen hatte, in den Justizdienst Berlins aufzunehmen.
Von Emil Scherzer hörte er, Hucklebroich und Kadelbach seien dabei, in der Konstanzer Straße eine Praxis einzurichten. Emil Scherzer hieß schon Dr. Scherzer, war zurück in Berlin, arbeitete in der Villa Borsig bei der Deutschen Stiftung für Entwicklungsländer. Sie waren, als sie sich zufällig getroffen hatten, gleich ins Kranzler gegangen. Von allen Bei-

leidsbriefen las Alfred den von Scherzer am häufigsten. Im Café saßen dann zwei eher Schüchterne einander gegenüber. Jeder erwartete vom anderen, was der von ihm erwartete. Aber sie würden sich wieder treffen. Das hatten beide deutlich gesagt. Scherzer hatte sogar einen Geld-Transfer vorgeschlagen wie den mit Dr. Halbedl. Scherzers Großmutter lebt und wohnt ja noch immer am Steinweg. Wenn Alfreds Vater dort monatlich vierhundert übergäbe, bekäme Alfred hier monatlich einhundert von Scherzer, zum Beispiel. Alfred kannte das Haus. Dort wohnte Heribert Priebe. Alfred wagte Scherzer nicht zu fragen, ob er Priebe kenne. Vielleicht hatte Priebe die Schule sobald wieder verlassen müssen, weil er seine Homosexualität nicht richtig hingekriegt hatte. Man wußte, daß Priebe homosexuell war, und hoffte, man werde verschont bleiben davon. Alfred dachte an die Einladung. Nach dem Konzert. Priebe hatte nur Kerzen angezündet. Kerzen waren im Jahr 1948 in Dresden ein Luxus. An den Wänden die Bilder von Tänzern. Jedes Bild eine schmerzliche Position. Alfred wußte nicht, wo hinschauen. Schon auf dem Herweg hatte Priebe, weil es so dunkel war, Alfreds Hand ergriffen. Der Steinweg war steil, und es war Dezember – schneeglatt. Und Priebe war in Stalingrad ein Knie zerschossen worden. Alfred hatte gleich Kopfweh bekommen. Ein Migräneanfall wie noch nie. So war er schnell wieder draußen. Als er Priebe das nächste Mal auf dem Körnerplatz begegnet war, hatte er den richtig brüskiert. Ganz eng an dem vorbei, aber getan, als gebe es den nicht. Am liebsten wäre er, als er an Priebe vorbei war, zurückgerannt, um noch einmal und mit noch grellerer Nichtzurkenntnisnahme vorbeizugehen. Es tat ihm längst leid, sich so benommen zu haben. Andererseits diese schonungslosen Schwulenbilder!
Im Kranzler konnte Alfred nicht verhindern, daß Scherzer in eine Art Priebe-Nähe geriet. Wenn Scherzer nicht für die Stiftung durch Asien oder Afrika oder Südamerika reiste, fuhr er einmal im Monat zur Mutter. Alfred spürte gegenüber Scherzer nicht dieses geradezu heftige Abstandsbedürfnis, das

Priebe gegenüber beherrschend geworden war. Scherzer war ja selber so zurückhaltend. Und daß er mehr sprach als Alfred, lag daran, daß Alfred so wenig sagte. Und von seiner Mutter sprach Scherzer offenbar nur, weil sie an multipler Sklerose erkrankt war und weil er diese Krankheit Alfred als eine Art Trost für seinen Verlust anbieten konnte. So verstand ihn Alfred. Er bot Scherzer, auch als eine Art Trost, Schilderungen aus Herford an. Tante Lottes Schwiegertochter erlebte gerade den Anfang eben dieser Sklerose. Sie ist Klavierlehrerin, hat einen Freund, der will sich gerade ihretwegen scheiden lassen, soll sie dem sagen, daß sie unheilbar krank ist? So ergingen sich beide in traurigen Mitteilungen. Das Deutlichste überhaupt war Scherzers Bereitschaft, Alfred zu helfen. Zum Beispiel durch den Hinweis, daß bei Hucklebroich und Kadelbach für Alfred sicher etwas zu tun sei, bis er selber das finde, was ihm ganz entspräche, Staat, Industrie, Kunst.

Also, auf zu Hucklebroich und Kadelbach. Der ehemalige Existentialist, der schon als Referendar beneidenswert gut angezogen war, und der Nasenflügelstreicher Kadelbach, der Alfred den Spitznamen Daueremigrant verpaßt hatte, hatten einer Anwaltswitwe eine Praxis abgekauft und waren dabei, sich auf Wiedergutmachungsfälle zu spezialisieren. Sie stellten innerhalb eines Vierteljahrs sechs junge und einen alten Juristen ein. Von überall her trafen Aufträge ein, die Rechte von aus Berlin vertriebenen Juden zu betreuen. Eine fürchterliche Tätigkeit, zusammenzuzählen, was herauskam, wenn einem Klienten einhundertfünfzig Mark zustanden für jeden Monat, in dem er den ihn aus aller menschlichen Gemeinschaft ausstoßenden Stern hat tragen müssen. Alfred wußte, was für eine Wirklichkeit es war, die diese Wiedergutmachungsbürokratie nötig gemacht hatte. Wenn Wiltrud Halbedl Mittagspause hatte, war Alfred an der Tür gewesen, um mit Wiltrud einen Bummel auf der schattigen Borsbergstraße zu machen und für'n Groschen Wasserflöhe für seinen Goldfisch zu kaufen. Bei diesen Bummelgängen hat er von Wiltrud gelernt, einen Lustmolch von einem Tangojüngling zu unterscheiden. Wiltrud, nach den NS-Gesetzen *Halbjüdin*, mußte den *Judenstern* nicht tragen. Ihr jüdischer Vater würde, in einer sogenannten privilegierten Mischehe lebend, nicht deportiert werden, solange diese Bestimmung nicht geändert wurde und solange Frau Halbedl nicht an einem ihrer asthmatischen Erstickungsanfälle stürbe. Stürbe sie, war ihr Mann verloren. Sie kam immer wieder zu Dorns. Jedesmal berichtete sie von neuen Verboten. Angefangen hatte es mit dem Verbot, Kassenpatienten zu behandeln. Dann das Verbot, überhaupt einen Heilberuf auszuüben, der Entzug der Approbation. Dr. Halbedl gab in seiner Praxis in Blasewitz Französischstunden, dabei behandelte er noch Patienten, denen zu trauen war. Dann das Verbot, Unterricht zu erteilen. Dr. Halbedl kriegte Dorns Wohnungsschlüssel, behandelte am Mittwochnachmittag jüdische Patienten, Dorns ließen sich nicht blicken. Dann das Verbot, Auto zu fahren. Dann das Verbot, den Großen Garten zu betreten. Auch die an den Park grenzenden Straßen, Lannerstraße und Karcher Allee, waren verboten. Dann das Verbot, ein Telephon zu besitzen. Dann das Verbot, die Leihbücherei zu benutzen. Dann das Verbot, auf Elbdampfern zu fahren. Dann das Verbot zu rauchen, das man *Rauchsperre* nannte. Dann das Verbot, die Markthallen zu betreten. Dann das Verbot, eine Schreibmaschine zu haben. Dann das Verbot, Bus zu fahren. Dann das Verbot, sich in der Tram irgendwo anders als auf der vorderen Plattform aufzuhalten. Dann das Verbot, öffentliche Telephone zu benutzen. Dann das Verbot, ein Fahrrad anders als auf dem Weg zur und von der Arbeitsstelle zu benutzen. Dann das Verbot, Pelze oder Wollsachen zu besitzen. Dann das Verbot, Blumen zu kaufen. Dann das Verbot, den Bahnhof zu betreten. Dann das Verbot, *arische* Handwerker zu beschäftigen. Dann das Verbot, zum Friseur zu gehen. Dann das Verbot, ein Restaurant zu betreten. Dann das Verbot, Lebensmittel aufzubewahren. Dann das Verbot, das so formuliert war: *Sternjuden und solchen, die mit ihnen zusam-*

men wohnen, ist das Halten von Haustieren verboten. Also hatten Dorns den Kater Kauz zu sich genommen. Dann: *Juden ist der Kauf von Speiseeis verboten.* Dann: *Alle entbehrlichen Schlüssel, insbesondere Kofferschlüssel, sind sofort abzugeben ...*

Eines Tages kam Wiltrud nicht mehr in die Praxis, also nicht mehr in die Wohnung. Die Mutter erklärte, Liesel Roitzsch habe sich durchgesetzt. Wiltrud fand er drüben über der Elbe, bei den Eltern ihrer Mutter, in der Schillerstraße. Sonst hatte sie immer viel mehr gesprochen als er, jetzt saß sie und sagte, solange er da war, kein Wort. Und ihre Großeltern sagten auch nichts. Man konnte durchs Fenster drunten und drüben Dresden im Dunst sehen. Das war das letzte Mal, daß er dieses Kuppel- und Türme-Dresden sah: ein paar Tage später war der 13. Februar. Nach dem Krieg hatten Dorns erfahren, daß Dr. Halbedl am Nachmittag des dreizehnten mit einer Namensliste unterwegs war. Wer auf der Liste stand, hatte sich am Freitag, 16. 2., zum Arbeitseinsatz zu melden. Sachen für 2-3 Tage waren mitzubringen. Jeder wußte: das hieß Deportation und Tod. Dr. Halbedl mußte jeden, der auf der Liste stand, unterschreiben lassen. Das sei das Schwerste gewesen, was er in seinem Leben habe tun müssen, seine jüdischen Schicksalsgenossen zu bitten, diese Ladung zu unterschreiben. Daß er die Liste, als er sie ablieferte, auch unterschreiben mußte, sei fast eine Erleichterung gewesen. Aber am Freitag war Dresden zerstört. Frau Halbedl war verbrannt, neben ihn hatte sich ein Löwe gelegt, er war ins Chaos entkommen. Von 53 bis 57 hat Herr Dorn monatlich einhundertundzwanzig Mark Ost zu Frau Ostermuth in die Schillerstraße getragen, und Dr. Halbedl hat dreißig Mark West an Alfred, den Jura-Studenten in West-Berlin, überwiesen. Und trotzdem hat Herr Dorn seinem Sohn jenen Satz mit auf den Weg gegeben: Juden gegenüber sei vorsichtig. Anlaß genug, an den Wintertag zu denken, als er von der Klavierstunde zur Straßenbahnhaltestelle gegangen war und an einer Gruppe von Männern vorbeigekommen war, die den Schnee von den

Schienen schaufelten. Sie hatten alle Mäntel an, die ihnen zu groß geworden waren. Als er an einem dieser Männer vorbeiging, der gerade verschnaufte, sagte Alfred unwillkürlich: He, Jude! Der Angesprochene fing sofort heftig zu schaufeln an. Das hatte Alfred nicht gewollt. Er rannte weg. Nach dem Krieg sah Alfred das Bild des Mannes, zu dem er He Jude! gesagt hatte, in den Zeitungen. Er hieß Victor Klemperer und war wieder Professor für Romanistik an der Technischen Universität Dresden. Er war öfter in der Zeitung zu sehen. He, Jude! dachte Alfred jedesmal. Er würde nie einen Vortrag von Professor Klemperer besuchen. Herr Klemperer hatte sich Alfreds Gesicht sicher so genau gemerkt, wie Alfred sich das von Klemperer gemerkt hatte. Und Alfred sah immer noch aus wie damals. Er hatte den nicht antreiben wollen, rascher zu arbeiten. Er war übermütig gewesen. Noch ganz aufgekratzt von der Klavierstunde. Aber das genügte ihm nicht, sich dieses He, Jude! zu erklären. In dieser Sekunde war die Propaganda des Nationalsozialismus in ihm Herr geworden. In dieser Sekunde ist er ein Nazi gewesen. Nie davor und nie mehr danach. Weder im Geschichtsunterricht noch bei Jungvolkveranstaltungen. Auch nicht, wenn die Wochenschaupropaganda die Leinwand mit sinkenden Feindschiffen oder geschlagenen Heeren füllte. Einem Juden gegenüber war er ein Nazi gewesen. Er hätte das Wiltrud gern gestanden. Er hätte sich bei ihr gern eine Absolution geholt. Er traute sich nicht. Hatte er nicht Hallo Jude! gesagt? Es wäre ihm lieber gewesen, wenn er Hallo Jude! gesagt hätte. Je öfter er daran dachte, desto mehr überzeugte er sich davon, daß er Hallo Jude! gesagt habe. Aber daß der erschrocken war und gleich so zu schaufeln anfing, konnte er nicht mehr ändern.
Als der Vater sagte: Juden gegenüber sei vorsichtig, dachte er an sein: He, Jude! Einen Augenblick lang war der Vater beherrscht worden von einer Denk- und Redensart, die älter war als der Nationalsozialismus. Man hat sie mitgekriegt. Unwillkürlich. Wenn die Situation danach ist, beherrscht einen diese Denk- und Redensart. Alfred hörte immer ge-

spannt zu, wenn Schriftsteller, Philosophen, Politiker öffentlich über die deutsche Schuld sprachen. Er hatte den Eindruck, die sprächen immer nur von der Schuld von anderen. Vielleicht hatten sie keine eigene. Dann sprachen sie aber von etwas, wovon sie keine Ahnung hatten. Kann man überhaupt von einer anderen Schuld als von der eigenen sprechen?

Alfred Dorn war schon geeignet für dieses Zusammenzählen des Schadens, der sich wieder gutmachen ließ. Den Schaden, der sich nicht wieder gutmachen läßt, hat jeder in sich. Als seinen Schaden.

Alfreds Chefs hießen also Hucklebroich und Kadelbach. Die waren im Aufsteigen begriffen, die zogen davon, hoben ab, er ackerte weiter, nahm, weil er nie rechtzeitig fertig wurde, Akten mit nach Hause, saß bis in die Nacht und übersetzte Emigrantenschicksale in juristisch verwertbare Ansprüche. Jeden Sonntag ging er ans Grab. Oft mit Schwester Anneliese. Mit ihr diskutierte er die Wintereindeckung des Grabes. Er wollte eine Eindeckung, die den Sarg gegen Nässe schützte. Schwester Anneliese riet zu einer Islandmoosbepflanzung. Wenn er mit ihr gesprochen hatte, konnte er mit dem Gärtner reden, ohne daß gleich auffiel, wie fremd ihm Natur war. Schwester Anneliese riet, die Gesteckschalen vor dem provisorischen Kreuz durch Tongefäße ersetzen zu lassen und die tief in die Erde zu graben. In den Porzellanschalen sammle sich Wasser, die Erde werde sauer. Durch Tongefäße hätten Erika und Chrysanthemen Verbindung zum Erdreich. Aber die Kranzschleifen mit den letzten Grüßen holte er gegen den Rat der Schwester, bevor der Gärtner sie wegräumte. Er konnte, was seiner Mutter zuletzt gewidmet worden war, nicht dem Abfall überlassen!

Allmählich formte sich das Zukunftsbild. Er würde sich bald an einen Landschaftsarchitekten wenden und mit dem die Gestaltung besprechen. Das linke Drittel sollte ein zehn Zentimeter hoher Sockel werden, von dem sich ein den Sarg abbildender Hügel erhob. Richard Wagners Grab hinter der

Villa Wahnfried schwebte ihm vor. Wie dort sollte das Ganze von möglichst großblättrigem Efeu überwachsen werden. Schwester Anneliese schlug Sedum vor. Das niedrige Sedum sollte dickblättrig und dicht den Sockel und auch noch die steil-schrägen Seiten des sargverbürgenden Hügels decken. Aber oben auf der Fläche Tagetes oder in drei Reihen 36 Stiefmütterchen. Sorte: Schweizer Riesen. Im mittleren und rechten Drittel – das meinten beide – das lange seidige Bärenfellgras. In der Mitte würde einmal das Denkmal stehen. Davor, im Bärenfellgras, Blumenrondelle. Auf dem rechten Drittel hinten zwei oder drei schlanke, dunkle Säulenwacholder; längs des rechten Rands zwei oder drei Zuckerhutfichten. Vielleicht sogar eine Ruhebank. Auf *Sondergrabstellen* war das möglich. Das war das landschaftsgärtnerische Konzept. Bis jetzt.

Natürlich versuchte jeder, mit dem er überhaupt zu tun hatte, ihn von diesem Grabvorhaben abzubringen. Er sollte überhaupt viel weniger an die Tote denken. Dem Leben sollte er sich zuwenden. Tante Lotte stellte dem Neffen noch den unerschöpflichsten Satz überhaupt zur Verfügung, den ihr der 1941 untergegangene Frieder oft und oft gesagt hat: Der Mensch erträgt viel und, wenn's sein muß, noch mehr. Daß Sätze, die einer solchen Grammatik folgten, bei ihrem Neffen nur eine Art Schmerzgrimasse bewirkten, konnte Tante Lotte nicht wissen.

Tante Frieda schrieb aus Meißen, daß er sich das Märchen vom Tränenkrüglein zu Herzen nehmen solle, in dem eine Mutter ihrem gestorbenen Kind das Jenseitssein schwergemacht hatte, weil sie hier zuviel geweint hat. Also mußte ihr das tote Kind im Traum erscheinen: Keine Träne mehr, bitte, sonst läuft das Tränenkrüglein drüben über und macht das tote Kind noch naß! Die Gestorbenen disziplinieren, wenn's sein muß, die Nochnichtgestorbenen. Alfred nahm's zur Kenntnis. Ihn betraf das doch gar nicht. Er saß nicht herum und zerfloß, er wollte ein Werk schaffen, ein Andenken-Werk. Zuerst schrieb er der Bildhauerin Renée Sintenis. Frau Sintenis schrieb zurück, sie sei schon zu alt und krank. Er hätte ihr vielleicht nicht gleich im ersten Brief einen Pelikan vorschlagen sollen. Der Pelikan, als ein der Brut sich opferndes Elternwesen sittlich hochrenommiert, war vielleicht für Frau Sintenis kein anregendes Motiv. Da aber auf dem Grabmal seiner Mutter eine Tierfigur symbolisch vorkommen sollte und da Renée Sintenis eine internationale Berühmtheit geworden war durch Tierplastiken, konnte er auf sie nicht verzichten. Er mußte der Mutter ein Andenken sichern. Das Grabmal sollte der Anfang sein, aber ein Anfang, der einer fühllosen Umwelt ein Signal sein sollte. Moment, so ein Grabmal, wer war diese Frau, haben wir die also doch unterschätzt?! In diese Richtung dachte er. Das war sein Plan. Das überlaufende Tränenkrüglein war nicht das Bild, mit dem man ihn abschrecken konnte.

III.

I.

Wenn er von der U-Bahn zur Kanzlei in der Konstanzer Straße ging, sah er sich öfter nach Hilfe um. Aber wer einer Anwaltskanzlei entgegengeht, die auf ihr Briefpapier *(Nähe Kurfürstendamm)* gedruckt hat, der muß sich selber helfen. Die anderen sehen immer aus, als glücke ihnen alles.
Hucklebroich und Kadelbach waren jetzt seine Chefs. Hucklebroich, der seine Gustav-Adolf-Initialen auch auf dem Geschäftspapier nicht enträtselte, aber nicht mehr mit einer Stempelausrüstung herumlief, versah den Außendienst. Man sah den fabelhaft Bekleideten nur am frühen Vormittag oder kurz vor Büroschluß. Wenn Kadelbach im Dreyer-Kurs mit Zeigefinger und Daumen seiner Nase die Flügel strich, war es eine Geste, mit der er bat, langsam sein zu dürfen. Jetzt hatte man zu befürchten, es braue sich, solange er seine Nasenflügel strich, etwas zusammen gegen den, der vor ihm stand und nichts tun konnte, als zu warten, was der langsame Kadelbach nach dem Nasenflügelstreichen sagen werde. Meistens sagte er dann ganz langsam, Alfred Dorn arbeite zu langsam. Dorn lese die Papiere der Zwangsemigrierten offenbar wie ein Wissenschaftler. Die Dornsche Praxis, abends immer noch mehr Akten mit nach Hause zu nehmen, sei keine Lösung.
Kadelbach hatte die Anwaltsstation seiner Referendarzeit in Israel absolviert; so war er zum Wiedergutmachen gekommen. Zur feineren Legitimierung hatten die beiden Junganwälte Herrn Singer eingestellt, einen alten jüdischen Anwalt, der auf wunderbare Weise auf einem Dahlemer Dachboden überlebt hatte, seitdem aber nur noch ganz leise sprechen konnte. In einer Art zwanghafter Mimikry fragte Herr Singer öfter Herrn Kadelbach: Wie macht man das eigentlich bei den Juden? Und Kadelbach, nach sechs Monaten Anwaltsstation in Tel Aviv über alles informiert, klärte Herrn Singer geduldig auf, wie man das bei den Juden macht.
Hucklebroich redete immer in Alfreds lange Sätze hinein. Von einer äste- und nebenästereichen Sprache blieb ein kahler

Rest, den Hucklebroich *Sache* nannte. Weniger Dekoration, mehr Sache: das war immer sein Rat. Dabei war Hucklebroich immer gut aufgelegt. Ihm machte alles Spaß. Auch schon am frühen Vormittag. Er versuchte sogar, Alfred so munter zu machen, wie er selber immer war. Und er sprach es immer aus, daß er so rheinisch-fröhlich und Alfred so sächsisch-zäh sei. Er riet Alfred, sich beim Staat anstellen zu lassen. Die Anwaltspraxis sei kein Ort für einen im Nebensatz florierenden Menschen. Alfreds Denk- und Arbeitsart könne nur eine Behörde finanzieren. Weil Alfred nicht sagen konnte, daß der Staat ihn durch Herrn von Drenckmann schon abgelehnt hatte, mußte er sich wehren. Also sammelte er alles, was ihm an der Arbeitsweise der anderen, auch Hucklebroichs, nicht gefiel. Er hatte das Gefühl, er werde dergleichen Material brauchen. Es war Hucklebroich, der Alfred den ersten Brief schrieb, der, falls arbeitsrechtliche Auseinandersetzungen nötig wurden, als Beweis dienen konnte. Bisherige Arbeitsleistung reicht nicht aus, Alfred Dorn noch immer kein vollwertiger Mitarbeiter, also noch kein festes Verhältnis, eine Verlängerung des Probeverhältnisses um zwei Monate, dann noch einmal verhandeln, in der Zwischenzeit kann sich Alfred Dorn vielleicht doch noch einarbeiten, das soll er, bitte, unterschreiben. Er unterschrieb. Aber zwei Monate später wurde nicht verhandelt, sondern mitgeteilt, man habe sich entschließen müssen, ihn nicht einzustellen, und bitte ihn nun, sich nach einer anderen Stelle umzusehen. Das klang, als liefen die Stellen hinter einem her und bäten einen, sich endlich nach ihnen umzusehen! Alfred mußte also betteln, ihn trotz des beendeten Dienstverhältnisses, im Stundenlohn (*DM 3.-*), weiter mitarbeiten zu lassen. Das wurde, jederzeit widerruflich und nur weil er sich in wirtschaftlichen Schwierigkeiten befinde, gewährt. Aber jetzt habe er sich wirklich schnellstens nach einer Tätigkeit umzusehen.
Detlev Krumpholz' dritter Brief traf ein. Willst du mir gar nicht mehr schreiben? So fing er an. Am Ende bat er dringend um zweihundert Mark. Davon hänge es wirklich ab, ob er

sein Weininger-Buch, das von der gräflichen Familie seiner Frau mit Recht bekämpft werde, zu Ende bringen könne oder nicht. Alfred ging zur Post. Fluchend, obwohl ihm Fluchen nicht lag, überwies er die zweihundert Mark an Detlev Krumpholz in der Leonrodstraße. Der *Verlag für Lebenswissenschaft* in Hansmal, Post Aham in Niederbayern, bezahle für das Weininger-Manuskript, sobald es abgeschlossen vorliege, sofort fünftausend Mark. Alfred dürfe Zinsen berechnen. Und in sechs Wochen hat Alfred sein Geld garantiert zurück.

G. A. Hucklebroich, der von sich sagte, er lerne zehnmal soviel Leute kennen, als er brauche, riet Alfred, sich in der Stauffenbergstraße zu bewerben bei einem Landesamt für Wiedergutmachung und verwaltete Vermögen. Herr Dorn wechsle also nur den Standpunkt, nicht aber die Sache. Anstatt Ansprüche zu vertreten, erfülle er sie oder lehne sie ab. Die beiden Chefs gaben ihm ein Zeugnis mit, offenbar eine Einübung im Chefton. Alfred las: *Doch fehlt Herrn Dorn noch jene Entschlußfreudigkeit und Selbstsicherheit, die geeignet ist, dem Diskussionspartner die Gewißheit von der festen Überzeugung der Richtigkeit der vorgetragenen Auffassung zu vermitteln.* Alfred verzichtete darauf, dieses Zeugnis in der Stauffenbergstraße zu zeigen. Ihm fiel ein Referendarzeugnis ein, in dem ihm die Fähigkeit, logisch zu denken, bescheinigt worden war, auch ein gesundes Judiz; allerdings, hieß es dann, lasse sich der Referendar durch Einwürfe in seiner Rechtsansicht beirren.

Die Behörde nahm ihn.

Jetzt erst konnte er wieder Briefe beantworten. Frau Blümel schrieb, in Dresden erzähle man sich, Herr Dorn habe einen gutbezahlten Posten in Berlin, aber leider keinen Pfennig für eine Zigarre für den Vater. Das klang nach einem gerüchthaft vergröberten Tante Lotte-Satz.

Alfred schickte das Geburtstagspaket: Spaghetti, Kaloderma, Parmesan, Villiger-Stumpen, Hundekuchen. Schwester Anneliese sorgte für Verpackung und Versand. Die Reaktion aus

Dresden war überschwenglich. Alfred müsse seinen Urlaub in Dresden verbringen. Am besten vom 15. August bis zum 15. September, dann könne man seinen Geburtstag feiern. Ein Besuch des Vaters sei zur Zeit nicht ratsam. Die Transport-Polizei müsse jetzt hart durchgreifen, auf den Autobahnen und in den Zügen. Die DDR-Bürger kauften sich Fahrkarten nach einem DDR-Ziel, das nur über Berlin zu erreichen sei, in Berlin stiegen sie dann nicht um, sondern hauten ab in den Westen. Der Vater wollte nicht für einen der tausend gehalten werden, die jetzt täglich aus der DDR flohen. Alfred hörte jeden Abend im Radio die Drohungen des Staatsratsvorsitzenden. Die Offensive gegen die Republikflucht erzeugte eine Torschlußpanik. Die Beamtin auf der Passierscheinstelle sagte, ein Antrag für September habe mehr Aussicht als einer für August. Also änderte er die Daten. Und am 13. August machten die überhaupt dicht. Zuerst mit Stacheldraht, dann mit Mauern und technischen Feinheiten, daß, wer jetzt noch fliehen wollte, sein Leben riskierte. Der Vater schrieb: Du, wieder mein lieber Junge. Tante Lotte schrieb wieder einmal, ein Mensch könne viel ertragen und, wenn's sein müsse, noch mehr. Ihr Frieder habe, auch wenn der Landurlaub ein weiteres Mal verschoben wurde, nie geklagt. Matthäus 5,4, bitte. Der Vater schrieb, weil Alfred illegal ausgereist sei, könne er jetzt nicht einmal mehr nach Ost-Berlin. Dresden war fort. Die Entfernung absolut. Wie nah lag jetzt New York. Er schrieb dem Vetter Albert, der inzwischen Distributionsmanager im Kohlenhandel in West-Virginia geworden war und, wie Tante Marlene schrieb, infolge *Merger* um seine schöne Stellung fürchten müsse, weil diese Managerposten bei Fusionen immer zuerst gestrichen würden. Er fing auch wieder an, Klavier zu üben. In der Hardenbergstraße. Kino war noch nicht möglich. Die Muttersätze gegen Kinoguckengehen wurden wach, wenn er nur an Kinoplakaten vorbeiging. Gegen Muttersätze zu handeln war, als sie noch lebte, leichter gewesen als jetzt.

Endlich konnte er auch den traurig empörten Brief der Tante

des Klassenkameraden Bernd Thürmer beantworten. Da habe sie ihm ein Original geschickt, das einzige Klassenbild, das sie aus der Schulzeit ihres geliebten Neffen besitze; nur weil sich ihr über alles geliebter Neffe verbürgt habe, daß Herr Dorn ein zuverlässiger Mensch sei, habe sie ihm das Bild für kurze Zeit überlassen. Und jetzt sind Jahre vergangen, er antwortet nicht einmal auf ihre doch wohl berechtigten Enttäuschungsbekundungen. Er schickte ihr das Original zurück, behielt die alles Wirkliche auslöschende Kopie, schrieb aber an den Lehrer Schmiedekind, schrieb wörtlich hin Tä-rä, tä-rä, wer kommt so schnell daher, tä-rä, tä-rä, es ist die Feuerwehr, tä-rä! Dazu von Platte der *Finnische Reitermarsch*, fertig war der Elternabend. 1936. Als unauslöschlich habe sich, schrieb er, dieser Abend mit Schmiedekind-Text und -Regie in seinem Gedächtnis erwiesen. Jetzt bitte er um Dokumente: Bilder, Hefte, Diktattexte, einfach alles, was mit ihm als Schüler der 24. Volksschule zu tun habe. Frau Schmiedekind bedauerte, daß sich ihr zweiundachtzigjähriger Mann beim Kohlenschaufeln – weil die Kohlen einem ja nur vors Haus geleert werden – gerade krankgeschunden habe und deshalb nicht antworten könne. Sonst sei er noch ganz rüstig, wandere täglich vier bis fünf Stunden, immer in ihrer Begleitung, weil er durch das Altern jeden Orientierungssinn verloren habe. Aber Herr Dorn soll, falls er antworte, nicht erwähnen, daß Frau Schmiedekind ihm den geistigen Niedergang ihres Mannes angedeutet hat. Klassenbilder hat sie nicht mehr. Sie schickt ihm ein Bild, ihr Mann neben einem Mädchen in der Schulbank, dahinter ein zweites Mädchen, beide, meint ihr Mann, müssen in Herrn Dorns Klasse gewesen sein. Alfred sah sofort, daß diese Mädchen nie in seiner Klasse gewesen waren. Für ihn ein belangloses Foto. Aber wegwerfen kann man ein Foto, das mehr als zwanzig Jahre überstanden hat, nicht mehr. Einmal hat ihm Tante Frieda aus Meißen alte Fotos geschickt, die er, um sie besser zu bewahren, aus ihrer alten Papierhülle nahm. Die Papierhülle schickte er zurück nach Meißen und schrieb dazu, er sei unfähig, eine Papierhülle wegzuwerfen, die sicher schon dreißig Jahre alt sei. Er begriff nicht, daß die Leute um ihn herum sich andauernd am Vernichten beteiligten und ihrer eigenen Vernichtung entgegenlebten, ohne sich zu sträuben. Soviel Menschen, so viele Museen. Das fände er angemessen. Milliarden Museen. Das wäre seine Welt. Die Frage, wer diese Museen besuche, ist nicht angebracht. Das Bewahren ist ein Bedürfnis. Jeder Mensch will bewahrt werden. Er sagte es ja auch keinem, daß er sich bewahren will. Wahrscheinlich sagt das keiner, deshalb sieht es so aus, als sei jeder mit seiner Vernichtung einverstanden. Jeder Mensch verdient ein Museum.

Wer ist, bitte, der große Junge auf dem Foto vor der Pension Edelweiß in Reit im Winkl? Alle auf dem Bild außer Frau Dorn und Alfred sind ohne Aufwand gekleidet. Alfred in Edel-Lederhose, hellstem Trachtenjäckchen, weißen Kniestrümpfen mit Troddeln und Haferlschuhen. Sein rechtes Knie angezogen, der rechte Haferlschuh schwebt knapp überm Boden. Wollte er den Fuß präsentieren, wollte er abhauen? Die Bautzenerin weiß noch, daß der große Junge Lehrling war, vielleicht Glasl hieß und wahrscheinlich aus Geisenfeld war. Aus Geisenfeld erfährt Alfred, es gebe dort eine Witwe Glasl. Aber ihr verstorbener Mann sei nie Lehrling in Reit gewesen. Also zurück zu der am meisten wissenden Bautzenerin. Ein Lehrer soll, sagt sie, Preisler geheißen haben, der muß es wissen. Die Tochter des Lehrers meldet die Ruhestandsadresse des Vaters, der hält den großen Jungen für den Malerlehrling Ritzinger aus Neuötting. Alfred, nervös geworden, ruft dort an. Der muß bedauern, er war es nicht. Wer aber hatte damals dort Malerlehrlinge? Er konnte auf einem so wichtigen Foto keinen Unbekannten ertragen. Aber er hatte ja noch Namen, zum Teil schon Adressen, von Männern, die in den Dreißigerjahren in Reit im Winkl das Malerhandwerk lernten und jetzt in Vaihingen und Neustadt leben oder dort gelebt haben. Aber in welchem Vaihingen und in welchem Neustadt?

Jetzt Frau Steinhövel. Sie hat das Inferno im Keller Kaulbachstraße 6 erlebt. Ja, schrieb die Siebzigjährige, Herr und Frau Schmiedel seien im Keller gewesen. Im Mittelgang. Zuerst auch auf Stühlen gesessen. Voll angekleidet. Als das Haus getroffen worden war, seien alle auf dem Boden gelegen. Alfreds Großmutter habe sich an Frau Steinhövel geklammert. Der Großvater sei mit zwei Soldaten hinauf, um beim Löschen zu helfen. Als ob da noch etwas zu löschen gewesen wäre. Die Luft sei schon knapp geworden. Und ein Gedränge. Alle wollten ihr Gepäck mitnehmen. Als Frau Steinhövel den Keller verlassen habe, habe sie sich noch einmal umgedreht und Frau Schmiedel gewinkt. Die habe geweint. Sie gehe erst, wenn ihr Mann sie hole. Frau Steinhövel und Schwiegertochter kamen durch den Feuersturm bis zum Seydnitzer Platz, dort sprangen sie in den Luftschutzteich. Wer das nicht tat, verbrannte. Der Feuersturm fegte über den ganzen Platz. Überall lagen schon Verbrannte und Verbrennende. Auch im Luftschutzteich schwammen Tote. Gegen Morgen stand kein einziges Haus mehr. Und wie die Sterbenden schrien. Wenn sie daran denkt, fängt sie immer noch an zu zittern. Frau Schmiedel hat Frau Steinhövel oft zum Essen eingeladen und ihr dann von ihrer Amerikareise erzählt. Frau Steinhövels Sohn ist 1947 aus russischer Gefangenschaft gekommen und einen Monat später gestorben. Die Schwiegertochter, eine Dänin, ist zurück in ihre Heimat. Frau Steinhövel hat niemanden mehr.

Diesen Brief wird er so vergrößern lassen, daß er im Inferno-Saal seines Museums eine ganze Wand einnehmen kann.

Von jetzt an schickte Alfred Frau Steinhövel jedes Jahr zum 13. Februar ein Paket. Manchmal hatten die Bananen durch die Kälte, wie Frau Steinhövel schrieb, bis sie ankamen, einen kleinen Hieb weg, aber Kaffee und Schokolade und Seife und Orangen und Zitronen und Sanddornsaft waren gut und wunderbar. Was er doch für ein guter Mensch sein müsse, schrieb sie. Das schrieben ihm auch Berthel Mewald, Liesel Roitzsch, Frau Blümel, Ria Rarer, Klara Fienzel, Hulda Sam-

lewitz, die Mutter-Cousine Frieda; Rosemarie, die Tochter der Mutter-Cousine; Frau Ledermann, die vorletzte in Dresden verbliebene Unentwegte; die Vize-Oma, Fräulein Helene Scheibenpflug und die Frau des Lehrers Schmiedekind. Ihnen allen schickte er, mit Schwester Annelieses technischer Hilfe, zu bestimmten Daten Päckchen mit Westwaren, die drüben zu jeder Jahreszeit Weihnachten produzierten. Manchmal reichte sein Geld nicht aus. Es gab Tage, da hätte er sich ohne Taxi im Amt gar nicht mehr blicken lassen können. Er mußte sich also Geld fürs Tägliche leihen. Da Pinkwarts verschwunden waren, blieb nur Schwester Anneliese. Als er ihr zweihundert schuldete, sagte er sich, jetzt sei es Schluß. Von Detlev war nach sechs Wochen weder Brief noch Geld gekommen. Daß ihm Schwester Anneliese von Mal zu Mal von ihrem Ersparten gab, ohne je eine Rückzahlung zu erwähnen, erschütterte ihn. Wenn sie ihm wieder einen Betrag überreichte, reckte sie ihr schweres und hell beflaumtes Kinn hoch, und ihre blonden Wimpern flirrten, sie war stolz.
Im Amt mußte er die Vergangenheit von Nelly Pergament, Gela Glasscheib, Babette Rubin und Leopold Direktor so produzieren, daß die Schicksale und die dadurch entstandenen Schäden den Anforderungen der Paragraphen des Bundesentschädigungsgesetzes entsprachen. Zur Erzeugung der Wiedergutmachungsillusion. Es war seine Arbeit, diese Illusion zu produzieren. Ein Sachbearbeiter, Regierungsoberinspektor Budde, und Frau Radde, Sekretärin, sollten ihm helfen, Lebensläufe in die Fragebogensprache zu übersetzen, damit entschieden werden könne, ob Nelly Pergament, die ihren Entschädigungsantrag begründet mit erlittener Verfolgung aus Gründen der Rasse und mit dem Vortrag der Zugehörigkeit zum deutschen Sprach- und Kulturkreis, ob diese Nelly Pergament für einen *Schaden an Freiheit* oder für einen *Schaden an Körper und Gesundheit* oder für einen *Schaden im beruflichen und wirtschaftlichen Fortkommen* oder überhaupt nicht zu entschädigen sei. Mit Regierungsoberinspektor Budde war vor Alfred überhaupt noch niemand ausge-

kommen. Alfred hatte sich von Budde tagelang alles erklären lassen. Budde war Stettiner, sechzig, schon eher rechtsradikal als konservativ. Er hielt jeden Entschädigungsantrag für einen Versuch, dem deutschen Staat unter Vorspiegelung nicht mehr nachprüfbarer Tatsachen Geld zu *entsteißen*. Dr. Muth, der Abteilungsleiter, sagte von sich selbst, er sei ein Beamter alten Schlags, er fühle sich verantwortlich für seine Mitarbeiter, aber er erwarte dafür auch eine weiter gehende Mitarbeit, als manchem recht sei. Korpsgeist hätte man das früher genannt. Dr. Muth sagte, Bequeme stöhnten unter ihm, Ehrgeizige wüchsen über sich hinaus. Herr Budde sagte – aber er sagte das erst, als Alfred ihn fragte, wie er Muths Führungsstil einschätze –: Er führt die Abteilung wie ein Kompaniechef die Kompanie beim Vormarsch. Alfred Dorn galt bald als ein liberaler Fachmann, frei von nationaler Kurzsichtigkeit. Als er das Amt auf einem von der United Restitution Organization veranstalteten Empfang im Hotel am Zoo zu vertreten hatte, wurde ihm das sogar von einem Professor aus Tel Aviv bestätigt. Juden gegenüber sei vorsichtig. An diesen Satz dachte er, wenn er den zu jedem Antrag zu beschaffenden Auszug aus dem Einwohnerregister aus Tel Aviv vor sich hatte und zu der Zeile kam *Religion und Nationalität: Jude.*
Bei diesem Empfang traf er auch den Propst wieder. Dessen erste Frage: Ob er noch immer allein lebe. Alfred erschrak. Nickte. Der Propst: Frau Musica genüge nicht. Es sei nicht gut, daß der Mensch allein sei. Diesen Satz haßte Alfred allmählich. Da beide Sektgläser in der Hand hatten und da die Leute sich im Raum drängten, sagte Alfred, mitunter sei auch er nicht allein. Alfred fragte, ob er den Text der Ansprache bekommen könne, die der Propst bei Mutters Beerdigung gehalten hatte. Der Propst versprach, ihm die Totentagspredigt zu schicken, die solchen Ansprachen zugrunde liege. Alfred verließ den Empfang als erster. Der Propst konnte natürlich nicht wissen, daß dieses Alleinseinsthema im Amt von jedem und jeder andauernd hochgespielt wurde. Und offensichtlich aus den verschiedensten Gründen. Aber sehr

einverstanden war der Propst mit Alfreds Arbeit. Wiedergutmachung – ‚wichtiger könne jetzt nichts sein.
Es war eine Produktion von Vergangenheit. Nach Maßgabe eines Gesetzes. Nelly Pergament, geboren 1881 in Stryi in Ostgalizien, war 1939 mit ihrem Mann aus Bielitz nach Lemberg geflohen, dort von den Russen nach Sibirien deportiert worden, drei Jahre später nach Samarkand, 1946 wieder nach Bielitz, als Witwe, 1949 weiter nach Israel. In Bielitz seien die Leute gegenüber Deutsch Sprechenden – und das war sie immer gewesen – voller Haß gewesen. Alfred las: *Mein verstorbener Ehemann und ich selbst gehoerten mehreren deutschen Vereinen an, ebenso wie unsere beiden Soehne. Wir besaßen eine deutsche Bibliothek in unserem Hause und pflegten ausschließlich Verkehr mit deutschsprachigen Kreisen.*
Das hatte sie dem Amt am 7. 11. 1957 geschrieben. Alfred nahm an der Entschädigungsprozedur für Frau Pergament teil von 1961 bis 66. Ein Amt mußte ja darauf reagieren, daß Frau Pergament zuerst angegeben hatte, ihr Mann sei Diplomingenieur bei der Bahn gewesen, später aber meldete, man habe in Bielitz-Biala einen Tucherzeugungsbetrieb gehabt. Nacheinander sei das zu sehen, schrieb sie. Zuerst Bahn, dann Tuch. Man brauchte aber für alles eine Bestätigung. Wie Alfred Dorn abends Briefe schrieb, um Fotos von früher zu finden, schrieb er tagsüber an die Heimatortskartei für Oberschlesien, um Nelly Pergaments Vergangenheit paragraphenfest zu produzieren. Aber Pergaments Betrieb ließ sich in dieser Kartei nicht finden, weil sie in gemieteten Räumen produzierten. Kann sich die AST (Antragstellerin), fragt die Kartei, an den Namen dessen erinnern, der ihrem Mann und ihr das Fabriklokal vermietet hat. Man wird sie fragen. Aber vier Adressen von Textilfabrikanten, die aus Biala kommen, gibt die Heimatortskartei her. Also wurde denen geschrieben, nach Brüssel, Passau, Winterthur und Telfs. Im Handbuch für Industrie und Handel in Polen, Ausgabe 1938, und im Reichsbranchenverzeichnis, Ausgabe 1942, und im Telephonverzeichnis der OPD Oppeln, Ausgabe 1942, wurde

man nicht fündig. Von den angeschriebenen Textilfabrikanten war einer nach unbekannt verzogen, einer verstorben, einer wußte nichts, einer aber, der in Telfs, antwortete, der hatte Pergaments gekannt, bezeugte das und bezeugte auch, daß die mit ihrer Tucherzeugung, wie von Frau Pergament angegeben, monatlich 1000 bis 1500 Zloty verdient haben konnten. Zur *Einreihung* der Geschädigten wurden sie entweder der einfachen, mittleren, gehobenen oder höheren Beamtenlaufbahn zugeordnet. Frau Pergament käme also zum mittleren Dienst. Der deutsche Korrespondenzanwalt und der israelische Anwalt und Frau Pergament selber drängten natürlich. Draußen kann man sich die Aktenlage im Amt nicht vorstellen. Alfred wußte es aus der Kanzlei in der Konstanzer Straße. Man glaubt immer, mit der Überreichung der letzten vom Amt verlangten eidesstattlichen Erklärung sei der Antrag nun wirklich *bescheidreif*. Keine Spur. Dem Gesetz fehlt immer noch etwas zur Genüge. Und sei es nur der Name der Straße, in der in Biala produziert wurde. Matejkistraße. Gut. Jetzt noch die polnische Firmenbezeichnung. Jetzt noch die Fotokopie des Originals der Einwanderungsbescheinigung in Israel mit notariell beglaubigter Übersetzung. Ja und natürlich auch – es ist wirklich nur eine Formalität, aber ohne sie ist nichts – eine Negativ-Bescheinigung des Finanzamtes in Haifa. Und natürlich die Auskünfte vom ITS (International Tracing Service) und die Eintragung aus dem alphabetischen Verzeichnis polnischer Juden, herausgegeben vom Jüdischen Zentralkomitee in Warschau, 1947. Frau Pergament lebt in Haifa, lebt von der Mildtätigkeit anderer, da ihre zwei Söhne es ablehnten, sie zu unterstützen. Das hatte Alfred sofort alarmiert. Ein Sohn hatte angegeben, daß er mit dieser Frau nichts mehr zu tun haben wolle. Sie habe ihn, als er ein Kind war, immer außer Haus zu anderen Leuten gegeben. Der zweite Sohn, in England lebend, ließ durch einen Anwalt mitteilen, daß er nach englischem Gesetz nur zum Unterhalt seiner Mutter beizutragen hätte, wenn sie im Land lebte. Da sie aber in Israel lebe, bestehe eine solche Verpflichtung nicht.

Nelly Pergament schrieb: *Ich lebe hier in sehr prekaeren Verhaeltnissen. Ich haette niemals angenommen, daß ich meine letzten Lebensjahre in einem solchen Zustand wuerde verbringen muessen.*

Bevor Alfred den Antrag Pergament bearbeitete, war schon entschieden worden, daß eine von den Russen verfügte Deportation nach Sibirien nicht vom Bundesentschädigungsgesetz als *Schaden an Freiheit* entschädigt werden könne. Der Anwalt beantragte dann, einen *Schaden an Körper und Gesundheit* anzuerkennen. Eine langwierige Suche nach Befunden aus früheren Jahren begann. Das letzte Wort hatte immer der Arzt, der mit der *prüfärztlichen Stellungnahme* beauftragt wurde. Der konnte weder die Magen-Darm-Situation der Antragstellerin noch ihre Depression als verfolgungsbedingte Leiden anerkennen. Schon 1935 eine Involutionsdepression. Ab 1950 Depression im Senium. Phasenhaft, endogen, also nicht eine chronisch-reaktive Depression im Sinne einer wesentlichen Mitverursachung, wie der israelische Arzt befunden hatte. Allerdings sah die *prüfärztliche Stellungnahme* von 1945 bis 1950 einen verfolgungsbedingten Erschöpfungszustand, der zu einer Minderung der Erwerbsfähigkeit (MdE) von 25 Prozent führte. Aber auch nur in diesen Jahren.

Alfred schrieb noch einmal in die Rabbi-von-Bacharach-Straße in Tel Aviv, ob der Medical Board Krankenblätter von der ersten psychiatrischen Behandlung im Jahr 1950 beschaffen könne. Das gelang. 1950, las er, lag die Patientin den ganzen Tag im Bett; die dreimalige Elektroschockbehandlung hat gebessert, aber nicht nachhaltig; die Patientin sagt, sie möchte zurück; nicht nach Polen, nicht nach Wien; es ist unklar, wohin sie möchte. Sie möchte aber keine Elektroschock-Behandlung mehr. Ihr Gedächtnis leide dadurch. Sie möchte aber zurück. Die *prüfärztliche Stellungnahme* konnte Alfred damit nicht erschüttern. Da blieb dem Anwalt nur der Härtefonds. Alfred mußte mitteilen, daß ein Schadenstatbestand, der durch das BEG nicht entschädigt werden könne, dadurch auch für den Härtefonds nicht in Frage komme. Siehe Blessing-Ehrig-Wilden, BEG Komm., 3. Aufl. § 171 Anm. 3. Er empfahl also indirekt, den Antrag aufrechtzuerhalten. Es war doch endlich ein neues Gesetz gemacht worden, das BEG-Schlußgesetz, das viel entschädigungsfreudigere. Herr Budde mußte umlernen. Alfred hatte die Auseinandersetzung mit seinem Regierungsoberinspektor Spaß gemacht. Da er selber hatte hören müssen, er sei unzeitgemäß konservativ oder gar reaktionär, wußte er, wie man zu einem solchen Ruf kam. Herr Budde imponierte schon einmal dadurch, daß er dreimal soviel schaffte wie jeder andere. Budde diskutierte nicht, er arbeitete. Man mußte ihn schon stören, wenn man etwas von ihm wollte. Von Alfred ließ er sich stören, weil er immer noch hoffte, Alfred zu seiner Ablehnungspraxis zu bekehren. Aber Alfred konnte so gut wie nichts mehr unterschreiben, was der zähe, dürre Einmeterneunzigmensch mit seinen riesigen Händen ihm vorlegte. Budde war bald in eine ganze Serie von Einspruchs-Korrespondenzen verwickelt. Er sah es selbst: sein Fleiß führte zu nichts mehr. Alfreds Kollegen rieten, er müsse Budde viel härter anfassen. Aber Dr. Muth sagte, er wisse Alfreds *soziale Mühewaltung* zu schätzen.

Von den vier Kollegen, mit denen Alfred täglich zusammenarbeitete, waren, nach seiner Ansicht, drei, nämlich Reimer, Groll und Rosellen, Homosexuelle. Oberregierungsrat Dr. Muth gab sich nicht so leicht zu erkennen. Man konnte mit Dr. Muth keine Minute reden, ohne daß er seine Frau erwähnte. Alfred fiel zuerst dieser Zwang auf, die eigene Frau zu erwähnen. Ein unverlangtes, meist gar nicht zum Thema passendes Bekenntnis zur Ehe. Angeblich hatte Dr. Muth auch noch zwei Töchter. Was er von seiner Familie so künstlich einstreute, kam Alfred vor wie angelesen, aufgelesen. Er würde nie auf den Gedanken kommen, an den Frau-und-Kinder-Mitteilungen des vierten Kollegen, Dr. de Bonnechose, der kaum älter war als Alfred, zu zweifeln. Doktor de Bonn – so nannte man ihn, weil er dort geboren war – erzählte immer ein bißchen zu ausführlich, wie der letzte Geburtstag seiner Frau verlaufen war. Aber seine Berichte strotzten vor Gewesenheit. Wenn Dr. Muth seine Frau oder Dr. Rosellen seine Verlobte erwähnte, hatte Alfred immer das Gefühl, es werde etwas demonstriert. Der Kontakt zu Doktor de Bonn war nicht problemlos. Doktor de Bonn wollte in die sozialdemokratische Partei eintreten. Ob sie nicht zusammen eintreten sollten, Herr Dorn und er! Er sagte alles so, als meine er es nicht ernst. Doktor de Bonn werde Bundeskanzler, Herr Dorn Außenminister. Das Verteidigungsministerium werde dem Post-und Fernmeldewesen eingegliedert. Alfred hatte das Gefühl, er lerne zum ersten Mal einen Gallier kennen. Der schwarzhaarige Doktor war so rundlich wie Alfred schlank, trug immer feine graue Anzüge, ließ aber die Jacke offen, weil darunter immer eine einfarbige tiefgrüne oder tiefrote Weste zu sehen war. Doktor de Bonn kümmerte sich so herzlich um Alfred, wie es der nicht gewohnt war. Aber Doktor de Bonn war eben unanzweifelbar verheiratet. Seine Frau war mit ihm kein bißchen weniger verheiratet als er mit ihr. Und schwanger war sie auch. Alfred wurde von de Bonns öfter eingeladen, als er je von jemandem eingeladen worden war. Einem Mann oder einer Frau gegenüber wurde er um so unbefangener, je fester der Mann oder die Frau an eine oder einen anderen gebunden war. Und da die zwei schon eher verals bloß gebunden wirkten, fühlte sich Alfred fast frei, also weniger konventionell. Man hatte ein Klavier. Tina de Bonn hatte einmal Klavierstunden gehabt, aber eben nur, bis sie das As-Dur-Impromptu konnte. Bei Doktor de Bonns durfte er richtig üben. In seinem Zimmer legte er jetzt den rechten und dann den linken Arm wieder in die selbstgemachte Schlinge, um die bei Grundeis gelernten Lockerungsübungen für die Handgelenke zu exekutieren. Dazu pfiff er Chopin-Etüden. Alfred hatte das Gefühl, de Bonn verehre ihn, wie man etwas, was man nicht ist und auch nicht sein will, verehrt. Doktor de Bonn war eigentlich der erste, der Alfreds Besonderheit nicht nur als Übungsgelegenheit für Toleranz betrachtete. Heinz hieß der mit dem Vornamen. Aber ihr Verhältnis trieb nicht auf ein Du zu. Diese Taktsicherheit wußte Alfred zu schätzen. Oder war das ein sozialdemokratischer Anschlag? Und katholisch war der auch! Das Herzlichkeitserlebnis war trotz Emil Scherzer so neu, daß Alfred monatelang mißtrauisch blieb und auch später immer wieder mißtrauisch wurde und dem Doktor de Bonn alle möglichen schlimmen Motive anprobierte und manche auch manchmal passend fand. Aber der widerlegte ihn immer wieder, als wisse er, wessen ihn Herr Dorn gerade verdächtige. Und wenn sie, weil Alfred sich dem Sozialdemokratischen um kein Jota nähern konnte, gerade wieder einmal Krach hatten und es schien, als müsse mit der braven Weltverbesserungsüberzeugung um des eigenen innersten Hoffnungslosigkeitsniveaus willen nun einfach gebrochen werden, genau dann rief ihn Tina de Bonnechose an und fragte, ob er am Sonntag mit ihnen in dieses Papststück von Hochhuth gehen wolle. Das lehnte er viel zu schnell und ganz mechanisch ab. Nachher bereute er es einen ganzen Abend lang. Doktor de Bonn war doch der einzige, der nicht versuchte, ihn einzuschüchtern. Die anderen taten nichts als das! Und diese bis zum Zauber grußstarke Frau! Wirklich, wenn die einen grüßte, hatte man das Gefühl, man sei zum ersten Mal gegrüßt worden. Die schien einen, wenn sie einen grüßte, tatsächlich wahrzunehmen. Alfred konnte nach einer solchen falsch beantworteten Einladung dem Doktor de Bonn sogar gestehen, daß er es bereut habe, so reagiert zu haben. Dr. de Bonns Mund wurde dann ein wenig spitz und seine Augen ein wenig kleiner, er schaute fast zwinkernd zu seinem spröden, um einen Kopf größeren Kollegen hinauf, und beide hatten wohl das Gefühl, eine Überbrükkung der unüberbrückbaren Distanz zwischen ihnen könne noch einen Versuch wert sein. Aber warum hatte die Frau überhaupt angerufen? Hatte er sie beauftragt? War gar alles Politik? Aber ihr Ton war gut. Eine so helle und kein bißchen schrille Stimme.

Der Kontakt zu Reimer, Groll, Rosellen und zu Dr. Muth

kam Alfred trotz aller Herzlichkeit viel gefährlicher vor als der zum Gallier mit den farbigen Westen. Dr. Muth war einarmig. Der andere Arm war ihm bei der Marine abgeschossen worden. Dr. Muth malte. Das meiste erfuhr Alfred von Frau Radde, die Sekretärin war für ihn und Herrn Budde. Frau Radde kannte Frau Muth nicht. Dr. Muth sei ein Familienfanatiker, der jede freie Sekunde bei seiner Frau und seinen Töchtern verbringe, diese Frau aber nie zu halbdienstlichen Anlässen wie Betriebsausflug, Weihnachts- oder Geburtstagsfeiern mitbringe. Daß Dr. Muth homosexuell und wahrscheinlich gar nicht verheiratet war, wäre Alfred nie eingefallen, wenn nicht die Kollegen Reimer, Groll und Dr. Rosellen sich ihm gegenüber so benommen hätten, daß er an ihrer Homosexualität nicht mehr zweifeln konnte. Nicht daß die gemeinsam so aufgetreten wären. Nein, jeder für sich. Und eines jeden Thema und Motiv: Alfreds Alleinsein. Davon wollte ihn offenbar jeder erlösen. Allerdings auch Frau Radde. Aber von ihr hörte er es am liebsten. Sie war wohl zwanzig Jahre älter und die Art Frau, die er liebte und brauchte. Sie, eine Mutter für fünf oder zehn Kinder, hatte nur einen Sohn. Allerdings einen besonderen. Ansgar. Offenbar ein Genie. Siebzehnjährig. So begabt, daß das Schwierigste die Einschränkung auf irgendeine berufliche Spezialität sein werde. Mit Herrn Radde konnte nichts besprochen werden; der hatte sich scheiden lassen, weil Frau Radde sich geweigert hatte, ihn und eine junge Polin, eine frühere Patientin ihres Mannes, jeden Abend als Dienerehepaar zu behandeln. Chefarzt Dr. Radde wollte jeden Abend schlecht behandelt werden. Samt seiner Polin. Er selber hat für Frau Radde einen alten Sessel zu einem Thron umgebaut, darauf sollte sie, nur mit etwas Seide überworfen, Platz nehmen. In der Hand eine rosarote Kordel mit Knoten. Auf dem Kopf eine aus einem Weihnachtsspiel übriggebliebene goldene Pappkrone. Dazu Monteverdi-Opern. Alfred fand, daß Dr. Radde einen guten Blick gehabt haben mußte. Frau Radde hatte die prachtvolle Körperlichkeit der Frauen, die Alfred in der Dresdener Galerie angestaunt hatte. Frau Radde hätte eine der musizierenden Frauen Tintorettos oder gar im Rubens-Saal die Bathseba sein können. Zuviel ist nicht zuviel, das war Evi Radde. Wenn Frau Radde die Thron-Goldpappe-Seide-Kordel-Szene schaudernd schilderte, spürte Alfred, daß er mehr auf Herrn Raddes Seite war als auf ihrer. Auf jeden Fall hätte er bei diesem Theater gern mitgespielt. Als Sohn, zum Beispiel. Das Stück hieß: Madonna mit der Rose. Madonna: Frau Radde. Sohn: Alfred Dorn. En suite. Ein Leben lang. An Frau Raddes blassem Blond sah er erst, daß Gloria Glaubrechts Glanzblond Chemie gewesen war. Dem kurzgeschnittenen Mattblond von Frau Radde konnte er täglich Komplimente machen. Er überlegte diese Komplimente während der Anfahrt. Frau Radde hatte Sinn für Formuliertes. Es war ein Genuß, ihr etwas Schmeichelndes zu sagen. Sie reagierte mit ihrem ganzen Körper darauf. Sie zog sich, was man ihr sagte, an, probierte, ob es passe, und wenn es paßte, fühlte sie sich geradezu grell wohl.

Alfred brauchte Hilfe. Vor allem gegen Dr. Rosellen. Eine Haardichte und -festigkeit wie Frau Blümel! Auch so kleingekräuselt. Kurzgeschnitten wie der feinste englische Rasen. Weil schon Grau drin rumlichterte, sah das Haar drahtig aus. Dann dieses singende Schlesisch, und Sproß einer Breslauer Anwaltsdynastie, und katholisch, und fünfzig, aber verlobt. Und diese randlose Brille, gehalten von frechem Gold. Jedesmal, wenn Rosellen seine Verlobte erwähnte, sagte er, ein so hübscher Kerl wie Herr Dorn habe ja sicher auch eine Verlobte oder gar zwei. Alfred konnte nur den Kopf schütteln. Diese Temperamentsanmaßung, ihn einen hübschen Kerl zu nennen! Diese unerträgliche Direktheit! Und sagt so etwas und dreht sich um, wie kein normaler Mensch sich im Gang eines Bürogebäudes umdreht, und geht tänzelnd und leise pfeifend weg. Alfred hatte das Gefühl, Rosellen spiele mit ihm. Er verstand Rosellen, auch wenn der sich juristisch zu einer Sache äußerte, schlechter als jeden anderen. Vielleicht war Rosellen ein Wirrkopf. Oder ein Künstler. Oder ein

Schurke. Oder alles zusammen. Auf jeden Fall fühlte sich Alfred von ihm verfolgt. Rosellen hatte sein Zimmer vis à vis. Wenn Alfred die Tür öffnete, hatte er schon Angst, daß die Tür gegenüber sich auch öffne und Rosellen erscheine. Aber wenn der dann nicht erschien, war es ihm auch nicht recht. Offenbar wurde er süchtig nach der Gefahr, die in ihm Angst und Abscheu produzierte. Die schrecklichste Vorstellung, dem im Clo zu begegnen. Rosellen war sicher fünfzig. Ist man mit fünfzig verlobt? Eine Frechheit! Aber sonst schien niemand daran Anstoß zu nehmen, daß ein fünfzigjähriger Jurist mit Doktortitel verlobt ist. Frau Radde sagte nur: Nicht das erste Mal. Sie war offenbar vorsichtig. Rosellens Gesicht war, auch wenn er frisch rasiert war, schwarz von einem gar nicht zu bändigenden Bartwuchs, und mitten in seinem fast gespaltenen Kinn ein offenbar überhaupt nicht ausrasierbares schwarzes Grübchen. Und eben dazu die randlose Brille mit ziemlich brutalen Goldbügeln. Und dieser mit nach außen zeigenden Schuhspitzen und eher zurückhängendem Oberkörper daherkommende Mann hatte einen Mädchenblick. Und trug nie andere als karierte Stoffe. Aber wie kariert! Die indiskretesten Karos, die Alfred je gesehen hatte. Rosellen ging schwimmen. Ab Mai würde er wieder Tennis spielen. Und summte immer. Oder pfiff. Gar nicht so leise. Und blieb, wenn er einem im Gang begegnete, so aufwendig stehen. Alles war ein Ballett. Sogar das bloße Stehen. Ohne Ausdruck tat der nichts. Alfred fühlte sich von dem gequält. Warum ging denn der nicht, den Gruß erwidernd, an einem vorbei! Warum kam der mit Problemen, die er nicht einmal richtig fingieren konnte, ins Zimmer? Als Alfred die leere Wand hinter sich mit einem gerahmten Picassodruck, Don Quijote und Sancho Pansa zeigend, erträglicher gemacht hatte, fragte Rosellen sofort, ob Alfred einen Sancho suche. Er habe zu seiner immensen Freude gehört, Alfred sei ein Verehrer des zweiten Ludwig. Da er das auch sei, sollten sie doch einmal einen Ausflug nach Neuschwanstein machen. Der hörte sich also um, trug zusammen, was über Alfred zu

erfahren war. Außer mit Doktor de Bonn, der selber Napoleonist war, hatte Alfred mit keinem über seine langjährige Ludwigverehrung gesprochen. Rosellen kreiste ihn ein. Immer diese tückische Neugier. Lauern und Zudringlichkeit –, das war Rosellens Strategie. Der rechnete einfach damit, daß Alfred genau so empfinde wie er. Dabei ist Alfred ihm kein bißchen entgegengekommen. Allerdings versuchte Rosellen nicht, Alfred zu berühren, wie es nachts nach dem Konzert der kriegsversehrte Herr Priebe auf dem dunklen, steilen und eisglatten Steinweg getan hatte. Aber Rosellen führte andauernd ein Theater auf, dem Alfred zustimmen sollte. Er steigerte sein Theater. Er zeigte, daß er es mit Alfreds Billigung steigere. Irgendwann ist dieses Posentheater nicht mehr zu steigern. Was dann passieren wird, ist unvorstellbar. Für Alfred. Noch nie hatte jemand ihn so beschäftigt wie dieser Dr. Leo Rosellen. Und alle schauten zu. Zumindest die vom dritten Stock. Und der offenbar über alles informierte Dr. Muth. Der erkundigte sich in einem ganz eigenartigen Ton danach, wie Alfred sich *einlebe*, mit wem er gut oder nicht gut *fahre*. Andererseits war Dr. Muth der gütigste, mildeste, alle Schwierigkeiten vorhersehende und dann auch gleich klärende Vorgesetzte. Nach Beendigung der Probezeit teilte er Alfred mit, man stelle ihn sehr gern ein, nur solle sich Alfred, bitte, nicht mehr so mit seinen alltäglichen Verspätungen quälen. Ob er um halb neun oder neun eintreffe, sei nun wirklich weniger wichtig als, wie er eintreffe. Abgehetzt und mit schlechtem Gewissen arbeitet einer weniger gut, als wenn er gelassen und entspannt anfängt. Alfred hatte begeistert gedankt. Er nehme ja auch Akten mit nach Hause. Aber Dr. Muth hatte das nicht hören wollen. Keine Kontrolle, hatte er gerufen. Machen Sie, was Sie wollen, Sie sind qualifiziert und fleißig, was soll's!
Alfred Dorn hat später nie mehr einen solchen Chef erlebt. Hing das damit zusammen, daß der eine Familie fingierte, die er nicht hatte? Oder hatte der wirklich eine Frau und zwei Töchter? Wenn Alfred nicht alles falsch verstand, hatte noch

niemand Dr. Muths Frau und Töchter gesehen. Also gab es sie nicht. Also war Alfred jetzt von Homosexuellen umgeben. Von organisierten Homosexuellen. Er war nur so problemlos eingestellt worden, weil er aussah oder wirkte wie ein Homosexueller! Wenn es sich herausstellen würde, daß er nicht entsprechen konnte, würden sich alle für getäuscht und hereingelegt halten! Sich rächen! Andererseits dachte er an Leo Rosellen, wie er noch nie an einen Menschen gedacht hatte. Er stellte sich den andauernd vor. Es war eine Quälerei. Alfred spürte, daß seine Beziehung zu Rosellen sich entwikkeln wollte, aber er wußte, daß er keinerlei Entwicklung dieser Beziehung zulassen konnte. Nie, nie, niemals. Also dann Schluß. Lachen, wenn der antanzt! Sich umdrehen! Nicht irgendwelche Augen kriegen, die der wieder falsch verstehen mußte. Aber diesen Schluß konnte Alfred nicht liefern. Er schrieb lange Briefe an den Kohlenmanager Albert Bach in Morgantown, West Virginia. Albert war, als Alfred ihn 1947 in West-Berlin besucht hatte, verlobt gewesen. Fast in jedem Brief Tante Marlenes stand im Klageton, daß Albert schon wieder verlobt sei. Alfred sah den Vetter vor sich: weich, dicklich, Goldkettchen um Hals und Handgelenk, ein Bärtchen à la Menjou. Und Augen wie Rosellen. Die Augen verraten alles. Er ging zum Spiegel. Ihm verrieten seine Augen nichts.

Alfred fing an, sich nach Psychiatern umzuhören. Er kämpfte noch mit dem Abscheu der Mutter gegen diese Ärztesorte. Er brauchte ja nicht gleich hinzurennen. Nur einmal wissen, wohin im Notfall. Der war vorstellbar geworden.

Besonders unangenehm war eine Sachbearbeiterin, die bei Reimer arbeitete. Frau Lotze. Sicher noch keine dreißig. Ihr Mann, hieß es, sei mehr als doppelt so alt, arbeite in einer Universitätsklinik. Als Psychiater. Offenbar war Frau Lotze andauernd gierig nach Anwendungsmöglichkeiten für die Wörter, die sie durch ihren Mann kennengelernt hatte. Alfred war lange genug im Westen, um zu wissen, daß es sich um Freudsche Wörter handelte. Die kleine Frau war unten breit und lief über schmale Schultern pyramidal auf einen vogelhaften Kopf zu, auf den die schwarzen Haare förmlich geklebt schienen. Riesige dunkle Augen hatte sie auch noch und war immer bunt, eigentlich immer das Äußerste wagend, angezogen. Diese Otti Lotze war Alfred noch kein einziges Mal auf dem Gang begegnet, ohne ihm etwas zuzurufen. Sie analysierte immer. Auf dem Gang, im Lift, bei Weihnachtsfeiern. Ob sie an das Wetter anknüpfte oder an den Kennedy-Besuch –, was auch immer Alfred antwortete, sie analysierte es sofort; ihr sagte es etwas, was Alfred nicht hatte sagen wollen. Und wenn er das sagte, erklärte sie ihm, daß er durch seine Abwehr das, was sie gesagt habe, bestätige. Natürlich will er, was er verdrängt hat und was ihm so zum Neurosendünger wird, nicht von ihr aus dem Unterbewußten heraufholen lassen, da wäre ja die ganze Verdrängungsarbeit umsonst, und um seine ihn als Persönlichkeit zierende Charakterneurose müßte er auch noch fürchten. Auch wenn Alfred ihr nicht dadurch, daß er statt *Vorgang Vorhang* oder statt *überheizt überreizt* sagte, krassen Anlaß gab, ihr Vokabular zu betätigen, auch wenn er sich hütete, ein Vergessen zu gestehen oder gar einen Traum zu erwähnen, sie rief ihm einfach auf dem Gang zu, sie habe sich mit C. C. über ihn unterhalten und C. C. – der sich Tse Tse aussprach – schließe sich ihrer Meinung an, daß Alfred der von Freud schon 1905 beschriebene Analerotiker sei, extrem sparsam, überaus ordentlich, hoffnungslos eigensinnig. C. C. war ihr Mann. Wahrscheinlich war der in seinem Fach so berühmt, daß Initialen genügten. Wenn Otti Lotze ihren C. C. zitierte, war es am besten, nur noch zu nicken. Das Geniale an dieser Lehre war, daß sie hauptsächlich dazu gerüstet war, aus Widerspruch Bestätigung zu machen. Otti Lotze zeigte bei ihren Einmischungen deutlich, daß sie sich, da sie ja für ihre analytischen Bemühungen um den verkorksten Nebenmenschen kein Geld nahm, als eine Wohltäterin empfinden durfte. Sie wollte nichts als helfen. C. C. war gerade dabei, die wichtigste Leistung des Jahrzehnts zu vollbringen: Freud mit Marx zu kreuzen. Das erst wird die Lösung bringen. Otti selber arbeitet in ihrer Freizeit mit. Sie bringt C. C. die Fälle. C. C. lernt in seinem Forschungs-Ghetto nur die allerschwersten Fälle kennen. Aber wichtig sind für seinen soziopsychoanalytischen Approach gerade die mittleren Fälle. Also Alfred.

Alfred las abends Lexika und Freud, um gegen Otti Lotze besser bestehen zu können. Ihm kam diese Lehre vor wie ein Baukasten aus Wörtern. Man kann damit spielen. Aber innen in einem geht es weniger hell und viereckig zu. Er konnte auf jeden Fall nichts davon auf sich anwenden. Diese Hauptwörter gab es doch gar nicht. Nicht in seinem Innern, wo, in andauernder Bewegung, alles in alles überging. Diese Vokabularisten glaubten an das Vorhandensein des Bezeichneten wie früher Menschen an das durchs Götterbild Gefaßte. Früher war's aus Stein und Holz, heute aus Wörtern. Außer Materialunterschied keiner.

Den ganzen Winter über ging Alfred dreimal pro Woche in die Hardenbergstraße zum Üben. Er wollte für nichts anderes Zeit haben. Die Musik war ihm noch nie so wichtig gewesen. Dahin konnten ihm die alle nicht folgen. Im Frühjahr meldete er sich zum Vorspielen bei Puchelt. Für einen Juristen spielen Sie ausgezeichnet, sagte der. Da sei auch noch etwas zu machen. Aber er, Puchelt, habe schon zuviel am Hals. Dem Nächstbesten wolle er aber so einen Fall auch nicht anvertrauen. Alfred zuckte zusammen, als er dieses Wort hörte. Zu Professor Beltz schickte er ihn. Der hat unter Kempe mit der Staatskapelle im Hygiene-Museum gespielt. Sein Urteil: Alfred Dorn, ein ernst zu nehmender Musiker. Daß Alfred einen Brotberuf hat, findet er richtig. Der Pianistenberuf sei durch die Konservierungsindustrie unsagbar hart geworden. Wer dafür tauge, bei dem stimme etwas nicht. Er würde sich freuen, aus Alfred einen Pianisten zu machen. Bedingung: ein eigenes Instrument. Alfred versprach, er werde sich, sobald er ein eigenes Instrument habe, wieder melden. Ein eigenes Instrument, das hieße, bei Klapproths ausziehen. Nur zu gern. Und doch überhaupt nicht vorstell-

bar. Das Zimmer verlassen, in dem er fünfundzwanzig Monate mit der Mutter gelebt hat –, unmöglich.
Als er das Inserat *Das Foto für jeden Zweck* von Foto-Klebbe entdeckte, fuhr er mit dem Fotografen überall hin, wo er in Berlin mit der Mutter gewesen war, und ließ Bilder machen. Schwester Flora mußte gestatten, daß ihr Heim und sie selbst aufgenommen wurden. Am ausführlichsten kam die Hildburghauser Straße dran. Außen und innen. Alfred suchte Kleidungsstücke der Mutter heraus. In der Zeitschrift EPOCA hatte er Glanzbilder von rekonstruierten Milieus Haydns und Mozarts gesehen, das regte ihn an, das Zimmer herzurichten, wie es, als die Mutter noch lebte, gewesen war. Mutters Schuhe unter dem Vorhang, der das Klappbett verbarg. Dann mit heruntergeklapptem Bett. Ihr bereitliegendes Nachthemd, der in der Tombola gewonnene Morgenrock. Und vis à vis der längliche Cloraum. Die Treppe. Ihm sollte nichts mehr entkommen. Er war gewarnt. Seit er die Mutter nicht mehr fragen konnte, fühlte er sich ausgesetzt, abgeschnitten, verloren. Ohne seine Vergangenheit war er nichts. Die Mutter war der Hort seiner Vergangenheit gewesen. Er hatte sich einfach darauf verlassen, daß sie immer da sein würde. Wen sollte er denn jetzt fragen? Verglichen mit der Mutter, wußten alle anderen nichts. Die Mutter hat alles gewußt. Und er hat sie so gut wie nichts gefragt. Der Tod der Mutter machte seine Vergangenheit zu einem unerreichbaren Kontinent. Der Tod der Mutter war eine Katastrophe, die am 3. August 1960 begonnen hatte und seitdem andauerte, sich ausbreitete, jeden Tag zunahm an Wichtigkeit und Unerträglichkeit.
Er ließ alle Bilder im Format 10 × 15 machen, die vom Grab aber in 18 × 24. Nun hatte er für 200 Mark die Stätten; verlassen konnte er sie nicht.
Er war soweit, mit einem Garten- und Landschaftsarchitekten erste Gespräche für die endgültige Grabgestaltung führen zu können. Als Frau Sintenis sich auch durch Alfreds persönlichen Besuch, bei dem er von den gleißend roten Fingernä-

geln der alten Dame geradezu geblendet wurde, nicht umstimmen ließ, schrieb er an Professor Richard Scheibe. Alfred durfte den Professor in seinem Atelier besuchen und vortragen, was er erarbeitet hatte: eine breite, über alle drei Grabstellen reichende, nieder wirkende helle Steinscheibe, darin eine runde Vertiefung – einen *Hohlspiegel* nannte es der Bildhauer –, darin ein Lamm, das zwischen den Vorderbeinen ein Kreuz hält. Darunter mit größten Buchstaben und Ausrufezeichen zuerst ein einziges Wort: MUTTER! Darunter dann Name und so weiter. Der Professor versprach einen Entwurf, sein Schüler Harald Haacke, der an der Ausführung mitarbeiten würde, lieferte den Kostenvoranschlag: DM 3830.- in Jura-Dolomit. In Untersberger Marmor 500 Mark teurer. Wie er das bezahlen sollte, wußte er nicht, aber er wußte, am 4. November 1964, Mutters 70. Geburtstag, mußte das Grabdenkmal stehen.
Frau Klapproth schüttelte den Kopf. Sie war jetzt immer die erste, mit der er etwas besprach. Sie brauchte ihn auch. Bei Klapproths ging der Ehekrieg weiter. Mit der Energie, mit der beide gegen einander kämpften, könnte man, glaubte Alfred, eine Wüste zum Blühen bringen. Aber Frau Klapproth hatte Kraft genug, täglich ein paar Menschen für immer an eine Bausparkasse zu binden, einen Ehekrieg zu führen und sich auch noch zur Herrin seines Schicksals zu machen. Sie entschied, daß er Frauen kennenlernen müsse. Dazu müsse man tanzen können. Sie besorgte ihm einen Tanzlehrer, bei dem er einen ganzen Winter über Tanzstunden nahm. Sie übte mit ihm in seinem Zimmer nach Radiomusik. Sie besorgte ihm einen Schwimmlehrer. An jedem Samstagvormittag schwamm er eine Stunde lang. Sie entschied – und er gab ihr recht – , daß es für eine eigene Wohnung zu früh, für die Pianistenlaufbahn zu spät sei. Jetzt wird der Doktor gemacht, die Juristenkarriere gegründet, der Umgang mit Frauen gelernt. Alles andere kommt dann von selbst. Sie hat von ihrem Mann inzwischen zwei Ohrfeigen bekommen, die Scheidung eingereicht, Tochter Beatrice muß als Zeugin die

Ohrfeigen bekunden. Der Mann will jetzt die Scheidung doch nicht. Das Haus gehört der Frau. Er müßte ausziehen, das wäre sehr unbequem. Alfred steuerte juristischen Rat bei. Obwohl ihm die keinerlei Distanz lassende Einmischung dieser kleinen Frau mit der anmutigen Himmelfahrtsnase oft unangenehm war, war ihm ihr Temperament auch hilfreich. Sie kaufte ein für ihn, bereitete das Frühstück. Die Haare hatte sie sich inzwischen schneiden lassen. Auf sachlich, sagte sie. Sie werde ihm eine Frau besorgen, sagte sie. Versprach sie. Drohte sie. Sobald er zum Beamten ernannt werde. Sie dachte nicht daran, ihn kennenzulernen, zu begreifen. Nein, es war seine Schuld, er stellte sich ihr immer falsch dar. Er hätte die Tanzstunden ablehnen sollen. Kein Wunder, daß sie bei ihm endlich eine Entwicklung in die richtige Richtung sieht. Aber er ist ja selber neugierig, ob er lernen kann, mit Frauen umzugehen. Führen kann er, das bestätigt die Frau des Tanzlehrers, und Frau Klapproth sagt es auch. Und er nahm Fahrstunden. Am Auto würde er wohl, wenn er nicht noch mehr auffallen wollte, nicht vorbeikommen. Nach über zwanzig Stunden wechselte er den Lehrer, der ein ehemaliger Berufsboxer war und seine ganze Kraft jetzt nur noch in die Lautstärke legen konnte. Nach zweiunddreißig Fahrstunden bestand Alfred mit Hilfe einer Fahrlehrerin die Prüfung. Im Amt war gewettet worden, daß er durchfalle. Sein Erfolg wurde gefeiert. Aber Alfred war entschlossen, nie mehr ein Auto zu lenken.
Alfred tut das alles gegen Rosellen und gegen Otti Lotze. Ihm ist alles recht, wenn es nur eine Hilfe ist gegen Rosellen und Otti Lotze. Frau Klapproth gegenüber spricht er über Rosellen, als bewirke der in ihm nur Ekel und Abscheu. Er braucht das. Er muß sich in Ekel und Abscheu gegen Rosellen hineinreden. Wie leicht war es, Priebe auf dem Körnerplatz zu brüskieren! Wie schwer fällt es, ein Benehmen zu entwickeln, das Rosellen stoppt, ohne ihn zu beleidigen. Das eben würde er nie über sich bringen: Rosellen beleidigen. Aber er haßte ihn doch. Er machte jede Art Abneigung gegen Rosellen durch und war nicht fähig, Rosellen das auch nur im gering-

sten spüren zu lassen. Doktor de Bonn und Frau Radde ließ er wissen, daß Herr Rosellen von ihm nichts zu erwarten habe. Schwester Anneliese, der er beim sonntäglichen Grabgang seine peinliche Lage schilderte, sagte bewundernd: Sie haben ein schweres Leben. Er schilderte Rosellens Lauern und Zudringlichsein so, daß Schwester Anneliese diesen Satz so sagen mußte. Er merkte, daß er, auch wenn er Meta Klapproth einweihte, durch die Art seiner Erzählung eine bestimmte Reaktion bestellte. Er führte jedem, mit dem er sein Rosellen-Problem besprach, eine andere Version seiner eigenen Einstellung vor. Keine dieser Einstellungen war wirklich seine, schon gar nicht seine einzige. Sie darstellend probierte er sie aus. Wie er zu Rosellen wirklich stand, das ließ sich doch keinem Menschen klarmachen. Wenn Angezogensein und Abscheu wirklich gleich heftig erlebt werden, wie soll man das denn jemandem erklären? Also schilderte er hauptsächlich den Abscheu und die Unmöglichkeit, diesen Abscheu im Amt merken lassen zu dürfen, weil man ja weiterhin kollegial Umgang haben mußte. Überhaupt das Amt als organisierte Homosexuellenverschwörung. Gegen Alfred. Das konnte man schildern. Das gab Respons. Den brauchte er. Die Einsamkeit mußte übertönt werden. Zu mindern war sie nicht. Am liebsten wäre er nach Haifa geflogen zu Nelly Pergament. An deren Bett fehlte offenbar ein Sohn. Sohndarsteller, das wäre sein Lieblingsberuf. Wenn es diese Form der Prostitution gäbe, würde er zugreifen, sofort.

2.

Er hätte den siebzigsten Geburtstag des Vaters nicht vergessen, auch wenn der nicht schon früh im Mai geschrieben hätte, ihm sei mitgeteilt worden, der Siebzigste sei für den Staat kein Grund, einem Sohn die Einreise zu gewähren. Das die Nachricht. Dann die Wünsche: *Kalotherma-Rasierseife, 2 Stück, einen Stift, Mumm genannt.* Der sei *gegen Achsel-*

schweiß und *für Damen.* Den möchte er seiner Frau, die ja am 7. Juli Geburtstag hat, schenken. Im hohen Sommer hätte sie eben so etwas gern. Aber, bitte, sonst nichts. Dieser bitter bescheidene Wunschzettel reizte Alfreds Schenktalent. Er kaufte den feinsten dunkelblauen und fast genau so dunkel gestreiften englischen Anzugsstoff; dazu die Standardartikel Kaloderma, Zigarren, Spaghetti, Tomatenmark; dazu *Mum*; und ließ alles zusammen mit einem vollfarbigen Alfred-Bild, Format 10 × 15, von der inzwischen im Ruhestand lebenden Schwester Anneliese verpacken und schickte dieses Prachtpaket so ab, daß es vor dem 27. Juni am Schillerplatz in Dresden-Blasewitz eintreffen mußte. Er hatte sich also wieder fotografieren lassen. Der Vater bedankte sich heftig bei seinem so lieben Jungen. Das Bild sei, wie von Alfred empfohlen, in Silber gerahmt, hänge nun im Sprechzimmer. Mehr als eine Patientin habe gesagt: Wie ein Schauspieler! Ach, wenn man den Abgebildeten doch noch einmal persönlich zu Gesicht bekommen könnte! Seit die Mauer trennte, schrieb der Vater Briefe wie nie zuvor. Daß er seinen Sohn nicht mehr sehen durfte, konnte er nicht hinnehmen. In jedem Brief beschwor er jetzt die baldige *Einheit.* Aber auch wenn die Politik ihn noch zwanzig Jahre von Alfred trenne, den Tag des Wiedersehens werde er erleben. Hätte Alfred einen Bekannten mit Auto, beide hätten West-Pässe und gäben als Reiseziel Nürnberg an, dann könnte man sich in der Raststätte Hermsdorfer Kreuz sehen. Dort nämlich, in der Gegend von Gera-Weimar, kreuzen sich die Autobahn Berlin – München und die Autobahn Dresden – Eisenach. Das blieb Phantasie. Aber dann erfuhr Herr Dorn, daß er im Dezember zum Sanitätsrat ernannt werden sollte, also beantragte er sofort eine Einreise-Erlaubnis für seinen Sohn. Schließlich arbeitete der Siebzigjährige jeden Tag wenigstens zwölf Stunden, hatte, wie Tante Lotte sagte, egal ein quetschvolles Anmeldebuch; auch war er, als das noch möglich gewesen war, nicht in den Westen getürmt; er hatte doch wohl ein Recht, seinen Sohn am 8. Dezember bei der Ernennungszeremonie im Hygiene-Mu-

seum zu sehen. Aber schon die unterste Behörde lehnte sofort ab. Grund: Wer nach 49 illegal weg ist, kommt nicht mehr herein. Herr Dorn verlangte die nächsthöhere Instanz. Man versprach, seine Akte zu studieren. Nächste Auskunft am 14. Dezember. Fürs Hygiene-Museum zu spät. Dann also für Weihnachten. Dann aber, kurz vor Weihnachten, die Ablehnung. Die illegale Ausreise hätte die Behörde noch ertragen, nicht aber, daß der Einreisewillige in einem Amt für Wiedergutmachung arbeitet. Dieses Amt habe vor dem Mauerbau Abwanderer unterstützt, sei also auch für die Abwanderung verantwortlich. Herr Dorn regte sich auf. Was für ein Mißverständnis! Opfern des Nazismus hilft dieses Amt, nicht Republikflüchtigen. Man werde sich in Berlin erkundigen. Herr Dorn teilte seinem Verband mit, daß er alle Tätigkeit in der Vorstandschaft der Zahnärzte sofort beende und austrete, auch aus dem F. D. G. B. Er habe nichts verbrochen und lasse sich so nicht behandeln. Darauf rief abends um zehn ein Kollege an, er werde noch am vierundzwanzigsten mit *einer höheren Person* sprechen. Und im Januar schickte der Vater die Einreiseerlaubnis, Alfred konnte kommen. Tante Lotte: Er soll eine Tafel West-Schokolade dabeihaben, die am Bahnhof eintauschen für Geld zum Telephonieren. Zum Schillerplatz fahre die Zwei. Aber der Vater schrieb, daß er seinen lieben Jungen zu jeder Tages- oder Nachtzeit abholen werde, egal ob Neustädter- oder Hauptbahnhof.
Dresden tief verschneit. Das machte die Ruinen elend romantisch. Der Vater war am Bahnhof, aber ohne Auto. Er hatte sich zum Siebzigsten ein neues Auto beschaffen können. Das konnte er jetzt nicht den schlechtgeräumten Straßen aussetzen. Es stand in der Garage. Tante Lotte behauptete, es sei größer als Mercedes. Die junge Frau fügte hinzu: Mandelgrün. Er hatte Judith Dorn nahtlose Strümpfe und ein Sortiment von Seifen mitgebracht. Dem Vater einen Rasierapparat mit drei Packungen Wilkens-Klingen. Und natürlich seine Kaloderma und seine Lieblingsmarke *Bon Aroma*, das Stück zu dreißig. Für Tante Lotte eine blaßgrüne Strickweste und

einen schottischen Wickelrock. Und Kaffee natürlich. Und, natürlich, drei Pakete Hundeleckerle für Lumpi. Zum Begrüßungsmahl gab es mitgebrachte Gänsebrust. Tante Lotte sagte, so etwas Gutes habe sie seit dem Zweiten Weltkrieg nicht mehr gegessen. Die junge Frau bewunderte Alfreds Phantasie, Sorgfalt und Einfühlungsvermögen beim Schenken. Sie kenne keinen Menschen, der, wenn er etwas schenke, so genau das herausfinde, was dem zu Beschenkenden entspreche.

Die junge Frau ging zur Modenschau. Auch Tante Lotte konnte, weil die Straßenbeleuchtung wegen Energieknappheit so gut wie abgeschaltet war, nicht noch länger bleiben. Sie würde ja die Vormittage mit Alfred verbringen.

Alfred sah auf den düsteren, nur vom Schnee ein wenig erleuchteten Schillerplatz hinaus. Drüben das Toscana. Dunkel. Er dachte an die Mutter: Kaum ist bei uns etwas offen, ist es wieder zu. Hier war er daheim. In dieser Trostlosigkeit. Es gab in West-Berlin keinen Flecken, wo er sich so aufgehoben fühlte wie an diesem Fenster überm Schillerplatz. Ein Doppelfenster, weil es Winter war. Der Vater saß, Lumpi im Schoß, in Ofennähe. Alfred sagte: Schön hast du's hier. Der Vater sagte, er werde alles tun, daß Alfred wieder nach Dresden komme. Schön wär's, sagte Alfred und sagte den Text auf, den er gegenüber Frau Klapproth und Schwester Anneliese entwickelt und geprobt hatte: Er, als Objekt einer Homsexuellenverschwörung. Aber er ging über den in Berlin entstandenen Text hinaus. Ihm kam, als er in dem halbdunklen Zimmer über dem Schillerplatz stand und hundert Meter weiter drüben die Elbe wußte, das ganze West-Berlin vor wie ein bösartiges Schmierenstück. Überall dröhnten die Sexualfanfaren, und überall taten alle, als hörten sie etwas ganz anderes. Taten fromm, betriebsam, demokratisch, bürgerlich, vornehm, edel; aber plötzlich zischelten sie wieder eindeutig; ebenso plötzlich verklärten sie wieder ihr Gesicht; man hätte ihnen nichts nachweisen können. Sie prüften nur, ob man dazugehöre, welche Rolle man spiele, was sie sexuell von ei-

nem haben könnten. Alles andere ist weniger wichtig. Ausschlaggebend ist, daß man sexuell in Frage kommt. Eigentlich kein Unterschied zu Leipzig. Dort Politik, hier Sexualität. Dort wurdest du mit Marx durchleuchtet, hier mit Freud. Und die wissenschaftliche Avantgarde ist gerade dabei, beides zu einem zu machen, zur totalen Erfassung eines jeden. Wehe wenn du nicht entsprichst! Er zeigte dem Vater die Fotos von einem Bierabend in der Hasenheide. Die Kollegen de Bonnechose, Reimer, Groll, Rosellen, der Chef, die Damen Radde, Lotze, Speier und Bart. Alfred saß auf allen Bildern daneben. Er hatte immer die Unterarme auf dem Tisch. Die anderen hatten die Arme immer um die nächste Hüfte gelegt. Auch der Chef hatte seinen einen Arm in eine Umfassung investiert. Die Münder der anderen waren offen vor Gelächter. Alfred schaute skeptisch in die Kamera. Er konnte nicht so tun, als wisse er nicht, daß geknipst werde. Also versuchte er, ein fotografierbares Gesicht zu machen. Sogar auf dem Bild, auf dem er mit Frau Radde tanzt, schaut er voll in die Kamera. Aber er schaut ja seit 1932 voll in die Kamera. Auch auf Bildern, die ihn mit anderen Kindern zeigen, schaut er als einziger voll in die Kamera.
Alfred sagte, die schwoofgeübten Damen hätten gesagt, er sei ein hervorragender Tänzer. Das sei er auch gewesen, sagte der Vater. Aber, sagte Alfred, er sei weder an Männern noch an Frauen interessiert. In Berlin sagte er nur, daß er Homosexualität verabscheue. Über das, was er seine Einsamkeit nannte, konnte er nur mit dem Vater und einen Tag später mit der Doktorin reden.
Der Vater hatte von seinen Kollegen zum Siebzigsten Tschaikowsky-Platten bekommen. Als er den vierten Satz der fünften Symphonie zum ersten Mal gehört habe, habe er den Apparat ausschalten müssen, so unerträglich sei ihm diese Tschaikowskys Veranlagung bezeugende Musik geworden. Daß der Vater diesen nichts als edlen Wettkampf zwischen stiebenden Geigen und blitzenden Trompeten, die sich am Schluß auch noch zusammentun, nicht ertrug, zeigte Alfred,

wie sehr der Vater allem Leiden auswich. Alfred nahm sich vor, dem Vater die letzte Tschaikowsky-Symphonie ins Haus zu bringen, daß er an deren viertem Satz, dem Adagio lamentoso, einem Nicht-fertig-werden-Können mit einem Seufzer, erfahre, wie es sich anhört, wenn man keine Lösung mehr fingiert. Tschaikowskys Romeo- und- Julia-Musik ist inzwischen Vaters liebste Musik überhaupt. Tschaikowsky habe etwas gemacht aus seinem Leiden! Tschaikowsky habe eine Gönnerin gefunden! Die er und die ihn nie gesehen hat, sagte Alfred. Das war dem Vater neu. Tschaikowsky hat immerhin geheiratet. Alfred sagte ihm, für wieviel Wochen. Aber er hat etwas gemacht aus seinem Leiden. Darauf bestand der Vater. Man nimmt eine negative Veranlagung nicht einfach hin, man macht etwas daraus. Der Vater hatte einen Jugendfreund, Gerhard Männchen, so hieß der wirklich, der spielte schon als Kind am liebsten mit Puppen und schlüpfte in die Kleider seiner Schwestern. Also dergleichen hat der Vater an Alfred nie bemerkt. Nur die Mutter hat ihn durch Erziehung verweichlicht. Mit Teddymäntelchen, Wollgamaschen, Baskenmützchen, Fingerhandschuhen, immer noch feineren Matrosenanzügen und dunklen Seidenkitteln mit weißem Kragen und weißen Ärmelstulpen. Dabei war Alfred doch ein figelantes Kerlchen. Als die Mutter bemerkte, daß der Vater einen Spaziergang benutzt hatte, Alfred einen ersten Hinweis aufs Sexuelle zu geben, war der Teufel los. Versprechen mußte der Vater, so etwas nie wieder zu tun. Zweimal hat der Vater versucht, Alfred durch Sportfeste von seinen schwindsüchtigen Musikern abzubringen. Einmal auf der Illgenkampfbahn, einmal auf dem Sportplatz im Ostragehege. Alfred habe kaum hingeschaut zu den Wettkämpfen. Weiß es Alfred noch: fünfzig Mark hätte er vom Vater bekommen, wenn er endlich einmal mit dem Fußball ein Fenster zertrümmert hätte. Aber es ist nie zu spät.

Wieder diese Elternroutine. Keiner ist es gewesen beziehungsweise immer der oder die andere. Alfred hörte, während der Vater sein Ich-bin-an-dir-nicht-schuld-Plädoyer

hielt, die Schreie des Vaters aus der Vergangenheit: Du bist doch kein Weib! Du bist nicht dekadent, du willst es bloß sein! Zum Beispiel, als der Vater Alfred einmal erwischt hatte, wie der allein nach einer Chopin-Musik tanzte. Das war ihm, als er fünfzehn war, das Höchste überhaupt: nach Chopin zu tanzen. Allein. Die Musik trug ihn, faßte ihn, bewegte ihn, war ein Element. Er fühlte sich vollkommen sicher.
Alles, was den Vater an Alfred bekümmerte, mündete immer wieder in die Forderung, pünktlich zu sein. Morgens. Pünktlichkeit ist Männlichkeit. Bei der Mutter hatte das tägliche Rasieren die Rolle gespielt, die beim Vater die Pünktlichkeit spielte. Und wie abhängig sind von einander Rasur und Pünktlichkeit. Bewundernswert, die Einmütigkeit so getrennter Eltern. Pünktlichkeit ist etwas Männliches. Frauen kommen zu spät und haben dann tausend Ausreden. Tun, was man sich vorgenommen hat, das ist auch männlich. Also Doktor werden. Erfolg haben. Chef werden. Dann hören die Anspielungen von selbst auf. Mit seinem Erfolg muß er denen das Maul stopfen. Einer, der abends immer brav zu Weib und Kind heimgeht, braucht keinen besonderen Erfolg. Der immer vom Gerücht bedrohte Einzelgänger ist dazu verurteilt, Erfolg zu haben. Alfred wirkt doch überhaupt nicht wie ein Homosexueller. Gut, seine sich nie hervortrauende, etwas näselnde Stimme vielleicht.
Der Vater redete sich in seinen Text hinein. Je länger er redete, desto fester wurde sein Ton. Aber immerhin fiel es ihm selber auf, daß er manchmal in zu düstere Farben geriet. Dann sagte er wieder rasch etwas Aufhellendes: Kant, Schopenhauer, Tschaikowsky und andere waren genau solche Einzelgänger wie Alfred, und was haben sie geleistet! Oder: Der geistige Mensch wirke auf seine Umwelt immer aufreizend, sogar komisch. Natürlich, solange Alfred jeden zweiten Tag, weil er wieder zu spät aufgestanden ist, mit der Autodroschke vorfährt, muß er sich nicht wundern, wenn im Amt über ihn getuschelt wird. Und was Bindungen angeht, kann er doch, sobald jemand auf sein Geschlechtsleben anspielt, sagen, er

sei einer jungen Dame in der Zone versprochen. Bloß nicht immer daran denken, was die anderen über einen denken. Das ist Kapitulation! Ruin ist das! Man versetzt sich in andere hinein, überläßt denen das Urteil über sich selbst, ist also verloren. Andere urteilen über dich immer, wie du nie möchtest, daß über dich geurteilt werde. Es interessiere dich nicht, wie andere über dich denken. Tritt auf als der, als der du angesehen sein willst. Aber als wer wollte Alfred denn angesehen sein? Der Vater war nur daran interessiert, seine Unschuld zu demonstrieren. Und der Aufwand, mit dem er das tat, zeigte Alfred, für wie verpfuscht, wie verloren er dem Vater vorkommen mußte. An einem solchen Debakel will man, darf man nicht schuld sein. Der Vater bewies sich andauernd, was er widerlegen wollte. Wenn er dann, wie an der Angel eines Verhängnisses zappelnd, ausrief: Du bist doch keine Lusche! dann hatte das Verneinungswort keine Macht mehr über *Lusche*. Alfred war dann eine Lusche, eine Karte also, die, wenn man nach dem Spiel *Augen* zählt, gar nicht zählt.

Als die Frau von der Modeschau zurückkam, waren Vater und Sohn erschöpft. Beide konnten in die von der jungen Frau vorgeschlagene Tonart nicht mehr einstimmen. Schade, daß Alfred gerade in der düstersten Zeit komme. Sonst könnte man Ausflüge machen mit dem neuen Auto. Nach Oberbärenburg, zum Beispiel. Der Vater: Ob sie vergessen habe, daß Alfreds Einreiseerlaubnis keine Übernachtung außerhalb der Stadt gestatte. Dann könnten sie ihn wenigstens nach Oberloschwitz in ihr neues Gartenhäusel mitnehmen, das sei ja wohl nicht verboten. Der Vater sagte, dies sei, wenn die Einheit nicht komme, Alfreds letzter Besuch. Er habe Angst. Die DDR betrachte alle illegal Ausgereisten als ihre Bürger, das heißt, Alfred könne jederzeit unter einem Vorwand festgehalten werden, kein Land der Welt könne sich dann einschalten. Der Vater wurde von solchen Vorstellungen beherrscht. Er sagte selber, daß er hoffe, das Schlimmste werde nicht geschehen. Alfred habe drüben hoffentlich nichts gegen die DDR gesagt, geschrieben oder getan. Auch im Zug Mitreisenden gegenüber sei er hoffentlich vorsichtig gewesen. Aber das nächste Mal sehe man sich in Karlsbad oder in Marienbad. Nach der Saison, also ab Oktober, seien für DDR-Bürger 70 Stunden CSSR-Aufenthalt möglich, vorher nur 30 Stunden. An welchem Ort man sich treffe, lasse sich erst kurz vorher sagen, weil der Marxisten-Staat seinem Bürger erst kurz vorher verrät, in welchen Ort er ihn reisen lasse, welches Hotel er ihm anweise. Aber Alfred sei dort sicherer als in Dresden. Die Frau: Die CSSR liefert aus. Der Vater: Für Alfreds Laufbahn drüben könne es schädlich sein, wenn er öfter in die DDR fahre. Falls ihn, wie Alfred hofft, sein Chef zum Beamten macht, gibt es ohnehin keine DDR-Reise mehr. Also Karlsbad. Am schönsten wäre es, man könnte mit dem neuen Auto in ganz Deutschland herumfahren. Alfred müsse jetzt endlich einmal Rothenburg ob der Tauber besuchen. Für den Vater das Schönste überhaupt, Rothenburg ob der Tauber. Wenn es dort so schön sei, wolle sie auch hin, sagte die junge Frau. Es sei schon viel zu spät, sagte der Vater. Um sechs Uhr muß er aufstehen, um sieben steht er im Labor, um halb neun sitzt der erste Patient im Stuhl. Lumpi, der in seinem Schoß schnarchte, wurde vorsichtig hinübergetragen. Alfred löschte das Licht, dann zog er sich aus und legte sich in das Bett, das Tante Lotte auf der Couch vorbereitet hatte. Er hatte keine Angst, daß er hier festgehalten werden könnte. Die Angst des Vaters, Alfred könne hier jederzeit verhaftet werden, zeigte einen ganz anderen Vater als den, der am verpfuschten Sohn nicht schuld sein wollte. Wenn diese Stimmung des Vaters eine Entwicklung wiedergab, dann war es Zeit, das, was von Mutters und seinen Sachen noch greifbar war, hinüberzuschaffen. Er konnte nicht einschlafen. Wie er es auch einteilen würde, er würde bis Samstag nicht zu allen seinen Vergangenheitssachen vordringen, um wenigstens einen flüchtigen Eindruck von ihrem Zustand, ihrer Rettbarkeit zu bekommen. Morgen, die Doktorin. Die rechnete damit, daß er jeden Nachmittag vor ihr sitze. Aber er mußte auch zu Heribert Priebe. Er mußte zu Berthel Mewald, wo die meisten Sachen hintransportiert worden waren. Er mußte zu Klara Fienzel, die über seine Kindheit mehr wußte als jeder, außer dem Vater. Er mußte zu seiner Patin Liesel Roitzsch, um zu sehen, ob Oskar Roitzch das schwarze Buffet bis zur Zerstörung modernisiert hatte. Er mußte zu Hulda Samlewitz, die mit der Mutter noch länger befreundet gewesen war als Berthel Mewald. Aber wie bei diesem Schnee nach Ottendorf-Okrilla! Und wann zur Mutter-Cousine Frieda, zu Frau Blümel, Fräulein Scheibenpflug, Frau Steinhövel, Frau Ledermann? Und das Wichtigste: der Versuch, Frau Nagel umzustimmen! Wie? Wann?

Tante Lotte kam jeden Morgen zu früh von der Maystraße herein und trieb Alfred aus dem Bett, weil sie nicht wollte, daß die Haushaltshilfe Alfred im Bett antreffe. Auch sollte gemeinsam gefrühstückt werden. Als einmal keine Eier aufzutreiben waren und der Vater sich darüber beschwerte, sagte die junge Frau: Was brauchst du Eier, du machst ja nischt mehr. Alfred wandte sich, als dieser Satz noch nicht ganz heraus, aber schon faßbar war, sofort an Tante Lotte und fragte, wo sie die zwei großen, hinter Glas gerahmten Kesting-Fotografien, die Frauen-Kirche und den Altmarkt zeigend, untergebracht habe.

Tante Lotte hatte wirklich eine zu große Nase. Wie eine Pyramide stand die aus dem kleinen Gesicht heraus. Manche Carnevalsnasen stehen so heraus. Sie klagte am liebsten über die junge Frau. Da Alfred jeden Vormittag ein paar Stunden mit ihr über Judith sprechen mußte, lernte er deren Namen aussprechen, so wie er einmal *Schlüpfer* gelernt hatte. Judith ist nur für Vergnügungen und Ausgehen, zu Hause ist es ihr immer gleich langweilig. Und wenn sie etwas will und der Vater rennt nicht gleich, stampft sie auf den Boden. Eben kee bissel Kundewitt. Alfred soll sich aber nichts anmerken lassen. Wenn Tante Lotte und der Vater nicht mehr sind, ist Judith die einzige, die für Alfred den Einreiseantrag stellen kann. Der Vater leidet so darunter, daß er Alfred nicht öfter sieht. Die könnten doch wenigstens die Alten reisen lassen, die kämen doch alle wieder zurück, und wenn sie nicht zurückkämen, spart dieser Staat doch die Rente. Sie versteht diese Politik nicht mehr. Sie hört ja keine Nachrichten, liest keine Zeitung, so schützt sie ihren inneren Frieden. Vielleicht kommt bald eine Bestimmung, daß sich Verwandte einmal im Monat sehen dürfen. Wie wunderbar, daß es jetzt Blutorangen ohne Kerne gibt. Im Westen natürlich. Da wird Gottes Schöpfung fortgesetzt. Hier können sie nicht einmal die Loschwitzer Brücke streichen. Kein Mensch begreift mehr, warum die das Blaue Wunder heißt. Nicht einmal gestreut wird mehr. Überall rutschen die alten Leute aus, stürzen hin, brechen sich das Hüftgelenk. Sie geht, wie Alfred es gewünscht hat, ein- bis zweimal pro Monat hinüber in die Zittauer Straße und sieht nach Fräulein Scheibenpflug. Jedesmal singt die Achtzigjährige das Loblied auf Alfred. Daß er nie ihren Geburtstag vergißt, was er alles schickt, genau das, was sie braucht: Kaffee und Schokolade. Alfreds Kaffee, das höchste der Gefühle. Und die Noten natürlich. Dieser aparte Debussy. Als Tante Lotte letzte Woche drüben war, arbeitete sich die Achtzigjährige gerade auf allen Vieren die Kellertreppe hoch, den Briketteimer immer eine Stufe voraus. Alfred sah das vielfleckige Haut- und Knochenwesen krabbeln. Dünne, sagte Tante Lotte, halten mehr aus als Dicke. Siehe Alfred und sie selbst. Auch die Einsamkeit. Einsam ist ein Christ ja nie. Paulus hat geraten, allein zu bleiben. Der Partner lenkt dich von Gott ab. Die Doktorin hatte ihm einmal die Einsamkeit als Künstlerbedingung schmackhaft machen wollen, die Tante versucht's mit Paulus. Wer so redet, war nie auf dem Aleischen Feld. Leider habe seine Mutter ihn immer ins Zimmer gesperrt. Wie wurde auf dem Carlowitzplatz Prinzessin und Räuber gespielt! Das schulte, rüstete einen aus fürs ganze Leben! Mein Gott, was haben sie in der Carlowitzstraße für wunderbare Kachelöfen gehabt! Drei Kachelöfen. Noch einen Winter überlebt sie nicht in ihrem kalten Zimmer bei Frau Gosch. Seit 1945 wohnt sie jetzt ohne eigene Möbel.

Jeden Winter friert sie noch mehr. Aber sie will nicht klagen. Mit seinem Los zufrieden sein, und gleich geht's einem gut. Wie ihr Frieder gesagt hat: Der Mensch hält viel aus und, wenn's sein muß, noch mehr. Wie hat sie sich doch über diesen warmen Schottenrock und diese Weste gefreut. Ganz genau das, was sie sich wünschte. Seit 1941 ihre ersten neuen Sachen. Allein diese Riesennadel, mit der man den Wickelrock schließt: ein Kunstwerk. Sie hat es gemerkt, wie sie heute aus dem Haus ging: mit so etwas an trägt man die Nase gleich wieder höher.

Am Tag seiner Ankunft war der Schneenotstand erklärt worden. Die Elf fuhr nicht mehr. Er mußte sich die steile Plattleite hinaufarbeiten. Zum Glück hatte er, was er der Doktorin bringen wollte, geschickt. Nur ihr 4711-Lieblings-Flakon Johann Marie Farina, einen Steifftierkatalog, eine Rätselzeitung und ein Büchlein mit Propst-Grüber-Predigten brachte er selber.

Die Doktorin saß im blauen Sessel neben der Kommode. Über der Kommode hingen die Bilder von Vater und Mutter, jedes in seinem kreisrunden Goldrahmen. Alte Bekannte. Auffallend würdig. Wo hatten die bloß diese Haltung her damals? Und einen Gesichtsausdruck, als sei es im 19. Jahrhundert leichter gewesen. Die Doktorin war alt geworden. In fünf Jahren war sie in ein anderes Zeitalter geraten. Der mächtige Kopf – der einzige Kopf, den er lieber Haupt genannt hätte als Kopf –, dieses vom vollen weißen Haar schön behelmte Haupt war nur noch etwas, was man lieber gar nicht gesehen hätte. Bisher war das Gesicht immer streng und groß vom Haar gefaßt gewesen. Jetzt, ein Gefluder von nichts mehr deckenden Haaren, ein nach allen Seiten auseinanderlaufendes Gesicht; die gewaltige Stirn ein fleckiges runzliges Ding, unter dem Augen hervorschauten, denen die Behauptung, alles sei wie immer, jämmerlich mißlang. Und aus einem Mundwinkel näßte es. Er hätte der Doktorin diese Nässe gern abgewischt, aber er traute sich nicht. Sie sagte, der erste Nachmittag gehöre ihr, alle folgenden ihm. Zuerst

müsse sie ihre Last loswerden. Lina Leim ist tot. Die Spinatwachtel flattert und schwätzt und dient nicht mehr. Hier, direkt vor ihr zusammengebrochen. Deren Schwester, die sich nie um die muntere und gegen Ende nur noch alkoholisierte Lina gekümmert hat, rennt jetzt herum und verbreitet, Lina sei von Fräulein Dr. Goelz so rücksichtslos ausgebeutet worden, daß sie habe zusammenbrechen und sterben müssen. Und die neue Heimleiterin, die alles aufschnappe, was sich gegen das Fräulein Doktor verwenden lasse, blase jetzt zum Angriff gegen die letzte Vollakademikerin des Heims. Sofort habe man ihrem Antrag, vom Raum hinter dem Vorhang endlich eine Tür zum Gang hinaus durchzubrechen, nachgegeben. Der Durchbruch erfolgte sofort, aber jetzt sei angeblich keine Tür aufzutreiben. Bei dieser Kälte. Die Leiterin will, daß die Doktorin ins Parterre ziehe. Oder überhaupt weg, ab in ein Heim für Pflegefälle. Sie stufe sie als gehbehindert ein. Ganz offen habe diese Dame, als sie ihre erste Ansprache hielt, erklärt, die Insassen seien für sie Nummern und müßten sich daran gewöhnen, als Nummern behandelt zu werden. Die Zeit der Privilegien sei vorbei. Also wenn Frau Blümel nicht wäre, hätte sie nicht überlebt. Frau Blümel ist ein Wunder. Viel weniger schwatzhaft als befürchtet. Nicht so distanzlos wie die Spinatwachtel. Außer zum Fräulein Doktor und zu zwei Verwandten geht sie noch zu drei Adeligen, zu einem Freiherrn, einer Gräfin und einer Baronin. Also kann sich das Fräulein Doktor durch Frau Blümels Zuwendung ein bißchen geadelt vorkommen.
Jetzt lachte sie. Alfred lachte mit. Ja, senil sei sie noch nicht. Kein bißchen. Das werde er, der noch immer ihr lieber, lieber Junge sei, im Lauf dieser Woche selber feststellen können. Nur die Blase. Schmerzhaft und zermürbend. Die Ärztin: Zu Besorgnis kein Grund. Gesundheitlich! Sonst leider genug. Die neue Leiterin versucht, jede Entscheidung so zu treffen, daß der größtmögliche Anti-Dr.Goelz-Effekt erzielt wird. Ja, es wird ein Kampf auf Leben und Tod. Sie hätte der neuen Leiterin schmeicheln sollen gleich am ersten Tag. Hat sie Al-

fred nicht oft genug den Satz ihres Vaters aufgesagt: Wer dir als Freund nicht nützen kann, kann dir als Feind sehr schaden. Zu spät. Der Krieg ist erklärt, sie wird ihn in Ehren durchkämpfen, der Ausgang liegt in Gottes Hand. Aber ohne Alfreds Liebesgaben wäre sie schon nicht mehr. Die Datteln im letzten Paket, also, sie hat sich besinnen müssen, erst als sie sie im Mund hatte, als sie von dieser Oasensüße förmlich durchströmt wurde und die Zunge nach dreißig Jahren die Bekanntschaft erneuerte mit dem einmalig spitzen Kern –, da tauchte das Wort wieder auf aus der Vergangenheitsnacht: Datteln. Und dann auch noch Bahlsenkekse! Ja, woher weiß er denn das, daß für sie bis zum Krieg jeder Bahlsenkekstag ein Feiertag war! Nicht daß Afrika oder Hannover ins Zimmer gekommen wären, aber man selber erlebte sich unversehens als einen deutlich hervorgehobenen Menschen. Gar nicht buchstabierbare Hoffnungen keimten in einem und überall. Was hielt man nicht alles für möglich, bloß weil man Datteln oder Bahlsenkekse gegessen hatte! Und der van-Houten-Kakao, der gute. Daß es den nach Krieg und Aberkrieg immer noch gibt. Wenn er ihr immer soviel Kaffee schickt, daß sie, weil sie einteilerisch erzogen wurde, alle Polit-Postschikanen ausmanövrieren wird, so versorgt er sie damit ganz direkt mit Betriebsstoff, den auch der Geist, der erdgebundene, braucht; aber daß er dann auch noch an van-Houten-Kakao denkt, der doch gar nicht nötig wäre, aber eben so unglaublich willkommen –, das, lieber Junge, weist Sie aus als Lyriker. Van Houten, mein lieber, lieber Junge, das ist der Clou.

Alfred wagte am ersten Nachmittag nicht zu gestehen, daß der zweite Nachmittag der letzte sein würde. Ein Nachmittag für Berthel Mewald. Einer für Heribert Priebe. Ja, dem hatte er schreiben müssen. Und als er ihm schrieb, hatte er gestehen müssen, daß er ihn, käme er nach D., gern besuchte. Wahrscheinlich ein Schwächeanfall. Ein unaufklärbares Versagen. Ein Zwang, das Gegenteil von dem zu tun, was man für das Richtige hält. Oder gar eine Wirkung Rosellens?!

Als aus dem ersten Nachmittag bei der Vize-Oma schon fast ein Abend geworden war, gestand Alfred, daß er nur noch morgen kommen könne. Er gab keine Gründe an. Jeden Grund hätte die Doktorin als eine Beleidigung empfunden. Die Doktorin nickte. Sie war gleich zweiundachtzig. War nicht immer genau das Unerträgliche passiert? Alfred sagte, er komme dafür am zweiten Nachmittag früher. Sie zog die Lippen ein und nickte wieder.
Am nächsten Nachmittag war es ihr peinlich, daß sie vergessen hatte, welches Problem sie diesmal für Alfred hatte bedenken wollen. Sie habe ihm doch gestern, bevor er ging, versprochen, darüber nachzudenken und ihm heute ihre Meinung vorzutragen. Und als sie dann, als er gegangen war, sein Problem bedenken wollte, hatte sie vergessen, was es war. Sie entschuldige sich. Senil ist sie nicht, nur das Gedächtnis will nicht mehr so. Alfred beruhigte sie. Gestern waren nur die Sorgen der Doktorin besprochen worden, er hatte kein Problem hinterlassen. Aha, sagte sie und kriegte wieder den Gesichtsausdruck, den sie früher hatte, wenn sie analysierte. Gedächtnis und Gewissen, sagte sie. Das Gewissen übernimmt die Funktion des nachlassenden Gedächtnisses. Und tut – wie es sich für ein Gewissen schickt – gleich zuviel des Guten. Klagt sie die ganze Nacht an, daß sie das Alfred-Problem, das sie zu lösen versprochen hat, einfach vergessen habe. Ein peinlicher Circulus: Je müder das Gedächtnis, desto wacher das Gewissen. Andauernd diese Vorhaltung: Du hast etwas vergessen! Los, denk nach! Du schläfst nicht ein, bevor du nicht weißt, was du Alfred versprochen hast. Kein Auge hat ihr Gewissen sie zutun lassen in der vergangenen Nacht. Der Sieg des Moralischen über das Biologische. Grausam.
Alfred hatte ihr die Entwürfe für das Grabmal mitgebracht. Seine eigenen und die von Professor Scheibe: Scheibe will den Stein viel schmäler haben, eine Grabstellenbreite nicht überschreitend, und er soll nicht rechteckig sein, sondern von unten nach oben schmäler werden. Dieses Schmälerwerden

nannte die Doktorin eine Vergeistigung. Das Lamm mit Kreuz im Nischenrund fand sie edel. Alfred sagte, ihm sei das Lamm noch zu wenig jung. Es sei eher ein Schaf als ein Lamm, alterslos. Er habe sich aber wirklich ein Jungtier vorgestellt, eins, das gerade zum ersten Mal versuche aufzustehen. Auf den Hinterbeinen steht es schon. Die Vorderbeine noch eingeknickt. So jung, und hat nichts als das Kreuz! Professor Scheibe hat ihm versprochen, zu weiteren Studien in den Zoo zu gehen. Alfred hat gebeten, auch Grünewalds Kreuzigungsbild noch einmal anzuschauen, so jung wie dort das Lamm beim Täufer steht, soll seins mindestens sein. Im Augenblick ist die Schrift das schwierigste Problem. Es werden natürlich keine Metallbuchstaben aufgesetzt, die Buchstaben werden ausgemeißelt, dann nicht mit Blei ausgegossen, sondern als ausgemeißelte belassen, wie das im Altertum Brauch war. Aber in der edlen und allein würdigen Antiquaschrift gibt es kein *ß*. Und Mutter ist nun mal eine geborene Leißring. Was tun? Auf die edle Antiqua verzichten oder Leißring mit zwei s schreiben? Also, die Doktorin würden zwei s überhaupt nicht stören. Die Mutter hat aber, sagt Alfred, ihren Mädchennamen nie mit zwei s geschrieben! Aber, sagt die Doktorin, sie hat ihn nie auf ein Denkmal übertragen müssen. Das sogenannte scharfe s findet die Doktorin nicht denkmalwürdig. Es stamme ja aus der Sütterlinschrift. Da sei dem langen s-Buchstaben, der nichts gewesen sei als ein Einser mit Unterlänge, einfach so eine Scharfmachepakkung draufgekleistert worden. Nein, nein, zwei s ist viel besser. Edler! Jetzt das peinlichste Problem. Oberes Drittel: das vertiefte Rund mit Lamm drin. Dann die Schrift. Zuerst also: M u t t e r. Aber er will es mit Ausrufezeichen, als Aufschrei. Er malt es der Doktorin hin. MUTTER! So will er es. Aber der Professor: Paßt nicht zum Stil dieses Denkmals. Der nur ein wenig, also in einer sehr verhaltenen Dramatik schmäler werdende Stein, der feine Untersberger Marmor, die edle Antiquaschrift, und dann ein Ausrufezeichen? Nein, nein, nein. Die Vize-Oma schließt sich dem Professor an. Ausrufe-

zeichen findet sie zu äußerlich. So darf Alfred seinen Schmerz nicht verraten.
Die Doktorin war wieder die einzige, die sich auf sein Problem einließ. Er mußte ihre Hand ergreifen. Beide waren jetzt gerührt, schwiegen und sahen an einander vorbei. Das war die Gelegenheit, den Schillerplatz zu verraten. Sobald er dort von seinem Denkmalvorhaben anfange, setze allgemeines Kopfschütteln ein, die Augen weiteten sich vor Entsetzen. Tante Lotte, als handle es sich um einen Wintermantel: Für die Hälfte kriegst du auch was Schönes. Ja, seufzte die Doktorin, ein freundliches Wesen, erstaunlich hilfsbereit, aber primitiv. Den Vater mußte er noch extra hinreiben. Der rechthaberische Erzieherpessimismus des Vaters sei ungebrochen und kränkend wie eh und je. Dabei sei der Vater inzwischen durch seine Hörigkeit selber eine komische, bedauernswerte Figur. Er versuche, lächerlich beflissen, jeden Wunsch seiner Judith zu ahnen, bevor die ihn ausspreche. Ja, eine Persönlichkeit ist er nicht, sagte die Doktorin. Das war ihr Spruch seit Jahren. Herr Dorn sei nie eine Persönlichkeit gewesen. Viel zu sinnlich. Alfred lieferte das jetzt fällige Reizwort: Deshalb sein Haß gegen die Mutter. Nein, sagte die Doktorin, gehaßt hat er sie nicht. Sie war ihm nur im Weg. Sie hat ihn gehindert, seine schmutzigen Leidenschaften auszuleben. Daran habe sich der Vater, sagte Alfred, nicht hindern lassen, siehe die zweite Martha, siehe Judith. Alles jahrelange Affären. Die Doktorin: Nicht zu vergessen Mutters Stiefschwester Gustchen. Ja, sagte Alfred, Tante Gustchen wahrscheinlich auch. Die Doktorin wußte es sicher. Deshalb habe die Mutter darauf bestanden, daß Gustchen schon im Jahr 47 aus dem Bauernbusch wieder ausgezogen sei. Und wenn der Vater und Gustchen unschuldig gewesen wären, hätten sie sich gewehrt. 1947! In der größten Wohnungsnot! Und die Möbel waren zum Teil mit Gustchens Auslandspapieren bezahlt worden. Ja, sagte Alfred, und als Tante Gustchen nicht aufgehört habe, von der Mutter auf die unflätigste Weise die Möbel zurückzufordern, sei er hinaus zu ihr nach Tolkewitz und

habe ihr mitgeteilt, am Bauernbusch sei sie unerwünscht. Darauf sie: Ihr Mann sei in russischer Gefangenschaft, ihr Schwager habe auch für sie da zu sein. Da zu sein! sagte sie so frech, daß es schon eher ein- als zweideutig gewesen sei. Darauf habe er sie angebrüllt. Er sehe noch immer ihr siegessicheres Grinsen. Vater und Mutter hatten, solange die in der Wohnung war, nur Krach. Das mußte der einmal gesagt werden. Und dann heim und gemeldet, das Tante Gustchen-Problem sei ein für alle Mal erledigt. Da fängt der Vater an, die arme Krankenschwester Augusta Nuschke zu verteidigen! Die ganze Woche opfert sie sich für die Kranken. Jeden Sonntag verbringt sie am Bahnhof und wartet, daß in einem der Heimkehrerzüge ihr Mann zurückkomme. Eine solche Frau ekelt man aus der Wohnung, die man mit ihrem Geld eingerichtet hat, und dann brüllt sie dieser grüne Schnösel auch noch an. Der erste ganz große Streit zwischen Vater und Sohn. Weil der Sohn für Ohrfeigen schon zu groß ist, wirft der Vater eine Tasse nach ihm. Die hieß in der Familie die Uhligsche Tasse. Dicht an Alfreds Kopf vorbei und durchs Fenster hinaus. Im Winter 47/48, als man in Dresden für Privates wirklich überhaupt keinen Handwerker kriegte. Später sei dem Vater dieser Mordanschlag offenbar peinlich gewesen, und er habe die Version durchgesetzt: natürlich hätte er, wenn er gewollt hätte, Alfred treffen können! Er hat also absichtlich vorbeigeworfen. Mutter hat da gesagt: Na scha!

Alfred brauchte jemanden, dem gegenüber er den Vater bis zur Verleumdung beschimpfen konnte. Er spürte, daß er noch ein Verhältnis zum Vater hatte, das in diesem Schimpf nicht vorkam. Aber dieser Schimpf mußte auch sein.

Der Abschied von der Doktorin wurde schwer. Beiden. Wann wieder? Wie oft würde es noch gelingen, diesem Staat eine Einreiseerlaubnis abzutrotzen. Das muß man dem Vater lassen, er hat diesmal alles eingesetzt, um Alfred nach Dresden zu bringen. Sein ganzes politisches Wohlverhalten hat er in die Waagschale geworfen. Ob er das noch einmal tut? Ob es ein zweites Mal wirkt?

Als er schon aufgestanden war, wagte er noch etwas zu fragen, was er schon oft hatte fragen wollen: Ob sie ihm seine Briefe mitgeben könnte? Oder wo die, falls auch ihr einmal etwas zustieße, blieben? Er habe ihr all die Jahre immer treu und ausführlich berichtet, aus Leipzig und aus Berlin. Und manchmal denke er, das einzige, wozu er imstande sei, sei ein Buch wie das von Kügelgen, Jugenderinnerungen eines alten Mannes. Wenn alles andere mißlingt, was er nicht glaubt – seine Sturz-Trias Schneider-Brühl-Bellerophon wachse in ihm wie die Blumen unterm Schnee, ein Frühling werde es beweisen –, dann wäre es gut, eine letzte Zuflucht zu haben, das wäre für ihn ein Kügelgen-Projekt. Und Kügelgen, das wisse sie am besten, hätte ohne aufbewahrte Briefe so schön genau nicht schreiben können. Deshalb wage er so zu fragen, einfach um irgendeine Verfügung zu treffen, die im Notfall das Schlimmste verhindere, den Verlust nämlich seiner vielen und immer so redseligen Briefe.
Noch nie hatte er daran gedacht, ein Kügelgen werden zu wollen; dieses Buch, weil es nichts als bewahren will, liebte er; um der Doktorin die eigene, auf nichts mehr zurückführbare Bewahrsucht literarisch zu kaschieren, war er auf Wilhelm von Kügelgen gekommen.
Die Doktorin ruderte mit den Händen durch die Luft, schüttelte den Kopf, brachte die durch die Luft fahrenden Hände in eine Richtung. Auf den Ofen zeigte sie. Alfred, sagte sie dann, ganz streng und mit der tiefstmöglichen Stimme. Mein lieber, lieber Junge! Gleich sei sie zweiundachtzig. Die Nieren, die Blase, das Herz. Attacken jeder Art. Und dann Alfreds Briefe, diese überquellenden, keine Grenze der Mitteilbarkeit achtenden, bis ins schmerzlichst Persönliche reichenden Intimzeugnisse, die Fremden in die Hände fallen zu lassen –, Alfred, liebster Junge! Sie hat abwägen müssen. Immer wenn's ihr schlecht ging, hat sie das entscheiden müssen. Und der Schutz der Intimsphäre Alfreds war immer ihre oberste Verpflichtung. Der hat sie sich gebeugt, hat den Schatz, den seine Briefe für sie waren, geopfert. Geweint hat

sie jedesmal dabei. Sie weint sonst nicht mehr. Aber daß sie diese Briefe verbrennen mußte, um Alfreds innerste Schwäche vor Banausen-Neugier zu schützen, das hat sie jedesmal zum Weinen gebracht. Soll er doch selber sagen: wie er sich ihr in seiner ganzen Misere und unter Überwindung aller Schamvorbehalte offenbart hat –, das durfte außer ihr niemand lesen. Auch Muttchen nicht. Deshalb hat das vernichtet werden müssen. Das wäre seiner furchtbaren Intimität wegen sowieso nicht zu veröffentlichen gewesen. Das war nur zum Verbergen oder zum Verbrennen. Da sie das Verbergen nicht für immer garantieren konnte, hat sie das Verbrennen wählen müssen. Alfred nickte wie jemand, der etwas einsieht. Dann ging er also. Sie bat noch um ein Adenauer-Foto. Adenauer sei ihr wichtig geworden. Alfred versprach's.

Obwohl es schon dunkel war, wählte er den am Wald entlang und durch den Wald durch führenden Nachtflügelweg. Der war überhaupt nicht geräumt und kein bißchen beleuchtet. Er suchte nach Tritten anderer, um nicht bei jedem Schritt im Tiefschnee zu versinken. Er weinte. Ziemlich heftig sogar. Es schüttelte ihn richtig. Er konnte gar nicht mehr durchatmen. Es war wohl ein Anfall.

Er kam spät heim. Tante Lotte war schon gegangen. Judith erschrak über sein Aussehen. Der Vater sagte, ohne Alfred eine Gelegenheit zur Erklärung zu lassen, er habe Alfred zuliebe auf sein Mittwochskränzel, also auf seinen geliebten Skat verzichtet, und Alfred hocke nicht nur den ganzen Tag, sondern auch noch den ganzen Abend in der Hegereiter Straße! Im Altersheim! Da er um sechs Uhr aufstehen müsse, müsse er jetzt zu Bett gehen. Und ging. Mit Lumpi. Mit Judith. Alfred tat es leid. Aber er war auch froh.

An den Vormittagen versuchte er, Tante Lotte zur Mitarbeiterin an seinem Pergamon-Projekt auszubilden. Sie dagegen versuchte, ihn für Gesundheit und Christentum zu interessieren. Daß er jetzt, hier, ohne lange Unterhosen durch Schnee und Kälte rannte, brachte sie fast zum Weinen. Sie werde es dem Vater sagen.

Dann also zu Priebe, ohne die von Tante Lotte befohlenen langen Unterhosen anzuziehen. Also, übers immer noch eher graue als blaue Wunder und hinauf in den Steinweg, der noch steiler und glatter war als die Plattleite. Alfred brachte die beliebten West-Waren, aber auch ein Buch mit Gesprächen mit Strawinsky. Daß Priebes Zimmerwände immer noch mit riesigen, knapp bekleideten Mannsbildern tapeziert waren, erschreckte ihn, obwohl er geglaubt hatte, darauf gefaßt zu sein. Er schaute natürlich nicht hin. Zum Fenster hinaus zu schauen war auch nicht möglich, weil das Elbtal und Dresden im düstersten Dunst versunken waren. Priebe entschuldigte sich für das Wetter, für das er sich aber bei einem Dresdener ja nicht entschuldigen müsse, im Sommer gehöre die Elbe den Dresdenern, im Winter die Dresdener der Elbe. Die Nebelgeister und die des Sozialismus hätten ein und denselben Ehrgeiz: alle sollen gleich viel, beziehungsweise gleich wenig Aussicht haben. Er wolle sich wirklich nicht beklagen. Ein einziger Sturm, und der Himmel ist wieder blank, es herrscht die reine Transparenz, Herr Priebe sieht dann die sich hinüber- und wieder herüberbiegende Elbe, den Doppelturm der Strehlen-Kirche, bis auf den Erzgebirgskamm sieht er dann. Das überraschendste war Priebes Bart. Ein Kinnbart. Alfred dachte, wenn er hier lebte, würde er, auch wenn er sich noch so nach einem Bart sehnte, jetzt keinen Kinnbart ertragen. Dem Staatsratsvorsitzenden hing genau diese Art Bart übers Kinn. War das Opportunismus oder wahre Unabhängigkeit? Darüber stand ihm kein Urteil zu, das spürte er.
Heribert Priebe lagerte sich auf einer Chaiselongue, in deren Bezug Gold dominierte. Er habe es, sagte Priebe, seit Stalingrad geschafft, unter nichts mehr zu leiden, aber sein eben dort durchschossenes Bein sei bei diesem Winterwetter erinnerungssüchtig. Alfred war froh, daß Priebes auffällige Lagerung sich so einfach erklären ließ. Sie begannen mit Wissen-Sie-noch. Als Alfreds Klasse plötzlich Russisch kriegte, war das bei Richter? Ja, und er war uns immer genau vier Lektionen voraus. Aber Priebe sagte dann, er spreche lieber über

sich als über Abwesende. Ja, ein Leidenstyp sei er nicht. Mit einem Blick sehe er, daß er sich da von Alfred Dorn unterscheide. Er nehme sich etwas vor, das setze er durch. Oh, an Härte fehle es ihm nicht. Damals in der Schule sei er ja noch nicht einmal mit dem Studium fertig gewesen. Lehrer, Student und Journalist sei er gewesen. Jetzt Musikschriftsteller. Im Radio hat er eine Serie: *Rund um den Zwinger*. Dann sagt er regelmäßig die Tanzsymphoniker an. Sein Büchlein über die Dresdener Staatskapelle, das älteste Orchester der Welt, dürfe immer noch nicht erscheinen. Zuviel Vergangenheit. Er habe aber ausgezeichnete Nerven. Für seinen nächsten Zyklus *Mozart vierhändig* haben sich schon dreihundert Abonnenten eingetragen.

Spreizte sich dieser bald Fünfzigjährige vor ihm? Obwohl er da auf seinem altfranzösischen Ruhebett lag, tanzte der, spreizte sich vor ihm. Alfred empfand dieses Benehmen als einen Angriff. Plötzlich wußte er, warum er Priebe besucht hatte. Er wollte, er mußte Priebe und sich selber beweisen, daß er nicht homosexuell sei. Er war, während Priebe redete, keine Sekunde entspannt. Er saß sozusagen abwehrbereit, konzentriert, verkrampft. Also, Priebe arbeite im Augenblick an einem Aufsatz: *Der Wald in der Musik*. Für eine Anthologie. Vielleicht macht er einen Zyklus daraus. Sein erfolgreichster Vortrag ist bis jetzt: *Thomas Mann und die Musik*. Siebenundzwanzigmal gehalten. In Bautzen, vor jugendlichen Strafgefangenen, spricht er einmal im Jahr über *Musik, eine Bereicherung des Lebens*. Toll, wie gut die reagieren. Das gibt einem etwas, wenn man erlebt, wieviel man anderen geben kann. Es ist schrecklich, aber ihm geht es gut. Und daß es ihm gutgeht, hält er für eine Leistung. Für seine Leistung. Und darum geht es ihm gut. Ja, ihm fehlen Bücher, Platten aus dem Westen. Er hat Verbindungen nach Duisburg und Sindelfingen. Aber der Staat kommt auf immer neue Tricks, seine Verbote wirklich durchzusetzen. Jetzt gerade der sensationelle Fortschritt: Westplatten dürfen herein. Aber nur wenn sie nicht in der BRD gepreßt worden sind! Wenn

Electrola jetzt in Dresden Strauß mit Lisa della Casa produziert, aber in der BRD preßt, sind diese Platten in Dresden verboten. Ihm haben die Zöllner schon mehr als eine Platte einfach zerbrochen. Nur die Platte, die Hülle war ungeknickt. Es ist ein ununterbrochener Kampf. Priebes Erfahrung: es gibt immer einen Weg. Darum geht es ihm so gut. Je blödsinniger die Gesetze, desto amüsanter, sie zu umgehen. Es gibt nichts Schlimmes, das nicht sein Gutes hätte. Wäre heute brillantes Winterwetter, sähe er und sähe sein Besucher, daß Priebes Fensterscheiben längst geputzt gehören. Die fehlende Transparenz liegt vielleicht nicht nur am Wetter. Aber die Wettermisere erlaubt die Illusion, die Scheiben seien sauber. Ach ja, er freut sich natürlich über das Strawinsky-Buch. Strawinsky bewundert er. Schließlich hat Strawinsky unseres Webers Partituren ihrer Transparenz wegen als beispielhaft bezeichnet. Gut, er führe gern einmal nach San Remo. Von Heinrich Böll stand aber hier gerade in der Zeitung, er lebe in einem superfeudalistischen Staat. Bitte, so Böll über die BRD. Von einem, der doch wohl weiß, was er sagt. Ja, Bücher von Hubert Fichte, James Baldwin, Truman Capote und Jean Genet fehlen ihm, aber er wird sie sich beschaffen, darauf kann sich dieser Staat verlassen. Westliche Hemden hat er genug. Kräuselkreppsöckchen seit Weihnachten auch. Duisburg und Sindelfingen sorgen für ihn. Aber von Hans Werner Henze hat er immer noch nichts. Und dann und wann glaubt man, eine Dose Nivea wäre überhaupt das Höchste. Bedürfnisstau, Bewußtseinstrübung. Zweimal gepustet, dreimal gespuckt: die Transparenz kehrt zurück. Du wohnst am Elbhang, wirst geholt bis nach Schwerin, was soll's. Das ist die Lage. Und wenn du mal glaubst, daß du ein Gschaftlhuber bist, kannst du dir beweisen, daß du nicht unter allen Umständen einer wärst. Jeder, der hier lebt, ist ein Opportunist und ein Widerstandskämpfer. Sehen Sie, wie Struppihund mit dem Schwanz wedelt! Wenn ich mich freue, freut er sich auch. Daran sehen Sie, daß ich mich über Ihren Besuch sehr freue. Und er bedankte sich zärtlich bei Struppihund dafür, daß der ihm die Gelegenheit gegeben habe, das so zu sagen. Ach, was täte er auch ohne seinen Struppihund! Nicht leben möchte er ohne den. Den Paragraphen 175 hat man in der DDR gestrichen. Jetzt müßten nur noch die Saphire besser werden, dann könnte es sich zu leben noch lohnen. Ach, es lohnt sich doch. Auch ohne erstklassige Saphire und San Remo. Da kommt doch aus dem transparentesten Himmel, ganz und gar unvorhersehbar, ein liebes Päckchen von einem Alfred Dorn aus West-Berlin. Suchard plus Kaffee. Lechz, lechz, macht man da. Die braune Medizin schon wieder für drei Wochen gesichert. Und wann treffen diese Liebesgaben ein? Am achten Achten. Das aber ist Heribertchens Geburtstag. Also ist Alfred Dorn ein Geburtstagsengel. Und wie denn nicht! Engel sind – wer weiß das noch nicht?! – rein männlichen Geschlechts.

Jetzt griff Priebe an. Alfred und er, seit 1946 miteinander bekannt. Er, als der Ältere – ach wär er's doch nicht! – biete Alfred das Du an. Mit Wodka wurde es besiegelt. Auf eine umständliche Art. Priebe fuhr mit Hand und Arm unter Alfreds Arm durch, per Arm verbunden, mußte der Wodka getrunken werden. Priebe würde diese komische Verbindung erst wieder lösen, wenn Alfred sein Wodkaglas ausgetrunken haben würde. Danach mußte Alfred husten. Als Priebe ihm auf den Rücken klopfte, war der Husten sofort weg. Priebe sagte, jetzt komme der Bruderkuß. Zum Glück auf die Wangen. Nach östlicher Art. Alfred war jetzt so verkrampft, daß er gehen mußte, und zwar sofort.

Alfred war froh, daß er ins Haus und aus dem Haus gekommen war, ohne Frau Kleineidam, Emil Scherzers Großmutter, begegnet zu sein. Heribert Priebe hatte ihn bis zur Haustür begleitet, hatte bei der Verabschiedung lange seine Hand gehalten und hatte gesagt: Daß du gekommen bist, heißt für mich, du kommst wieder. Er sei nun einmal ein Optimist. Schrecklich, nicht wahr? Alfred schüttelte heftig den Kopf und ging. Nicht fallen, rief Priebe ihm nach. Aber Alfred fiel sofort. Das Geländer an der den Weg säumenden

Mauer war nicht auf der Seite, auf der das Haus lag. Es gelang nicht, über den Weg hinüberzukommen. Er rutschte ein Stück weit hinunter, hinüber auf die Geländerseite. Alfred zog sich am Geländer hoch und ließ es nicht mehr los, bis er drunten war auf dem nur halb so steilen Veilchenweg. Auch da rutschte und torkelte er mehr, als er ging. Er war eben doch kein Engel. Diese Mitteilung, daß Engel männlichen Geschlechts seien, rumorte in ihm. Von allen Angeboten, sich die sogenannte Fortpflanzung vorzustellen, war ihm das von Fra Angelico in seinem Bild von der *Verkündigung* das sympathischste. Wie dieser Engel sich zu Maria hinbeugt und sie sich herbeugt, und beide tun's vor Goldgrund, und zwischen ihnen ragt aus der Vase eine Blume mit drei Blüten, über die hinweg die Verkündigung gegeben und empfangen wird. Wenn aber der Engel ein Mann ist, wird aus dem Bild eine Transvestiten-Show.

Am Schillerplatz wollten alle drei wissen, wie es gewesen sei. Herr Priebe habe westliche Hemden genug, sagte Alfred. Daß er mit Priebe per Du war, verschwieg er.

Der Vater, heute die liebende Zuneigung selbst, wollte, daß Alfred ihm jetzt verspreche, West-Berlin so bald als möglich zu verlassen. So kamen sie wieder auf das Grab und damit auf das Denkmal. Der Vater nannte es: viel zu feudal. Daß er damit Alfred eine Freude machte, ahnte er nicht. Den Einwand, daß die Mutter von dem Grabmal nichts habe, fand Alfred trivial. Am meisten fürchtete der Vater, Alfred wolle für immer in West-Berlin bleiben, nur um in der Nähe des Grabes zu sein. West-Berlin werde aber noch ein paar Jahre durch Einschränkungen mürbe gemacht, dann kassiert. Der Osten könne mit dieser offenen Wunde nicht leben. Wie weit Chruschtschow gehe, habe er gerade in Cuba bewiesen. In Berlin werde er nicht, wie in Cuba, gerade noch einlenken, sondern zuschlagen, weil die Amerikaner, wenn es um Berlin gehe, weniger empfindlich seien als im Fall Cuba. Also, bitte, fort, weg aus dem umklammerten Fragment West-Berlin! Treffen müsse man sich in Zukunft ohnehin in Marienbad

oder Prag. Hier seien alle müde geworden, jeder Auftrieb fehle, keine Aussicht auf Besserung, die Versorgung so schlecht wie noch nie. Diesem Marxisten-Staat sei es völlig gleichgültig, wie viele Menschen an ihm zugrundegingen.
In der ganzen Woche fand der Vater nur einen Grund, sich zu freuen: der Rasierapparat und die *eisgehärteten* Klingen. Jeden Morgen steht er jetzt gern auf und gerät jedesmal in eine Begeisterung. Sein Friseur ist ja nun auch alt geworden und kann ihm sein Messer so gut wie nicht mehr abziehen. Kein Mensch zieht einem hier noch ein Messer ab. Von Jahr zu Jahr hat es ihm allmorgendlich noch mehr gegraust vor dem Rasieren mit dem stumpfen Messer. Trotz langen Einseifens immer mehr Wunden und Schmerzstellen. Jetzt aber, ob mit dem Strich oder gegen den Strich –, jede Rasur wird zum Genuß. Und Judith und Tante Lotte, die Vaters harten Bart kannten, stimmten zu wie aus eigener Erfahrung.
Alfred konnte sein Entsetzen über die verbrannten Briefe nicht die ganze Woche unterdrücken. Wem denn, wenn nicht den Nächsten, sollte er diesen Schock beichten! Aber alle drei fanden, was die Doktorin getan hatte, richtig, weise sogar. Froh könne er sein! Wenn die Doktorin vor lauter Sentimentalität die Briefe aufbewahrt hätte, gestorben wäre und fremde Augen hätten dann seine viel zu weit gehenden Selbstoffenbarungen gelesen –, das wäre doch nichts als peinlich. Tante Lotte wurde so laut und dringlich wie noch nie. Alfred, nicht soviel Schriftliches hinterlassen! Auch Alfred schließe einmal die Augen, dann würden Fremde in seiner Hinterlassenschaft wühlen und lesen! Ihr genüge schon die Vorstellung, daß staatliche Kontrolleure mitläsen, um ihr die Freude am Briefeschreiben zu verderben. Der Vater sagte, er sehe seit langem, daß Alfred fanatisch alles Frühere sammle, um einmal alles in ein Buch zu bringen. Und er wisse auch, daß er in der Selbstdarstellung Alfreds die mieseste Rolle spielen werde. Alfred war überrascht. Diese Einfühlung hätte er dem Vater nicht zugetraut. Der Vater dachte schon weiter, als Alfred bis jetzt gedacht hatte. Er konnte ihn beruhigen. Ihm sei

das Bewahren selbst das wichtigste. Darüber gebe es in ihm nicht den geringsten Zweifel. Er müsse einfach bewahren. Und nicht weniger als alles. Manchmal beherrsche ihn gegen jede Wahrscheinlichkeit das Gefühl, eines Tages werde alles, was er bewahre, veröffentlicht werden. Deshalb behandle er seine Vergangenheitszeugnisse, als handle es sich um fremde Heiligtümer.

So groß geriet ihm diese Erwiderung. Er staunte selber, daß er sich jetzt noch sagen hörte, er, Alfred, sei zwar weder im Amt noch in seinem Zimmer je in wohliger Übereinstimmung mit sich selbst; er sei auf eine Weise allein, wie er es noch nie von einem anderen gehört habe; aber vielleicht seien viele so allein und sprächen's nur nicht aus, weil es fast unanständig sei, so gar keinen und keine zu haben; leer, angstvoll und gespannt sitze er abends in seinem Zimmer; die einzige Gewißheit, die er habe – und die mache es ihm möglich, diese Art Leben fortzusetzen –: er werde einmal etwas Bedeutendes schaffen.

Er hatte das Bedürfnis, den Vater zu beeindrucken. Aber er sah, daß die nicht staunten. Da fiel es ihm wieder ein, daß die ihn ja immer noch für ein Wunderkind hielten. Daß er etwas Besonderes sei, war für Vater und Tante nichts Neues.

Der Langenauer Weg gehört zwar noch zu Dresden-Bühlau, aber die paar Häuser, die da, längst auf freiem Feld, zusammenstehen, liegen weit ab von der Stadt, sind erlebbar schon eher wie Gönnsdorf, Cunnersdorf, deutlich Dorf eben. Zuerst also zum Bahnhof, als Westler erkennbar werden, und du hast ein Taxi. Karl Jungnickel hieß der Fahrer. Alfred stellte sich auch vor. Bis sie bei Berthel Mewald draußen waren, wußten sie viel von einander. Die Fahrt war schwierig, von der Quohrener Straße ab abenteuerlich. Karl Jungnickel sagte, die erklärten hier den Schneenotstand, damit schöben sie alles auf die Natur und sparten sich die Arbeit. Aber Jungnickel war ein Sportsmann – er fährt Motorbootrennen –, er zwang das hin- und herruckende und rutschende Auto doch noch in den Langenauer Weg. Am besten geräumt war das Stück Weg vom Gartentor zur Haustreppe. Norbert Mewalds Arbeit.

Es war brieflich ausgemacht, daß Alfred nach dem Läuten geduldig warten werde, bis Berthel den Weg vom Bett zur Haustür zurückgelegt haben wird. Der Schnee, sagte sie, schön für die Jugend. Die Hand konnte sie ihm nicht geben. Nervenentzündung. Jede Bewegung schmerzt. Norbert hat ihr Schreibmaschinenarbeit aus seinem Amt besorgt, für drei Stunden täglich. Nach einer Woche die Entzündung, aus.

Da er nicht andauernd an ihr vorbeischauen konnte, mußte er sich an ihren Anblick gewöhnen. Schon bei Mutters Beerdigung war vom Gesicht fast nur noch die Nase übrig gewesen. Jetzt war dieses links und rechts wegfliehende Gesicht vollends verzehrt; der Mund nur eine kleine randlose Öffnung, in die falsche Zähne ragten. Alfred dachte: Die Zukunft. Nichts so sicher wie das. Trotzdem streben alle der Zukunft entgegen.

Seine *Sachen* konnte er nicht sehen. Die seien gut versorgt, droben. Sie könne jetzt nicht hinauf, weil sie wegen eines Sturzes – Fuß und Rippe angebrochen – zur Zeit nicht Treppen steigen könne. Alleine finde er sich nicht zurecht, weil droben Glühbirnen fehlten, auch sei der Weg zu Irmgards Zimmer, wo sie alles von Alfred untergebracht habe, im Augenblick durch Schränke verstellt. Sie warten auf Handwerker. Seit zweieinhalb Jahren. Sie fürchtet, daß Irmgard es nicht mehr lange in Berlin aushält. Sie ist zwar technische Zeichnerin geworden, aber jetzt heißt es, technische Zeichner braucht man nicht mehr, diese Stellen sollen eingespart, die Zeichner in die Produktion versetzt werden. Das würde Irmgard, die politisch schlecht angeschrieben ist, nicht mitmachen. Sie sei überhaupt nicht stabil. Zwölf Urlaubstage pro Jahr. Sozialismus! Frühere Freundinnen und Freunde, die nach dem Westen gemacht haben, schicken ihr Urlaubsgrüße aus Malaga und aus Freudenstadt und aus Greit bei Pfunds in Tirol, sie schickt die bunten Glanzkarten weiter an Vater und Mutter, kommentarlos, aber die wissen, was es heißt: sie hätten sie nicht halten dürfen.

Nicht einmal die Vase, von der er so lange gelebt hatte, konnte

Alfred sehen. Mr. Mewald hat sie noch nicht aus dem Land geschafft, aber er hat sie bei einem Freund in Pillnitz untergebracht, weil ihm die Bruchbude, wie er das Haus seines Bruders nennt, nicht sicher genug sei.

Sonntags, wenn sie jetzt, statt Muckefuck, Alfreds Kaffee trinken, werden sie seiner gedenken. Berthel entschuldigte sich dafür, daß sie ihm zu Weihnachten keinen Stollen, nach Mutters Rezept, geschickt habe. Nur noch ein Bäcker hier oben, und der backt zu scharf, da lassen sich dann keine Scheiben schneiden. Grünhainicher Kurrendefiguren hätte sie ihm schicken wollen, aber die werden nur für den Export geschnitzt. Weihnachten soll's nur noch im Ausland geben. Und erinnert sich, wie man früher beim Stollenbäcker saß, die Frauen, aber manchmal auch die Männer, und hat gewartet, bis die Stollen gebacken waren. Flüsterstollen haben die feinsten geheißen, weil da so viele Rosinen drin waren, daß die einander, auch wenn sie flüsterten, noch verstanden. Mit der Kutsche ist sie mit ihren Großeltern ins Böhmische gefahren, dreierlei Mehl zu holen für dreierlei Stollen. Die besten für Eingeladene, Verwandte und Freunde. Die zweitbesten für die Familie. Die drittbesten für das Gesinde...

Da läutete es. Karl Jungnickel. Berthel mußte jäh unterbrechen. Ach, jetzt hat sie Alfred nicht einmal ihre fünfundsechzig-prozentige Schilddrüsenüberfunktion schildern können. Diese Taxen! Schwager John Mewald kommt immer von der Leipziger Messe herüber mit einem Mercedes-Taxi, das lasse er dann warten, und sei's den ganzen Nachmittag lang. Die Nachbarn stürben jedesmal fast vor Neugier. Alfred mußte gehen. Er zog noch das Büchlein mit Propst Grübers Predigten aus seiner Tasche: *Fürchtet euch nicht.* Damit bestritt er den Abschied. Berthel würde in einer Propst-Predigt auf einen von ihm unterstrichenen Satz stoßen: *Wer ist der Nächste dem, der unter die Räuber gefallen ist?* Und Berthel, die weiß, was Alfred braucht, zückt im letzten Augenblick noch ein Foto: Die Mutter und Alfred, aufgenommen bei Irmgards Konfirmation.

Am meisten bedauerte er, daß er die Porträtbüste nicht hatte sehen können. Er hätte gern seinen Kopf aus dem Abiturjahr in die Hand genommen. Er hatte Angst um seine Sachen. *Bruchbude* stimmte nicht. Es war ein Geisterhaus. Dunkel, kalt, feucht, drohend. Eine Katastrophe auf Abruf. Die drohende Heimkehr der, wie es Berthel ausdrückte, meschanten Irmgard. Sie wolle sich hier bei *HO-Industriewaren* eine Heimarbeit besorgen. In der Filtertütenherstellung. Berthel sagte, das könne nicht gut gehen. Das war der Eindruck, der ihm blieb: Mit diesem Haus kann es nicht gut gehen. Und in diesem Haus war das meiste von dem gesammelt, was ihm geblieben war.

Als Alfred am Schillerplatz ausstieg, ließ er sich Karl Jungnikkels Adresse und eine Telephonnummer geben, über die er ihn erreichen konnte.

Der letzte Abend wurde grotesk, weil Tante Lotte ihn unbedingt heiter gestalten wollte, außer ihr aber niemand sich an diesem Versuch beteiligen konnte. Der Vater hatte vom Testament angefangen. Tante Lotte wollte aber nicht, daß man am letzten Abend vom Sterben spreche. Dazu sei sie nicht gesund genug. Nach acht Leberspritzen ist ihr Hämoglobinbestand schlechter geworden statt besser.

Da sie wußte, daß man bei ihrem Bruder durch Widersprechen nichts erreichte, griff sie sein Thema vom ersten Abend auf: Alfred muß weg von West-Berlin. Die Dorns haben zu viel Phantasie und Lebenslust, die wollen, die müssen in die Welt. Schon Alfreds Großvater Moritz Dorn war in London und in Ägypten. Die Großmutter Minna Laura in Fiume. Alfreds Vater zweimal in Rio! Ihr Sohn Frieder, den das Meer behalten hat, hat alle Amerikas betreten und Tunesien und Spanien und Schottland. Sie selber war in Fiume, Budapest und Lissabon. Also bitte!

Der Vater fand, es sei ein idiotisches Vergnügen, sich hier und jetzt übers Reisen zu unterhalten. Tante Lotte schaltete auf Weinen. Der Vater sächsisch-weich: Desderwechen brauchste ni glei ze ningeln. Also, das Erbe. Zum Beispiel, Herr Sawallich vom Körnerplatz, Alfred muß ihn gekannt haben, erst fuhr er Lieferwagen, dann Autodroschke, dann starb er, jetzt möchte die Frau das Auto verkaufen, kann aber nicht, weil die beiden Kinder im Westen sind und der Wert des Wagens nur den Kindern zusteht, das heißt, auf einem Sperrkonto verschwindet. So wird es ihm mit allem, was er seit der Ausbombung mühsam zusammengebracht hat, auch gehen, wenn er nicht ein Testament macht, sozusagen gegen den Republikflüchtling Alfred. Enterben muß er den, oder er vererbt alles dem Staat. Also muß Judith alles bekommen. Judith protestierte jetzt auch gegen dieses Thema. Der Vater erinnerte daran, wie vor ein paar Wochen alle erschrocken seien, als ihm das Blut aus der Nase schoß wie aus der Wasserleitung und er drei Tage im Krankenhaus liegen mußte, bis es endlich gestillt werden konnte. Tatsächlich schlief der Vater in seinem Sessel dann erschreckend schnell ein.

Am nächsten Morgen wurde Alfred von Karl Jungnickel abgeholt und zum Bahnhof gefahren. Nur was zwischen Alfred und dem Vater stattfand, war Abschied. Der letztmögliche Blick war der schmerzlichste. Alfred konnte diesem Ausbruch von Kummer nicht entsprechen. Der Vater tat ihm leid. Tante Lotte plapperte. Judith schwieg.

Alfred fragte Karl Jungnickel, was er ihm aus West-Berlin schicken könnte. Jungnickel wünschte sich für seine zwölfjährige Tochter einen Hulahoop-Reifen. Alfred mußte sich erklären lassen, das sei im Westen zur Zeit die große Mode der Teenager, sich in einen solchen farbigen Reifen zu stellen und den durch eine Art Bauchtanz zum Kreisen zu bringen, so schnell, daß er nicht falle.

Manchmal dachte er bei dieser Fahrt zum Hauptbahnhof, er fahre zurück ins Jahr 46. Die Geschäfte sahen aus wie damals, als er für Rapsbrotaufstrich angestanden war. Die Kinos noch roher verkommen als damals, als er in Vaters Mantel, um über achtzehn auszusehen, für Gasparone mit Marika Rökk angestanden war. Je näher sie der Innenstadt kamen, desto häufiger hatte Alfred den Eindruck, sie führen gar nicht mehr durch eine Stadt, sondern über Land, so leer waren die inzwischen von Ruinen gesäuberten Flächen. Vielleicht gab es Dresden gar nicht mehr.

3.

Doktor de Bonn redete vom letzten Geburtstag seiner Frau, bis es soweit war, daß er vom nächsten anfangen konnte. Als Alfred hörte, daß Tina Koblenzerin sei, rannte er so lange durch die Antiquariate, bis er einen Merian-Stich von Koblenz gefunden hatte. Ein Jahr später schenkte Alfred ein Buch mit Merian-Stichen, in dem der Stich vom Vorjahr abgebildet und beschrieben war. Alfred hatte richtig kalkuliert: jetzt sahen de Bonns oder ahnten wenigstens, daß er ihnen einen Stich für einhundertundachtzig Mark geschenkt hatte. Nicht ahnen konnten sie Alfreds Motiv. Er wollte den Kontakt zu dem einzigen Kollegen, der unanzweifelbar verheiratet war, unverbrüchlich machen. Er sah keine andere Möglichkeit als die der Bestechung durch Geschenke. Er mußte außer Evi Radde noch jemanden haben, der nicht nur mitgrinste, wenn Frau Lotze fragte, wo denn das Dornröschen wieder stecke. Dr. Rosellen soll auf diese Frage einmal geantwortet haben: In mir nicht. Oft genug wurde Alfred mutlos. Wie auch immer er sich verhielt, die Anspielungen wurden nicht weniger. Wenn es so weiterging, war in ein paar Jahren seine Homosexualität eine unumstößliche Gewißheit, und er hatte nie einen Mann auch nur berührt. Er begriff nicht dieses Interesse. Als das Amt freigab, damit alle Kennedy auf seiner Fahrt durch West-Berlin zujubeln konnten, bat Alfred Frau Radde, doch ja nur mit ihm vor zum Tiergarten zu gehen. Er hatte in der Cafeteria einen Sachbearbeiter sagen hören: Bin jespannt, mit wem Dornröschen jubeln geht. Er war aber auch in dieses Amt gestolpert, als sei's die grüne Wiese. Alle wußten inzwischen, daß er seiner Mutter ein Denkmal setzen wollte. Er konnte, was ihn am meisten beschäftigte, nicht

verschweigen. Und alles immer nur Frau Klapproth und Schwester Anneliese zu erzählen, reichte nicht aus. Die von Frau Lotze dirigierte Amtsmeinung konnte nur sein: Wer soviel Geld ausgibt für ein Mutter-Grab, Geld, das er sich zuerst noch durch einen Sparkassenkredit beschaffen muß, so einer muß homosexuell sein.
Alfred übte immer noch dreimal pro Woche in der Hardenbergstraße, bis er soweit war, im Studio Tobirag, wo auch Fischer-Dieskau Privataufnahmen machen ließ, eine Platte zu bespielen mit Scarlatti, Bach, Chopin, Schumann und Tschaikowsky. Diese Platte verschenkte er an Dr. Muth, Frau Radde, Doktor de Bonn und Dr. Rosellen. Diese Platte zirkulierte im Amt. Er mußte ein Niveau zelebrieren, das auch Frau Lotzes Vokabular zum Verstummen bringen würde. Alfred kämpfte nur, um sich Dr. Rosellen gegenüber zu behaupten. Der sollte nicht so tun, als könne er mit Alfred spielen. Während Dr. Rosellen überhaupt nicht reagierte auf die Platte, sagte Dr. Muth, er sei glücklich, unter seinen Mitarbeitern einen solchen Künstler zu haben. Auch seine Frau sei in diese Platte ganz verliebt. Er schenkte Alfred ein Aquarell, das er selber gemalt hatte. In Agadir. Dr. Muth verbrachte jeden Urlaub in Agadir. Zu den Betriebsfesten, die außerhalb des Hauses stattfinden, kommt Dr. Muth in Ziegenlederjacken, die er sich alljährlich am Fuße des Atlas kauft. Er nennt dann immer den Preis. Da sei der Flugpreis schon fast wieder herinnen. Haare schneiden kostet dort auch so gut wie nichts. Mittags sitzt Dr. Muth am Hafen von Agadir und ißt Sardinen, die alte Männer für ihn auf dem Holzkohlengrill rösten. Im März. Im Freien. Daß er nach Agadir nur allein gehe, sagt er ganz offen. Seine Frau gehe solange Skifahren. Was ihm Agadir, ist ihr Graubünden. Seine Wohnung, sagte Frau Radde, die das aber auch nur vom Hörensagen wußte, sehe aus wie ein Museum für afrikanische Kunst. Afrikanische Webereien, bäuerlich farbig. Eine Holzplastik mit senkrecht herausstehendem Penis. Wie anstandslos ihr das Wort über die Lippen ging. Er fand, es sei ein

entsetzliches Wort. Schlimmer als *Schlüpfer*. Berthold Weidenbach hatte einmal in einer Dreyer-Pause in Gegenwart von Frauen von seinem *Schwanz* gesprochen. So anstandslos, als hätte er Armbanduhr gesagt. Alfred hatte sich nachher gesagt, ein Schwanz sei etwas, was hinten und nach hinten hänge. Dieses hier gemeinte Teil hängt aber doch total vorne. Halbritter hatte ernst gesagt, Weidenbach möge sein Anhängsel nicht so wild mythisieren. *Anhängsel* hatte Alfred gefallen, das behielt er bei seitdem. Manchmal verlor sich das g. Dann ließ er auch noch die Vorsilbe weg und hatte dann *Hänsel*. Sein Hänsel also. So war es ihm am liebsten. Das Dumme war nur, daß er das einzige Wort, das ihm für sein Geschlechtsteil wirklich gemäß erschien, nirgends gebrauchen konnte. Kein Mensch würde ihn verstehen.

Nachdem Rosellen wochenlang Alfreds Platte als nicht existent behandelt hatte, sagte er plötzlich, dann könnten sie ja, da er Geige spiele, einmal zusammen musizieren. Aber, schränkte er gleich ein, erst im Herbst. Den Sommer über seien seine Finger vom Tennis ruiniert. Alfred sagte, darauf freue er sich.

Er mußte jetzt durchhalten. Nicht immer ausweichen und den anderen überlassen, wie sie dich beurteilen wollen. Das Vater-Echo: Auftreten als der du angesehen sein willst. Aber war das überhaupt durchzusetzen, sein Bild, seine Art, sein Fall? Ein Mann, der um so kälter reagiert, je eindeutiger eine Zuwendung sexuell gemeint zu sein scheint. Ein Mann? Er war an Bezeichnungen für sich nicht interessiert. Er brauchte keine. Nur den anderen gegenüber wurden sie nötig. Die Umwelt will wissen, woran sie ist. Manchmal glaubte er, die schlössen Wetten ab, ob er so oder so sei. Wie sie bei Dreyer über sein Alter gewettet hatten. Vielleicht erbittert und reizt sie das am meisten, daß bei ihm nicht sicher ist, ob er dahin oder dorthin gehört.

Wahrscheinlich wurde ihm dieser Kampf so schwer, weil er auch gegen sich selber zu kämpfen hatte. Reimer, Groll, Rosellen imponierten ihm doch. Am meisten der drahthaarige, schwarzgesichtige, ausdruckssüchtig und siegessicher daherkommende Rosellen. Rosellens Anspielungen waren die frechsten. Und weil Rosellen offenbar sein Interesse an Alfred Dorn im ganzen Haus schamlos herumerzählte, schauten längst alle zu, ob Rosellen Alfred herumbringe oder nicht. Daß Rosellen es nicht schaffen würde, wußte Alfred ganz sicher; es war, auch wenn Alfred das manchmal bedauerte, einfach nicht vorstellbar. Eine zu nichts führende Liebe –, das hätte sich Alfred allenfalls vorstellen können. Aber wie dieser Mensch auftrat! Wie der Alfred kassieren wollte! Wie für den alles schon klar war! Alfred kaufte Geigennoten für Rosellen. Zusammen üben, dann Rosellens achtzigjähriger Mutter vorspielen! Nur nicht ausweichen! Gleichzeitig demonstrierte er aber die enge Beziehung zu Heinz und Tina de Bonnechose. Beide fanden Rosellen bemüht theatralisch. Doktor de Bonn: Ich bin nicht sicher, ob ich das auf der Bühne sehen möchte. Alfred stimmte wild zu und hatte danach ein Gefühl, als habe er etwas Vergiftetes gegessen. Er durfte nichts gegen Rosellen sagen, das lernte er. Aber wie sollte er sich wehren, wenn er den nicht andauernd herabsetzte? Es erschreckte ihn, daß er so wenig Herr war über das, was in ihm vorging. Gedanken, die er nicht zulassen, die er nicht ertragen konnte, breiteten sich aus wie für immer. Als er vierzehn gewesen war und nicht genug erfahren konnte über den Bayern-Ludwig, war er sich vorgekommen wie Senta, die, vom Fliegenden Holländer gebannt, in ihrer Stube sitzt und singt. Sein Holländer hatte Ludwig geheißen. Jetzt wollte Rosellen diese Stelle einnehmen. Und keine Mutter, die ihn immer wieder zurückriß mit ihrem Ruf: Jetzt hör bloß mit dem verrückten Ludwig auf. Der erste Schmerz nach dem Angriff galt nicht den verbrannten Fotos von ihm selber, sondern dem großen Ludwig-Bild.

Er schrieb an den Zahnärzteverband, gestand, daß er ein schwieriger Patient sei, und bat darum, ihm einen besonders guten Zahnarzt zu empfehlen. Ausnahmsweise tat man das. Dr. Derigs. Das war wirklich der Zahnarzt für ihn. Der hatte die nötige Beruhigungkraft. Nach dem dritten Besuch empfahl er Alfred einen Psychotherapeuten. Alfred war froh, daß ihm das, was er ohnehin tun wollte, jetzt ärztlich empfohlen wurde. Die Mutter hatte, zum Glück, nur den Psychiater verboten, nicht den Psychotherapeuten. Dr. Permoser also. Ein alter Herr, und Sohn eines Dresdener Juristen. Dreißig Mark pro Sitzung. Alfred beschrieb seine Lage so: Fachlich ist er im Amt anerkannt, menschlich aber aufs peinlichste umstritten. Er schilderte sich als Opfer einer Homosexuellenverschwörung. Er vermute, daß ein solches Amt, das keine enorme Leistung verlange, aber viel Sicherheit biete, für körperlich und seelisch Labile attraktiv sei, daß sich da also Homosexuelle sammeln und dann verschwörerhaft dafür sorgen, daß nur bleibt, wer ihnen entspricht. Er zitierte einen Satz, den Frau Radde aufgeschnappt hat: Herr Dorn ist so reserviert und abweisend, weil er sexuell gestört ist und sich in einen Kollegen verliebt hat. Am ausgiebigsten zitierte er Frau Lotze. Schon nach dem zweiten Besuch bei Dr. Permoser merkte Alfred, wie gut es ihm tat, sein Problem einmal vor einem wirklich Außenstehenden auszubreiten. Dr. Permoser sagte, es könne sich im Amt keinesfalls um organisierte Homosexualität handeln, weil sonst er, Dr. Permoser, davon gehört haben müßte; unter seinen Patienten seien genug Homosexuelle. Dr. Permoser faßte das, was Alfred erzählte, nicht in der Form der Zustimmung zusammen, die Alfred mit seiner Erzählung produzieren wollte. Der Doktor brachte ihn durch nichts als Fragen dazu, etwas, was er gerade so erzählt hatte, noch einmal, aber diesmal ganz anders zu erzählen. Am meisten wirkte Dr. Permosers Fähigkeit, Wohlwollen spüren zu lassen. Daß jemand, der ihm fast nie und in nichts zustimmte, trotzdem nichts als Wohlwollen ausstrahlte, war für Alfred eine neue Erfahrung. Er fühlte sich durch des Doktors Zweifel und Widerspruch nicht abgelehnt. Dr. Permoser fragte immer so lange, bis das, was Alfred aus dem Amt berichtete, auch anders verstanden werden konnte, als Alfred es verstanden und berichtet hatte. Er fragte so lange, bis es möglich schien, daß Dr. Rosellen genau so unter Alfred leide wie der unter Rosellen. Vielleicht noch mehr. Dr. Permoser sagte, er wolle versuchen, zusammen mit Alfred Erlebnisweisen zu entwickeln, die Kampf überflüssig machten. Dr. Permoser gab zu, daß Alfreds Rolle die schwierigste überhaupt sei. Hier und jetzt jede sexuelle Deutlichkeit zu verweigern, komme einer andauernden Provokation gleich. Je nach persönlicher Reizbarkeit reagiere dann jeder und jede mehr oder weniger aggressiv. Siehe Otti Lotze. Diese Vokabularisten schlagen nur auf Schwächere ein. Sobald man nur den Schein von Gleichgerüstetheit oder gar Überlegenheit produziert, räumen die das Feld und suchen sich ein schwächeres Opfer. Als die Alfred mit ihren Freud-Etiketten sparsam-ordentlich-eigensinnig zum Analerotiker erklären wollte, hätte er zurückfragen sollen: Was nützt die Gründung einer Schublade, in der sich dann mit gleichem Recht Jonathan Swift und Heinrich Himmler unterbringen lassen. Dr. Permoser bot Alfred auch einen anderen Blick an auf das, was er familiäre Stigmatisierung nannte. Was hat Alfred bis jetzt herausgebracht: Großvater Leißring hatte einen angenehmen Tenor, stirbt mit achtundzwanzig auf dem Clo. Vielleicht Selbstmord. Vielleicht ein Grüner im Spiel. Eine Tenorstimme und ein Vielleicht-Selbstmord machen noch keinen Homosexuellen. Alfred ist, das könne er ihm jetzt schon ganz sicher sagen, erblich kein bißchen zum Homosexuellen bestimmt. Was er sei, wie er sei, verdanke er seiner Mutter. Es gehe bei ihm, da er nicht krank sei, überhaupt nicht um Heilung, sondern nur um das Einüben von Benehmensweisen, die ihm in seiner Umwelt Unauffälligkeit bescherten, also um Verhaltenskorrektur.

Der Schwimmlehrer, der Tanzlehrer, Dr. Permoser, Frau Klapproth, Frau Radde und Schwester Anneliese arbeiteten zusammen. Alfred war mit der Zielbenennung Unauffälligkeit einverstanden. Im Sommer braungebrannt, im Winter jederzeit tanzbereit, vor Frauen und Männern gleich wenig Angst. Am meisten Angst hatte er vor alkoholisierten Männern. Wenn gefeiert wurde, ging er immer als erster. Er hatte dann das Gefühl, den anderen einen Gefallen getan zu haben. Als im Amt Frau Lotzes dreißigster Geburtstag gefeiert wurde, hatte Alfred ein Gedichtchen gebastelt, das er, ohne es zuerst Dr. Permoser zur Billigung vorgelesen zu haben, der versammelten Amtsbelegschaft vortrug.

Geburtstäglicher Rat.

Die Lotzes sind besondre Leute,
Frau Lotze hat Geburtstag heute.
Sie zerlegt die Welt erotisch,
Manchmal taktlos, immer modisch.
Und wie es dann so geht im Leben:
Wenn sie nicht trifft, haut sie daneben.
Drum sei mein Rat – versehn mit Tusch –
Statt Freud wählt lieber Wilhelm Busch.

Der Beifall war stürmisch, die Cafeteria tobte. Alfred vermutete, er sei nicht der einzige, der sich gegen die Vokabularistin wehren mußte. Sie lachte zwar mit, aber Alfred sah ihr an, daß sie sich dieses Lachen befohlen hatte. Als man nach dem Programm noch beieinander saß, kam man auf das Rasieren zu sprechen. War es nicht überhaupt die Vokabularistin gewesen, die dieses Thema aufgebracht hatte? Das war doch ein Thema, um Dorn zu blamieren. Der sah doch ganz so aus, als sei er sich seines Bartwuchses nicht ganz sicher. Und dann machte Alfred noch den Fehler, sich zu beteiligen. Anstatt vom sicheren Ufer aus zuzuhören, gab er Erinnerungen an Arno Maria Braschs Zweitagebartauftritte im Dreyer-Kurs zum besten. Aber weil das noch keinen rechten Effekt beziehungsweise nicht verständlich machte, warum Braschs Zweitagebart damals auf Alfred so einschüchternd gewirkt hatte, sagte er dazu, daß er damals gerade einen Film gesehen hatte, mit Lawrence Olivier, in dem den finstersten Kerlen genau dieser Bartwuchs zur Erzeugung ihrer Finsterkeit gedient habe. Wie hieß der Film, fragte Otti Lotze. Alfred sah sie an. Ihre riesigen Augen unter der runden Stirn, die runde Stirn unter der wie aufgemalten Frisur, die pyramidale Frau Lotze! Auf den tatsächlichen Filmtitel würde er, solange ihn Otti Lotze so hypnotisierte, ganz sicher nicht kommen. Also sagte er: Die Dollar-Prinzessin. Das klang auch nach angelsächsischer Produktion. Und mit Geld hatte es auch zu tun. Frau Lotze legte sofort los, als habe sie diesen Titel geradezu erwartet. Sie gab auch sofort zu, daß sie ziemlich sicher gewesen sei, Herr Dorn werde einen Filmtitel, der in ihm deutlich Potenzängste geweckt habe, hier in einem gemischten Gesprächskreis nicht nennen können. Der Film, den Herr Dorn so verdrängt habe, sei die Dreigroschen-Oper. Aber warum kann er den weltläufigen Titel hier nicht nennen? Der Film ist eine englische Produktion, Herr Dorn ist ein sehr gebildeter Mann, er würde es auf jeden Fall vorziehen, den Originaltitel zu nennen. Der heißt aber Three Pennies Opera. Und da liegt der Blockierpunkt. In dem Wort Pennies. Da hört er Penis mit, davor hat Herr Dorn einen Heiden- oder soll man sagen einen Christenrespekt, und in einer gar nicht meßbar kurzen Zeiteinheit entscheidet sein angstbesetztes Unterbewußtes, ihm den Titel zu entziehen und ihm als freche, aber durchaus passable Fälschung die Dollar-Prinzessin anzubieten, eine Operette, genau so verlogen wie die Three Pennies Opera wahr.

Das kam Otti Lotze so fließend und sicher aus dem Mund, daß alle nur staunen und zustimmen konnten. Alfred wagte nicht zu sagen, daß er zwar Latein und Griechisch, aber kaum Englisch könne. Englisch mußte man hier können, sonst war man ein Krüppel. Offenbar konnte sein Unterbewußtes Englisch, ohne ihn je daran teilhaben zu lassen. Gegen diesen Streich der Vokabularistin gab es keine Verteidigung. Den hatte man als Niederlage hinzunehmen. Hättest du dich nicht vorgewagt! Du mit deinem dämlichen Holperverslein! Sie mit ihrer blitzenden Analyse! Solange du auftrittst, wirst du dich blamieren. Und dann wollte diese Bestie auch noch mit ihm tanzen. Das lehnte er aber ab. Schade, sagte die Unersättliche, vielleicht hätte ich etwas über Ihre Reaktionsbildung dazugelernt.

Dr. Permoser lobte es, daß Alfred diesen *Rat* gedichtet und vorgetragen hatte, ohne Dr. Permoser zu fragen. Daß er Frau Klapproth und Schwester Anneliese die Verse vorher vorgelesen hatte, verschwieg Alfred. Beide waren so begeistert gewesen wie nachher auch das Amtspublikum in der Cafeteria. Daß der Tag trotzdem mit einer Niederlage endete, wäre, sagte Dr. Permoser, vermeidbar gewesen, wenn Alfred auf die Analysenattacke der Frau Lotze wahrheitsgemäß geantwortet hätte, erstens daß Englisch und der englische Titel ihm unbekannt seien, also die ganze als Analyse aufgemachte Unterstellung in sich zusammenfalle, und zweitens, daß der wirkliche englische Titel Beggar's Opera heißt, daß also eher bei Frau Lotze nachzufragen wäre, wieso sie zwanghaft einen Titel fingiert, aus dem sich Penis extrahieren läßt. Aber, sagte Dr. Permoser, rächen Sie sich nicht, gehen Sie zur Tagesordnung über, bleiben Sie allen gewogen.

Ohne Dr. Permosers klärenden Rat hätte Alfred die Sticheleien und Provokationen im Amt nicht ausgehalten. Dr. Rosellen wollte nun doch nicht mit ihm musizieren. Die ihm von Alfred geschenkten Noten seien für ihn zu schwer. Er wolle sich nicht blamieren vor einem überkritischen Herrn Dorn.

Dr. Muth wollte Alfred Dorn jetzt zum Beamten machen. Dazu müsse Herr Dorn aber mindestens für ein Jahr ins Finanzministerium nach Mainz. Dann könnte er Regierungsassessor werden. Alfred traf sich mit Emil Scherzer, der riet, es noch einmal beim Senat zu versuchen. Personalchef ist jetzt der Kammergerichtsrat, mit dem Alfred um den Verheirateten-Zuschuß gerungen hatte. Der mochte ihn. Also hin, die Lage geschildert. Herr Gripp hatte alle Dorn-Akten vor sich liegen. In den meisten Referendarstationen hatte Alfred *befr.* erreicht, aber am Ende nur *ausr.*, dazu noch Tadel wegen Verspätung, persönlicher Inanspruchnahme durch Außerdienstliches, sprich Mutters Krankheit.

Herr Gripp hatte drei Assessor-Stellen zu besetzen. Er machte Alfred Hoffnungen. Das einzige Problem sei der Aktenvermerk des Herrn von Drenckmann, Juli 1960: Herr Dorn sei nervös, übersensibel, für die Justiz nicht geeignet. Herr Gripp meint, Herrn Dorns damalige Lage habe zu dieser Beurteilung geführt. Er will ihm weiterhelfen. Es liegen fünfunddreißig Bewerbungen vor. Eine Art Prüfung wird stattfinden. Jeder spricht zwanzig Minuten über ein selbst gewähltes Thema, danach noch eine kurze Unterhaltung. Dann, am nächsten Ersten, die Einstellung. Alfred kündigte sofort. Die Aussicht, in Berlin bleiben zu können, machte ihn entscheidungsstark. Dr. Muth bedauerte sehr, verstand aber, wollte eine hilfreiche Beurteilung schreiben. Alfred ging durch das Amt, als sei er schon draußen. Dann, im Juni, der entscheidende Tag: Alfred sprach, perfekt präpariert, über Bismarck und Adenauer, zwei Konzepte deutscher Politik. Er hatte nachher ein gutes Gefühl. Als er acht Tage später anrief und erfuhr, daß er nicht in die engere Auswahl gekommen sei, war er niedergeschmettert. Er begriff es nicht. Das wurde ihm zugefügt wie eine Gewalt. Das war nichts als ein Schlag. So unverständlich wie nur reine Machtausübung sein kann. Er hatte sich nichts vorzuwerfen. Außer, daß er nicht hätte schon vorher kündigen und nichts hätte schon vorher nach Dresden melden sollen. Offenbar ist er lernunfähig. Auch Frau Klapproth und Schwester Anneliese mußte er jetzt wieder umständlich erklären, warum er abgewiesen worden war. Aber da war nichts zu erklären. Herr Gripp hatte in ihm einen Bewerber gesehen, der wirklich in Frage kam. Oder hatte er wieder einmal alles anders verstanden, als es gemeint gewesen war? An seinem Vortrag und Auftreten kann es nicht gelegen haben. Er hatte Kontaktkultur praktiziert. Formalismus, der ihm lag. An dem Zeugnis, das Dr. Muth ausstellte, konnte es genau so wenig gelegen haben. Es konnte, konnte, konnte nur an der SPD-Farbe liegen. Die hatte er nicht zu imitieren versucht. Er würde niemals eine Sache nach Art einer Partei behandeln. Das war ihm das Fremdeste, Wider-

lichste überhaupt. Und Doktor de Bonn war inzwischen Mitglied. Ich bin nur eingetreten, um Ihnen den Weg zu bereiten, sagte der Gallier. Alfred konnte eine Zeit lang keinen Parteispaß mehr ertragen.
Alfred merkte, daß Dr. Muth Alfreds Niederlage beim Berliner Senat so wenig verwand wie Alfred selbst. Er nahm Alfred Dorn dieses Scheitern übel. Wenn einer, der einen fördern wollte, das Interesse verliert und einem das nicht direkt sagen will oder kann, dann praktiziert er in allem eine Kälte und Unverbindlichkeit, die viel schlimmer ist, als es die schlichte Kündigung des Wohlwollens wäre. Er will sich indirekt deutlich machen und geht dabei, um ja verstanden zu werden, weit über alles noch Erträgliche hinaus. Die Farbe der Wohlgelittenheit weicht aus dem Wirklichkeitsgewebe. Man ist wieder jemand, den keiner fördert, keiner schätzt. Eine Art Liegengelassener ist man. Einer, der nicht weiterkommen wird. Austrocknen wird man an dem Punkt, an dem einen der Einflußreiche verließ. Das gemeinste dabei ist die Erfahrung, daß du offenbar selber überhaupt nichts tun kannst für dich. Alles hängt ab von dem, der über das Feld herrscht, in dem du vorwärtskommen wolltest. Schon mehr solltest als wolltest. Offenbar fürchtete Dr. Muth, sein Name bleibe im Berliner Justizwesen verbunden mit einer gescheiterten Bewerbung. Und im Ministerium in Mainz mußte er jetzt Alfreds Kündigung zurückziehen. Die waren ohnehin beleidigt, weil dieser Berliner Jurist, anstatt sofort und dankbar nach Mainz zu kommen, gekündigt hatte. In diesem Amt konnte er nun überhaupt nicht mehr bleiben. Dr. Muth riet zu einer Bewerbung in Bonn. Das Innenministerium suche Verwaltungsjuristen. Auch in Köln, im Bundesverwaltungsamt, sucht man. Dort gibt es sogar eine Abteilung für Wiedergutmachung. Dr. Muth wollte ihn weghaben. Doktor de Bonn war entsetzt. Nicht noch einmal in ein CDU-Haus! Nicht noch einmal Wiedergutmachung. Dann schaute er seine Frau an. Sie nickte. Also durfte er mitteilen, daß er sich in Wiesbaden beworben habe. Das Hessenrot sei ihm das

sympathischste Rot überhaupt. Und er gehe natürlich nur dorthin, um Prinz Alfred den Weg zu bereiten. Alfred sagte, daß er hier wegmüsse, sei leider wahr. Aber zuerst müsse das Grabmal stehen.
Professor Scheibe war, nachdem Präsident Kennedy ein paar Monate nach seinem West-Berlin bezaubernden Besuch in Dallas ermordet worden war, beauftragt worden, fürs Schöneberger Rathaus ein Kennedy-Gedenkrelief zu schaffen. Das konnte Alfred zwar stolz überall hin melden, aber der inzwischen fünfundachtzigjährige Bildhauer hatte jetzt noch weniger Zeit als vorher. Alfred war so hartnäckig wie eine ganze Behörde. Und Richard Scheibe war Chemnitzer! Das Grabdenkmal wurde Richard Scheibes letztes Werk. Am 29. Oktober 1964 wurde es auf dem Waldfriedhof errichtet. Scheibe war kurz vorher gestorben. Alfred war bei der Beerdigung. Am 4. November, Mutters 70. Geburtstag, weihte Alfred mit Schwester Anneliese das geschmückte Dreifachgrab ein. Der Untersberger Marmor schimmerte fast rötlich und war kein bißchen eintönig. Das Kreuz zwischen den Vorderbeinen des Lamms war ersetzt durch eine Kreuzfahne, die hinter dem Lamm in der Nischenmitte ein bißchen schräg aufragt und weht. Das Lamm ist zwar nicht beim ersten Aufstehversuch dargestellt, aber alle vier Beine sind in fast munterer Bewegung; besonders das rechte vordere, das Alfred sofort an seinen angehobenen rechten Fuß vor der Pension Edelweiß erinnerte: die sixtinische Geste; bei diesem Lamm fällt dieses Abhebenwollen besonders auf, weil die Bewegung umgeben ist von einem weiten Dornenkranz. Alfred hatte bei seiner Beschäftigung mit Grabsymbolen einen Spruch gefunden, an den er dachte, wenn er *sein* Lamm anschaute: *Das Lamm, welches geopfert wurde, weil es selbst wollte.* Professor Scheibe hat *Mutter* mit großen Buchstaben in den Stein meißeln lassen und das Wort, gleich weit vom Lamm oben und von der Schrift in der unteren Hälfte, in eine Leere gesetzt und es noch mit dem Anflug einer Wellenlinie unterstrichen –, so wurde mehr als durch ein Ausrufezeichen erreicht.

Wenn man sich dem Grab nähert, sieht man, lang bevor man das Lamm und den Namen erkennt, dieses eine Wort: *MUTTER.* Alfred konnte zufrieden sein. Hätte zufrieden sein können, wenn er hätte zufrieden sein können. Viertausend Mark Schulden –, das störte ihn. Er fragte vorsichtig bei Detlev Krumpholz an. Die zweihundert wären dringend nötig. Detlev lebte inzwischen mit seiner Verlobten in Hansmal, Post Aham, und gab auch gern zu, daß der *Verlag für Lebens-Wissenschaft*, die Weininger-Gesellschaft und Detlev Krumpholz ein Ein-Mann-Unternehmen seien, eins aber, dem die Zukunft gehöre. Im Augenblick gehe das Buchgeschäft allgemein auf Stelzen. Bei Alfreds beruflichem Avancement sei vielleicht noch eine winzige Fristverlängerung möglich. Oder nicht?
Alfreds Schuldenkonto bei Schwester Anneliese war auf zweihundertundsiebzig angelangt. Weiter konnte er nicht gehen. Er teilte Detlev mit, daß er durch das Mutter-Denkmal so ins Gedränge gekommen sei. Detlev schrieb zurück: Mein lieber Alfred! Oft denke ich an Dich. Wo wirst Du das Weihnachtsfest verbringen? Ich bin da auch ziemlich allein. SIE leistet ihr Präsenzsoll bei der gräflichen Familie ab. Vielleicht können wir uns treffen. Wenn Du mir die 200 M noch ein einziges Mal stunden könntest, wäre es möglich, an einen für Dich leicht erreichbaren Ort zu reisen. Ich bin jetzt körperlich sehr entwickelt. Du hast mich sicher nur als den Unterernährten in Erinnerung, der ich in Dresden war, weil meine Eltern keinen Schwarzhandel getrieben haben. Vielleicht passen unsere Einsamkeiten ja zusammen? Aber bitte, alles nur ein Vorschlaf. Inzwischen ganz ganz herzlich in alter Treue, Dein Detlev.
Das war ein Brief für Otti Lotze. Ein Schreibmaschinenbrief. Das g und das f liegen zwar direkt neben einander, auf der Tastatur, aber sicher vertippt sich da nicht ein Finger, sondern das Unterbewußte. Alfred konnte nicht antworten. So grob, wie er da hätte werden müssen, wollte er nicht sein. Nur weil Alfred mit seinem Mutter-Denkmal ein bißchen angegeben

hatte, erlaubte sich dieser Irrwisch von einem Menschen, sich ihm körperlich anzupreisen! Anzubieten! Nach Neujahr wiederholte er auf einer kalten Karte, daß er sein Geld brauche. Er mußte den Umzug vorbereiten, bevor er wußte, wohin. Doktor de Bonn schrieb jetzt schon aus Wiesbaden, das Hessenrot sei auch aus der Nähe eine gute Farbe, für farbenblinde Sachsen zum Heil.

Bevor Alfred Berlin verlassen würde, mußte er Listen anlegen, auf denen alles, was verlorengehen konnte, verzeichnet war, damit rechtzeitig die Tendenz zum Verlorengehen erkennbar würde und er eingreifen konnte. Der Schock, daß die Doktorin alle seine Briefe einfach verbrannt hatte, war noch nicht überwunden. Was er nicht selber bewahrte, wurde vernichtet. Die Wirklichkeit ist ein Vernichtungsprozeß. Das sogenannte Wirklichkeitsprinzip ist ein System zur Verklärung dieses Vernichtungsprozesses. Damit die Leute nicht in ein Wehgeschrei ausbrechen und dann nicht mehr aufhören mit Schreien, ist eingeübt, daß das Fortschreiten der Zeit mehr Gutes als Schlimmes bringe. Daß das krasse Gegenteil der Fall ist, muß wegverklärt werden. Er konnte doch nicht Berlin verlassen, ohne zu wissen, was bei Mutters Beerdigung für Musik gespielt worden war! Das ist das Entsetzliche: es wirkt wie ein Zufall, daß ihm jetzt einfällt, nach dieser Musik zu fragen. Er muß ein System der Erhaltung entwickeln, daß alles, was geschieht, auf seine Bewahrenswürdigkeit hin geprüft wird. Zuerst an die Mutter-Cousine und an Tante Lotte geschrieben. Die wissen nichts mehr. Schwester Anneliese verschließt sich schon dieser Frage. Schwester Anneliese wurde, seit sie im Ruhestand lebte, schrullig, maßregelnd, also erzieherisch. Sie wollte bestimmen, worüber mit ihr geredet werde und worüber nicht. Sie sei nicht für alles zu haben. Für Jahre zurückliegende Begräbnismusik schon mal nicht. Das Packen seiner Geschenksendungen wurde ihr auch zuviel. Alfred mußte selber lernen, wie man ein Paket verschnürt.

Nicht einmal Hulda Samlewitz und Berthel Mewald wußten

noch, was am 9. August 1960 in der Feierhalle des Waldfriedhofs gesungen und gespielt worden war. Wenn ein Faktum sich als nicht mehr auffindbar entziehen wollte, wurde Alfreds Eifer hektisch, panisch. Wer hat damals Musikdienst gehabt? Herr Netzebrand. Der ist tot. Seine Frau kann mitteilen, daß ihr Mann immer nur an geraden Tagen Dienst gehabt hat, an ungeraden aber Frau Haas. Frau Haas, die leicht auffindbar in Lichterfelde-West, Tietzen Weg 27 wohnt, sucht und findet das Heft, in dem sie die Arbeit des Jahres 1960 notiert hat, wie es sich gehört, und kann mitteilen, am 9. 8. 1960 sei erklungen: *Vater unser* von Krebs; *Wenn ich einmal soll scheiden,* Matthäus-Passion; *Wir setzen uns mit Tränen nieder,* eben daher. Ja, manchmal hatte Alfred eben doch Erfolg.

Inzwischen hatte er sogar in seinem Vetter Albert, der jetzt, verheiratet, in Houston wohnte und im Investmentgeschäft arbeitete, Interesse am Vergangenen erweckt. Der sandte einen neuen Stadtplan Dresdens, Alfred sollte eintragen, where Kaulbach-Street was located. Dieses Interesse tat Alfred gut. Die Großeltern waren, wenn nicht nur er sie bewahrte, ein bißchen weniger verloren.

Und arbeitete weiter an der paragraphengerechten Aufbereitung der Vergangenheit der Frau Nelly Pergament, der Frau Gela Glasscheib, der Frau Babette Rubin, des Herrn Leopold Direktor... Der *Bescheid über Entschädigung für Schaden an Körper und Gesundheit* war endlich an Frau Pergament hinausgegangen. Durch das *Schluß-Gesetz* waren erneute *Verbescheidungen* möglich geworden. Zuerst hätte Frau Babette Rubin geb. Wohlgenannt für ihre Deportation aus der Bukowina nach Transnistrien, ins Ghetto Obodowka, wo sie 31 Monate und 18 Tage lang in zerfallenen Hütten vegetierten, ihr Mann starb, sie sich die Goldzähne brach, um dafür bei den rumänischen Bauern Nahrung für die Kinder zu erhandeln, nur den *Schaden an Freiheit,* der monatlich mit 150 Mark zu berechnen war, geltend machen können; durch die Gesetzesverbesserung wurde eine Rente möglich, Nachzahlung 44 261 Mark. Aber die Vergangenheit zusammenzusetzen als *Verfolgungsvorgang* war immer noch eine kleinlichste Aufspür- und Sammelarbeit. Gela Glasscheib in Brooklyn konnte ja die Schwestern des Klosters Reformation Felicjonki nicht mehr bitten, an Eides statt zu erklären, daß sie im Dezember 42 einem polnischen Landsmann ein zwölfjähriges Mädchen abnahmen, das der für 5000 Dollar aus dem Ghetto in Gródek Jagielonski herausgeschmuggelt hatte. Sie hat keine Zeugen für die Zeit, da sie Kantalizja hieß und, wenn die Gestapo auftauchte, im Keller versteckt werden mußte. Im Sommer 1966 sieht Alfred Dorn, daß der Anwalt in New York schon 1958 ans Amt schrieb: Diese Entschädigungssache ist vollkommen entscheidungsreif. Von Vierteljahr zu Vierteljahr bittet er, auf beigelegten, frankierten Luftpostkarten erfahren zu dürfen, warum immer noch kein Bescheid ergehe, seine Mandantin belagere förmlich sein Büro, er wisse schon nicht mehr, was er ihr sagen soll. Das Amt antwortet, daß hier so viele Anträge von Sechzigjährigen vorlägen, die müßten den Vorrang haben. Und als der Antrag drankam, mußten die Akten der Mutter und des Bruders, die bei anderen Ämtern lagen, beschafft werden, und schon kommt Herr Budde und weist darauf hin, daß der Bruder der AST als Geburtstag den 3. 2. 31 angegeben habe, die AST aber den 21. 1. 31. Also Briefe an beide. Um Rückäußerung wird gebeten. Und das Brutto-Einkommen des Ehemanns. Und wie ließe sich zur Einreihung der AST beweisen, daß der Vater mit großen Waldungen, Getreidemühle und Fischteichen in Gródek wirklich so gut situiert war, wie AST angibt? Und die Leiden machen auch Probleme: Severe Headaches lasting from hours to an entire day. Symptoms which require her to be meticulously orderly to the extent that a chair facing the wrong direction in the house gives her severe anxieties, as well as the presence of any dirt at all. Und eine Friedhofsphobie hat sie auch. Begegnet sie einem Leichenzug, muß sie sofort in eine andere Richtung gehen. Und in Träumen sieht sie Nazis ihre Familie töten. Den Großvater hat man blutend vor ihren Augen aus dem Haus getragen. Sie hat dann geschrien, bis sie ohnmächtig war. Man hat Wasser über sie schütten müssen. Zwei Jahre lang ist sie mittwochs ins Kings Hospital, freitags ins Maimonides-Krankenhaus zur Behandlung. Eingenommen hat sie *Equanil*, *Darvon*, *Dexamyl*, *Zactil*, *Fiorinal*, *Emperin* und *Librium*. Wenn er wieder einen Antrag bescheidreif gemacht hatte, ging er in der Hildburghauser Straße ein bißchen lauter durch die Tür. Daß aber die Aktenstöße ins Archiv wanderten, er sie also nie mehr sehen würde, verursachte eine unangenehme Empfindung. Am liebsten hätte er Akten von Fällen, mit denen er lange zu tun gehabt hatte, mitgenommen.

Eines Abends wartete im handtuchkleinen Klapproth-Gärtchen der agile Gallier. Die Haare geschnitten. Aus der schwarzen biegsamen Masse ist eine knappe Kappe geworden. Aber Alfred hatte die Haare auf Befehl seines Friseurs doch auch kurz schneiden lassen. Noch kürzer als die des Galliers. Aber der hatte den Brecht-Schnitt. Alfreds Schnitt diente keiner Gesinnung, sondern dem Haarwuchs. Vielleicht dachte der Napoleonist mehr an den Korsen als an den Augsburger. Ich muß doch sehen, was mein Reaktionär macht, sagt er und lacht so, daß Alfred mitlächeln kann. Das hat von allen Menschen, die Alfred Dorn kennengelernt hat, nur Doktor de Bonn geschafft, so über Alfred zu lachen, daß der sich eingeladen fühlte, mitzulachen und das durch ein Mitlächeln sogar ausdrücken konnte. Alfred beneidete den Doktor um diese Gütebegabung, dieses Herzlichkeitstalent. Der konnte wahrscheinlich lieben. Der schmolz einen einfach heraus aus dem eigenen Eis. Wenn der ihn Reaktionär schimpfte, fuhr Alfred mit einem Zeigefinger zwischen Hals und Kragen entlang und sagte, der Doktor verschwinde am Wochenende aus Wiesbaden, um in Berlin an einem Sit-in gegen den Vietnam-Krieg teilzunehmen. Der lachte und sagte, er danke für diesen Tip. Trotzdem war ihr Streit um die richtige Teilnahme am Zeitgeschehen von beiden Seiten ernst gemeint.

Alfred hatte Redebedarf! Er gestand, daß ihm Tina und ihr Mann fehlten. Das sei zu hoffen, sagte der Besucher. Alfred durfte also die neueste Entwicklung anklagen. Seit Doktor de Bonn weg ist, triumphiert Rosellen. Überall werde, sobald Alfred dazukomme, sofort darüber diskutiert, daß jetzt der § 175 in der Bundesrepublik abgeschafft werden soll. Jeder sagt, er sei dafür, weil er einen so reizenden Homosexuellen kenne. Unter diesen Bedingungen arbeiten, bis er den Doktor habe –, unvorstellbar! Geradezu lustvoll isolieren sie ihn jetzt. Das Urteil über ihn lautet: aus verdrängter Sexualität schwierig, vielleicht sogar bösartig. Alfred hörte, daß ihm selber Lotzesches Vokabular einfloß. Er erschrak. Schwieg. Dann: Man schwitzt lieber vor Toleranzanstrengung, als daß man merken läßt, wie man wirklich denkt. Also keine offene Brüskierung. Die findet jetzt auf dem Dienstweg statt. Doktor de Bonn sagte, er werde morgen selber durchs Amt gehen. Alfred meldete sich krank, er wollte Doktor de Bonns Erkundungen nicht stören. Abends kam der, zu berichten, was er herausgebracht hat. DAS ERGEBNIS, lieber Herr Dorn! Der Doktor stellte alle zehn Finger auf seine Brecht-Cäsaren-Frisur, wie ein Pianist, der gleich loslegen wird. Paragraph 227, BGB, Herr Dorn, erinnern Sie sich? So begann er. Alfred erinnerte sich, 227, das ist gegen Ende des ersten Teils, das mußte zu *Ausübung der Rechte* gehören. Richtig, sagte Doktor de Bonn. *Wer irrtümlich annimmt, in Notwehr zu handeln, handelt rechtswidrig.* Putativnotwehr sei das, was Alfred betreibe. KEINER, Herr Dorn, im ganzen Amt hält Sie für einen Homosexuellen! Das haben ihm Kollegen gesagt, mit denen er früher jeden Quatsch gemacht hat. Die hätten kein Blatt vor den Mund genommen. Im Gegenteil, mehr als einer nimmt fest an, Dorn habe ein Verhältnis mit der Filia hospitalis draußen in Lankwitz, und aus irgendeinem genießerischen Spleen heirate er die noch nicht. Allerdings gebe es eine nennenswerte Zahl von Kollegen, die Dorn nicht leiden können, weil sie ihn für hochnäsig halten. Einer hat es zusammengefaßt: Aufdrängen tun wir uns nicht. Alfred sprang nicht auf vor Freude darüber, daß seine schlimmste Befürchtung, für einen Homosexuellen gehalten zu werden, sich als grundlos erwies. Er sagte in seinem knappen, immer ein bißchen atemarmen Ton: Das ist doch entsetzlich. Aber was denn, rief der Doktor. Alles immer so falsch zu verstehen, sagte Alfred. Jetzt müsse er also sofort seinem Vater und Dr. Permoser melden, wie falsch er jahrelang seine Umwelt gesehen habe. Doktor de Bonn sagte, noch besser sei es, die Umwelt zu wechseln. Er hat einen Termin für ein Vorstellungsgespräch in Rothessen. Aber, sagte Alfred, glauben Sie, bitte, nicht, ich trete ein. Der Gallier zeigte sein mundspitzendes Lächeln.

Als Alfred wieder allein war, gestand er sich, wie sinnlos es sei, einem anderen etwas über sich zu sagen, wenn man dann doch nicht im Stande ist, alles oder wenigstens das Wichtigste zu sagen. Er bittet andauernd Leute um Rat, die er falsch informiert. Dr. Permoser, Frau Klapproth, die Doktorin, Tante Lotte und der Vater rieten, daß er eine Frau suche, die, auch wenn sie alles über ihn wisse, noch bereit sei, mit ihm zu leben und aufzutreten. Mit einer Frau zusammenzuleben, das heißt für ihn, auf das verzichten, was durch körperliche Sympathie erzeugt wird. Mit einem Mann zusammenzuleben, heißt, einer Intimität ausgesetzt sein, die für ihn Horror ist. Daß Männer um eine Öffnung ärmer sind, hat schreckliche Folgen. Aber selbst wenn reine Freundschaft mit einem Mann möglich wäre –, die Gesellschaft ließe sie nicht zu.

Als Dr. Muth vom Vorstellungsgespräch in Wiesbaden hörte, wurde er fast so fürsorglich freundlich, wie er einmal gewesen war. Dieser Dr. de Bonnechose ist ja ein netter Mensch, aber daß Alfred Dorn, bloß weil er dieses Amt und die Aktenschinderei der Wiedergutmachungspraxis satt hat, sich nach Hessen lotsen läßt –, da sei Gott vor. Hessen ist und bleibt rot. Für Rote sind Sie ein Greuel, Herr Dorn. Dr. Muth empfiehlt ihn gern nach Bonn. Der jetzige Kanzler war einmal sein Repetitor, bei Studentinnen beliebt, weil er ohne Zoten auskam. Alfred sagte, er wisse schon, daß er nie mehr einen

Dr. Muth als Chef haben werde. Sie sind ein schwieriger Kerl, rief Dr. Muth, da ist es leicht, ein guter Chef zu sein. Alfred sagte, er werde mal schnuppern, wie das dort sei. Das sei er seiner Nase schuldig.
Also ein Ausflug nach Wiesbaden. Zum ersten Mal wieder eine unzerstörte Stadt. Eine Stadt im Grünen. Alleen, daß man glaubt, das Auto könne vielleicht doch noch nicht erfunden sein. Ein Vorgespräch unter Sonnenschirmen. Vor einer wilhelminischen Kurbad-Kulisse. Diese Kulisse reichte bis in Dr. Burgmanns Zimmer hinein. Und Dr. Burgmann, der Leiter der Abteilung Kunst, der dort sein Chef sein würde, war gekleidet wie George Weiler beziehungsweise wie der Intendant eines Sommertheaters. Sein Zimmer wurde beherrscht von einem Sofa. Biedermeier, edler Holzschwung, blaue Seide. Alfred vergaß, daß es sich um ein Vorstellungsgespräch handelte. Dieser Dr. Burgmann behandelte ihn wie einen willkommenen Besucher. Ohne Hierarchie-Allüre. Endlich wieder eine Gelegenheit für Kontaktkultur. Einen solchen Beamten hatte Alfred noch nie gesehen. Sachse ist er auch. Sie suchten tatsächlich einen Juristen mit Kunstverstand. Das Theaterreferat sei zu besetzen. Und damit es dem Theaterreferenten nicht langweilig werde, sei er auch noch des Ministeriums Justitiar. Sie wollten ihn haben.
Er traf sich noch einmal mit dem Vater im Ost-Sektor. Als der die millimeterkurz geschnittenen Haare sah, sagte er: Russenbürste. Also waren sie gleich beim unlösbaren Haar-Problem. Alfred gebe ein Vermögen aus für null Effekt. Einmal pro Monat waschen, mit einem säurearmen Haaröl einfetten, Nahrung mit viel Kieselsäure und tief und lang schlafen, das koste nichts und wirke besser. Der Vater, der keinerlei Haar-Probleme hatte, redete über Haar-Probleme, wie einer, der keine Haar-Probleme hat, über Haar-Probleme redet. Der Vater war zwar froh, daß Alfred das eingeschnürte West-Berlin verlassen wollte, aber der Umzug! Und fast noch viertausend Schulden für das feudale Grab! Jetzt geht Alfred, die Mutter hat kein Mensch in Berlin gekannt –, wofür jetzt,

bitte, dieses Grab-Denkmal! Das hat Alfred nur für sich selber gebaut! Der Vater war müde und verbittert. Daß sie die Riesenkastanie vor dem Bühlauer Postamt gefällt hatten, konnte er nicht begreifen. Alfred fühlte sich verpflichtet, den Vater aufzuheitern. Immerhin haben die ewigen Unterhändler, die zwei Sachsen Korber und Wendt, jetzt doch Tante Lottes Idee realisiert: DDR-Bürger über siebzig dürfen in den Westen reisen. Der Vater sagte, Tante Lotte wolle endlich ihre Schwiegertochter in Herford besuchen und dann auch nach Wiesbaden kommen. Wenn Alfred noch etwas schicke, dann, bitte, Rasierklingen, Bindfaden, Penatencreme und etwas Suppenwürze. Das DDR-Essen sei ihm so verleidet. Mit welcher Freude habe er sich früher an den Mittagstisch gesetzt, jetzt schmecke das Essen in Dresden nach nichts mehr. Also, bitte, etwas Suppenwürze. Alfred verprach, alles schnellstens zu senden, auch Leckerle für Lumpi. Aber der lebt doch gar nicht mehr! Ach, die Charlotte, sagte der Vater. Die halte Alfred, habe er gedacht, auf dem laufenden. Ja, Lumpi fehlt ihm. Er kommt sich ganz verlassen vor. Judith will sofort einen neuen Lumpi. Er zögert noch. Als Alfred abgereist war, war Lumpi nicht mehr aus dem grünen Sessel, in dem Alfred gesessen war, zu vertreiben. Freude hat der Vater nur noch an den von ihm selbst gepflanzten Pfirsichbäumen in Oberloschwitz. Die sind im dritten Jahr gut herausgekommen. Wahrscheinlich hat Tante Lotte doch recht: Ohne Politik wäre Frieden in der Welt. In seinem Testament habe er, um nicht alles dem Staat verfallen zu lassen, alles seiner Frau vermacht. Der Vater sprach in der letzten Stunde nur noch von Politik. Bis jetzt hatte er immer noch der Einigung entgegengesehen. Nun habt ihr, sagte er, eine Nazipartei, die Kommunisten habt ihr verboten, nun ist auf nichts mehr zu hoffen. Als müsse er sich für die Rückfahrt motivieren, faßte er Alfreds Klagen noch einmal als DDR-Bürger zusammen: Was Alfred hier passiere, könnte ihm in der DDR nicht passieren, da habe kein Mensch Zeit für solche Fisimatenten. Sich so über die Schwächen anderer lustig zu machen, das sei drüben einfach nicht üblich. Alfred solle wenigstens froh sein, bald von Berlin wegzukommen. Berlin habe wirklich überhaupt nichts von Dresden. Sein letzter Satz: Nun finde mich doch nicht egal erzieherisch, Junge. Und hatte nasse Augen. Alfred sofort auch. Und, bitte, sagte der Vater noch, sobald du im Westen bist, fahre nach Rothenburg.

Der Vater hatte sogar den Entwurf einer Rede mitgebracht, die Alfred halten sollte bei der Feier, die das Amt zu seiner Verabschiedung veranstalten würde. Es war eine Trotz- und Siegesrede, die Alfred nie halten würde.

Der Abschied war für beide, weil sie erlebt hatten, daß sie einander überhaupt nicht helfen konnten, gleich schmerzlich. Dazu paßte die Prozedur der Ein- und Ausreise, die die Ost-Behörde inzwischen für West-Besucher erfunden und am Bahnhof Friedrichstraße installiert hatte. Ein System aus Schaltern und Gängen von überirdischer Scheußlichkeit. Als er droben auf dem Bahnsteig wartete, fuhr auf dem anderen Bahnsteig ein Zug ein. Sofort ging eine Reihe von Polizisten von hinten nach vorn an den Wagen entlang. Alle in der gleichen Entfernung von den Wagen und von einander. Vollkommen regelmäßig knickten ihre Köpfe tief nach vorn und drehten sich dabei den Zugwagen zu. Sie schauten, ob DDR-Bürger auf den Radachsen steckten, um zu entkommen. Das deutsche Laster als Idiotenballett. Unter dem ersten Wagen kam dann ein Schäferhund hervor. Er hatte auch nichts gefunden. Eine Decke mit Riemen lag bereit. Die wurde dem Hund übergeschnallt. So gewappnet, verschwand er wieder und tauchte dann vor der Lokomotive wieder auf. Auch unter der Lokomotive, vor deren Exkrementen ihn die Decke schützen sollte, kein Flüchtling. Das deutsche Laster als Hundeschnulze. Alfred hatte den Eindruck, diese Kontroll- und Einschüchterungsgemeinheit solle bewirken, daß jeder sich das nur ein einziges Mal gefallen lasse. Der Marxisten-Staat ertrug keine Zuschauer.

Seine letzte Aktennotiz in Berlin empfahl, Herrn Leopold Direktor, LKW-Fahrer in Haifa und durch jahrelange Arbeit mit der arabisch Taira genannten Hacke rückgratgeschädigt, mitzuteilen, daß er die Anerkennung der Vertriebeneneigenschaft gefährde, wenn er darauf bestehe, vor der Verfolgung in Tetschen-Bodenbach Mitglied des zionistischen Jugendbundes *Tcheleth Lawan* gewesen zu sein. Schließlich gehörte Direktor ja auch dem *Humboldt-Verein* an. Das genügte und wäre günstiger.

Bei der Abschiedsfeier hielt Alfred also eine Rede. Die probte er Abend für Abend mit Frau Klapproth. Frau Radde sagte nachher, Alfred sei eben doch eine Persönlichkeit. Das Erstaunlichste bei dieser Abschiedsfeier: zwei Frauen. Dr. Muths Frau und Dr. Rosellens Verlobte. Dr. Muths Frau, von der Mosel wie ihr Mann, war sicher keine Frau, die man sich für einen Abend zur Vortäuschung des Verheiratetseins ausleihen kann. Dr. Rosellens Verlobte war eine magere Dame, um die ein zweihreihig geschnittener schwarzer Anzug flatterte. Ihre Zigarette hielt sie immer weit weg von sich, als ertrüge sie sie nicht mehr, aber jeden Zug nahm sie mit Inbrunst. Sie war so geschminkt, daß man sie, wäre sie einem ungeschminkt begegnet, nicht mehr wiedererkannt hätte. Ihre rötlichen Haare konnten nicht echt sein. Dr.Rosellen konnte einem leid tun. Aber diese Verlobte doch auch. Wer denn nicht von all diesen Erwachsenen!

Als er Dr. Permoser die Abschiedsfeier schilderte, sagte der: Sehen Sie, sehen Sie! Alfred müsse jetzt zugeben, daß er bei allen viel beliebter gewesen sei, als er gedacht habe. Alfred gab es zu. Schon diese Geschenke! Mozart, A-Dur-Klavierkonzert. Ein lederner Zettelkasten. Eine Blumenschale für Mutters Grab! Frau Radde hatte zum Schluß richtig geheult. Frau Lotze hatte immer noch einmal tanzen wollen mit ihm. Er führe so sagenhaft gut, also wenn sie ein einziges Mal getanzt hätte mit ihm, wäre sie wahrscheinlich zu ganz anderen Aussagen gekommen. Sie müsse C. C. unbedingt mitteilen, wie gut Alfred Dorn tanze. Alle hätten Alfred am liebsten überhaupt nicht gehen lassen. Daß er gehe, sei aber nur zu verständlich. Ihm stehe eine Karriere bevor, für die ein rheinland-pfälzisches Wiedergutmachungsamt ein gar zu enger Rahmen sei. Das überraschte Alfred am meisten: daß sie soviel von ihm hielten wie er selbst.

IV.

1.

Wenn der Vater etwas mitteilte, untertrieb er. Lotte nicht. Quer auf den Schienen sei sie gelegen, als sie, weil der neue Lumpi immer so zog, gestolpert war. Um fünf Uhr nachmittags. Auf der Loschwitzer Straße! Zum Glück kam nicht gerade die 2, die 3, die 16 oder die 18, auf deren Schienen sie lag. Zum Glück konnten die Autos bremsen. Mit aller Wucht auf das Kopfsteinpflaster! Nase, Schläfe, rechtes Knie. Die Leine mit Lumpi immer noch in der Hand. Sie hatte sofort den 73. Psalm im Mund: *Und dennoch bleibe ich stets an Dir!* Von Blutergüssen alles lila-schwarz-gelb-braun-grün. Nun hat sie sechsundsiebzig Jahre normales Gesicht gehabt, und zuletzt das. Die Leute schauen nur noch dahin. Auf einem roten Wulst noch eine Erhebung wie eine kleine weiße Bohne. Sogar der Arzt hat sie traurig angeschaut. Und alles nur, weil Judith wieder einen Lumpi haben mußte. Und den mußte sie haben, daß sie den Vater vom Hals hat und ihren Vergnügungen nachgehen kann. Lotte durchschaut alles, der Vater nichts. Zum Glück. Sonst wäre er noch niedergeschlagener. Liesel Roitzsch hat über den neuen Lumpi gesagt: Jetzt freut sich wenigstens jemand, wenn Gustav abends heimkommt. Der Vater kann allerdings zur Zeit gar nicht arbeiten. Seine Hände sind vollständig zerrissen. Das schrieb nicht nur die dramatisierende Tante. Auch der untertreibende Vater schrieb, die aufgerissenen Finger schmerzten bei der Arbeit entsetzlich. Er kann, weil er die Leine nicht mehr halten kann, mit Lumpi nicht mehr an die Elbe. Er kann keinen Knopf mehr zumachen. Er muß die Arbeit ganz einstellen. Keine Behandlung schlägt an. Da er nicht der einzige Zahnarzt war, der das erlitt, mußte es an einem Kunstharz liegen, mit dem dort gearbeitet wurde. Tests erbrachten nichts. Alfred ließ sich von Frau Dr. Dryander eine Cortison-Salbe verschreiben und schickte die hinüber. Zur Sicherheit versteckte er die zwei Tuben in einer Kaffeepackung und rundete mit Seife, Sanddornsaft, Zitronen und so weiter zum harmlosen Geschenkpaket auf. Prompt kam vom Zoll in Dresden der *Einziehungs-Entscheid*. Auf Vordruck wurde mitgeteilt, was alles eingezogen wurde. Lfd. Nr. 1-11. Strich. Darunter: *Eintragung beendet*. Darunter zwei Stempel: *1. Arzneimittel aller Art sind zur Einfuhr nicht zugelassen. 2. Täuschung der Kontrollorgane.* Der Vater war verständigt worden, war hingefahren in die Kunadstraße, hatte denen seine Hände gezeigt, hatte gebeten, ihm, damit er wieder arbeiten könne, doch, bitte, die Salbe zu lassen. Abgelehnt. Das deutsche Laster in Reinkultur. Tante Lotte bat Alfred sofort und dringlich, nichts zu unternehmen, sonst kämen sie auf eine schwarze Liste! Und kein Paket mehr! Die werden jetzt alle untersucht. Aber der Vater schrieb an Alfred und offensichtlich auch an den Zensor: Hier in der DDR wird uns kranken Menschen nicht geholfen, wir können nur als bald Achtzigjährige arbeiten und Steuern zahlen, ansonsten sind wir Dreck und können verrecken. Dann bat er Alfred, wenn der an Ostern komme, vier bis fünf Tuben Locacorten in eine Penatencreme-Dose umzufüllen und diese mitzubringen. Da Alfred selber einen Ausschlag an den Beinen habe, könne die Salbe für ihn selber sein. Dann ein Vorschlag, der ins Parodistische gerät und zeigt, in welcher Not der Vater war: Alfred könne sich in einer Apotheke dünne weiße Handschuhe besorgen, dann die Hände mit Lippenstift einschmieren und beim Passieren der Grenze sagen, auch seine Hände seien erkrankt, deshalb die Salbe.

Jetzt begann wieder der Dialog mit dem Blasewitzer Rathaus. Immer wenn der Vater die Erlaubnis abholen sollte, waren neue Fragen aufgetaucht, die, bevor die Erlaubnis erteilt wurde, noch beantwortet sein mußten. *Haben Sie Verwandte außerhalb der DDR, die nach 1945 in der DDR gewohnt haben, wenn ja, Namen, Rufnamen, Anschrift, Verwandtschaftsverhältnis, letzter Wohnsitz in der DDR, und bis wann?* Das deutsche Laster Paranoia tanzend. Schließlich sollte der Vater alle zwei Tage nachfragen, ob die Erlaubnis, um die man sich bemühe, da sei. Dann wurde sie verweigert.

Aus politischen Gründen. Die Studentenunruhen in der Bundesrepublik zwängen die DDR dazu, Einreisen vorübergehend nicht zu gestatten. Der Vater schrieb: So geht man hier mit uns um. Wer den Staat zum Himmel machen will, macht ihn zur Hölle.
Alfred staunte über seinen Vater. Zum ersten Mal sagt er in einem grenzüberschreitenden Brief, was er denkt. Alfred hatte schon einen genauen Stundenplan erarbeitet gehabt, der ihn dieses Mal zu allen Personen, bei denen die Heiligtümer lagerten, gebracht hätte. Er schickte jetzt an Judith Dorn ein Kosmetikpaket, das Bac-Stifte, Seifen und Chanel Nr. 5 enthielt, und in der Penatencremedose die Salbe. Sie kam an. Drei Wochen später fingen die Hände an zu heilen. Zwölf Wochen später waren sie verheilt. Der Vater, inzwischen sechsundsiebzig, konnte wieder arbeiten. Fünfundsechzig Patienten pro Tag. Laut Tante Lotte.
Alfred verbrachte Ostern statt in Dresden in Berlin, packte alles, was noch bei Klapproths lagerte, zusammen. Erst jetzt konnte er die Kleidungsstücke seiner Mutter berühren, ohne daß sich ihm dabei sofort die Augen schlossen und sich erst, wenn er die Hände wegnahm, wieder öffneten. Aufgeben konnte er das Zimmer noch nicht. Mittags aß er bei Meta Klapproth, den Kaffee trank er bei Herrn Klapproth im ersten Stock. Die beiden sprachen nicht mehr mit einander. Kurt Klapproth rauchte immer noch eine Zigarette nach der anderen. Er war immer noch der Leidende, den man, bitte, schonen möge. Das muß er sich, als er 1945 nicht mehr in der BEWAG erscheinen durfte, angewöhnt haben. Nicht ein gefeuerter Nationalsozialist, sondern ein kränkelnder Frührentner. Sein Gesicht war inzwischen die gefrorene Bitterkeit selbst. Wer kommt eigentlich ohne dieses Grundgefühl aus, ihm sei bitter Unrecht geschehen? Das muß doch Strafende zur Verzweiflung bringen, daß Bestrafte immer durchdrungen sind vom Gefühl, ihnen sei Unrecht geschehen. Alfred wollte bei Herrn Klapproth Geld leihen; der hatte eine Art Kleinstprivatbank entwickelt. Er inserierte sogar, daß bei

ihm zu günstigeren Bedingungen als überall sonst Kredite zu haben seien. Meta Klapproth sprach von ihm nur als vom Herrn Bankier. Alfred wollte nach New York. Von Luxemburg über Reykjavik gab es den billigsten Flug: für elfhundert Mark. Er mußte Tante Marlene ausfragen. Sie war, als ihr Vater, achtundzwanzig Jahre alt, auf dem Clo gestorben war, immerhin schon sieben gewesen. Herr Klapproth sagte, ein Beamter habe bei ihm immer Kredit. Meta Klapproth behandelte Alfred jedes Mal wie einen heimkehrenden Sohn. Als er ihr telegraphisch die Ernennung zum Regierungsrat gemeldet hatte, hatte sie zurücktelegraphiert: Das ist auch mein Kind, das da geboren wurde. Sie weinte, wenn er kam, und seufzte, wenn er ging. Aber sie konnte noch in ihre Tränen hinein fragen, ob er den Antrag, den sie ihm geschickt hatte, unterschrieben und mitgebracht habe, daß er endlich auch vom zweiten 312-Mark-Gesetz profitiere. Ach, er hat den Prospekt, kaum daß er ihn hatte, schon wieder verloren. Also noch einmal: ein Alleinstehender kann monatlich 26 Mark vermögenswirksam, also auf wenigstens fünf Jahre festgelegt, einzahlen, dafür zahlt er keine Steuern, kassiert aber ... Sie hat auch schon die richtige Gefährtin für diese prämienträchtige Zukunft, ihre Nichte Traudchen, siebenunddreißig, Gewerbelehrerin, bis jetzt immer um ihre Mutter herum, jetzt ist die gestorben, Traudchen ist einsam. Alfred doch auch. Dr. Permoser habe doch zu einer Verbindung geraten, Mann oder Frau, aber eine Frau wäre für Alfred viel besser, gesellschaftlich gesehen. Traudchen interessiert sich sehr für Alfred. Alfred Dorn ist, hat Frau Klapproth zu Traudchen gesagt, charakterlich mit das Anständigste, was sie, Meta Klapproth, kennt, hat aber keine große Meinung vom Geschlechtlichen; Traudchen sofort: Weißt du, Tante Meta, ich auch nicht, schon wegen meinem Bauch. Traudchen hatte als junges Mädchen eine Zystenoperation am Eierstock, nun ist sie etwas mollig geworden. Zur Zeit Gewerbelehrerin in Hanau im Hessischen. Mit Alfreds Gehalt kämen sie zusammen auf über viertausend im Monat, stünden steuerlich günstiger,

Alfred wäre endlich aus seinen ewigen Geldsorgen heraus. Es ist ja auch von einem Mann gar nicht zu erwarten, daß er wirtschaften und einteilen kann. Ganz abgesehen davon, daß Alfred seine Magengeschwüre gleich weg hätte. Traudchen war lange genug Diätassistentin in den besten Krankenhäusern. Resolut ist sie, warmherzig ist sie, ein guter Kamerad, Alfred könnte sich überall sehen lassen mit ihr. Ja, wirklich, zwei Einsame würfen ihr Krämchen zusammen, gäben einander Schutz. Ein Bild von Traudchen hat sie da. Alfred bat sie heftig, das Bild jetzt nicht zu zeigen. Soll sie's ihm schicken. Er will es nicht in Frau Klapproths Gegenwart anschauen. Das wäre, findet er, für die Abgebildete unwürdig. Ach, unser Zartbesaiteter, rief sie und drückte ihn an sich. Sie möchte, wenn sie einmal gehen müsse, wissen, daß Alfred versorgt ist. Ach ja, und dann hat Alfred immer noch nicht zugesagt, bei Beatrices erstem Kind Pate zu sein. Aber zum Absagen ist es zu spät. Also ist zugesagt. Danke!

Jedesmal mindestens eine Sitzung bei Dr. Permoser, zur Verhaltenskorrektur. Jedesmal zu Dr. Derigs, daß die Zähne stillhielten. Jedesmal in die Stauffenbergstraße ins Amt. Frau Radde, Dr. Muth, Reimer, Groll, Rosellen. Alfred war von Rosellen wie von einer Krankheit genesen. Er konnte in Wiesbaden an Rosellen denken, ohne ihn deshalb gleich anrufen zu wollen. Nicht einmal schreiben mußte er ihm. Zuerst wollte er natürlich zu Frau Radde, daß sie ihn, wie sie's immer tat, an sich drücke. Aber neben ihrer Tür stand ein anderer Name. Er erfuhr, daß Frau Radde jetzt zwei Etagen tiefer arbeite. Vor einem Jahr sei ihr Vater ins Amt gekommen, habe sie gebeten, ihm in der Cafeteria einen Kaffee zu holen. Bis sie mit dem Kaffee zurückkommt, hat er das Fenster geöffnet, ist hinausgesprungen. Fünfundsiebzig Jahre alt. Im Abschiedsbrief: Er lasse sich nicht vor Gericht zerren. So erfuhr man, daß Frau Raddes Vater SS-Arzt gewesen sei. Als man Dr. Muth meldete, daß jemand sich aus dem Fenster gestürzt habe, habe der alte Haudegen gesagt: War's der Kassier? Alfred machte sich also auf eine betrübte Frau Radde

gefaßt. Ja, zum ersten Mal eine Seidenbluse ohne Blumen. Sie sagte: Nun hat sich also mein lieber Vater auch aus dem Fenster gestürzt. Alfred wußte nicht, was er sagen sollte. Frau Radde sagte: Er wohnte im Parterre. Damit wollte sie wohl sagen, ihr Vater sei in die Stauffenbergstraße nur gekommen, weil es da die nötige Fallhöhe gab. In den Innenhof hat er sich gestürzt. Da hing an der Wand immer ein Kranz. 1944 waren hier Oberst Stauffenberg und seine Mitverschworenen erschossen worden. Die Stauffenbergstraße hatte Bendlerstraße geheißen. Wo jetzt Wiedergutmachung betrieben wurde, arbeitete das Oberkommando des Heeres. Alfred war jeden Tag an dem Kranz vorbeigeeilt.
Frau Radde sprach dann nur noch von Ansgar. Der unterwirft sich einfach nicht. Der sagt, was er denkt, es ist eine Katastrophe. Jetzt ist er schon bei der außerparlamentarischen Opposition gelandet, die rechte, oder sagt man da: die linke Hand dieses SDS-Häuptlings ist er. Was sie ausgestanden hat über die Ostertage! Nachdem dieser Wahnsinnige am Gründonnerstag am hellen Tag Rudi Dutschke niederschoß, waren die Studenten natürlich nicht mehr zu halten. Sie ist praktisch vom Fernseher nicht mehr weggekommen. Ansgar war doch immer um Dutschke herum. Dutschke bedeutet Ansgar mehr als jeder andere Mensch. In Dutschke sieht Ansgar die Lösung. Also praktisch den Erlöser. Und jetzt wird der von diesem Anstreicher, auch noch von einem Anstreicher, verstehen Sie, wird der niedergeschossen, am Gründonnerstag, zwei Kugeln in den Kopf und eine in die Brust, und ist nicht tot. Ihr Mann hat immer gesagt, die einzige Möglichkeit, Christi Auferstehung in unserer Zeit zu begreifen: er war im Koma. Dutschke im Koma. Karfreitag, Karsamstag. Ostersonntag flucht er und fragt nach seinem Jungen. Dutschke konnte ja furchtbar aussehen, wenn er Reden hielt, aber was er gesagt hat, war nicht immer verkehrt. Ansgar ist am Ostermontag gegen Abend heimgekommen. Vergammelt, verprügelt, erledigt. Rudi schafft's, hat er gesagt, ist eingeschlafen, seitdem schläft er immer noch. Der arme

Junge. So ein Genie, und jetzt APO. Antiwasserwerfertaktik, Ho-Ho-Ho-Tschi-minh und Trau keinem über dreißig, mehr ist nicht geblieben. Wenn das kein Jammer ist.

Alfred hatte die umgestürzten Autos auf dem Kurfürstendamm nur im Fernsehen gesehen. Zusammen mit Frau Klapproth. Frau Klapproth hatte gesagt: FU-Chinesen und Chaoten. Alfred hatte genickt. Wenn die weniger Mao, Marx und Lenin zitiert hätten, hätte er zuhören können. Für alte Götzen gleich wieder neue. Na scha.

Auch aus dem Amt meldete Frau Radde Erschreckendes. Rosellen ist zusammengebrochen. Seine Verlobte ist gestorben. Lungenkrebs. Rosellen mußte in die Nervenklinik eingeliefert werden. Er hat sich ganz verkommen lassen. Dieser immer adrette, fast putzsüchtige Mann zerlumpte förmlich. Tat nichts mehr für sich. Tat überhaupt nichts mehr. Aß nichts mehr. Er wird immer noch zwangsernährt. Man darf ihn dort nicht besuchen. Er will ohne seine Verlobte nicht leben. Frau Radde selber war im Urlaub in Ägypten gewesen. Traumhaft. Alfred versuchte, ihr nahezubringen, daß er in Wiesbaden niemanden habe, dem er so gern zuhöre wie ihr.

Mit Schwester Anneliese zum Grab. Der Weg vom Tor bis hierher war für Schwester Anneliese schon zu weit. Wahrscheinlich wußte sie auch, daß das ihr letzter Besuch war. Er schaute in die Blumen, als gäbe es außer ihnen nichts. Er hätte bis zum Umfallen hier stehen können.

Beim Essen im Schmalenberg versprach er Schwester Anneliese, er werde ihr ihr Geld ... Ist er bitte sofort still! Sie will am heiligen Ostertag von Geld nichts hören. Schwester Flora sei zusammengebrochen. Sie fütterte gerade eine ihrer Schutzbefohlenen. Der Löffel fiel und mit ihm Schwester Flora. Jetzt in der Intensivstation. Schwester Anneliese hob ihr wunderbar beflaumtes Kinn – ihn erinnerte es immer an Küken –, hob es in die Höhe, in die sie den Ton hob, als sie sagte: Eine große Frau. Seien Sie stolz, daß Sie diese Frau kennenlernen durften. Das war Schwester Annelieses Stärke: Sie konnte andere rühmen.

In Wiesbaden erzählte er Doktor de Bonns alles, was er in Berlin gesehen und gehört hatte, und kriegte Streit mit Doktor de Bonn. So kann man die Studentenunruhen nicht abtun! Diese Dornsche Abgeklärtheit, nein, Überheblichkeit ist das! Alfred zitiert Klaus Schütz, regiert Berlin-West, ist SPD und hat gesagt: Ihr müßt diese Typen sehen! Aber Doktor de Bonn wollte seine Partei nicht schonen. Zuerst Große Koalition, dann auch noch Ja zum Vietnam-Krieg, das hat die Studenten erst auf die Straße gebracht. Wenn die Demokratie im Parlament keinen Platz mehr hat, muß sie auf die Straße. Alfred behauptete dagegen, daß Doktor de Bonn, wäre er Regierender, ganz genau wie Schütz, wie Brandt, wie Kiesinger handeln würde. Es sei leicht, nichts zu tun, sich aber einzubilden, man würde, handelte man, besser als die Handelnden handeln. Natürlich ist es angenehm, sich besser vorzukommen. Das Gewissen auf der Zunge, und damit hat sich's. Doktor de Bonn bündelte Wörter von Marx und Marcuse. Herr Dorn denkt affirmativ, repressiv und faschistoid im höchsten Maße. Alfred bat Tina de Bonnechose um ein Taxi. Sie ging mit ihm hinaus. Ihr Mann meine nicht alles, was er sage. Neunundachtzig Prozent Temperament, elf Prozent Meinung. Sie verstehe aber schon, daß er, was er über seine Partei gesagt habe, habe sagen müssen. Man muß es aussprechen, manchmal. Sonst erstickt man doch. Schade, daß das Taxi dann doch kam. Mit dieser Tina wäre er gern noch in dieser Vorortnacht gestanden. Er hatte doch noch gar nichts von Frau Radde erzählt. Alfred fuhr hinaus nach Freudenberg, nahm Schlaftabletten. Er hätte, was er bei Doktor de Bonns gesagt hatte, nicht anders sagen können. Aber er hätte gar nichts sagen können. Das wäre besser gewesen. Er erstickte nicht, wenn er sein Politisches nicht aussprach. Ihn interessierte Politik nicht mehr als Landwirtschaft. Aber auch das konnte er für sich behalten. Nein, das mußte er für sich behalten. Das war sicher auch repressiv, reaktionär, faschistoid. In Berlin sieht man die de Bonnsche Brechtfrisur jetzt auf jedem dritten Kopf. Im Amt in Wiesbaden war Doktor de Bonn der einzige, der seine Haare, die glänzend schwarzen, in dieser Cäsarenart schneiden ließ. Das wäre eine Frisur, die Alfred auch gern gehabt hätte. Er würde den Doktor fragen, ob dem das recht wäre. Falls der noch mit ihm sprach. Warum sollte Alfred als Altphilologe eigentlich keine Frisur nach Cäsars Art tragen? Und ein Reaktionär war er auch.

Ein Kollege starb, Alfred Dorn wurde mit dessen Referat, dem gering geschätzten Denkmalschutz, betraut. Also hatte er drei Arbeitsbereiche: Theater, Justitiariat, Denkmalschutz. Der Justitiar hatte das Ministerium, falls es zu Prozessen kam, vor Gericht zu vertreten. Alfred kam gerade recht, um die Einsprüche der Hamburger Produktionsfirma Jericho-Film abzuwehren. Der Leiter der Kunstabteilung leitete auch den Hauptausschuß der Filmbewertungsstelle Wiesbaden, unter seiner Federführung wurden Prädikate vergeben, der Film Annas Wut war leer ausgegangen, das wollte sich die Firma nicht gefallen lassen, erhob Widerspruch und, als das nichts nützte, Klage. Der Anwalt der Jericho-Film hieß Dr. Arno Maria Brasch. Alfred war froh, daß er die Briefe und Erwiderungen nur entwerfen, nicht aber unterschreiben mußte. Herrn Braschs Einspruch wendete ziemlich simpel an, was Brasch in Spandau gelernt hatte. Die Filmbewertungsstelle hätte sich in ihrer Entscheidung an jene Zweiteilung halten müssen, die überall üblich sei, wo Gutachten und Urteile zu erstellen sind. Zuerst sei der Sachverhalt darzustellen, dann erst werden Schlußfolgerungen gezogen. Sachverhalt und Bewertung müssen getrennt von einander erscheinen. Nicht umsonst sei es im gerichtlichen Verfahren ein Revisionsgrund, wenn Tatbestandsfeststellungen nicht sauber von Entscheidungsgründen getrennt würden. Die Bewertungsstelle hätte im Rahmen der Sachverhaltsfeststellungen diejenigen Teile des Films benennen müssen, auf die sie dann ihre Bewertung aufbaute. Siehe § 8 Abs. 1 der Verfahrensordnung. Es genüge also nicht zu sagen, der Regisseur sei an der Hauptfigur menschlich nicht interessiert, sie sei ihm lediglich Spekulationsobjekt, das von einer pornographischen Szene in die nächste geschubst werde. Wie hilflos die Bewertungsstelle diesem Film gegenüber sei, drücke sich dadurch aus, daß sie selber eingestehe, die Grenze zwischen Ernst und Parodie in diesem Film häufig nicht feststellen zu können. Der Verfremdungseffekt, auf dem die Ästhetik dieses Films beruhe, sei der Bewertungsstelle entgangen. Nur so habe ein kämpferischer Anti-Pornofilm als ein Pornofilm niedergestimmt werden können.

Alfred hatte den Film, obwohl es ihm nach dem ersten Mal zum Erbrechen schlecht gewesen war, noch ein zweites Mal angesehen. Er war diesen Sexualhandlungen nicht gewachsen. Er konnte gar nicht daran denken zu entscheiden, was da wohl parodistisch, was kritisch und was spekulativ gemeint sein könne. Kannibalen. Das war sein Eindruck. Alle, die an diesem Film mitwirkten, spielten Kannibalen, und das taten sie, weil sie wirklich kannibalisch tendierten, in ihrem bürgerlichen Leben aber keine Gelegenheit hatten, ihr Kannibalenwesen auszuleben. Deshalb machten sie Filme, gaben sich als Künstler, beriefen sich auf das Grundgesetz. Das Nackte als etwas scheußlich Appetitliches –, das war doch Kannibalismus. Alfred ging in das Schweigen, weil dieser Film oft zusammen mit Annas Wut erwähnt wurde. Auch kannibalistisch, fand Alfred. Aber die hier agierenden Kannibalen grinsten nicht, sie litten. Alfred litt mit und war froh, daß er hinauskam, ohne einem Bekannten begegnet zu sein. Wie unangenehm ihm solche Filme waren, durfte er keinem Menschen sagen. Diese Filme demonstrierten ihm seine Unerwachsenheit. Wie die Erwachsenen darüber diskutieren konnten! Dr. Brasch kämpfte für Meinungsfreiheit, Gewissensfreiheit und am meisten für Geschmacksfreiheit. Er erhob Klage beim Verwaltungsgericht Wiesbaden. Alfred Dorn beantragte, die Klage abzuweisen. Berief sich auf ein Urteil des Verwaltungsgerichtshofs Kassel: Die Bewertung eines Films ist allein Sache der Begutachtungsausschüsse. Jene von Dr. Brasch verlangte Trennung von Sachverhalt und Ent-

scheidung nannte Alfred genußvoll *wirklichkeitsfremd*. Jener vom Kläger zitierte § 8 verlange lediglich, daß das Gutachten die Gesichtspunkte erkennen lasse, die die Entscheidung bestimmten. Nirgendwo stehe, daß eine Inhaltsangabe nicht in eine Wertung übergehen dürfe. Dann mußte Alfred noch die von Dr. Brasch besorgten Stellungnahmen mehr oder weniger prominenter Zeitgenossen abwehren. Eine besondere Würdigung dieser Aussagen müsse unterbleiben, sie würde gegen den Grundsatz der Chancengleichheit aller Antragsteller verstoßen. Aber das Gericht ließ die Klage zu. Eins zu Null für Brasch. Als Alfred zur mündlichen Verhandlung mußte, hatte Dr. Brasch in Berlin und in Hamburg schon gesiegt. Die Filmförderungsanstalt in Berlin durfte dem Film nicht mehr vorwerfen, er verletze das sittliche Gefühl, und ihm deshalb Förderung verweigern. In Hamburg war in zweiter Instanz entschieden worden, daß alle hier vorgeführten Arten des Geschlechtsverkehrs und der Selbstbefriedigung, vor allem die der jungen Mutter mit Hilfe der Milchflasche, aus der sie gerade ihr behindertes Kind genährt habe, keine Pornographie seien, weil alle diese Darstellungen beherrscht seien vom Verfremdungseffekt. Verfremdungseffekt war das Zauberwort der Epoche. Wer es auf seiner Seite hatte, das heißt, wer es zuerst gebrauchte, der war unschlagbar. Er hätte, wenn er der Chef gewesen wäre, diesem Film jedes Prädikat zugesprochen. In Wiesbaden, wo eine Richterin die Verhandlung führte, siegte Dr. Arno Maria Brasch genauso. Neu bescheiden müsse die Bewertungsstelle den Film.
Dr. Brasch hatte von der ersten Sekunde an nichts als Siegerlaune und Herablassung ausgeströmt. Keine Spur mehr von Zweitagebart. Jetzt trug er die Haare wie die Beatles, und über die Mundwinkel hing ein Tartaren-Schnurrbart. Ach, nach Wiesbaden hat Sie's verschlagen, rief er. Zweimaliges Nicken, das hieß: Nehmen Sie's nicht zu schwer. Er ist Filmanwalt zwischen Los Angeles und Hamburg. Aber was ist das schon gegen Pinkwart, der, statt sich prüfen zu lassen, eine Immobilien-Firma gegründet hat und dem in Berlin heute

mehr gehört als den Hohenzollern. Und der edelbittere Halbritter ist Staatssekretär in Düsseldorf. SPD macht's möglich. Weidenbach dient der Kirche in Freiburg.
Dr. Brasch siegte, flog zurück in die große Welt, Alfred mußte eine Stunde später noch eine zweite Streitsache führen; der Film hieß: Kein Reihenhaus für Robin Hood, und Alfred fühlte sich kompetent. Seinem Chef, den er lieber Prospero als Dr. Burgmann genannt hätte – vielleicht, weil der nie etwas trug, was nicht aus dem feinsten Italien kam, und eine hohe runde Stirn hatte, von der auch an dunklen Tagen Licht auszugehen schien –, riet er, das Urteil anzunehmen. Die Tendenz zu einer Verlogenheit muß man unterstützen, dadurch wird sie noch ungenierter und macht sich dann selber kenntlich. Das sagte er nicht. Sein Prospero, ein Geist- und Temperamentsmensch zugleich, wollte kämpfen. Alfred wurde aufgetragen, die Berufungsbegründung vorzubereiten. Er wußte nur, daß er nicht den Verfremdungseffekt bestreiten oder bemühen werde. Jeden Tag, wenn er ins Amt ging, mußte er zuletzt noch an den Schaufenstern eines Sexshops vorbei, in denen alles, womit in jenem Film agiert wurde, präsentiert war. In zehn Jahren blieb er kein einziges Mal wirklich stehen vor diesem Geschäft. Er ahnte, wie ihm das von Jericho-Film beziehungsweise Dr. Brasch beziehungsweise Otti Lotze ausgelegt werden würde. Ihm tat der Regisseur leid, weil der auf seine Lage, die Alfred zu kennen glaubte, nur mit Haß und Ekel antworten konnte. Und es waren immer die anderen, die im Regisseur Haß und Ekel produzierten. Im tiefsten Inneren des Films aalte sich der Regisseur als nacktes Knäblein, das besser war als alles, was je war und sein würde. Die Utopie dieses Films war genauso verlogen wie das, was man sah, die Brutalität, die Scheußlichkeit. Alfred ertrug eben nur angenehme Verlogenheit. Zum Glück war er kein Kunstrichter, sonst müßte er eine unangenehme Verlogenheit einer angenehmen vorziehen.
Daß Dr. Brasch ihn besiegt hatte, ertrug er. Das Fünfminutengespräch im Gerichtsgang hatte ihm gezeigt, daß Dr.

Brasch unter allen Umständen unbesiegbar ist. Hätte aus irgendeinem Grund Alfreds Argumentation gesiegt, wäre Dr. Brasch in sein Baß-Lachen verfallen, das inzwischen von Los Angeles bis Hamburg bekannt ist. Jeder, der gegen Dr. Brasch auf irgendeinem Feld siegen würde, konnte sich nur lächerlich machen. Seine Einlassungen vor Gericht waren heiter, entspannt, nachsichtig, schlechthin gewinnend. Alfred hatte ihm fasziniert zugehört. Nie würde er, hatte Dr.Brasch gerufen, eine Sache vertreten, die nicht so sehr rechtens wäre, daß sie sich in einer rechtlich gesonnenen Welt letzten Endes geradezu von selbst durchsetze. Er sei nämlich, wie der Philosoph es ausdrücke, ins Gelingen verliebt. Wie hatte ein Landgerichtsdirektor in Berlin dem Referendar Dorn ins Zeugnis geschrieben: Gesundes Judiz. Allerdings lasse sich der Referendar durch Einwürfe in seiner Rechtsansicht beirren. Daß Alfred Erfolg haben werde, das war ein Versprechen, von dem die paar Nächsten behaupteten, er habe es in seiner Kindheit gegeben. Jetzt sollte er es auch gefälligst halten. Sonst wären sie elend enttäuscht. Aber diese Nächsten waren tot. Wer sah ihm denn noch zu? Berthel. Liesel und Oskar Roitzsch. Klara Fienzel. Ein paar sich im DDR-Dämmer verlierende Basen und Vettern. Der Vetter Albert in Houston war durch eine amerikanische Biographie immun geworden gegen die Überschätzung zumindest der akademischen Trophäen. Alfred würde nicht mehr promovieren. Basta. Seine Stimme bewahren, das wollte er. So mickrig seine Stimme auch war, es war seine Stimme. Sein Pergamon-Altar sollte nicht stumm bleiben. Als er den Vater gebeten hatte, mit ihm in ein Tonstudio zu gehen, etwas auf Band zu sprechen, daß er später die Stimme seines Vaters hören könne, hatte der gesagt: Nee. Wozu? Vorbei ist vorbei. Alfred schrieb nach Berlin, an die Verwaltung des Kriminalgerichts, wo er seine Staatsanwaltsstation absolviert hat, und erinnerte im Jahr 1977 daran, daß er im Jahr 1957 im Diktatzimmer mehrfach auf die damals übliche Magnettonplatte diktiert habe. Ob die noch alte Platten liegen hätten. Es könnte sein, schrieb er, daß darunter Platten seien, die für ihn *erheblichen historischen Wert* hätten. Trotz dieser Großausmalung seines Interesses, Fehlanzeige. Was er im Brief verheimlichte: Er wollte jenes Plädoyer wiederhaben, mit dem er die zuhörende Mutter so beeindruckt hatte, daß sie ihn für einen jeden Schauspieler übertreffenden Staatsanwalt gehalten hatte.

Kurz vor Weihnachten flog er wieder nach Berlin. Frau Klapproth freute sich darüber, daß er, wenn auch einen vorsichtigen, so doch ernsthaften Briefwechsel mit ihrer Nichte Gertrud eröffnet hatte. *Traudchen* wollte die nicht heißen. Das hatte ihn gleich für sie eingenommen. Das Foto, das ihm ihre Tante gegeben habe, sei ein Schokoladen-Foto, hatte sie geschrieben. Sie könne ihm nur schreiben, weil er ihr zum Tod ihrer Mutter einen Brief geschrieben habe wie niemand sonst. Sie schreibe ihm als eine Gleichberechtigte und Gleichbedürftige. Sie schreibe ihm aus ihrer augenblicklichen Stimmung. Sie feile und drechsle nicht an den Sätzen. Aber sie wolle ihn und sich nicht überfordern. Sie warte einfach darauf, wie er jetzt auf sie reagiere. Beschäftigt seien sie ja beide zur Genüge. Was beide wahrscheinlich gleichermaßen bräuchten, wäre Ermutigung. Mit vielen freundlichen Grüßen sei sie seine Gertrud Conz.

War er jetzt Tschaikowsky? Mein erster Kuß soll Ihnen gehören, keinem anderen, hatte Antonina geschrieben. Tschaikowsky war hingefahren, hatte Antonina geheiratet. Sobald er mit ihr allein in der Kutsche saß, fing er an zu schluchzen, konnte nicht mehr aufhören zu schluchzen. Körperlich ist sie mir ganz widerlich geworden, schrieb er. Nach drei Wochen: Flucht zur Schwester. Dann Selbstmordversuch. Aber Tschaikowsky hat etwas gemacht aus seinem Leiden, hat der Vater gesagt. Das ist dein Problem, dachte Alfred, du machst nichts aus dem, was dir passiert. Es gibt Schicksale, die sind nur erträglich, wenn man sie ausbeutet. Aber Eugen Onegin war schon komponiert. Gertrud und Alfred als Tatjana und Onegin gab es schon. Es gab alles schon. Er war überflüssig. Gertrud schrieb er, er werde ihr schreiben, sobald er mit sich

im klaren sei. Wahrscheinlich sei er eher ein Mensch für Kontakt als für Bindung. Er bezweifle wirklich, ob er überhaupt zumutbar sei.
Frau Klapproth sagte, Alfred benehme sich wie eine Porzellanfigur. Aber sie war froh, daß er überhaupt gekommen war, weil er ja im Sommer von der Taufgesellschaft grußlos verschwunden sei. Was soll aus einem Täufling werden, dessen Pate einfach so abhaut! Ihr Verflossener ist doch überhaupt nicht mehr ernst zu nehmen. Alfred sagte, bei einer Tauffeier vom Großvater des Täuflings als bevölkerungspolitischer Blindgänger bezeichnet zu werden sei nicht hinzunehmen. Das ist sein Nazi-Jargon, sagte Frau Klapproth, als sei das eine befriedigende Erklärung. Da Tante Marlene im Herbst an Leberzirrhose gestorben war, bevor Alfred sie besuchen und fragen konnte, mußte er auch mit Herrn Klapproth nicht mehr über einen Kredit verhandeln.
Ans Grab ging er ohne Schwester Anneliese. Sie hat jetzt einen Wellensittich. Leider gibt der immer noch keinen Ton von sich. Alfred hatte zweihundertundsiebzig Mark dabei. Es war ihm gelungen, Detlev Krumpholz einen bösen Brief zu schreiben. Er brauchte das Geld und wollte Entzweiung. Detlev hatte zurückgeschrieben, sie hätten einander offenbar schon länger mißverstanden. Er habe übrigens die zweihundert Mark nicht für Persönlich-Privates verwendet, sondern für die Herausgabe seines Weininger-Buches. Die Stimmen der Kritik lege er bei. Alfred las, das Buch sei eines der engagiertesten der heutigen Weininger-Literatur. Aber bis Februar oder März, schrieb Detlev, stelle sich der Buchhandel schlafend, da dürfe man nicht nach Geld fragen. Weil Alfred sein Geld nicht zurückbekam, wußte er, daß er Schwester Anneliese ihr Geld sofort zurückgeben mußte. Das war doch widerlich, wie sich so ein Schuldner wand. Das wollte man doch nicht auch noch mitansehen müssen. Aber Schwester Anneliese sagte, sie könne von ihm kein Geld annehmen, das müsse er eigentlich verstehen. Und sagte, mit einem stummen Wellensittich zusammenzuleben sei schwerer, als ohne Wel-

lensittich zu leben. Wenn sie noch einmal wählen könnte, würde sie es vorziehen, ganz ohne Wellensittich zu leben. Aber dazu sei es nun schon zu spät. In diesem Augenblick war Schwester Anneliese eine Tragödin.

Als Tante Lotte, von der Schwiegertochter Hertha in Herford kommend, in Wiesbaden eintraf und stürmisch auf ihren Neffen zutrippelte, erzählte Alfred ihr auch von den zweihundert Mark und Detlev Krumpholz. Tante Lotte riet sofort: Nie mehr nachfragen, verzichten! Solange dieser Krumpholz Alfred Geld schulde, lasse er ihn in Ruhe. Zahlt er zurück, ist Alfred, wenn der so hemmungslos homosexuell ist, vor dem nicht mehr sicher. Der fährt eines Tages an, bringt Alfred in eine verfängliche Situation, fotografiert ihn, dann erpreßt er ihn. Wie viele hohe und höchste Beamte haben deshalb schon Selbstmord machen müssen.

Tante Lotte wurde Alfreds Hautärztin, Frau Dr. Dryander, vorgeführt, die war entsetzt über die rohe Narbe und korrigierte sie sofort. Tante Lotte lief zwar bei ihrer ersten Westreise mit einem Pflaster herum, aber als sie drei Wochen später nach Dresden zurückkam, staunten alle über das kosmetisch-chirurgische West-Niveau. Der neue Lumpi und die junge Frau gerannen Tante Lotte zu einem Feindbild. Wie edel, wie klug, wie fein war der alte Lumpi gewesen. Und jetzt diese tückische Bestie.

Als Alfred mit der Tante auf dem Rhein bis Köln und zurück fuhr und sie dabei – das konnte er jetzt – öfter fotografierte als die Burgen am Rhein, da war sie doch begeistert von ihrem Neffen. Daß er mit ihr in Stadt und Umgebung überallhin im Taxi fuhr, genoß sie in fast grotesken Haltungen. Sie nannte das Taxi, obwohl sie ein Jahr älter war als ihr Bruder, nicht Autodroschke und hielt das Fahren damit nicht für Leichtsinn, sondern für Stil. Sie stieg nie aus, bevor ihr nicht die Tür geöffnet wurde. Die Lady. Schon auf dem Bahnsteig hatte sie Alfred mit How are you, I hope you are well begrüßt. Many greetings from your dear father. Alfred hatte ja einiges Englisch gelernt, aber noch kein Wort in Gegenwart eines anderen

Menschen gesprochen. Die Vorstellung, es kämen dann Laute heraus wie bei Tante Lotte, ließ das nicht zu. Die Tante aber sagte laut: I know now only a little but I must make use of what is left. Do you understand? Alfred machte sie darauf aufmerksam, daß der Westen zwar angloamerikanisch gestimmt sei, aber noch spreche man Deutsch. Trotzdem kamen immer wieder Wörter heraus, die siebzig Jahre überlebt und darauf gewartet hatten, einmal ausgesprochen zu werden. Sie bestand darauf, daß eine Karte in Englisch an Albert Bach nach Houston geschrieben werde. Ihr Frieder und Albert haben sich, bevor sie im Krieg gegeneinander standen, in Washington getroffen, als Frieder mit der Emden drüben war. 1935. Ja, es gibt ein Foto. Auf den Stufen des Kapitols. Albert hat es sicher noch. Jetzt hör' er mal zuerst, was sie ihm von ihrer Herforder Schwiegertochter zu erzählen hat. Hertha hat ihrem Freund die Krankheit gestanden. Aber der kann sich eine Scheidung finanziell ohnehin nicht leisten. Hertha schwanke und stürze, sobald sie, ohne sich festzuhalten, zu stehen versuche. Tante Lotte schilderte das, um Alfred zu beweisen, daß er, da er diese Krankheit nicht habe, viel glücklicher aussehen müßte. Und wie mager er ist. Wo es hier so Wunderbares zu essen gibt. Schon wieder eine Versündigung Alfreds. Sei heiter, es ist gescheiter als alles Gegrübel, Gott hilft weiter, zur Himmelsleiter werden die Übel. Wieder der Verdacht, daß sie nicht davor zurückschrecke, selber Sprüche zu bilden. Ein Spruch darf einfach nicht von dem sein, der ihn anwendet. Ihr Hauptthema war natürlich das Leiden des Bruders unter der jungen Frau. Wie der Vater jetzt dasitzt, abends, wenn Judith einmal nicht ausgeht –, da falle ihr das Dichterwort ein: Einsam bin ich, nicht allein. Der Vater muß weg aus Dresden, sonst lebt er nicht mehr lang. Tante Lotte würde, wenn Alfred für den Vater etwas fände, sofort die Umsiedlung nach Bad Homburg beantragen. Dort leitet Senta Freisleben, Sennel genannt, ein Heim. Sennels Mann war Frieders Freund und ist gefallen im gleichen Monat, und Sennel ist geboren in der sagenhaften Carlowitzstraße. Dann wären sie alle hier, könnten endlich mit einander nach Rothenburg fahren. Der Vater hat so erschreckend abgenommen. Seit zwei Jahren raucht er nicht mehr. Judith raucht weiter, fordert ihn auf, doch auch zu rauchen! Alfred muß seinen Vater retten. Sofort! Sonst ist es zu spät! Bis jetzt ist nur Eltern-, Kinder- und Geschwister-Zusammenführung erlaubt. Aber Alfred könnte vielleicht erwirken, daß für Tante Lotte eine Ausnahme gemacht werde, eine Tante-Neffe-Zusammenführung, weil sie in zwei Kriegen den Mann, drei Brüder ihres Mannes und ihren Sohn, ihr einziges Kind, verloren hat. Pekuniär fällt sie nicht zur Last. 184,40 für dreißig Jahre Post und 22,50 Kriegerwitwenrente! Aber dieses Projekt in keinem Brief erwähnen! Sonst wird's durchkreuzt. Sie kann sofort kommen. Sie wohnt seit 1945 möbliert. Sie hängt nicht an irdischem Tand. Wie, leider, Alfred. Mutters Unterkleid und Inlett und Bettvorleger und Vorhänge, und dann noch die Ölschinken –, ja, was kann Alfred denn damit noch anfangen?! Nur noch Judith ist daran interessiert, daß Alfred kommt. Sie will den olivgrünen Wildledermantel. Und sie kriegt ihn, das weiß Tante Lotte. Was die will, das kriegt sie. Sie nahm der Schwägerin nur Seifen mit und einen Mum-Stift. Dem Vater Heringsfilets im Plastikbecher. Hundekuchen für Lumpi. Für ihren Transport hat sie gesorgt. Wer auf der Herfahrt keinen Sitzplatz hatte, mußte bei der Grenzkontrolle den Zug verlassen, mit Gepäck, damit die Polizisten in den Zuggängen frei ausschreiten konnten. Die schauten unter jede Bank. Zuletzt gibt sie ihm aus dem Abteilfenster noch den Huter Kalender wieder heraus. Es ist ihr einfach zu riskant. Alfred soll es mit der Post probieren, manchmal lassen sie doch was durch. Sonst soll Hulda Samlewitz eben was Gescheites lesen. Das Losungsbüchlein von Herrnhut, zum Beispiel. Good bye, dear Alfred, und bitte, aufpassen bei diesen Zebrastreifen! Die Lady, der Spatz.

Alfred mußte nach Dresden. Sein Geburtstagsbrief an Ria Rarer kam zurück: Am 2. 9. gestorben. Die Leipziger Vermieterin. Trotz Frau Klapproth die beste von allen. Alfred hatte für jede Person noch eine Ersatzperson gespeichert. Also schrieb er sofort an Frau Goeschka, wollte genau wissen, wie es zugegangen sei, ob Frau Rarer habe leiden müssen. Ihr wies er Geld an für ein Blumengebinde, mit ihr zusammen würde er, bei der nächsten Einreise, Frau Rarers Grab besuchen. Auch ein Paket schickte er sofort an Frau Goeschka. In Frau Rarers Nachlaß mußten Fotos sein: Mutter, er und Frau Rarer, von einer Nachbarin aufgenommen, 1949. Frau Goeschka wollte nachforschen. Mit seinem Paket habe er ins Schwarze getroffen. Je weniger dort jemand mit einem West-Paket rechnete, desto stürmischer die Danksagung. Fräulein Scheibenpflug bedankte sich jedes Jahr aufs neue für die Debussy-Noten, die er ihr 1959 oder 60 geschickt hatte. Aus den Briefen der Fünfundsiebzig- bis Fünfundachtzigjährigen war nicht zu erkennen, ob sie wußte, daß sie sich schon so oft für den *aparten Debussy* bedankt hat. Jedesmal schilderte sie, wie sie sich den Fingersatz für ihre alten Hände, die diese Spannweiten nicht mehr schafften, einrichten mußte. Jedesmal teilte sie mit, daß sie für den Debussy so dankbar sei, weil ihr Ravel, dessen Miroirs sie bis zum Inferno so gern gespielt habe, jetzt einfach zu hart sei. Jedesmal unterschrieb sie gleich: Ihr altes Wrack aus der Zittauer Straße. Und immer hoffte sie, Alfred komme bald und spiele ihr wieder *seinen* Chopin vor. Ach, Elly Ney habe im September 39 einen Chopin-Abend geben wollen, sei erschienen und habe gesagt, alle seien wohl einverstanden, daß sie jetzt keinen Polen, sondern einen Deutschen spiele. Die Dresdener protestierten. Die Ney läßt abstimmen. Alle *für* Chopin bleiben sitzen, die *für* einen Deutschen stehen auf. Alle blieben sitzen. Die Ney: Also Chopin. Und ratterte den großen As-Dur-Walzer nur so herunter. Aber vor 33 hat die Ney für die Arbeitslosen umsonst gespielt. Das Vereinshaus sah aus wie ein Zigeunerlager. Einmal schrieb Helene Scheibenpflug, sie habe eine Vision: Alfred Dorn erscheine uneingeladen und nehme fürlieb. In diesem besonderen Wort leuchtete das Dresden auf, an dem er baute. Leider wiederholte das Fräulein in jedem Brief auch den Satz, ob er denn immer noch keine gewählt habe aus den Töchtern des Landes. Leider, schrieb ihm Frau Blümel, ist die Liebe meiner Tochter zu mir mit Ihrer Liebe zu Ihrer Mutter überhaupt nicht zu vergleichen. Leider, schrieb sie, sitze ich nach wie vor in meinem Ihnen leider immer noch unbekannten Schuppen, ein besseres Fleckchen ist leider nicht zu ergattern. Und in ein Heim will ich leider überhaupt nicht. Leider liege es ihr nicht, den Kopf hängenzulassen. Herr Dorn schreibe ihr leider auch nur einmal oder zweimal im Jahr. Über seine Pakete sei sie leider immer noch sehr froh, wenn sie sich leider auch nicht traue, etwas von dem, was er ihr schicke, zu essen. Leider habe sie doch gelernt, den Zucker zu meiden. Leider kennt sie die Welt nur aus dem Deutschlandfunk. Ihrer Tochter darf sie leider überhaupt nicht nachspüren. Leider, leider gibt es weder hier noch in Potsdam Tempotaschentücher. Wenn die Invalidenrente um fünf Mark raufgeht, geht die Witwenrente leider um fünf zurück. Sie weiß leider nicht mehr ein noch aus. Was sie jetzt tun soll, ist ihr leider ein großes Fragezeichen. Zum Glück lebt sie nicht mehr gern. Leider lacht sie trotzdem jeden Tag einmal. Ihre leider immer an Sie denken müssende Frau Blümel. Und Hulda Samlewitz war tot, ihrem Mann in der kürzesten Frist nachgestorben. Die Tochter im Westen bittet, alles, was von Dorns dort lagert, rasch zu holen, das Häuschen wird geräumt.

2.

Den Nimbus, den er im Amt in Wiesbaden brauchte, produzierte er durch Distanz. Aber so konsequent, wie man zur Nimbuserzeugung sein muß, war er dann doch nicht. Manchmal konnte er sich nicht beherrschen und redete an jemanden viel mehr hin, als der oder die hören wollte. Alle Referenten in der Abteilung Kunstpflege galten im Haus als Exoten. Sein Prospero sei, sagte Alfreds Sachbearbeiter

Glück, mit dem Personalchef, Herrn Granitza, zerstritten, deshalb sei schon seit Jahren im höheren Dienst keiner mehr befördert worden. Die Personalabteilung entwinde der Kunstabteilung per Geschäftsverteilungsplan dann und wann ein Sachgebiet, um den am Rahmenrichtlinienstreit nicht teilnehmenden Kunstexoten auch noch Nichtausgelastetheit ankreiden zu können. Der Minister wurde durch den Richtlinienstreit eine Zeit lang berühmt. Amtmann Glück: Ehedem der jüngste deutsche U-Boot-Kapitän, einmal vorn, immer vorn. Jetzt also im Demokratischen. Alfred hätte gern einmal gesprochen mit seinem Minister, der ihm äußerlich nicht so unähnlich war und dazu noch, wie auch Alfreds Prospero, aus Sachsen stammte. Aber – das spürte Alfred sofort – dieser Minister verachtete ihn. Man weiß überhaupt nicht, wodurch man einem Mächtigen zum ersten Mal aufgefallen ist. Mehr als ein Eindruck ist einem nicht gestattet. Wo kämen die Mächtigen hin, wenn sie von jedem, über den sie Macht haben, zwei Eindrücke speichern müßten! Daß Alfred andere mehr achtete als sie ihn, kann auch daran gelegen haben, daß er lieber achtete als verachtete. Sein Prospero achtete ihn sicher nicht besonders, aber er verachtete ihn auch kein bißchen. Alfred war dabei, jener Beamte zu werden, den die in den Ämtern, die sich farbiger vorkommen, die Graue Maus nennen. Manche verachten die Graue Maus, andere beherrschen sich. Der Minister – aus einer historisch nennenswerten Familie stammend – war sogar in Doktor de Bonns Einschätzung ein radikaler Sozialdemokrat. Er verlange von sich das Genossen-Du unter fast allen Umständen. Und das, obwohl er, laut Amtmann Glück, zuerst Minister und dann erst Sozialdemokrat geworden sei. Alfred hatte schon öfter bemerkt, daß Kinder aus feinen Familien sich aufführen, als wollten sie die sozialen Sünden ihrer Väter gutmachen. Die Welt hat dann wieder zu leiden unter ihnen, wenn auch unter anderen Vorzeichen. Wer eine Tradition radikal ablehnt, handelt wahrscheinlich traditionsbewußter als einer, der sie milde pflegt. *Rahmenrichtlinien Deutsch! Rahmenrichtlinien*

Gesellschaftslehre! Alfred im Hauptquartier einer Kulturrevolution. Sein Minister, ein gelehrter Ikonoklast. Alfred erlebte nichts so deutlich wie seine eigene Nichtwahrnehmbarkeit in diesem Amt, in dieser Zeit. Der Ministerpräsident, bei dem Dr. de Bonnechose arbeitete, war, verglichen mit Alfreds Minister, ein Hosenträgersozialdemokrat. Der Minister verkündete den Aufbruch zum neuen Menschen. Amtmann Glück, im Antijargon: Der Tankwart liest die FAZ. Doktor de Bonn, gewiß kein Hosenträgersozialdemokrat, schickte seine eigenen Kinder in das altsprachliche Gymnasium, um sie vor des Richtlinienministers Schulen und dem von Frankfurt ausschwärmenden Eifer zu bewahren. Wenn Alfred abends in die Säle ging und von möglichst weit hinten den Wortfechtern des *Hessenforums* zuhörte, hatte er den Eindruck, daß Otti Lotzes Mann inzwischen jene Kopulierung Marx-Freud gelungen war, so daß die Menschensozialisation endlich ohne Triebunterdrückung vor sich gehen werde und Aggression durch rollentheoretische Formulierung menschlicher Beziehungen in etwas der Selbstbestimmung Dienlicheres verwandelt werden könne. Die Verkünder bewiesen durch ihre schneidende Aggressivität, daß sie in falsche Schulen gegangen sein mußten. Alfred bemerkte allerdings, daß er beim Zuhören immer den Rahmenrichtlinien-Gegnern zustimmte, denen, die es schwerer hatten, den Schulen ein *oberstes Lernziel* in Tabor-Sätzen vorzuschreiben. Daß der Staat ein *oberstes Lernziel* verkünde, war ihm ganz unangenehm. Könnte es sein, daß die Geringfügigkeit der eigenen Erfahrung manche dazu verführt, sich universalistisch zu geben? Je beschränkter unsere eigene Erfahrung ist, desto allgemeiner wollen wir zuständig sein. Der Intellektuelle, vor allem der vom Staat gehaltene, macht fast keine Erfahrung mehr, also baut er das innere Reich auf, die Religion, den Marximus. Da kann er nicht nur mitreden, sondern er ist der einzige, der da mitreden kann. In diesen Veranstaltungen wurde Alfreds Konservatives ausgemessen. Wie konservativ er war, hatte er sich vorher nicht klargemacht gehabt. Herr

Dr. Muth schrieb aus Berlin, er würde Alfred gern irgendwo sehen, wo man auch ohne rotes Parteibuch befördert werde. Da Sachsen schon viel länger rot war als Hessen, nämlich schon seit den Reichstagswahlen 1903, störte Alfred weniger das Rot als das Parteibuch. Das begriff er nicht, daß man Partei sein mußte. Er begriff immer noch nicht, wie man Partei sein konnte. Ihn störte es, daß jede Partei das Ganze sein wollte. Alfred wollte kündigen. Amtmann Glück: Aber nur, um bessere Bedingungen auszuhandeln. Auch die Linksradikalsten ließen sich, laut Glück, von auswärts Stellen anbieten, um dann *Bleibeverhandlungen* führen zu können. Alfred sah jeden Tag mit noch mehr Verlangen nach Mainz hinüber. Er hatte doch in der Stauffenbergstraße für Mainz gearbeitet. Dr. Muth, rotgesichtig, einarmig, Winzersohn, undurchschaubar, aber dann doch wieder freundlich durch und durch –, was für ein Vorgesetzter! Daß zu seinem Prospero keine Beziehung gelang, war seine Schuld. Alfred übertrieb das Sächsische. Nicht als Dialekt, sondern als höhere Gemeinsamkeit. Davon wollte der Chef aber nichts wissen. Jemand mit soviel Lebenskraft muß, wo er wohnt, Wurzeln schlagen. Der lernte längst von Frau und Kindern Hessisch. Alfred wies Herrn Dr. Burgmann regelmäßig auf Zeitungsberichte über den kommunistisch-vandalistischen Umgang mit Dresdens übriggebliebener historischer Bausubstanz hin. Den empörte das auch, aber er wollte darüber mit Alfred Dorn nicht so lange reden wie der mit ihm. Öfter eröffnete der Chef Abteilungssitzungen mit dem Satz: Was gibt es Neues aus dem Hause Wettin, Herr Dorn? Da wurde natürlich geschmunzelt.

Ach, er wollte doch gar keine Distanz. Distanz war nur der Ersatz für eine Beziehung, die ihm nicht gelang. Er hätte Dr. Burgmann verehren können. Aber das hätte der falsch verstanden. Burgmann war ein Spötter; gern geistreich, freimütig, auftrittsstark, beherrschend. So muß Prospero mit fünfzig gewesen sein. Er hätte ihn gern Prospero genannt. Dieser Name wollte immer ausgesprochen sein und mußte andauernd zurückgehalten, verschwiegen werden. Diesem Prospero genügte für Alfred Dorn der Satz: Was gibt es Neues aus dem Hause Wettin, Herr Dorn. Alfred hoffte, der werde über ihn noch dazulernen können. Eine reine Vater-Illusion, daß man als der auftreten könne, als der man angesehen werden möchte. Gib doch die Menschen auf. Zurück zu den Fotos.

Der Vater erfuhr es noch, so wie die Mutter gerade noch erfahren hatte, daß die zweite Staatsprüfung bestanden worden war. Der Vater konnte Alfred sogar noch schriftlich gratulieren zum Oberregierungsrat und ihm ein letztes Mal ans Herz legen, jetzt, da er schon so in der Nähe sei, doch bald nach Rothenburg zu fahren. Tante Lotte führte die Magenschmerzen noch darauf zurück, daß Judith immer zu scharf koche. Auch daß der Vater abends in die Röhre schaue, schade ihm. In der Dorn-Familie war noch nie jemand magenkrank! Sie macht ihm täglich ein Schüsselchen Milchgrieß mit abgekochtem Kirschensaft. Aber er mußte doch ins Krankenhaus. Er hat ja nicht auf Tante Lotte gehört, sondern noch bis nachts um zwei das Fußballspiel Deutschland-Mexiko angeschaut. Das war zuviel. Das letzte Verständliche, was der Vater gesagt hatte, war: Ich möchte meinen Sohn noch sehen. In der Hegereiter Straße war zwei Wochen vorher auch ein letzter Satz fällig geworden; auch der hatte Alfred gegolten. Gratuliere zum Oberregierungsrat, hatte die Doktorin in gebotener Telegrammkürze gesagt und war gestorben. Die Einreise war nur zur Beerdigung des Vaters bewilligt worden. Die fand statt an einem drückend heißen Elbtaltag auf dem Striesener Friedhof, auf dem schon die 1928 gestorbene Carla und die 1945 von den Tieffliegern zerschossene Martha Geduldig beerdigt worden waren. Eine Beerdigung, bei der alle kamen, auf die Alfred noch zählen konnte bei seinem Unternehmen Pergamon. Alle außer Berthel Mewald und Heribert Priebe. Aber Liesel und Oskar Roitzsch, Klara Fienzel, Hanna Ledermann, ihre Tochter Doris, Frau Blümel, sogar Frau Nagel. Karl Jungnickel. Sogar Tante Gustchen. Eine Beerdigung, die den Friedhof füllte, soweit man sah. Oskar Roitzsch sprach ein Gedicht, das er selber verfaßt haben mußte. Gustav Dorn hatte nicht umsonst gelebt. Als der Sarg verschwunden, aber ihm noch keine Erde nachgeworfen worden war, reichte Judith Alfred die Hand und sagte so leise, daß es weder Tante Lotte noch sonst jemand hören konnte: Alfred, jetzt sagen wir Du zu einander. An Judiths Händedruck spürte er, daß er jetzt sagen mußte: Ja, Judith. Beerdigungen wühlten ihn eben auf. Im Zug notierte er auf einen Zettel den Satz, den der Vater beim letzten Gespräch in Ost-Berlin zu ihm gesagt hatte: Mach auf meiner Beerdigung mal kein Theater. Und Tante Gustchen, als wäre sie in Ost-Berlin dabeigewesen, hatte nach der Beerdigung zu ihm gesagt: Du hättest Eintritt nehmen können. Er hatte wieder einmal alles falsch gemacht. Einmal hatte er mit der Mutter im Café Storch Eis gegessen, nachdem sie im Schmalenberg Leber mit Spinat gegessen hatten; die Mutter war mit ihrer Hand ganz leicht über die Härchen auf seinem Handrücken gefahren, als wolle sie prüfen, ob sie das noch schaffe, die Härchen zu sträuben, ohne die Hand zu berühren. Er hatte voller Wohlgefühl gesagt: Aber Mutti! Darauf sie, in einem Ton, als stünden sie auf einem Berg und schauten ins Land hinaus: Ach Alfred, vielleicht stellst du dich später, wenn Papa und ich mal nicht mehr sind, doch ganz gut mit Judith. Vielleicht soll das so sein. Er, heftig: Muttchen, das wird nie! Und legte ihr die Hand, die er nach Aber Mutti! zurückgezogen hatte, wieder hin. Sie streichelte nicht noch einmal. Jetzt kam er sich vor wie Petrus nach dem dritten Hahnenschrei.

Alfred konnte nicht fast eine Woche in Dresden sein und Mutters Berthel nicht besuchen. Er mußte endlich seine Sachen sehen. Er war mit *seinem* Fahrer Karl Jungnickel, der auf Alfreds Paketliste für Weihnachten eingetragen war, zu Berthel hinausgefahren. Alfred erschrak. Das Häuschen am Langenauer Weg sah so wild eingewachsen aus, als lebe darin schon lange niemand mehr. Berthel war in der Diele auf einer losen Platte ausgerutscht, hatte das Schlüsselbein und den Unterarm gebrochen. Die Tür öffnete Norbert Mewald, der zwei Schlaganfälle hinter sich hatte, die nichts als sein Sprachvermögen gelähmt hatten. Er verstand alles, konnte aber nur in eintönigen, ungleich langen Lauten antworten, die er durch Handbewegungen verdeutlichen wollte. Er lief, solange Alfred da war, vor Berthel und Alfred auf und ab und versuchte, in alles hineinzureden. Das war die Unruhe, die die Mutter gehabt hatte, bevor sie *Psyquil* genommen hatte. Berthel gab Alfred zu verstehen, daß er so tun solle, als verstünde er Norbert. Also hat Alfred zu den unterschiedlich langen Lauten genickt. Norbert ging in den zwei Stunden mindestens viermal auf die Toilette. Während er draußen war, konnte Alfred auch nicht von seinen Heiligtümern anfangen, weil Berthel ihn vollends in die Fürchterlichkeit ihrer Lage einweihen mußte. Norbert plane einen Selbstmord. Wahrscheinlich spreche er öfter, vielleicht sogar andauernd davon, daß er sich umbringen wolle. Sie tue, als verstehe sie ihn nicht.

Jetzt bringt endlich mal den Jungen raus, daß ich einen Witz erzählen kann –, das war, außer daß er den Lumpi vor Alfreds Geburt zum Einschläfern gebracht hatte, Norbert Mewalds Beitrag zu Alfreds Kindheit gewesen. Witz, das war das, was Alfred nie hatte hören dürfen. Er hörte in seinem Zimmer nur die Lachsalven der Erwachsenen, wenn Norbert Mewald wieder einen Witz gelandet hatte. Die Mutter war manchmal herübergekommen und hatte gesagt: Über so blöde Witze lachen die sich 'n Ast ab. Und war wieder hinübergegangen, um den nächsten Witz nicht zu versäumen. Alfred hatte an ihrem Gesicht, vor allem an den nassen Augen, gesehen, daß sie selber auch gelacht hatte.

Als er Berthel die zwei Flaschen *Dyhankan* auf die Kommode stellte, entdeckte er Mewalds Hochzeitsfoto. Bevor er sich verabschiedete, bat er Berthel, es ihm für ein paar Tage zu überlassen, er werde es für sich reproduzieren lassen und es eingeschrieben zurückschicken. Norbert brachte ihn an die

Tür. Er konnte Norbert in dieser Tür erst stehenlassen, als er ihm vorgemacht hatte, man werde sich ja bald wiedersehen. Er hatte dieses Foto. Seine Eltern am 21. 3. 1931. Auf diesem Foto saß der, der jetzt verschieden lange Laute ausstieß, im Mittelpunkt und lächelte erhaben. Rechts neben ihm saß die lachende Berthel, das Haar schön schmachtend in die Stirn gewellt, im Schoß einen nicht zu bändigenden Brautstrauß. Neben ihr Alfreds Mutter, die einzige im ärmellosen und weit ausgeschnittenen Kleid. Hinter ihr stand der Vater, im gleichen Smoking wie der Bräutigam. Dann noch Verwandte und Liesel und Oskar Roitzsch. Als er Berthel gebeten hatte, ihm das Foto zu leihen, hatte sie ihn für Irmgard um ein Buch des Schriftstellers Däniken gebeten. Echt Berthel. Bat man sie um etwas, bat sie einen sofort auch um etwas. Rein reaktiv. Alfred hat den Däniken dann sofort geschickt. Irmgard hat sich sofort bedankt. Sie werde von allen beneidet. Jeder wolle das Buch von ihr. Das komme natürlich nicht in Frage.

Weder Judith noch sonst jemand in Dresden sollte von Tante Lottes Übersiedlung erfahren, solange die Genehmigung noch nicht erteilt war. Tante Lotte sah sich umgeben von Menschen, die ihre Ausreise, weil sie sie ihr nicht gönnten, verhindern würden. Bei jeder Flugzeugentführung fürchtete sie eine Verschlechterung des Politikklimas, also eine Verhinderung der Ausreise. Die Dresdener Behörde wollte durch Geburts- und Trauschein wissen, ob das denn auch wahr sei, daß in Herford eine Schwiegertochter die Ausreisewillige aufnehme. Die *Zusammenführung* von Tante und Neffe galt nicht als Grund, eine gleich Achtzigjährige ausreisen zu lassen. Die Schwiegertochter Hertha in Herford mußte präsentiert werden. Hertha in Herford wiederum konnte die Fragebogen, in denen sie die Aufnahme der Schwiegermutter zusagen sollte, nicht ausfüllen, wenn das Finanzielle nicht geklärt war. Sie war gerade wieder gestürzt, hatte ihre Klavierhände zerschnitten, konnte wochenlang nicht schreiben. Und die herzlich protegierende Sennel Freisleben konnte das

Zimmer für Frau Ranke nicht ewig freihalten. Dann traf sie aber ein, die Genehmigung. Zum ersten Mal seit 1941 war die Tante glücklich. Dieser Staat schaffte Gnaden-Effekte, wie sie nur in absoluten Monarchien vorkamen. Die Tante packte, schrieb die Bücherliste, die Kleiderliste, die Wäscheliste, die Bilderliste und die Liste *Sonstiges*. Den Kontrollbedürfnissen des Staates kam sie geradezu leidenschaftlich entgegen. Nur heran, Kontrolleure, hier ist eine, die nichts zu verbergen hat. Sie wollte sich noch einmal vollkommen gut stellen mit dem Staat. Am 15. März soll sie fort sein, dann schafft der Zoll die Kontrolle nicht, die Naumannstraße muß den Termin verschieben, am 23. März wird kontrolliert, am 25. fährt sie, das ist der Sonnabend vor Palmarum. Und am 4. April wird sie einundachtzig. Sie verläßt Dresden um 9 Uhr 29, ist in Oebisfelde, an der Grenze, um 14 Uhr 39, um 16 Uhr 30 in Hannover, dort wird der Neffe am Wagen Nr. 9 warten, bis die Tante den Platz 22 verläßt; dann fahren sie, statt nach Herford, mit einander nach Bad Homburg zu Sennel, die das Zimmer 22 geschmückt hat. Daß schon der Bahn-Sitzplatz die Zimmernummer anvisierte, war beiden ein gutes Zeichen. Dann aber die krasse Enttäuschung: außer ein paar Schulbüchern Alfreds und zwei Bettvorlegern und Fotos bringt die Tante nichts mit. Tante Lotte gestand es schon in der Bahn. Sie habe die Ausreisegenehmigung nicht aufs Spiel setzen können wegen eines uralten Unterkleids und einer uralten Fischsturzform. Sie hatte offenbar doch zu viele Nachbarn in der Maystraße eingeweiht gehabt, die konnten aus Neid zum Zoll gegangen sein, um dort zu berichten, was diese einundachtzigjährige Ausgebombte besaß und was nicht. Jeder, der sie kennt, weiß, daß sie beim Inferno im Keller durch zwei Mauerdurchbrüche durch nichts als ihr Leben retten konnte und seitdem als Altrentnerin – das sind die am schlechtesten Gestellten, die schon vor der DDR-Gründung in Pension gingen – sich so gut wie nichts mehr anschaffen konnte. Also eine Schreibtischgarnitur sicher nicht! Einen Paletot auch nicht! Ölgemälde auch nicht! Zahnarztbesteck auch nicht!

Darauf warteten die doch bloß! Nein, die zwei großen Kesting-Fotos von Frauenkirche und Rathausturm hat sie auch nicht dabei. Die hat doch nie ein Nachbar bei ihr gesehen. Wo soll sie denn die gehabt haben! Aber die Art Zeug, die er vermißt, lohnt doch das Drandenken nicht, das muß ihm endlich gesagt werden, das wäre schade um den Platz im Mietbehälter. Unterkleid, Fischsturzform! Und was hat sie beim Inferno eingebüßt! Den Pokal, den ihr Friedrich 1908 als Reichssieger im Schnellgehen erkämpft hatte! Und für seinen Ramsch soll sie sich zur Komplizin des illegal ausgereisten Neffen machen? Es schlägt ihm der Bauer ins Genicke, dachte Alfred. Jetzt wurde es allmählich eng. Gut, er konnte Mutters Hände anschauen. Keiner konnte ihn stören. Endlich hatte er eine Zweizimmerwohnung, sah vom Freudenberger Hang weit hinaus und hinab. Drüben, vor kahlem Hügelhorizont, Mainz, und drunten, zwischen Schierstein und Biebrich, ein Segmentchen Rhein. Wenn Dunst und Trübnis herrschten, hätte es die Elbe sein können. Aber wenn er hinunterging nach Schierstein und nachschaute, blieb nichts Elbisches. Der Rhein war eine strikte Wasserstraße. Ihm fehlte die Aufhaltsamkeit der Elbe, die ihren Weg durch die Niederung in weiten Bögen sucht und von respektvollen Höhen begleiten läßt. Da war er Partei. Einen Balkon hatte er auch. Er hätte sich sonnen können. Aber inzwischen nannte er die Stöße von Fotos, die alten und die neuen, die selber aufgenommenen, seine Fotothek. Er hatte überhaupt keine Zeit. Wenigstens hatte die Tante alle Fotos mitgebracht, die er dem Vater geschickt hatte. Auch das im Silberrahmen aus der Praxis, auf dem ihn die Patientinnen für einen Schauspieler gehalten hatten. Zwei Bettvorleger. Ein paar Bücher. Er mußte selber hinüber. Die Empfindung, mit der er jede Todesanzeige aus dem Briefkasten nahm! Wie wenn man auf einer glatten Straße ausrutscht und, um das Gleichgewicht wieder zu finden, einen Arm in die Luft wirft. Norbert Mewald, der in Alfreds Kindheit für Witze zuständig gewesen war, ist tot. Die Beerdigung ist schon gewesen. Im Brief schildert Berthel die letzten sieben qualvollen Tage. Irmgard hat ihren Vater so gepflegt, als wolle sie, schreibt Berthel, in sieben Tagen und Nächten gutmachen, was sie ihm in ebenso vielen Jahren angetan hat. Irmgard gehört jetzt ein Viertel des Hauses. Berthel kann es ohne ihre Zustimmung nicht verkaufen. Wie sie das längst reparaturbedürftige Haus mit 200 Mark Rente erhalten soll, weiß sie nicht. Aber die seit Jahren bestellten Maler, Klempner, Dachdecker, Fußbodenleger und Elektriker kommen auch gar nicht. Der Zerfall geht weiter. Irmgard ist schon vor Norberts Tod oben eingezogen. Ohne Möbel. Die Alfred alarmierende Mitteilung: Irmgard hat gesagt, sie wolle *ausmisten*. Er schrieb sofort an Irmgard, daß sie, bitte, alles, was ihm gehöre, auf dem Dachboden unterbringen wolle. Seine Heiligtümer waren jetzt auf drei Dachböden verteilt: Schillerplatz, Langenauer Weg, Ottendorf-Okrilla. Nur bei Liesel Roitzsch und Frau Nagel waren die Gegenstände noch im Gebrauch. Berthel schrieb, daß er, wenn er komme, bitte zuerst mit ihr spreche, weil ihn Irmgard sicher gegen sie aufzuhetzen suche. Daß es falsch gewesen sei, Irmgard nicht in den Westen zu lassen, habe sie längst eingesehen, aber müsse dieser Fehler wirklich mit lebenslänglichem Haß bestraft werden? Sie muß annehmen, Irmgard werde von außen beeinflußt. Aber von wem? Irmgard hat inzwischen sechs oder acht Katzen. Kontakt gibt es nur, wenn sie in die Küche kommt, um im Kühlschrank Katzenfutter zu stapeln oder zu holen. Norbert hat so darunter gelitten, daß der Kühlschrank andauernd vollgestopft war mit Katzenfutter und das ganze Haus nach Katzendreck stank. Wenn sie von Alfred keinen Brief mehr bekomme, wisse sie, daß Irmgard vor ihr am Briefkasten gewesen sei und ihr seinen Brief gestohlen habe. Sie kann Irmgard nicht einmal fragen, ob sie nicht Post aus Versehen mitgenommen habe, weil Irmgard sie sonst schlage. Außer Liesel Roitzsch und Frau Blümel kommt niemand mehr zu ihr. Alfred schrieb sofort zurück. Er beschwor den Augenblick, als sie im August 1960 einander weinend umarmten, am S-Bahnhof Steglitz. Es mußte ihr gut tun, jetzt zu erfahren, daß der Vater und die Tante diese Umarmung nachträglich mißbilligt hatten. Auch den letzten Geburtstag der Mutter rief er auf, als Berthel mit der Leidenden in die Stadt gefahren sei, dann das Malheur. So entsteht Nähe für immer. Er möchte für immer Berthels Nächster sein, weil sie ihm in der für ihn schwersten Zeit die Nächste gewesen ist. Also solle Berthel jetzt, bitte, das Nötigste zusammenpacken, einen Zettel für Irmgard hinterlassen und sofort kommen. Er werde sie in Frankfurt abholen. Sie könne zuerst bei ihm bleiben –, dann sehe man weiter. Nur, jetzt nicht zögern! Handeln!

Er hatte Angst um Berthel. Auf eine Extraseite schrieb er noch einen Extrabrief. Wenn Berthel komme – und daß sie komme, halte er um ihretwillen für unaufschiebbar –, dann möge sie ihm von Mutters Sachen etwas mitbringen: Jenes Unterkleid nämlich, das die Mutter zum grünsamtenen Abendkleid getragen habe. Und eine vielleicht etwas verrückt klingende Frage habe er noch. Beim letzten Besuch sah er vor dem Spiegel im Flur eine grüne Kleiderbürste liegen. Er selber hat genau die gleiche aus der Wohnung am Schillerplatz mitgenommen, weil er die für Mutters Kleiderbürste hielt. Seine Frage: Ist die Kleiderbürste bei Mewalds aus Mutters Sachen? Dann wäre die, die er vom Schillerplatz mitgenommen hat, nicht aus der Thorner Straße. Die Stimmung, die bei Mewalds herrschte, als er dort war, hat diese Frage nicht möglich gemacht. Jetzt wäre ihm eine Antwort wichtig. Er will nämlich kein Andenken, das nicht wirklich aus Mutters Händen kommt. Heilig ist nur, was sie noch berührt hat.

Aber Berthel kam nicht. Er mußte hinüber. Er mußte zu Hildegard Jäckel. Tante Lotte hatte in Alfreds Auftrag nach den Negativen gefragt; Frau Jäckel litt an einer Krankheit, die nichts anderes bewirkt als die vollkommene Zerstörung aller Merkfähigkeit; egal ob etwas zehn Jahre oder zehn Minuten zurückliegt, sie weiß es nicht mehr. Das konnte er nicht hinnehmen. Jenes Foto aus dem Sommer 57, das Doppelbildnis, auf dem er sich über Mutters Schulter hereinbeugt, mußte er

originalgetreu vergrößern lassen können. Dieses Negativ brauchte er mehr als jedes andere.
Als er beim Ordnen seiner Fotos plötzlich bemerkte, daß ihm Berthels Hochzeitsbild fehlte, und er es, auch als er alle seine tausend Bilder um und um wendete, nicht mehr fand, blieb ihm, nachdem auch die Durchsuchung aller Schubladen und Akten im Büro erfolglos war, nichts anderes übrig, als einen Anschlag am Schwarzen Brett zu machen. Das Foto, Format 12x18, aufgenommen am 21. 3. 1931, zeige, schrieb er, eine Hochzeitsgesellschaft von zehn Personen, zwei davon seine Eltern, es sei ein unersetzliches Original. Er hatte drei Reproduktionen anfertigen lassen. Die waren in der Fototüte mit dem Original verschwunden. Das konnte er Berthel nicht mitteilen. Sie müßte annehmen, er belüge sie, um das Original behalten zu können. Er hätte dieses Original nur zu gern behalten. Dieser dunkle, von Braun ins Rötliche reichende Farbton war für ihn die fotografierte Zeit selbst. Die fünfunddreißigjährige Mutter. In ihrem kühnen schwarzen Samtkleid, das mit zwei schmalen Trägern über die nackten Schultern führte, saß sie im kleinbürgerlichen Hochzeitsbild, als sei sie auf Besuch bei ärmerer Verwandtschaft. Der Vater, der mit Mewalds nie ganz warm geworden war, hatte dieser Hochzeit nachgesagt, es habe falschen Kaviar gegeben. In Vaters Sprache: gewichste Graupen.
An dem Tag, als Alfred die vier Bilder beim Fotografen in der Kaiserstraße geholt hatte, wollte er vom Büro aus ins Opel-Bad und vom Opel-Bad in seine Wohnung. Diese Bilder hatte er nicht ins Bad mitnehmen wollen. Also ließ er sie im Büro. Am nächsten Tag mußte er vor dem Haushaltsausschuß des Landtags Fragen zum Etat beantworten. Die Fototüte mit den vier Bildern mußte in dem Durcheinander dieses Tages in einen Aktenumlauf geraten sein. Peinlich genug, daß Berthel damals auf der Rückseite des Originals alle Abgebildeten bezeichnet und dabei die Mutter so beschrieben hatte: *Untere Reihe: Frau Dorn, meine Wenigkeit, der Ehemann, Mutter, Frau Roitzsch.* Bei Frau Dorn hatte sie ein Kreuzchen ge-

macht, unten dieses Kreuzchen wiederholt und dazugeschrieben: *Ist die Tochter von Frau Leißring, jetzt Schmiedel, der Schneiderin auf der Kaulbachstraße im Erdgeschoß*. Das war Alfred nicht recht, weil es der Mutter auch nie recht gewesen war, wenn ihr Liebster, der hochschlanke, dunkelhaarige, auch im Krieg perfekt Modische, sie heimbrachte, und im Parterre-Wohnzimmerfenster hing dieses selbst gemachte Plakat, worauf ihre Mutter allen Vorbeigehenden ihre Schneiderinnendienste anbot. Antonia Leißring-Schmiedel hatte das Handwerk nie gelernt, aber da ihr Mann ihr mit achtundzwanzig abhanden gekommen war, sie einen Eisenbahner geheiratet hatte und jetzt drei Töchter nähren und kleiden mußte, war sie eben von heute auf morgen eine Schneiderin. Mit dem Anschlag am Schwarzen Brett hatte sich Alfred für die Abteilung charakterisiert. Jeder hatte Alfred Dorns Anschlag gelesen, der ein bißchen zu heftig gestand, wie wichtig Herrn Oberregierungsrat Dorn ein altes Foto war. Nichtsachsen würden nicht verstehen, daß man in Dresden nicht in, sondern auf einer Straße wohnt. Daß keiner das Bild zurückbrachte, war einerseits beruhigend, andererseits zum Verzweifeln. Alfred fuhr, einem Illustriertenbericht folgend, nach Köln zu einer Wahrsagerin und gleich auch noch zu einem Wahrsager nach Solingen. Die Summe der Wahrsagungen: Es liegt wo zwischen ... es ist Ihnen reingerutscht ... es wird durch Zufall gefunden werden ... es wird wohl erst nächstes Jahr gefunden werden ... Sie werden es wiederbekommen.

Judith mußte seine Einreise beantragen. Er durfte sich von Tante Lottes Haß gegen Judith nicht einnehmen lassen. Tante Lotte verlangte von Judith offenbar, daß sie auf den Tod ihres Mannes reagiere wie Lumpi. Wenn er jetzt mit der Tante samstags in Bad Homburg durch den Schloßpark spaziert, malt sie aus, wie Lumpi jeden Abend vor der Haustüre stehe und über den Schillerplatz in Richtung Brücke schaue. Dort hatte Herr Dorn seine Garage, von dort her kam er immer. Als Tante Lotte einmal mit Lumpi zu Frau Jäckel hinauf, also über die Brücke wollte, hatte Lumpi sich losgerissen, war zur Garage gerannt und hatte sich mit den Vorderpfoten gegen die Tür gestemmt. Lumpi ist vollkommen durcheinander. Man muß Angst haben um ihn. So redete Tante Lotte jetzt über diesen Lumpi. Daß Judith ihrem Mann nur einen ausdruckslosen kleinen schwarzen Stein gesetzt hatte, auf dem nichts stand als der Name, fand Alfred auch schlimm. Er würde seinem Vater ein Denkmal setzen, in dem die Welt diesen Vater würde erkennen können. Der Vater war so männlich, daß sich in ihm so gut wie nichts anderes hatte entwickeln können. Er würde in Alfreds Pergamon keine gemeene Rolle spielen. Alfred hatte die Beerdigung fotografieren lassen. Unter den alten Fotos, die Tante Lotte mitbrachte, war eins, das Alfred jetzt zum liebsten Bild überhaupt wurde. Aufgenommen vielleicht 1921. Nachmittags. Im Garten eines Hauses am Wald. Eine mächtige Schaukel. Das Schaukelbrett an zwei zarten Ketten. Und auf der Schaukel saß die ganz sicher noch nicht fünfundzwanzigjährige Mutter. Ihre Füße unter dem langen Rock berührten den Boden wie die Füße der Sixtinischen die Wolke. Und wie diese ist sie barfuß! Unter dem bis zu den Knöcheln reichenden Rock: barfuß! Mit der rechten Hand umgreift sie die Kette, dreht sich dabei ein bißchen nach rechts, ihre rechte Schulter berührt den rechts hinter ihr, fast neben ihr stehenden Mann, ihren Mann: groß, schlank, im hellgrauen Anzug mit Weste und schräggestreifter Krawatte. Die rechte Hand in der Tasche, so daß die offene Jacke sich am rechten Handgelenk staut. Die linke Hand drüben am anderen Kettenzug. Unter dem linken Arm, der da hinüberreicht, sitzt die kleine Merthel mit ihrem Bubikopf, der links und rechts vom Scheitel gewellt ist. Die Wellen laufen dem Scheitel genau parallel. Sie lacht mit geschlossenem Mund. Erst durch die Augen wird deutlich, daß sie lacht. Er lacht nur um eine Spur offener. Sein dunkler, mächtiger, aber glatter Haarriegel ist durch einen schneidend scharfen Scheitel geteilt. Die Mutter trägt eine helle Bluse mit dunklem Kragen und halblangen Ärmeln, die in dunklen Aufschlägen enden.

Sie sieht aus wie ein Stummfilmstar. Er auch. Er hat seine Brille abgelegt. Auf anderen Fotos zwischen 1910 und 1930 trägt der Vater immer einen Zwicker, randlose Gläser, hauchfein sieht er da immer aus, sich über Bücher oder Blumen beugend. Die beiden müssen an diesem Nachmittag bedrükkend glücklich gewesen sein. So glücklich, daß sich ihnen der Atem staute. Auf dem Schaukel-Bild sieht man nichts vom Haus, zu dem der Garten gehört. Der Schaukelrahmen ist dem Paar und dem Bild ein zweiter Rahmen. Aber hinter der Schaukel und über den Köpfen des Paars hängt noch die Hälfte eines voll blühenden Kirschbaums herein, dahinter dann gleich der Wald. Es muß also Anfang Mai gewesen sein. Alfred mußte herausbringen, in welcher Dresdener Vorstadt diese Bilder aufgenommen worden waren. Er hat dieses Paar auseinandergebracht. Vaters Satz: Bis die Kinder kamen, war das eine glückliche Ehe. Auf den Bildern, auf denen Alfred mit den Eltern zu sehen ist, ist er immer zwischen ihnen, sie trennend. Selbst wenn er vor den beiden sitzt oder steht, trennt er sie. Ihm gefällt sein Gesicht auf diesen Bildern überhaupt nicht. Ein grotesk altkluges, rechthaberisches, auftrumpfendes Kindergesicht. Seine ganze Haltung ist immer die eines auffallen wollenden Kindes. Schildkrötennapoleon, dachte er immer, wenn er diese Bilder anschaute. Die von ihm ausgehende Häßlichkeit ruinierte das Elternpaar auf diesen Bildern. Und was war das für ein Paar gewesen, an jenem Nachmittag, acht Jahre vor seiner Geburt, als die Mutter aussah wie ein Stummfilmstar, schwebte wie die Sixtinische und vor Glück den Mund nicht aufbrachte und mit den Augen lachen mußte! Und konnte!

Die nur vierzig Bahnminuten entfernte Tante Lotte wurde nicht zur willfährigen Mitarbeiterin an seinem Vergangenheitsprojekt. Sie hatte ihr eigenes Projekt: Alfred sollte lernen, daß alles, was gut an ihm war, von Dorns komme. Die Intelligenz nur von ihrem Vater, Moritz Dorn, armer Tischlersohn vom Land, zuletzt aber eine Siebenzimmerwohnung

in der Carlowitzstraße. Drei Kachelöfen, ein Klavier. Als das Klavier ins Haus kam, hat Moritz Dorn sofort mit einem Finger *Ännchen von Tharau* fehlerfrei gespielt. Ihr Vater hat Alkohol immer verabscheut. Im Gegensatz zu Alfreds Großvater mütterlicherseits. Es war immer etwas gegen Alfreds Mutter dabei. Die wollte ja sogar durchsetzen, daß Frieder wie sie selber ins Ehrlichsche Gestift gehe. Zum Glück hat Tante Lotte das verhindern können. Sonst wäre Frieder nie Oberleutnant zur See geworden. Das Gestift war nämlich eine Armenschule! Man müsse es doch eine höhere Fügung nennen, daß sie jetzt im Stift in Bad Homburg einen Vize-Admiral a. D. als engsten Freund gewonnen habe. Schwer zuckerkrank, das rechte Auge sieht nichts mehr, das linke wenig, sie liest ihm täglich ein paar Stunden vor und spritzt ihm um dreiviertel fünf Insulin. Dann aber gehen sie zusammen im Schloßpark spazieren, er erzählt von den Weltmeeren. Wenn sie jetzt den Kleiderschrank des Vize-Admirals öffnet, ist es, als stünde sie vor Frieders Schrank: Marine-Uniformen! Die Bilder auf der Kommode des Vize-Admirals sind eine Ausstellung zur Seekriegsgeschichte dieses Jahrhunderts. Tante Lotte einmal am Telephon: Jetzt hat er mir gerade einen Heiratsantrag gemacht. Das sagte sie, als liege sie in der Sonne, und dann lachte sie, als habe der Liebste sie gerade mit einem Grashalm im Ohr gekitzelt. Wenn Tante Lotte in Gegenwart des Vize-Admirals von Frieders Tod sprach, sagte sie nach dem Schlußsatz (Die See hat ihn behalten) noch dazu: Befehl ist Befehl. Tante Lotte war deutlich über achtzig und lernfähig. Und es war kein antimilitärischer Bruder mehr da, der wütend reagiert hätte: Die Fische ham 'n gefressen.
Alfred sagte der Tante jeden Abend am Telephon auf, was er im Haus des Rahmenrichtlinienministers wieder zu leiden gehabt habe. Bei den Herbstbeförderungen ist er wieder übergangen worden. Bemerkt wird hier nur – und zwar vom Personalchef –, daß er morgens den Anfang verpaßt. Also hat er es dicke und sieht jeden Abend noch sehnsüchtiger hinüber nach Mainz. Alfred will weg aus dem roten Hessen. Kündi-

gen! Nein, schreit die Tante ins Telephon, nein, nein, nein! Ein Wettrüsten wie noch nie, und trotzdem jeden Monat noch mehr Arbeitslose, jetzt schon über eine Million, da stimmt doch überhaupt nichts mehr, also keine Bewegung jetzt, keine Entscheidung, kauern, gleich passiert etwas, das man nur als Beamter überleben kann!
Nachdem dann der Vize-Admiral starb, seine Asche von Bord eines Torpedobootes in Gegenwart einer Formation von Graugänsen in die See gestreut war und Tante Lotte diverse Trauerfeiern als eine gelernte Witwe hinter sich gebracht hatte, konnte sie sich noch mehr, ja eigentlich ganz ihrem Neffen widmen. Er rief sie abends an, sie ihn morgens, um ihn zu wecken. Und sagte ihm, wieviel Schlaftabletten er genommen hatte. Je länger sie läuten lassen mußte, desto mehr Tabletten. Aber wach war er ja gar nicht, wenn ihn das Telephongeklingel aus dem Tablettenschlaf bohrte. Er konnte sich anziehen, zur Haltestelle latschen und voll in die gläserne Seitenwand des Haltestellenhäuschens knallen. Ab ins Krankenhaus. Nasenbeinbruch, Schleimhautriß, vier Tage stationär. Er hoffte, der Personalchef rechne ihm das an, daß er, vor lauter Eifer zum Dienst zu kommen, in Glaswände hineinrenne. Aber ganz regelmäßig schrieb ihm Herr Granitza Briefe *Betr.: Gleitende Arbeitszeit.* Jedesmal war *im Rahmen der monatlichen stichprobenweisen Überprüfung* Alfreds *Zeitsummenkarte* aufgefallen, weil Alfred Dorn *nahezu regelmäßig den Beginn der morgendlichen Kernzeit erheblich überschritten* hatte. Tante Lotte kämpfte, wenn auch mit anderen Mitteln, auf der Seite des Personalchefs. Dir hätte ein Jahr Militär wirklich gutgetan, sagte sie.

Er mußte nach Dresden. Kurz nach der Diamantenen Hochzeit war Oskar Roitzsch seiner Liesel weggestorben. Die hatte sofort den aus der Anstalt Arnsdorf ungeheilt oder als unheilbar entlassenen, vielleicht entflohenen Wieland zu sich genommen. Berthel und Irmgard lebten im erklärten Krieg. Frau Nagel war gestorben, vielleicht war jetzt sogar der gelbe

Ledersessel zu haben. Fräulein Scheibenpflug bedankte sich nicht mehr für den Debussy. Also war sie auch für immer verzogen. Seinen Briefpartnerinnen ging es so: Zuerst brachen sie den Fuß, dann das Schlüsselbein, dann den Oberschenkelhals, dann lagen sie und kamen nicht mehr auf. Wenn er in seinem Kondolenzbrief-Meisterwerk an die Lehrersfrau noch einmal alle Unvergeßlichkeiten ihres gerade Heimgegangenen zum Aufleuchten brachte, kam der Brief ungeöffnet zurück, weil die Frau auch heimgegangen war. Das wurde ein Wettlauf. Er mußte zu Merthel, bevor sie sich den Oberschenkelhals brach. An Mr. John B. Mewald, Raleigh, North Carolina, schrieb er, daß er jene Vase gern zurückkaufen möchte. Mr. Mewald schrieb zurück, beim nächsten Deutschlandbesuch werde er die Vase seiner Frau zeigen. Die geborene Amerikanerin habe dann die letzte Entscheidung. Wird sie verkauft, etwa weil die Frau sie zu wenig modern findet, hat Alfred Dorn das Vorkaufsrecht. Er mußte nach Dresden. Er hatte niemanden, der Frau Jäckels Puppenhäuschen in der Krügerstraße nach Negativen durchsuchen konnte. Schließlich hatte ihm Frau Jäckel 1967 schriftlich versprochen, seine Negative für ihn aufzubewahren. Frau Klapproth, die längst auch zu seinen Heiligtümern gehörte, starb ihm einfach weg. Gallenblasenverschluß, Operation, unstillbare Magenblutungen, Magenresektion, Lungenentzündung, Erbrechen, erneute Magenspiegelung, dabei platzte die alte Naht, Tod. Schwester Anneliese kann er am Tag von Meta Klapproths Beerdigung noch besuchen, aber zu Mutters Grab kann sie ihn nicht mehr begleiten. Die zweihundertundsiebzig Mark nimmt sie nicht. Noch nicht, sagt sie und hebt das schwere Kinn so hoch wie eh und je. Und stirbt. Und hat ihn eingesetzt als ihren Testamentsvollstrekker. Er hatte die Personalabteilung nicht mehr davon verständigen können, daß er schon wieder zu einer Beerdigung nach Berlin fliegen mußte. Als er zurückkam, lag auf seinem Schreibtisch ein Brief vom Personalchef. Alfred Dorn möge sich bei ihm melden. Alfred hatte zwar eine Art Angst, aber er mußte nur daran denken, warum er tatsächlich zweimal hatte nach Berlin fliegen müssen, dann war die Angst weg. Er konnte Herrn Granitza etwas erzählen. Zwei Beerdigungen, mit keiner der Gestorbenen war er verwandt. Aber! Meta Klapproth, Schwester Anneliese, seine Mutter... Es wurde das längste, freundlichste Gespräch, das er je mit Herrn Granitza hatte. Über den Tod konnte man sprechen mit Herrn Granitza. Alfred hatte dem Personalchef nichts vormachen müssen. Mit Meta Klapproth und Schwester Anneliese verschwanden Zeugen, ganz unersetzliche. Und als er noch an *sein* Grab gegangen war, hatte er schon von weitem gesehen, daß in der runden Vertiefung das Lamm fehlte. Ihm war es sofort drehend. Er ging hin, fuhr mit der Hand die Vertiefung nach. Durch die drei Löcher für die Schrauben wurde die runde Vertiefung eine Art Gesicht. Ein böses. Bei der Friedhofverwaltung erfuhr er, daß eine jugendliche Bande, die nicht zu fassen sei, regelmäßig alles Edelmetall vom Friedhof stehle. Er könne Anzeige erstatten, nützen werde das nichts. Auch das konnte er Herrn Granitza erzählen. Dem tat er leid, das spürte er. Seine Art Erfolg. Sofort empfand er Herrn Granitza nicht mehr als einen Feind, der mit Meßgeräten in der Hand darauf lauere, daß man etwas falsch mache. Zum Glück hatte bei Frau Klapproths Beerdigung Gertrud, die Nichte, gefehlt. Alfred schuldete ihr schon so lange einen Brief; er wußte nicht, was er antworten sollte; ihre Einsamkeit und seine Einsamkeit paßten nicht zusammen. Weil aber Beatrice, die inzwischen staatlich gepr. Fußpflegerin war, so hemmungslos geweint hatte, auf dem Friedhof und auch nachher, und ausgesehen hatte, als sei sie für immer entsetzt, schrieb er ihr einen seiner viele Seiten langen Kondolenzbriefe. Als man ihm nach dem Inferno bei Verwandten in Wilsdruff Kekse angeboten habe, habe er die, weil seine Großeltern gerade verbrannt waren und die Großmutter eine Keksliebhaberin gewesen sei, nicht essen können. Seine Mutter habe dann gesagt, die Oma würde jetzt sagen: Nun iß mal die Kekse. Er habe es trotzdem nicht gekonnt. Jetzt esse er

wieder Kekse. Leider. Jetzt konnte er das Zimmer kündigen.
Er mußte nach Dresden. Er mußte Berthel fragen, ob sie bei seiner Konfirmation in der Strehlener Kirche dabeigewesen war. Und wie hieß seine Hebamme? Vielleicht lebt sie noch. Er muß wissen, wer seine Hebamme war! Das ist doch grotesk, die Hebamme aus den Augen zu verlieren. Nach mehr als dreißig Stunden hatte die Mutter, die bei ihrer Geburt nur vier Pfund gewogen hatte, den achtpfündigen Sohn geboren, schweißgebadet, schwer ringend, leidend –, das mußte die Hebamme zu Protokoll geben. Abgelenkt von nichtswürdigen Tagesordnungen vergißt man zu fragen, wen man als Hebamme gehabt hat. Liesel Roitzsch, die Patin, mußte es wissen.
Statt nach Dresden fuhr Alfred nach Bellagio. Er mußte an seinem fünfzigsten Geburtstag allein sein. Er hat seinen Geburtstag nach Mutters Tod mit niemandem mehr gefeiert. Tante Lotte kriegte ihre tägliche Karte. Aber von jetzt an schrieb er eben jede Karte zweimal, erst dann konnte er sich von der frankierten trennen. Dieses ewige Verlierenmüssen war nicht mehr zu ertragen. Allen schickte er Landschaft, See und Villen, Judith aber eine dreidimensional wirkende Akt-Karte, Tante Lotte kriegte dreidimensional das Columbus-Schiff Santa Maria.
Als er drüben in Gardone sah, was der Dichter D'Annunzio alles gesammelt hatte, verlor er alles Selbstgefühl. Er mußte gehen, bevor er in allen Räumen gewesen war. Im Hotelzimmer fing er dann an, Sätze von Vater und Mutter aufzuschreiben, um gegen D'Annunzios heroische Trivial-Trophäen-Schau bestehen zu können. Er hatte nur dagegenzusetzen, daß seine Mutter, wenn sie nicht ernst gemeinte Schadenfreude ausdrücken wollte, die Nägel beider Daumen aneinanderrieb. Nein, Moment. Das war Großvater Schmiedel, der Eisenbahner. Der hat die Daumennägel so aneinandergerieben. Die Vergangenheit war eine einzige große Karte, die nur die Tendenz hatte, eine weiße Fläche zu werden. Also mußte

er, wenn ihm einfiel, daß die Mutter gesagt hatte, er habe sie, als sie ihn säugte, in die Brust gebissen, das doch sofort aufschreiben. Bei deiner Geburt verlor die Mutter einen Backenzahn. Notier's, Mensch. Du kannst überhaupt nicht damit rechnen, daß dir das noch ein zweites Mal einfällt. Du selber bist nichts als eine unendliche Verschwindenskapazität. Wehr dich doch. In der vierten Etage in der Borsbergstraße hast du dich über das Treppengeländer gebeugt und hinuntergespuckt. Wie lange hast du wohl deinen Speichel gesehen? Die Bilder in deinem Kinderbuch waren von Else Wenz-Viëtor. Ja, alles, gar alles, bitte! Zu Detlev Krumpholz hast du gesagt: Ich will meinen Vater nackt sehen. Detlev sollte mit ins Mockritz-Bad. Dort badete der Vater nackt. Laßt den Jungen erst mal groß werden. Vaters Satz. Alfred spürte geradezu, wie Vaters Hand bei diesem Satz auf seinem Kopf hin und her rieb. Da kannste warten, biste schwarz bist. Hatte die Mutter gesagt. Der Vater: Dich laß ich an der ausgestreckten Hand verhungern. Die Mutter: Halt die Luft an. Der Vater: Du kriegst gleich eine gewienert. Die Mutter? Der Vater: Wenn Dummheit weh täte, müßtest du ununterbrochen schreien. Die Mutter? Der Vater: Dumm geboren und nichts dazugelernt. Die Mutter: Halt doch mal deine blöde Pappe. Der Vater: Und wenn ich dir eine vor den Latz knalle. Die Mutter: Das ist gehuppt wie gesprungen. Und wenn der Sohn sich eingemischt und für die Mutter Partei ergriffen hat, konnte der Vater sagen: 10 R6 bei Stephan, sofort. Und wenn Alfred mit den Zigaretten zurückkam, hörte er den Vater gerade noch sagen: Die könnte man mir auf den Bauch binden, und es passiert gar nischt. Und die Mutter sagte: Du hast es an allen Zippeln. Aber der Ton war jetzt ein anderer. Und wenn Alfred den Umschwung nicht begriff, sagte die Mutter: Da staunste Bauklötzer. Meistens zog der Vater dann Alfred an sich und sagte: Unser Junge wird mal was ganz Großes. Die Mutter: Das kann ich nun schon bald singen. Was für ein ausschweifendes Gespräch war diese Ehe gewesen. Wie verlegen waren diese Eltern geworden, als er sie ausgelacht hatte.

Kinder, nun macht euch nicht lächerlich, hatte er gerufen. Nicht mehr weitertanzen konnten sie. Den Satz hätte er gern ungeschehen gemacht. Der sich nach rückwärts über sich selbst hinabbeugende Fischreiher von Kändler, das wäre er lieber als dieser altkluge Schildkrötennapoleon. In weißer Unaufdringlichkeit widmet sich der Reiher nur sich selbst. Der Vater hatte der Mutter Kändlers Zigeunerpaar geschenkt. So hätte es Alfred gern für sein Museum. Du mit deinen stoob'gen Museen! Der Vater. Der nichts als leben konnte. Deshalb: Die Eltern als vollfarbiges Zigeunerpaar, er der Fischreiher, der sich über sich zurückbeugt und den langen leeren beinernen Schnabel offen ins eigene Gefieder legt. Mutti, du hättest mich nicht bekommen dürfen. Diesen eigenen Satz hatte er sich gemerkt, weil die Mutter darauf sagte: Dann mußt du dir eben das Leben nehmen. Und fing sofort an zu weinen. Als die Mutter totenblaß, vom Vater gestützt, von einem Essen in der Albrechtsburg zurückkam, hatte Alfred geglaubt, sie sterbe; aber der Vater ließ sie aufs Sofa fallen und sagte: Besoffen ist sie. Da hatte die Mutter, ohne die Augen aufzumachen, leise gesagt: Betrippst. Das war überhaupt diese Ehe, ein Gespräch zwischen zwei Sprachen, zwischen BESOFFEN und BETRIPPST.

Als er in Wiesbaden auspackte, fehlte der Plastiklöffel, mit dem er jeden Morgen in Bellagio seinen Joghurt gegessen hatte. Den hatte er seit Jahren. Den konnte er nicht verloren geben. Das einzige, was die Zeit eine Zeit lang übrigläßt, sind Dinge. Er schrieb an das Hotel, der Direktor antwortete, er habe suchen lassen, leider sei der Plastiklöffel nicht gefunden worden. Alfred spürte in diesem Bedauern keinerlei Überheblichkeit. Es gab freundliche Menschen. Zuerst hatte er es nicht fassen können, daß der italienische Ober, der ihn jahrelang in gleichbleibender Vollkommenheit im Wiesbadener Horten-Restaurant bedient hatte, nach England verschwunden war, ohne sich zu verabschieden; als er aber die Adresse hatte und hinschrieb und sich kenntlich machte als der Gast, der immer ein Malzbier bestellt hatte, immer einen Quark mit

Früchten und immer statt Salat Apfelmus, da kam aus London nicht nur ein Vierseiten-Brief, sondern auch noch ein englischer Steingut-Teller, an die Wand zu hängen. Von seinem ehemaligen Ober! Und von da an tauschten sie aus, was der Vetter in Houston Seasonal Greetings nannte. Alfred mußte allen Menschen, zu denen er einmal Kontakt gefunden hatte, immer wieder schreiben, ihnen Pakete oder sorgfältig ausgesuchte Postkarten schicken. Die Beziehungen mußten ernährt, am Leben erhalten werden wie Pflanzen im Winter. Er hatte bei seinen Spaziergängen am Comer See einen Esel und eine Ziege kennengelernt, die ihn jeden Tag, wenn er sie besuchte, an der Art, wie er ihre Köpfe kraulte, wiedererkannten. Die Vorstellung, daß die seine Hand jetzt vermißten, war ihm unangenehm; besonders wenn er an die Ziege dachte. Er hatte das Gefühl gehabt, die Ziege liebe ihn.

3.

Alfred bereitete seinen Dresden-Besuch vor wie ein Forscher eine Expedition. Zahllose *Merkzettel für Beschaffungen* ergaben eine Liste von Sachen, die er diesmal sehen und vielleicht sogar herüberbringen mußte. An jede Adresse kurz vorher noch ein genau komponiertes Päckel und ein Ankündigungs-Brief. Judith mußte die Einreise beantragen.
Im Hauptbahnhof schützte ihn noch das alte Glas-Stahl-Gewölbe, aber als er hinaustrat in die Neubau-Wüstenei, wünschte er, er wäre nicht im hellen September gekommen, sondern im Winter bei Nebel und Schnee. Grotesk, diese Folge toter Riesenriegel weiterhin Prager Straße heißen zu lassen. Alfred wohnte in einem Riegel links, der sich durch den Namen Königsstein vom nächsten identischen Riegel Lilienstein unterschied. Rechts folgt dann etwas Rundes, das auf die gleiche Weise rund ist wie das übrige eckig. Alfred senkte den Blick. Er würde ihn erst wieder heben, wenn die gerade gepflanzten Bäume hoch genug sein würden, die Fas-

sadenwüste zu verbergen. Hierher sollte Detlev Krumpholz kommen. Etwas Gewöhnlicheres als die Bauten Neu-Dresdens ist nicht vorstellbar. Warum nennen die die Kreuzung zweier Autogroßstraßen immer noch Pirnaischer Platz. Also von da mit der Vierzehn hinaus nach Friedrichstadt, in die Institutsgasse, zur Patin Liesel Roitzsch. Sie hatte immer zur Vater-Partei gehört. Als der Vater aus dem Bauernbusch ausgezogen war, hatte er Liesel Roitzsch mit dem ersten Scheidungsvorschlag geschickt. Roitzschs waren für die Mutter nicht ganz solide Leute. Liesels Erfolg vor 45 und Oskars Erfolg nach 45 hatte sie nicht verkraftet. Solchem Volke glückt's. Trotzdem mußte Alfred jetzt hin. Es waren doch dreißig Jahre vergangen. Obwohl Liesel Roitzsch jetzt oben nur noch einen Zahn hatte und auch sonst siebenundachtzig war, war sie immer noch nichts Generelles, sondern eine Frau. Der vierzigjährige Wieland war zu ihr gezogen, nachdem er zuerst als Essensausträger des Clubs der Solidarität in die Wohnung gekommen war. Sie mußte ihm, zur Herabsetzung seiner Anfallbereitschaft, täglich eine Spritze geben. Alfred brachte Wieland mit, was man zum Zigarettendrehen brauchte, das Maschinel, das Papier, den Tabak. Wieland küßte ihm die Hand und fing an zu weinen. Liesel schickte Wieland in die Küche. Als Alfred sich nachher von ihm verabschiedete, zeigte Wieland stolz die Zigaretten, die er inzwischen gedreht hatte. Keine glich der anderen. Aber er rauchte schon und pries Alfred als den größten Wohltäter, den er je erlebt habe.
Liesel Roitzsch war immer eine breite Frau gewesen. Backenknochen, hinter denen die Augen wie im Versteck lagen. In Liesel Roitzschs Gesicht, an ihrem Hals und auf ihren entblößten Armen gab es Male und Narben, die von Wielands Aus- und Anfällen zeugten. Hatte die ehemalige Frauenschaftsführerin den aus der Arnsdorfer Anstalt Entlassenen oder Entflohenen zu sich genommen, weil sie einmal der Tötung Geisteskranker zugestimmt hatte? Nahm sie deshalb die Mißhandlungen hin? Liesel hatte allerdings schon unter ih-

rem Oskar körperlich zu leiden gehabt. Oskars Zugriffe waren immer auch als erotisches Temperament, als das jäheste Interesse überhaupt zu verstehen gewesen. Der dem Surrealismus nacheifernde Grafiker, der trotzdem imstande war, einzelnes magisch genau zu zeichnen – am liebsten immer die Fieß –, war stolz darauf gewesen, daß er sich nicht beherrschen konnte. Er so dünn wie sie breit. Man hatte sich sogar lustig gemacht darüber, daß die viel stärkere Liesel sich von dieser halben Portion Oskar schlagen ließ. Aber Liesel wies jeden Rat zur Gegenwehr zurück. Sie wollte ihren Oskar gar nicht anders. Von ihr wurde bei Dorns der Satz zitiert: Wenn er wäre, wie ich ihn möchte, würde ich ihn wahrscheinlich nicht mehr lieben. Also war sie froh, daß er nicht so war, wie sie ihn gern gehabt hätte.
Liesel sagte: Ich kann mich noch so gut auf deine Mutter besinnen. Ach, und wie Alfred immer auf dem Klavier rumgetobt hat. Alfred hatte doch in der ganzen westlichen Welt keinen Menschen, mit dem er sich mal richtig hätte ausplauschen können. Mit Tante Lotte geriet er, wenn sie sich einmal pro Monat bei ihm oder bei ihr trafen, regelmäßig in Streit, weil sie es immer noch nicht lassen konnte, seiner Mutter für alles, worüber Alfred gerade klagte, die Schuld zuzuschieben. Das heißt, Alfred mußte, was er litt, verschweigen, oder er mußte sich die Beschimpfung seiner Mutter anhören. Liesel Roitzsch war vollkommen milde. Weit und weich war sie. Eine Flußgöttin, dachte Alfred. Frau Elbe persönlich. Auf jeden Fall unsterblich. Den Namen seiner Hebamme weiß sie nicht mehr. Aber ohne ihr Dazwischenfahren hieße Alfred heute Egon, das weiß sie noch. Ein Musiker, bei dem die Großmutter in Stellung gewesen war, habe so geheißen. Aber ihr, Liesel Roitzsch – und sie war schließlich seine Patin –, war Egon einfach zu wenig männlich. Alfred konnte ihr ohne Scheu sagen, daß er dieses ehedem schwarze und mit Zierat überzogene Büffet gern zurückkaufen würde. Für Westmark. Obwohl es jetzt, von Oskar mit viel Mühe modernisiert, ziemlich öde und nahezu nicht wiedererkennbar dastand –, er

wollte es. Es kam ja nicht aufs Aussehen an. Dann hätte er ja nach Ähnlichem suchen können. Das wichtigste war, daß dieses Büffet am Bauernbusch und in der Thorner Straße gestanden hatte. Die Mutter hatte es berührt. Und das von der Schwester des Deutsch-Amerikaners ordentlich kopierte Arthur-Kampf-Gemälde *Gold gab ich für Eisen* hatte bis 1958 in Mutters Schlafzimmer gehangen. Frau Roitzsch will alles nur, solange sie lebt. Alfred saß so, daß er den schweren, goldenen, an zwei Stellen beschädigten Rahmen und die patriotische Szene aus dem Jahr 1813 sehen konnte. Er sammelte inzwischen auch schon Bilder und Handschriften, die mit seiner Vergangenheit nur zu tun hatten, weil sie mit Dresden zu tun hatten. Nachdem das Hessenvolk schon 1974 entschieden hatte, daß es nicht nach den Rahmenrichtlinien eines edlen Kulturrevolutionärs ausgebildet werden wollte, hatte er einen sanfteren Minister bekommen, auch Sachse, Arbeitersohn aus Werdau, Kreis Zwickau. Alfred fühlte sich sofort viel weniger verachtet. Er wurde zum Regierungsdirektor befördert. Jetzt fuhr er zu Auktionen nach Heidelberg und Marburg und stöberte in Frankfurt und Hannover und kaufte, durch schwärmerisch-naseweises Dahinplappern oft die Preise steigernd, sogar einen Friedrich August III. von Anton Graff, König Albert nach Lenbach, die Frauenkirche nach Kirchner, ein Hassebrauck-Aquarell: *Blick vom Weinbergweg über Pillnitz in Richtung Dresden*. Das und Handschriften Dresdener Hausgötter erwarb er zwischen 1976 und 82, dem Jahr der Dresden-Reise. Nach jahrelangem Probespielen verhandelte er jetzt über ein Instrument. Vierzehntausend! Die Hälfte hatte er zusammen. Nach der Dresden-Reise gab es keine Kunstkäufe mehr, und der Flügel wurde verschoben, bis das durch diese Reise entstandene Geldproblem gelöst sein würde. Das ahnte er noch nicht, als er mit Liesel Roitzsch besprach, wie Bild und Büffet hinüberkämen. Sie glaubte, er stehe dicht vor einer Verheiratung. Daß jemandem wie ihm, der als Tänzer und Charmeur sicher überall begehrt sei, die Wahl schwerfalle, verstehe sie. Nur

nicht nach dem Mammon schielen. Wenn ihm keine reich genug ist, ist er auf dem falschen Weg. Und erzählte, daß Alfreds Mutter als Kind habe Zeitungen austragen müssen, weil ihr Vater so früh gestorben war. Woran? Da erschrak Liesel Roitzsch. Aber Alfred konnte sie jetzt nicht mehr schonen. Das war die letzte Zeugin. Was weiß sie noch? Und woher hat sie, was sie noch weiß? Er macht sofort einen Vertrag mit ihr. Sie diktiert ihm, was sie noch weiß, und das unterschreibt sie nachher. Sie hat, sagt sie, darüber nicht einmal mit Oskar gesprochen. Was sie weiß, hat sie von der Großmutter Antonia Leißring-Schmiedel. Ein Grüner war hinter Leißring her. Leißring floh aufs Clo. Kam nicht mehr heraus. Herzschlag oder Selbstmord. Die Großmutter ließ das in der Schwebe. Soviel Liesel Roitzsch weiß, war Otmar Leißring Musiker. Aber was für ein Instrument er gespielt hat, könnte sie nicht sagen. Es muß mit ihm nicht ganz leicht gewesen sein. Nachher schneiderte die Witwe, heiratete sofort einen Eisenbahner, die kleine Merthel trug Zeitungen aus. Sie, Liesel Roitzsch, besteht darauf, daß sie das nicht von sich gegeben hätte, wenn er nicht danach gefragt hätte.
Als sie das Dokument, ohne es noch einmal zu lesen, unterschrieben hatte, sagte sie, viele Jahrzehnte hindurch sei sie die Seelentrösterin seines Vaters gewesen, jetzt werde sie noch die Schnattertasche des Sohnes. Sie sei eben eine Ur-Dresdenerin, und da er an Dresden hänge wie sie, könne sie ihm nichts abschlagen. Er ließ ihr je einhundert West als Anzahlung für Buffet und Bild. Sie solle sich etwas gönnen im Intershop. Mir is heute tichtch mau, sagte sie. Und enn beesen Finger habe sie auch. Dabei zeigte sie zu Wieland hinüber. Neun Flaschen Bier täglich, das sei Wielands Durchschnitt. Sie habe ja Zähne nicht bloß durch das Alter eingebüßt. Als Alfred reagieren wollte, sagte sie: Pschschscht. Sie helfe sich schon selbst. Und nach ihrem Tod kriege Alfred Buffet und Bild, auch ohne Geld, vorausgesetzt, Wieland schlage nicht vorher noch alles kaputt. Quod deus avertat, sagte Alfred beschwörend; weil er an Liesel Roitzschs Frauenschaftskarriere, also

an ihre Kirchenferne dachte, sagte er dazu, das heiße: Da sei Gott vor. Zuletzt steckte ihm Liesel noch ein Couvert zu, das solle er erst im Zug lesen, ein Oskar- und Gustav-Dokument.

Als sie einmal über Liesel Roitzsch gesprochen hatten, hatte der Vater gesagt: Im Politischen nie nachtragend sein. Alfred hätte allerdings jetzt nicht gleich Wiltrud Halbedl begegnen wollen. Ob sich in anderen Menschen auch Unvereinbares kreuzte? Zuletzt bat er, Liesel fotografieren zu dürfen. Aber nur zu gern. Und sie richtete sich her und setzte sich, daß es eine Freude war. Alfred hätte sie am liebsten Indianer-Fürstin genannt. Auch Wieland bat er herein. Er brauchte Bilder von gar allem. Auch vom Buffet und vom Bild. Alles mit Blitz. Er führte sich auf wie ein Berufsfotograf.

Wieland brachte ihn bis zur Haustür, küßte ihm noch einmal die Hand und steckte ihm zuletzt noch ein großes ramponiertes Couvert zu. Im Hotel las er: *Lebens- und Leidensbericht der Wissenschaft zur Auswertung übergeben von Wieland Schmal.* Aus einem beigelegten Brief erfuhr er, daß Wieland hoffe, Alfred werde diese Papiere im Westen einem Professor geben, der werde Wieland auffordern, sofort herüberzukommen, weil es einen so interessanten Fall wie Wieland Schmal in der Geschichte der Heilkunst noch nicht gegeben haben kann. Darum ist er ja auch noch nicht geheilt. Nur im Westen könnte er geheilt werden, vorausgesetzt, man fordert ihn rechtzeitig und energisch genug an bei den Behörden der DDR.

Alfred war zu neugierig, er mußte auch Liesels Couvert gleich öffnen. Ein großes Blatt, in ausdruckssüchtigem Buchstaben-Schwung beschrieben vom Grafiker Oskar. Den Text kannte er. Göttliche Liesel! Elender Alfred. Vor lauter Per-Du-sein mit Judith hat er versäumt, den einzig schönen Text, der bei der Beerdigung des Vaters gesprochen worden war, zu erbitten. Auf dem Blatt stand, was damals wie ein Gedicht geklungen hatte, als Prosa:

Erinnerung an meinen Freund Gustav. Ich würde gerne etwas

sagen, was Dir gerecht wird und genügt. Du hast mich, wie ich bin, ertragen und was mir fehlte, zugefügt. Es war so leicht, mit Dir zu leben, Du warst nie ungerecht, Du hast dem Freund Dich ganz gegeben. Du warst echt.
Einen solchen Text würde bei seiner Beerdigung niemand sagen können.
Was Liesel Roitzsch nicht mehr wußte, wußte Klara. Ihr lag immer noch dieser beträchtliche Knoten im Nacken, den Alfred, als sie jetzt seine Geburt schilderte, für den Hort ihres Gedächtnisses hielt. Vom Sonntagmittag bis Montagnacht. Steißlage. Als gar nichts mehr ging, rief die Mutter Herrn Dorn her, der soll sofort zum nächsten Telephon und Herrn Gaatsch, ihren Christian Science-Pfarrer, anrufen und den um Gebetshilfe bitten. Widerwillig gehorchte der Vater, ging vor zum Stübelplatz, und als er zurückkam, hatte das Gebet schon gewirkt, aus der Steißlage war eine Normallage geworden, Alfred konnte geboren werden: Das Guschel hattste zuerst haußen! Und das sei ja dann auch so geblieben. Die Slawatschka stand bei ihm nie stille. Die Mutter habe Tag und Nacht Angst gehabt um Alfred. Keine Pockenschutzimpfung. Carla konnte auch daran gestorben sein. Bis 1936 der Bubikopf. Und Bubi gerufen wurde er auch. Liegt er nicht wie ein Prinz, habe die Mutter gesagt, wenn sie ihn ins Bett gelegt hatte. Klara sagte: Sie waren ein spilleriches Kerlichen. Nach einer kleinen Pause: Und sind es noch. Alfred habe, weil am Ersten Schultag gefilmt wurde, die Fingerspitzen aneinander gerieben, die Großmutter habe gerufen: Nicht, Alfred, es wird gefilmt. Als er von der Schule zurückkam, sei er mit Zuckertüte und Nürnberger Trichter noch einmal gefilmt worden. Und da ging die Slawatschka. Wie die alle werktäglich angezogen gewesen seien. Ja, seine bis zu den Knien reichende Hose hatte eine Bügelfalte. Außer ihm hatte in der 24. Volksschule wohl keiner eine Bügelfalte. Die Jacke aus dem gleichen Stoff wie die Hose. Und im Ausschnitt ’ne dunkle Seidenkrawatte, gemustert mit weißen Punkten. Und natürlich die Baskenmütze, unter der die Haare schräg her-

vorkamen. Ach Klara, Klara, sagte er, Sie sind mir doch die Wichtigste überhaupt, ich muß Sie pflegen und erhalten. Jetzt pries sie seine Pakete. Ewig diese Lurke hier, dann sein Kaffee! Und war bei den Genossen im Haus. Die benehmen sich wie Hausbesitzer. Jetzt haben sie den Trockenraum umfunktioniert zum Clubraum, da halten sie ihre Hausparteigruppensitzungen ab, und wir müssen unsere Wäsche im Bad trocknen. Ach, ob er das noch wisse, wenn sie daran denke, werde sie immer noch rot, ihrem Mann, zum Beispiel, hat sie's noch nicht gestanden, daß sie anno 38 Alfred riet, an Otto Gebühr, den Friedrich-Darsteller, zu schreiben und ihn um ein Monogramm zu bitten, und Alfred, der Neunjährige, belehrt sie, daß es Autogramm heiße. Aber, sagte Alfred, ich schrieb hin, weil Sie es sagten, und kriegte mein erstes Autogramm. Das zweite dann von dem Musiker, sagte Klara, Pfitzner hat er geheißen. So hoben sie miteinander die Damals-Schätze.

Alfred hatte Bob Dylans *Planet Waves* dabei. Priebe rühmte, er habe dank Alfreds Fürsorge die größte Bob Dylan-Sammlung der östlichen Welt. Alfred bezahlte im Westen zwei Abonnements (BRAVO und SOUNDS) und schickte auf immer neuen von Priebe ausgedachten oder entdeckten Umwegen alles von und über Bob Dylan. Der Andrang zu Priebes Vorträgen über Protest-Folklore nahm so zu, daß der Staat die Vorträge untersagen mußte. Aber auch alles von Hubert Fichte schickte Alfred, alles von Klaus Mann, Roger Peyrefitte, Jean Genet und James Baldwin; wenn dem Staat wieder eine Beschlagnahmung gelungen war, oft mehrfach. Priebe lagerte sich auch diesmal auf seiner Chaiselongue; der jetzt diensttuende Kater, der Schnurrpelz hieß, sprang, sobald Priebe sich in der Horizontalen eingerichtet hatte, auf seinen Herrn und wärmte dem die Stelle, an der der es am liebsten hatte. Die Transparenz von Luft und Fensterscheiben war heute gleich gut, Dresdens zerstörtes Profil ragte trostlos ins Sichtbare. Priebe hatte inzwischen *Thomas Mann und die Musik* zweiundvierzigmal vorgetragen. *Der Wald in der Mu-*

sik einundvierzigmal, *Heinrich Heine und die Musik* neununddreißigmal. Er sei übrigens jetzt PG, das sei ein Plenumsgeschädigter; ihm sei nach dem soundsovielten Plenum nichts übriggeblieben, als in die Partei einzutreten. Aber sofort darauf sagte er, daß es gerade jetzt enorme Fortschritte gebe, Scheiben (sein Wort für Platten) könnten jetzt fast unbeschränkt eingeführt werden. Und da er ein großer Schubert-Jockel sei, melde er so ein paar Wünsche zart an. Er begreife ja, daß Alfred oft ein bissel die Schnauze voll habe von dieser vergeblichen Schickerei, aber Schubert-Scheiben kämen jetzt problemlos durch. Ist doch toll! Es gehe ihm einfach gut, er fühle sich mopspudelwohl, ein boomwollnes Hemde ziehe er eben einem seidenen vor, und daß er, sechzig vorbei, praktisch von Vorträgen über Rockmusik leben könne, sei ein Glück oder ein Wunder oder beides zugleich. Du bist zufrieden, sagte Alfred, da bewundere ich dich sehr. Priebe sagte, jeder könne aus seiner Haut heraus. Und lachte scheußlich. Alfred erschrak. Er mußte auch Erfolge aufzählen. Zum Beispiel, mit welchen Größen er im Westen zusammenkomme. Sogar mit Peter de Mendelssohn, weil er das Land bei der Verleihung des Büchner-Preises vertrete. Aber er fühle sich nicht wohl. Er weiß bei nichts, warum. Alfred wollte die Hauptsache nicht aussparen. Ihm treibe es, wenn er Hubert Fichte lese, nichts als Widerwillen hoch. Heribert lachte wieder so grell meckernd, daß sein Kinnbart alle politische Anzüglichkeit verlor. Er wolle, sagte er, und das sei sein letztes, höchstes Lebensziel, einmal über sein Homosexuellen-Leben so unkonventionell, sprich ehrlich, schreiben wie Hubert Fichte. Vollkommene Ehrlichkeit sei die einzige Vollkommenheit, die er noch anerkenne. Alfred fragte, ob Ehrlichkeit eine literarische Kategorie sei. Ob es genüge, etwas auszusprechen, was bisher aus nichts als gesellschaftlichen Gründen nicht ausgesprochen worden sei. Aber vielleicht sei er einfach zu empfindlich, zu schwach. Das ist sein Problem, immer genau so angezogen wie zurückgestoßen zu werden. Mit Hemmungslosigkeit, die sich als Ehrlichkeit legitimiere,

ist ihm überhaupt nicht gedient. Priebe trank Wodka und Tee, Alfred nur Tee. Priebe wollte Alfred Wodka dadurch schmackhaft machen, daß er mitteilte, der sei zur Zeit Mangelware. Obst auch, sagte Alfred, ich ess' trotzdem keins. Am Ende bat Alfred darum, ihn fotografieren zu dürfen. Priebe zierte sich, posierte eifrig und bat um Abzüge.
Zu Berthel Mewald ließ sich Alfred von Karl Jungnickel fahren. Vier Stunden später sollte er ihn wieder abholen. Garten und Haus sahen immer noch so aus, als wohne schon lang niemand mehr hier. Wo der Goldfischteich lag, konnte man nur noch ahnen. Die Johannisbeersträucher ragten kaum über die Brennesselwildnis hinaus. Erschrick nicht, sagte Berthel an der Haustür. Du, mein Guuuter, sagte sie und weinte los. Er brachte sie ins Wohnzimmer. Offenbar gab es keinen Raum mehr ohne Katzengestank. Berthel sagte, daran könne man sich, auch nach Jahren, nicht gewöhnen. Jeden Morgen die erste Wahrnehmung: Katzengestank. Inzwischen seien es mehr als zehn. Da Irmgard die nicht mehr alle ernähren könne, wilderten die, also streuten die empörten Nachbarn Glasscherben rund ums Mewaldsche Anwesen, also verletzten sich die Katzen, manchmal verblute dann eine, bleibe schreiend liegen, Verwesungsgeruch mische sich mit dem Katzengestank. Alfred dachte an Heribert Priebes Zustand: mopspudelwohl. Alfred könne nachher gern mit Irmgard sprechen, bloß zuerst möge er sie anhören. Allerdings, dadurch, daß er erst mit ihr spreche, sei er für Irmgard schon ein Feind. Als Berthel Alfreds Besuch erwähnt hatte, Irmgard sofort: Sie hat keine Zeit für ihn. Sie arbeitet im Akkord. Jahrelang hatte sie Filtertüten geklebt, jetzt näht sie auf Berthels alter Maschine Hosen. Für Neckermann. Das ist zwar eine Art Aufstieg, aber seit sie Hosen für den Westen nähe, sei sie noch unleidlicher geworden. Jede Nacht nähe sie bis drei, vier Uhr. Alle fünf Tage liefere sie ab, kaufe ein, leere den Briefkasten, nähe weiter. Deshalb Berthels Wunsch: nur noch Einschreibebriefe. Wenn sie Alfred in Briefen bitte, ihr wenigstens mitzuteilen, ob er ihren letzten Brief bekommen

habe, dann nur, weil sie völlig in Irmgards Hand sei. Den Weg zu den Briefkästen, die jetzt vorne an der Hauptstraße seien, schaffe sie seit ihrem doppelten Fußbruch nicht mehr. Also bitte, er könne ja probieren, ob Irmgard öffne, wenn er jetzt raufgehe und klopfe. Zu Berthels 85. Geburtstag brachte Irmgard ein Blumenstöckel und nahm Kuchen und Kaffee mit hinauf. Sie hat jetzt einen Mann droben, aber immer noch keine Möbel. Im Haus gibt es seit sechs Jahren kein Bad mehr. Der Boiler ist kaputt, die Handwerker versprechen, sie kämen, aber kommen tun sie nicht. Längst müßte Berthel den Mann, der bei Irmgard wohnt, anmelden, sie macht sich strafbar. Aber der sagt, er sei nicht für heute heiraten und morgen scheiden. Er werde es schon sagen, wenn er ganz einziehe. Sobald er nicht da ist, ist Irmgard noch gemeiner zu ihr als sonst. Statt Gute Nacht sagt sie dann: Hoffentlich verreckst du bald. Daß ein eigenes Kind so sein kann. Alfred konnte ihr erklären, daß es ein Elternirrtum sei zu meinen, Kinder hätten dankbar zu sein dafür, daß sie geboren worden sind. Genausogut könnten Kinder aus diesem Geborenwordensein den Eltern einen lebenslänglichen Vorwurf machen. Wahrscheinlich sei es aber dem sogenannten Leben völlig egal, was Eltern und Kinder einander vorwürfen, es braucht Darsteller, basta.

Alfred fragte nach seinen Sachen, nach dem Unterkleid zum Abendkleid, der Fischsturzform, seiner Porträtbüste von 1948 und ob Berthel auf einem Blatt Papier ihm das weiße Kaffeeservice mit Goldrand, *Bavaria,* übereignen könne, das 1958 aus der Thorner Straße in den Langenauer Weg gekommen sei. Ohne Wert, aber für ihn wertvoll, Mutters wegen. Und seine Shakespeare-Ausgabe. Auch seit jenem Januar hier. Wertvoll für niemanden als für ihn selbst. Berthel antwortete nicht gleich. Sie sagte, sie könne dazu nichts sagen. Das Service benutze sie täglich, aber er könne es gern sofort mitnehmen. Sie war verstimmt. Liesel Roitzsch hatte über die Zeit nach ihrem Tod sprechen können. Berthel Mewald konnte es nicht. Alfred entschuldigte sich. Er habe das nur

wegen Irmgard gesagt. Er fürchte, wenn Irmgard das Haus beherrsche, sei, woran er hänge, verloren. Berthel sagte: Geh hinauf. Also ging er hinauf. Eine dunkle, nachgiebige Treppe. Ein noch dunklerer Gang. Er hörte Radiomusik. Der folgte er, klopfte. Klopfte noch lauter. Er drückte die Klinke. Geschlossen. Er rief: Irmgard! Keine Antwort. Als aus dem Dunklen eine Katze herrannte, wurde es ihm unheimlich. Er ging zu Berthel zurück. Da traf gerade Frau Blümel ein. Alfred sagte, morgen wäre er zu ihr nach Pieschen gekommen. Frau Blümel sagte: Leider glaube ich Ihnen das sogar. Er sei ja doch der einzige Mensch, der ihr schreibe, ihr Pakete schicke, die einem leider dieses Leben verlängerten. Nicht solche Reden, Frau Blümel, ich brauche Sie noch, sagte Alfred. Aber Berthel wollte nicht, daß Frau Blümel jetzt Mittelpunkt wurde. Sie sollte lieber morgen wieder kommen. Aber Alfred mußte noch fotografieren. Auch Frau Blümel. Dann durfte sie gehen. Alfred brachte sie hinaus und schlug ihr vor, sie solle ihn besuchen in Wiesbaden. Sie könne jedesmal etwas mitbringen für ihn, sie wisse ja, wo die Sachen zu finden seien. Frau Blümel sagte, leider möchte man von hier ganz gern auch einmal weg. Alfred bat sie, sich auch um Liesel Roitzsch zu kümmern, und steckte ihr fünf Zwanzigmarkscheine in die Tasche. Frau Blümel sagte: Leider gibt es nichts Schöneres als viel Geld.
Alfred ging wieder zu Berthel und fotografierte weiter. Mit Blitz. Bis der versagte.
Alfred hatte im Briefwechsel mit dem Vetter in Houston merken lassen, daß ihm daran liege, mit der letzten näheren Verwandten seiner Mutter wieder in Kontakt zu kommen. Der Vetter schrieb: The past can be smoothed over between you both. Das klang, als wolle er vermitteln. Alfred hatte an Weihnachten und an Tante Gustchens Geburtstag im März Päckchen mit Seife, Kaffee, Schokolade, Datteln und Parfum geschickt. Tante Gustchen hatte fast erheitert überrascht reagiert. Oder sarkastisch heiter. Eine sich selbst nicht begreifen wollende Freundlichkeit. Du hättest Eintritt nehmen kön-

nen, hatte sie nach der Beerdigung des Vaters gesagt und war gegangen. Aber in den Jahren danach hatte Alfred mit Alberts Hilfe soviel Kontakt geschaffen, daß er sich jetzt hatte anmelden können. Er durfte kommen, zum Kaffee. Er brachte die Kaffeemaschine *Melitta 111* und Kaffee mit. Als er sich nach ihren Wünschen erkundigt hatte, hatte sie mit einem einzigen Wort geantwortet: Kaffee. Ein Persönchen also. Erst neunundsiebzig. Ein kleines Gesicht mit einem unverminderten Mund, zu dem nur die feinsten Fältchen führen. Tante Gustchens Augen zeigten, daß sie den Besuch ihres ihr immer feindlich gesonnen gewesenen Neffen nicht ernst nehme. Alfred hatte das Gefühl, er müsse zuerst einmal reden, sich neu vorstellen, beschreiben, warum er jetzt eine Beziehung für möglich halte wie nie zuvor. Sie und er müßten retten, was noch zu retten sei. Also, wer ist ihr Neffe jetzt? Er ist nicht mehr dieser wild entschlossene Sohn, der überall nach Feinden seiner Mutter sucht. Jetzt ist er ein gutgestellter Beamter, der die fünf Kilometer von seiner Wohnung ins Amt öfter mit dem Taxi als mit dem Bus zurücklegt. Er hat den Führerschein, aber er will kein Auto. Ihm liegt zu wenig daran, sich auf diese Weise durchzusetzen. Vielleicht ist er einfach zu spät in diese Verkehrswelt gekommen. Er hat es nicht mehr lernen können, also glaubt er, um seinetwillen, er habe es nicht lernen wollen. Tante Gustchen zeigte mit Nicken und mit geschürzten Lippen, daß sie diese Unterscheidung zu schätzen wisse. Das tat ihm gut. Die Altfeindin genoß, was er sagte, wie er es sagte. Sein Amt also. Er war ja zuerst Theaterreferent, das ist er nicht mehr. Die Leute vom Sprechtheater haben ihn immer erschreckt. Am meisten die von der Chefetage. Kommunisten in Samt und Seide. Den DDR-Alltag würden die keine acht Tage ertragen, aber drüben in klassizistischen Prunkbauten roten Quatsch verspritzen! Man hat ihm also den Denkmalschutz übertragen. Nur weil der Denkmalschutz nicht viel gilt. Nicht viel galt, müßte er sagen. Es gibt inzwischen Gesetze, vor allem in Hessen, die die Ausrottung der Vergangenheit durch rücksichtslose Industrie-Expansion bremsen wollen. Andererseits wollen die Leute oft gar nicht, daß ihr Besitz zum Denkmal wird, weil sie sich dann jeden Nagel, den sie einschlagen wollen, genehmigen lassen müssen. Tante Gustchen muß sich das so vorstellen: Er ist ja zugleich auch Justitiar, führt alle Prozesse des Hauses; also hier in Dresden säße er im Ministerium an den Elbwiesen; von der nachgeordneten Behörde, dem Landesamt für Denkmalspflege, hier in der Augustusstraße, in Wiesbaden im Schloß Biebrich, also dort so nah am Rhein wie hier an der Elbe, von diesem Amt und seinen Außenstellen werden jede Woche ganze Kolonnen von Autos mit jungen Denkmalpflegern hinausgeschickt, um Bürgerhäuser, Dorfwirtschaften, Mühlen, Scheunen, alte Fabriken, Kirchen und Bahnhöfe ins Denkmalbuch einzutragen und dadurch zu schützen. Und jeder Krach, der durch die Amtstätigkeit entsteht, landet auf seinem Schreibtisch. Er führt die Prozesse zwischen Darmstadt und Kassel. Und hat noch keinen verloren. Er nimmt die Papiere abends mit heim und hockt dann bis tief in die Nacht. Er kann ja erst nach dem Telephon mit Tante Lotte anfangen, sich der prinzipiellen Unlösbarkeit jedes wirklichen Falls auszusetzen. Je tiefer er sich in einen Fall hineinarbeitet, um so deutlicher wird dessen Unlösbarkeit. Jeder hat recht. Das ist seine Erfahrung. Aber wenn man das gelten ließe, hörte die Welt morgen auf zu atmen. Sie würde im gegenseitigen Rechthaben erstarren. Also muß man für eine glimpfliche Täuschung sorgen. Für eine Problemanästhesie sozusagen. Die Positionen dürfen sich nicht mehr so deutlich empfinden. Daß sie von einander lassen können. Daß es auf etwas, worauf es vorher ausschließlich ankam, nicht mehr so ankommt. Zu dieser Anästhesierung gibt es das Gesetz. Oder: Die Verallgemeinerung des einzelnen. Ein Beispiel!

Alfred machte das überfüllte Zimmerchen zum Saal. Er bahnte sich zwischen Sesseln, Tisch und Tischchen einen Rhetorikerweg. Die Tante mußte beeindruckt und gewonnen werden. Er brauchte sie. Ihre von Neid oder Haß geschärften Augen. Sie hat doch alles beobachtet, was er nur erlebt hat.

Also ein Beispiel für seine Arbeit. Dieser Fall hat ihn bis zu seiner Abreise in Atem gehalten. Der Fall Mücke-Bernsfeld. Das Fachwerkkirchlein in Bernsfeld, 16. Jahrhundert, renoviert im achtzehnten, im Dehio erwähnt, seit fast zehn Jahren nicht mehr benutzt; der Gottesdienst findet, einen Steinwurf weit weg, in einem Neubau statt; jetzt soll das Kirchlein abgebrochen und ein paar Kilometer weiter, in Ilsdorf, wieder aufgebaut werden. Das will die Evangelische Kirche, das will der Bürgermeister, angeblich wollen es auch die Bürger. Aber die untere Denkmalschutzbehörde hat das Landesdenkmalamt mobilisiert, und wenn diese beiden Behörden einig sind, kann der Eigentümer nicht mehr verfügen, auch nicht, wenn er Evangelische Kirche in Hessen und Nassau heißt. Aber der Kirchenpräsident schreibt an den Minister, also wird's ein Fall für Alfred. Auf seiner Seite, der *Förderkreis Alte Kirchen* in Marburg, der kurioserweise am meisten von einem Engländer und einem Franzosen inspiriert wird. Diese Bürgerbewegung, 1979 mit dem Preis für Denkmalschutz ausgezeichnet, will *europa nostra* anrufen zum Schutz bedrohter leerstehender Kirchen. Fünfzig allein in Hessen. Alfred formuliert: Ein Drittel der Hölzer wird durch Translozierung unbrauchbar, der hohe Bruchsteinsockel ebenfalls, also würde in Ilsdorf nicht mehr diese Fachwerkkirche stehen, sondern eine Kopie, die nur so aussieht wie die alte. Also kein schützenswertes Denkmal mehr. Also hätte die Behörde, die das Denkmal laut Gesetz zu schützen hat, wenn sie einer Translozierung zustimmt, das Gesetz gebrochen. Also muß der Kultusminister Abbruch und Versetzung und Wiederaufbau der Kirche ablehnen. Aber die Kirche hat auch jede Art und Menge Expertenmunition. Es war die Bürgerschaft, die eine neue Kirche wollte, für das alte Kirchlein gibt es keine vernünftige Nutzung, also wird der Zerfall, der auf der Giebelseite schon bedrohlich weit ist, rasch dramatisch werden. Die Erfahrung der Kirche: eine von der Bevölkerung aufgegebene Kirche wird nicht mehr angenommen. Die Initiative zur Erhaltung kommt von Ortsfremden. Die Mittel jenes Förderkreises reichen nicht zur Erhaltung. Also, durch Versetzung rettet die EKHN (Evangelische Kirche in Hessen und Nassau) das Baudenkmal vor dem Verfall, am neuen Ort ist durch sakrale Nutzung die Erhaltung garantiert. Was den Substanzverlust angeht: das Versetzen von Fachwerkkirchen ist alte Praxis. In der Kirchengeschichte Oberhessens sind Translozierungen so gewöhnlich, daß Fachwerkbauten als Mobilia, nicht als Immobilia gelten. Die vier Wände werden sowohl holztechnisch als auch mit Kunstharz stabilisiert, die Eckpfosten bleiben auf den Schmalseiten, nur die Endgefache werden herausgelöst, so bleiben die Holzteile und 90 Prozent der Ausfachung erhalten. Ja, was soll man da noch sagen? Im Augenblick sehe es nach einem Erfolg der Kirchenverwaltung aus, er habe den Landesdenkmal-Rat angerufen, der Förderkreis den Petitionsausschuß des Landtags. Was für eine Welt, in der man nur gewinnen oder verlieren kann! In der Frankfurter Allgemeinen sei vor zirka fünfzehn Jahren aus einem Buch des Schweizers Hans Albrecht Moser der Satz zitiert worden: Unsere Erfolge gehen immer auf Kosten anderer. Das Buch habe geheißen: Erinnerungen eines Reaktionärs. So werde er in sozialdemokratischen Umgebungen auch genannt. Es peinige ihn aber immer noch, daß er ein rührendes Dorfkirchlein im Oberhessischen verteidige, während in Dresden die letzte historische Bausubstanz der Großen Meißner Gasse weggesprengt werde, weil man sich von Japanern ein Luxushotel bauen lassen wolle. Hier würde er gebraucht, die Niederlegung der Rampischen Gasse zu verhindern, das Schloß zu retten, das Taschenberg-Palais, das Neustädter Rathaus, teilzunehmen am Kampf der Löffler, Nadler und Magirius, um die Reste des augusteischen Barock gegen marxistische Verblendung zu schützen, damit wenigstens soviel bewahrt werde, als nötig sei, um Späteren eine Ahnung zu geben von der Größe des Verlusts. Er verlangte, daß Tante Gustchen zugebe, daß das Leben ihres Neffen kein bißchen sinnvoller verlaufe als ihr eigenes, über das sie nicht sprechen wollte, weil es nur zu immer größeren Enttäuschungen geführt habe.

Er wollte mit ihr konkurrieren. Er durfte nicht sagen, daß er, was Misere angeht, schon mit seiner Mutter leidenschaftlich gern konkurriert hatte. Sein Leben als Quatsch ohne Sauce darzustellen, das lag ihm. Erfolge meldete er nur, um sie durch Mißerfolge förmlich auffressen zu lassen. Aber so war es doch in Wirklichkeit. Es gelang ja nur deshalb manchmal etwas, daß man nicht aufgab, weitermachte, damit der immer deutlicher werdende Weltmißerfolg einen mehr habe, an dem er sich gütlich tun konnte. Die Mißerfolgswelt braucht Stoff, sich zu entfalten. Nur dazu mußte man dableiben. Weitermachen. Aber das mußte man tatsächlich. Das hielt auch die Tante fast für eine Pflicht. Man hat durch das Geborenwerden dem Leben eine Art Fahneneid geleistet, der so absurd ist wie jeder Eid. In diesem unvernünftigen Verhältnis gibt es eine Befriedigung, die sich, will man sich auf sie berufen oder sie gar als einen Lebenssinn formulieren, sofort in nichts auflöst. Nur die Abwesenheit von etwas läßt sich aussprechen. Alfred führte das mit Berthel begonnene Gespräch fort. Er wunderte sich, als er sich so reden hörte. Er hatte in Leipzig, weil ihm auch der große Redner Ernst Bloch in der Vorlesung *Philosophische Hauptfragen* das Dasein mittels der Zukunftsdroge eher lustig-pathetisch zu verklären als zu erklären schien, Hans Driesch gelesen und hatte in der Entelechie den Gegenzauber gefunden gegen die Ad-hoc-Ableitungen des Marxismus. Was jetzt aus ihm herauskam, stammte offenbar aus einer durch Erfahrung ramponierten Entelechie.

Tante und Neffe entdeckten einander. Aber er spürte – und das war wohl ihre höchste Gemeinsamkeit –, daß sie einander nicht näherkommen konnten. Tante Gustchen verschwieg nicht, was sie seit 1945 hat hinnehmen müssen. Zuerst kauft man mit ihren ausländischen Wertpapieren dem Deutsch-Amerikaner die wunderbaren Möbel ab, dann legt man die Wertpapierspenderin in die unheizbare Dachbodenkammer, gibt ihr keinen Schlüssel für die Wohnung, sie muß jedesmal läuten, wenn sie aufs Clo will. Sie hat ihre Halbschwester, als es der dann auch immer schlechter ging, nicht bedauert. Unglück ist kein Grund, eine kaputtgegangene Beziehung zu flicken. Sie will Alfreds Empfindungen für seine Mutter nicht stören. Nur darf er daraus keine Pflichtübung für Welt und Nachwelt machen. Diese Mutter – das hat Tante Gustchen erlebt – hat nach dem Mädchen geklingelt, wenn Alfred auf den Topf gesetzt werden sollte. Ihr kam das eher komisch vor. Möglich, daß ihre Mutter die Kinder aus beiden Ehen absichtlich gegen einander aufbrachte, um ihren zweiten Mann jederzeit ein bißchen erpressen zu können. Die Antonia sei genau so böse gewesen, wie sie gut gewesen sei. Wer denn nicht! Und mit Recht! Zu ihm sei die Oma, sagte er, nur gut gewesen. Als er vom Hitler-Jungvolk vorne am Stübelplatz in das Telephonhäuschen gesperrt worden war, hat die Oma ihn befreit und hat gesagt, das nächste Mal solle er seinen Schuh ausziehen und jedem, der was wolle, über den Nüschel hauen. Was war eigentlich Omas erster Mann von Beruf? Der Leißring, Tapezierer. Ach, sagte Alfred, ich dachte, Musiker. Tapezierer, sagte Tante Gustchen, und eine Mischung aus attraktiv und nicht vorzeigbar. Tante Gustchen fragte, wie Alfred dazu gekommen sei, ihr zum Geburtstag ein so korrumpierendes Päckel zu schicken, woher hat er denn das Datum? Ach, tat er da, das ist nun wirklich simpel. Seine Mutter habe in der Handtasche, die sie mit in den Keller genommen habe, Großvater Schmiedels Taschenkalenderchen aus dem Jahr 1939 gehabt, den habe Alfred noch im Februar 45 an sich genommen und seitdem oft durchgeblättert. Zu den Wörtern, die er verstanden habe, gehörte das am 28. März eingetragene Schnubs! Daß sie ihren Vater Paps und der sie Schnubs genannt habe, sei ihm natürlich bekannt gewesen. Soso, sagte die Tante und machte aus ihren feinen Lippen einen kleinen Wulst. Einen Augenblick lang schwieg sie, einen Augenblick lang war sie gerührt. Jetzt mußte er ihr sagen, wieviel besser er sich mit ihr verstehe als mit Tante Lotte. Für einen guten Rat, daß er Mottenpapier nicht im Eßfach aufbewahren solle, muß er hundertfaches Dreinreden, Bekehrungssucht und Heldenkult in Kauf nehmen. Sie ruft nachts so lange an, bis er ihr wider jede Wahrheit versichert, er habe das Nachtgebet gesprochen. Dann sagt sie: Dein Wort ist meines Fußes Leuchte und ein Licht auf meinem Wege. Als er sich weigerte, den Ministerpräsidenten zu ihrem neunzigsten Geburtstag einzuladen, sagte sie, er sei eben ein Waschlappen. Tante Gustchen sagte, Alfred sei eben doch ein Herberg-Leißring, denen falle über andere nur Herabsetzendes ein. Sie kenne das so gut von sich selber. Sie finde ja, über einen zu lästern, sei auch eine Art zu rühmen. Beim Abschied sagte sie: Wir werden einander nicht wieder sehen. Und das ist gut so. Wart's ab, sagte er und machte ihr Lächeln nach. Sie erkannte es und drohte mit dem Zeigefinger. Er hätte ihr am liebsten die Hand geküßt, traute sich aber nicht. Woran denkst du, wenn du an früher denkst? fragte er noch, als die Tür schon offen war. Sie sagte: Ferdinandsplatz. Mit Kutschen. Dann schüttelte sie den Kopf und murmelte: Neustädter Bahnhof, zehn Jahre jeden Sonntag. Er ging. Ein bißchen mente captus.

Judith, der er abends immer berichtete, was er bei seinen Besuchen erlebt hatte, schilderte er Tante Gustchen als eine durch Erfahrung Verhärtete. Es tat ihm gut, Judith merken zu lassen, daß sie von der Tante wegen ihrer Konsumsüchtigkeit verachtet wurde. Tante Gustchen verachtete jeden, der Geld vom Westen nahm, um sich im Intershop Westwaren zu kaufen. Ihren Kaffeebedarf nahm sie aus. Kaffee war Medizin. Sie sagte, wäre nicht schon im ersten Paket Alfreds der Kaffee die Hauptsache gewesen, hätte alles Zureden aus Houston nichts genützt. Und dieser Nachmittag wäre keiner geworden, wenn er nicht diese Idee gehabt hätte, ihr eine Kaffeemaschine mitzubringen. Alles andere lehne sie ab. Außer Kaffee fehle einem in der DDR nichts. Wer behaupte, ihm fehle etwas, der sei schon von der West-Propaganda angekränkelt. Sie meinte das kein bißchen politisch. Eine einfachere, ja eine ärmlichere Lebensart sei einer luxuriösen vorzuziehen. Krasser konnte man von Judith nicht verschieden sein. Judith störte es kein bißchen, von einer Neunundsiebzigjährigen als

konsumsüchtig verachtet zu werden. Alfred war mit ihr genau so einverstanden wie mit Tante Gustchen. Judith wurde die Fülle des Luxuswestens in Aussicht gestellt, wenn sie Augen und Ohren offenhalte und Übersiedler ausfindig mache und Alfreds Heiligtümer in deren Hausrat über die Grenze bringe. Und kaufte Judith gleich die Industrie-Allegorie-Uhr ab. Alfred hatte beim Zoll gefragt. Nachlässe werden herausgegeben nur an Personen, die nie hier wohnten, oder weggegangen sind vor dem 8. 10. 1949 oder mit Erlaubnis. Das deutsche Laster als Racheschnulze. Wenn er etwas kaufte und 1 : 1-Umtausch nachwies, durfte er das Gekaufte mitnehmen. Also zahlte er Judith gegen Quittung für die väterliche Uhr 160 Mark. Karl Jungnickel fuhr ihn zum Neustädter Bahnhof. Alfred bat noch um einen Umweg durch die Borsbergstraße. Außer der Rosenapotheke und Konditorei Wenzel gab es nichts mehr. Dafür sahen aber die Apotheke und die Konditorei sich wirklich noch gleich. Wo 28d gewesen war, herrschte jene Modernität, die zum Wegschauen zwang.
Er möchte Karl Jungnickel wieder etwas schicken, aber was? Ohne Karl Jungnickel hätte er noch weniger geschafft. Aber der sagt, er habe nur seine Pflicht getan. Alfred besteht auf Wunschäußerung. Also gut. Er hat ein Hoppi. Motorrennboot auf dem Schwielochsee. Man braucht einen Integralschutzhelm dazu. Er sollte orangerot sein. Jungnickels Größe: 55. Wegen der Polsterung zwei Nummern größer, also 57 oder 58. Aber das ist einfach zuviel. Alfred sagte, er freue sich über jeden bestimmten Wunsch. Daß ihm Jungnikkel Koffer und Karton in den Bahnhof trug, ließ er nicht zu.
Der aus Görlitz kommende Zug hatte vierzig Minuten Verspätung. Alfred schleppte Koffer und Karton ins Mitropa-Restaurant, ging quer durchs Lokal und nahm von den leeren Tischen den, der am nächsten an einem angenehm verlogenen Winzer- plus Flußtal-Bild stand. Kaum saß er, stand ein junger Mann vor ihm und fragte wahrscheinlich, ob er kurz

stören dürfe. Der hatte mit allem zu kämpfen. Ein Dialekt, gegen den er, auch weil er vor Aufregung kaum Luft bekam, keine Chance hatte. Wenn er nachgegeben, seinem Dialekt die natürliche Herrschaft überlassen hätte, hätte man sich einhören und bald etwas verstehen können. Aber er wollte sich mit hochdeutschen Wörtern, die ihm nicht gehorchten, gegen seinen unbesiegbaren Dialekt durchsetzen. Das führte zu einer Folge von Hörpeinlichkeiten. Als Alfred in Wiesbaden Tante Lotte und Doktor de Bonn und seinem Sachbearbeiter Glück und der Schreibdame Fleckenstein das Zusammentreffen mit diesem Richard Fasold als das Hauptereignis der Dresden-Reise beschrieb, gelang es ihm kein einziges Mal, dieses Lautechaos nachzumachen. Die Füße standen gegen einander, als hätten sie sich gern auch so in einander verkrallt wie die Hände. Und das Gesicht halb weggedreht von dem, zu dem der Gesichtsinhaber sprechen wollte. Also das äußerste Gegenteil von Blickwechsel. Alfred bat ihn, Platz zu nehmen. Er fühlte sich so frei und locker wie noch nie. Er stand auf, gab dem die Hand, nannte seinen Namen. Der sagte: Fasold, Richard. Als ginge es um das Ausfüllen eines Passierscheinantrags. Alfred zog den Stuhl mit dem Uhrenkarton etwas zu sich her. Auch Tee? Der schüttelte den Kopf. Bier? Er nickte. Jetzt lagen Fasolds Hände auf dem Tisch, konnten aber wieder keine Ruhe geben. Die Finger stritten mit einander um irgendeine Oberherrschaft. Der Besitzer sah, daß man seine Hände anschaute, schaute selber auch seine Hände an, konnte offenbar auch nicht eingreifen, schaute Alfred jetzt aber doch direkt ins Gesicht. Alfred verstand den Blick. Wäre Alfred nicht da, lägen diese Hände ruhig auf dem Tisch. Alfred allein ist der Grund dieser wie Krieg aussehenden Panik. Alfred fragte jetzt sofort: Was kann ich für Sie tun? Wie ein Marionettenspieler seine Marionetten konnte der seine Hände jetzt vom Tisch nehmen. Alfred erlebte direkt seine Wirkung auf diesen jungen Mann. Er wurde sicherer, als er je einem anderen Menschen gegenüber gewesen war. Ein junger Fuchs. Von der Nasenspitze an ein zurückfliehendes Gesicht, zwei schräg nach hinten laufende Augenpartien. Aber über der schrägen Stirn ein ruhiges, fast gefroren wirkendes Gewell rotblonder Haare. An den abfallenden Seiten waren die Haare nach hinten gekämmt worden, dann angepappt. Das glatt Angepappte an den Seiten und das sorgfältig arrangierte Gewell oben ergaben einen komischen Kontrast. Nach dem ersten Glas Bier wurde der Fuchs ruhiger. Das Reden falle ihm so schwer, weil er sich schäme. Er ist doch kein Bettler. Er wollte gerade zum Zug nach Radebeul, da sah er den Herrn aus dem Westen so schwer tragen, wollte sich anbieten, tragen helfen, hatte den Mut nicht, lief einfach hinter dem Herrn her ins Lokal, anstatt daß er ihm seine schweren Sachen abgenommen hätte. Er ist von Natur aus hilfsbereit. Immer gewesen. Geboren ist er in Bad Schandau. Seine Mutter hat 68 hinübergemacht. Da war er acht. Kam sofort ins Heim. Von der Mutter nichts mehr gehört. Sicher tot. Er ist Maler und Tapezierer. Seinen Vater kennt er nicht. Vielleicht ein Professor oder ein Kellner. Alfred ließ sich die Adresse geben. Fasold bestand darauf, dem Herrn das Gepäck bis zum Zug und in den Wagen zu tragen. Vorsicht, sagte Alfred, das ist eine kostbare Uhr. Alfred versprach, von sich hören zu lassen. Blickwechsel, Händedruck, beiderseits gerührt. Der junge Fuchs hatte tatsächlich Tränen in den Augen. Der Zug stand dann noch eine halbe Stunde länger, als angesagt war. Verspätung ist nirgends so willkommen wie auf dem Neustädter Bahnhof. Wenn Alfred mit der Mutter aus den Ferien kam, stieg der Vater in Dresden-Neustadt zu, begeistert fuhr man zu dritt über die Elbe, drüben, im Hauptbahnhof, warteten, zur Fortsetzung der Begeisterung, die Großeltern.

Kurz vor der Abfahrt rannte Fasold Richard wieder herein und überreichte stolz wie der Jagdhund die Ente ein Päckchen Bilder *Ansichten von Alt-Dresden*. Und war weg. Als Alfred durch Radebeul durchfuhr, dachte er: Hier wohnt Fasold Richard. Er wollte doch erleben, wie man aus dem Elbtal hinausfährt, er wollte die Namen nachbeten: Coswig, Riesa,

Wurzen, Leipzig. Vor dreißig Jahren seine Montagsstrecke. Jetzt fuhr er erster Klasse. Mit Platzkarte. Kein Kampf mehr. Kügelgen hatte er gelesen damals. Er mußte sich die Sätze notieren, die wichtig waren für diesen Aufenthalt. Berthel Mewald: Dein Vater war ein Arbeitstier. Dein Vater hatte das gewisse Etwas. Du hast etwas anderes. Du bist feiner. Liesel Roitzsch: Dein Vater konnte eben nischt für sich behalten. Dein Vater war kein Kostverächter. Judith hatte wieder einen Dackel, aber den nannte sie Wastl. Klara Fienzel: Die Hebamme hieß Helene Zieschang. Klara Fienzel: Ihr Vater hat mir immer mehr bezahlt, als mit Ihrer Mutter ausgemacht worden war. Hätte er dem Dreiundzwanzigjährigen nicht fünfzig Mark geben müssen, statt zwanzig? Der rennt nach diesen Alt-Dresden-Bildern und riskiert dabei, daß der Zug, bis er zurückkommt, schon weggefahren ist. Alfred stellte sich vor, was der eher verwetzt daherkommende Fasold Richard für Augen machen würde, wenn ein Paket aus Wiesbaden käme, das nichts als beste, schönste, feinste Westsachen enthielte. Eine Jacke aus London, aus Mailand ein Hemd, eine Krawatte aus Lyon, eine deutsche Hose, Schweizer Schuhe und einen Pullover aus Irland. So lange probierte er dem jungen Mann in Gedanken alles an, bis alles zu diesem verschränkten Fuchs samt seiner beiderseits hingepappten und obendrauf Wellen schlagenden Frisur paßte. Das machte ihm Spaß. Tapezierer war der. Otmar Leißring, hinter dem also wirklich der Gendarm hergewesen war, war vielleicht auch Tapezierer gewesen.

4.

Das hatte er also geerbt, daß er nischt für sich behalten konnte. Alfred ärgerte sich jedesmal, wenn er daran dachte, was er wieder wem erzählt hatte. Judith hatte er zuviel über Tante Gustchen erzählt. Tante Gustchen zuviel über Judith. Und jedem in Wiesbaden viel zuviel über den Fuchs mit dem rötlich-blonden Gewell über den angepappten Seitenhaaren. Er kam in seinen Erzählungen ohne das Wort Fuchs aus. Ein hilfloser Kerl eben. Heimkind nach DDR-Art, Mutter ab in den Westen, dort gestorben, Vater unbekannt. Alfred verschwieg, daß er dem Fuchs gleich fünfzig Mark geschickt hatte. Aber das europäische Modepaket schickte er nicht ab. Im Begleitbrief zu den fünfzig Mark schrieb er: Falls Sie Sorgen haben, irgendein Wunsch Sie drückt, melden Sie sich nur. Fasold schrieb, er habe drei Hobbies, Motorradfahren, Schwimmen, Musik. Sein Motorrad sei in der Werkstatt, er kriege es nur, wenn er dreihundert für die Reparatur bezahle, das seien fünfundsiebzig West. Er werde das alles wieder gutmachen, später. Und weil er immer unterschrieb *Ihr Richard aus Radebeul*, schrieb Alfred immer: *Lieber Richard aus Radebeul.* Das Geld schickte er ihm, las dafür einmal mehr, was für ein guter Mensch er sei. Im nächsten Brief schrieb der Radebeuler, sein Motorrad sei dreizehn Jahre alt, und eigentlich brauche er, um täglich zur Arbeit zu fahren, ein neues. Dafür müsse er jetzt noch vier Jahre sparen. Sonst braucht er zur Zeit nichts. Will ihm Herr Dorn Alfred etwas von sich aus geben, ist es gut. Alfred schickte eine Cordhose. Die Hose ist ihm viel zu groß. Das macht überhaupt nichts. Alfred will wissen, wieviel ein neues Motorrad kostet. Fasold schreibt, ein Motorrad sei viel zu teuer. Er selber müsse es sich in vier Jahren zommshborren. Ja, er schrieb mindestens so, wie er gesprochen hatte. Daß Alfreds Vorstellungen vom Schützling nicht immer gleich realistisch waren, zeigt die Aufforderung, Richard aus Radebeul möge sich, damit das Problem der nie sitzenden Hosen aus der Welt geschafft werde, einmal mit seinem Schneider darüber unterhalten und dann verbindliche Maße senden. Eine Woche später ein Telegramm: BITTE MOTORRAD DRINGEND WEGEN ARBEITEN. Ich bin ein bißchen erstaunt, schrieb Alfred, daß Sie es so eilig erbitten. Ein Motorrad per Telegramm anzufordern, ob das nicht etwas ungewöhnlich sei. Er mache für Richard Aufwendungen, die manche Eltern, wenn ihre Kinder erwachsen sind, nicht mehr für angebracht halten würden. Fasold schrieb zurück, er sei ja alleine und mit einem Motorrad komme man schneller mal weg von der Einsamkeit. Aber er will jetzt kein Geld mehr von Herrn Dorn Alfred. Soll doch Herr Dorn Alfred auch moll von sein Broplämen schreiben. Er will ihm doch auch moll helfen. Es geht ihm nicht ums Gelt, sondern um die Freundschaft. Ach Richard, ach Richard, hätten Sie nur ein anderes Hobby, schrieb Alfred. Aber nun gut, kaufen Sie das gefährliche Ding. Aber er stellt Bedingungen: 1. Nur für Fahrten zur Arbeit und für Wochenendausflüge, nicht aber immer in der Stadt herum, ins Kino und so. 2. Im erregten Zustand Finger davon. 3. Keinesfalls als Imponiergerät benutzen. Fahren wie ein Sportsmann, rücksichtsvoll, fair. 4. Alle anderen Schulden abtragen. Er schickt ihm in Briefen 1 000 West. Möge es Glück bringen, möge Richard ein zufriedener Mensch werden. Richard aus Radebeul sofort: Sie sind groß in Ordnung. So einen Vater hätte ich als Kind gebraucht. An Weihnachten wird er allein sein, aber er wird an Herrn Dorn Alfred dengen. Er würde aber Herrn Dorn Alfred so gern noch vor Weihnachten sehen, etwas sehr Wichtiges besprechen für das ganze weitere Leben. Alfred mußte ohnehin nach Berlin, Zähne und Seele bedurften ärztlichen Beistands. Er traf sich mit Richard am Taxistand Bahnhof Friedrichstraße, trank mit ihm Kaffee, wo er mit George Weiler Kaffee getrunken hatte, führte ihn durch historisches Berlin, auch auf die Museumsinsel, auch vor den Pergamon-Altar, und erklärte ihm, welche Kämpfe zwischen Göttern und Giganten in diesen aus der Wand tretenden Pferde-, Waffen- und Leiber-Fragmenten dargestellt seien; das Übermaß an Gewalt- und Leidensausdruck entstehe vielleicht gerade dadurch, daß immer wieder Steine fehlten, Gewalt und Leiden also oft für sich und ohne den mildernden Zusammenhang der alles erzählenden Szene erschienen. Er versuchte, ihn für seinen Lieblingshelden, den Junggiganten Alkyoneus zu interessieren. Daheim sei der unbesiegbar gewesen. Hier sehe Richard, wie die Göttin Athene

den an seinen Haaren von seinem Boden wegschleppe, um ihn für den Siege sammelnden Herakles besiegbar zu machen. Das Angst- und Schreckgesicht des Junggiganten erreiche durch Ruin und Rekonstruktion einen Leidensgrad, den kein Bildhauer beabsichtigen könnte. Alfred hatte das alles seiner Mutter, als er mit ihr hier war, auch erzählt. Für die Mutter war es, bis er mit ihr zu seinem Altar gepilgert war, schon zu spät gewesen. Richard aus Radebeul konnte er noch bilden.
Das Geschenkpaket hatten sie an der Garderobe gelassen. Alfred hatte Wintersachen mitgebracht. Als sie wieder draußen waren und Geschenke auspackten, gestand Richard, daß Altäre überhaupt nicht sein Hobby seien. Sein Hobby: Motorrad, Schwimmen, Musik. Darum war er so glücklich, daß im Paket auch die reißverschlußreiche Lederjacke fürs Motorrad war. Richard beichtete sein Leiden. Hämorrhoiden hat er. Außer Herrn Dorn Alfred gibt es niemanden, dem er sagen kann, wie weh das tut; auch hat er Angst, er verblute. Das sagte er mit abgewandtem Gesicht, seine Hände balgten sich. In der DDR gibt es keine Zukunft für ihn. War im Gefängnis, muß sich zweimal pro Woche bei der Vopo melden. Zu Unrecht eingesperrt. Bei einer Razzia im Hauptbahnhof mitgenommen, sollte sich nackt ausziehen, weigerte sich, brüllte die Polizisten an, also Beamtenbeleidigung, tätlicher Angriff, staatsfeindliche Hetze, Verleumdung des Staates, dann luden sie ihm noch den Kofferradio-Diebstahl auf. Getan hat er nichts. Nur Reisende angesprochen. Im Hauptbahnhof. Leute aus dem Westen. Die Vopo hat ihn beobachtet. Die waren sauer, weil die Leute aus dem Westen immer nett waren zu ihm. Die wollen ihn fertigmachen hier.
Alfred sagte jetzt Du zu ihm, ohne ihm das Sie zu erlassen. Richard begleitete ihn zurück zur Friedrichstraße. Sein letzter Satz: Sie sind ein Engel. Alfred fand das auch, aber er tat, als sei, was er tue, das Normalste überhaupt. Er hätte sich wohler gefühlt, wenn er nicht an Priebes Satz gedacht hätte: Engel sind rein männlichen Geschlechts.
Der Schützling weckte ihn jetzt jeden zweiten Morgen durch

Eilbriefe und Telegramme. Auch wenn er sich nur für den deueren Belover bedangen wollte, tat er's im Eilbrief. Er habe niemanden mehr in der Welt außer Herrn Dorn Alfred, und Herr Dorn Alfred sei so weit weg. Letzte Woche sei er in Berlin gewesen, im Haus des Staatsrats, die Ausreise zu beantragen. Alfred telegraphierte zurück: ANTRAG SOFORT ZURÜCKZIEHEN. Im Brief wagte er, zornig zu sein. Zwei Millionen Arbeitslose in Westdeutschland! Niemals sei das besprochen worden, daß Richard herüberkomme. Er mußte einen um Verständnis für diese Schärfe bittenden Brief nachsenden. Richard telegraphierte: BLEIBEN SIE GESUND UND MUNTER. Im Brief: Er habe solchen Gummer mit seiner Wohnung, in die es hineinregnet. Durch den Ausreiseantrag habe er den Staat zwingen wollen, ihm endlich eine bessere Wohnung zuzuteilen.
Immer häufiger sprach er Reisende aus dem Westen an, bat sie, seine entsetzliche Wohnung zu besichtigen und seinem Vater in Wiesbaden darüber zu berichten. Und gab ihnen Alfreds Adresse. Aus Innsbruck, Heidelberg und Osnabrück erhielt Alfred Briefe, in denen stand, daß es seinem Sohn in Radebeul gar nicht gut gehe.Der Schützling schrieb, am liebsten würde er nichts tun als Westmenschen anschauen, dann sei er näher bei Herrn Dorn Alfred. Alfred schickte ihm Geld, verlangte Belege für abbezahlte Schulden. Der Schützling gestand, daß es ihm schwergefallen sei, das schöne Gelt zur Bank zu tragen. Aber Dorn Alfred zuliebe habe er es fertiggebracht. Alfred spürte, wie der Schützling den Vornamen des Engels bestürmte. Manchmal begann ein Brief schon mit: Mein lieber Dorn Alfred. Diese Nachstellung des Vornamens wirkte auf Alfred wie eine Hervorhebung. Auch altertümlich kam ihm das vor. Oder war es nur eine in Heimen gedrillte Meldeformel? Alfred schrieb ihm Priebes Adresse, und Priebe schrieb er, ob Priebe den Schützling, dessen Hobby Musik sei, nicht in eine Jugendmusikgruppe bringen könne. Heribert Priebe antwortete ganz erzürnt. Ihm einen solchen Ganoven ins Haus zu schicken! Ein hem-

mungsloser Exzentriker ist das!! Der habe ihm erzählt, er werde noch vor Ostern in die BRD entlassen. Bitte, schrieb Priebe, schick mir nie mehr so einen unverschämten, minderwertigen Kerl. Finger weg von so was. Er, schrieb Priebe, verkehre nur mit duften Typen.

Jetzt wußte Alfred, daß er Tante Lotte brauchte und Doktor de Bonn und Herrn Glück und Frau Fleckenstein. Es mußte eine Abwehrstrategie entwickelt werden, gegen die der Schützling nicht ankam. Alfred packte alle Richardiana in seine Tasche und fuhr nach Bad Homburg. Tante Lotte hatte gefragt, ob er wünsche, daß Sennel Freisleben mitberate. Das wünschte er sogar sehr. Eine Frau, die Jahrzehnte lang ein Stift mit lauter Vize-Admirälen und Tanten à la Lotte geleitet hat –, oh ja, die konnte ihm helfen. Bei Besuchen im Stift hatte er, wenn er Frau Freisleben traf, immer gedacht: Wenn diese Frau Zeit hätte für mich! Er teilte die Menschen danach ein, ob sie mehr Kraft haben, als sie für sich selber brauchen, oder weniger. Sennel Freisleben schien eine jener Frauen zu sein, die geradezu darauf spezialisiert sind, ihre Kraft anderen zugute kommen zu lassen. Sennel Freisleben hinzuzuziehen, war Tante Lottes beste Idee, seit sie im Westen war. Frau Freisleben hatte einen Teetisch gedeckt. Es gab Dresdner Stollen. Den gab es bei ihr bis Ostern. Sie stand vor der Pensionierung. Was soll aus mir werden, sagte Tante Lotte. Wenn Sennel wenigstens ins Stift zöge, als Insassin. Alfred begriff, daß diese auf Tätigkeit eingestellte Frau nicht in ein Heim ziehen konnte. Für die Telephonseelsorge wolle sich Sennel verbrauchen, klagte die Tante. Alfred gratulierte. Sich und Sennel. Eine hohe Frau. Schon als Erscheinung.

Als Frau Freisleben die Briefe und Telegramme studiert hatte, sagte sie, Alfred sei dabei, ein auf Ost-Art verdorbenes Menschenkind noch gründlich auf West-Art dazuzuverderben. Da sie wisse, wie klug Alfred sei, dürfe sie sich schon darüber wundern, daß er auch noch so naiv sein könne. Alfred sagte, er habe geglaubt, er müsse Richards Erscheinen als einen Anruf des Lebens verstehen. Darf man sich denn immer entzie-

hen? Tante Lotte sagte: Papperlapapp. Der Rat war eindeutig und dringlich: Sofortiger Abbruch des Briefwechsels, Zusage gelegentlicher Taschengeldaufbesserung, Verweigerung jeder Mithilfe zur Ausreise.
Auf der Rückfahrt las er den neun Seiten langen Brief, den Tante Lotte an den Schützling schicken will, in dem sie erklärt, daß Alfred im Herbst und Winter sich Herrn Fasold zuliebe schwer verschuldet habe, daß er nur mit Hilfe seiner Weihnachtsgratifikation habe so helfen können, aber das Leben im Westen sei viel härter als zur Weihnachtszeit. Jetzt sollen schon die Fünfundfünfzigjährigen jüngeren Platz machen, also mit geringerer Pension zufrieden sein. Ihr Neffe müsse jetzt sparen, daß er in zwei Jahren in ein Seniorenheim in Oberbayern aufgenommen werden könne. Wenn Herr Fasold nicht aufhöre, solche Ansprüche zu stellen, oder gar herüberkomme, dann bleibe ihrem Neffen nichts anderes übrig als auszuwandern zu seinem herzkranken Cousin in Amerika.
Ein paar Tage später war der Morgenanruf nicht von Tante Lotte, die den Neffen jeden Morgen zuerst durch zweimaliges Klingeln darauf vorbereitete, daß sie ihn dreißig Minuten später unnachsichtig wecken müsse, es war Fasold Richard. Frankfurt Hauptbahnhof. Gerade angekommen. Er gehe, bis ihn Herr Dorn Alfred hole, ins Sexkino. Das klang, als bleibe er, falls Herr Dorn Alfred es ablehne, ihn zu holen, für immer im Sexkino. Alfred mußte also Doktor de Bonn anrufen und ihm mitteilen, der Schützling sei leider nun doch eingetroffen. Doktor de Bonn schwieg, dann sagte er, er werde Alfred nicht im Stich lassen. Alfred holte den Schützling im Frankfurter Hauptbahnhof aus dem Sexkino, fuhr mit ihm nach Wiesbaden und in Doktor de Bonns Auto weiter nach Gießen, ins Notaufnahme-Lager. Richard bat, daß Alfred sich zu ihm auf den Rücksitz setze. Doktor de Bonn ließ das nicht zu. Alfred war froh, daß sein Kollege den Schützling so streng behandelte. Er hielt es auch für notwendig, aber er hätte es nicht gekonnt. Alfred war froh, daß er dem Schütz-

ling noch, ohne daß Doktor de Bonn es merkte, einen Schein hatte zustecken können. Und diesmal war es ein Fünfzigmarkschein. Er hätte ihm lieber einen Hunderter zugesteckt, aber er hatte gefürchtet, daß Doktor de Bonn, wenn er den Transfer entdeckte, für hundert Mark doppelt soviel Unverständnis haben würde wie für fünfzig. Andererseits hatte er das Gefühl, durch die Heimlichkeit, mit der er dem Schützling das Geld zugesteckt hatte, von Anfang an etwas falsch gemacht zu haben. Als sie auf der Rückfahrt die Autobahn erreicht hatten, fing Alfred zu weinen an. Es wurde eine Art Weinkrampf. Doktor de Bonn erschrak, fuhr auf den Haltestreifen, stieg aus, bat Alfred, auch auszusteigen, sagte nichts beziehungsweise nur etwas von frischer Luft. Vielleicht war Alfred noch nie einem Menschen dankbarer gewesen als Doktor de Bonn für die in dieser Zurückhaltung ausgedrückte Gefühlsgenauigkeit.
Gleich nach seiner Ankunft gab der Schützling im Notaufnahmelager Interviews und erzählte die Geschichte vom Heimkind in einem bösen Staat, von der Verhaftung eines Unschuldigen durch Schergen, die er sofort als Kommunistenschweine beschimpft habe, vom nächtlichen Verhörterror in den schmutzigen Gefängnissen des kommunistischen Systems, von der letzten Beschimpfung beim Grenzübertritt: Vaterlandsverräter. Auch wenn man beim Lesen dieser Interviews dachte, daß man das nicht zum ersten Mal geboten kriege –, Fasold Richard hat sicher nicht alles nur dem Hörensagen nachgeplappert, und wenn nur ein bißchen davon wahr war, war dieser im Augenblick wahrhaft Unbehauste des Mitgefühls doch wert.

5.

Alfred hatte auch bisher schon den größeren Teil seiner Abendzeit am Telephon verbracht. Jetzt telephonierte er, wenn er abends zu Hause war, von neun bis zwölf. Nach einer

Stunde füllte das Kopfweh den Kopf, daß nichts anderes mehr Platz hatte darin. Er öffnete das Fenster oder ging auf den Balkon und schaute nach Schierstein hinab und hinüber nach Mainz. Es gab keinen Tag, an dem der Schützling nicht anrief und eine weitere Schwierigkeit servierte, die von dem, den er seinen einzigen Freund auf der ganzen Welt nannte, gemeistert werden mußte. Alfred schaffte es nicht, Richard zu sagen, er müsse sein Leben selber meistern. Er konnte nicht seinen Vater imitieren. Er mußte jetzt meistern. Er entwarf die Schreiben, mit denen beim Ausgleichsamt die Einrichtungshilfe für Flüchtlinge und beim Amt für Vertriebene und Flüchtlinge die Anerkennung als Sowjetzonenflüchtling und beim Arbeits- und Sozialministerium Entschädigung nach dem Häftlingshilfegesetz beantragt wurden. Was von Richard schriftlich verlangt wurde, mußte Alfred leisten. Er präparierte alles, auch das Couvert, Richard mußte nur auf den gepunkteten Linien unterschreiben.Natürlich mußte Alfred auch die Kindergeldüberweisungen für Richards Tochter Dorothy organisieren.
Wenn Alfred Ablehnungen nicht verstand, erhob er Einspruch und noch einmal Einspruch. Das heißt, er entwarf die Schriftsätze für den Schützling beziehungsweise für den Rechtsanwalt Dr. Federhenn in Ravensburg. Fasold Richard war ja von Gießen ins Oberschwäbische transportiert worden, in den Dornahof. Alfred hatte bei den größeren Firmen zwischen Frankfurt und Köln herumtelephoniert, aber ein Maler und Tapezierer wurde nicht gebraucht. Doktor de Bonn, der im Staatsministerium auch für Kirchenfragen zuständig war, hatte von diesem Dornahof gehört, weil der gerade einhundert Jahre alt geworden war. Eine sogenannte Arbeiter-Kolonie früher, dann eine soziale Heimstätte für unstete Männer beziehungsweise ein Unterschlupf für Tippelbrüder, inzwischen aber eine sozialtherapeutische Einrichtung, auf die die Landeskirche stolz war. Doktor de Bonn und Alfred hatten sich wieder frei genommen, hatten den Schützling von Gießen nach Oberschwaben befördert. Ri-

chard war einverstanden gewesen, weil eine Autofahrt damit verbunden war. Die Autoschlangen zerlegte er unermüdlich in einzelne Marken. Immer wieder rief er aus: Ootobohn' hobd'r enner Bundesrebublig. Als es dem Ziel zuging und die Gegend immer verlassener wirkte, lobte Alfred die feierlich stille Wald- und Weiherlandschaft. Keine Reaktion von Richard. Im Dornahof wurden sie von dem jungen Mann empfangen, dem Alfred am Telephon den Schützling geschildert hatte. In der Kaffeestube war ein Tisch gedeckt, es gab Kirschkuchen aus der Hausbäckerei, der junge Sozialarbeiter begrüßte den Schützling noch freundlicher als die zwei Herren, die ihn brachten. Sie begleiteten Richard ins sogenannte Große Haus, in dem alle Ankömmlinge untergebracht werden. Jetzt mit vieren in einem Zimmer, könne der Neue, wenn er sich in Arbeit und Freizeit bewähre, schon bald in ein Doppel- oder Einzelzimmer vorrücken; Alfred wollte protestieren, Doktor de Bonn bat den Sozialarbeiter, fortzufahren. Für gelernte Maler hat der Dornahof eine Werkstatt, in der Lackieraufträge der Industrie erfüllt werden, also zu tun gibt's genug. Manche ziehen schon nach ein paar Wochen in die zum Hof gehörenden Häuser in Saulgau oder Ravensburg und arbeiten nicht mehr unter Hof-Regie, sondern auf dem freien Arbeitsmarkt. Der junge Sozialarbeiter, dem sie Richard anvertrauten, sagte den Leibspruch des Dornahofs auf: Ein Dach nicht nur über dem Kopf, sondern über dem Leben. Sobald sie wieder im Auto saßen, sagte Doktor de Bonn: Seien Sie doch froh! Alfred war genau so unfroh wie froh.

Alfred arbeitete sich allmählich hinein in das dreiundzwanzigjährige Lebensdurcheinander. Gefängnisstrafen in Bautzen, Brandenburg, ein uneheliches Kind namens Dorothy. Einen englischen Namen habe er gewählt, weil er mit ihr sobald als möglich auswandern wollte. Seine Mutter sei irgendwo in Süddeutschland gestorben, sie sei am Schluß mit einem Amerikaner, wahrscheinlich schwarz, verheiratet gewesen. Zu diesem Stiefvater werde er einmal mit Dorothy ziehen. Alfred fand dieses Muttergrab in Süddeutschland. Im

November bestellte er Richard nach Ulm, führte ihn auf den Friedhof, zum Grab seiner Mutter, das er hatte richten und mit Astern und Chrysanthemen bepflanzen lassen. Tatsächlich war die Mutter unverheiratet gestorben; die drei Kinder, die sie mit verschiedenen Soldaten gehabt hat, sind von amerikanischen Familien adoptiert worden. Welch eine wunderbare Fügung aber: Keine siebzig Kilometer von seinem neuen Lebenskreis – das Grab seiner Mutter! Zum ersten Weihnachtsfest im Westen schenkte Alfred dem Schützling ein Foto-Album, darin ein Dutzend Fotos vom Grab und von Richard am Grab, von Alfred aufgenommen. Richard sollte die Pflege übernehmen, einmal im Monat hinfahren, das würde ihm guttun. Ja, sagte Richard, aber erst wenn er ein Auto haben werde. Ohne Auto sei man hier ein Mensch zweiter Klasse. Das sei er in der DDR lang genug gewesen. Bei ihm ergab sich aus jedem Gesprächsthema, daß er ein Auto brauche.Er verblute ja sowieso. Seine Hämorrhoiden tun weh wie noch nie. Alfred informierte sich, dann den Schützling, und brachte den schließlich soweit, sich in Ravensburg untersuchen zu lassen. Ein Operationstermin stand bevor. Richard schrieb, wahrscheinlich werde er den Oberationsdag gar nicht erleben. Schon am dritten Wochenende war er in Ravensburg verhaftet worden, weil er offenbar einem gleichsah, der ein Auto aufgebrochen hatte. Dr. Federhenn mußte mit Hilfe eines von Richard besorgten Alibis die Unschuld beweisen. Alfred schickte einen Bademantel und zwei Schlafanzüge für den Krankenhausaufenthalt und bereitete den Schützling in langen Sendschreiben auf den Operationstag vor. Er schrieb ihm den Text auf, den der Schützling am Tag der Operation dem Chirurgen sagen sollte: Herr Doktor, ich freue mich, daß Sie mir helfen wollen. Ich habe volles Vertrauen zu Ihnen. Das erfreue den Chirurgen, also gehe er gutgelaunt an seine Arbeit. Alfred werde am Telephon sitzen, erreichbar sein, mit Arzt und Schwester telephonieren und – nach der Operation – mit Richard selber. Richard: Er werde die Oberation ohne Herrn Dorn Alfred nicht überleben. Al-

fred hatte Prozeßtermin. Das imponierte dem Schützling. Sei kein so schwieriger Sohn, schrieb Alfred und unterschrieb: Dein Ersatz-Pappi. In diesem Brief hatte er zugesagt, daß er am Operationsvormittag ununterbrochen an Richard denken werde. Das leuchtete dem Schützling ein. Ich weiß, daß ich Sie habe, auch wenn Sie in Wiesbaden sind. Am nächsten Morgen das Telegramm: SOFORT ANRUF ELISABETHENKRANKENHAUS BITTE RICHARD. Alfred rief an, der Schützling weinte. Er werde vor der Operation wegfahren. Eine Narkose könne er nicht überleben. Wie soll das denn gehen, daß man weg sei und dann holten sie einen wieder. Daran glaube er nicht. Daß Herr Dorn Alfred, den er für seinen Freund gehalten hatte, ihn in diese Lage gebracht habe, verstehe er nicht. Alfred hatte aber ein paar Tage vorher mit dem Professor telephoniert. Nur eine Dämpfungsspritze. Dann noch lokal. Angst sei der schlechteste Mitarbeiter bei einer Operation, hatte der Professor gesagt. Das sagte Alfred nicht weiter. Er werde jeden Abend anrufen, sagte er. Es geschehe doch alles nur, daß Richard dieses lästige Leid endlich loshabe. Aber der Schützling bestand darauf, daß diese Operation nur Alfred zuliebe stattfinde. Er sagte jetzt Alfred ohne Herr und Dorn. Er, Fasold Richard, hätte diese Operation ganz sicher nie machen lassen. Nur, nur, nur Alfred zuliebe passiere das alles. Gut, gut, gut, sagte Alfred, Hauptsache, es passiert. Nachher sei Richard froh, glücklich, habe ein schönes Leben vor sich. Aber nicht ohne Auto, sagte der Schützling. Das besprechen wir später, sagte Alfred.
Eine tägliche und allabendliche Aufgabe wurde der Schützling erst, als er den Dornahof verließ, weil er dort angeblich vor Langeweile eingegangen wäre. Er sei jetzt in Friedrichshafen, hieß es eines Abends. Parkwächter. Angestellt bei der Messe-Gesellschaft. Immer mitten in den Autos. Und am Bodensee. Er erinnerte den Engel an seine drei Hobbies: Motorrad- beziehungsweise Autofahren, Schwimmen, Musik. Er wohnt vorerst bei einer jugoslawischen Witwe. Vier Wochen später war er wieder arbeitslos. Dann Müllabfuhr.

Dann, durch *Arbeitsbeschaffungsmaßnahme*, Waldarbeit. Alfred telephonierte immer mit allen, mit denen Richard zu tun haben würde. Richard mußte Wohlwollen spüren, sonst kriegte er das, was er seinen Tremor nannte. Als die Waldarbeit zu Ende war und weitere Bewerbungen erfolglos blieben, sagte Richard am Telephon, er begreife nicht, daß es für ihn hier keine Arbeit gebe, wo so viele Ausländer Arbeit hätten. Er hasse jetzt alle Ausländer. Er könne sich nicht einmal eine anständige Badehose kaufen. Kein Handtuch. Alfred versprach, am nächsten Morgen von der Hauptpost einhundert Mark für Handtuch und Badehose telegraphisch zu überweisen.

Alfred erzählte alles, was Richard ihm auflud, noch am selben Abend weiter an Frau Parr in Osnabrück, die von Richard in Dresden auch angesprochen worden war. Frau Parr war Sozialarbeiterin. Auch Doktor de Bonn, Tante Lotte und Sennel Freisleben erzählte er jede Richard-Bewegung. Durch sein Erzählen bestellte er Zorn gegen Richard. Den brachten die anderen leichter auf als er, dessen Großvater auch ein Tapezierer gewesen war, der mit der Polizei zu tun gehabt hatte. Dann kam noch eine Telephonpartnerin dazu: Frau Blumensaat, der er seine schmutzige Wäsche hintrug und sie wieder als saubere abholte. Frau Blumensaat wusch nicht nur, sie nähte Knöpfe an, besserte Krägen aus und Ärmelenden. Wenn die Wäsche von Frau Blumensaat zurückkam, sah sie aus wie aus Klaras Händen. Viel schöner als alles bloß Neue. Alfred fiel es schwer, ein Hemd aufzugeben.

Natürlich konnte er nicht jeder Telephonpartnerin den ganzen Richard zumuten. Jede eignete sich nur für einen bestimmten Richard-Ausschnitt. Er bestellte mit jedem Richard-Bild eine bestimmte Reaktion. Wer ein Problem vorträgt, trägt eine Lösung vor, die er von einem anderen hören will. Wer das Problem hat, weiß, daß es unlösbar ist. Trotzdem hört er gern andere, denen es, weil es nicht ihr Problem ist, lösbar vorkommt. Es gab ja alle diese Richards, die er darstellte, aber eben nicht getrennt, nicht trennbar von einander wie in den

Darstellungen; in Wirklichkeit und für Alfred gab es nur den einen ebenso furchtbaren wie liebenswürdigen Kerl. Der war eben immer und zugleich der raffinierte Fuchs, der treuherzige Tapezierer, das mißhandelte Heimkind, der schamlose Belästiger, der hilflose DDR-Mensch, der prinzipienlose Asoziale, der unlenkbare Choleriker, der brave, anschmiegsame Pflegesohn und so weiter. Richard selber schrieb er Briefe in einer wächsernen Enzykliken-Sprache, machte ihn aufmerksam auf die Schönheit des Daseins, die man allzuleicht in Momenten jäher Aufwallung für immer zerstören könne. Er mußte den Autowunsch abwehren.
Die Flüchtlingsanerkennung war versagt worden, das heißt, Dr. Federhenn war auf die Aussichtslosigkeit hingewiesen worden, damit er zur Ersparung von Gebühren den Verwaltungsrechtsstreit durch Klagezurückziehung beende. Da Richard Fasold mit Genehmigung der DDR-Behörden ausgereist sei, sei er nicht geflüchtet, um sich einer von ihm nicht zu vertretenden Notlage zu entziehen, also kein Flüchtling. Also wurde auch die Häftlingsentschädigung abgelehnt, weil Richard ja nicht aus politischen Gründen in die Maschinerie der Unrechtsjustiz der DDR geraten war. Also wurde auch die Einrichtungshilfe abgelehnt. Dagegen erhob Alfred weiterhin Einspruch. Alfred hatte inzwischen Kontakt zu Richards Pflichtverteidiger in Dresden aufgenommen und den gebeten, dort beim Amt für Inneres zu fragen, ob Richard zurückkommen könne, falls er sich hier nicht zu halten vermöge. Das Amt antwortete: Niemals. Tante Lotte: Das kann ich gut verstehen. Sennel Freisleben: Solange der Radebeuler nicht spüre, daß Alfreds Güte Grenzen habe, gehe es bergab. Sie vermute, daß Alfred dem weitergehende Zusagen gemacht habe, als er jetzt zugebe. Ihr las er den Text seiner Weihnachtsenzyklika vor: *Nun aber keine Dummheiten mehr, sonst schimpfe ich fürchterlich, selbst wenn Weihnachten ist. Spaß muß sein*... bis ...*ich kümmere mich weiter um Dich, das sollst Du wissen*. So habe sie sich das vorgestellt, sagte Frau Freisleben. Ihr demonstrierte er, weil er doch auf ihre

Weltseite gehören wollte, wie fremd ihm dieser Richard Fasold war. Keine zwei Stunden könnte er mit dem zusammen sein. Ihm fällt, wenn er mit dem telephoniert, außer Ermahnungen nichts ein. Es fehlt zwischen ihnen die Sprache. Mitleid auf seiner Seite, Unglücksnervosität auf der anderen – das gibt kein Gespräch. Aber obwohl er keinerlei Einfluß auf die tiefsitzenden Unordentlichkeiten des Schützlings habe, wisse er – wenn er sich von dem zurückziehe, passiere etwas Furchtbares. Also hat er doch Verantwortung.
So gab er die halbe Wahrheit für die ganze aus.
Nach Mitternacht, wenn er auch noch Tante Lottes Verzweiflung über den furchtbaren Fasold – anders nannte sie ihn nie – entgegengenommen hatte, konnte er endlich an der Rede feilen, mit der der Minister die Ausstellung der Kasseler Kunstsammlung eröffnen sollte; oder an der Rede, mit der er selber das Struwwelpeter-Museum eröffnen sollte; oder an der Rede, mit der er, in Vertretung eines erkrankten Kollegen, dem Zither-Verein die Pro Musica-Plakette überreichen durfte. So gegen zwei, halb drei dann die Schlaftabletten oder das chemische Entspannungsversprechen namens *Praxiten*. Um 6 Uhr 15 ließ die Tante zweimal klingeln, damit er sich auf das Gewecktwerden vorbereite. Um 6 Uhr 45 bohrte sie ihn unnachsichtig aus dem Dösen heraus und verpaßte ihm auch gleich noch einen Psalmspruch. *Befiehl dem Herrn deine Wege und hoffe auf ihn, er wird's wohlmachen*. Meistens hörte sich das an wie Hohn. Den versäumten Schlaf holte er nach am frühen Abend von sieben bis neun. Auch dann weckte ihn meistens Tante Lotte und wollte wissen, ob es ihm heute gelungen sei, seinem Prospero auszureden, gegen das Verwaltungsgerichtsurteil in Sachen Annas Wut in die Revision zu gehen. Nein, es ist ihm nicht gelungen. Er muß nächste Woche die Revisionsbegründung liefern. Wie er das schaffen soll, weiß er nicht. Laß den furchtbaren Fasold fahren, sagte die Tante. Und weil er schwieg, sagte sie: Sennel sagt das auch. Nicht ganz ohne Genuß gestand er ihr jetzt, daß er an diesem Nachmittag Besuch von zwei Herren des

Verfassungsschutzes gehabt habe. Ja, wegen Fasold, wegen wem denn sonst. Das schwelt ja immer noch, daß der in Gießen Alfred als seinen Vater angegeben hat. Er hat es dann zwar widerrufen, aber daß Herr Dorn, ein Ministerialbeamter, sein engster und einziger Freund ist, dabei bleibt er. Leider hat das Gespräch mit den zwei Herren aus Bonn im Chefzimmer stattgefunden. Es war Alfred nicht gelungen, seine Motive verständlich zu machen. Er hatte ja nicht sagen können, Fasold Richards Erscheinen sei ihm wie ein Anruf des Lebens vorgekommen, er habe sich einmal nicht entziehen können. Was die Verfassungsschützer über ihn dachten, war ihm eher egal, aber daß sein Prospero ihn jetzt für einen Homosexuellen hielt, dem auch noch ein krimineller Strichjunge aus der DDR nachgereist ist – das tat schon weh. Was muß das für ein Mensch sein, den die DDR so eilfertig abschiebt! Und so einen zieht der Ministerialbeamte Dorn an sich! Prospero, dieser immer edel italienisch gekleidete Feinstherr, habe ihn, so Alfred zur Tante, zum Schluß mit einer Mischung aus Mitleid und Ekel angesehen. Er sei sich so schmutzig vorgekommen, daß er sich auch vor dem das Chefzimmer beherrschenden blauseidenen Biedermeiersofa geniert habe. Damit, glaubt Alfred, dürfte die Laufbahn vorerst in der Sackgasse gelandet sein.

Alfred konnte, was ihm täglich passierte, nur mit einer besonderen Art Befriedigung berichten. Er konnte nicht klagen. Er berichtete zustimmend. So mußte es kommen. Das heißt, er berichtete nicht, er erzählte. Seine vier Telephonpartnerinnen und die zwei Telephonpartner, Doktor de Bonn und Emil Scherzer, glaubten sicher, er rufe sie nur an, um von ihnen zu hören, wie er dem blonden Fuchs aus Radebeul beziehungsweise Friedrichshafen endgültig entkommen könne, aber er telephonierte jeden Abend drei Stunden, weil er, was ihm passierte, für unvermeidbar hielt, das Unvermeidbare aber nicht ertragen hätte, wenn er es abends nicht durch Erzählung hätte erträglich machen können. Und zwar in Variationen. Um von jedem etwas anderes zu hören. Leider wurden die

Antworten der anderen trotz seiner unterschiedlichen Darstellungen immer gleichförmiger. Am ehesten ließen sich Frau Parr und Emil Scherzer von ihm zu Nachdenklichkeiten verführen. Die anderen drückten nur noch aus: Schluß mit Fasold. Tante Lottes Anti-Fasold-Sätze waren am schwersten zu ertragen. Schrill, panisch, verzweifelt schrie die bald Fünfundneunzigjährige ins Telephon. Sie muß ihren Neffen retten. Nur dazu läßt Gott sie noch leben. Wenn sie in ihrer Verzweiflung immer dasselbe immer greller aufsagt, muß er, weil er auch erschöpft ist, darauf hinweisen, daß er dann genau so gut mit einem Tonband telephonieren könne. Sie legt auf. Und sofort klingelt das Telephon wieder. Richard. Er habe einen inner Krone. Prima, daß Herr Dorn Alfred noch nicht im Bett sei. Und bat um Rückruf im Waldcafé. Alfred hatte für diese abendlichen Rückrufe eine Liste von Telephonnummern, Richards Lokale, Richards Freunde, die jugoslawische Witwe. Richard hatte, wenn er anrief, einen in der Krone, oder er saß wie ein Huhn auf der Stange. Wenn er seine Stimmung geschildert hatte – entweder alkoholisiert oder deprimiert –, kam er immer noch zur Sache: Er habe übrigens im Arbeitsamt eine Fensterscheibe eingeworfen, im Gang, mit einem Aschenbecher. Der Arbeitsamtsmensch sei mittagessen gegangen, ohne ihn noch anzuhören. Jetzt sei er angezeigt worden wegen Sachbeschädigung. Ebenso von der jugoslawischen Witwe. Er habe eine Tür eingetreten, behaupte sie, in Wirklichkeit aber... Bitte nicht, sagte Alfred, für heute reicht es ja. Er rief Tante Lotte an. Wenn sie grob geworden war, rief sie zuerst an. Das war das Grundgesetz ihrer täglichen Telephonverbindung: wer grob geworden war, rief zuerst wieder an. Es genügte allerdings immer weniger, daß einer von beiden auflegte. Es genügte, daß sie in einem ganz bestimmten Ton, den er als unerträglich rechthaberisch empfand, sagte, ihm hätte ein Jahr Militär wirklich gut getan, oder: er solle endlich jeden Morgen zwanzig Kniebeugen auf dem Balkon... Da legte er schon auf, weil er wußte, daß sie am Ende dieses Satzes sagen würde, was ihr Frieder auf dem

Carlowitzplatz an Leibesübung genossen habe und daß Alfred das durch die Schuld seiner Mutter vorenthalten worden sei.

Einmal kam Emil Scherzer an einem Samstag nach Frankfurt, und weil Alfred sich nicht zutraute, Emil Scherzer stundenlang gut unterhalten zu können, nahm er ihn einfach zum Wochenendbesuch mit, den er einmal im Monat in Bad Homburg machte. Zuerst ins Kranzler in Frankfurt, dann zur Tante. Da er Emil höchstens einmal im Jahr sah, hatte er Angst, der könne die Freundschaft mit ihm längst für einen Irrtum halten. Alfred hatte den Eindruck, sie seien einander im Lauf der Zeit immer näher gekommen, aber dadurch sei auch eine Art Glaswand zwischen ihnen entstanden, die, je näher sie einander kamen, um so spürbarer wurde. Alfred rief Scherzer, wenn der in Berlin war, einmal im Monat an, in Notzeiten – und die häuften sich – auch öfter. Scherzer reiste dann wieder monatelang durch die sogenannte Dritte Welt. Er berichtete von Tagungen über die Rolle der Museen in der anthropologischen Forschung, die er in Addis Abeba und sonstwo organisiert hatte. Er berichtete, daß ein bedeutender indischer Astrologe die Wiedervereinigung Deutschlands im Rahmen eines europäischen Zusammenschlusses für die nächsten Jahre vorausgesagt habe, für Alfred und für ihn endlich eine Perspektive. Lachend berichtete er von einer Tagung in Nairobi, zu der Frauen aus allen Gegenden der Welt angereist waren, um unter Scherzers Leitung über die Frauenprobleme der Dritten Welt zu diskutieren. Als Alfred einmal über sein Einzelgängertum sprechen wollte, sagte Scherzer in einem fast grotesk harten Verkündigungston: Sexualität muß völlig wertfrei gesehen werden. Sie ist nur möglich, wo sie mit Gewalt vollzogen wird und ohne Güte. Seitdem mied Alfred Themen, die zu solchen Aussagen führen konnten. Als er sich von Scherzer nach dem Nachmittag in Bad Homburg in Frankfurt auf dem Bahnsteig verabschiedete, sagte der, er würde, wenn er Alfred wäre, nie mehr nach Bad Homburg fahren. Deine Tante ist ein bißchen schrecklich, sagte er. Alfred nickte, aber in Gedanken bestritt er Scherzer das Recht, so über Tante Lotte zu sprechen. Er war Tante Lotte noch nie so verbunden gewesen wie in diesem Augenblick. Wenn Tante Lotte ein bißchen schrecklich war, war er auch ein bißchen schrecklich. Wer denn nicht, bitte!? Ihm imponierte allmählich Tante Lottes Kampf, in allem nur das sogenannte Positive zu sehen. Sie kratzte Sprüche zusammen, um ihren Neffen positiv zu stimmen. Ihr selber, gestand sie immer öfter, sei es nur noch matschig im Gehirn, und die vielen Satelliten verdürben noch den Rest von Sauerstoff, und die jungen Notärzte, auf die sie nachts immer öfter angewiesen sei, verschrieben ihr nur noch schädliche Tabletten, was sie daran sähe, daß die untere Zahnprothese fast schwarz statt silbern sei, und von der neuen Heimleitung sei ihr das ehrenvolle Amt, die Tischgebete zu sprechen, entzogen worden, schlimmer, als es gekommen sei, könne es nicht mehr kommen, aber... Sie wurde keine Sekunde lang müde, dieses ABER auszustaffieren mit Sprüchen, Hoffnung, gutem Willen. Am ersten kühlen Tag verlangte sie morgens um sieben vom Neffen das Versprechen, daß er heute noch knöchelübergreifende Schuhe und lange Unterhosen kaufe. Und endlich einen rein wollenen Westover! So nannte sie immer noch den ärmellosen Pullover. Bis auf die langen Unterhosen, die ihm keine Macht der Welt aufzwingen würde, tat er, wie sie befahl. Und er nahm, wie befohlen, soviel Tee, wie man mit drei Fingern greifen kann, aus der Kamillenteetüte und ließ ihn zehn Minuten ziehen und trank ihn heiß, weil es sonst keinen Zweck habe, ihn zu trinken. Und ihr Wichtigstes: gut denken über andere. Besonders über Kollegen. Die spürten das, wenn er sie in Gedanken verurteilte. Solche Gedanken führten zu Mißmut. Mißmut verderbe das Blut. Daher seine Magengeschwüre und die nicht enden wollenden Hautleiden. Bitte, etwas Lebensfreude, endlich. Er gab ihr recht, aber er spürte, daß er so nie reden oder gar sein könnte. Er mußte zu Frau Dr. Dryander und die Rezepte holen für *Dexacrinin*, *Ichthocadmin*. *Jellincreme*, *Ficortil*, *Priorin* und *Praxiten*. Jedesmal mit der Bitte, die Menge so groß als überhaupt möglich anzugeben. Vor jedem Besuch bereitete er seine Lieblingsärztin mit einem Brief auf die neueste Leidensstufe vor. Mein Haar ist dünner geworden, aber im Erscheinungsbild noch vorhanden. Die Haut um die Augen verdickt sich mehr und mehr. Die Backen sacken ab. Er sei jetzt ein dürrer Kerl mit dicken Backen.

Er konnte neuere Fotos von sich nicht mehr anschauen. Den jährlichen, durch Kostümierung und Haarpflege sorgfältig vorbereiteten Termin in einem angesehenen Atelier in Wiesbaden, Mainz oder Frankfurt gab es nicht mehr. Von der Augenpartie her war sein Gesicht alt geworden. Nein, schlimmer. Altwerden, damit könnte man vielleicht vertraut werden. Sein Gesicht zerfiel als junges. Er konnte sich im Spiegel nur noch bei schlechtem Licht ertragen. Er umstellte sich manchmal mit den Leporellogalerien der letzten fünfundzwanzig Jahre. Es gab ihn auf Hunderten von schönen Bildern. In fabelhaften Anzügen widersteht er auf all diesen Bildern der Einladung zum Lachen. Durch diesen Widerstand kommt eine Art sanfter Trotz zustande. Eine Festigkeit. Damit war er einverstanden. Das Alfred Dorn-Museum kann jeden Tag gegründet werden. Er muß den Mut haben, das Museum zu gründen, ohne vorher etwas Großes geleistet zu haben. Das ist seine Bestimmung.

Rosemarie, Tante Friedas Tochter, deren Tochter Monika er zuerst mit T-Shirts, dann mit Jeans versorgte – sie sitzen wie angegossen, schreibt Monika –, diese den Unverstand grell verkörpernde Rosemarie hat alle alten Fotos und Briefe ihrer Mutter verbrannt; sie hat ihm, als er ihr einen bitteren und auch ätzend bösen Brief schrieb, zurückgeschrieben: Hättest Du Familie, fänden wir Deine Wünsche verständlich. Aber für wen willst Du das alles zusammentragen? Du glaubst doch nicht, es werde sich nach Deinem Ableben noch irgend jemand finden, der all diese Dir so wichtigen Dinge weiterhin in Ehren hegen und bewahren wird? Wie vergänglich ALLES ist, hat doch gerade unsere Generation zur Genüge erfahren.

Eben, dachte Alfred, eben! Er mußte auf Rosemarie verzichten. An Monika schickte er weiter Pullis und Platten. Er konnte nicht aufgeben. Liesel Roitzsch meldete: Am Neunten, kurz nach neun, ist mein Wieland eingeschlafen. Alfred schickte ihr Rosen und schrieb dazu, daß er Liesel, obwohl sie erst neunzig sei, für unsterblich halte.
Mit Tante Gustchen wurde der Kontakt von Brief zu Brief besser. Zum Glück war an dem Kaffeemaschinel schon nach dem ersten Entkalken eine Heizspirale kaputtgegangen; wie eine tote Klapperschlange sei sie dagelegen. Also konnte er gleich noch einmal helfen. Tante Gustchen gab auch nicht auf. Der Buchs abe zwischen s und u auf ihrer Schreibmaschine is kapu , aber das mach überhaup nich s. Das war Tante Gustchen. Er wird so wenig wie Tante Gustchen in ein Heim ziehen, auch wenn ihn Tante Lotte jeden Monat mit neuen Chiemsee-Angeboten bestürmt. Aber er wird das Amt verlassen, so früh als überhaupt möglich. Wenn das Amt mit seinen nächteverzehrenden, auch noch den Urlaub beanspruchenden Schriftsätzen nicht wäre, könnte er vielleicht sogar schon anfangen zu schreiben. Wie er in der Schule und beim Studium geschrieben hat. Da hat man alle Fächer bewältigt durch nichts als Lesen und Schreiben. Da ist diese Hoffnung entstanden, Lesen und Schreiben genüge. Nur beim Lesen und Schreiben ist es noch, wie es einmal gewesen ist. Mehr als Lesen und Schreiben muß nicht sein. Er wird seinen Lebenslauf schreiben. So wie man ihn schreibt, wenn man sich um nichts mehr bewirbt.

6.

Alfred fand einen Brief auf seinem Schreibtisch, den ein Caritas-Direktor an Doktor de Bonn geschrieben hatte. Die Caritas wolle mitarbeiten, aber nur unter der Bedingung, daß Herr Dorn dem R. F. keinerlei finanzielle Zuwendung mehr mache. Frau Parr riet, den Internationalen Bund für Sozialarbeit in Frankfurt zu alarmieren. Aber der Schützling war den Problemlösern immer um eine Spiralrundung voraus. Richard hatte versprochen, ohne Alfreds Zustimmung kein Auto zu kaufen. Jetzt hatte er doch eins. Und brauchte noch elfhundert Mark. Ohne Auto keine Aussicht auf die Stelle als Pferdepfleger in dem Gestüt bei Tettnang. Und wenn er jetzt nicht sofort Arbeit kriege, bringe er sich sowieso um. Keine Woche jetzt ohne Autokosten. Versicherung, Steuer, die Batterie ist hin, der Auspuff verrostet. Aber jetzt fängt die Arbeit an. Ein Gestüt. So etwas Schönes. Alfred schrieb die Enzyklika zum Arbeitsbeginn bei den Pferden: *Dir wird ein großes Vermögen anvertraut...* bis *...gelingt es Dir aber, und auf die Dauer, so will ich Dir auch eine Freude machen.* Nach drei Wochen hatte es sich herausgestellt, daß Richard kein Mann für Pferde war. Häufiger als sonst kriegte er seinen Tremor. Das wiederum vertrugen die Pferde nicht. Und einen Unfall mit Totalschaden verursachte er auch. Dr. Federhenn mußte Richard verteidigen, Alfred mußte den völlig Fassungslosen in langen Telephongesprächen allmählich stabilisieren und ihm für den Amtsgerichtstermin die Enzyklika verfassen: *Es wird alles gutgehen, wenn Du knapp das Notwendige sagst, Dich sonst aber ruhig verhältst...* 800 Mark Strafe, 400 Mark Rechtsanwalt. Das Nachfolge-Auto, Opel Ascona: 3 500 Mark. Autofahren sei Medizin für ihn. Ohne Auto sei er kein Mensch. Was denn sonst, fragte Alfred. Ein Untermensch, sagte Richard und lachte nicht. Tante Lotte schrieb Herrn Fasold, er dürfe ihren Neffen nach neun nicht mehr anrufen, weil der sich bei diesen Gesprächen zu sehr errege und dann keinen Schlaf mehr finde. Richard rief nach zehn Uhr abends an und fragte, ob das zutreffe. Alfred sagte: Ja. Warum Herr Dorn Alfred ihm das nicht selber gesagt habe? Darauf wußte Alfred nicht sofort eine Antwort, also Richard: Sind Sie noch da? Ja. Also, er finde es nicht gut, wenn Alfred sich hinter seinem, Fasold Richards Rücken bei Dritten über ihn beschwere. Alfred sagte: Langsam, langsam. Richard sagte: Wo Sie doch das einzige sind, was ich habe in dieser Welt. Gerade jetzt, wo es aufwärtsgehe. Arbeit in Aussicht. Der Mensch vom Arbeitsamt hat einen kleinen Metallbetrieb gefunden, in dem Richard sogar umgeschult werden kann. Metallarbeiter, das wäre eine Karriere. Richard habe nur zwei Bedingungen gestellt: Nicht zu komplizierte Maschinen und nicht zu viele Ausländer. Alfred antwortete mit der Enzyklika: *Alle Menschen sind gleich, das sage ich auch um Deinetwillen…* bis: *… ein falscher Schritt zerstört immer alles.* Und am nächsten Wochenende steht Richard, als Alfred vom Freibad am Taubertsberg zurückkommt, vor der Tür, obwohl abgemacht war, daß er niemals unangemeldet in der Bert-Brecht-Straße oder gar im Amt erscheinen dürfe. Seinen Überfall rechtfertigt er mit einem Geschenk: er bringt Alfred zwei Fernsehapparate mit, weil er sich Sorgen macht darüber, daß Herr Dorn Alfred immer noch keinen Fernsehapparat hat. Alfred ließ ihn die Apparate in seine Wohnung tragen und fuhr mit Richard nach Schierstein hinunter, ging mit ihm – das war das Abenteuerlichste, was er ihm bieten konnte – auf den Restaurantkahn Arche Noah und bat ihn zu essen, bis er satt sei. Er selber blieb bei Geflügelleber im Reisrand. Der wirkliche Grund des Besuches: Er halte es dort am Bodensee nicht mehr aus. Er wolle hierher, in Herrn Dorn Alfreds Nähe. Taxifahrer in Wiesbaden, das wäre für ihn die Erfüllung. Genau gesagt: Dort gehe er vor die Hunde. Noch genauer: Es gibt Leute, die laden ihn ein, bei Einbrüchen mitzumachen, und zwar bei todsicheren, aber er lehnt Kriminalität ab, grundsätzlich. Nur, was kann nicht alles geschehen, wenn er immer so weit weg ist vom einzigen Menschen, den er hat. Alfred trug Ratschläge vor. Wenn er das Gefühl hatte, er sei nur noch eine Mischung aus Vater und Tante Lotte, witzelte er über sich selbst, aber Richard lachte nicht. Alfreds Text hieß: Bitte, keine Katastrophe. Wenn Alfred sich nicht so beherrscht hätte, wäre er viel zu freundlich geworden. Richard hatte die Grundregel verletzt, er war unangemeldet gekommen. Noch ein Eis im Venezia, dann gab er ihm zweihundertundfünfzig Mark und fuhr mit ihm über die Rheinbrücke, fuhr mit bis zur Autobahneinfahrt, um sicher zu sein, daß er den Eindringling auch wirklich losgeworden sei. Als er in seine Wohnung zurückkam, sah er die zwei Apparate. Konnten die nicht irgendwo gestohlen worden sein? Richard will sie ganz billig bekommen haben. Herr Dorn Alfred verliere ohne Fernseher den Anschluß, und das täte ihm, Fasold Richard, leid.

Natürlich mußte er auch im Amt über Richard reden. Er diktiert bei Frau Fleckenstein ins Gerät, was er nachts als Berufungsbegründung in dem Verwaltungsstreitverfahren Jericho-Film/Land Hessen ausgearbeitet und an den Verwaltungsgerichtshof in Kassel adressiert hat, daß nämlich die für die Filmbewertungsstelle zuständigen Instanzen der Verwaltungsgerichtsbarkeit in ständiger Spruchpraxis entschieden hätten, die Bescheide der FBW unterlägen zwar der verwaltungsgerichtlichen Kontrolle, aber den Ausschüssen der FBW verbleibe gleichwohl ein wesentlicher, gerichtlich nicht nachprüfbarer Beurteilungsspielraum, in dem allein die höchstpersönlichen Fachurteile des Kollegiums frei entstehen können, die ihrerseits als Entscheidungen auf nicht völlig diskursiven Gründen gelten müssen; wenn er das diktiert hat, kann er doch, weil er nicht wie die anderen nur per Telephon diktiert, sondern selber hinübergeht zu Frau Fleckenstein, weil die die Frau-Radde-Aura hat, dann kann er doch nicht einfach wieder gehen; er muß ihr, weil er das irgendwann einmal angefangen hat, jetzt doch erzählen, wie es weitergegangen ist mit dem blonden Fuchs aus dem Mitropasaal. Und dem Amtmann Glück, der immer genau mitteilt, wie weit die Leukämie bei seiner Tochter inzwischen fortgeschritten ist, welche Behandlung jetzt versucht werden wird, dem muß er doch etwas zu entgegnen haben, sonst meint der gar, es gehe Herrn Dorn besser als ihm. Und den Eindruck zu erwecken, es ergehe ihm besser als einem anderen, wäre ihm unerträglich gewesen. Das hatte er lange genug mit der Mutter geübt. Wenn ein Kollege andeutet, daß ein Sohn das Abitur auch beim zweiten Mal nicht geschafft hat, wenn sich herausstellt,

daß die Tochter eines anderen Kollegen zu einem heroinsüchtigen fünfzigjährigen Sizilianer gezogen ist, dann steuert Herr Dorn eben seinen Fasold-Kummer bei. Während aber den anderen ihr Kummer zum Wohl gereicht, gerät Alfred Dorn durch den seinen ins Zwielicht. Und jetzt will der Kummeranlaß und Zwielichtbringer hier aufkreuzen, hier bleiben, das muß man sich einmal vorstellen: Fasold Richard, Taxifahrer in Wiesbaden. In seiner gesprächigen Art fragt der dann alle seine Fahrgäste, ob sie zufällig den Regierungsdirektor Dorn Alfred kennten, mit dem sei er nämlich engstens befreundet, so eng wie mit keinem zweiten Menschen in dieser Welt. Da Richard von der Beamtenhierarchie nichts verstand, verfiel er dem Wort Regierungsdirektor und hielt das für das schlechthin Höchste. Alfred hatte vergeblich versucht, ihm zu erklären, daß die wirklich hohen Ränge erst beim Ministerialrat begännen, ein Rang, den er offenbar nicht mehr erreichen werde. Als er dem Schützling vorrechnete, daß er seinetwegen jetzt schon neuntausend Mark Schulden gemacht habe, sagte der, die könne Alfred doch in einem einzigen Monat wegmachen. Alfred wagte es nicht, dem häufig arbeitslosen Gelegenheitsarbeiter mitzuteilen, daß er, brutto, über sechstausend verdiene. Er genierte sich. Andererseits glaubte der Schützling offenbar, Alfred verdiene noch viel mehr, soviel, daß es gar nicht nötig sei, sich diese enorme Summe genauer vorzustellen, um etwa gar haushälterisch sparsam alles Geldausgeben auf sie zu beziehen.
Als Alfred am Pfingstsonntagabend aus Bad Homburg zurückkam, sich gerade setzte und das schon klingelnde Telephon abnahm, um, wie immer, der ängstlich anrufenden Tante zu bestätigen, daß er gut zurückgekommen sei, da läutete die Etagen-Nachbarin und sagte, den ganzen Nachmittag sei ein junger, aufdringlicher, höchst verdächtig aussehender Kerl da gewesen, habe immer wieder geläutet und gefragt, wo denn Herr Dorn bloß sein könne. Dabei hatte man ihm schon bei der ersten Ruhestörung dieser Art gesagt, daß Herr Dorn niemals mitteile, wo er seine Sonntage verbringe. Also wirk-

lich ein lästiger Kerl. Und nicht ungefährlich wirkend. Also schon fast bedrohlich frech. Im Briefkasten dann der Zettel, daß er am nächsten Sonntag wiederkomme. Ihr einziger Richard. Alfred löschte sofort alle Lichter in der Wohnung, schloß die Rolläden und wählte die Nummern seiner Partnerinnen mit Hilfe der Taschenlampe. Fasold Richard konnte zurückkommen, lauern, die Tür eintreten. Alfred fühlte sich vollkommen schutzlos. Aber er hätte sich genauso gern auf den Balkon gestellt und Richard aus der Dunkelheit heraufgewinkt. Das allerdings wäre sein Ruin gewesen. Am nächsten Wochenende fuhr er nach Solingen zu Herrn Knur, seinem Wahrsager, und erzählte noch einmal die halbwahre Version der Folgen der Vierzigminuten-Verspätung eines Zuges aus Görlitz. Herr Knur sagte wie alle anderen: Sie werden ihm helfen, indem Sie ihm nicht mehr helfen. Hilfe durch Nichthilfe ist die einzige Hilfe, die Sie ihm geben können.
Doktor de Bonn verlangte von Alfred jetzt einen unmißverständlichen Brief: den Abbruch der Beziehung. Das verlangten Sennel Freisleben, Tante Lotte und Frau Blumensaat schon lange. Doktor de Bonn sagte, er sehe, daß Herr Dorn nur auf Erpressung reagiere, also kündige er, falls Herr Dorn mit Fasold nicht breche, die Freundschaft. Es war aber Alfred, der diese Ultimaten durch seine Schilderungen bestellte. Er mußte sich drängen lassen zu dem, was sein mußte.
So eingestimmt, verfaßte Alfred die kürzeste aller Richard-Enzykliken, die Enzyklika: *Mir wurde im Hause berichtet...* bis *...ich kann nicht mehr und wünsche Dir alles Gute*.
Diesen Brief las er den vier Frauen vor, genoß deren Zustimmung mit einer Art Schauder. Doktor de Bonn erhielt eine Fotokopie. Alfred nahm Urlaub. Er konnte jetzt nichts anderes tun und denken, er mußte sich vorbereiten, gewappnet mußte er sein, den zu erwartenden Gegenangriff abschlagen. Natürlich meinte er den Abbruch ernst. Aber er glaubte nicht, daß er gelingen werde. Als er nach zwei Jahren Richard-Dienst die Kosten und die Mühe mit der Erfolglosig-

keit verglich, hatte er noch einmal an Richards Pflichtverteidiger in Dresden geschrieben. Diesmal hatte er gelegentliche Ausbrüche von Fasoldschem Heimweh und dessen Wutausbrüche gegen Westdeutschland vorher sorgfältig gesammelt, hatte Richard vorgehalten, daß er nur in der DDR leben könne. Richard hatte eine von Alfred verfaßte Vollmacht unterschrieben, in der der Anwalt beauftragt wurde, alles für die Heimkehr Nötige zu tun. Durch die Erfahrung im Westen sei Richard Fasold zur Erkenntnis gekommen, es sei für ihn besser, in einem sozialistischen Land am demokratischen Aufbau mitzuwirken: so Alfred für Richard. Diese Aktion führte wieder zu nichts. Als Richard danach sagte, er habe das nur Herrn Dorn Alfred zuliebe mitgemacht und weil er gewußt habe, daß dabei nichts herauskomme, da gestand sich auch Alfred, daß er keine Sekunde lang an einen Erfolg geglaubt hatte. So auch jetzt. Er dachte an Braschs Philosophenzitat. War Alfred ins Mißlingen verliebt? In einer mißlungenen Welt ins Gelingen verliebt zu sein, das kam ihm komisch vor. Besonders bei einem Philosophen.
Er mußte mit dem Schützling brechen. Schon dreimal hatte er dessen Bankschulden begleichen müssen, um ihn vor Pfändung zu bewahren. Inzwischen war er selber mit über elftausend im Minus. Er hatte doch endlich den Flügel kaufen wollen. Er mußte jetzt endlich anfangen: Die Produktion der Vergangenheit. Seine einzige Möglichkeit einer Art Selbstverwirklichung. Dieses Mal würde er kämpfen. Egal, wie er sich danach vorkommen würde. Es handelte sich um Notwehr. Und dieses Mal nicht um Putativnotwehr. Er mußte endlich seine Aktionen weitertreiben. Reit im Winkl, Norderney, die in Dresden zerstreuten Heiligtümer... eine unendliche Arbeit. Und ganz schnell müßte etwas geschehen zur Rettung der *Kirche in den Weinbergen* in Dresden-Hosterwitz. Zu ihr hatte er sich von Karl Jungnickel auf dem Rückweg von Berthel Mewald noch hinfahren lassen. Eine Pöppelmann-Kirche im Zerfall! Daß die Gemeinde Hosterwitz die Kirche nicht braucht, ist doch kein Grund, sie zerfallen zu lassen. Er

korrespondierte heftig mit den Denkmals-Meistern Nadler, Magirius und Löffler. Und mit ICOMOS (International Council of Monuments and Sites). Kann er dafür kämpfen, daß das Fachwerkkirchlein in Mücke-Bernsfeld bleiben darf, wenn eine Kirche des Zwinger-Schöpfers zerfällt? Aber ihm war es ja nicht einmal gelungen, das Fachwerkkirchlein vor dem Transport zu bewahren. Plötzlich hatte der Minister dem Druck der Kirchenverwaltung nachgegeben. Alfred hatte die Sinnesänderung des Ministers in Dienstanweisungssprache übersetzen müssen. Dann war der Minister, mit dem er doch ausgekommen war, gegangen, oder er war abgelöst worden. Eine Frau war seine Nachfolgerin. Amtmann Glück sprach von ihr nur als von der Großfürstin. Sie war tatkräftig. Sie brauchte den Sachbereich Denkmalschutz für einen, den sie mehr schätzte als Herrn Dorn. Inzwischen war Denkmalschutz Mode geworden. Alfred Dorn hatte kein eigentliches Sachgebiet mehr. Aber es blieb ihm noch das Justitiariat. Und da die durchs Land schwärmenden Denkmalpfleger der unteren Behörde immer mehr Objekte unter Denkmalschutz stellten, wehrten sich immer mehr Bürger gegen diese Einschränkung ihres Eigentümerrechts, also mußte er immer häufiger vor die Gerichte zwischen Darmstadt und Kassel, um das Land zu vertreten. Trotzdem blieb der Sachbereichsentzug peinlich. Als Denkmalschutz etwas für die Graue Maus gewesen war, hatte ihn Alfred Dorn besorgen dürfen. Jetzt kam man damit in die Zeitung, ins Fernsehen sogar – einen einzigen Fernsehauftritt hatte Alfred noch erlebt –, jetzt wurde damit ein Beliebterer betraut. Alfred hatte das Gefühl, solche Behandlung stabilisiere seinen Stolz. Amtmann Glück fand, daß Herr Dorn nicht erst durch eine Ausschreibung seiner Stelle im Staatsanzeiger hätte erfahren dürfen, daß ihm der Denkmalschutz entzogen werden solle. Kollegen, die den Pulsen des Politischen näher waren als er, sagten ihm, daß diese Ausschreibung nur eine Formsache sei, in Wirklichkeit stehe längst fest, wer an seiner Stelle Denkmalschutz betreibe. Herr Glück sagte, er wolle keine Namen

nennen, aber karrieretechnisch gesehen laufe das so: Der Beamte X, den die Großfürstin schätzt, wolle Nachfolger des fast schon pensionsreifen Frankfurter Kulturdezernenten Y werden, also holt man einen Frankfurter Stadtverordneten Z, der bisher Denkmalschutz in der nachgeordneten Behörde betrieb, ins Ministerium, eben an Herrn Dorns Stelle, dafür soll dieser Stadtverordnete Z, der ja auch als Ministerialbeamter Stadtverordneter bleibt, jenem X zu der Frankfurter Position von Y verhelfen. Vor den Klammern, innerhalb derer die X-, Y-, Z-Kalkulation stattfinde, stehe natürlich SPD.
Damit alles seinen schlimmstmöglichen Ausdruck erreiche, hatte, wahrscheinlich unabhängig von diesem Sachbereichsentzug, ein Geschäftsplan-Mensch eine neue, leistungsfördernde Zimmerverteilung ausgetüftelt. Die wurde jetzt realisiert. Alfred Dorn kam ins letzte Zimmer am Gang. Das war das Zimmer vor dem Clo.
Alfred Dorn war in der Symbiose Partei/Ministerium ein Fremdkörper. Einer der deutlichsten Sozialdemokraten dort anwortete im Großen Sitzungssaal auf ein Argument Alfreds einmal: Ihre Uhr geht nach, Herr Dorn. Alfred dachte: Damit ich Leipzig nicht vergesse. In Parteien sah er nur noch Machtfirmen. Die gibt es, daß Einzelne ihr Bedürfnis, Macht über andere auszuüben, befriedigen können. Das Programmgesums der Parteien soll die Illusion erzeugen, Macht werde zum Besten der Allgemeinheit ausgeübt.
Jemand, der nicht andauernd zumindest Zeuge der Entwicklungen ist, die dann sein Leben beeinträchtigende Entscheidungen hervorbringen, hält, was da über und hinter ihm vorgeht, gern für Intrige. Es kann aber, was da gegen ihn läuft, auch einfach Ausfluß des letzten Wahlergebnisses sein. Alfred Dorn, parteieninkompatibel wie eh und je, reagierte auf den Entzug des letzten Sachgebiets mit Hochmut. Innen würgt es. Wenn etwas herauskäme, wäre es wahrscheinlich ein Schrei. Er konnte sich beherrschen. Er entwickelte sich zur Ein-Mann-Bürgerinitiative zur Rettung des Dresden-Rests. Beim letzten Besuch, 1982, hatte er die schöne metalle-

ne Ruhebank nicht mehr gefunden, die zuerst im Garten des Friedrich-Wieck-Hauses, dann, etwa ab 1950, in den Körnerplatz-Anlagen gestanden hat. 1970 hat er sie dort noch gesehen. Also schrieb er nach Dresden: Wo, bitte, ist sie hingekommen?! Und die Aula-Fresken seiner Kreuzschule! Obwohl er die Kataloge der Antiquariate und Versteigerungshäuser mit dem Bleistift in der Hand durchforscht, obwohl er inzwischen die ganze einschlägige Literatur durchgearbeitet hat, nirgends ist er auf eine Beschreibung oder gar Reproduktion der Fresken gestoßen, die er während der feierlich-langweiligen Veranstaltungen in der Aula der Kreuzschule so gern angestarrt hat. Ein paar waren, weil sie Bibelszenen zeigten, mit Brettern vernagelt worden. Der Rektor hatte feierlich erklärt, die uns fremd anmutende Geschichte, daß Gott von einem Vater verlange, seinen Sohn zu opfern, werde, um die Kreuzschule vor Schwierigkeiten zu bewahren, jetzt den Augen vorsorglich entzogen. Aber Luther auf dem Reichstag in Worms, und Karl der Große hält Rast, und Friedrich Barbarossa rüstet zum Kreuzzug und Goethe und Schiller und die deutsche Klassik waren seine Augenweide gewesen. Abraham und Isaak hatten sich ihm eingeprägt, weil sie zugenagelt worden waren und weil er sie als Zugenagelte sehnsüchtig angestarrt hatte, die Bärte, die Augen, den furchtbaren Ernst. So wenig die treuherzige Farbigkeit und die edle Biederkeit dieser Aula-Szenen mit der wirklichen Geschichte zu tun hatten, soviel hatten sie mit ihm zu tun, mit seiner Geschichte. Er durchschaute längst das Trivialtheatralische dieser Treuherzigkeit und Biederkeit, aber daß diese Vergangenheit in reinen Wäldern und frommen Mauern stattfand, im mildesten Licht, unter einem heroisch sauberen Himmel, bei einem allerhöchsten Bienengesumm, das wollte sich, wenn er nicht an geschichtlich einzelnes dachte, in ihm als historische Generalempfindung doch behaupten. Den Tonteil besorgten Wagner-Chöre. Die gab es doch. Die hatten gewirkt wie die Aula-Fresken, auf die er geschaut hatte wie auf eine bessere Welt, als Rektor Goldammer und Vizerektor Dr. Hoffmann sich mit feierlichen Worthülsen dem von ihnen verlangten Polit-Ton verweigerten, oder als der ehemalige Kreuzschüler und jetzige Kriegsmarinematrose seine Eismeererfahrungen zum besten gab.

Natürlich ist die Pöppelmann-Kirche in den Weinbergen das Wichtigste. Alfred mobilisiert, nachdem ihm die Dresdener Kirchenverwaltung nicht antwortet, einen hessischen Kirchenrat, bittet den, den Kirchenpräsidenten in Hannover zu mobilisieren, daß der den in Dresden mobilisiere.

Warum macht man alles anders, als es war, fragt er nach Dresden hinein, als sie aus dem Hotel Stadt Berlin ein Hotel Stadt Dresden gemacht hatten, ohne Rücksicht darauf, daß ein Alfred Dorn im Jahr 44 zu diesem Haus, zur Chopin-Büste gepilgert ist. Da stimmt doch gar nichts mehr. Chopin hat im Hotel Stadt Berlin gewohnt, nicht im Hotel Stadt Dresden. Hat die Sächsische Landesbibliothek ein gedrucktes Autographen-Verzeichnis, soll Heribert Priebe feststellen – er tut's aber nicht –, Alfred will auf westlichen Auktionen alles, was dort fehlt und was er bezahlen kann, kaufen. Für Dresden. Einen Pastor Roller-Brief für das Kügelgen-Haus hat er schon ersteigert. Und neun Briefe der Körner-Schwester Emma. Sogar einen fünfseitigen Brief Carl Maria von Webers. Alles soll später einmal heimkommen. Und weil er trotz der nicht geschriebenen Sturz-Trias alles von Brühl Handelnde immer noch genau registriert, kann er der im Westen lebenden Nachkommenschaft melden, daß in der Antiquitäten-Zeitung Stücke des sagenhaften vierzehnhundertteiligen Schwanenservice aufgetaucht sind, wo die beiden Sphinxen des Brühlschen Belvedere hingekommen sind, wo der Delphin-Brunnen und wo die Palaistüre. Bescheiden schließt er solche Briefe: Mehr weiß ich zur Zeit nicht. So weist er aus dem Tower seiner Biographie den Träumen Landeplätze an.

Schon am dritten Tag seines Urlaubs ruft die jugoslawische Witwe an. Herr Dorn soll sofort zurückrufen. Schreckliches ist passiert. Zitternd und vor Angst und Panik sofort schwitzend, ruft er an und ist gleich erlöst, als Richard selber sich meldet. Aber Richard weint. Tobt. Weint. Alles verloren. Aus ist es mit ihm. Einen schweren Autounfall hat er gehabt. Es hatte nachts noch einmal gefroren. Damit hatte er doch nicht rechnen müssen. Nach Mitte März. Er fährt langsam auf die Hauptstraße zu, die natürlich Vorfahrt hat, bremst, rutscht aber noch mit dem Vorderteil in die Straße hinein, da aber einer von links, rasend schnell, der biegt zu scharf aus und rast auf der anderen Seite in einen Baum. Richard geht hin, nur Materialschaden, seine Nummer kann sich ja der andere aufschreiben, also fährt er langsam davon. Alfred tröstet. Das klinge doch alles nicht so schlimm. Aber Richard tobt sofort. Die finden einen Dreh, ihm wieder was anzuhängen. Er kennt die doch. Gut, Alfred wird sofort Dr. Federhenn beauftragen, Richard zu vertreten. Alfred wird den Unfall der Versicherung melden. Alfred wird die Unfallschilderung verfassen, daß Richard nur noch unterschreiben muß. Wenn Richard jetzt, bitte, endlich aufhört, zu brüllen und zu weinen. Alfred erträgt nämlich Brüllen und Weinen überhaupt nicht. Am meisten wunderte sich Alfred darüber, daß Richard die Abbruch-Enzyklika: *Mir wurde im Haus berichtet...* überhaupt nicht erwähnte. Alfred hatte sie per Einschreiben geschickt. Er hatte doch Schluß gemacht! Und hatte allen mitgeteilt, daß er Schluß gemacht hatte! Alle hatten ihm gratuliert! Drei Wochen später, bei Tante Lottes 95. Geburtstag, will die Tante auch darauf trinken, daß der Neffe endlich die Richard-Plage hinter sich hat. Nicht ganz, muß er gestehen. Und hat eine Richard-Fortsetzung zu erzählen. Der Geburtstag ist verdorben. Dabei hat Alfred, damit dieses Mal gar alles klappen sollte, extra vorher in seiner Wohnung Sektflaschenöffnen geübt. Mit billigen Marken, die er dann wegschüttete. Die Tante sieht ihren Neffen jetzt endgültig untergehen in den Fängen eines pathologischen Kriminellen. Alfred muß Richard verteidigen. Aber Sennel Freisleben, die auch gekommen ist, gibt der Tante recht. Er fotografiert die Tafel wie immer, fotografiert Tante Lottes Gäste, die Stiftsdamen und -herren. Sie lieben ihn alle, weil er immer so lange bleibt, immer so viele bunte Bilder macht, die er dann auch allen schickt und noch dazuschreibt, warum dieses Bild so einen unnaturalistisch schönen Blauton hat, das andere eher ins Gelbe schweift, eins ins Rötlichgrüne sogar. Er kann, finden alle, über die Bilder schreiben, als wären es Gemälde. Und dann spielt er jedesmal im Speisesaal noch so schön schwelgerisch Klavier. Ja, Tante Lotte kann stolz sein auf diesen Neffen. So ein Neffe wird doch fertig mit so einem dahergelaufenen Nichtsnutz. Alfred sagt das zu. Solange er in Bad Homburg unter all den rosig-silbernen Herrschaften sitzt, die plaudern, duften, aussehen wie reines Rokoko, glaubt er auch, daß er es schaffen werde. Die Polizei hat schon mal Fasolds Führerschein eingezogen. Frühere Minuspunkte, jetzt Fahrerflucht. Für Alfred eine Erlösung. Also nach Wiesbaden kommt Richard so schnell nicht wieder. Aus ist der Taxifahrer-Traum. Alfred versprach in Bad Homburg, er werde den Kontakt zu Fasold nach der Gerichtsverhandlung sofort abbrechen. Dr. Ferderhenn versuchte, geltend zu machen, daß man sich nach DDR-Recht nicht schuldig macht, wenn man einen Unfallort, an dem niemand verletzt zurückbleibt, verläßt, bevor die Polizei eintrifft. Und kam nicht durch damit. Alfred mußte zahlen. Zweitausend Strafe. Und weil Fasold Richard sich unerlaubt vom Unfallort entfernt und damit seine vertragliche Verpflichtung verletzt hat, alles zu tun, was zur Aufklärung des Tatbestandes und zur Minderung des Schadens dienlich sein kann, ersetzt die Versicherung nur den Schaden, der tausend Mark übersteigt, die ersten tausend Mark zahlt der Schuldige beziehungsweise Alfred Dorn. Und den Anwalt auch. Aber Fasold Richard darf ein Jahr lang kein Auto mehr steuern. Das ist schon ein paar tausend Mark wert. Aber Fasold Richard rief jeden zweiten Abend an, verfluchte den Westen und schwärmte von einer Hi-Fi-Anlage, die ihm gerade angeboten worden ist, die er kaufen MUSSTE. Er kann sie in Raten abzahlen. Also wenn Alfred ihm vorerst vierhundert überweist, das reicht dicke. Das fand Alfred keß und legte auf. Sofort läutet es wieder.

Tante Lotte. Er sei doch immer so historisch interessiert, gerade lese sie, Christus und Maria Magdalena hätten nach der Auferstehung zusammengelebt, Kinder bekommen, daraus seien die Merowinger entstanden. Alfred sagte, wenn sie ihn ablenken wolle, müsse sie sich etwas anderes ausdenken. Tante Lotte sagte: Mit dir kann man nicht mehr reden. Legte auf. Es läutete. Die jugoslawische Witwe. Richard sei dem Zusammenbruch nahe! Welch ein Mißverständnis! Er braucht überhaupt kein Geld! Er braucht nur Alfreds Freundschaft! Aber die braucht er wirklich! Alfred ruft zurück, Richard braucht kein Geld, aber er braucht natürlich diese Hi-Fi-Anlage. Er hat für sein Auto nur achthundert bekommen, obwohl ihm elf versprochen waren. Ausgetrickst ist er worden. Wieder einmal. Immer sind alle raffinierter als er. Er kommt sich allmählich blöde vor. Die Hi-Fi-Anlage kostet zwosechs. Er braucht die. Jetzt, ohne Auto. Musik ist doch sein Hobby. Es gibt eben diese Einladungen zur Beteiligung bei todsicheren Einbrüchen. Alfred legte auf. Richard rief sofort wieder an. Alfred mußte zurückrufen. Also wirklich, Richard wundert sich. Herr Dorn Alfred versteht ihn offenbar am liebsten falsch. Richard hat das doch nur geträumt, nachts im Schlaf, das mit dem Einbruch, daß er den mitgemacht hat und irre reich geworden ist. Also das wird ja wohl noch erlaubt sein. Träume sind frei. Besonders in einem freien Land. Aber wenn er übermorgen die erste Rate, diese vierhundert, nicht zahlt, holen sie die Anlage wieder, also braucht er das Geld. Telegraphisch. Alfred rannte vor Dienstbeginn zur Hauptpost und wies das Geld an. Richard weinte am Telephon vor Dankbarkeit und erfand einen neuen Rang für seinen Engel: Alfred der Einzige. Alfred sagte, darauf seien weder die Sachsen- noch die Hessenfürsten gekommen. Einen Tag später meldete die jugoslawische Witwe die nächste Katastrophe: Richard hat die vierhundert verloren. Einfach verloren. Er kann und kann nicht umgehen mit Geld. Hat er nicht gelernt. Aber wenn sie ihm die Anlage wegholen, dreht er durch. Das hat er gesagt. Mit dem Messer geht er auf die

los. Er ist so fertig, er kann gar nicht sprechen mit dem guten Herrn Dorn. Alfred überwies das Geld noch einmal. Telegraphisch.
Richard bat Alfred, ihm den Führerschein zurückzuerobern. Es müsse doch einen Paragraphen geben dafür. Herr Dorn Alfred sei schließlich der größte Jurist überhaupt. Alfred sagte kraftlos Nein. Richard fluchte, legte auf, rief wieder an und sagte: Machen Se sich wegen mir moll keenen Fleck ins Hemde, gute Nacht. Zu Weihnachten schenkte ihm Alfred einen Fotoapparat und schrieb ihm dazu die Enzyklika: *Das Foto gibt einen Halt, den das Auto nicht geben kann* ... Am 1. März kam der Führerschein zurück. Fasold Richard lebte auf das nächste Auto zu: Klein, billig, Mazda, gebraucht, neuntausend, Automatik, also kann man sich ganz auf den Verkehr konzentrieren. Das letzte Moll, daß er Herrn Dorn Alfred um Geld bitte. Nach dem Gespräch arbeitete Alfred weiter an dem Votum zum Kultusministerkonferenz-Entwurf zur Beseitigung der steuerlichen Nachteile zu Lasten gemeinnütziger Stiftungen aus der Körperschaftssteuerreform 1977. Er hatte sich geehrt gefühlt, daß der Staatssekretär ihn um dieses Votum gebeten hatte. Er war so weit, daß er froh war über alles, was im Amt noch von ihm verlangt wurde. Als er Tante Lotte berichtete, wie Richard schon wieder auf ein Auto zulebe, sagte die, von dem furchtbaren Fasold wolle sie nie mehr etwas hören. Sie hat Herzschmerz und Linsentrübung. Wenn Gott sie nicht haben will, warum gönnt er ihr dann nicht, gesund zu sein! Alfred tat es gut, daß sie endlich auch einmal haderte. Alfred fuhr nach Frankfurt, um zu hören, was der Internationale Bund für Sozialarbeit über Richard zu sagen hatte. Dieser Bund hatte einen Mitarbeiter in Friedrichshafen beauftragt, Richard Fasold gründlich zu erforschen. Das Ergebnis: Herr Fasold ist mit der Methode der begleitenden Beratung nicht entscheidend zu verändern. Akzeptiert Beratung nur als Dienstleistung zur Befriedigung seiner Interessen. Das heißt: beratungsresistent. Bleibt in unreflektierter infantiler Forderungshaltung. Mit dem Verhältnis zu Herrn

Dorn legitimiert er Forderungen an Dritte. Herr Fasold wird eventuelles Scheitern auf Herrn Dorn zurückführen. Einzige Lösung: alle Taue kappen, bevor Herr Fasold den Tiefpunkt erreicht hat. Alfred nickte und nickte. Genauer konnte man's nicht sagen. Genauer konnte es ihm nicht gesagt werden. Er bedankte sich. Aber keiner dieser Fasold-Forscher bedachte, daß Fasold Richard, nachdem er Alfred dreißig Minuten kannte, nach einer Bildersammlung *Alt-Dresden* gerannt war. Keiner dieser Ratgeber hatte eine Ahnung von Richards Rang. Anruf des Lebens. Im Mitropasaal, ja. Alfred mußte froh sein, daß Sennel Freisleben nie mehr darauf zurückkam.

Zu Hause ging schon das Telephon. Richard hat die zweihundert Mark, die Alfred ihm vorgestern für den Walkman schickte, in seinem Zimmer versteckt und weiß nicht mehr, wo. Alfred kann es ihm nicht sagen. Richard ist bereit, über das Datum des Autokaufs mit sich reden zu lassen. Ab April hat er Arbeit in einem Ruderclub. Stundenweise. Der 12. April, sein siebenundzwanzigster Geburtstag, das ist der Tag für den Autokauf. Daß er dafür ewig dankbar sein wird, daß er jetzt keinen Mist mehr baut, daß er sich jetzt für erwachsen hält ... was soll er denn noch sagen ... Alfred legte auf. Nach Mitternacht rief Richard noch einmal an: Er hat das Walkman-Geld gefunden! Im Fotoapparat. Fotografieren liegt ihm nicht. Darf er den Apparat verkaufen? Ehrlich gesagt, als er den Apparat verkaufen wollte, hat der Interessent den aufgemacht, so kam das Geld wieder zum Vorschein. War also doch eine gute Idee, den Apparat zu verkaufen, nicht wahr?! Ach, er würde Herrn Dorn Alfred so gern zum Lachen bringen. Er hat nämlich den Eindruck, daß Herr Dorn Alfred immer weniger lacht. Stimmt das?

7.

Er würde Wiesbadens grüngesäumten Pomp nicht mehr verlassen. Jeden Freitag um 16 Uhr 15 zum Friseur. Er wollte immer mehr vom Wiederkehrenden so ordnen, daß Rhythmen entstünden, die Entscheidungen überflüssig machten. Dreimal pro Jahr die Peeling-Kur. Das hieß: dienstags und freitags zum Friseur. Zu Fräulein Sonja eigentlich. Die schien wirklich teilzunehmen an seinem Haar-Problem. Auch konnte man sie leicht zum Lachen bringen. Und groß war sie auch, hatte also große Hände, die seinen Kopf völlig überspannten und dann behandlungshaft zu vibirieren begannen. Dazu trug sie noch einen futuristisch-kosmetischen Overall. Vor dem Muttertag, vor dem 3. August und vor dem 4. November ging er zu Dilfinger in den Arkaden und suchte unter den langstieligen Rosen die schönsten für die Vase vor Mutters Bild. Für Tante Lottes April-Geburtstag komponierte er wilde Sträuße, weil sie immer nichts als Usambara-Veilchen wollte. Er würde, solange die Tante lebte, Albert in Houston nicht besuchen; er hatte der Tante versprochen, nur so weit fortzureisen, daß die täglichen Telephonate möglich blieben. Jeden namhaften Feiertag und jeden vierten Sonntag fuhr er zur Tante, ging immer langsamer mit ihr durch den Schloßpark, spielte im Speisesaal Klavier für sie und ihre Leute, fotografierte unmäßig, die Tante berichtete vom Erfolg der Bilder, immer wollten alle alle haben. Am lustigsten waren Alfred und die alten Damen immer an Sylvester. Die schön gedeihende Familie de Bonnechose blieb die einzige Familie, bei der er öfter gastierte. Am zweiten Weihnachtsfeiertag und am Ostermontag entblößte er dort genußvoll die sorgfältig ausgewählten Geschenke für die Kinder und gab ein Hauskonzert. Aber eine Familie kann einem Einzelnen so wenig helfen wie ein Fisch einem Vogel. Für Stollen, Eierschecke und sächsischen Zwiebelkuchen gab es die Sächsische Konditorei, für die Antiquitäten die Taunusstraße, für die gemäßigte Exhibition und das Begaffen anderer genug Bäder –

auch solche mit Nacktprogramm –; doch blieb er an der Wand, mied Gruppen, egal ob Homos oder Hetis. Wenn das einmal nicht mehr genügte, überholte er einen Jungen im Biebricher Schloßpark, bog dann vor dem in die Büsche und wartete, daß der komme. Wenn der vorbei war, trottete er heim, genauso froh wie unfroh, weil wieder etwas unterblieben war. Einen Lehrling bei Montanus himmelte er so lange an, bis der ihn, als Alfred sich ihm auf der Staße zeigte, ansprechen wollte; dann brüskierte er den scharf, das heißt, er tat, als kenne er ihn nicht. Geübt an Heribert Priebe 1947. Während er der Umwelt andauernd zu beweisen suchte, daß er kein Homosexueller sei, wollte er, daß Dr. Permoser ihn allmählich als Homosexuellen anerkenne. Ich bin ein nichtpraktizierender Homosexueller, sagte er zu Dr. Permoser. Und Dr. Permoser: Sie sind auch ein nicht praktizierender Heterosexueller. Alfred: Also bin ich ein nichtpraktizierender Sexueller. Dr. Permoser: Also sind Sie der heilige Oxymoron selbst.

In den Bädern kontrollierte er sein Gewicht; unter 62 kg wollte er es nicht mehr kommen lassen; 62 kg hatte er eine Woche nach Mutters Beerdigung gewogen. Immer wenn er von Fräulein Sonja kam, aß er gut, nach dem Baden beliebig Italienisch oder, wenn er gar nichts mehr von sich wissen wollte, sogar bei McDonald's. Zu Hause aß er nichts, obwohl Tante Lotte ihm beigebracht hatte, daß man Lebensmittel nicht in Schränken lagern dürfe, in denen Mottenschutzmittel verwendet werden. Er mußte sich, um sein Lebenswerk vorzubereiten, mit Gewohnheitsdämmen gegen den auf Vereitelung programmierten Ansturm des Unvorhersehbaren schützen. Und dann gerät Berthel Mewald nachts, als sie aufs Clo will, im Dunkel an die Kellertür, stürzt die Treppe hinab, wird erst um neun Uhr, von Frau Blümel gefunden, kommt noch ins Krankenhaus und stirbt. Er verhandelt mit Irmgard, mit der Behörde, mit dem Pfarrer und erreicht, daß die Urnenbeisetzung bis in den April verschoben wird. Judith muß die Einreise einreichen. Aber acht Tage bevor er abfährt,

telegraphiert Frau Blümel, auch Irmgard sei tot. Im Brief schildert sie, wie sie Irmgard gefunden hat. Die muß tagelang gelegen haben. Die Katzen seien schon an ihr gewesen. Die Polizei stellt fest: erwürgt. Kein Raubmord. Wohl ein Klient. Sie sei, sagen die Nachbarn, immer häufiger von Männern besucht worden. Alfred erinnerte sich daran, daß er Irmgard immer schon retten wollte. Diesen Eindruck, daß man sie retten müsse, hatte sie immer gemacht. Man weiß es, aber man tut nichts. Sie selber konnte auch nichts tun. Sah allem entgegen, konnte nichts tun. Die Eltern haben sie verurteilt, dort zu bleiben. Zum Tode verurteilt. Das ist ohnehin die Elternfunktion. Eltern sind Mörder. Wenn ihnen nicht ein solcher zuvorkommt. Frau Blümel, von ihm geschult, hat sofort Fischsturzform, Oberbett, Porträtbüste, Unterkleid, Service, Kleiderbürste und ganze Kartons voller Fotos nach Pieschen geschafft.
Alfred hat bei der Beisetzung der beiden Urnen den Eindruck, er und Frau Blümel seien die einzigen Leidtragenden. Die zwei prächtigsten Kränze sind von ihm. Made in Wiesbaden. Er und Frau Blümel fahren mit Karl Jungnickel herum, um zu erfragen, was mit den Katzen geschehen soll. Kein Tierheim nimmt sie. Nur für Versuchszwecke wären sie willkommen. Alfred läßt Frau Blümel fünfzig Mark West für Katzenfutter. Er muß abends zurück, in Wiesbaden fängt ein neuer Minister an. Alfred bringt Büste, Bürste, Shakespeare und Unterkleid mit. Gekauft für legal umgetauschtes Geld. Es quittieren Judith und Frau Blümel. Und Frau Blümel sagt er es noch einmal, sie solle ihn bald besuchen und mitbringen, was sie tragen kann. Judith, die nun auch schon bald in das Alter kommt, in dem man westreisen darf, und die den olivgrünen Wildledermantel noch nicht aufgegeben hat, muß er beibringen, daß er sie, solange Tante Lotte lebt, nicht einladen kann. Es gebe nichts, was Tante Lotte Judith nicht übelnehme. Sie nimmt ihr übel, daß sie einen Dackel hat wie der Bruder. Sie nimmt ihr aber auch übel, daß sie diesen Dackel Wastl nennt und nicht Lumpi, wie der Bruder seine Dackel

nannte. Alfred und Judith hatten jetzt ein Verhältnis, das man sportlich nennen könnte. Jeder wußte, es sei sein Vorteil, wenn er den anderen gut behandle. Tante Gustchen war gerade in Gohrisch. Er hatte es eilig. Erst als der Zug die Weite gewann, nahm er Abschied vom Langenauer Weg. Er weinte. Um Berthel und Irmgard. Seine Mutter war Irmgards Patentante gewesen.

Für den silbern scheinenden, von ihm immer noch Unterkleid genannten Unterrock der Mutter fand er in der Schatzinsel einen Bügel aus Elfenbein. Für sein Bronzeporträt ließ er eine Mahagonikonsole erarbeiten, dann hatte er sich im Wohnzimmer vis à vis und konnte sich in Momenten der Ratlosigkeit die Hand auf den Kopf legen. Es genügte nicht, Vergangenheit dingfest zu machen. Die Gegenwart müßte man, solange sie währt, daran hindern, Vergangenheit zu werden. Sie wenigstens so dokumentieren, daß sie, wenn sie Vergangenheit wird, nicht sofort verschwinden kann. Das probiert er, seit er fünfzig ist. Seit Bellagio notiert er in jeder Nacht, bevor er sich schlafen legt, also wenn er die Tabletten schon genommen hat, was am vergangenen Tag vorgefallen ist. So entsteht auf DIN-A4-Blöcken ein Datenverzeichnis, damit nicht verlorengehe, wo er wann gewesen ist und mit wem er telephoniert hat und von wem Post gekommen ist und – schließlich – wieviel er wieder an Fasold Richard überwiesen hat. *Kalender-Notizen* schrieb er vorne auf die dafür verwendeten Blöcke. Ihm sollte kein Datum mehr verlorengehen.

Freitag, 15. 5. Wecken durch Tante Lotte.
Vorbereitung des FBW-Vortrages über Rechtsprechung.
Grußworte für die Kurhess. Gesellschaft für Wissenschaft und Kunst, Kassel.
Frau Fleckenstein rät Tragen der Kreuzschul-Nadel.
Pomodoro, Dresdner Bank, Post Wilhelmstr. (600,– DM für Richard).
Fotos bei Heid.

Prospero geht, für ihn Golo Mann, Kindheit und Jugendjahre.
16 Uhr 15 Frl.Sonja, nach Hause.
19 Uhr, 19 Uhr 15 und 19 Uhr 45 Klingeln von Tante Lotte, ich nehme 19Uhr45 ab.
21 Uhr 30 Anr. bei Sennel Freisleben.
22 Uhr 30 Anr. Richard, Kfz.-Versicherung, wird keß. Frau Parrs Brief gelesen.

Diese Kalender-Notizen trägt er ein bis zum Schluß. Nichts verrät, daß er sich auf einen Schluß zubewegt. Es sind immer die gleichen Inhalte, völlig unverändert die Schrift. Oder ist das die Tendenz zum Schluß, daß er nichts mehr festhält als das Wiederkehrende, das immer Gleiche?
Im März hatte Fasold versprochen, er wolle die Energie aufbringen, noch drei Monate ohne Auto zu sein. Im April meldete er, er habe das Auto mit seinem Zusammengesparten anbezahlt, für Herrn Dorn Alfred blieben also nur noch achttausend. Aber dafür keine weiteren Kosten mehr. Fasold Richard ist doch drauf und dran, in einer Schrottmühle unterzukommen; da wird er anfangs Unfallautos ausschlachten, aus alten Elektromotoren Kupferdrähte abwickeln, später mit dem Schneidbrenner Schwereres zerteilen, noch später mit der tonnenschweren Kugel am Seilkran schwerste Gußstücke zertrümmern, und wenn er sich noch mehr bewährt, wird er jede Woche einen Lastzug voll dichtgepreßten Schrotts, ein Kubikmeter eine Tonne, zur Verhüttung nach Nord-Italien chauffieren; allerdings liegt die Schrottmühle, wie das meiste hier, abseits, zwischen Wald und Moor, ohne Auto geht da gar nichts. Also eine letzte, einmalige Ausgabe für Herrn Dorn Alfred, dann nichts mehr, nie mehr, Fasold Richard hat etwas dazugelernt, das kann er sagen. Ein Honda Civic wurde es diesmal. Und Ende Mai rief der Schützling noch spät am Samstagabend aus Ravensburg an: Ich bin inner Stadthalle, hier is egal was los, das gloobste ni. Er habe zwar een inner Krone, aber er müsse das Herrn Dorn Alfred doch

moll melden, er, Fasold Richard, sei jetzt glücklich, und daran sei allein Herr Dorn Alfred schuld. Obwohl Alfred, auch seinen Tabletten zuliebe, niemals Alkohol zu sich nahm, war er fast so gerührt wie Richard selbst und meldete es sofort weiter an Frau Blumensaat, an Frau Parr in Osnabrück und an Sennel Freisleben; Tante Lotte durfte er so spät nicht mehr stören. Sennel Freisleben, seine seelenstarke Telephonseelsorgerin, warnte davor, sich bei Fasold auf etwas Erreichtes zu verlassen. Diese Warnung brauchte er zwar, aber er brauchte auch die Erholung in der Illusion, daß der Schützling doch noch selbständig werde. Für ein Auto würde Alfred, wenn er es nur nie zu sehen bekäme, gern aufkommen. Alfred rief jeden Abend in Friedrichshafen an, um von der jugoslawischen Witwe zu hören, daß Richard in Friedrichshafen sei oder wenigstens dort in der Gegend. Sie war jetzt offenbar Richards Frau und wurde, vielleicht auch weil sie vierundzwanzig Jahre älter war als er, von ihm oft mißhandelt. Aber sie liebte ihn inzwischen. Fast zärtlich riet Alfred seiner sieben Jahre jüngeren Schwiegertochter, wie sein Pflegesohn zu behandeln sei, damit er sich ein bißchen weniger unangenehm aufführe. Richard hatte ihm Bilder geschickt. Marika war einen Kopf größer als Richard, gewaltige Augenbrauen, ein gewaltiger Mund und eine gewaltige, musikalisch gebogene Nase. Wenn man die beiden auf einem Bild sah, hoffte man, sie müsse sich von diesem eher schmächtigen Kerlchen, das da neben ihr stand, nichts gefallen lassen. Aber sie hatte ungeschützte Augen, er hatte seinen spähenden Blick.

Als im September die ehemaligen Kreuzschüler in Ansbach zusammenkamen und jeder bei diesem ersten Treffen nach fast vierzig Jahren vortrug, wie es ihm inzwischen ergangen war, erzählte Alfred, was sich aus der Verspätung im Neustädter Bahnhof entwickelt hatte. Detlev Krumpholz fehlte. Er hat sich erhängt. Im Wald. Alfred dachte: Was habe ich falsch gemacht?

Obwohl sein Gesicht zerfiel, bevor es gelernt hatte, alt auszusehen, glaubte er, die anderen hätten sich mehr verändert als er. Ihm wurde von mehreren bestätigt, er habe sich nicht verändert. Das hätte er zu keinem sagen können. Lauter Herren an der Schwelle zum Alter. Er hätte keinen von denen auf der Straße sofort wiedererkannt. Oder glaubte das jeder, daß nur die anderen sich verändert hatten und sagte höflich das Gegenteil? Zwei außer Alfred waren auch Juristen geworden. Klaus Bringer, Anwalt in Hannover, Hans Gurlitt, Verwaltungsjurist in Frankfurt. Fritz Pappritz und Klaus Bringer waren die Wortführer des Abends. Alfred begann, in den fremden Gesichtern die früheren zu ahnen. Fritz Pappritz war immer noch der fremde, jetzt noch fetter gewordene Pfeifenraucher, den er ohne jeden Wiedersehenseffekt in Berlin besucht hatte. Alfred saß neben Eberhard Mitreiter, weil der in der Hotelhalle als erster auf ihn zugegangen war und gesagt hatte, er habe Alfred im Fernsehen gesehen, in der Hessenschau. Drei Minuten, sagte Alfred. Aber unvergeßlich, sagte Eberhard. Alfred erkannte Eberhard an seiner Freundlichkeit. Es war immer schon Eberhards Art gewesen, mehr zu geben, als zu erwarten. So war er Lehrer geworden.

Ein Wiedersehen war es nicht, ein Wiedererkennen war's. Die inneren Personen waren nicht in dem Ausmaß zerstört wie die Gesichter, die Statur, die Bewegung. Das Wiedererkennen, die Identifizierung dieser fremden Herren mit den früheren Klassenkameraden kam zustande durch die abstandslose Unmittelbarkeit, mit der jeder von damals erzählte. Erstaunlich, was die noch wußten von Katzenkopf, Nulpe, Zimbo, Amo, Osse, Lux undundundund. Moment, sagte Alfred, wer war Amo? Und sorgte für die erste Heiterkeit, weil er den Arsch mit Ohren völlig vergessen hatte. Eberhard half: Sozusagen-wiegesagt! Klar? Ach der, klar! Eberhard wußte noch, daß Alfred in der Sexta manchmal eine schwarzrot gestreifte Jacke getragen habe. Noch heute träume er, Eberhard, von dieser schwarzrot gestreiften Jacke. Er habe auch seitdem nie wieder eine schwarzrot gestreifte Jacke gesehen. Alfred sagte, er auch nicht.

Der silberlockige und redegewaltige Klaus Bringer wußte noch, daß Lux den täglichen -tler-Gruß nur mit einem kurzen Zucken des Ellbogens begleitete. Lux, Griechsch und Turnen. Antinazi. Aber vom ersten Kriegstag an glühend national. 1944 trat er noch – das soll ihm zu seinem Schutz geraten worden sein – in die Partei ein. Zu jeder Aula-Feier trug er seine Orden aus dem ersten Krieg: EK I und Militär-St.-Heinrichs-Orden. Fritz Pappritz wußte noch, daß Lux nach jeder Feier im Frack und mit Rucksack, vollgestopft mit Büchern und Heften, vom Georgplatz hinausmarschiert war in die Roquettestraße, Dresden-Cotta. Hans Gurlitt wußte noch den Lux-Satz: Scher dich nuff. Damit wurde befohlen, daß man an einer der Kletterstangen hochklettere bis unter die Decke. Da hing oft die halbe Klasse. Erst wenn Lux pfiff, durfte man runter. Er war ein Sadist. Jetzt protestierten mehrere. Er war einssechsundfünfzig groß und durch und durch weich! Der alte Streit. Damals schon: die Luxpartei gegen die Anti-Luxpartei. Jetzt zugespitzt auf: Ein Nazi! Ein Antinazi! Auf jeden Fall ein Körperfetischist! Jeden Morgen vor Unterrichtsbeginn sein freiwilliges Turnen, Frühmesse genannt. Weltmeister im Verhängen von Strafaufgaben: für jede Kleinigkeit hundert, zweihundert, dreihundert Formen schreiben. Klaus Bringer wußte noch, daß Lux in der Inferno-Nacht im Luftschutzkeller in Cotta nach der ersten Bombendetonation angefangen habe, die Ilias vorzutragen, griechsch natürlich, und griechsch habe er rezitiert, bis nach der letzten Bombe des letzten Angriffs nur noch das Heulen des Feuersturms zu hören gewesen sei und Dresden erledigt war wie einst Ilion. Echt Lux. Und die Engländer und die Amerikaner störten ihn nicht, sagte Fritz Pappritz, die Westviertel seien ihnen zum Bombardieren nicht dicht genug besiedelt vorgekommen. Dazu, daß die Hälfte der Bomben in die Gärten fällt, seien die einfach zu teuer. In der Innenstadt hat sich's gelohnt. 1 000 Grad Celsius produzierte der Feuersturm. Hans Gurlitt wußte noch, wie sich Lux im Oktober 45 in einer Sportplatzecke verabschiedet hat. Also, sprach Lux, alle Nazi-Schweine müssen raus. Da ich auch ein Nazi-Schwein bin, ab mit mir! Drehte sich und marschierte fort. Mit nassen Augen haben sie ihm nachgesehen. Eberhard Mitreiter wußte noch, daß Lux nach 45 in einer Asbestfabrik arbeiten mußte und dann ziemlich verwahrlost herumgelaufen ist. Alfred dachte, wenn Lux nicht hätte gehen müssen, wäre der siebzigjährige Professor Fischer nicht reaktiviert worden, also hätte Alfred die wirkliche Schönheit des Griechischen nie kennengelernt. Vor Lux hatte er immer Angst gehabt. Schon vor dessen Ruf. Es hieß, der ohrfeige am liebsten die langen Lulatsche und brülle sie dann an: Du meenst wo, ich komm ni nuff! Als Alfred zu Hause erzählt hatte, wie es in den Lux-Turnstunden zugehe, daß man sogar gegen einander boxen und dabei einander ins Gesicht schlagen müsse, meldete die Mutter ihn ab. Eberhard Mitreiter wußte noch, daß Lux die Klasse nach der ersten Turnstunde nackt duschen ließ, daß Alfred sich geweigert habe, sich nackt auszuziehen, daß er seine Turnhose anbehalten und eine Badekappe übergezogen habe und gesagt habe, er müsse zuerst seine Mutter fragen, ob er sich nackt ausziehen dürfe. Alle lachten, Alfred lächelte. Das hat er nie begriffen, daß andere sich so leicht auszogen. Ihn hinderte viel mehr als Scham. Nacktheit war doch das Höchste überhaupt. Er hatte Angst, sein Anhängsel würde sich selbständig machen. Er hatte auf dieses Teil überhaupt keinen Einfluß. Das tat, was es wollte. Die Mutter hat dann ein Attest besorgt und für Alfred die orthopädischen Turnstunden bei Thea Scholz in der Räcknitzstraße organisiert. Eberhard Mitreiter wußte, daß Lux behauptet habe, der Gleichschritt sei eine Erfindung der Spartaner. Als keiner mehr wußte, wie die Tyrtaios-Zeile geheißen hatte, mit der Lux die Klasse in der letzten Stunde vor dem Kriegseinsatz verabschiedete, konnte Alfred doch noch eine Art Solistenrolle spielen. Er sagte, sich, was Betonungen angeht, beherrschend, auf:

Aget', o Spartas euandrou / kouroi pateron polietan, / laiai men ityn probalesthe, / dory d'eutolmos pallontes / me pheidomenoi tas zoas / ou gar patrion tai Spartai. Wohlan, ihr

Söhne von Bürgervätern / des männertüchtigen Sparta, / streckt mit der Linken den Schild vor, / schwingt mutig den Speer und / schont nicht das Leben. / Denn das ist nicht Sitte in Sparta.

Eigentlich wäre er lieber aufgestanden, um Tyrtaios zu zitieren, aber ihm fiel ein, daß Sadowski im Dreyer-Kurs ihn manieriert genannt hatte. Weil keiner sich rührte, als er fertig war, sagte er noch leise in den Raum: Ut desint vires, tamen est laudanda voluntas. Und Hans Gurlitt assistierte: Ovid, daß jetzt der Wille für die Kraft einspringe.

Alfred hatte, schon als jeder sein Essen bestellte, gemerkt, daß er auffiel, wie er nicht auffallen wollte. Salade Niçoise und einen Eisbecher hatte er bestellt. Zum Trinken Apfelsaftschorle. Er war der einzige gewesen, der seine Bestellung hatte kommentieren müssen. Den Nizza-Salat esse er, weil er Thunfisch immer noch schätze. Alkohol sei ihm zur Zeit verboten: Gastritis. Die anderen tranken Frankenwein und wurden, obwohl sie von Anfang an lauter gewesen waren als er, im Lauf des Abends noch viel lauter. Manchmal setzten sie ihre ganze Lautstärke ein, Alfred zu rühmen. Wie gut er die Unterschriften ihrer Väter nachgemacht hatte! Sie mußten die Schulverweise zu Hause gar nicht mehr vorzeigen. Hans Gurlitt wußte noch, wie edel und großartig Alfred bei der Abschiedsfeier Liszts E-Dur-Polonaise gespielt habe. Alle wußten noch, daß Alfred nie ein Streber, aber immer der Primus gewesen sei. Alfred konterte diese rühmenden Töne mit Aussagen späterer Chefs. So habe ein Berliner Justizgewaltiger, als er Alfreds Staatsexamensnote gesehen habe, gesagt: Damit können Sie bei der Allianz Schadensfälle regulieren. Fritz Pappritz wußte noch, daß er am Mittag des Vierzehnten im Großen Garten Detlev Krumpholz begegnet war. Der habe einen Handwagen voller Bücher gezogen und gesagt, er rette das Geistesgut des Vaterlands. Eberhard Mitreiter wußte noch, wie er zwei Tage nach dem Inferno zum Altmarkt vorgedrungen war, obwohl das bei Todesstrafe verboten gewesen war; er hatte das Abladen, Aufschichten und

Verbrennen von tausend oder zehntausend Leichen erlebt. Als er beschreiben wollte, wie die Körper mit Gabeln ins Feuer transportiert wurden, konnte er nicht mehr weitersprechen und entschuldigte das so: Ich bin e bissel ans Wasser gebaut. Zum ersten Mal, daß Alfred diesen Satz aus der Großmuttersprache von einem Nichtverwandten hörte. Es fehlte nur *leicht* nach *bissel*.

Den Rest der Nacht lag Alfred wach im Hotelzimmer. Er hatte an diesem Abend soviel von früher gehört wie noch an keinem Abend zuvor, aber jetzt spürte er nichts als Armut und Verlust. Alle wußten von früher mehr als er! Andererseits waren die Herren, die da geredet hatten, nicht die Klassenkameraden, die er noch *wußte*. Die gab es offenbar nicht mehr. Es gab nur noch Erwachsene. Hätten die sich nicht durch ihre Erinnerungen ausgewiesen, hätten es ganz Fremde gewesen sein können. Immer wieder hatte er den Mitprimus Hans Gurlitt studiert. Der war nachmittags in die Borsbergstraße gekommen, um mit ihm die friderizianischen Schlachten nachzuspielen. Mit Zinnsoldaten. Den vollplastischen von Alfred, den flachen von Hans. Gurlitts Proportionen erkannte er wieder. Bei Gurlitt war der Knabe von damals nicht durch irgendeine außer Kontrolle geratene Fleischansammlung vernichtet worden. Warum war den ganzen Abend nicht darüber gesprochen worden, daß Gurlitt durch die Mitwirkung aller die Schule nicht verlassen mußte, obwohl seine Mutter Jüdin war? Der Vater war am Reichsgericht in Leipzig gewesen, hatte mitgearbeitet an der Anklageschrift gegen den Reichstags-Brandstifter und hatte, von Canaris oder Oster protegiert, seine Frau schützen können. Bei Dorns war sogar davon gesprochen worden, daß Detlevs Vater, der Obernazi Dr. Krumpholz, an dieser Protektion mitwirke. Hans Gurlitt hatte allerdings nie in der Villa Krumpholz erscheinen dürfen. Alfred schon. Sie durften die Villa in der Stübelallee nur barfuß betreten. Schuhe im Krieg nur für Soldaten! Detlevs Vater brüllte alles, was er sagen wollte.

Alfred stand auf, offenbar brauchte er heute nacht nicht nur zwei, sondern drei Tabletten mehr als gewöhnlich. Als er die Vorhänge dichter zuziehen wollte, sah er drunten auf dem Platz zwei dunkle Figuren in abenteuerlichen Haltungen. Sie bewegten sich nicht. Plastiken also. Am Morgen ging er hinaus und sah, daß beide Kaspar Hauser darstellten; die eine den aus dem Verlies auftauchenden Wildling, die andere den gesitteten jungen Bürger, als der er dann hier in Ansbach ermordet worden war. Und niemand weiß, von wem. Alfred fotografierte das Hauser-Ensemble. Er würde Hauser-Bilder an die Klassenkameraden schicken. Zum Andenken. Im nächsten Jahr um die gleiche Zeit! Wieder in Ansbach! Kurz vor dem Auseinandergehen noch Karten an alle, die in Dresden lebten. Eberhard Mitreiter hatte die Adressen. Es ergab sich, daß Alfred mit Hans Gurlitt im selben Zug bis Frankfurt fuhr. Hans Gurlitt sagte, wenn es Alfred recht sei, führen sie zusammen, redeten noch ein bißchen. Der sagte das genau so unaufdringlich und nichts bestimmen wollend, wie es Alfred auch gesagt hätte. Er habe, sagte Gurlitt, sogar ein Anliegen. Es gehe um Alfreds Mutter. Alfred wußte, was jetzt kommen würde. Nach 45 hatte Gurlitt eine Klasse übersprungen, hatte dann das Abitur ein Jahr früher gemacht als Alfred. Als Alfred das zu Hause erzählt hatte, war die Mutter so wütend geworden, daß sie am nächsten Tag in die Schule gerannt war, Gurlitt aufgelauert und ihn zusammengestaucht hatte. Verlogenheit, Charakterlosigkeit, krankhaften Ehrgeiz habe sie ihm vorgeworfen. Danach hatte es keinen Kontakt mehr mit Alfred gegeben. Die Mutter hatte gesagt, wenn Hans ein Freund wäre, hätte er Alfred von der Prüfung verständigen müssen, die er, um eine Klasse zu überspringen, machen wollte. Jetzt, nach vierzig Jahren, sagte Hans, er habe doch gar nicht damit rechnen können, daß er diese nur für ihn arrangierte Prüfung schaffe, deshalb habe er keinem etwas davon gesagt. Die Prüfung sei ihm angeboten worden von Katzenkopf und Jehn, also von Lehrern, die ihm vor 45 immer gesagt hätten, wie er es anzufangen habe, daß er keinem der Nazi-Lehrer durch ein Zuviel oder Zuwenig auffalle. Alfred sagte, seinetwegen müßten sie davon nicht mehr reden, er habe Hans Gurlitt nie etwas übelnehmen können. Aber Alfreds Mutter habe ihn seitdem gehaßt, sagte Gurlitt, das wisse er. Und Alfred habe, das wisse er auch, seine Mutter fast zu sehr verehrt. Alfred sagte, daß er seine Mutter zu sehr oder fast zu sehr verehrt habe, glaube er nicht. Er höre es oft. Eigentlich immerzu. Er aber finde und empfinde, daß man eine Mutter gar nicht genug verehren könne. Schön, wenn man eine Mutter zu sehr verehren könnte. Es wäre das Schönste überhaupt. Eine Mutter zu sehr verehren, fabelhaft. Leider nicht möglich. Was soll er in seinem Leben nicht alles verloren oder verpatzt oder verloren und verpatzt haben, weil er angeblich eine zu enge Mutterbindung gehabt und nicht rechtzeitig überwunden habe. Er habe nachträglich auch alles Einschlägige darüber gelesen. Aber die da exerzierenden Vokabulare seien der Wirklichkeit etwa so nah wie Hansens und Alfreds Zinnsoldaten der Wirklichkeit der fritzischen Schlachten. Noch habe ihm niemand erklären können, wieso er die Bindung an den einzigen Menschen, der es vollkommen gut gemeint habe mit ihm, hätte zerbrechen sollen, nur um dann fähig zu sein, sich an Menschen zu binden, die es, aus den triftigsten und anerkennenswertesten Gründen, mit ihm nur so gut meinen dürfen, als es ihre Eigeninteressen zulassen. Nur bei seiner Mutter habe er gewußt: ihre Interessen und seine Interessen sind nicht nur die gleichen, sondern dieselben. Bitte, zwei Tage nach dem Inferno, als sie droben in Bühlau für ein paar Tage bei Berthel und Oskar Mewald unterschlüpfen, geht die Mutter aufs Amt, meldet sich und ihn neu an, Papiere verbrannt, aber ihn, ihren Sohn, meldet sie an als geboren am 9. September 1931. Da war er also bis Kriegsende nicht ganz vierzehn, kam also für die Panzerfaust-Ausbildung in der Dresdener Heide nicht in Frage. Wer, bitte, hat noch solche Ideen?!

Alfred sah, daß Hans Gurlitt ihn jetzt auch einordnete. Aber er spürte, daß Hans damit noch nicht alles für beendet ansah. Auf dem Bahnsteig sagte Hans: Wir sollten uns wiedersehen.

Alfred sagte: Unbedingt. Dann sagten beide: Bis bald. Freundlicher konnte einer nicht sein! Trotzdem kam sich Alfred, als er in Freudenberg die Türe aufschloß, verlassen vor. Nicht von dem oder dem, sondern überhaupt. Es regnete heftig, seine Scheiben weinten ihm was vor. War die Freundlichkeit der Klassenkameraden nicht doch bloß Affentheater gewesen? Er würde ihnen in der nächsten Woche die Kaspar-Hauser-Bilder und andere Ansbach-Fotos schicken. Warum eigentlich? Weil er das immer so machte. Er war überall, wo er hinkam, der, der fotografierte und dann, ohne daß es von ihm verlangt oder auch nur erwartet wurde, Bilder schickte. Deutlich mehr Bilder als man normalerweise von jemandem, der auch dabeiwar, bekommt. So viele Bilder, daß man sich wirklich bedanken muß. Das hatte er in Leipzig angefangen und in Wiesbaden bis zur Übertreibung entwickelt. Weiter hat er es nicht gebracht, er war der Hoffotograf der Erwachsenen.

Warum hat er auf der Rückfahrt von Ansbach mehr geredet als Hans Gurlitt?! Der weiß noch, daß Alfred nicht nur die Unterschriften der Väter der Klassenkameraden täuschend nachgemacht hat, sondern auch die historischer Persönlichkeiten. Am besten sei ihm die von Felix Mendelssohn-Bartholdy gelungen. Als Hans Gurlitt das sagte, dachte Alfred, daß er dem Freund die Mendelssohn-Handschrift vorgeführt hatte, weil dessen Mutter Jüdin war. Hans Gurlitt weiß noch, daß Alfred dem parteiergebenen Geschichtslehrer, der von dem 1789 geköpften König palaverte, süffisant souffliert hat: 1793, 1793! Ja, er hätte nur zuhören und in Gedanken mitnotieren sollen. Andererseits: erzählen war für ihn lebenswichtig. Er mußte jedem, der es noch nicht wußte, also auch Hans Gurlitt, erzählen, was für ein Grab er der Mutter unter hohen, lichten Kiefern geschaffen hat und daß das bronzene Auferstehungs-Lamm von einer Bande jugendlicher Metalldiebe aus der tellerförmigen Vertiefung herausgelöst worden sei, also werde man jetzt nur noch von den drei Löchern, in denen das Lamm befestigt gewesen war, angestarrt. Aber in keiner mündlichen

Erzählung konnte er anbringen, daß das Lamm den rechten Vorderfuß unternehmungslustig über den Dornenkranz, in dem es stand, erhoben habe, genau wie er auf dem Foto vor der Pension Edelweiß der einzige der Abgebildeten sei, der nicht auf seinen zwei Füßen stehe, weil er seinen rechten Fuß angehoben habe, vielleicht weil der Fotograf zu lange gebraucht hatte, vielleicht aber aus einem die Zukunft anrufenden Übermut. Auch die zwei anderen Schwebeerscheinungen, die Sixtinische und die Schaukelnde, verschwieg er noch. Diese Parallelen würde er erst ziehen, wenn er schriftlich erzählen würde. Aber vor der Pensionierung konnte er nicht beginnen. Aber vorbereitet wollte er sein, wie noch nie jemand vorbereitet gewesen war. Vielleicht war es ein Zeichen der Erschöpfung, daß er jetzt öfter die Hoffnung mobilisierte, die soviel Kraft beanspruchende Vorbereitung sei schon das, was sie vorbereiten sollte: die Verteidigung der Kindheit gegen das Leben.
Daß er in eingeübter Verteidigungshaltung zu Hans Gurlitt gesagt hatte, es sei unmöglich, eine Mutter zu sehr zu verehren, ging ihm nach. So hatte er das noch nie gesagt. Und wie immer hatte er auch hier nur die Hälfte gesagt. Nur die Hälfte gewußt. Wenn man von etwas nicht auch das Gegenteil sagt, sagt man nur die Hälfte. Ohne sein Gegenteil ist nichts wahr. Man kann nicht gegen die Mutter sein. Das muß man dazusagen. Gegen den Vater sein ist leicht. Gegen die Mutter kann man nicht sein. Das ist der Fluch.

Als Alfred, aus Ansbach zurück, sich so verlassen fühlte, rief er natürlich zuerst Tante Lotte an und erzählte ihr, daß er seine Klassenkameraden ans Erwachsensein verloren habe. Die Art, wie er von ihnen gefeiert worden sei, sei ihm unglaubhaft vorgekommen. Als er noch Primus gewesen sei, sei davon so gut wie nie die Rede gewesen, warum dann jetzt, und so? Nur seine Tyrtaios-Rezitation erzählte er als Erfolg. Und er wußte schon, daß Tante Lotte, wenn er einen Erfolg erzählte, sagen würde: Das hast du von meinem Vater. Wenn er einen Mißerfolg zu erzählen hatte, führte sie den genau so unbeirrbar auf seine Mutter zurück. Je nach seiner Nervenkraft lachte er dann oder legte auf. An diesem Sonntagabend legte er auf.

Daß Verlassenheit eine solche Gewalt haben konnte über einen. Seine briefeschreibende, paketeversendende, Vergangenheit zusammenkratzende Emsigkeit kam ihm lächerlich vor. Er betrog sich über seine Einsamkeit weg. Er müßte lernen, seine Einsamkeit ohne Milderung zu ertragen. Ohne Sinn. Basta. Einsamkeit, und Schluß. Einsamkeit ist die Blume, die zuletzt duftet. Das wußte er schon. Soviel Form hatte er seinem Alleinsein schon abgewonnen. Aus seiner Geschichte ergibt sich Einsamkeit. Das ist keine Armut. Nichts Bedauernswertes. Wozu andere? Gesellschaft ist Folter. Man spricht, was die hören wollen. Der Schmerz entsteht nicht durch das Verdrehen der Glieder, sondern durch das Verdrehen der Wahrheit.

Amtmann Glück formulierte Alfreds Lage so: Fachlich kann man Ihnen nichts anhaben, deshalb werden Sie verstehen, daß ich mich ärgere, wenn Sie angegriffen werden nur wegen Ihrer Persönlichkeit. Amtmann Glück, sein Draht zur Welt, erzählte ihm, daß er bei den Fahrern wegen seiner zögernden Sprechweise Mister Hm-Hm heiße. Und Frau Fleckenstein halte ihn für homosexuell, nehme das aber nicht übel, da es etwas Natürliches sei wie Farbenblindheit. Auftreten als der du angesehen sein willst. Also wie ein Politiker. Sorgfältige Auswahl der Sätze. Imagepflege. Frau Fleckenstein zu Herrn Glück: Herr Dorn erzählt soviel von sich, bis niemand mehr Respekt hat vor ihm. Ihm gelang kein Nimbus.

Fasold Richard rief an, deutlich nervös, nie ist der Engel da, wenn man ihn braucht. Neue Nummer. Sofort zurückrufen, bitte. Also, die launische Marika hat ihn hinausgeworfen. Eifersucht. Kann ein paar Tage bei einem Kumpel bleiben. Braucht dringend eine Bleibe. Endlich etwas Menschenwürdiges. Aber überall ist das erste: Kaution. In Friedrichshafen wohnen nur Reiche. Oder solche, die es werden wollen. Wie er. Wenn ihm Herr Dorn Alfred zweitausend überweisen kann, morgen, dann schafft er es. Er kommt ja nicht zu sich selber, solange er keine richtige Bleibe hat. Auf die schiefe Bahn kommt er ohne Bleibe.

Dann las Alfred die Post. Zuerst den Brief von Frau Radde; wie immer im November die Urlaubshymne aus Afrika und neueste Ansgarnachrichten: längst kein Sorgenkind mehr, Boß in der Werbung, geht ganz neue Wege, verdient ungeheuer. Der zweite Brief kommt aus Houston. Seit Albert pensioniert ist, lernt er wieder Deutsch. Seine letzte Fischtour war aufregend, brachte sie doch dem Kapitaen einen 35-Pfund-Tuna an Deck, allerdings nahm es 1 1/2 Stunden, wo schließlich der schwere Bursche ermatted nachgeben sollte, es ist wirklich der wunderbarste Sport. Das nächste Jahr in Ansbach würde Alfred keinen Nizza-Salat mehr essen. Er besah seine wunden Stellen in der Leiste. Der vorletzte Lumpi hatte einmal ein Leckekzem gehabt. Aber woher kam seins?

Tante Lotte entschuldigt sich am Montagmorgen für die Anspielung gestern abend. Der Neffe sei aber auch allmählich krankhaft empfindlich. In allem sieht er einen Angriff. Weil er selber so wenig positiv ist. Ihr sei es seit Samstag so matschig im Gehirn wie noch nie. Alfred sagt: Also so empfindlich wie du bin ich noch lange nicht. Die Tante: Ich bin nicht empfindlich, ich bin sechsundneunzig.

Noch im November holte er Frau Blümel am Hauptbahnhof ab. Sie wirkte, als sie ihre Zahnlücken lachend entblößte, kühner als je. Weil sie so bepackt sei, sagte sie, müsse sie leider so lachen. Oh Frau Blümel! Herrlich unverändert! Ihm imponierte ihre Unsterblichkeit. Er umarmte sie, streichelte sie, brachte sie ins Central-Hotel, sie packte aus das Oberbett! das Service *Bavaria*! ganze Kartons voller Fotos! Einen Samstag und einen Sonntag lang fuhr und führte er Frau Blümel durch Stadt und Gegend. Sehen Sie, Frau Blümel, in Wiesbaden, wie in Dresden einst, pflastert der Herbst die Straßen mit Laub. Und weil er immer gern etwas erklärte, erklärte er Frau

Blümel Wiesbadens wilhelminisch-theatralische Bautenpracht. Aber, sehen Sie, in Wiesbaden wird alles durch Bäume gemildert. Und was die Bäume nicht überwölben, überwölben die Hügel. Wiesbadens Horizont bleibt also grün. Natürlich wollte Frau Blümel auch sehen, wo Alfred wohnte. Alfred lieh sich bei der Hausmeisterin zweihundertundfünfzig Mark, die gab er Frau Blümel. Frau Blümel machte vor Rührung Kaubewegungen. Jetzt könne sie ihrer Tochter in Potsdam, die sich kein bißchen um die Mutter kümmert, leider etwas mitbringen.

Alfred arbeitete jeden Abend weiter an der Enzyklika: *Wie soll ich noch Lust und Freude daran haben, Dir zu helfen, wenn Du ständig solchen Mist machst...* Er nahm diese Sendschreiben an Richard so ernst wie früher die Rede-Entwürfe für Minister und Prospero. Feilte er an diesen Schreiben so, weil er ein erfolgreicher Erzieher sein wollte, oder hatte er einfach Angst vor dem Schützling und wollte den davon abhalten, plötzlich in Wiesbaden einzufallen, oder wollte er ihn anlocken? Manchmal saß er, wenn er heimkam, zuerst einmal eine Stunde im Dunkeln, weil er auf der Straße einen in einem Auto für Fasold gehalten hatte. Also kein Licht. Der lauerte jetzt sicher irgendwo draußen, wartete, bis Alfred durch Lichtmachen Anwesenheit bekannte, kam dann, läutete und träte, wenn Alfred nicht öffnete, die Tür ein. Aber er kam nie, trat nie die Tür ein. Alfred konnte also anfangen, ein Verzeichnis der Sätze anzulegen, die einmal gesagt worden sind. Er bemerkte nämlich, daß auf den verschiedenen Zetteln, auf denen er in den letzten siebzehn Jahren solche Sätze notiert hatte, immer wieder dieselben Sätze standen. Offenbar gab es nur eine beschränkte Zahl solcher Sätze. Und er glaubte jedesmal, wenn er einen solchen Satz notierte, der sei ihm zum ersten Mal eingefallen, war glücklich darüber und mußte dann beim Durchforschen der Zettel feststellen, daß er manche Sätze im Lauf der Jahre fünf- oder sechs- oder siebenmal notiert hatte. Zum Beispiel den Satz des Hauswarts in der Angriffsnacht: Meine Damen und Herren, ich muß Sie darauf aufmerksam machen, das sind keine Zeitzünder mehr, das ist ein neuer Angriff. Andererseits war es auch beruhigend, einen Satz fünf- oder siebenmal gleichlautend notiert zu haben. Das war der beste Beweis dafür, daß der Satz wirklich so gesagt worden war. Das war ihm das Wichtigste. Auf Sätze, die er in verschiedenen Jahren verschieden notiert hatte, konnte er zwar nicht verzichten, aber sie waren, wenn sie zweimal verschieden vorkamen, Sätze zweiten, kamen sie dreimal verschieden vor, Sätze dritten Grades.

Seine vorletzte und seine letzte Kalender-Notiz.

Donnerstag, 3. 12., Wecken durch Tante Lotte.
10 Uhr 30 Termin Widerspruchsausschuß Kassel wegen Straßenreinigungsgebühren für Wilhelhelmshöhe und Karlsaue.
17 Uhr 30, Tante Lotte froh, daß ich zurück.
22 Uhr 15 Anr. Richard, Tombolagewinn: Suppenschüssel.
23 Uhr Anruf Sennel Freisleben.
Freitag, 4. 12. Wecken durch Tante Lotte.
Ärger wegen VGH-Sitzungsprotokoll.
Stiftungssatzung beim RP angekommen, 19 Punkte krit.
Pomodoro.
Päckchen an Judith und Frau Blümel (ab Hauptpost).
Naspa: Kredit überzogen.
16 Uhr 15 Frl. Sonja.
Ars Militaria: 3 Dresden-Postkarten gekauft.
Tel. zu Tante Gustchen klappt nicht.
Anr. bei Tante Lotte: Ich habe nie Vogeldreck an den Fenstern gehabt, Krach.
Anr. bei Richard, noch immer keine Winterreifen.
Anr. bei Frau Blumensaat.
Anr. bei Frau Parr.
Anr. bei Sennel Freisleben: Sachstand-Mitteilung.

Am Samstagvormittag holte er bei seinem Buchhändler die bestellte Kaspar-Hauser-Biographie ab, ging ins ESWE-Bad, aß Italienisch, fuhr heim. In der Buchhandlung hatte er einen Verlagsprospekt mitgenommen, in dem Kafkas Werke angeboten wurden. Ihn hatte die auf dem Prospekt faksimilierte Unterschrift Franz Kafkas angezogen. Zu Hause fing er an, diese Unterschrift zu üben. Wie das K unten ausschwingt, um die restlichen Buchstaben des Namens wie eine Schale aufzunehmen, dann aber vom f geschnitten wird und gleich aufhört! Er füllte viele Seiten mit diesen Unterschriftsübungen. Morgen würde er sehen, ob seine Hand ein einziges Mal in die Bewegung des Originals hineingefunden habe. Er fand die Unterschriften anderer interessanter, schreibenswerter als seine eigene. Er würde sich einmal dokumentieren als jemand, der nicht auf sich bestehen konnte. Dann Telephonate wie immer am Samstag.
Am Sonntag rief Tante Lotte wie immer erst nach zehn an. Der Neffe nahm nicht ab. Das hieß, er hatte seine Tabletten erst spät in der Nacht genommen. Also würde er sich melden. Sie hatte ihm für diesen Sonntag den Spruch ausgewählt: *Wende dich zu mir, denn ich bin einsam und elend.* Als sich der Neffe um zwei Uhr immer noch nicht gemeldet hatte, rief sie wieder an. Er nahm nicht ab. Also rief die Tante Dr. de Bonnechose an. Als dort niemand abnahm, rief sie Sennel an. Frau Freisleben beruhigte Frau Ranke. Was soll denn sein?! Darf ein Achtundfünfzigjähriger auch einmal aus dem Haus gehen, ohne sich bei seiner Tante abzumelden? Frau Ranke ließ sich beruhigen. Der Neffe hat ihr erst neulich gestanden, daß er an Samstagen und Sonntagen manchmal auch tagsüber Schlaftabletten nehme, damit – so hatte er sich ausgedrückt – das Gehirn nicht andauernd den irren Ärger der vergangenen Woche aufkocht. Als aber der Neffe um acht immer noch nicht abnahm, rief die Tante wieder Dr. de Bonnechose an. Der war jetzt da. Ob sie die Polizei hinschicken solle, wollte sie wissen. Bitte, nur das nicht, sagte Dr. de Bonnechose. Der Neffe habe schon Gerüchtekummer genug. Ein Polizeiein-

satz seinetwegen sei genau das, was Herr Dorn nicht wollen könne. Als der Neffe um neun nicht abnahm, rief die Tante noch einmal Sennel an, die rief die Polizei an, die fuhr hin und fand den Neffen. So erfuhr es Sennel, von ihr erfuhr es die Tante. Sennel rief auch Dr. de Bonnechose an, der traf kurz nach Mitternacht in Freudenberg ein. Zuerst deckte er Alfred Dorn zu, da der unvollständig bekleidet – ohne Schlafanzugjacke, die Schlafanzughose verrutscht – auf dem Boden lag. Dr. de Bonnechose kam gerade noch rechtzeitig, um den Arzt zu bitten, die zwei in Frage kommenden Todesursachen so aufzuführen, daß da nachher stünde: 1. Tablettenunfall. 2. Tablettenmißbrauch. Da zwei Gläser mit weißem Beschlag vorgefunden wurden – *weiße Restanhaftung*, laut Polizeibericht –, hatte der Arzt Tablettenmißbrauch an erster Stelle nennen wollen. Da wir großzügig umgehen mit Wörtern wie Willensfreiheit, ist eine Konvention entstanden, die souffliert, jemand, der sich umbringt, sei freiwilliger gestorben als jemand, den der Tod sozusagen ereilt; dazu gehört auch, daß man den, der bei seinem Sterben hat mitwirken müssen, weniger bedauert. Gehen Handeln und Erleiden nicht in einander über? Man ist der, der etwas tut, und der, dem es passiert. Wer will denn nicht Schluß machen mit allem. Aber als gäbe es deine Tendenz zum Äußersten nicht, mußt du andauernd das Gelindeste tun. Es gibt keine Rettung. Und nichts ist so unnötig wie eine Rettung. Alles ist schon erledigt, bevor es angefangen hat. Bevor es nicht erledigt ist, fängt nichts an. Man könnte Dr. de Bonnechoses Eingreifen für einen Freundschaftsdienst halten. Aber wenn man's genauer nimmt, hatte Dr. de Bonnechose sogar recht. Alfred Dorn hat am Samstag noch fast bis Mitternacht mit Sennel Freisleben telephoniert. Sie hatte Dienst. Das muß Alfred Dorns letztes Telephongespräch gewesen sein. Seit mehr als sieben Jahren trug er jede Nacht nach dem letzten Gespräch die *Kalender-Notizen* auf dem DIN-A-4-Block ein. In sieben Jahren fehlt kein Tag. In sieben Jahren wird jeder Tag mit den Namen derer beschlossen, mit denen Alfred Dorn noch telephoniert hat. Wenn er am Samstag, dem 5. Dezember, diese sieben Jahre lang geübte Eintragung unterließ, dann doch wohl, weil er nicht mehr dazu kam. Als Dr. de Bonnechose eintraf, lag sein Prinz, wie er ihn im ernsthaftesten Spott manchmal nannte, immer noch auf dem Boden, wie ihn die Polizei gefunden hatte. Im Wohnzimmer auf dem Teppich. Mitten in dem ovalen Medaillon des Kirman-Teppichs. Auf dunkelblauem Grund lag er, und so gebogen, daß nur der rechte Arm über das Medaillon hinausreichte. Polizeibericht: *In leicht rechter Seitenlage*.Die rechte Hand berührte noch das Buch, das Alfred Dorn offenbar bis zuletzt gehalten und gelesen hatte. Die am Samstag noch abgeholte Kaspar Hauser-Biographie. Das Buch lag aufgeschlagen an der Hand, der es entglitten war. Dr. de Bonnechose nahm es vom Teppich; er las die Seite, die Alfred Dorn noch gelesen hatte. Alfred Dorn lag so, daß er mit seiner Bronzebüste hätte Blickkontakt haben können. Das Bett war benützt. Auf dem Nachttisch stand eines der beiden Tablettengläser; das zweite im Bad; das im Bad kann zur Auflösung der Freitags-Tabletten benutzt worden sein. Alfred Dorn hatte, nachdem er genug telephoniert hatte, die Samstags-Tabletten genommen, hatte noch gelesen, wollte zur Tagesbeendigung noch die Daten des Tages eintragen, dann muß ihn, sehr jäh, ein Schmerz, eine Angst, etwas Unerträgliches aus dem Bett getrieben haben. Nicht einmal das Buch konnte er mehr weglegen. Mit rutschender Schlafanzughose rannte er ins Wohnzimmer, erreichte noch den Teppich, fiel hin. Der Kopf blieb an der rechten Schulter liegen. Der Körper lag gebogen, als habe er sich eine embryonische Form geben wollen. Dr. de Bonnechose mußte ihn zudecken, weil man die wunden Stellen in der Leiste sah. Seiner Frau, die aufgeblieben war, sagte er nachher, er habe das Gefühl gehabt, diese Wunden seien Privatsache. Er sagte auch, Alfred Dorn sei da gelegen wie so ein Hodler-Knabe. Auf der Seite, die Alfred Dorn zuletzt gelesen habe, sei das Wort *Jünglingskind* vorgekommen. Dieses Wort habe offenbar der Jurist Anselm Feuerbach für Kaspar Hauser erfunden. Und Alfred Dorns Schreibtisch sei bedeckt gewesen von Blättern, auf denen er die Unterschrift Franz Kafkas probiert habe. Unterschriften nachmachen sei eine Dornsche Spezialität gewesen. Und ein Blick ins Bad habe gezeigt, daß sich unser Prinz doch tatsächlich immer noch naß rasiert habe.

Als Dr. de Bonnechose hörte, wer im Auftrag des Amtes bei der Trauerfeier sprechen sollte, mußte er noch einmal eingreifen. Er wußte, daß der Beamte, der sprechen sollte, zu denen gehörte, von denen sich Alfred Dorn verachtet gefühlt hatte. Dr. de Bonnechose legte das diesem Beamten ruhig auseinander, bot sich selber an und sprach dann bei der Feier darüber, daß da einer gestorben sei, den wohl nicht jeder gekannt hat, der ihn zu kennen geglaubt habe. Die Gedenkrede, die Eberhard Mitreiter vortrug, die er zusammen mit Hans Gurlitt verfaßt hatte, endete so: Vor 40 Jahren standen über Alfred Dorn folgende Zeilen in unserer Muluszeitung:

Ein Gentleman von größter Form,
in allem, was er tut, enorm,
und ist bei allen stets beliebt,
besonders, wenn er was zum besten gibt.

Zum Schluß bedankte sich Dr. de Bonnechose im Namen von Frau Lotte Ranke bei allen, die zu dieser Trauerfeier gekommen waren. Der einzige, der laut geweint hat bei der Trauerfeier, war Richard Fasold. Nach der Trauerfeier hat es unter den einzelnen Gruppen keinerlei Kontakt mehr gegeben. Die sechsundneunzigjährige Frau Ranke bedankte sich noch bei Dr. de Bonnechose, dann wurde sie von Frau Freisleben nach Bad Homburg zurückgefahren.
Als Dr. de Bonnechose und seine Frau schon fast an ihrem Auto angekommen waren, wurden sie noch von einer Frau angesprochen, die sich als Frau Blümel vorstellte. Sie streckte ein Päckchen hin. Während Dr. de Bonnechose noch zögerte,

griff Tina schon zu. Sie hatte das DDR-Papier erkannt. Frau Blümel sagte, Herr Dorn habe doch alles von früher gesammelt. Das werde jetzt sicher irgendwo bewahrt. Die Fischsturzform, in der seine Mutter die rote Grütze serviert habe, gehöre dann eben dazu. Tina de Bonnechose lud Frau Blümel ein, mit ihnen zu kommen. Sie redeten noch den ganzen Nachmittag über Alfred Dorn.

Alfred Dorn, der auf jedem Couvert, dem er einen Brief entnahm, vermerkte, welchen Brief er diesem Couvert entnommen hatte, dieser fast grotesk ordentliche Mensch, der nichts verloren gehen lassen konnte, was zum Verständnis seiner Person auch nur im geringsten hätte beitragen können, war gestorben, ohne ein Testament gemacht zu haben. Der leidenschaftlich Sorgfältige also, der Personen, die ihm kaum noch oder gar nicht mehr verwandt waren, anschrieb, sie möchten doch nicht versäumen, auf einem Stück Papier zu hinterlassen, daß alte Fotos, die sich in ihrem Nachlaß finden könnten, Alfred Dorn zu übergeben seien, dieser unermüdliche Anwalt ordentlicher Nachlaßbesorgung war gestorben, ohne zu verfügen, was mit den Fotografien, den Rechnungen, Postkarten, Briefen, Quittungen, Zeitungsausschnitten und Zetteln geschehen sollte. Das spricht am meisten dafür, daß Dr. de Bonnechose einer Art amtlicher Anmaßung zuvorgekommen war, als er Tablettenunfall vor Tablettenmißbrauch setzen ließ. Das letzte, was der rundliche Gallier für seinen spillerigen Konservativen tun konnte, war, daß er den Sarg, als der schon geschlossen war, noch einmal öffnen ließ – obwohl das verboten ist –, weil ihm – zu spät und doch gerade noch rechtzeitig – eingefallen war, daß die Hände der Mutter nicht übrig bleiben sollten. Er nahm sie aus ihrem Behältnis und legte sie dem Sohn auf die Brust. Wo dieser Tote jetzt hingehörte, wußten die Vertrauten, auch ohne daß ein Testament es befahl: Alfred Dorn mußte in Berlin beerdigt werden; in dem Grab, dem das Lamm fehlt.